ଠାକୁର ଘର

ଠାକୁର ଘର

କିଶୋରୀ ଚରଣ ଦାସ

BLACK EAGLE BOOKS

2022

BLACK EAGLE BOOKS

USA address:
7464 Wisdom Lane
Dublin, OH 43016

India address:
E/312, Trident Galaxy, Kalinga Nagar,
Bhubaneswar-751003, Odisha, India

E-mail: info@blackeaglebooks.org
Website: www.blackeaglebooks.org

First edition by Cuttack Student's Store,
Balu Bazar, Cuttack in 1975

First International Edition Published by
BLACK EAGLE BOOKS, 2022

THAKURA GHARA
by **Kishori Charan Das**

Cover: **Ramakanta Samantaray**

Interior Design: Ezy's Publication

ISBN- 978-1-64560-259-0 (Paperback)

Printed in the United States of America

ମୋର ଝିଅ ହୀନୁ, ଚିନୁ, ବେବି, କୁନ୍‌ବେବି ଓ
ମୋର ପୁଅ ଧାରୁ :
ତୁମରି ହାତରେ ସ୍ନେହର କାହାଣୀ ପେଡ଼ିଟି ଦେଲି :
ବାପା

ନିଜ କଥା

କିଛି ନିଜ କଥା ଲେଖିବାକୁ ହେବ। ଅହମିକା, ଦୁର୍ବଳତା, ଯାହା କୁହନ୍ତୁ।

ଛାଇ ବଢ଼ିଲାଣି। ମନେ ହେଉଛି ଯେ ଏମିତି ଲେଖୁ ଲେଖୁ ଲେଖା ସରିଯିବ। ମୋର ଜୀବନ ଦର୍ଶନ ଅକୁହା ରହିଯିବ। ଆପଣ ମୋର ଚରିତ୍ରମାନଙ୍କୁ ଜେରା କରି ମୋ ବିଷୟରେ କଅଣ ବୋଲି କଅଣ ଧାରଣା କରିବେ ଭଗବାନ୍ ଜାଣନ୍ତି।

କରନ୍ତୁ, ମୋର ଆପତ୍ତି ନାହିଁ। ତେବେ ମୋର ବିଶ୍ୱାସ ଯେ ମୁଁ ମୋର ସାହିତ୍ୟରେ ପାପ କରି ନାହିଁ। ଅନ୍ତରଙ୍ଗତା ଆନ୍ତରିକତାକୁ ଗୋଡ଼େ ଗୋଡ଼େ ଜଗିଛି। ଅସ୍କାରୱାଇଲଡ୍ ତାଙ୍କ ତିକ୍ତ ଅଭିଜ୍ଞତାକୁ ଚିନ୍ତା ଚିପୁଡ଼ି କହିଥିଲେ, ହାଲୁକାପଣ ମହାପାପ। ଗହୀର ପାଣିରେ ବୁଡ଼ ଦେଇ ଯାହା ମିଳିଲା ସେଇ ହେଉଛି ରତ୍ନ। ମୁଁ ତାଙ୍କର ଏଇ କଥାଟିର ସାର୍ଥକତା ମର୍ମେ ମର୍ମେ ଅନୁଭବ କରିଛି ଓ ମୋର ଲେଖନୀକୁ ଅନୁରୂପ ନିର୍ଦ୍ଦେଶ ଦେଇଛି। ଭୀରୁ ଲେଖନୀ ହୁଏତ ବେଳେବେଳେ ମୋର ବୋଲ ମାନି ନଥିବ; ସେଥିପାଇଁ କ୍ଷମା ପ୍ରାର୍ଥନୀୟ।

ଠାକୁର ଘରେ କିଏ ନା ମୁଁ କଦଳୀ ଖାଇ ନାହିଁ ! ଅକାରଣ ପାପପୁଣ୍ୟର ବିଚାର କାହିଁକି ?

ବିଚାରିବା ଉଚିତ ବୋଲି ମୁଁ କହୁଛି। ଯେତେ କଠିକ ହେଉ ନା କାହିଁକି ଯେଝାର ଯେଝା ପାପକୁ ନ ଚିହ୍ନିଲେ ଶାନ୍ତି ନାହିଁ; ମୁକ୍ତି ନାହିଁ।

ସାହିତ୍ୟରେ ମୁଁ ନିଜର ସଫେଇ ଦେଲି ସିନା, ଆପଣ ଜୀବନର ସଫେଇ ଦେବାକୁ ହେଲେ ମୋର ପ୍ରେମ ମୋର ଠାକୁରଙ୍କ ପାଖରେ ଧୂପଟିଏ ଜଳେଇ କାନ୍ଦିବାକୁ ପଡ଼ିବ। ସେଥିରୁ ଆପଣ କଣ ବୁଝିବେ ?

- ଲେଖକ

ସୂଚିପତ୍ର

ରାତି କୁକୁର	୧୧
ଚଳନ୍ତା ଗାଡ଼ି	୨୩
ଗଧମାନେ କ'ଣ କରନ୍ତି ?	୩୩
ସତୀ-ଚରିତାମୃତ	୪୩
ଦୋଷୀ	୫୬
ରସଗୋଲ୍ଲା	୬୪
ପତ୍ନୀଙ୍କ ପ୍ରେମ	୭୬
ଶୋଭାଯାତ୍ରା	୮୮
କାଳୀ-ଗୋରୀ	୯୫
ଠାକୁର ଘର	୧୦୨
ପ୍ରେମ ନାରାୟଣ	୧୨୩
ଆନନ୍ଦର ପୁଅ	୧୩୪
ମନୋହର କାହାଣୀ	୧୪୭
ନାତି ହସୁଛି	୧୬୧
ଜରୁରୀ ଅବସ୍ଥା	୧୭୧
କଳା କୋଇଲି	୧୭୮
ଝରକା	୧୮୯
ଗନ୍ଧ	୧୯୭
ଆପେଲ୍	୨୦୬
ଜଣେ ମାଉସୀ ଥିଲେ	୨୧୫

ରାତି କୁକୁର

ଓଃ ! ଭଗବାନ୍ ! ମୁହୂର୍ତ୍ତେ ଶାନ୍ତି ନାହିଁ ? ସାରାଦିନ ଖଟଣି ପରେ ମଣିଷ ଟିକିଏ ଶୋଇବ, ସେତିକି କପାଳରେ ନାହିଁ ?

ଭଗବାନ୍ ଶୁଣିବାକୁ ନାରାଜ। କଡ଼ ଲେଉଟାଇ ପୁଣି ଶୋଇବାକୁ ଚେଷ୍ଟା କଲାବେଳକୁ – ଭାଉ ଭାଉ ଭୁଉ-ଉ-ଉ-ଉ ଗର୍‌ର୍ ଗର୍‌ର୍... କେଁ କେଁ କ୍ୟାଉଁ କ୍ୟାଉଁ କ୍ୟାଉଁ...

"କିଏ କହୁଥିଲା ଏଠି ଘର ନେବାକୁ ? ଏଠି ଭଦ୍ରଲୋକ ରହନ୍ତି ? କ'ଣ ନା ଏତେ ଶସ୍ତାରେ ଆଉ କେଉଁଠି ମିଳିବ ନାହିଁ। ଘରଭଡ଼ାରୁ ଯାହା ବଞ୍ଚିବ ସେଥିରେ ଛଅମାସ ଭିତରେ ରେଡ଼ିଓ କିଣିବା, କ୍ୟାମେରା କିଣିବା, କୋଠା ବାଢ଼େଇବା। ତୁମେ ଆଉ ତୁମର କିରାଣୀ ବୁଦ୍ଧି।"

ସ୍ୱାମୀ ଶୀତଳବାବୁ ଉତ୍ତର ଦେଲେ ନାହିଁ; କିନ୍ତୁ ସେ କ୍ଷୁବ୍ଧ ହେଲେ। ଆଉ କାହାକୁ କହିବି, ମୋ ନିଜ ସ୍ତ୍ରୀ ନବୀନା ମୋତେ କିରାଣୀ ବୋଲି କହୁଛି, ଯଦିଓ ସେ ଭଲଭାବରେ ଜାଣେ ଯେ ମୁଁ ତିନିମାସ ହେଲା ଆକାଉଣ୍ଟାଣ୍ଟ ହେଲିଣି। ଖାଲି ସେତିକି ନୁହେଁ, ମୋ କାମ ଦେଖି ମୋତେ କଲିକତା ହେଡ୍‌ଅଫିସ୍‌କୁ ପଠା ହୋଇଛି। ହୁଏତ ବର୍ଷେ ନ ପୂରୁଣୁ ହେଡ୍ ଆକାଉଣ୍ଟାଣ୍ଟ, ତା' ପରେ ଆସିଷ୍ଟାଣ୍ଟ ମ୍ୟାନେଜର୍, ତା'ପରେ...

ଭାଉ ଭାଉ ଭାଉ ଭାଉ ଭାଉ ଭାଉ ଭାଉ ଭାଉ... ଓଃ, ମୁଣ୍ଡ ଫାଟିଯିବ !

ତଥାପି ଯଥାକ୍ରମେ ନିଦ ଆସିଗଲା। ଅଫିସ୍‌ଘରେ ଥିବା ନୂଆ ପାଲିସ୍ ଗ୍ଲାସଟପ୍ ଟେବୁଲ, ନବୀନାର ପାଲିସ ଦେହ ଏବଂ ଅନ୍ୟାନ୍ୟ ମସୃଣତାକୁ ମନେପକାଇ ଶୀତଳବାବୁ ଧୀରେ ଧୀରେ ଶୋଇପଡ଼ିଲେ।

ସେ ସ୍ୱପ୍ନ ଦେଖିଲେ ଯେ ଅବଶେଷରେ ଶାନ୍ତ ହୋଇ କୁକୁରମାନେ ତାଙ୍କ ଚାରିପାଖରେ ଛିଡ଼ା ହୋଇଛନ୍ତି ଏବଂ ଊର୍ଦ୍ଧ୍ୱମୁଖୀ ହୋଇ ଶୀତଳବାବୁଙ୍କୁ ଚାହିଁଛନ୍ତି – ମିନତିଭରା ଚାହାଣିରେ ବରାଭୟ ମାଗୁଛନ୍ତି – ମେମ୍‌ସାହେବଙ୍କୁ କୁହନ୍ତୁ ଆମକୁ

ମାରିବେ ନାହିଁ, ଆମେ ଆଉ ପାଟି କରିବୁ ନାହିଁ, ଆମେ ଭଲପିଲା ହେବୁ। ଶୀତଳବାବୁ ଆଶ୍ୱାସନା ଦେଲେ, କହିଲେ – ଚିନ୍ତା ନାହିଁ।

ମେମ୍‌ସାହେବ କୁକୁରମାନଙ୍କ ପ୍ରତି ନିର୍ଦ୍ଦୟ ହେବେ, ଏଭଳି ଧାରଣା ତାଙ୍କ ମନ ଭିତରେ କେମିତି ପଶିଲା ତା'ର ଉତ୍ତର ସେ ଦେଇପାରିବେ ନାହିଁ। କହିବେ ନବୀନା କେତେବେଳେ କେମିତି ରାଗିଯାଏ ସିନା, ତା'ର ହୃଦୟ କଠୋର ନୁହେଁ। ସେ ହୁଏତ ରାଗିଲାବେଳେ ମୋତେ ଅନେକ କଡ଼ା କଥା କୁହେ, କିନ୍ତୁ ସେ ମୋତେ ଭଲପାଏ, ସେ ମୋତେ ଭଲପାଏ (ମୁଁ ତାକୁ ଭୟ କରେ ନାହିଁ।) ସେ ମୋତେ ଭଲପାଏ (ମୁଁ ତାକୁ ଭୟ କରେ ନାହିଁ), ସେ ମୋତେ ଭଲପାଏ (କୁକୁରମାନେ ତାକୁ ଭୟ କରିବାର କୌଣସି କାରଣ ନାହିଁ)।

କିନ୍ତୁ ପରଦିନ ସକାଳେ ସେ ନବୀନା ଦେବୀଙ୍କର ଅନିଦ୍ରାଗ୍ରସ୍ତ ଆରକ୍ତ ଚକ୍ଷୁ ଓ କୁଞ୍ଚିତ କପାଳ ଲକ୍ଷ୍ୟ କରିଥିଲେ। ପାଣିପାଗ, ରାଜନୀତି, କଲିକତାର ପରିସ୍ଥିତି ଇତ୍ୟାଦି ବିଷୟରେ ବାକ୍ୟବ୍ୟୟ କରି ନଥିଲେ। ଘରୁ ବାହାରିବା ପୂର୍ବରୁ କେବଳ ପଦେ କଥା କହି ବିଦାୟ ନେଇଥିଲେ –

"ଏଇ କୁକୁରମାନଙ୍କର କିଛି ଗୋଟାଏ ବ୍ୟବସ୍ଥା କରିବାକୁ ହେବ; ମୁଁ ଦେଖିବି। ପ୍ରତିଦିନ ଏମିତି ହେଲେ ଚଳିବ ନାହିଁ।"

ବସ୍ ଷ୍ଟପ୍‌କୁ ପନ୍ଦର ମିନିଟ୍। ସେଇଠୁ ବସରେ ଅଧଘଣ୍ଟା। ଦେଖିବାକୁ ସମୟ କାହିଁ? ବିଳମ୍ବରେ ପହଞ୍ଚିଲେ ଅବଶ୍ୟ କେହି କିଛି କହିବେ ନାହିଁ, କିନ୍ତୁ ସୁନାମର ପ୍ରଶ୍ନ ଉଠୁଛି। ସମସ୍ତେ ଜାଣନ୍ତି ଯେ କାନ୍ଥ ଘଡ଼ିରେ ୦° ୦° ହୋଇ ଦଶଟା ବାଜିବାବେଳକୁ ଆକାଉଣ୍ଟାଣ୍ଟ୍ ସାହେବ ତାଙ୍କ ଚଉକିରେ ହାଜର। ସେଦିନ ବିଷମ ଝଡ଼ିବର୍ଷା ସତ୍ତ୍ୱେ ମୋର ମାତ୍ର ଦଶମିନିଟ୍ ଡେରି ହୋଇଥିଲା, ଅଫିସକୁ ଆଉ କେହି ନ ଆସିଥିବା ଯୋଗୁ ଫେରିବାକୁ ପଡ଼ିଲା। ସୁନାମରେ ଥରେ ଆଞ୍ଚ ଲାଗିଲେ ଭବିଷ୍ୟତ ଦୂରେଇଯିବ। ଉପର ମହଲରେ କଥା ପଡ଼ିବ ଯେ ଶୀତଳବାବୁ ଭଲ ଅଫିସର୍ ସିନା, ଭିନ୍ନ ନୁହନ୍ତି; ପ୍ରମୋସନ୍ ପାଇବେ, ଯଥା ସମୟରେ।

ଅସମ୍ଭବ! ବର୍ତ୍ତମାନ ଦେଖିହେବ ନାହିଁ। ଅଫିସରୁ ଫେରିଲାବେଳୁ ଦେଖିବା। ପରିବାପତ୍ର କିଣିସାରି ଫେରିଲାବେଳକୁ ରାତି ହୋଇଯାଇପାରେ। ହେଉ, ପୁଲିସ୍ ଷ୍ଟେସନ୍ ଖୋଲାଥିବ।

ପୁଲିସ୍ ଷ୍ଟେସନ୍! ନା, ନା, କୁକୁରମାନେ ମଣିଷ ହୋଇଛନ୍ତି ନା କଅଣ? ମ୍ୟୁନିସିପାଲିଟି ୱାର୍ଡ଼ ଅଫିସକୁ ଯିବାକୁ ପଡ଼ିବ। କିନ୍ତୁ... ମ୍ୟୁନିସିପାଲିଟିବାଲା କୁକୁରମାନଙ୍କୁ ବିଷ ଖୁଆଇ ଦିଅନ୍ତି...

ଶୀତଳବାବୁ ନିଜକୁ ବୁଝାଇଲେ ଯେ ଏତେ ଦୁର୍ବଳ ହେବା ଉଚିତ ନୁହେଁ। କୁକୁରମାନଙ୍କ କର୍ତ୍ତୃପକ୍ଷ ଆଇନ୍ ଅନୁଯାୟୀ ଯାହା କରିବେ। କୁକୁରମାନଙ୍କୁ ଘଉଡ଼େଇବାର ଅନେକ ଉପାୟ ଅଛି, ସେମାନେ ଜାଣନ୍ତି –

ଏହି ସମୟରେ ସେ ଗୋଟିଏ ଶୀର୍ଣ୍ଣକାୟା କୁକୁରୀକୁ ଦେଖିବାକୁ ପାଇଲେ। ସ୍ୱପ୍ନର ସୁସ୍ଥ ସତେଜ କୁକୁରମାନଙ୍କ ସହିତ ତା'ର କୌଣସି ସାମଞ୍ଜସ୍ୟ ନାହିଁ। ଲେନ୍ଧରା ଗଡୁଥିବା ଅନ୍ଧପ୍ରାୟ ଆଖିରେ କରୁଣତାର ଚିହ୍ନବର୍ଣ୍ଣ ନାହିଁ। ଚମଛଡ଼ା କାଠପରି ଦେହରେ ଜୀବନର ସ୍ଫୂରଣ କେଉଁଠି ଅଛି ବୋଲି ବାରି ହେଉ ନାହିଁ। ତଥାପି ସେ ଚାଲୁଛି। ଏଇ କ'ଣ ଆମ ସାହି କୁକୁର ? ଆଉ ଅନ୍ୟମାନେ କାହାନ୍ତି ? ଏଇ କ'ଣ ଏତେ ଭୁକୁଥିଲା ?

ହଠାତ୍ ଗୋଟିଏ ବଳଶାଳୀ କୁକୁର ଆସି ଦେଖାଦେଲା। ସେ ଶୀତଳବାବୁଙ୍କୁ ପରୁଆ ନକରି ତାଙ୍କ ଦେହରେ ଘଷି ହୋଇ କୁକୁରୀ ପାଖକୁ ଗଲା ଓ ତା'ର ଦେହକୁ ଶୁଙ୍ଘିଲା। କୁକୁରୀର ଆଗ୍ରହ ଥିଲାପରି ଜଣାପଡ଼ିଲା ନାହିଁ, କିନ୍ତୁ କୁକୁର ମାନିଲା ନାହିଁ।

ପୁରୁଷର ଅତ୍ୟାଚାର। ମଣିଷ ଜଗତରେ ଅସଭ୍ୟ ମଣିଷମାନଙ୍କ ଜୀବନରେ ମଧ୍ୟ ଏପରି ଘଟିଥାଏ। କିନ୍ତୁ ଆମର (ମୋର) ବିଚାରଧାରା କେତେ ଉନ୍ନତ ! ନବୀନାର ଦେହ ଟିକିଏ ଇସ୍‌କିନି ହେଲେ, ସେ ଟିକିଏ ମୁହଁ ଶୁଖାଇଲେ ମୁଁ ଅପସରିଯାଏ। ଆଜି ଥାଉ; ଆଜି ନୁହେଁ।

ଏଇ ଘରକୁ ଆସିଲା ଦିନଠାରୁ, ପ୍ରାୟ ମାସେ ହୋଇଗଲା, ମୁଁ ନିବୃତ୍ତ ହୋଇ କାନ୍ଥଆଡ଼କୁ ମୁହଁ କରି ଶୋଇଛି। କାରଣ କୁକୁରମାନେ ଅଧିକାଂଶ ରାତିରେ ଭୁକିଛନ୍ତି ଏବଂ ନବୀନାର ମାନସିକ ଅବସ୍ଥା ତଳେଇ ଯାଇଛି।

ଆତ୍ମତ୍ୟାଗର ଗାରିମା ହେଜିଲାବେଳକୁ ଆଉ ଗୋଟିଏ ଡେଙ୍ଗା ଶିଆଳମୁହାଁ କୁକୁର କେଉଁଠି ଥିଲା ଧାଇଁଆସିଲା, ଅତ୍ୟାଚାରିତାର ପାଖକୁ ଯାଇ ଦାନ୍ତ ଗିଜିଡ଼ିଲା ଏବଂ ନାକ ଫୁଲାଇଲା।

କ୍ଷଣକରେ ଗର୍‌ର୍ ଗର୍‌ର୍... ତା'ପରେ ଭାଉ ଭାଉ, କାମୁଡ଼ା କାମୁଡ଼ି ଯୁଦ୍ଧ। ବସ୍, କାର୍ ଭିଡ଼ ବଢ଼ିଗଲାରୁ ସେମାନେ କ୍ୟାଉଁ କ୍ୟାଉଁ ହୋଇ ସାହିର ଗଳି ତ୍ରିଗଳିରେ ପଶିଗଲେ, କୁକୁରୀକୁ ଟାଣି... ଟାଣି ନେଲେ।

ଶୀତଳବାବୁ ରାତିର ପ୍ରଚଣ୍ଡ ଭାଉ ଭାଉ ଓ କ୍ୟାଉଁ କ୍ୟାଉଁର ମର୍ମ ବୁଝିଲେ। ଦିନ ଗହଳିର ସଂକୀର୍ଣ୍ଣ କ୍ଷେତ୍ରରେ କେବଳ ଯୋଡ଼ିଏ ପୁରୁଷ-କୁକୁର ଯୁଦ୍ଧ କରିପାରିଲେ, କିନ୍ତୁ ରାତିରେ ନିରୋଳାରେ ଦଶ ପଚିଶ ଆସିପାରନ୍ତି। ଯଦ୍ୟପି ଏଇ ଗୋଟିଏ କୁତ୍‌ତୀ।

ବିରକ୍ତ-ବ୍ୟଥିତ ହୋଇ ଶୀତଳବାବୁ ଅଗ୍ରସର ହେଲେ। ବସ୍-ଟାଇମ୍ ହୋଇଗଲାଣି।

ସନ୍ଧ୍ୟାପରେ ଫେରିଲାବେଳେ ଆସନ୍ତା ରାତି ଓ କୁକୁର ସମ୍ବନ୍ଧୀୟ କର୍ତ୍ତବ୍ୟ ମନକୁ ଆସିଥିଲା । କିନ୍ତୁ ସେ ସ୍ଥିର କଲେ ଯେ କେଉଁ ସରକାରୀ ଦପ୍ତରକୁ ଯାଇ ଗୁହାରି କରିବା ଅନାବଶ୍ୟକ । ଏତେ ଦିନକେ କାରଣ ଜଣାପଡ଼ିଲା । ବର୍ତ୍ତମାନ କାରଣ ଅନୁଯାୟୀ ବ୍ୟବସ୍ଥା କରିବାକୁ ହେବ । ଚା' ଖାଇସାରି ଧୀରେସୁସ୍ଥେ କଥାଟା ପକାଇ, ନବୀନାକୁ ଆମୋଦିତ କରି, ଆବଶ୍ୟକ କାର୍ଯ୍ୟପନ୍ଥା ଗ୍ରହଣ କରିବାକୁ ହେବ, ଯେପରିକି କଳହ-କନ୍ଦଳ ଭାଉ ଭାଉ – କାଉଁ କାଉଁର ମଞ୍ଜି ପୋଛି ହୋଇଯିବ (କୁକୁରୀକୁ ତଡ଼ିଦେବାକୁ ପଡ଼ିବ ? ଧର, ଆମେ କୁକୁରୀକୁ ଘରେ ପୋଷି ଖୁଆଇପିଆଇ ମୋଟା କରିଦେବା, ତା'ହେଲେ ସେ କ'ଣ ତା'ର ଦେଖିଲା କାମ କରନ୍ତା ନାହିଁ ? ତାକୁ ନେଇ ପଞ୍ଚାଏ ପଶୁ ଏମିତି କାମୁଡ଼ାକାମୁଡ଼ି ହୋଇପାରନ୍ତେ ?), ମନକୁ ମନ ରାତି ନିସ୍ତବ୍ଧ ହୋଇଯିବ, ଶାନ୍ତି ଆସିବ ।

ଆଜି ରାସ୍ତାଘାଟ ଏମିତି ଶୂନ୍‌ଶାନ୍ କାହିଁକି ? ନା ଏ ମୋର ମତିଭ୍ରମ ? କୁକୁରମାନଙ୍କ ବିଷୟରେ ମୁଣ୍ଡ ଖେଳାଇ ଦୃଷ୍ଟିକୋଣ ବିଗିଡ଼ିଯାଇଛି ?

ଆଶ୍ଚର୍ଯ୍ୟ ! ସନ୍ଧ୍ୟା ସାତଟା ନ ବାଜୁଣୁ ଏପରି ନିର୍ଜନ ହେବାର ତ ମୁଁ ଆଗରୁ କେବେ ଦେଖି ନାହିଁ । ତା'ଛଡ଼ା ମ୍ୟୁନିସିପାଲିଟି ଆଲୁଅ ତଳେ ଧାପେ ଧାପେ ଛାଇ ଚାଲିଆସୁଛି, ପୁଣି ଅନ୍ଧାରରେ ମିଶିଯାଉଛି । ଇଏ କି ଲୁଚକାଳି ଖେଳ ?

ଅତର୍କିତରେ ଗୋଟାଏ ଛାଇ ସ୍ଥିର ହେଲା, ଜଣେ କାୟାଧାରୀ ଗେଞ୍ଜିପିନ୍ଧା ଯୁବକ ସାମନାରେ ଆସି ଛିଡ଼ା ହେଲା ଓ ପଚାରିଲା – ତୁମ ନାଁ କଅଣ ?

–ଶୀତଳ ଦାସ ।

–ନକ୍‌ସାଲ୍ ନା କନ୍‌ସାଲ୍ ?

–ଏଁ ?

–କ'ଣ ତୁମକୁ କିଛି ଜଣା ନାହିଁ ? ନା ଦେଖେଇ ହେଉଛ ? ... (ଶୀତଳ ଦାସଙ୍କ ବଲବଲ ଚାହାଣୀ ଦେଖି, ମୁହୂର୍ତ୍ତେ ରହିଯାଇ) କେତେ ଦିନ ହେଲା ଏଇ ପଡ଼ାରେ ଅଛ ?

–ଆଜିକୁ ମାସେ ହେବ । ରେସନ୍ ଦୋକାନ୍ ପାଖରେ ସେଇ ଯେଉଁ ହଳଦିଆ କୋଠା, ଘର ମାଲିକ ହେଉଛି ଭୂପେନ୍ ସରକାର ।

–ଓ, ବୁଝିଲି । ଭୂପେନ୍ ଦା ଆମରି ଦଳର ଲୋକ । ପୁରୁଣା ମୂଷା । ଭଲ । ଆଚ୍ଛା, ତୁମ ଧନ୍ଦା କ'ଣ କହିଲ ଦେଖି ?

–ମୁଁ... ମୁଁ ହେଉଛି ଜଣେ କିରାଣୀ, ମାନେ ଆକାଉଣ୍ଟାଣ୍ଟ; (ଆକାଉଣ୍ଟାଣ୍ଟ ହେଉଛି ଅଫିସର୍ ଗ୍ରେଡ୍, କିନ୍ତୁ ଯାକୁ କହି ଲାଭ ନାହିଁ), ନବନିର୍ମାଣ ଇଣ୍ଡଷ୍ଟ୍ରିଜ୍‌ର ଆକାଉଣ୍ଟାଣ୍ଟ ।

ସେ ଏପାଖସେପାଖ ଆଖି ବୁଲାଇ ଚଙ୍ଗଚଙ୍ଗ ହେଉଥିଲା। କେମିତି ଅନ୍ଧାରରେ ମିଶିଯିବ ସେଇ ଅପେକ୍ଷାରେ ଥିଲା। ବୋଧହୁଏ ନବାଗତ କିରାଣୀଠାରୁ ଆଉ କିଛି ବୁଝିବାର ପ୍ରୟୋଜନ ମନେ ନକରି, ଗୋଟିଏ ସାନ ଚେତାବନୀ ଶୁଣାଇଦେଇ ପଳାଇଲା –

"ଆଜି କନ୍‌ସାଲ୍‌ମାନେ ଆସୁଛନ୍ତି। ସାବଧାନ୍!"

ଶୀତଳବାବୁ କିଛିକ୍ଷଣ ଚିନ୍ତିତ ହୋଇ ବାଟ ଚାଲିଲେ। ଶୀତଳବାବୁ କାଲିକାର ପିଲା ନୁହନ୍ତି। ସେ ଖବରକାଗଜ ପଢ଼ନ୍ତି। ସେ କଲିକତାର ପରିସ୍ଥିତି ଜାଣନ୍ତି। ଏଇ ପଡ଼ାରେ ଏତେ ଶସ୍ତାରେ ଘର ମିଳିଗଲା, ତାର ପ୍ରଧାନ କାରଣ ହେଉଛି ଯେ ଏଠି ଅନେକ ନକ୍‌ସାଲ୍ ବସା ବାନ୍ଧିଛନ୍ତି, ସେ କଥା ମଧ୍ୟ ତାଙ୍କୁ ଅଜଣା ନୁହେଁ। କିନ୍ତୁ ତାଙ୍କର ଧାରଣା ଥିଲା ଯେ ସେମାନେ ଏଠି ଜମେଇ କରିଅଛନ୍ତି, ସେମାନେ ଏଠିକାର ରାସ୍ତାଘାଟ ମଣିଷ, କୁକୁର, ପୁଲିସ, ପାନବାଲା, ସମସ୍ତଙ୍କର ହର୍ତ୍ତାକର୍ତ୍ତା ବିଧାତା। ତେଣୁ ଭୟର କାରଣ ନାହିଁ। ମୁଁ ମୋ ବାଟରେ ଯିବି, ଫେରିଆସିବି। ମଝିରେ ମଝିରେ କିଛି ଚାନ୍ଦା ଦେବାକୁ ହେଲେ ଦେବି, ତଥାପି ଘରଭଡ଼ା ଶସ୍ତା ପଡ଼ିବ। କିନ୍ତୁ ଆଜି ଇଏ କହିଗଲା ଆଉ ଗୋଟାଏ ଦଳ ଏଇ ପଡ଼ାକୁ ଆସିବେ... ସେଇଠୁ କ'ଣ ହେବ? ଗଣ୍ଡଗୋଳ ମାଡ଼ ଫଉଜଦାରି? ହେଉ, ସେଥିରେ ବ୍ୟସ୍ତ ହେବାର କଅଣ ଅଛି? ଏଇ କନ୍‌ସାଲ୍ ଦଳ, ବୋଧହୁଏ ପ୍ରତିରୋଧୀ ପାର୍ଟିର ଗୁଣ୍ଡାବିଶେଷ, କ'ଣ କରିପାରିବେ? କିଓ, ଯିଏ ପାରେ ସିଏ କ'ଣ ବନ୍ଧୁକ ଚଳାଇ ପାରିବ? ବୋମା ପକାଇପାରିବ? ନା, ଯେକୌଣସି କଲେଜ ପଢୁଆ ଟୋକା ଆକାଉଣ୍ଟାଣ୍ଟ ହୋଇପାରିବ? ଅସଲ ହେଉଛି ତାଲିମି ଏବଂ ଅଭିଜ୍ଞତା, ଏକ୍ସପିରିଆନ୍ସ। କନ୍‌ସାଲ୍ ହୁଅନ୍ତୁ ବା ବନ୍‌ସାଲ୍ ହୁଅନ୍ତୁ, ତାଙ୍କର ଏକ୍ସପିରିଏନ୍ସ କଅଣ ଅଛି?

ଶୀତଳବାବୁଙ୍କର ଆଶାବାଦ ପୁନରୁଜ୍ଜୀବିତ ହେଲା। କିନ୍ତୁ ନବୀନା କ'ଣ ବୁଝିବ? ଏଇ ଘରକୁ ଆସିବା ଦିନ ମୁଁ ତାକୁ ଚତୁଃପାର୍ଶ୍ୱର ଦ୍ରୁମଲତା ଦେଖାଇଥିଲି। ସକାଳୁ ଉଠିଲାବେଳକୁ ବିବିଧ ପକ୍ଷୀମାନଙ୍କର କଳକୂଜନ ଶୁଣାଇଥିଲି। ଉଚ୍ଛ୍ୱସିତ ହୋଇ କହିଥିଲି – ଦେଖୁଛ! ସହର ତଳିର ଏଇ ପ୍ରକୃତିର ଶୋଭା ଭୱାନିପୁର କାଳୀଘାଟ କିମ୍ବା ଚୌରଙ୍ଗୀରେ ପାଇଥାଆନ୍ତ? ସେଇଠୁ ସେ କହିଥିଲା, ମୋର ସନ୍ଦେହ ହେଉଛି ଯେ ଏଠିକାର କଥାକୁହା ପ୍ରକୃତି ବିଶେଷ ସୁବିଧାଜନକ ନୁହେଁ। ଯେତେଦୂର ସମ୍ଭବ ଏଠି କିଛି ଗୋଟାଏ ଅଘଟଣା ଘଟିବ, ଆଉ ତୁମେ ବୋକା ପାଲଟିଯିବ।

ହୁଏତ କଉତୁକରେ କଥାଟା ଛିଣ୍ଡିଯାଇ ଥାଆନ୍ତା, ନବୀନା ଧୀରେ ଧୀରେ

ପ୍ରକୃତିର ପ୍ରେମରେ ପଡ଼ିଯାଇ ଥାଆନ୍ତା। କିନ୍ତୁ ଦୁର୍ଭାଗ୍ୟ, ଦିନୁଟାଏ ନ ଯାଉଣୁ ରାତି କୁକୁରମାନେ ମାତି ଉଠିଲେ।

ଯାହାହେଉ ଶୀତଳବାବୁ ସ୍ଥିର କଲେ ଯେ ନବୀନାର ନାରୀ-ସୁଲଭ ଭାବତରଳ ମନକୁ ସ୍ୱୀକାର କରି ଅହେତୁକ କନ୍‌ସାଲ୍-ପ୍ରଶ୍ନ ଉଠାଇବା ଉଚିତ ହେବ ନାହିଁ। ବରଂ ମୋର କୁକୁରଗତ ଆବିଷ୍କାର, ତା'ର ଚମତ୍କାରିତା ଏବଂ ସୁଚାରୁ ସମାଧାନର ଝଲକ ଦେଖାଇ ପାରିଲେ ଆଜିକାର ସନ୍ଧ୍ୟା ସାର୍ଥକ ହେବ।

.... ସେଦିନ କୁକୁର ଚିତ୍କାର ସନ୍ଧ୍ୟାବେଳଠାରୁ ଆରମ୍ଭ ହୋଇଗଲା। ଶୀତଳବାବୁ ଏହି ଅତିଶୟ ଭାବରେ ବିରକ୍ତ ହେଲେ, – ସତେ କି ନିର୍ବୋଧ ଜନ୍ତୁମାନେ ଶୀତଳବାବୁଙ୍କ ବିଚାର ବୁଦ୍ଧିକୁ ମାନୁନାହାନ୍ତି, ଗୋଟାଏ ଆତ୍ମଘାତି ଫଇସଲା ବାଟ ଖୋଜୁଛନ୍ତି।

ନବୀନା ଦେବୀ ଶୁଣୁଥିଲେ ଏବଂ ମଝିରେ ମଝିରେ ସ୍ୱାମୀଙ୍କ ଆଡ଼କୁ ଚାହୁଁଥିଲେ।

ଶୀତଳବାବୁ ଧୈର୍ଯ୍ୟ ଧରି ରହିଥିଲେ। ତରତର ହେବାର କାରଣ ନାହିଁ। ମୁଁ ସମାଧାନର ପଥ ପ୍ରସ୍ତୁତ କରି ନେଇଛି। ଚଞ୍ଚଳ ହୁଅ ନାହିଁ। ନାରୀ, ଚଞ୍ଚଳ ହୁଅ ନାହିଁ।

କିନ୍ତୁ ନବୀନା ଦେବୀ ଚଞ୍ଚଳ ହେଲେ। ବିଛଣାରେ ପେଟେଇ ପଡ଼ି ଯେଉଁ ଦେଶୀ ଉପନ୍ୟାସ ପଢୁଥିଲେ, ତାକୁ ଓଲଟାଇ ଦେଲେ ଏବଂ ଶୀତଳବାବୁଙ୍କ ପ୍ରତି ବିଷାକ୍ତ ଦୃଷ୍ଟିରେ ଚାହିଁଲେ। ବାକ୍ୟବାଣ ଖସିଲା-

"କ'ଣ ହେଲା ? କୁକୁରଗୁଡ଼ାଙ୍କୁ ମରାଉଛ କି ନାହିଁ ?"

"ମାରିବ – ମାରିବ କାହିଁକି – ମାନେ ମରାମରି ନ କରି ମଧ୍ୟ ଯଦି ଆମ କାମ ହୋଇଗଲା (ନବୀନା ମୋତେ ଚମକାଇ ଦେଲା, ନହେଲେ ମୁଁ ସଜେଇ କରି କହିଥାଆନ୍ତି), କୁକୁରମାନେ ଯଦି ଶାନ୍ତ ହୋଇଗଲେ, ଆଖିକୁ ନିଦ ଆସିଗଲା, ତାହାହେଲେ କାହିଁକି ମିଛଟାରେ... ଆଜି ଅଫିସକୁ ଗଲାବେଳେ ମୁଁ କ'ଣ ଦେଖିଲି କହିବି ?"

ନବୀନାର ମୁହଁରେ ତଥାପି ସେହି କଟୁଭାବ, ଓଠରେ ଅବିଶ୍ୱାସର କୁଟିଳ କୁଞ୍ଚନ - ତୁମଦ୍ୱାରା କିଛି ହେବ ନାହିଁ, ମୁଁ ମୂଳରୁ ଜାଣେ। ନା, ତା'ର ମନୋଯୋଗକୁ ମାଡ଼ି ବସିବାକୁ ପଡ଼ିବ। ସେ ମୋର ସ୍ତ୍ରୀ।

ତେଣୁ ଶୀତଳବାବୁ ଶାୟିତା ନବୀନା ଦେବୀଙ୍କ ପାଖରେ ଯାଇ ବସିଲେ, ବିଶ୍ରମ୍ଭାଳାପର ଭଙ୍ଗୀରେ ତାଙ୍କ ଦେହରେ ହାତ ରଖି ସହାସ୍ୟ ମଧୁର କଣ୍ଠରେ କହିଲେ –

"ମୁଁ ଆଜି ଦେଖିଲି କ'ଣ କହିବି? ଆମରି ପଡ଼ାରେ ଗୋଟାଏ କୁକୁରୀ, ତା'ର ଜୀବନ ଯାଉଛି କି ଆସୁଛି, ତାକୁ ଦେଖି ଗୋଟାଏ ବଳବାନ୍ କୁକୁର ଧାଇଁଆସି ତା' ଦେହକୁ ଶୁଙ୍ଘିଲା। ଚାହୁଁ ଚାହୁଁ ଆଉ ଗୋଟିଏ ପ୍ରେମିକ ଭିଡ଼ିଗଲା।"

ଏହି ସମୟରେ ହଠାତ୍ ଆଲୁଅ ଲିଭିଗଲା। ଘର ବାହାର ସମସ୍ତ ଅନ୍ଧାର।

ଶୀତଳବାବୁ ଥମିଗଲେ। ଏମିତି ଆଲୁଅ ଲିଭିଯିବା ବିଚିତ୍ର ନୁହେଁ। ପାଞ୍ଚ ମିନିଟ୍ ପରେ ଫେରିଆସିବ।

କିନ୍ତୁ ତାଙ୍କ ମନରେ ପାପ ଛୁଇଁଲା। ବୋଧହୁଏ ଆଜି ସଞ୍ଜପହରୁ ଯେଉଁ କୁକୁର ଚିତ୍କାର ଶୁଣାଉଛି, ତାହା ନଗ୍ନ ନୀରବତାର ଚିତ୍କାର। ରାସ୍ତାଘାଟ ଶୂନ୍ୟ ଥିଲା, ଶୂନ୍ୟ ରହିଛି, ସନ୍ଧ୍ୟା ଅର୍ଦ୍ଧରାତ୍ରି ପାଲଟିଯାଇଛି। କେବଳ ଆଲୁଅମାଳା ହସୁଥିଲେ, କଥା କହୁଥିଲେ, ସେମାନଙ୍କୁ ଚୁପ୍ କରି ଦିଆଗଲା। ସାବଧାନ, କନ୍‌ସାଲ୍ ଆସିବେ।

ନବୀନା ଦେବୀ ଖଟରୁ ଉଠି ପଡ଼ିଲେ। ମହମବତୀ ଜଳେଇବେ ବୋଲି ଦିଆସିଲି ଖୋଜିଲେ। ଶୀତଳବାବୁ ତାଙ୍କ ହାତକୁ ଧରି ପକାଇଲେ। କହିଲେ, "ଆଉ ଆଲୁଅ ଜଳାଅ ନାହିଁ।"

"କାହିଁକି?"

କ'ଣ ଉତ୍ତର ଦେବି? କହିବି ସେ ଲୋକଟା ଯାହା ମୋତେ କହିଲା, ଯଦ୍ୟପି ତାହା ଅମୂଳ ଆଶଙ୍କା? କହିବି ଯେ ସର୍ବବ୍ୟାପୀ ଅନ୍ଧାର ମଝିରେ ଆମ ବତୀ ଆଲୁଅ ଅତି ଉଜ୍ଜ୍ୱଳ, ଅତି ଏକୁଟିଆ ଦେଖାଯିବ, ଚିହ୍ନା ପଡ଼ିଯିବ, – କଅଣ ଦରକାର?

ଶୀତଳବାବୁଙ୍କୁ କିଛି ଉତ୍ତର ଦେବାକୁ ପଡ଼ିଲା ନାହିଁ। ଦାଣ୍ଡକବାଟ କିଏ ଧଡ୍ ଧଡ୍ କଲା। ଶୀତଳବାବୁ ତୁରନ୍ତ କବାଟ ଖୋଲିବା ପାଇଁ ବାହାରିଗଲେ, ଅନ୍ଧାରକୁ ମାନିଲେ ନାହିଁ, ନବୀନାକୁ ଘୁଞ୍ଚିବାକୁ ଦେଲେ ନାହିଁ। ସାମାନ୍ୟ ବିଳମ୍ବ ହେବାରୁ ଆଗନ୍ତୁକ କବାଟରେ ବଜ୍ରପ୍ରହାର କଲା ଏବଂ ଖୋଲା ହେବା ମାତ୍ରକେ ଗୁରୁଗମ୍ଭୀର ସ୍ୱରରେ କହିଲା – "ତୁମେ ଶୀତଳ ଦାସ। ମନେରଖ ଆଜି ସାରା ରାତି ଅନ୍ଧାର; ଏବଂ ମନେରଖ, ଆମ ଛଡ଼ା ଆଉ କାହାରିକୁ କବାଟ ଖୋଲିବ ନାହିଁ। ଆମେ ଏମିତି ଡାକିବୁ – ଏଇ ଦେଖ – ଠକ୍ ଠକ୍ ଠକ୍ – ଠକ୍-ଠକ୍-ଠକ୍ ଠକ୍-ଠକ୍-ଠକ୍ ଗୁଡ୍ ନାଇଟ୍।"

ଗୁଡ୍ ନାଇଟ୍! ଲୋକଟାକୁ ଦେଖି ହେଲା ନାହିଁ। ଇଏ କ'ଣ ସେଇ, ଯାହା ସାଙ୍ଗରେ ବାଟରେ ଦେଖା ହୋଇଥିଲା? ସେ କ'ଣ ଜାଣିଶୁଣି ମୋରି ପାଇଁ, ମୋ' ପାଇଁ ଓ ନବୀନା ପାଇଁ, ଗୋଟାଏ ଦୁଃସ୍ୱପ୍ନ ତିଆରି କରୁଛି? ଏ ନିର୍ମମ ରହସ୍ୟ କାହିଁକି? କାହିଁକି??

ରାତି ଅନ୍ଧାର ହୋଇ ରହିଲା। ଦୁହିଁଙ୍କୁ ଦୁହେଁ କୌଣସି ପ୍ରଶ୍ନ ପଚାରିଲେ ନାହିଁ, କୈଫିୟତ୍ ମାଗିଲେ ନାହିଁ। ମହମବତୀ ଜଳିଲା ନାହିଁ। ଦୁହେଁ ଅଣ୍ଡାଳି ଅଣ୍ଡାଳି କଞ୍ଚା ପାଉଁରୁଟି ଖାଇଲେ ଓ ପାଣି ପିଇଲେ। ଅଣ୍ଡାଳି ଅଣ୍ଡାଳି ଲଗାଲଗି ହୋଇ ବିଛଣାରେ ଶୋଇଲେ।

ଶୀତଳବାବୁଙ୍କ ଆଖିକୁ ନିଦ ଆସିଲା ନାହିଁ। ସେମାନେ ଆସିବେ ଠକ୍ ଠକ୍ ଠକ୍-ଠକ୍... କିନ୍ତୁ ଯଦି ସେମାନେ ନ ଆସି ଅନ୍ୟମାନେ ଆସିବେ? ନକ୍ସାଲ୍‌ମାନେ ନ ଆସି କନ୍‌ସାଲ୍ ଆସିବେ? କବାଟ ଭାଙ୍ଗି ପକାଇବେ?

ସେଦିନ ରାତିରେ କେହି ଅବଶ୍ୟ ଆସିଲେ ନାହିଁ। ତେବେ ଅନେକ ବେଳଯାଏଁ ନାନାଦି ତୀବ୍ର ବିଚ୍ଛିନ୍ନ ଶବ୍ଦ ଛାଇ ନିଜକୁ ଆକ୍ରମଣ କଲା। କିଏ ଏମିତି ବିକଟ ଚିତ୍କାର କରୁଛି? କିଏ ଧାଇଁ ଧାଇଁ ଧଇଁସଇଁ ହୋଇ ପଳାଉଛି? କିଏ କାହାକୁ ଗୋଇଠା ମାରୁଛି?

କିଏ ବାହୁନି କାନ୍ଦୁଛି? ମଣିଷ ନା କୁକୁର?

ଲଗାଲଗି ହୋଇ ଶୋଇଥିବା ସତ୍ତ୍ୱେ ଶୀତଳବାବୁ ନବୀନା ଦେବୀଙ୍କୁ କୁଣ୍ଢାଇବାକୁ ପ୍ରୟାସ କଲେ ନାହିଁ। ମୁଁ ପୁରୁଷ, ସ୍ତ୍ରୀକୁ ଦମ୍ଭ ଦେବା ମୋର କର୍ତ୍ତବ୍ୟ। ପରିସ୍ଥିତି ବିଷମ, କିନ୍ତୁ ମାରାତ୍ମକ ନୁହେଁ। ଏହି ମର୍ମରେ କିଛି ସାନ୍ତ୍ୱନା ଦେବାକୁ ପଡ଼ିବ। ଭାଷାଠାରୁ ଅନ୍ତରଙ୍ଗ ଅଙ୍ଗୀକାର ଅଧିକ ମୂଲ୍ୟବାନ, ତେଣୁ ମୁଁ ତା' ପାଖକୁ ଆହୁରି ଲାଗିଯିବ। ଅଦେହୀ ଅନିଶ୍ଚିତ ରାତିକୁ ନାସ୍ତି କରି ତା' ଦେହରେ ମିଶିଯିବି। ଏଭଳି ଅନେକ ଆଲୋଚନା କଲେ ମଧ୍ୟ ସେ କଡ଼ ଲେଉଟାଇ ଆଗେଇ ପାରିଲେ ନାହିଁ। ଶେଷକୁ କେବଳ ଗୋଟିଏ ହାତ ନବୀନା ଦେବୀଙ୍କ ଛାତିରେ ରଖି କହିଲେ, "କିଛି ଭୟ ନାହିଁ। ଆମର କିଛି ହେବ ନାହିଁ।"

ନବୀନା ଦେବୀ ହାତ ଛିଞ୍ଚାଡ଼ି ଦେଲେ ନାହିଁ। କିନ୍ତୁ ଟାଣୁଆ ସ୍ୱରରେ କହିଲେ, "ନା ଆମର କିଛି ହେବ ନାହିଁ। ଆମେ ସେହି ଦଳର ପ୍ରାଣୀ ଯେଉଁମାନେ ସୁନ୍ଦର ହିଂସ୍ର ବ୍ୟାଘ୍ରର ମୁହଁକୁ ମୁଗ୍ଧ ହୋଇ ଚାହିଁରହୁ। ଲାଙ୍ଗୁଳ ଜାକି ପଳାଇ ଯାଇପାରୁ ନାହିଁ - ଆମେ କ'ଣ ଛେଳି ମେଣ୍ଢା ହୋଇଛୁ? ଅଥଚ ବାଘ ସାଙ୍ଗରେ ଯୁଦ୍ଧ କରିବାର ସାହସ ନାହିଁ। ଆମେ କେବଳ ଚାହିଁରହୁ। ଆହା, କି ଅପରୂପ ଠାଣି! କି ନାଲି ଗୁଲ୍‌ଗୁଲ୍ ହିଂସା! ସେ କଅଣ ମୋତେ ଖାଇବ?"

ନବୀନା ଦେବୀ ଖଣ୍ଡି ଖଣ୍ଡି ହସ ହସିଲେ। କହି ଚାଲିଲେ, "ସେ କଅଣ ମୋତେ ଖାଇବ? ସେ କଅଣ ଜାଣେ ନାହିଁ ଯେ ମୁଁ କାହାରି କଳିକଜିଆ ସୁଖଦୁଃଖରେ ନ ଥାଏ? ସେ କଅଣ ଜାଣେ ନାହିଁ ଯେ ମୁଁ ନିଜ ସ୍ୱାର୍ଥ, ନିଜ ଅଫିସ, ନିଜ ସ୍ତ୍ରୀକୁ ନେଇଥାଏ? ଯେ ମୋର ରୋଷ ନାହିଁ, ରସ ନାହିଁ, ଦଳ ନାହିଁ କି ବଳ ନାହିଁ?

ସେ କଅଣ ଜାଣେ ନାହିଁ ଯେ ମୁଁ ଧେଡ଼ୀ କୁକୁର ?"

ସେହିଠୁଁ ନବୀନା ଦେବୀ ଏଭଳି ଉଚ୍ଚ ସ୍ୱରରେ ହସିଲେ ଯେ ଶୀତଳବାବୁ ପ୍ରମାଦ ଗଣିଲେ। ବାହାରକୁ ଶୁଭିବ ନାହିଁ ତ ! କିନ୍ତୁ ତାଙ୍କ କଥା ସରି ନ ଥିଲା, -

"ଭୟର କାରଣ ନାହିଁ। ଆମର କିଛି ହେବ ନାହିଁ। ଆମକୁ କେହି ଖାଇବେ ନାହିଁ। ଆମର କଅଣ ଅଛି ଯେ ଖାଇବେ? କିନ୍ତୁ ଆମେ ତାଙ୍କର ଦ୍ରବ୍ୟ, ଲୋଟା, କମ୍ବଳ। ପତିଆରା। ତେଣୁ ସେମାନେ, ବିଭିନ୍ନ ପଶୁରାଜାମାନେ - ଆମକୁ ଛାଡ଼ିବେ ନାହିଁ। ସେମାନେ ଆମରି ଉପରେ କୁଦିବେ, ଝଡ଼େଇ ହେବେ, ପୁରୁଷର ଖେଳ ଖେଳିବେ। ବୁଝୁଛି ?

ଆମକୁ ସେମାନେ ଖାଇବେ ନାହିଁ। କିନ୍ତୁ ଆମକୁ ପଳେ ପଳେ ଝୁଣିବେ। ତାଙ୍କ ହାକିମ ପ୍ରେମର ନଖଦନ୍ତ ଆମକୁ କାମୁଡ଼ି ବିଦାରି ସାତ ସ୍ୱର୍ଗରେ ପହଞ୍ଚେଇ ଦେବ।

ବୁଝୁଛ ?"

ନବୀନାର କ'ଣ ହୋଇଛି ? ସେ ଏମିତି ଅଜବ୍ ଅଶ୍ଳୀଳ କଥା କହୁଛି କାହିଁକି ? ସେ କଅଣ ଚାହେଁ ମୁଁ ତାଙ୍କର ଦଳରେ ମିଶିବି ? କେଉଁ ଦଳରେ ମିଶିବି, ନକ୍‌ସାଲ୍ ନା କନ୍‌ସାଲ୍ ? ନା, ସେ ଚାହେଁ ଘର ଛାଡ଼ି ପଳେଇବି ? କେଉଁଠିକି ଯିବି ? ଆଜି ଏଠିକା ଅବସ୍ଥା ଗରମ, କାଲି ସେଠିକା ଅବସ୍ଥା ଗରମ ହେବ। କଲିକତାରେ କେଉଁଠି କିଛି ଠିକ୍ ଠିକଣା ଅଛି ? ଦେଖିବାକୁ ଗଲେ ଆଜି କଲିକତା ଯାହା, କାଲି ଦିଲ୍ଲୀ, ବମ୍ବେ, ନାଗପୁର ସେଇୟା ହେବ। ହିଂସାର ଦାବାଗ୍ନି କେଉଁଠି ଥୟ ହୋଇରହିବ ନାହିଁ।

ତାହାହେଲେ ମୁଁ କେଉଁଠିକି ଯିବି? ପୁଣ୍ୟଭୂମି ଭାରତବର୍ଷରେ ମୋ'ପରି ଜଣେ ଭଦ୍ର ବୁଦ୍ଧିଜୀବୀ ଆକାଉଣ୍ଟାଣ୍ଟ-ଅଫିସର ? ତା'ର ତରୁଣୀ ସ୍ତ୍ରୀ ପାଇଁ କଣ ଚାଖଣ୍ଡେ ବୋଲି ସ୍ଥାନ ନାହିଁ? ସମ୍ମାନ ନାହିଁ?

ଧାତ୍, ନବୀନାର ବକ୍ତୃତାରେ କେବଳ ତାତି ଅଛି, ତଥ୍ୟ ନାହିଁ। ମୁଁ ସେଥିରେ ପୋଡ଼ି ହେବି ନାହିଁ। ମୋର ପୂର୍ଣ୍ଣବିଶ୍ୱାସ ଆମେ ବଞ୍ଚିବୁ, ସୁଖରେ ରହିବୁ। ନକ୍‌ସାଲ୍ – କନ୍‌ସାଲ୍ ଗଣ୍ଡଗୋଳ ସରିଯିବ। କୁକୁରମାନେ ଭୁକିବେ ନାହିଁ। ଧରଣୀ ଶାନ୍ତ ହେବ।

ଆଶ୍ଚର୍ଯ୍ୟର ବିଷୟ ଯେ ଏତେ କଥା କହିଲା ପରେ ନବୀନା ଦେବୀ ନିଜେ ଶୀତଳବାବୁଙ୍କୁ ପାଖକୁ ଟାଣି ଆଣିଲେ, ତାଙ୍କୁ କୁଣ୍ଢାଇ ଧରିଲେ। କହିଲେ –

"ମୁଁ ତୁମକୁ ଦୋଷ ଦେଉ ନାହିଁ। ପ୍ରକୃତରେ ମୁଁ ତୁମଠାରୁ ଭିନ୍ନ ନୁହେଁ।

ଆମେ ଏକା ଜାତି, କୁଳ ଗୋଷ୍ଠୀର ଜୀବ। ନହେଲେ ମୁଁ ତୁମକୁ ବାହା ହୋଇଥାଆନ୍ତି କାହିଁକି ?"

ଶୀତଳବାବୁ ତୃପ୍ତ ହେଲେ। କଥାରୁ କ'ଣ ମିଳିବ, ଏଇ ଆଲିଙ୍ଗନ ଲକ୍ଷେଟଙ୍କା। ଆଜି ଅଫିସ୍‌ରେ ଲଞ୍ଚ୍ ଛୁଟିବେଳେ ଆସିଷ୍ଟାଣ୍ଟ ମ୍ୟାନେଜର ବନ୍ଧୁ ଭାବରେ ମୋ କାନ୍ଧରେ ହାତ ପକାଇଥିଲେ। ବର୍ତ୍ତମାନ ନବୀନା ସ୍ୱେଚ୍ଛାରେ ମୋତେ ଭିଡ଼ି ଧରୁଛି, ପାଇବାକୁ ଚାହୁଁଛି।

ଆଶା ନିଃଶ୍ୱାସ ପ୍ରଖର ହେଲା। ହୁଏତ – ହୁଏତ – ଏତେ ଦିନ ପରେ, ଏଇ ପଡ଼ାକୁ ଆସିବା ପରେ ଆଜି ପ୍ରଥମଥର ଏଇ ଅଭିନବ ପରିବେଶରେ, ଘନ ଅନ୍ଧାର ମଝିରେ, ଶବ୍ଦ-ଚିତ୍କାର-ବାହୁନାର କମା ସେମିକୋଲନ ସାହାଯ୍ୟରେ ଆମେ ଏକାଠି ହୋଇପାରିବା।

? ? ସପ୍ତାହକ ମଧ୍ୟରେ ଶୀତଳବାବୁ ସେହି ପଡ଼ାରେ ଥିବା ଅନେକ ଭଦ୍ରବ୍ୟକ୍ତିଙ୍କୁ ଚିହ୍ନିଲେ। ସେମାନେ ନିଜେ ଚିହ୍ନା ଦେଲେ, ବନ୍ଧୁ ଭାବରେ ନମୁନା ଦେଖାଇଲେ। ଯେଉଁମାନେ ବସ୍‌ଷ୍ଟାଣ୍ଡ୍‌ରେ ପାଖାପାଖି ହୋଇ ଛିଡ଼ା ହେଲେ ମଧ୍ୟ ପଦେ କଥା କହନ୍ତି ନାହିଁ; ଅଥଚ ଆବଶ୍ୟକ ହେଲେ ଶୀତଳବାବୁଙ୍କୁ ଠେଲି ଦେଇ ବସ୍‌ରେ ଚଢ଼ନ୍ତି, ଯେଉଁମାନେ ମାଛ ହାଟରେ ବଡ଼ ଇଲିଶି ମାଛଟିକୁ ମାଡ଼ିବସନ୍ତି, ଶୀତଳବାବୁଙ୍କ ଅର୍ଦ୍ଧସ୍ଫୁଟ ପ୍ରତିବାଦ (ମୁଁ ଆଗେ ଆସିଛି, ଆଗେ ମୂଲେଇଛି...)କୁ ଶୁଣନ୍ତି ନାହିଁ, ଯେଉଁମାନେ ଲକ୍ଷ୍ୟସ୍ଥଳରେ ପହଞ୍ଚିବା ପାଇଁ ତୀରପରି ଚାଲନ୍ତି, କେତୁଟା ବାଜିଛି ବୋଲି ପଚାରିଲେ ପଇସିକିଆ ଉତ୍ତର ଫୋପାଡ଼ି ଦିଅନ୍ତି, ସେଇମାନେ ଅଯାଚିତ ଭାବରେ ପାଖକୁ ଆସିଲେ, ବାର୍ତ୍ତାଳାପର ବାଟ ଖୋଜିଲେ। ଯଥା –

"ଦେଖିଲେ, ବୁଢ଼ା ହେଡ୍‌ମାଷ୍ଟର୍ ଅବିନାଶବାବୁଙ୍କୁ ମାରି ପକାଇଲେ। ଆମ ପାଳି କେତେବେଳେ ଆସିବ କିଏ ଜାଣେ ?"

"ଏଥର ନକ୍‌ସାଲ୍‌ମାନେ ମରିବେ, କନ୍‌ସାଲ୍ ବୀର ତାଙ୍କ ଗୋଛି କାଟିଦେବେ। କ'ଣ କହୁଛନ୍ତି ?"

"ଆମେ ବେଶ୍ ଥିଲୁ ବାବୁ। କେଉଁଠୁ ଏଇ କନ୍‌ସାଲ୍ ଦଳ ଆସିଲେ କେଜାଣି। ଆପଣ କଣ ଏଇ ପଡ଼ାରେ ରହିବେ ନା ଚାଲିଯିବେ ?"

'କାଲି କୁଆଡ଼େ ହାତାହାତି ଯୁଦ୍ଧ ହେବ ? ଆପଣ କିଛି ଖବର ପାଇଛନ୍ତି ?"

ଆତଙ୍କ, ଭଦ୍ରଲୋକର ଆତଙ୍କ। ସେମାନେ ସଭିଏଁ ଉତ୍ତମ ରୁଚିସମ୍ପନ୍ନ ନାଗରିକ, ଦୋକାନ କାଉଣ୍ଟର୍ ଅଥବା ଅଫିସ ଡେସ୍କରେ କାମ କରନ୍ତି। ନକ୍‌ସାଲ୍, କନ୍‌ସାଲ୍ ଦଳରେ ନାହାନ୍ତି। କିନ୍ତୁ ସେମାନେ ହତାଶ ହୋଇ ପଡ଼ିଛନ୍ତି ଯେ, ବର୍ତ୍ତମାନ

କାହାରି ବାହୁଛାୟା ଶାନ୍ତିପ୍ରଦ ନୁହେଁ। କ'ଣ କରାଯିବ? ଆପଣ ଆମରି ଭିତରୁ ଜଣେ। କୁହନ୍ତୁ, ବୁଦ୍ଧି ଦିଅନ୍ତୁ।

ଶୀତଳବାବୁ ଆପ୍ୟାୟିତ ହେଲେ। ଖବରକାଗଜ ରାଜନୀତି ଆଲୋଚନା କଲାପରି ଯଥାଯୋଗ୍ୟ ମନ୍ତବ୍ୟ ଦେଲେ। ଏପରିକି ଏକାଠି ବସ୍‌ରେ ଫେରିବାବେଳେ ଜଣେ ଅଧେଙ୍କୁ ଚା' ଖାଇବାକୁ ଡାକିଲେ। ଭାବିଲେ ନବୀନା ଆପତ୍ତି କରିବ ନାହିଁ। ସେଦିନ ରାତିରେ ସେ ନିଜକୁ ନିଃଶେଷ କରିଦେଇଛି ଏବଂ ବିଶ୍ୱାସ କରିହେବ ନାହିଁ ଯେ ସେ ଆଜିକାଲି ବିଛଣା ଧରିଲାକ୍ଷଣି ଶୋଇଯାଉଛି।

... ଆସନ୍ତୁ ରାମଧନ ବାବୁ, ଆମ ଘରେ ସାମାନ୍ୟ – ଆପଣ ଯାହା କହୁଥିଲେ ସତ, କିଛି ଗୋଟାଏ ଚିରସ୍ଥାୟୀ ସମାଧାନ କରିବାକୁ ହେଲେ ଯୁବଶକ୍ତିର ପ୍ରୟୋଗ କରିବା ଉଚିତ କ'ଣ କହୁଛନ୍ତି?? ପ୍ରିୟନାଥ ବାବୁ, ସେଇ ଯିଏ ରିଜର୍ଭ ବ୍ୟାଙ୍କରେ କାମ କରନ୍ତି, ତାଙ୍କରି ପୁଅ, ଗୋରା ତକ୍‌ତକ୍ ଖେଳୁଆଡ଼ ଟୋକା, ତା'ର ପେଟ ଫୁଟିଯାଇଛି? ଆ-ହା!... ଆସନ୍ତୁ ରଜନୀବାବୁ, କପେ ଚା' ଖାଇଯିବେ। କଥା ହେଉଛି ଯେ ବ୍ୟକ୍ତିବାଦ ଓ ସମାଜବାଦ ମଧ୍ୟରେ ଭାରସାମ୍ୟ ନ ଆଣିପାରିଲେ ଏଭଳି ହିଂସାକାଣ୍ଡ ଚାଲିବ... କ'ଣ ହେଲା? ଆପଣଙ୍କ ପୁଅ ପୋଲିସ୍ ହେଡ୍ କ୍ୱାର୍ଟର୍ସରୁ ଖବର ପାଇଛି – ଯେ ଏଇ ବୁଧବାର ଦିନ ଶେଷ ଫଇସଲା ହୋଇଯିବ? ଭଲ, ଭଲ, ତାହାହେଲେ ମଣିଷ ଟିକିଏ ରାତିରେ ବୁଲିଯାଇପାରିବ। ସିନେମା ଦେଖି ପାରିବ। (କୁକୁରମାନଙ୍କର ମଧ୍ୟ ଉଚିତ ବ୍ୟବସ୍ଥା କରାଯାଇପାରିବ। ସେମାନେ ଭୁକନ୍ତୁ ନ ଭୁକନ୍ତୁ, ନବୀନା ଶୋଇପଡୁ ବା ବିଲିବିଲେଇ ହେଉ, ମୁଁ ସେଇ ବ୍ୟବସ୍ଥାର ଦାୟିତ୍ୱ ଗ୍ରହଣ କରିଛି, ଦାୟିତ୍ୱ ତୁଲାଇବାକୁ ପଡ଼ିବ) ଆରେ, ତରତର ହୁଅନ୍ତୁ ନାହିଁ, ଅନ୍ଧାର ହୋଇ ନାହିଁ ଏତେବେଳଯାଏଁ, ଆଉ ଗୋଟାଏ ରସଗୋଲା ଖାଇ ଯାଆନ୍ତୁ। ମୁଁ ୟା'କୁ ଆମ ଅଫିସ୍ ପାଖରୁ ଆଣିଛି। ଆମ ପଡ଼ାର ଗୋବର୍ଦ୍ଧନ ଗୁଡ଼ିଆ କୁଆଡ଼େ କନ୍‌ସାଲ ଦଳରେ ମିଶିଛି, ଅକ୍ଷୟବାବୁ କହୁଥିଲେ – ରସଗୋଲା ଛାଡ଼ି ବୋମା ତିଆରି କରୁଛି! ହ୍ୟାପ ମୂର୍ଖ...

ଶୀତଳବାବୁ ଅଧିକତର ଉଦ୍ୟତ ଓ ଉତ୍ତେଜିତ ଦେଖାଗଲେ। ଅଧିକ ହସିଲେ, ଅଧିକ କଥା କହିଲେ। ଅବଶ୍ୟ ଅଧିକତର ବିନିଦ୍ର ହେଲେ। କିନ୍ତୁ ତାଙ୍କର ମନେ ହେଲା ଯେ ଏହି ରାତ୍ରିଜାଗରଣ ଏକ ଦୁର୍ଲଭ ଅନୁଭୂତିର ପାଉଣା, ପାଉଣା ଚୁକାଇବାକୁ ପଡ଼ିବ।

?? ରଜନୀବାବୁ ଯାହା କହୁଥିଲେ ସତ ହେଲା। ଦୁଇ ସପ୍ତାହବ୍ୟାପୀ କାଁଭାଁ ହତ୍ୟାକାଣ୍ଡ, ସନ୍ତ୍ରାସ ଓ ଗୋପନ ମନ୍ତ୍ରଣା ପରେ ବୁଧବାର ରାତିରେ ଖୋଲାଖୋଲି ଯୁଦ୍ଧ

ହେଲା। ସେଦିନ କାର୍ତ୍ତିକ ପୂର୍ଣ୍ଣମୀ। ଜହ୍ନଆଲୁଅର ଚଳନ୍ତା କଳଙ୍କ ପରି ସେମାନେ ରାସ୍ତାଘାଟରେ ଛାଇ ହୋଇଗଲେ ଏବଂ ମରାମରି ହେଲେ। ପୁଲିସ ଆକ୍ରମଣ କରିବାରୁ ଏମିତି ହେଲା ନା ସେମାନେ ମରାମରି ହେବାରୁ ପୁଲିସ୍ ଆକ୍ରମଣ କଲେ, କହିହେବ ନାହିଁ। ତେବେ ତିନି ପକ୍ଷରୁ ଘମାଘୋଟ ଯୁଦ୍ଧ ହେଲା ଏବଂ ଅକାଳ ମରଣର ବାଟ ଖୋଲି ଦିଆଗଲା।

ଘନଘନ ଗୁଳିର ଗର୍ଜନ, ଘରପୋଡ଼ିର ନିଆଁ ଏବଂ ଆର୍ତ୍ତନାଦ ମଝିରେ ଶୀତଳବାବୁ ନିଜ ଘରେ ସ୍ଥିର ହୋଇ ଆଖିବୁଜି ବସି ରହିଲେ –

ହୋଇଯାଉ, ହୋଇଯାଉ, ଯାହା ହେବାର ହୋଇଯାଉ। ରାତି ନ ପାହୁଣୁ ଶେଷ ଫଇସଲା ହୋଇଯାଉ। ମରନ୍ତୁ ସେମାନେ, କନ୍‌ସାଲ୍, ମରନ୍ତୁ ନକ୍‌ସାଲ୍, ମୁଁ କେଉଁଥିରେ ନାହିଁ। କିଏ କବାଟ ଖଟ୍‌ଖଟ୍ କରୁଛି? ଯିଏ ଆସିବ ଆସୁ, ପୁଲିସ ଜାଣିବ ଯେ ମୁଁ କାହାରି କିଛି ନୁହେଁ। ଇଏ କ'ଣ? ଆମ କାନ୍ଥରେ ଗୁଳି ବାଜିଲା ନା କ'ଣ? ନବୀନା, ନବୀନା, ମୋ ପାଖକୁ ଆସ। ମୁଁ ଏଠୁ ଉଠିବି ନାହିଁ। ଉଠିଲେ ଛିଡ଼ା ହେବାକୁ ପଡ଼ିବ, ଛିଡ଼ା ହେଲେ ଚାଲିବାକୁ ପଡ଼ିବ, ଚାଲିଲେ ଝରକା ଖୋଲି ଦେଖିବାକୁ ପଡ଼ିବ। ମୋ ମୁହଁ ମୋ ଚରିତ୍ର ଜହ୍ନ ଆଲୁଅରେ ଜଳଜଳ ହୋଇ ଦେଖାଯିବ। ସେମାନେ ଭାବିବେ – ଇଏ କାହା ମୁହଁ, କେମିତିକା ମୁହଁ, ନକ୍‌ସାଲ୍ ମୁହଁ ନା କନ୍‌ସାଲ୍ ମୁହଁ? ବ୍ୟକ୍ତିବାଦ ନା ସମାଜବାଦ? ପୁଞ୍ଜି ନା ମଞ୍ଜି? କିଏ ଖଟ୍‌ଖଟ୍ କରୁଛି? ତାକୁ କବାଟ ଖୋଲିଦିଅ। ଭୟରେ କୌଣସି କାରଣ ନାହିଁ... କିଏ ଆସିଛି? ରଜନୀବାବୁଙ୍କ ପୁଅ? ତା' ଗୋଡ଼ ଭାଙ୍ଗିଯାଇଛି, ରକ୍ତ ବହିଚାଲିଛି? ବେଶ୍, ଆମରି କିଛି କରିବାର ନାହିଁ। ତାକୁ ପୁଲିସ୍ ଗୋଇନ୍ଦା ହେବାକୁ କିଏ କହୁଥିଲା? ପୁଲିସ୍ ଆସିଛି!! ଶୁଣ, ମୋ ନାଁ ଶୀତଳ ଦାସ, ମୁଁ ନବନିର୍ମାଣ ଇଣ୍ଡଷ୍ଟ୍ରିଜ୍‌ର ଆକାଉଣ୍ଟାଣ୍ଟ ଅଫିସର୍। ମୁଁ, ମୁଁ ଏ ଲୋକକୁ ଜାଣେ ନାହିଁ, ଚିହ୍ନେ ନାହିଁ। ସେ ମରିବ କି ବଞ୍ଚିବ ମୁଁ ଜାଣେ ନାହିଁ। ତାକୁ ନେଇଯିବାକୁ ହେଲେ ଘୋଷାଡ଼ି ନିଅ, ଛାଡ଼ିବାକୁ ହେଲେ ଫୋପାଡ଼ିଦିଅ। ଯାହା କରୁଛ କର, ସାରିଦିଅ। କିନ୍ତୁ ମୋତେ ଆଖି ଖୋଲିବାକୁ କୁହ ନାହିଁ...

ସାରିଦିଅ, ମାରିଦିଅ, ଶେଷ କରିଦିଅ

ଯୁଦ୍ଧ ସରିଲା। ଶାନ୍ତି ବିରାଜିଲା। ଶୀତଳବାବୁ ଆଖି ଖୋଲିଲେ। କେତେ ଜଣ ମରିଲେ, କେଉଁମାନେ ମରିଲେ, ତା'ର ହିସାବ ତାଙ୍କୁ କେହି ଦେଲେ ନାହିଁ, କିମ୍ବା ସେ ଜାଣିବାକୁ ଚାହିଁଲେ ନାହିଁ। କିନ୍ତୁ ତାଙ୍କୁ ବାଧ୍ୟ ହୋଇ ଶୁଣିବାକୁ ପଡ଼ିଲା (ନବୀନା ବିଜୟ ଗର୍ବରେ ଘୋଷଣା କଲା) ଯେ ଗୁଳିବାଜି ଧେଡ଼ି କୁକୁର ଖତମ୍ ହୋଇଯାଇଛି।

■

ଚଳନ୍ତା ଗାଡ଼ି

ଗାଡ଼ି ଚାଲିଛି... ଚାଲିଛି...

ଗାଡ଼ିର ମୁଣ୍ଡ ନାହିଁ କି ଗଣ୍ଡି ନାହିଁ, ହୁଣ୍ଡାଙ୍କପରି ଗର୍ଜନ କରି ମାଡ଼ିଚାଲିଛି, କିନ୍ତୁ ମନେ ହେଉଛି ସତେ କି ଗୋଟାଏ ମଣିଷ। ମୋ ଟିକିଭାଇ କୁନା ଏକଦମ୍ ଡରିଗଲା। ଭାବିଲା ଗୋଟାଏ ଅସୁର। ମୁଁ କ'ଣ ପିଲାଦିନେ ସେମିତି ଭାବୁଥିଲି ? କେଜାଣି।

ଧର ତା'ର ମୁଣ୍ଡ ଅଛି, ଗଣ୍ଡି ଅଛି, ସେ ପାଣି ପିଏ, ଧୂଆଁ ଛାଡ଼େ, କଳା କଳା କୋଇଲାକୁ ପେଟରେ ପକେଇ ହାକୁଟି ମାରେ – ତାହାହେଲେ କଅଣ ହୁଅନ୍ତା ? ତାହା ହେଲେ ବୋଧହୁଏ ସେ ଆମ ସମସ୍ତଙ୍କ ସାଙ୍ଗରେ କଥାବାର୍ତ୍ତା କରନ୍ତା। କହନ୍ତା, "କିଓ ମଞ୍ଜୁଅପା, କଅଣ ଖବର ? ବାପାଙ୍କ ସାଙ୍ଗରେ ଘରକୁ ଯାଉଛ ? ସ୍କୁଲ ଛୁଟି ହୋଇଗଲାଣି ନା ?" ମୁଁ କହନ୍ତି, "ହଁ, ସ୍କୁଲ ଛୁଟିରେ ଘରକୁ ଯିବାକଥା। ତା'ଛଡ଼ା ଏଥର ପରା ସାନଦାଦାଙ୍କର ବାହାଘର ହେଉଛି।" ବାହାଘର ନାଁ ଶୁଣି ସେ ଖୁସିରେ ସିଟି ମାରନ୍ତା। ଏତେ ଜୋର୍‌ରେ ସିଟି ମାରନ୍ତା ଯେ କାନ କଅଣ ହୋଇଯାଆନ୍ତା। ବାପା ଚିଡ଼ି ଉଠନ୍ତେ। କହନ୍ତେ - କ'ଣ ଆଉ କହନ୍ତେ ? ରେଳଗାଡ଼ି ତାଙ୍କଠାରୁ ବି ବଡ଼। ବିଚରା କିଛି କହିପାରନ୍ତେ ନାହିଁ।

ସେଇଠୁ ସେ ଆଉ କାହା ପାଖକୁ ଯାଆନ୍ତା, ତା'ପରେ ଆଉ କାହା ପାଖକୁ। ମଝିରେ ମଝିରେ ଦମ୍ ନିଅନ୍ତା। ପେଟୁ ପୁଣି ଖାଆନ୍ତା। ତା'ପରେ ମନେପଡ଼ିଲା ପରି ଦୌଡ଼ି ପଳାନ୍ତା। କହନ୍ତା, "ଆରେ, ଏତେ ଡେରି ହୋଇଗଲାଣି ? ମୋର ପରା ସନ୍ଧ୍ୟା ସାତଟାବେଳକୁ ପହଞ୍ଚିବା କଥା ? ଷ୍ଟେସନ୍ ମାଷ୍ଟର କ'ଣ କହିବ ?"

ଭାରି ମଜା ହୁଅନ୍ତା। ଯନ୍ତ୍ରମାନେ ଯଦି ମଣିଷ ହୋଇଯାଆନ୍ତେ...

ଯନ୍ତ୍ରମାନେ କାହାକୁ ଚିପି ଦିଅନ୍ତେ ନାହିଁ। କେହି ଭୁଲରେ ଅଙ୍ଗୁଳି ପୂରେଇ ଦେଲେ ଥପ୍‌କରି ରହିଯାଆନ୍ତେ। କହନ୍ତେ - ଆଇ ଆମ୍ ସରି। ତାଙ୍କ ଚକତଳେ କେହି ଦଳି ହୋଇଯାଆନ୍ତେ ନାହିଁ।

ପୋକମାନେ ଦଳି ହୋଇଯାଆନ୍ତି... ବେଶ୍ ମୁଁ କଅଣ କରିବି ? ମୁଁ

କଅଣ ଜାଣିଶୁଣି ଦଳି ଦେଇଛି ନା କଅଣ ? ଡେରି ହୋଇଯାଉଛି ବୋଲି ବାପା ଡାକ ଛାଡ଼ିଥିଲେ। ଏଣେ ମୋର ଜିନିଷ ସଜଡ଼ା ହୋଇନାହିଁ ବୋଲି ବୋଉ ପାଟି କରୁଥିଲା। ମୁଁ କେମିତି ଜାଣିବି ଯେ ପୋକଟା ଯିବାଆସିବା ବାଟରେ ଶୋଇଛି ? ପିଠିତଳକୁ ଗୋଡ଼ ଉପରକୁ କରି ଛଟପଟ ହେଉଛି ? ମୁଁ ତାକୁ ମାଡ଼ିଦେଲି। ମାନେ ମୋର ଜୋତା ମାଡ଼ିଦେଲା। ପଚ୍‌କିନି ହେଲା। ଇସ୍ ! ସେଇଠୁ ଯାଇଁ ମୁଁ ଦେଖିଲି। ଦେଖିଲି ଯେ ତା'ର କାଳିଆ ରକ୍ତ ଲେସି ହୋଇଯାଇଛି। ଆଉ ସେ ତା'ର ଗୋଟାଏ ବୋଲି ଗୋଡ଼କୁ ହଲଉଛି। ହଲେଇ ହଲେଇ ମରିଯାଉଛି।

ମୁଁ କାନ୍ଦିଲାରୁ ବୋଉ ଚିଡ଼ିଗଲା। କହିଲା, ମୁଁ ଅତି ଫୁଲେଇ ହେଉଛି।

ପୋକମାନେ ସେମିତି ମରନ୍ତି। ମଞ୍ଜୁର ଦୋଷ ନାହିଁ।

ମୋତେ ଆଜି ମୂଳରୁ ଖୁସି ଲାଗୁଛି। ପୋକଟା ମରିଗଲା ସିନା, ତା ବୋଲି ମୁଁ କଅଣ ଖୁସି ହେବିନାହିଁ? ମୁଁ କେବେଠୁ ଏଇ ଦିନକୁ ଚାହିଁ ବସିଛି। ଗାଡ଼ି ଚାଲୁଥିବ ଛକ୍-ଛକ୍-ଛକ୍ ! ଚାହୁଁ ଚାହୁଁ କେତେ ଗଛ, କେତେ ପାହାଡ଼ କୁଦ, କେତେ ନଈନାଳ ପାରିହୋଇ ଯାଉଥିବ। କେତେ ସାନ ପିଲାମାନେ ହସିଦେଇ ହାତ ହଲେଇ ଦୂରେଇ ଯାଉଥିବେ। ହେଇଟି ଗୋଟାଏ ବଡ଼ ମଣିଷ, କାଳିଆ ଅପର୍ଛନିଆ, ଖତେଇ ହେଉଛି। ଗାଡ଼ି କେଉଁଠି ହେଲେ ଅଟକି ଯାଉନାହିଁ, ମାଡ଼ି ଚାଲିଛି। କିଏ ହସିଲା, କିଏ କାନ୍ଦିଲା, କିଏ ହାତ ହଲେଇଲା, କିଏ ଖତେଇ ହେଲା, ତା'ର ଭାସିଯାଉଛି।

.... ମୁଁ ହେଉଛି ଗାଡ଼ି। ଗାଡ଼ି କାହିଁକି ମଣିଷ ପାଲଟି ଯିବ? ମୁଇଁ ଗାଡ଼ି ବନିଯିବି। ଆହୁରି ମଜା। ମୁଁ କହିବି ମୋର ଆଖି ନାହିଁ, କାନ ନାହିଁ, ବାଜିଗଲେ ଦୋଷ ନାହିଁ। ମୁଁ ଦି'ପାଖରେ ସେମାନଙ୍କୁ ଟା-ଟା କରି ପଛରେ ପକେଇ ଦେଇ ମାଡ଼ିଯିବି। କିଏ ହସିଲା, କିଏ କାନ୍ଦିଲା, କିଏ ବଞ୍ଚିଲା, ମୋର ଭାସି ଯାଉଛି !

ମୋତେ ଲାଗୁଛି ମୁଁ ବଢ଼ିଯାଉଛି, ଲମ୍ବିଯାଉଛି, ଉଞ୍ଚ ହୋଇଯାଉଛି।

ମୋତେ ଲାଗୁଛି ମୁଁ ଗୋଟାଏ ରଜା, ଖଣ୍ଡା ଧରିଛି ଆଉ ଫୁଲ ଶୁଙ୍ଘୁଛି।

... ମୋର ଛାତି କଅଣ ହୋଇଯାଉଛି। ମୋତେ ଧଇଁ-ସଇଁ ଲାଗୁଛି।

ଆରେ, ମୁଁ ସତରେ ଗାଡ଼ି ନା କଅଣ ? ମୁଁ କ'ଣ ସତରେ ମାଡ଼ି ଚାଲିଥିବି, ଆଖି ନାହିଁ କାନ ନାହିଁ - ? ଆରେ, ଏ ଗାଡ଼ିଟା ରହି ଯାଉନାହିଁ କାହିଁକି ? ମୁଁ ମଞ୍ଜୁ। ଗାଡ଼ି ଷ୍ଟେସନରେ ରହିଲେ ମୁଁ ଭଲ ମନ୍ଦ କିଣି କରି ଖାଇବି ପରା ? ମୁଁ କହୁଛି ମୋତେ ଧାଇଁବାକୁ ଭଲ ଲାଗୁନାହିଁ। ମୁଁ କହୁଛି ...

(କିନ୍ତୁ ଟ୍ରେନ୍‌ର ଗତି ଧିମେଇ ଯିବାକୁ ଅନେକ ସମୟ ଲାଗିଲା । ଇତ୍ୟବସରେ ମଞ୍ଜୁର ଆଖିରେ ନିଦ ଘୋଟିଗଲା । ସେ ଖାଲି ବ୍ୟର୍ଥ ଅଧା ଶୁଆ ହୋଇ ଶୋଇ ପଡ଼ିଲା ।)

... ଉଁ .... କଅଣ ? ... କଅଣ ହେଲା ? ଷ୍ଟେସନ୍ ଆସିଗଲା ? ଉଠୁଛି, ଉଠୁଛି, ରହିଥା' ...।

ବଢ଼ିଆ ! ବାପା ଗରମ ଗରମ ସିଙ୍ଗଡ଼ା ଆଣିଛନ୍ତି । ... ମୁଁ ଶୋଇ ପଡ଼ିଥିଲି । ବାପା ଉଠେଇ ଦେଇ ନଥିଲେ ମୁଁ ଏକଦମ୍ ଶୋଇ ପଡ଼ିଥାଆନ୍ତି, ଶେଷଯାଏଁ । ଛିଃ-ଛିଃ ! ମୁଁ ଖାଲି ଶୋଇ ନଥିଲି, ମୁଁ ଗୋଟାଏ କଅଣ ସ୍ୱପ୍ନ ଦେଖିଥିଲି । ଡରୁଆ ସ୍ୱପ୍ନ । କ'ଣ ଦେଖୁଥିଲି ତ, ହଁ ମୁଁ ଦେଖୁଥିଲି ଯେ ଗୁନପୁସି ଆସିଛି । ମୁଁ ଗୁନପୁସିକୁ ଆଉଁସି ଦେଉଛି, କିନ୍ତୁ ସେ ମୋ ହାତରୁ ଖସି ପଳେଇ ଗଲା । ପଳେଇ ଗଲା ଆଉ ସେଇଠୁ ଟ୍ରେନ୍ ମାଡ଼ି ଆସିଲା । ମୁଁ ଟ୍ରେନ୍‌କୁ ହାତ ଦେଖେଇଲି, ପାଟିକଲି, ଗୋଡ଼ ବାଡ଼େଇଲି । ଅନ୍ୟମାନେ ହସିଲେ । ମୁଁ ସେମାନଙ୍କୁ ଖାତିର୍ କଲିନାହିଁ, ଆହୁରି ପାଟି କଲି; କିନ୍ତୁ – କିନ୍ତୁ ଟ୍ରେନ୍ ଧାଇଁ ଆସିଲା । ଧୂଆଁ ଉଡ଼େଇ ଗର୍ଜନ କରି ଗୁନ୍‌ପୁସି ଉପରକୁ ମାଡ଼ି ଆସିଲା । ବଦମାସ୍ ! ଚୋର ! ଟ୍ରେନ ହସିଲା, ତା ସାଙ୍ଗକୁ ଅନ୍ୟମାନେ ଆହୁରି ଜୋର୍‌ରେ ହସିଲେ । କହିଲା, ମୁଁ କ'ଣ କରିବି ? ମୋର ପରା ଆଖି ନାହିଁ, କାନ ନାହିଁ । ମୋତେ ଥଟ୍ଟା କଲା । ମୁଁ ଗୁନ୍‌ପୁସିକୁ ଆଣିବାପାଇଁ ହାତ ବଢ଼େଇଲି । ହେଲେ କିଛି ଲାଭ ହେଲାନାହିଁ । ଗୁନ୍‌ପୁସି - । ନା, ଗୁନ୍‌ପୁସି ମଲା ନାହିଁ । ଗୁନ୍‌ପୁସି ମରିବ ନାହିଁ ! ଅସମ୍ଭବ । ଟ୍ରେନ୍ କ'ଣ ଭଗବାନ୍ ହୋଇଛି ଯେ ତା'ମନ ଇଚ୍ଛା ମାରି ପକେଇବ ?

ରାଜୁଭାଇ ଚିଠି ଲେଖିଥିଲା ଯେ ଗୁନ୍‌ପୁସି ଦେହଯାକ ଘା'ହୋଇଛି, ତା'ର କେହି ଯତ୍ନ ନେଉନାହାନ୍ତି, ସେ କୁଆଡ଼େ ମୋତେ ଝୁରୁଛି । ଲେଖିଥିଲା ଯେ, ସେ ମରିଯାଇ ପାରେ । ରାଜୁଭାଇ କ'ଣ ଜାଣିଛି ? ସେ କ'ଣ ବିଲେଇକୁ ଧରେ ନା ଗେହ୍ଲା କରେ ? ଗୁନ୍‌ପୁସି ମରିବ ନାହିଁ ।

ଯେ ପର୍ଯ୍ୟନ୍ତ ମଞ୍ଜୁ ଅଛି ତା'ର କେହି କିଛି କରିପାରିବେ ନାହିଁ, ଟ୍ରେନ୍ ହେଉ କି ଭଗବାନ୍ ହେଉ କି କେହି ହେଉ !

... ତିନି ଚାରିଟା ଲୋକ ଆମ ଡବା ଭିତରକୁ ପଶି ଆସୁଛନ୍ତି । ଏମାନେ କେଉଁଠୁ ଆସିଲେ ? ଏ ପର୍ଯ୍ୟନ୍ତ ଆମେ ବାପଝିଅ ଏକୁଟିଆ ଥିଲୁ, ମୁଁ ଭାବିଥିଲି ଏମିତି ଏକୁଟିଆ ଚାଲିଥିବା । ବାପା ବହି ପଢୁଥିବେ ଆଉ ମୁଁ ମନେ ମନେ ଗପ କରୁଥିବି । ଏଥିରୁ ଗୁଡ଼ାଏ କେଉଁଠୁ ଆସିଲେ ? ଆସିଲେ ଯେ ଗୋଟାଏ ହେଲେ ପିଲାକୁ ସାଙ୍ଗରେ ଆଣିନାହାନ୍ତି ।

ସେ ନିଶୁଆ କ'ଣ ବାପାଙ୍କ ସାଙ୍ଗ ? ମୁଁ ତାଙ୍କୁ ଆଗରୁ ଦେଖି ନାହିଁ ତ । ମୋଟା ପେଟୁଆଟା । ସେ କେମିତି ଆମ ବାପାଙ୍କ ସାଙ୍ଗ ହେଲା ?

ଦିହିଁକି ଦିହେଁ କୁଣ୍ଢାକୁଣ୍ଢି ହେଉଛନ୍ତି । ଏକା ସାଙ୍ଗରେ କଥା କହୁଛନ୍ତି, ହସୁଛନ୍ତି । ନିଶୁଆ ବାପାଙ୍କୁ ସିଗାରେଟ୍ ଯାଚୁଛି । ହୁଁଃ ! ବାପା ଆମର ସିଗାରେଟ୍ ଖାଆନ୍ତି ନାହିଁ ।

(ଗାଡ଼ି ପୁଣି ଚାଲିବାକୁ ଆରମ୍ଭ କଲା ।)

ଠିକ୍ ଅଛି । ଗପନ୍ତୁ କେତେ ଗପିବେ । ମୁଁ ମୋର ବାହାରକୁ ଅନେଇ ଥିବି । ଘରେ ପହଞ୍ଚିବା ଯାଏ ଆଉ ମୋଟେ ଶୋଇବି ନାହିଁ । ଗାଡ଼ି ଯେଉଁ ବାଟେ ଯିବ ସବୁ ମନେ ରଖିବି, ଗୋଟି ଗୋଟି କରି ଟିପି ନେବି ।

ଏଇ ମନେ ରଖିଲି ।

ଏକ – ଗୋଟାଏ ମୁଣ୍ଡକଟା ଥୁଣ୍ଟା ତାଳଗଛ ।

ଦୁଇ - ପାଞ୍ଚଟା ନାଲି କଇଁ ।

ତିନି – ଲୋକ ମୁଣ୍ଡରୁ ଗାମୁଛା କାଢ଼ି ଦେଇ ସେଇଥିରେ ବିଞ୍ଚିହେଉଛି ।

ଚାରି – ଗୋଟାଏ ବସ୍ ଆମ ଟ୍ରେନ୍ ସାଙ୍ଗରେ ରେସ୍ କରୁଛି । ଓଃ, ସତେ ଯେମିତି ଟପିଯିବ !

ପାଞ୍ଚ - ପାହାଡ଼ ପୋଡ଼ି ଯାଉଛି । ପୋଡ଼ି ଯାଉ ନଥିଲେ ଧୂଆଁ ବାହାରୁଛି କେମିତି ?

ଧାତ୍ ! ଏ ଗାଡ଼ିଟା ଏତେ ଜୋର୍‌ରେ ଦୌଡ଼ି ପଳାଉଛି ଯେ କିଛି ଗଣି ହେଉନାହିଁ । ପୋକ ପହଁରୁଛି ଦେଖିଲା ବେଳକୁ ପାଣି କୂଳରେ ଝିଅଟିଏ କ'ଣ କରୁଥିଲା ଦେଖିହେଲା ନାହିଁ । ଝିଅକୁ ଛାଡ଼ି ଦେଇ ପୋକକୁ ଗଣିବା କ'ଣ ଉଚିତ୍ ? ଏଇ ଦେଖ, ଯାରି ଭିତରେ କେତେ କ'ଣ ପଳେଇ ଯିବଣି । କେତେ କିସମର ଫୁଲ, କେତେ ବଙ୍କା ଡଙ୍କା ଗଛ, କେତେ ମୁନିଆ କୁଦ ... । ସେମାନେ କ'ଣ ଦୋଷ କରିଛନ୍ତି ? କହିବାକୁ ଗଲେ ଏଇ ଯେଉଁ ଗୋଟି ଗୋଟି ଟିକି ଟିକି ଘାସ, ସେମାନଙ୍କୁ କ'ଣ ମନେ ରଖିବା ମନା ? କିଏ କହିଛି ଯେ, ଡେଙ୍ଗା ଗଛକୁ ଟିପି ନିଅ, ଆଉ କୁନି ଘାସକୁ ଛାଡ଼ିଦିଅ ? ଏଇ କଳା ଛେଳି ଛୁଆଟିକୁ ଟିପି ନିଅ, ଆଉ ଧଳାଗାଈଟିକୁ ଛାଡ଼ିଦିଅ ?

ଟ୍ରେନ୍ ଦୌଡ଼ି ପଳଉଛି । ତା'ର ସେଇୟା ଗୁଣ । ତା'ବୋଲି କ'ଣ ଯାହା ଆଖିରେ ପଡୁଛି ସେତିକି ସତ, ବାକି ସବୁ ମିଛ ?

ନାଃ, ମଞ୍ଜୁ କାହାକୁ ଠକେଇବ ନାହିଁ, ଆଡ଼େଇଦେବ ନାହିଁ । ମୁଁ ଛୋଟପିଲା ବୋଲି ମୋତେ ଯଦି କିଏ ଆଡ଼େଇ ଦିଏ, ତାହାହେଲେ ମୁଁ ରାଗିବି ନାହିଁ ?

କିନ୍ତୁ କଥା ହେଉଛି ଯେ ଉପାୟ କ'ଣ ? ମୁଁ ଗୋଟିଏ ବୋଲି ପିଲା, ଆଉ ଏଇ ସମୟଗୁଡ଼ାକ ଏତେ ଜଲ୍‌ଦି ଦୌଡ଼ି ପଳାଉଛି ....

କେଡ଼େ ସୁନ୍ଦର ଛାଇ ପଡ଼ିଲାଣି। ଭଲ ଭଲ ମୋତେ ଛାଇ ଭଲ ଲାଗେ। ଛାଇରେ ତାତି କମିଯାଏ। ସବୁଦିନ ସଞ୍ଜବେଳେ ମୁଁ ଆଉ ମୋ ସାଙ୍ଗ ମୀନା ଆମ ଛୋଟିଆ ପାଚେରି ଉପରେ ବସୁ। କେହି କାହା ସାଙ୍ଗରେ କଥା କହୁନା, କିନ୍ତୁ ମନେ ହୁଏ ଆମେ ଭିତରେ ଭିତରେ କୁହାକୁହି ହେଉଛୁ, ଛୁଆ ଛୁଇଁ ହେଉଛୁ। ପଡ଼ିଆରେ ପୁଅମାନେ ପାଟିତୁଣ୍ଡ କରୁଥାଆନ୍ତି, ତାଙ୍କୁ ଦେଖିଲେ ଚିଡ଼ିମାଡ଼େ। ପୁଅମାନେ ଅତି ଅସଭ୍ୟ !

ଛାଇରେ କିଛି ଲୁଚିଯାଏ ନାହିଁ, କିନ୍ତୁ କେହି ମୁଣ୍ଡ ଟେକି ଛିଡ଼ା ହୁଅନ୍ତି ନାହିଁ, କେହି କଟମଟ କରି ଚାହାଁନ୍ତି ନାହିଁ। ସମସ୍ତେ ଏକାଠି ହୋଇ ଆସନ୍ତି, କିନ୍ତୁ ମିଶି ଯାଆନ୍ତିନାହିଁ। ସମସ୍ତେ ସୁନ୍ଦର ହୋଇ ଯାଆନ୍ତି, ଏକାଭଳି ସୁନ୍ଦର ହୋଇଯାଆନ୍ତି।

ଇସ୍, ଛାଇ ଆସ୍ତେ ଆସ୍ତେ କେଡ଼େ ବହଳିଆ ହୋଇଗଲାଣି ! ଅନ୍ଧାର ହୋଇଯିବ ନା କ'ଣ ? ନା - ନା – ମୋତେ ଅନ୍ଧାର ଭଲଲାଗେ ନାହିଁ, ଡରମାଡ଼େ। ଅନ୍ଧାରରେ ସବୁ ଖତମ୍ ! ନିଦ ହୋଇଗଲା ତ ଗ-ଅ-ଲା ! ଭଲ ହେଉଛି ଏଇ ଆଖିପତା ତଳକୁ କରି ଚେଇଁବା, ପର ଆପଣାକୁ ଦେଖାଦେଖି ହେବା, ପାଟି ବନ୍ଦକରି ଭିତରେ ଭିତରେ କୁହାକୁହି ହେବା ... ସବୁ ସମାନ ହୋଇଯିବା ...

"ଯେଁ ! ମୁଁ ତାକୁ ଏବେ ଦେଖିଥିଲି ପରା !"

ବଡ଼ମାନେ ଏଡ଼େ ପାଟିକରି କଥାବାର୍ତ୍ତା ହୁଅନ୍ତି। ଆଉ ଆମେ ପିଲାମାନେ ଟିକିଏ ପାଟି କଲେ ତାଙ୍କର ମୁଣ୍ଡ କ'ଣ ହୋଇଯାଏ। କିନ୍ତୁ ବାପା ଏମିତି ଚମକି ଉଠିଲେ କାହିଁକି ? ସେ ନିଶୁଆ ତାଙ୍କୁ କ'ଣ କହିଲା କି ? ଛାଡ଼, ମୋର କ'ଣ ଯାଉଛି। ମୁଁ ମୋର ପୁଣି ଗଣିବି, ମନେ ରଖିବି।

ଗଣିବି ? କାହିଁକି ଆଉ ଗଣିବି ? ଏଡ଼େ ସୁନ୍ଦର ଛାଇ ତଳେ ସମସ୍ତେ ଏକାଭଳି ଦିଶୁଛନ୍ତି। ଗୋଟିଏ ବୋଲି ଛବି, ସେଥିରେ ନରମ ନରମ ଶାଗୁଆ ରଙ୍ଗ ମାଟିଆ ରଙ୍ଗ ପାଣି ରଙ୍ଗ ଲଗାଲଗି ହୋଇଛନ୍ତି, ଗେହ୍ଲେଇ ହୋଇ ଆଖିପତା ତଳକୁ କରିଛନ୍ତି। ଯେମିତି ମୁଁ ଆଉ ମୀନା। ଘାସ କାହିଁ, ଗଛ କାହିଁ ? ଖାଲି ଗୋଟାଏ ଶାଗୁଆ ରଙ୍ଗ। ଚଢ଼େଇ କାହିଁ, ମଣିଷ କାହିଁ ? ଖାଲି ଗାରେ ଗାରେ କଳା। କିଏ ବଡ଼ କିଏ ସାନ ? କିଏ କାହିଁକି ଆଗକୁ ଆସିବ ? କିଏ କାହିଁକି ମନ ଦୁଃଖ କରିବ ?

"ଓଃ ! ଜବର୍ ଜୱାନ୍‌ଟାଏ ଥିଲା। ମୁଁ ତାକୁ ସେଦିନୁ କହୁଛି ପରା ... ହ୍ୟାପ ନିଜ ଦୋଷରୁ ମଲା।"

କାହା କଥା ପଡ଼ିଛି ? ବାପା ଏମିତି ଅଥୟ ହେଉଛନ୍ତି କାହିଁକି ?

"ବାପା, କିଏ ମିଲା ?"

"ପାଣୁଆ ବଢ଼େଇ । ତୁ ତାକୁ ଜାଣିନାହୁଁ ।"

ପାଣୁଆ ବଢ଼େଇ ମରିଗଲା । ସେ ବାପାଙ୍କର କିଏ ? ଯାହା ହେଉ ସେ ମରିଗଲା ବୋଲି ବାପା ତାକୁ ଗାଳି ଦେଉଛନ୍ତି କାହିଁକି ?

ତାକୁ ଗାଳି ଦେବା ଉଚିତ୍ ନୁହେଁ । ସମସ୍ତେ ସାନ, ସମସ୍ତେ ସମାନ । ବଞ୍ଚିବାର ମାନେ ନୁହେଁ ଯେ କିଏ ଭୁସ୍‌କିନି ଉପରକୁ ଉଠିଗଲା । ମରିବାର ମାନେ ନୁହେଁ ଯେ, କିଏ ଧୁମ୍‌କିନି ତଳେ ପଡ଼ିଗଲା । ଛାଇତଳେ କେହି ଉପରକୁ ଉଠିଯାଆନ୍ତି ନାହିଁ, କେହି ତଳେ ପଡ଼ିଯାଆନ୍ତି ନାହିଁ । ସମସ୍ତେ ଚାଦର ତଳେ ଲଗାଲଗି ହୋଇ ଗୁଡୁରୁ ଗୁଡୁରୁ ହୁଅନ୍ତି, ଖୁସୁରୁ ଖୁସୁରୁ ହୁଅନ୍ତି । ଆଉ ତାଙ୍କ ପାଖଦେଇ ଟ୍ରେନ୍ ଧପ୍ ଧପ୍ କରି ଚାଲିଯାଏ - ତାକୁ ପଚାରୁଛି କିଏ ? ଧର ପାଣୁଆ ଗୋଟିଏ ଘାସ ହୋଇଯାଇଛି, ନ ହେଲେ ପାଣିରେ ବୁଡ଼ିକରି ଉଠୁଥିବା ଗୋଟିଏ ଫଡ଼ଫଡ଼ିଆ ଚଢ଼େଇ । ସେ ମରିଗଲା ତ କ'ଣ ହୋଇଗଲା ?

କିନ୍ତୁ ଛାଇ ଚାଲିଯାଉଛି ... ଅନ୍ଧାର ମାଡ଼ିଆସୁଛି ... ସବୁଦିନେ ସବୁବେଳେ ଛାଇ ପଡ଼ିଥିଲେ ଭଗବାନଙ୍କର କ'ଣ କ୍ଷତି ହୋଇ ଯାଉଥିଲା ? ଉଁଃ, ଏଇକ୍ଷଣି ସବୁ ରଙ୍ଗ ବିଲିବିଲା ହୋଇଯିବ, ସେଇଠୁ କଳାରଙ୍ଗ ଲେସି ହୋଇଯିବ । ପାଣୁଆ ସତସତିକା ମରିଯିବ, ଲିଭିଯିବ, ପଚ୍‌କିନି ହୋଇ ଲେସି ହୋଇଯିବ – ଯେମିତି ସେ ପୋକଟା ।

ସେଇ ପୋକଠୁଁ ସବୁ ଆରମ୍ଭ । ଘରୁ ବାହାରିଲା ବେଳକୁ ସେଇ ପୋକଟା ମରିଯାଇ ନଥିଲେ ସବୁ ଭଲରେ ଭଲରେ କଟି ଯାଇଥାଆନ୍ତା । ଏ ନିଶୁଆ ଆସି ନଥାଆନ୍ତା, ଆଉ ପାଣୁଆର ମରିବା କଥା କହି ନ ଥାଆନ୍ତା । ... ଛାଇରୁ ଅନ୍ଧାର ଆସି ନଥାଆନ୍ତା ।

ନା, ମୁଁ ଆଉ ଝରକାବାଟେ ଅନେଇବି ନାହିଁ । ମୁଁ ସାନ ଦାଦାଙ୍କର ବାହାଘର କଥା ଭାବିବି । ସାନ ଦାଦା ଯାହାଙ୍କୁ ବାହା ହେବେ ସେ କ'ଣ ବୋଉ ଭଳିଆ ଦେଖିବାକୁ ହୋଇଥିବେ ? ମୁଁ ତାଙ୍କୁ ପ୍ରଥମେ ଯାଇ ଦଣ୍ଡବତ ହେବି, କହିବି ମୋ ନାଁ ମଞ୍ଜୁ । ସେଇଠୁ ସେ ମୋତେ ପାଖକୁ ଟାଣି ଆଣିବେ । ଛିଃ, ମୋତେ ଲାଜ ମାଡ଼ିବ ...

(କଳାହାଣ୍ଡିଆ ମେଘରୁ ପାଣି ଝରିଲା ଏବଂ ଟ୍ରେନ୍ ଧୀରେ ଧୀରେ ଗୋଟିଏ ଜଙ୍କସନ୍ ଷ୍ଟେସନରେ ଆସି ଛିଡ଼ାହେଲା ।)

ଏଇଟା ହେଉଛି ବଡ଼ ଷ୍ଟେସନ । ଏଇଠି ଗାଡ଼ି କେଜାଣି କେତେ ସମୟ ରହିବ । ଗୁଡ଼ାଏ ଲୋକ ଭର୍ତ୍ତି ହୋଇଯିବେ ।

ଓଃ ! କେଡ଼େ ପାଟି ହେଉଛି ମ !

ବାପା ପୁଣି ଥରେ ଯେଁ କହିଲେ ? ନା ମୋର ମୁଣ୍ଡ ବାଉଳା ଧରିଲାଣି ? ହଁ, ସେ ଆଉ ତାଙ୍କ ସାଙ୍ଗ ଜଣକ ତର ତର ହୋଇ ବର୍ଷାପାଣି ନ ମାନି ଓହ୍ଲାଇ ଯାଉଛନ୍ତି, ଅନ୍ୟମାନେ ତାଙ୍କ ପଛେ ପଛେ ଗୋଡ଼ଉଛନ୍ତି । କ'ଣ ହେଲା ?

ଆଉ ଥୋକେ ପଶି ଆସୁଛନ୍ତି । ବାପା କୁଆଡ଼େ ଗଲେ ? ମୁଁ କ'ଣ ଏଠି ଏକୁଟିଆ ବସିଥିବି ? ବାପା ଆସନ୍ତୁ, ମୁଁ ତାଙ୍କୁ –। ହେଇଟି ବାପା ଆସିଲେଣି, ଆଖି ଯୋଡ଼ାକ ବଡ଼ ବଡ଼ କରି ଅନ୍ୟମାନଙ୍କୁ କହୁଛନ୍ତି, "ମୁଁ ବୁଝି ଆସିଲି । ଏଇ ଦି'ତିନି ଘଣ୍ଟା ଆଗରୁ ଚାଲିଗଲେ । କିଛି କୁଆଡୁ ନଥିଲା, ହଠାତ୍ ହାର୍ଟଫେଲ୍ ।" ଆଉ ଜଣେ ପିନ୍‌ପିନିଆ ପାତଳା ଟୋକା, ସାନ ଦାଦାଙ୍କ ଭଳିଆ ଦେଖିବାକୁ, ପକେଟରେ ହାତ ପୂରେଇଛି ଆଉ ଇଂରେଜୀରେ ପଦେ ଅଧେ ଛାଡ଼ି ଦେଉଛି । ପଦେ ଅଧେ କ'ଣ ଖାଲି କହୁଛି ଆଇ ନୋ, ଆଇ ନୋ, ଆଉ ମୁଣ୍ଡ ଟୁଙ୍ଗାରୁଛି । କଅଣ ହେଲା ? ବାପା କଅଣ ମୋ ଆଡ଼କୁ ଅନାଉଛନ୍ତି ଯେ ପଚାରିବି ? ପଚାରିଲେ ବି ମୁଣ୍ଡ ହଲେଇ, କହିବେ – ତୁ ଜାଣି ନାହୁଁ, ତୁ ବୁଝିପାରିବୁ ନାହିଁ ।

ପ୍ରେସିଡେଣ୍ଟ ମରିଗଲେ ! କୋଉ ପ୍ରେସିଡେଣ୍ଟ ?

ପଚାରିଲାରୁ ବାପା ରାଗିଲା ଭଳି କହୁଛନ୍ତି - ଆମ ପ୍ରେସିଡେଣ୍ଟ । ଭାରତର ପ୍ରେସିଡେଣ୍ଟ ଡକ୍ଟର ଜାକୀର ହୁସେନ ।

ବାପା ରାଗୁଛନ୍ତି କାହିଁକି ? ଠିକ୍ ଅଛି, ମୁଁ ବାପାଙ୍କୁ କେବେହେଲେ କିଛି ପଚାରିବି ନାହିଁ । କିନ୍ତୁ ଏମିତି କାହିଁକି ହେଲା ମ ? କୁଆଡୁ କିଛି ନାହିଁ ହଠାତ୍ ମରିଗଲେ ! କି ଆଶ୍ଚର୍ଯ୍ୟ !

ସେଇଠୁ କ'ଣ ହେବ ? ଆଉ କେହି ନୁହେଁ, ନିଜେ ଭାରତର ପ୍ରେସିଡେଣ୍ଟ ମରିଯାଇଛନ୍ତି । ପାଣୁଆ ନୁହେଁ, ଏଣୁ ତେଣୁ କେହି ବାଜେ ଲୋକ ନୁହେଁ । ତାହାହେଲେ ? ଗାଡ଼ି ଚାଲିବ ତ ? ସାନ ଦାଦାଙ୍କର ବାହାଘର ହେବ ତ ?

ସେମାନେ ଖାଲି ଗଡ଼ଗଡ଼ ହେଉଛନ୍ତି । ସେଇ ଟୋକା ପକେଟରେ ହାତ ପୂରେଇ ଲେକ୍‌ଚର ଦେଉଛି । କହୁଛି ଯେ, ଭାରି ଗଣ୍ଡଗୋଳ ହେବ, ଗିରିଙ୍କୁ ପ୍ରେସିଡେଣ୍ଟ ହେବାକୁ ଦେବେ ନାହିଁ । ମୁଁ ଜାଣେ, ଗିରି ହେଉଛନ୍ତି ଭାଇସ୍ ପ୍ରେସିଡେଣ୍ଟ । ତାଙ୍କୁ ପ୍ରେସିଡେଣ୍ଟ କଲେ ଗଣ୍ଡଗୋଳ କାହିଁକି ହେବ ?

ବଡ଼ ମୁସ୍କିଲ୍ ! କେଉଁ ଦୁର୍ଯୋଗରେ ଘରୁ ବାହାରିଥିଲି କେଜାଣି । ପ୍ରଥମେ ପୋକ, ତା'ପରେ ପାଣୁଆ, ତା'ପରେ ନିଜେ ଭାରତର ପ୍ରେସିଡେଣ୍ଟ । ମୁଁ ଆଉ ଟ୍ରେନ୍‌ରେ ଆସିବି ନାହିଁ, ଟ୍ରେନ୍‌ରେ ଆସିଲାରୁ ଏତେ କଥା । ନା, ଟ୍ରେନ୍ ବିଚରାର

ଦୋଷ ନାହିଁ। ସେ ତ ତା'ର ହୋମୱାର୍କ କରି ଚାଲିଛି। ତା'ପାଇଁ ପୋକ ଯାହା, ପାଣୁଆ ସେଇୟା ...

ମୋତେ ଭାରି ଭୋକ କଲାଣି। ଏତିକିବେଳକୁ ଭୋକ କରିବାକୁ ଥିଲା ! ମୁଁ ଜାଣିଥିଲେ ପଛ ଷ୍ଟେସନରେ ବେଶି କରି ଶିଙ୍ଗଡ଼ା ଖାଇ ଦେଇଥାଆନ୍ତି। କିନ୍ତୁ ମୁଁ କେମିତି ଜାଣିଥାଆନ୍ତି ? କିଏ କେମିତି ଜାଣିବ ଯେ ପ୍ରେସିଡେଣ୍ଟ ଏମିତି ହଠାତ୍ ମରିଯିବେ ? ଏଇକ୍ଷଣି ବାପାଙ୍କୁ ମାଗିପାରିବି ନାହିଁ। ବାପା ଚିଡ଼ିବେ, ଲୋକମାନେ ହସିବେ। କହିବେ ଏ ଝିଅଟାର ବୁଦ୍ଧିଶୁଦ୍ଧି ନାହିଁ। ଏଣେ ପ୍ରେସିଡେଣ୍ଟ ମରି ଯାଇଛନ୍ତି ଆଉ ସେ କହୁଛି କ'ଣ ନା ...

ବାପା ହସୁଛନ୍ତି ! ସେ ନିଶୁଆ କ'ଣ କହିଲା ଯେ ତା'ରି କଥାରେ ଠୋ ଠୋ ହୋଇ ହସୁଛନ୍ତି। ଅନ୍ୟମାନେ ନିଜ ନିଜ ସିଟ୍‌ରେ ବସି କଥାବାର୍ତ୍ତା ହେଉଛନ୍ତି। ସେ ପାତଳାଟୋକା ଗୋଟାଏ ବହି ବାହାରି କରି ପଢ଼ିଲାଣି, ଗପବହି ପରି ଦେଖାଯାଉଛି। ଏଇକ୍ଷଣି କ'ଣ ଗପବହି ପଢ଼ିବା କଥା ? ବଡ଼ମାନେ ସତରେ ଅଦ୍ଭୁତ ମଣିଷ। ଟିକିଏ ଆଗରୁ ଏଡ଼େ ମୁହଁ କରିଥିଲେ, ଛାଟିପିଟି ହେଉଥିଲେ, ରାଗୁଥିଲେ, ଆଉ ଏଇକ୍ଷଣି କିଛି ନ ହେଲାପରି ଢଙ୍ଗ ଦେଖଉଛନ୍ତି।

(ଗାଡ଼ି ଚାଲିଲା)

ଗାଡ଼ି ଚାଲିଲାଣି, ଠିକ୍ କଥା, ପ୍ରେସିଡେଣ୍ଟ ମଲେ ଗାଡ଼ି ଚାଲିବା ବନ୍ଦ ହେବ କାହିଁକି ?

କିନ୍ତୁ ସବୁ ମଜା ମାଟି ହୋଇଗଲା। ବାହାରେ ଏକଦମ୍ ଅନ୍ଧାର, ବର୍ଷା ସରୁ ନାହିଁ। ବାପା କହୁଛନ୍ତି ଝରକାର କାଚ ପକେଇଦେବାକୁ, ଯେମିତି ଆରପାଖରେ ପକା ହୋଇଛି। ତାହାହେଲେ ପାଣି ଛିଟିକା ଆସିବ ନାହିଁ, ବାହାରର କିଛି ଦେଖାଯିବ ନାହିଁ। କିନ୍ତୁ କାଚରେ ମୁହଁ ଦିଶିବ। ମୁଁ ନିଜ ମୁହଁ ଦେଖିବି, ଏଇ ଲୋକମାନଙ୍କ ମୁହଁ ଦେଖିବି। ବାପାଙ୍କ ମୁହଁ ଦେଖିବି, ଦେଖିବି କିଏ ମନକୁ ମନ ଭୁରୁକୁ ଟେକୁଛି, ନାକପୁଡ଼ା ଫୁଲଉଛି, ହସିଲା ପରି ହେଉଛି, କୁନ୍ଥଉଛି। କାହିଁକି ଦେଖିବି ? ବାହାର ବର୍ଷା ଅନ୍ଧାରଠାରୁ ଏଇ ଡବଲ୍ ଡବଲ୍ ମଣିଷଙ୍କ ମୁହଁ ଦେଖିଲେ କ'ଣ ବେଶି ଭଲ ଲାଗିବ ? ପୁଣି ପ୍ରେସିଡେଣ୍ଟ ମରିଯାଇଛନ୍ତି, ସେଥିଲାଗି ତାଙ୍କ ଚେହେରା ବିଗିଡ଼ିଯାଇଛି। ଯେତେ ଯିଏ ହସିଲେ, ଗପବହି ପଢ଼ିଲେ କ'ଣ ହେବ, ମୁଁ କ'ଣ ବୁଝିପାରୁ ନାହିଁ ?

ବାପାଙ୍କ କଥା ଶୁଣିବି ନାହିଁ। କାଚ ଟିକିଏ ତଳକୁ କରିଦେବି, ପୁଣି ଉଠେଇଦେବି। ମୁଁ ଅନ୍ଧାରକୁ ଅନେଇବି।

ମୋତେ ଛାଇ ଭଲଲାଗେ। ମୁଁ ଅନ୍ଧାରକୁ ଡରେ କିନ୍ତୁ ଠୁସାଠୁସି ଡବଲ୍ ଡବଲ୍ ମଣିଷଙ୍କ ମୁହଁ ଦେଖିବାଠାରୁ ଅନ୍ଧାରକୁ ଦେଖିବା ଭଲ।

ଅନ୍ଧାର ବାନ୍ଧି ପକାଏ ନାହିଁ। ଅନ୍ଧାରକୁ କେହି ବାନ୍ଧିପାରେ ନାହିଁ। ପହିଲୁ ପହିଲୁ ଟିକିଏ ଡର ଲାଗିପାରେ, ତା'ପରେ ଦେଖିବ କେଡ଼େ ହାଲୁକା ଲାଗୁଛି। ହଁ ମ! କିଛି ଦିଶୁ ନାହିଁ ସିନା କିନ୍ତୁ ମନଇଚ୍ଛା କେତେ ଛବି କେତେ ମୁହଁ ଆଙ୍କି ହୋଇଯାଉଛି। ଯେଉଁମାନେ ମଲେ ଆଉ ଯେଉଁମାନେ ମରିବେ ସମସ୍ତଙ୍କ ଚେହେରା ଆଙ୍କି ଦେଇ ଲିଭେଇ ଦେଇ ହେଉଛି। ସତେ କି ସେ ଗୋଟାଏ ସ୍ଲେଟ୍। ଏଇ ଦେଖ ପ୍ରେସିଡେଣ୍ଟଙ୍କ ଚେହେରା ଆଙ୍କି ଦେଲି, ଆଉ ପୋଛି ଦେଲି। ପାଣୁଆକୁ ଚିହ୍ନେ ନାହିଁ, ନ ହେଲେ ତାକୁ ବି ଭ୍ରଇଁ କରି ଥୋଇଦେଇଥାନ୍ତି। ଆଉ ପୋକ ... ଧ୍ୟାତ୍, ପୋକମାନଙ୍କର ଚେହେରା ନଥାଏ।

ତାହାହେଲେ ମୁଁ କହୁଛି ଯେ ମଞ୍ଜୁ ଅନ୍ଧାରକୁ ଡରେ ନାହିଁ। ମଞ୍ଜୁ ମରିବାକୁ ଡରେ ନାହିଁ। ମୁଁ କ'ଣ ବଡ଼ମଣିଷ ହୋଇଛି ଯେ, ଚମକି ପଡ଼ିବି, ଘାବରେଇ ଯିବି, ଆଉ ମୁହଁକୁ ଏମିତି ସେମିତି କରି ଚୁପ୍‌ଚାପ ବସିରହିବି ?

ମୋତେ ତଥାପି ଭୋକ କରୁଛି ? ନାହିଁ ତ।

ମୁଁ ଯାଉଛି ଗୀତ ବୋଲିବି, ଅନ୍ଧାର ଭିତରେ ନଥିବା ଲୋକମାନେ ଶୁଣିବେ। ମ୍ୟାଜିକ୍ !

କିନ୍ତୁ ଏମିତି କରୁ କରୁ ଯଦି ବଞ୍ଚିଥିବା ଲୋକମାନେ କେହି ମୋ ଗୀତ ଶୁଣି ନ ପାରନ୍ତି ! ଯଦି ଖାଲି ଅନ୍ଧାରର ନ ଥିବା ଲୋକମାନେ ମୋତେ ଘେରିଯିବେ, ଆଉ କହିବେ – ମଞ୍ଜୁ ଅପା ଗୋଟିଏ ଗୀତ ଶୁଣାଇବନି ? ଯଦି ଅନ୍ଧାରର ମିଛିମିଛିକା ମଣିଷମାନେ ଲମ୍ବା ଲମ୍ବା ହାତ ବଢ଼େଇ ମୋତେ ଟାଣିନିଅନ୍ତି ... !

ନା ... ନା ... ମୁଁ ସେ ଅଡୁଆକୁ ଯିବିନାହିଁ। ମୁଁ ବାପା ବୋଉଙ୍କ ଝିଅ। ମୁଁ ଡରୁ ନାହିଁ ସିନା ମୋର ତମ ସାଙ୍ଗରେ କାରବାର କ'ଣ ?

(ମଞ୍ଜୁ ଚଟ୍‌କିନି ଝରକା କାଚ ତଳକୁ କରିଦେଲା। ସେତିକିବେଳଠୁ ଗାଡ଼ି ଘର ଷ୍ଟେସନ୍‌ରେ ପହଞ୍ଚିବାଯାଏ ସେ କାଚ ଉଠେଇ ନଥିଲା। କାଚ ଉଠେଇଲା ପରେ –)

ଆଲୁଅ ! ଷ୍ଟେସନ୍ ଆସିଗଲା ! ଘର ଆସିଗଲା !

ଇସ୍, ଆମ ଷ୍ଟେସନ୍‌ରେ ଏତେ ଆଲୁଅ ଥାଏ ? ଯେତେକ ଅନ୍ଧାରକୁ ଉଡ଼େଇ ବୁଡ଼େଇ ଦେବ !

ଷ୍ଟେସନ୍‌କୁ କିଏ ଆସିଛି ? ଜେଜେବାପା ଆସିପାରି ନଥିବେ। ରାଜୁଭାଇ ଲେଖିଥିଲା ତାଙ୍କ ଦେହ ଭଲନାହିଁ। ତାହାହେଲେ ଜେଜେମା ଆସିଥିବେ। ଆଉ ବଡ଼

ମା' ଆସିଥିବେ। ଆଉ ରାଜୁଭାଇ ଆସିଥିବ, ନିଶ୍ଚୟ ଆସିଥିବ, ନହେଲେ ମୁଁ ତା'ର ମଜା ଦେଖିନେବି।

ହେଇ, ପ୍ରଥମରୁ ଭଜନାର ମୁଣ୍ଡ ଦେଖାଗଲାଣି। ବତିଶଟା ଦାନ୍ତ ଦେଖେଇଛି। ଜେଜେମା କହନ୍ତି ପରା ଯେ ଟୋକା କାମକୁ ଧପାଏ, ଅସଲ ଠାପୁଆ, ଖାଲି ଦାନ୍ତ ଦେଖେଇବାରେ ଓସ୍ତାଦ୍। କିନ୍ତୁ ସେ ଗୁନ୍‌ପୁସିକୁ ଦେଖିପାରେ, ତାକୁ ଲୁଚେଇ ଲୁଚେଇ ଦୁଧ ଦିଏ।

ରାଜୁଭାଇ !

ଆରେ ଗୁନ୍‌ପୁସି ଆସିଛି ! ରାଜୁଭାଇ ତାକୁ ସାଙ୍ଗରେ ଆଣିଛି ! !

(ଗାଡ଼ି ରହିବା ମାତ୍ରେ ହିଁ ମଞ୍ଜୁ ପ୍ଲାଟଫର୍ମକୁ ଉତୁରିଗଲା।)

"ମୋତେ ତାକୁ ଦେ, ସେ ହେଉଛି ମୋ ଗୁନ୍‌ପୁସି। ... କାହିଁ, ତା ଘାଆ କାହିଁ ? ଘାଆଫାଆ କିଛି ନାହିଁ ତ। ଆଗଠୁ ଆହୁରି ଗୋରା, ଆହୁରି ସୁନ୍ଦର ହୋଇଯାଇଛି। ମୋ ଗୁନ୍‌ପୁସି, ମୋ ଗୁନ୍-ଗୁନ୍-ଗୁନ୍‌ପୁସି।"

ରାଜୁଭାଇ କାନ ପାଖରେ ବିଡ଼ିବିଡ଼ି ହେଉଛି, କହୁଛି – ତୁ ଶୁଣିଛୁ ନା ? ପ୍ରେସିଡେଣ୍ଟ ...। ଜେଜେମା' କ'ଣ ପଚାରୁଛନ୍ତି। କହୁଛି ବାବୁ, କହୁଛି, ସବୁର୍ କର।

ପୋକ, ପାଣୁଆ ଓ ପ୍ରେସିଡେଣ୍ଟ ମରିଗଲେ ସିନା, ଧର ସେମାନେ କେହି ମରି ନଥାନ୍ତେ, ଆଉ ଗୁନ୍‌ପୁସି – ନୋ ! ନୋ ! ସେମିତି ହୁଅନ୍ତା ନାହିଁ ... ହୋଇପାରନ୍ତା ନାହିଁ।

(ଯଥା ସମୟରେ ଗାଡ଼ି ପୁଣି ଚାଲିବାକୁ ଆରମ୍ଭ କଲା।)

■

ଗଧମାନେ କ'ଣ କରନ୍ତି ?

ମିଷ୍ଟର କେ. ନବୀନ୍ ଖଟ୍‌ଖଟ୍ କରି ହୋଟେଲରୁ ଓହ୍ଲାଇଲେ। ଅପେକ୍ଷା କରିଥିବା କାର୍‌ର ଖୋଲା ଦରଜା ଭିତରକୁ ପଶିଗଲେ। ବ୍ରିଫ୍‌କେସ୍‌କୁ ଖୋଲି ସବୁ କାଗଜପତ୍ର ଠିକ୍ ଅଛି କି ନାହିଁ ଖୋଲି ଦେଖିନେଲେ। ବ୍ରିଫ୍‌କେସ୍‌କୁ ଚଟ୍ କରି ବନ୍ଦ କରି ପକେଟରୁ ଛୋଟ ପାନିଆ କାଢ଼ିଲେ ଓ କେଶକୁ ଆଉ ଥରେ ସାଉଁଳେଇ ନେଲେ। ତତ୍‌ପରେ ଡ୍ରାଇଭରକୁ କହିଲେ, ଚଲାଓ।

ଫାଟକ ପାଖରେ ଗୋଟିଏ ଗଧ ତାଙ୍କ ଆଖିରେ ପଡ଼ିଲା। ଦୁଇ ତିନିଥର ହର୍ଣ୍ଣ ବଜାଇଲା ପରେ ଗଧ ତା'ର ପଶ୍ଚାତ୍‌ଭାଗର ଗୋଲେଇକୁ କିଞ୍ଚିତ୍ ଘୁଞ୍ଚେଇ ନେଲା। ସେତିକିରେ କାର୍ ଭୁଁକିନି ବାଟ କାଢ଼ିନେଲା, କିନ୍ତୁ ଡ୍ରାଇଭର ହନିଫ୍‌ର ମୁହଁରୁ ଅର୍ଦ୍ଧସ୍ଫୁଟ ଅଶ୍ଳୀଳ ଶବ୍ଦଟିଏ ବରୋଦାର ମୌସୁମୀ ହାଉଆରେ ମିଳାଇଗଲା। ମିଷ୍ଟର ନବୀନ୍ ଅଳ୍ପ ହସିଲେ।

ଗୋଟାଏ ଗଧ ଚଳ୍କିଲା ନାହିଁ, ତେଣୁ ବିଚକ୍ଷଣ କର୍ମଚାରୀର ଅଧମିନିଟିଏ ଡେରି ହୋଇଗଲା, ସାହେବଙ୍କ ଉପସ୍ଥିତି ଭୁଲିଯାଇ ବିଚରା ରାଗିଗଲା (କ'ଣ କହିଲା ?) ଏଇ ହେଲା ସ୍ମିତହାସର ମର୍ମ। ମୁଁ ଯେମିତି, ମୋ ଡ୍ରାଇଭର ସେମିତି। ବିଳମ୍ବ ଅସହ୍ୟ !

ମିଷ୍ଟର ନବୀନ୍ ଆସନ୍ନ ଘ.୧୦-୩୦ରେ ଧାର୍ଯ୍ୟ ହୋଇଥିବା ବୋର୍ଡ ମିଟିଙ୍ଗ୍‌ର କାର୍ଯ୍ୟସୂଚୀକୁ ସ୍ମରଣ କଲେ। ରାସ୍ତାର ଦୁଇ ପାଖରେ ବିଭିନ୍ନ ଅବସ୍ଥାରେ ଦୃଶ୍ୟମାନ ଗଧମାନଙ୍କ କଥା ଭାବିଲେ ନାହିଁ। କାର୍ଯ୍ୟସୂଚୀ, ଅର୍ଥାତ୍ ମୋରି ପରି ବାରଜଣ ସୁପୁରୁଷଙ୍କ କୁହାବୋଲା, କଳହ, କୋଳାକୋଳି ଓ କଫ। ଯେତେବେଳେ ଯାହା ଶୋଭନୀୟ। କିନ୍ତୁ ଭିତରେ ଭିତରେ ଆପଣା ମତଲବର ଗଙ୍ଗା କେଉଁଆଡ଼େ ଯାଉଛି ଦେଖିବାକୁ ପଡ଼ିବ। ଟିକିଏ ଅନ୍ୟମନସ୍କ ହେଲେ ସର୍ବନାଶ। ... ହେଲେ ସେମାନେ କ'ଣ ମୋତେ ଟପିଯିବେ ? ... ମୀରା କହୁଥିଲା ମୋ ଆଖିତଳେ କଳା ଦାଗ ପଡ଼ିଗଲାଣି, ମୁଁ ନିୟମିତ ଓଭାଲଟିନ୍ ଖାଇବାକୁ ଭୁଲିଯାଉଛି। ଝିଅ ରୋଜି ସକାଳ ସଞ୍ଜ ଛିଗୁଲେଉଛି, ଡ୍ୟାଡି ତୁମେ ମୋଟା ହୋଇଯାଉଛ, ମୋ ସାଙ୍ଗରେ ଜୋର୍‌ରେ ଚାଲି ପାରୁନାହଁ ...

ମୁଁ ଅଫିସର ତିନିତାଲା ପାହାଚ ଚଢ଼ିଲା ପରେ ହାଁପେଇ ଯାଉଛି। ସାଙ୍ଗ ଡାକ୍ତର ଯୋଷୀ ମିଛିମିଛିକା ଆଖି ଦେଖାଇଲା। କହିଲା, ତୋର ବୋଧହୁଏ କରୋନାରୀ ଡିଫିସିଏନସି ହେଲାଣି, କାଲି ସକାଳେ ମୋ କ୍ଲିନିକ୍‌କୁ ଆସିଲେ ମନ୍ଦ ହେବ ନାହିଁ। ଭାରି ଡାକ୍ତର ତ! ... ରାତିରେ ନିଦ ହେଉନାହିଁ। ନ ହେଲା, ଭାସିଗଲା କ'ଣ? ମୁଁ କ'ଣ ଦିନରେ ଢୁଳଉଛି, କୋଉ କାମରେ ଭୁଲ ଭଟକା ହେଉଛି? ଅବଶ୍ୟ ସେଦିନ ସଲିସିଟ୍‌ର ଗୋବି ବ୍ରଦର୍ସକୁ ଦଶହଜାର ଟଙ୍କା ଚେକ୍ ଲେଖି ଦେଲି। ଏକଦମ୍ ଭୁଲିଗଲି ଯେ ଶଳାଏ ବର୍ଷକ ଆଗରୁ ମୋ ପଛରେ ଲାଗିଥିଲେ, ସଂଗମ୍‌ଲାଲ ସାଙ୍ଗରେ ସଲାସୁତର ହୋଇ ମୋତେ ଡାଇରେକ୍ଟର ପଦରୁ ତଡ଼ିବେ ବୋଲି ବସିଥିଲେ। ଛାଡ଼, ଦଶହଜାର ଟଙ୍କା ନେଇ କ'ଣ ଗୋବି ଭାଇ ବଡ଼ଲୋକ ହୋଇଯିବ? ମୋତେ ଡାଇରେକ୍ଟର ପଦରୁ କେହି ଟଳାଇ ପାରିବେ ନାହିଁ। କାହାର ଗୋଟାଏ ଶ୍ୱଶୁର ଥିଲେ ମୋର ଛଅଟା ଶ୍ୱଶୁର ଦିଲ୍ଲୀରେ ବସିଛନ୍ତି। କିନ୍ତୁ-କିନ୍ତୁ-ଦିଲ୍ଲୀରେ ଅବସ୍ଥା ସୁବିଧା ନୁହେଁ, ପାର୍ଟିର ରଙ୍ଗ ବଦଳୁଛି, ନିଜ ଲୋକ ସଜ୍ଜନ ସିଂ କୁଆଡ଼େ ପ୍ରଧାନମନ୍ତ୍ରୀଙ୍କଠାରୁ ଗାଳି ଖାଇଲେ। ହେଉ, ଯାହା ହେଲେ ହେବ, ମୁଁ ଡରିବା ଲୋକ ନୁହେଁ, ମୋର ଦେହ ଟଗଡ଼ା ଅଛି, ମସ୍ତିଷ୍କ ଫାଷ୍ଟକ୍ଲାସ। ବମ୍ବେରୁ ବରୋଦା ଯାଏଁ ଟ୍ରେନ୍‌ରେ ନ ଆସି ନିଜେ ଡ୍ରାଇଭ କରି ଆସିଛି (ଅବଶ୍ୟ ହନିଫ୍ ଥୋଡ଼ାଏ ବାଟ ଚଳେଇଥିଲା), ବାଟଯାକ କେତେ କେସ୍‌ରେ ମୁଣ୍ଡ ଖେଳାଇଛି, କେତେ ଫଇସଲା କରିଛି। କାହିଁ ଟିକିଏ ବୋଲି ଥକା ଲାଗୁନାହିଁ ତ? (କାଲି ରାତିରେ ମୀରା ଥଟ୍ଟା କରି କହିଲା, ଥାଉ ବାବୁ, ତମେ ବୁଢ଼ା ହେଲଣି, ପାରିବ ନାହିଁ, ଶୋଇପଡ଼) ... ଡ୍ୟାମ୍! ମୀରା କହିଲା, ରୋଜି କହିଲା, ଯୋଷୀ କହିଲା – ମୁଁ କ'ଣ ନିଜକୁ ଜାଣିନାହିଁ? ନ ଜାଣି ଥିଲେ ପନ୍ଦର ବର୍ଷ ତଳର କିରାଣି ନବୀନ୍ କୃଷ୍ଣ ମିଶ୍ର ଆଜିକାର କେ. ନବୀନ୍, ଡଜନେ କମ୍ପାନୀର ଭାରୀ ଶେୟାର ହୋଲଡର, ମୋହନ କ୍ୟାନିଙ୍ଗ ଇଣ୍ଡଷ୍ଟ୍ରିଜର ମାଲିକ ଏବଂ ବିଖ୍ୟାତ ଇନ୍ଦ୍ରପୁରୀ ହୋଟେଲ, କରପୋରେସନର ଡାଇରେକ୍ଟର ହୋଇ ବସି ନଥାଆନ୍ତା। ବିଲାତ ଫେରନ୍ତା ସାହେବ ଆଇ.ସି.ଏସ୍. ଅଫିସର, ଆଉ ପଗଡ଼ିପିନ୍ଧା ପଞ୍ଚିମାଙ୍କୁ ପାଠ ପଢ଼ାଉ ନ ଥାଆନ୍ତା। ବମ୍ବେର ମାଲ୍‌ବାର ହିଲ୍‌ସରେ ଆସ୍ଥାନ ଜମେଇ ନଥାଆନ୍ତା। ହୁଃ! ... "ହନିଫ୍, କ୍ୟା ହୁଆ? ନିଁଦ୍ ଆଗେୟା?"

"ନହିଁ ସାହେବ, ଜୁଲୁସ୍ ନିକଲା ହୈ।"

"ଜୁଲୁସ୍? ଇଧର ଭି ଜୁଲୁସ୍?" ମିଷ୍ଟର ନବୀନ୍ ଆଶ୍ଚର୍ଯ୍ୟ ହେଲେ, କିନ୍ତୁ ଖୁସି ହେଲେ। ପ୍ରତ୍ୟକ୍ଷ ଆକ୍ରମଣର ସମ୍ଭାବନା ନଥିଲେ ସେ ଶୋଭାଯାତ୍ରା ପଟୁଆର ଇତ୍ୟାଦିକୁ ଛିଃ ବୋଲି କହିପାରନ୍ତି ନାହିଁ। ତାଙ୍କର ମାନବ ଜାତି ପ୍ରତି ବିପୁଳ ଶ୍ରଦ୍ଧା

ଜାଗରିତ ହୁଏ। ସେ କଳ୍ପନା ଚକ୍ଷୁରେ ଦେଖନ୍ତି – ଏଇ ଏତେ ଲୋକମାନେ ମୋରି ଚାରି ପାଖରେ ପାଟି କରୁଛନ୍ତି, ନାଚୁଛନ୍ତି, ଥେଇ ଥେଇ ହେଉଛନ୍ତି। କେବଳ ମୋରି ପାଇଁ। ମୋରି ଆନନ୍ଦ ପାଇଁ ସେମାନେ ହସୁଛନ୍ତି, ରାଗୁଛନ୍ତି, ଆକାଶ ପୃଥିବୀ କମ୍ପାଇ କ'ଣ ବୋଲି କ'ଣ କରିବାକୁ ବସିଛନ୍ତି। ମୁଁ ଏକୁଟିଆ ନୁହେଁ। କେଉଁ ଏକ ସିଆଣିଆ ଡାଇରେକ୍ଟର, ଅଫିସର, ବେପାରୀ ମୋତେ ଗିଳି ପାରିବ ନାହିଁ। ମୋ ସାଙ୍ଗକୁ ସେମାନେ ଅଛନ୍ତି, ଲୋକମାନେ।

ହନିଫ୍ କହିଯାଉଥିଲା –"ସାର୍ ଇଏ କଲେଜ ଟୋକାମାନଙ୍କ ଜୁଲୁସ୍। ସଭା ପାଇଁ ଭୋଟ ଲଢ଼େଇ ହେବ। ଏମାନେ କୋଉ ପାଣ୍ଡେକୁ ଭୋଟ ଦିଅ ବୋଲି ପାଟି କରୁଛନ୍ତି, ସାର୍ ଯେଉଁଠି ଦେଖ ସେଇୟା, ପାଠପଢ଼ା ଜାହାନ୍ନମକୁ ଗଲାଣି ...।"

ମିଷ୍ଟର ନବୀନ୍ ଶୁଣୁ ନଥିଲେ। ଦେଖୁଥିଲେ, ମୋରି ପାଇଁ ଏଇ ବିକଶିତ ବଦନ। ନୃତ୍ୟଶୀଳ ଆଖି, ଉଦ୍ଦାମ ଯୌବନର ଧାରା କେତେ ଭଳି ଉଛୁଳୁଛି ପଥରବନ୍ଧରେ ମୁଣ୍ଡିଆ ମାରୁଛି, ପୁଲିସକୁ ଖତେଇ ହେଉଛି, ମନେ ହେଉଛି ଆଖି ପିଛୁଳାକେ (ପୁଲିସ ଗୁଡାକ ନ ଥିଲେ) ବନ୍ଧକୁ ଭାଙ୍ଗି ଦେଇ ସଜାଡ଼ି ଦେବ, ପୃଥିବୀକୁ ଓଲଟେଇ ଦେଇ ସିଧା କରିଦେବ। ବୁଢ଼ୀମାଆକୁ ଘୂରେଇ ଘୂରେଇ ଅଣନିଃଶ୍ୱାସୀ କରି ମନଇଚ୍ଛା ଗେହ୍ଲା କରିବ। ଆମେ ତୋର ବେଟା। କ୍ୟା ପରୁଆ। ... ଦେଖୁନା, ବଡ଼ଭାଇ କେମିତି କାର୍‌ରେ ବସିଛି, ଆଖିମିଟିକା ମାରୁଛି।

ଉଦ୍ଦେଶ୍ୟ ନାହିଁ, କେବଳ ଗୋଟାଏ ପତିଆରା, ଗୋଟାଏ ପତାକା। ଆଜି ପାଣ୍ଡେ, କାଲି ଶଶୀକାପୁର, ପଅରଦିନ ମାଓ-ସେ-ତୁଙ୍ଗ୍। ହାତରେ ବୋମା ନାହିଁ, ଭିତରେ ରାଗ ନାହିଁ, ଲାଭ-କ୍ଷତିର ଦାୟିତ୍ୱ ମୁଣ୍ଡରେ ପଶୁନାହିଁ।

ଉଦ୍ଦେଶ୍ୟ ନାହିଁ। କିନ୍ତୁ ଡେବିଟ୍ ଖାତାରେ ମିଛିମିଛିକା ଲକ୍ଷେଟଙ୍କା, କ୍ରେଡିଟ୍ ଖାତାରେ ମିଛିମିଛିକା ଲକ୍ଷେଟଙ୍କା, ହିସାବ ମିଳିଯାଉଛି।

ମୋର କ'ଣ ହିସାବ ମିଳୁନାହିଁ ନା କ'ଣ? ମୁଁ କ'ଣ ଚୋରି କରିଛି? ନିର୍ଭୀକ ଭଙ୍ଗୀରେ ମିଷ୍ଟର ନବୀନ୍ ଇନ୍ଦ୍ରପୁରୀ ମେଟାଲ କରପୋରେସନ୍ ବ୍ରାଞ୍ଚ ଅଫିସରେ ପହଞ୍ଚିଲେ। ନିଜେ ସଙ୍ଗମଲାଲ୍ ପାଛୋଟି ନେବାପାଇଁ ଛିଡ଼ା ହୋଇଛନ୍ତି।

ମିଷ୍ଟର ନବୀନ୍ ଚେୟାରମ୍ୟାନ୍ ସଙ୍ଗମଲାଲଙ୍କର ସମ୍ମୁଖୀନ ହେଲେ। କିନ୍ତୁ କରମର୍ଦ୍ଦନ କରିବା ପୂର୍ବରୁ ପଛରେ ପଡ଼ିଥିବା ଜୁଲୁସ୍‌ର ଆନନ୍ଦ ଧ୍ୱନି ତାଙ୍କୁ ଖଳବଳ କଲା। ଏଠି ଲୋକମାନେ ନାହାନ୍ତି, ଟୋକାମାନେ ନାହାନ୍ତି। ମୁଁ ଏକୁଟିଆ।

ଡାଇରେକ୍ଟର କେ.ନବୀନ୍‌ର ମୁନିଆଁ ଉଦ୍ଦେଶ୍ୟ ଚେୟାରମ୍ୟାନ୍ ସଙ୍ଗମଲାଲ୍‌ର ମୁନିଆ ଉଦ୍ଦେଶ୍ୟକୁ ଅନେଇଛି। କିଏ ଜିତିବ?

"ଆସନ୍ତୁ, ଆସନ୍ତୁ, କ'ଣ ବମ୍ବେରୁ ବରୋଦା ଯାଏଁ ସିଧା ଡ୍ରାଇଭ୍ କରି ଚାଲିଆସିଲେ ? ହେଃ ହେଃ।"

"ହିଃ ହିଃ, ଭାବିଲି ସୁବିଧା ମିଳିଛି, ଫ୍ୟାମିଲିକୁ ବରୋଦା ବୁଲେଇ ଆଣିବି ... ଆଉ କ'ଣ ଖବର ? ଆପଣଙ୍କ ବ୍ଲଡ୍‌ପ୍ରେସର ଠିକ୍ ଅଛି ତ ?"

"ଓ, ସିଓର୍। ମୋର ବିଶେଷ କିଛି ହୋଇନଥିଲା। କଥା ହେଉଛି କାମର ଚାପ ଟିକିଏ ବଢ଼ିଯାଇଥିଲା। ମୋର ତ ଖାଲି କମ୍ପାନୀ କାମ ନୁହେଁ, ମ୍ୟୁନିସିପାଲିଟି, କୋଅପରେଟିଭ୍, ହାଉସିଙ୍ଗ୍ ସୋସାଇଟି ଏମିତି କେତେ କ'ଣ, ଆପଣ ତ ସବୁ ଜାଣନ୍ତି ... ସେଇଥିପାଇଁ ଡାକ୍ତର କହିଲା।"

ତଥାପି ମିଷ୍ଟର ନବୀନ୍ ଫାଳିକିଆ ହସର ବିଦ୍ରୂପ ବ୍ୟକ୍ତ କଲେ। ଦେଇଛି ପାନେ, ମୁଁ ବମ୍ବେରୁ ଡ୍ରାଇଭ୍ କରି ଆସିଲି ତ ତୋର କ'ଣ ଗଲା ? ମୁଁ କ'ଣ ତୋ ପରି ବ୍ଲଡ୍‌ପ୍ରେସରରେ ଭୋଗୁଛି ? ଖାଲି ବ୍ଲଡପ୍ରେସର ନୁହେଁ ବାପଧନ, ହାର୍ଟର ଗଫଲତି ଅଛି, ମୁଁ ବିଶ୍ୱସ୍ତ ସୂତ୍ରରେ ଖବର ପାଇଛି। ହେଲେ ତୁଚ୍ଛାଟାକୁ ବୋର୍ଡମିଟିଂ ହେଡ୍‌ଅଫିସ ବମ୍ବେରେ ନ ଡାକି ନିଜ ଗାଁ ବରୋଦାରେ ଡାକିଛି ?

ଉପରେ କୁହାଗଲା କ'ଣ ନା କମ୍ପାନୀର ସ୍ୱାର୍ଥ ଦୃଷ୍ଟିରୁ ବ୍ରାଞ୍ଚ ଅଫିସରେ ମଧ୍ୟ ବୋର୍ଡ଼ ମିଟିଙ୍ଗ୍ ଡାକିବା ଦରକାର, ଚେୟାରମ୍ୟାନଙ୍କ ଇଚ୍ଛା ଯେ ଆସନ୍ତା ମିଟିଙ୍ଗ୍‌ରେ ଅତିଥି ସତ୍କାର ତାଙ୍କରି ଉପରେ ନ୍ୟସ୍ତ କରାଯାଉ। ଡାଇରେକ୍ଟରମାନଙ୍କ ଆପତ୍ତି ନ ଥିବ। ବରୋଦା ରମଣୀୟ ସହର।

ହଠାତ୍ ମିଷ୍ଟର ନବୀନ୍‌ଙ୍କର ଉଚ୍ଚ ସ୍ୱରରେ ହସିବାକୁ ଇଚ୍ଛା ହେଲା। ବରୋଦାରେ ଗଧ ଅଛନ୍ତି।

ପ୍ରଚୁର ଗଧ ! ଆଉ ତୁମେ ସଙ୍ଗମଲାଲ ଦାରୁୱାଲା ସେମାନଙ୍କର ଲିଡର !

ସଙ୍ଗମଲାଲ୍‌ଙ୍କ ବ୍ୟକ୍ତିତ୍ୱକୁ ଏଭଳି ଅପମାନ ଦେଲା ପରେ ମିଷ୍ଟର ନବୀନ୍ ଉଚ୍ଛ୍ୱାସବୋଧ କଲେ। ତାଙ୍କର ଧାରଣା ହେଲା ଯେ ସେ ଜଣ ଜଣ କରି ଅନ୍ୟ ଡାଇରେକ୍ଟରମାନଙ୍କୁ ମଧ୍ୟ ଉଡେଇ ଦେଇପାରିବେ, ଲୋଚାକୋଚା କରି ଫିଙ୍ଗିଦେଇ ପାରିବେ। କିନ୍ତୁ ମୁଁ ହୁଣ୍ଡା ନୁହେଁ, ବୁଝି ବିଚାରି କାମ କରିବାକୁ ହେବ।

ଦେଖାହେଲେ ମିଷ୍ଟର ବିଶ୍ୱାସ। ପୂର୍ବାଞ୍ଚଳ। ବିଚାରା ନକ୍ସଲପନ୍ଥୀଙ୍କ ଜ୍ୱାଳାରେ ଅଥୟ ହେଲାଣି, କିନ୍ତୁ ପଳେଇ ଆସିବାର ଉପାୟ ନାହିଁ। ଅନ୍ୟ କେଉଁଠି ଟଙ୍କା ଖଟେଇଲେ ମଧ୍ୟ ସର୍ବ ପ୍ରଧାନ ଝୋଟ ବ୍ୟବସାୟକୁ ଛାଡ଼ି ହେବନାହିଁ। କଲିକତା ବାଲିଗଞ୍ଜରେ ଥିବା ଚାରିଟା କୋଠାକୁ କୁଣ୍ଢେଇ ଧରିବାକୁ ପଡ଼ିବ। ନହେଲେ ସେମାନେ ମାଡ଼ିବସିବେ। ଲୋକଟା ବଙ୍ଗୋପସାଗରରେ ବୁଡ଼ିବାକୁ ବସିଲାଣି, କୁଟା ଖିଅଟିଏ

ହାତରେ ପାଇଲେ ମୁଠେଇ ଧରିବ । ଅବଶ୍ୟ ବାହାରକୁ ଟାଣ ଦେଖାଇବ, ଚୋବେଇ ଚୋବେଇ କଥା କହିବ, ଚଢ଼େଇଙ୍କ ପରି ବିସ୍କୁଟକୁ ଖୁମ୍ପିବ ... ତା'ର ପେଟ ବେମାରି ପରା !

ମିଷ୍ଟର ନାୟାର୍ । ବାଙ୍ଗରା କଳା ମଣିଷ, ଆଖି ଯୋଡ଼ାକ ଉପରକୁ ବାହାରି ଆସିଛି । 'ହ୍ୟାଲୋ ହ୍ୟାଲୋ ନବୀନ୍‌ଜୀ, ହାଓ ଆର୍ ୟୁ' କହି ଧାଇଁ ଆସିଲେ, ସତେ କି ପିଲାଦିନର ଦୋସ୍ତ । ତା'ର ଆଠଟା ହାତ, କେତେବେଳେ କାହା ପକେଟରୁ ଟଙ୍କା କାଢ଼ି ଆଣିବ, ଭଗବାନ୍ ଜାଣନ୍ତି । ଲକ୍ଷ୍ୟ ବ୍ୟବସାୟରେ ବାନ୍ଧି ହୋଇଯାଇଛି, ଲୁହା ତୁଳାଠାରୁ ଆରମ୍ଭ କରି ବିଡ଼ି ବେଶ୍ୟାବୃତ୍ତି ପର୍ଯ୍ୟନ୍ତ । ସେ ରାଜି ହୋଇଯିବ, କାହିଁକି ନା ସେ ଜାଣେ, ମୁଁ ଜାଣେ କେଉଁ ବ୍ୟବସାୟ କେଉଁ ଯାଏଁ ଲମ୍ବିଛି ... ଲମ୍ବିଛି ସୁରାଟ ଉପକୂଳ ଯାଏଁ, ଯେଉଁଠି ରାତି ନ ପାହୁଣୁ ମାଛମରା ଡଙ୍ଗା ଭିତରେ ଚୋରା ସୁନା ଚକ୍ ଚକ୍ କରେ ।

ସରକାରୀ ପ୍ରତିନିଧି ରଙ୍ଗମୂର୍ତ୍ତି ବୁଦ୍ଧଙ୍କ ପରି ବସିଛି । ଉପରମହଲା ଶୂନ । ଗୋଟାଏ ଲମ୍ବା ବକ୍ତୃତା ଦେଲେ କାବୁ ହୋଇଯିବ ।

ଦିଲ୍ଲୀର ମିଷ୍ଟର ରାମନାଥ୍, ପକ୍‌କା ସାହେବ, କିନ୍ତୁ ସାହେବାଣୀଙ୍କ କାରବାର ହାଟରେ ପଡ଼ି ବାଟରେ ଗଡ଼ଗଡ଼ଉଛି । ମୋରି ହୋଟେଲରେ ଅଛି । ମୁଁ ତାକୁ ପୂରା ଗୋଟାଏ କେସ୍ ସ୍କଚ୍ ହୁସ୍କି ଆଣି ଦେବି ବୋଲି କହିଛି ।

ବୁଢ଼ା ଭାସ୍କର ରାଓ । ଅତ୍ୟଧିକ ଡାଏବେଟିସ୍ । ମରିବାକୁ ଡେରି ନାହିଁ । ମୁଁ ତାକୁ ପ୍ରକାରାନ୍ତରେ ଜଣାଇ ଦେଇଛି ଯେ, "ମୁଁ ତା'ର ଗୋଟିଏ ବୋଲି ଅକର୍ମଣ୍ୟ ପୁଅକୁ ମୋହନ କ୍ୟାନିଙ୍ଗ୍‌ରେ ଲଗାଇ ଦେଇପାରେ ... ଯଦି ସୁବିଧା ହୁଏ ..."

ବାକି ଯେତେକ ଅଛନ୍ତି ସେମାନେ ଛୋଟ ମାଛ । ଖାଲି ଫୁଙ୍କୁରୁ ଫୁଙ୍କୁରୁ ହେବେ, ସୁଡୁସୁଡୁ କରି କଫି ପିଇବେ, ସୁଅରେ ଭାସିଯିବେ ।

... କିନ୍ତୁ ଯଥା ସମୟରେ ଅଣ୍ଡାକୃତି କନ୍‌ଫରେନ୍ସ ଟେବୁଲର ସଦସ୍ୟ ହୋଇ ବସିଗଲା ପରେ ମିଷ୍ଟର ନବୀନ୍‌ଙ୍କର ପୁଣି ମନେ ହେଲା ଯେ ଏଠି ଜଣକୁ ଜଣେ । ମୁଁ ଯେତିକି ଆର ଲୋକଟା ସେତିକି । ସେତିକି ମୁନିଆଁ ଉଦ୍ଦେଶ୍ୟ (ଅଭିସନ୍ଧି), ସେତିକି ଆକାଙ୍‌କ୍ଷା (ହାଇଁପାଇଁ) ଏବଂ ସେତିକି ଶ୍ୟେନଦୃଷ୍ଟି । କିଏ ଜିତିବ କିଏ ଜାଣିଛି ?

ସର୍ବୋପରି ବସିଛି ଜରଦ୍‌ଗବ ସଙ୍ଗମଲାଲ୍ ଦାରୁୱାଲା । ତାକୁ ଜିତିବା କାଠିକର ପାଠ । ଏତେ ବଡ଼ମୁଣ୍ଡ । ଅଫିମିଆ ଆଖି । ସେ ଅତର୍କିତରେ ଲାତ ମାରିପାରିବ । (କହିବା ବାହୁଲ୍ୟ ମିଷ୍ଟର ନବୀନ୍‌ଙ୍କର ପୁଣି ଗଧମାନଙ୍କ କଥା ମନେପଡ଼ିଲା । କିନ୍ତୁ ସେ ହସି ପାରିଲେ ନାହିଁ) ।

ବୈଠକ ଆରମ୍ଭ ହେଲା । ଚେୟାରମ୍ୟାନ୍ ସଙ୍ଗମଲାଲ୍ ପ୍ରାରମ୍ଭିକ ଭାଷଣ

ଦେଲେ, ଯାହାର ସାରାଂଶ ହେଲା ଯେ, ସରକାରଙ୍କ ଅବୁଝାମଣା ନୀତି ସତ୍ତ୍ୱେ ଶିଳ୍ପପତିମାନଙ୍କୁ ସ୍ୱାର୍ଥତ୍ୟାଗ କରିବାକୁ ହେବ, ସକଳ ସୁଖସ୍ୱାଚ୍ଛନ୍ଦ୍ୟ ଉତ୍ପାଦନ ବଢ଼ାଇବାକୁ ହେବ, ଯାହାଦ୍ୱାରା ଏହି ଦେଶ ଅଚିରେ ରାମରାଜ୍ୟ ବୋଲାଇବ, ଏହି ଦେଶର ନରନାରୀ ... ଇତ୍ୟାଦି।

ମିଷ୍ଟର ନବୀନ୍ କାଳ ବିଳମ୍ବ ନ କରି କାର୍ଯ୍ୟସୂଚୀକୁ ଆଉ ଥରେ ପଢ଼ି ବସିଲେ, ଯେପରିକି ବିଭିନ୍ନ ଉଦ୍ଦେଶ୍ୟର ମାନଚିତ୍ର ପରିଷ୍କାର ଭାବେ ଆଙ୍କି ହୋଇଯିବ, ଆଲୋଚନାର କୁହୁଡ଼ିରେ ବାଟବଣା ହେବାର ଭୟ ନଥିବ। ମୋର ଆଇଟେମ୍ ନମ୍ବର ତିନି, ପ୍ରତାପ ନଗର ରୋଲିଙ୍ଗ୍ ମିଲ୍ସରେ ସେୟାର କଣିବା ଆବଶ୍ୟବ। ସମୂହ ସ୍ୱାର୍ଥ ଦୃଷ୍ଟିରୁ ଇନ୍ଦ୍ରପୁରୀ ମେଟାଲ୍ କରପୋରେସନ୍‌କୁ ଛୋଟ ଛୋଟ ରୋଲିଙ୍ଗ୍ ମିଲ୍ସ ଫାଉଣ୍ଡ୍ରିମାନଙ୍କ ସହିତ ହାତ ମିଳାଇବାକୁ ହେବ। ଆଇଟେମ୍‌ରେ ଲେଖା ନଥିଲା ଯେ, ତଦ୍ଦ୍ୱାରା ରୋଲିଙ୍ଗ୍ ମିଲ୍ସର ମାଲିକ ସୁଧୀରବାବୁଙ୍କ ଜରିଆରେ କେତୋଟି ମୂଲ୍ୟବାନ୍ ଇମ୍ପୋର୍ଟ୍ ଲାଇସେନ୍ସ ଯୋଗାଡ଼ କରିହେବ। ସୁଧୀରବାବୁଙ୍କ ଦାଦିପୁଅ ଭାଇ କେନ୍ଦ୍ର ଅର୍ଥ ବିଭାଗର ବଡ଼ କର୍ତ୍ତା। ଲାଇସେନ୍ସକୁ ଚୋରାରେ ବିକିଦେଲେ ଯାହା ମିଳିବ ସେଥିରେ ମୋହନ କ୍ୟାନିଙ୍ଗ୍‌ର ଅବସ୍ଥା ସୁଧୁରି ଯିବ (ମୁଁ କ'ଣ ନିଜପାଇଁ କିଛି କରୁଛି ?) ... ଆଇଟେମ୍ ନମ୍ବର ପାଞ୍ଚ। ନାୟାର। ସମାଜ କଲ୍ୟାଣ ଦୃଷ୍ଟିରୁ 'ପତିତା ଭବନ'କୁ ଯତ୍‌ସାମାନ୍ୟ ଦାନ ଦେବାକୁ ପଡ଼ିବ। ଉଦ୍ଦେଶ୍ୟ ନାୟାରଙ୍କ କେତେଜଣ ପତିତା ଉପକୃତ ହେବେ, ତା ଛଡ଼ା କିଛି ପରସେଣ୍ଟେଜ୍ ଉପକୂଳରକ୍ଷୀମାନଙ୍କ ହାତକୁ ଯିବ, ଯେଉଁମାନେ ମାଛଧରା ଡଙ୍ଗାକୁ ବାଟ ଛାଡ଼ିଦେବେ। ... ଆଇଟେମ୍ ନମ୍ବର ଛଅ। ବିଶ୍ୱାସ। ଡିଭିଡେଣ୍ଡ ହାର ବଢ଼ାଇବାକୁ ହେବ, ଅଂଶୀଦାରମାନେ ଧୈର୍ଯ୍ୟ ହରାଇଲେଣି। ଉଦ୍ଦେଶ୍ୟ ବଙ୍ଗଭୂମିର ବାହାରେ ଯେତେ ଉପୁରି ଧନ ମିଳିବ ସେତେ ଭଲ। ବିଶ୍ୱାସ ଇନ୍ଦ୍ରପୁରୀ ମେଟାଲ କର୍ପୋରେସନର ଜଣେ ପ୍ରଧାନ ବେନାମୀ ଅଂଶୀଦାର। ... ଆଇଟେମ୍ ନମ୍ବର ତେର। ଭାସ୍କର ରାଓ। ଦେଶର ସର୍ବାଙ୍ଗୀନ ଉନ୍ନତି ଦୃଷ୍ଟିରୁ ଆନ୍ଧ୍ରପ୍ରଦେଶରେ କମ୍ପାନୀର ବ୍ରାଞ୍ଚ ଖୋଲାଯାଉ। ଉଦ୍ଦେଶ୍ୟ ଅକର୍ମଣ୍ୟ ପୁଅ ପୁତୁରା କୂଳରେ ଲାଗିଯିବେ। ବୁଢ଼ାର ଶେଷ ଜୀବନ ସାର୍ଥକ ହେବ। ଆଉ କେଉଁ ଆଇଟେମ୍ ରହିଲା ? ଚେୟାରମ୍ୟାନ୍‌ର କେଉଁ ଆଇଟେମ୍ ?

ଆଲୋଚନା ପ୍ରସାରିତ ହେଲା। ଜଣ ଜଣ କରି ଡାଇରେକ୍ଟରମାନେ ବକ୍ତୃତା ଦେଲେ, ହସିଲେ, ତେଜି ଉଠିଲେ, କେତେବେଳେ ବିକଟ ସିଂହନାଦ କରିବା ସତ୍ତ୍ୱେ ରାଜି ହୋଇଗଲେ, ଆଉ କେତେବେଳେ ଜିତାପଟ ହାସଲ କରି ମଧ୍ୟ ମୁହଁ

ଶୁଖେଇଲେ। ନୀତି ଓ ନିବୃତ୍ତିର ପରାକାଷ୍ଠା ଦେଖାଇଲେ, କିନ୍ତୁ ଯେଝାର ଯେଝା ବୁଝିଲେ କାହାର ଉଦ୍ଦେଶ୍ୟ ସଫଳ ହେଲା, କାହାର ଉଦ୍ଦେଶ୍ୟ ପାଣି ଫାଟିଗଲା।

ମିଷ୍ଟର ନବୀନ୍ ବୁଝିଲେ। ହେଲେ ବୁଝିସାରିଲା ପରେ ମଧ୍ୟ ଛଟପଟ ହେଲେ। ତିନି ନମ୍ବର ଆଇଟେମ୍ ପାସ ହୋଇଗଲା ପରେ ମଧ୍ୟ ତାଙ୍କର ସୁମୁଖ ଉଭାସିତ ହେଲା ପରି ଦିଶିଲା ନାହିଁ।

ତା'ଛଡ଼ା ବିଚିତ୍ର କଥା ଯେ, ମିଷ୍ଟର ନବୀନ୍‌ଙ୍କୁ ଅଧାବାଟରେ ହାଲିଆ ଲାଗିଲା। କଫି ପାଣିଚିଆ ଲାଗିଲା। କାଜୁବାଦାମ କେଉଁ ଅନାମଧେୟ ଜନ୍ତୁର ନଖ ଦାନ୍ତ ପରି ମନେ ହେଲା।

କାହିଁକି? ମିଷ୍ଟର ନବୀନ୍ କାରଣ ଠଉରେଇବାକୁ ଚେଷ୍ଟା କଲେ, ପାରିଲେ ନାହିଁ। ମୋର ଆଇଟେମ ପାସ ହୋଇଯାଇଛି। ମୁଁ ଜିତିଛି। ବାକି କିଏ ଜିତିଲା କିଏ ହାରିଲା, ସେଥିରେ ମୋର ମୁଣ୍ଡ ବଥାଉଛି କାହିଁକି?

ନା, ନା ସେଥିପାଇଁ ନୁହେଁ। ତା'ହେଲେ କ'ଣ ମୀରା ଯାହା କହୁଥିଲା ସତ? ମୁଁ ପାରୁନାହିଁ? ଶିଖରୀରେ ପହଞ୍ଚିଲେ ମଧ୍ୟ ଉପରକୁ ଚାହିଁଲେ ଡର ମାଡୁଛି? ଶୃଙ୍ଗ ପରେ ଶୃଙ୍ଗ ଶୃଙ୍ଗ ତଦୁପରି ... ଏତେ ଉପରକୁ ଚଢ଼ି ଆସିଲିଣି ... ସବା ଉପରେ ପହଞ୍ଚି ଯାଆନ୍ତି ଭଲା! ନ ହେଲେ ତଳବାଲା ବେଳ ଉଣ୍ଡି ଗୋଛି କାଟିଦେବେ। ମୁଁ ଦୁମ୍ କରି ତଳେ ପଡ଼ିଯିବି। ଯେତେ ଉପରକୁ ଉଠିବି ସେତିକି ତଳେ ପଡ଼ିଯିବି। ଗୋଡ଼ ହାତ ଭାଙ୍ଗି ଚୂନା ହୋଇଯିବ।

ସର୍ବୋଚ୍ଚ ଶିଖରୀ କେଉଁଠି? କାହିଁ ମୋର ଏଭରେଷ୍ଟ?

ମୀରା ଦୋହଲୁଛି। ହନିଫ୍ ଗାଡ଼ି ଫେରାଇ ନେଇ ମେମ୍ ସାହେବଙ୍କୁ ସହର ଦେଖାଉଛି। ମୀରା ଲକ୍ଷ୍ମୀବିଳାସ ପ୍ୟାଲେସ୍‌ରେ ରବିବର୍ମାଙ୍କ ଚିତ୍ରକଳା ଦେଖି (କିଛି ନ ବୁଝିଲେ ମଧ୍ୟ) ମୁଗ୍ଧ ହେଉଛି, ଗୋଟାଏ ଯୋଡ଼ାଏ କିଛି ନେଇ ବମ୍ବେ ଘରକୁ ସଜାଇଲେ କେମିତି ହୁଅନ୍ତା ବୋଲି ବିଚାର କରୁଛି। ରୋଜି ଉଚ୍ଛୁଳୁଛି, ସୟାଜୀବାଗ ଉଦ୍ୟାନରେ ଗିର୍ ବନସ୍ତର ସିଂହମାନଙ୍କୁ ଖତେଇ ହେଉଛି। କଲେଜ ଟୋକାମାନଙ୍କ ଜୁଲୁମ୍ ବଢ଼ି ଚାଲିଛି। ପାଣ୍ଡେ ଆଇସ୍କ୍ରିମ ଖାଉଛି, ସେମାନଙ୍କର ଉଦ୍ଦେଶ୍ୟ ନାହିଁ। କାହିଁକିନା ସେମାନେ ମୋରି ଉଦ୍ଦେଶ୍ୟର ଜ୍ୟୋତିର ଉଷୁମ ଟାଣୁଛନ୍ତି। ବେଦନାରେ ଉଠି ଉଠୁଥିବା ମୋରି ଗଛର ଛାଇରେ ହାଉଆ ଖାଉଛନ୍ତି। ମୁଁ କାହିଁକି ଏଥର ବସିଯାଇ ପାରିବି ନାହିଁ? ମୁଁ କାହିଁକି କହି ପାରିବିନାହିଁ ଯେ ମୋର ଉଦ୍ଦେଶ୍ୟ ସାଧିତ ହୋଇଛି, ମୁଁ ବସିବି? ମୁଁ ମୋର ସିଂହାସନ ଉପରେ ଗାଦି ମାଡ଼ି ବସିବି, କଳ୍ପନାକୁ ସତ କରିବି, ଆଉ ସେମାନେ ସେଇ ଉଦ୍ଦେଶ୍ୟହୀନ ପ୍ରାଣୀମାନେ ମୋର ସଫଳ ଉଦ୍ଦେଶ୍ୟରେ

ଜୟଗାନ ଗାଇବେ ? ଜୟଗାନ ଗାଇବେ, "ତୁମେ ପାଇଛ, ଆମେ ଧନ୍ୟ । ଇନ୍‌କିଲାବ୍ ଜିନ୍ଦାବାଦ୍ ।"

ମିଷ୍ଟର ନବୀନ୍ କଟମଟ କରି ସଙ୍ଗମଲାଲ ଦାରୁୱାଲାଙ୍କ ଆଡ଼କୁ ଅନାଇଲେ ।

ଅର୍ଥାତ୍ ତାଙ୍କର ଗଳା ବନ୍ଦ କୋଟ ପକେଟରୁ ପଗଡ଼ି ପରି ଫୁଲି ଉଠିଥିବା ରୁମାଲକୁ ଅନାଇଲେ । କେଉଁ ବିଗତ ଶତାବ୍ଦୀକୁ ହେଜିଲେ, ଯେବେ ଏଇ ଶତ୍ରୁମାନଙ୍କୁ କଚ୍ କଚ୍ କରି କାଟି ଦେଇହୁଅନ୍ତା । ଡିଆଁଟାଏ ମାରି ସର୍ବୋଚ୍ଚ ଶିଖରୀରେ ପହଞ୍ଚି ହୁଅନ୍ତା । ଏହି ପାହାଚ ଉଠିବାର କ୍ଲେଶ, ଦୀର୍ଘ ପନ୍ଦରବର୍ଷର ଘଷାମଜା, ଧାଁ ଧପଡ଼, କନ୍‌ଫରେନ୍ସ କକ୍‌ଟେଲ, ବକ୍ତୃତା ଓ ଫୁସ୍‌ଫୁସ୍‌ର ସାଧନା କରିବାକୁ ପଡ଼ି ନଥାନ୍ତା ।

ମିଷ୍ଟର ନବୀନ୍ ଚୁପ୍ ହୋଇଗଲେ । ଅନ୍ୟମାନେ ଭାବିଲେ ସେ ଜିତାପଟର ଆନନ୍ଦକୁ ଚାକୁଳେଉଛନ୍ତି । କେହି ଜାଣି ପାରିଲେ ନାହିଁ ଯେ ସେ ଉପରକୁ ଅନେଇଛନ୍ତି । ଅଭିଷ୍ଟ ହିମଗିରିକୁ ଚାହିଁଛନ୍ତି, ଯେଉଁଠୁ ବରଫର ଠୋପା ଠୋପା ଖସି ଆସି ତାଙ୍କର ଅସ୍ଥିମଜ୍ଜା ଥରାଇ ଦେଉଛି ।

ଏହି ସମୟରେ ସରକାରୀ ପ୍ରତିନିଧି ରଙ୍ଗମୂର୍ତ୍ତି ଏକ ବିଶେଷ ଘୋଷଣା କଲେ । ଚେୟାରମ୍ୟାନ୍ ପୂର୍ବରୁ ଜାଣିଥିଲା ପରି ମୃଦୁ ମୃଦୁ ହସିଲେ । ଘୋଷଣାର ମର୍ମ ଏହି ଯେ ଇନ୍ଦ୍ରପୁରୀ ମେଟାଲ କର୍ପୋରେସନ୍‌ରୁ ଋଣ ବା ସାହାଯ୍ୟ ପାଇଥିବା ସମସ୍ତ ଉଦ୍ୟୋଗର ଯାଞ୍ଚ କରିବାପାଇଁ ସରକାରୀ ଅଡିଟର ନିଯୁକ୍ତ ହେବେ । ତା'ର ଅର୍ଥ ମୋହନ କ୍ୟାନିଙ୍ଗର ହିସାବ ପତ୍ର ଆଉ ଥରେ ଯାଞ୍ଚ କରାଯିବ । ହୁଏତ ... ହୁଏତ ... ହିସାବ ମିଳିବ ନାହିଁ ।

ଅପ୍ରତ୍ୟାଶିତ ଚୋଟ, ମିଷ୍ଟର ନବୀନ୍ ଉପଯୁକ୍ତ କ୍ରୋଧରେ ତାତି ଉଠିବାପାଇଁ ପ୍ରସ୍ତୁତ ହେଲେ । ଇଏ ସବୁ ସଙ୍ଗମଲାଲ ଦାରୁୱାଲାର କାରସାଦି । ସେଇ ମୋତେ ଖସେଇ ପକେଇବାକୁ ହମ ହମ ହେଉଛି । ମୋହନ କ୍ୟାନିଙ୍ଗକୁ ନଷ୍ଟ କରିବାକୁ ତର ସହୁନାହିଁ । ମୁଁ ତା'ର ମଜା ଦେଖିନେବି । ମୁଁ ଗୋବିଭାଇ ପାଖକୁ ଯିବି । ତାକୁ ଆହୁରି ଦଶହଜାର ଟଙ୍କା ଦେବି ... ଆହୁରି ଆହୁରି ଦେବି ସେ ସବୁ ଠିକ୍ କରିଦେବ ...

କିନ୍ତୁ ସେ ରାଗିପାରିଲେ ନାହିଁ । ତାଙ୍କର ମନେ ହେଲା ଯେ ଜିତିବା ହାରିବାର ମୂଲ୍ୟ ନାହିଁ । ଯାହା କରିବା କଥା କରି ହୋଇଯିବ । କେ.ନବୀନ୍‌ର ଯାଏ କେତେ, ଆସେ କେତେ । କେ. ନବୀନ୍ ପହୁଞ୍ଚି ସାରିଲାଣି ।

ମୀରା ହସୁଛି ? ସଙ୍ଗମଲାଲ ହସୁଛି ? ହସ, ହସ, ମୁଁ ଖାତିର କରେ ନାହିଁ । ବେଶ୍, ମୁଁ ପହଞ୍ଚିବାକୁ ଚାହେଁ ନାହିଁ । ହେଲା ?

... କାମ ସରିଲା, ସଞ୍ଜ ବୁଡ଼ିଲା । ମୀର ହସ ହସ ହୋଇ କେତେ ଗପ ଗପିଗଲା, ବରୋଦାର ଦୋଷ ଗୁଣ ବଖାଣି ଗଲା, କେତେ ପ୍ରଶ୍ନ ପଚାରିଗଲା, ବୋର୍ଡ

ମିଟିଙ୍ଗ୍ କେମିତି ହେଲା ? ରାମନାଥ ସାହେବ ତାଙ୍କ ମିସେସ୍‌ଙ୍କୁ ସାଙ୍ଗରେ ଆଣିଛନ୍ତି ? (କୁରୁ କୁରୁ ହସ) ... ଦାରୁୱାଲାଙ୍କ ମିଜାଜ୍ ଠିକ୍ ଅଛି ତ ? ଇତ୍ୟାଦି । ରୋଜି ଜେରା କଲା – ଡ୍ୟାଡି, ତୁମେ ହାତୀ ଉପରେ ଚଢ଼ିଛ ? ଓଟ ଉପରେ ଚଢ଼ିଛ ? ଚଢ଼ିଲେ କେମିତି ଲାଗେ କହିଲ ? ସତ କହ । କାହିଁକିନା ସେ ଆଜି ସୟାଜୀବାଗ୍ ଉଦ୍ୟାନରେ ହାତୀଚଢ଼ାର କୃତିତ୍ୱ ହାସଲ କରି ଆସିଛି ।

ମିଷ୍ଟର ନବୀନ କେବଳ 'ହଁ' 'ନାଁ'ରେ ଉତ୍ତର ଦେଲେ । ରେଷ୍ଟୋରା ସିନେମା ଇତ୍ୟାଦିର ପ୍ରସ୍ତାବକୁ ପ୍ରତ୍ୟାଖ୍ୟାନ କରି ହନିଫ୍‌ଙ୍କୁ ଆଦେଶ ଦେଲେ, ଘୁମାଓ, ସାରା ସହର ଘୁମାକେ ଲାଓ । ତେଣୁ ହନିଫ୍ ନିରୁଦ୍ଦେଶ ହୋଇ ଗାଡ଼ି ଚଳାଇଲା । ବାଟରେ କେତେ ପ୍ରାସାଦ, କେତେ ପ୍ରତିମୂର୍ତ୍ତି, କେତେ କ'ଣ ଚିହ୍ନାଇ ଦେଲା । ସହରର ଏ ମୁଣ୍ଡରୁ ସେ ମୁଣ୍ଡଯାଏ, ଦାଣ୍ଡିଆ ବଜାରରୁ ବିଦ୍ୟୁତ୍ ନଗର ଯାଏ ଘୂରେଇଲା ।

ମିସେସ୍ ନବୀନ୍ ହାଇ ମାରିଲେ । ବର୍ଷା ପଡ଼ିଲାଣି, ହୋଟେଲକୁ ଯିବା ନାହିଁ ? ନା, ମିଷ୍ଟର ନବୀନ୍ ଫେରିବା ପାଇଁ ପ୍ରସ୍ତୁତ ନ ଥିଲେ । ଗତିଶୀଳତାରେ ନିଜକୁ ହଜାଇବାକୁ ଚାହୁଁଥିଲେ । ଉଠିବା ନାହିଁ, ପଡ଼ିବା ନାହିଁ, ସମତଳ ଭୂମିରେ ଗଡ଼ିଗଡ଼ି ଯାଅ । ମାଆ ପେଟରୁ ଯେଉଁ ପ୍ରାଣକୁଦା ମାରିଲା ସେ କେଉଁଠି ଅଟକି ପାରିବ ନାହିଁ, ପୁଣି ମରଣ ପେଟରେ ପଶିବା ଯାଏଁ । ଉଠ ନାହିଁ, ପଡନାହିଁ, ଗଡ଼ି ଗଡ଼ି ଯାଅ ।

ସଙ୍ଗମଲାଲ ମରୁ, ଗୋବିଭାଇ ଜିନ୍ଦା ରହୁ, ଗୋବିଭାଇ ମରୁ, ସଙ୍ଗମଲାଲ ବଞ୍ଚିଥାଉ, ଜିତ, ହାର, ଅଟକି ଯାଅ ନାହିଁ ... ଗଡ଼ି ଗଡ଼ି ଯାଅ ... ଗଡ଼ି ଗଡ଼ି ଯାଅ ...

ସେଇଠୁଁ ସେ ଦେଖିଲେ ରାସ୍ତା କଡ଼ରେ ଦଣ୍ଡାୟମାନ ନିଶ୍ଚଳ ମୂର୍ତ୍ତି । ବର୍ଷା ପଡୁଛି, କିନ୍ତୁ ସେ ଛିଡ଼ା ହୋଇ ରହିଛି, ଗୋଟିଏ ଗୋଡ଼ ଉପରକୁ ଟେକିଛି । ଗୋଡ଼ ହଲୁନାହିଁ, ଲାଞ୍ଜ ହଲୁନାହିଁ, ମୁଣ୍ଡ ହଲୁନାହିଁ, କାନ ହଲୁନାହିଁ । ଆଖି ବନ୍ଦ । ଗୋଟିଏ ଗଧ । ମିଷ୍ଟର ନବୀନ କାର ଅଟକାଇବାକୁ କହିଲେ ଏବଂ କାର୍‌ରୁ ଓହ୍ଲାଇ ପଡ଼ିଲେ ।

ବର୍ଷାରେ ତିନ୍ତିବା ସତ୍ତ୍ୱେ ସେ ତାକୁ ମନୋବୋଧ କରି ଦେଖିଲେ । ତା'ପାଖକୁ ଗଲେ । ଚେଇଁଚି ନା ଶୋଇଛି ? ଦେହ ହଲୁ ନାହିଁ ସିନା, ମନ ମଧ୍ୟ ହଲୁନାହିଁ ? ଏଇ କ'ଣ ଗତିର ଅଗତି ? ବିରତି ? ଅଶାନ୍ତିର ଇତି ? ?

ଏମିତି କ'ଣ ହୋଇପାରେ ?

ବିସ୍ଫାରିତ ନୟନରେ ମିସେସ ନବୀନ ଦେଖିଲେ କିମ୍ବା ଅନୁମାନ କଲେ ଯେ, ସ୍ୱାମୀ ଗୋଟାଏ ଗୋଡ଼ ଉପରକୁ ଟେକୁଛନ୍ତି । ସେ ଚିତ୍କାର କରି ଉଠିଲେ, ଆରେ ସେଠି କ'ଣ କରୁଛ ? ଆସ, ଆସ ଭିତରକୁ ଆସ । ଆଜି ସେ ବରୋଦାର ରାସ୍ତାଘାଟରେ ଅନେକ ଅନେକ ଗଧ ଦେଖିଛନ୍ତି । ସେମାନଙ୍କ ଆହାର ନିଦ୍ରା ଭୟ

ମୈଥୁନ ସବୁଥିବ ପରିଚୟ ପାଇଛନ୍ତି, କିନ୍ତୁ ବର୍ତ୍ତମାନ ତାଙ୍କ ଆଖିରେ ନାଚିଲା ସେହି କୁତ୍ସିତ ଜନ୍ତୁର ମୈଥୁନ, ଯୋଡ଼ାଏ ଧୂସର ଲୋମଶ ଦେହର ଉଦାସୀନ କ୍ରିୟା ...

ସେ ସହି ପାରିଲେ ନାହିଁ, କାନ୍ଦିଲା ପରି ହେଲେ। ପ୍ଲିଜ୍ ପ୍ଲିଜ୍ କହି ସ୍ୱାମୀଙ୍କ ହାତ ଧରି ଟାଣିଆଣିଲେ।

ଗଧ ତଥାପି ନିର୍ବାକ୍ ନିସ୍ପନ୍ଦ ହୋଇ ଛିଡ଼ା ହୋଇଥିଲା।

■

ସତୀ-ଚରିତାମୃତ

ମୁଁ ପଦ୍ମାକୁ ମିଛୁଟାରେ ଗାଳି ଦେଲି। ଯାହା ମନକୁ ଆସିଲା କହିଗଲି। ବୋଧହୁଏ ବାହା ହେବା ଦିନଠାରୁ ଏମିତି କେବେ କହି ନଥିଲି, କିନ୍ତୁ ସେ ମୋତେ ରଗେଇଲା କାହିଁକି ? ଏତେଗୁଡ଼ାଏ ସତୀପଣ ଦେଖାଇ ହେବାକୁ କିଏ କହୁଥିଲା ?

ବଡ଼ ପାହୁଣ୍ଡରେ ବାଟ ଚାଲୁ ଚାଲୁ ଶ୍ୟାମଘନ ବାବୁ କ୍ରମଶଃ ଅନୁତପ୍ତ ହେଉଥିଲେ। ସେ ପ୍ରାୟ ଦଶ ମିନିଟ୍ ହେବ ସ୍ତ୍ରୀଙ୍କ ସାଙ୍ଗରେ କଜିଆ କରି ଘରୁ ପଳେଇ ଆସିଛନ୍ତି, କିନ୍ତୁ ବିଭ୍ରାନ୍ତ ହୋଇ ବୁଲୁନାହାନ୍ତି। ସିଧାସଳଖ ମେନ୍‌ରୋଡ଼ରେ ଆସି କଲେଜ ପାଖରେ ବା ହାତି ରାସ୍ତା ଧରି ବଣିଆ ସାହିର ମଝିକୁ ଆସି ଗଲେଣି। ଏଇଠୁ ତାଙ୍କୁ କ୍ଷଣକ ପାଇଁ ଚାରିଆଡ଼କୁ ଚାହିଁବାକୁ ପଡ଼ିଲା। କାରଣ ଏଠି ଭୋଟରମାନଙ୍କ ସଂଖ୍ୟା ଅଧିକ। ଏଇଠି କେତେ ମାସ ତଳେ ନିର୍ବାଚନ ସଭାର ମଣ୍ଡପରେ ଶ୍ୟାମଘନ ଚୌଧୁରୀ ସନାତନ ମହାନ୍ତିର କାନ୍ଧରେ କାନ୍ଧ ମିଳାଇ ଛିଡ଼ା ହୋଇଥିଲା, ଭବିଷ୍ୟତର ସ୍ୱପ୍ନ ଦେଖୁଥିଲା। ସ୍ମୃତିର ଗ୍ଲାନି ତାଙ୍କୁ ବାନ୍ଧିବାକୁ ଲାଗିଲା ଓ ସେ ଅଧିକତର ଦ୍ରୁତ ଗତିରେ ଆଗେଇଲେ। କେହି ଦେଖିଲେ ଦେଖନ୍ତୁ, ମୁଁ ପରୁଆ କରେ ନାହିଁ। ମୋ ଦେଖିଲା କାମ ମୁଁ କରିବି। ଭୋଟରମାନେ ମୋତେ ସ୍ୱର୍ଗକୁ ନେବେ।

ବଣିଆ ସାହି ପାରିହୋଇ ସହର ତଳିର ଖୋଲା ରାସ୍ତା ଧରିଲା ପରେ ଶ୍ୟାମଘନବାବୁ ଏକ ଅପୂର୍ବ ପୁଲକ ଅନୁଭବ କଲେ ଓ ପୁଣି ପଦ୍ମାଦେବୀଙ୍କୁ ମନେ ପକାଇଲେ। ପଦ୍ମାଟା ବୋକୀ, ନିହାତି ବୋକୀ। ଜାଣିପାରୁ ନାହିଁ ଯେ ସତ୍ୟ ଓ ସଂସ୍କାର ଦୁଇଟି ଭିନ୍ନ ବସ୍ତୁ। ବୁଝୁନାହିଁ ଯେ ସାଇକୋଲଜି ସଂସ୍କାରର ଗଣ୍ଠିକୁ କେବେଠୁଁ ଖୋଲି ସାରିଲାଣି। ଆଃ ! କି ଚମତ୍କାର ପବନ ! କି ସୁନ୍ଦର ଦୃଶ୍ୟ ! ଶ୍ୟାମଘନ ବାବୁ ନୂଆ ବାଟର ନୂତନତ୍ୱ, ତା'ର ଅଭିନବ ମାଧୁରୀକୁ ଶିରାରେ ଶିରାରେ ଖେଳାଇ ଦେଲେ ଏବଂ ଅନୁପସ୍ଥିତା ଲାଞ୍ଛିତା ପଦ୍ମାଦେବୀଙ୍କୁ ମନେ ମନେ ଆହ୍ୱାନ କଲେ। ଆସ ଦେଖ, ସତୀପଣର ଓଢ଼ଣା ଖୋଲି ଦେଇ ପର ପୁରୁଷର ଚେହେରାକୁ ଦେଖ।

ଶ୍ୟାମଘନ ବାବୁ ଏକୁଟିଆ ହସ ହସିଲେ ଓ ରୁମାଲରେ ମୁହଁ ପୋଛିଲେ। ଦୂରରୁ ଦେଖିଲେ କିମ୍ବା ହୁଏତ ଅନୁଭବ କଲେ ଯେ ସର୍ବମଙ୍ଗଳ ପାର୍ଟିର ତିନିମହଲା ହଳଦିଆ କୋଠା ଉଙ୍କି ମାରୁଛି।

ଏଇ ବାଟେ ଥରେ ଅଧେ ନ ଆସିଛି ନୁହେଁ। ନିଜ ପାର୍ଟିର ପତାକା ଉଡ଼ାଇ କାର୍‌ରେ ଚଢ଼ି ଆସିଛି। ଲାଉଡ଼ସ୍ପିକର ଗର୍ଜି ଉଠିଛି, ସତେ କି ସେହି ଘୃଣ୍ୟ ହଳଦିଆ କୋଠାଟାକୁ ଧୂଳିସାତ୍ କରିଦେବ। କିନ୍ତୁ ଏମିତି ଆସିନାହିଁ। ଚାଲି ଚାଲି ରାଗି ମାଗି ଆସିନାହିଁ। ସୁନା ବୋଲା କୋଠାକୁ ଛୁଇଁ ଦେଇ ମୂର୍ଚ୍ଛା ଓ ପତନର ସୁଖ ପାଇବାପାଇଁ ଆସି ନାହିଁ। ଶ୍ୟାମଘନ ବାବୁ ପୁଣି ଥରେ ଏକୁଟିଆ ହସ ହସିଲେ ଓ ରୁମାଲରେ ମୁହଁ ପୋଛିଲେ।

ମୁଁ ଖାଲି ଶୁଣିଯିବି। ସହଜେ ଧରା ଦେବିନାହିଁ। ମୋର କା-ହା-କୁ ବିଶ୍ୱାସ ନାହିଁ। ସନାତନ ମହାନ୍ତି ଯାହା ଧରଣୀ ମହାପାତ୍ର ସେଇୟା ! ନେତା ବାହାଦୂର ଯାହା, ରାୟବାହାଦୂର ସେଇୟା ! ସମସ୍ତେ ଚୋର, ତସ୍କିକଟା ...।

ପୁଲକ ମରିଯାଉଛି ? ସରାଗ ସରି ଯାଉଛି ? ନା। ଶ୍ୟାମଘନ ବାବୁ ନିଜକୁ ଚେତାଇଲେ ଯେ ସେ ପ୍ରାକ୍ଟିକାଲ୍। ମୁଁ ନିଜର ସୁଖପାଇଁ ନୂଆ ବାଟରେ ଚାଲୁଛି। ମୋତେ କେହି ଟାଣୁ ନାହିଁ। ମୁଁ ଜାଣିଶୁଣି ରୋମାଞ୍ଚ ତିଆରି କରୁଛି - ନ ହେଲେ ମଜା ଆସିବ କେମିତି ? ପ୍ରେମ ପ୍ରାକ୍ଟିକାଲ୍, ସେକ୍‌ସ ପ୍ରାକ୍ଟିକାଲ। ପଲିଟିକ୍‌ସ ପ୍ରାକ୍ଟିକାଲ। ଫେରିଆସି ମୁଁ ପଦ୍ମାକୁ ଟିକିନିକି କରି ବୁଝେଇ ଦେବି। ସେ ବୁଝିବ ଯେ ଆମେ ସ୍ୱାମୀ ସ୍ତ୍ରୀ କାନ୍ଦିବାପାଇଁ ଜନ୍ମ ପାଇନାହୁଁ।

ସନାତନ ମହାନ୍ତି ବୁଝିବ। ବୁଝିବ ଆଉ ଚେଙ୍କେ ପାଇବ !

ଏହିପରି ଭାବରେ ଉତ୍ତେଜିତ, ଉତ୍ତପ୍ତ ଓ ଅନୁପ୍ରାଣିତ ହୋଇ ଶ୍ୟାମଘନବାବୁ ଅଗ୍ରସର ହେଲେ ଏବଂ ବାରମ୍ବାର ରୁମାଲରେ ମୁହଁ ପୋଛିଲେ। ହଳଦିଆ କୋଠା କ୍ରମଶଃ ସୁଦୃଶ୍ୟ ହେଲା, କିନ୍ତୁ ସେହି ଅନୁପାତରେ ତାଙ୍କର ଗତି ଧିମେଇ ଆସିଲା। ସେ ହାତ ଘଡ଼ି ଦେଖିଲେ ସାଢ଼େ ଦଶଟା ବାଜିବାକୁ ପାଞ୍ଚ ମିନିଟ୍ ବାକି ଅଛି। ହେଉ, ମୁଁ ଆଗେ ପହଞ୍ଚିବି ବୋଲି କ'ଣ ଲେଖା ହୋଇଛି ? ଧରଣୀ ମହାପାତ୍ର କହିଥିଲା ଯେ ବିଭିନ୍ନ ଦଳର ବଛା ବଛା ସାତଆଠ ଜଣ ଆସିବେ। ଧରଣୀ ମହାପାତ୍ର ଫୋନ୍‌ରେ ଖେଁ ଖେଁ ହୋଇ ହସି କରି କହିଥିଲା। (ତା'ହସକୁ ମୋତେ ଭାରି ଚିଡ଼ି ମାଡ଼େ), ଆମରି ହାତରେ ଚାବି। ବୁଝିଲେ ଚୌଧୁରୀଏ ଆମରି ହାତରେ ଚାବି। ଲୋକଟା ଗୁଣ୍ଡା, କିନ୍ତୁ ତା'ହାତରେ ଅଜସ୍ର ଟଙ୍କା। ଇଛା କଲେ ସାରା ସହରଟାକୁ କିଣି ନେବ।

କିଏ ସବୁ ଆସିବେ ? ସ୍ୱାଧୀନ ନାଗରିକ ଦଳ ପକ୍ଷରୁ ସେଠ୍ ବନ୍‌ସିଲାଲ୍ ?

ଦଳିତ ସଂଘ ତରଫରୁ କୃଷ୍ଣ ପଢ଼ିଆରୀ, ଦେଶମାତୃକା ଫ୍ରଣ୍ଟରୁ ରାୟବାହାଦୂର ନାରାୟଣ ରାୟ। ଆସନ୍ତୁ ସମସ୍ତେ, ଆସନ୍ତୁ। ମୁଁ ପ୍ରସ୍ତୁତ।

ମିଟିଂ ପାଇଁ ବିଳମ୍ବ ହେବା ସତ୍ତ୍ୱେ ଶ୍ୟାମଘନବାବୁ ରାସ୍ତା କଡ଼ରେ ବସି ରହିଥିବା ଗୋଟିଏ ବୁଢ଼ୀ ପାଖରୁ ଭଇଁଚି କୋଳି କିଣିଲେ। ଭଇଁଚି କୋଳି କି ଆଉ କ'ଣ ସେ ଜାଣିପାରିଲେ ନାହିଁ। ତେବେ ତାଙ୍କୁ ସୁଆଦ ଲାଗିଲା ଓ ସେ ଆହୁରି ଖାଇବାକୁ ଇଚ୍ଛା କଲେ।

ମୋର ବ୍ୟାକୁଳତା ନାହିଁ, ପଦଲାଳସା ନାହିଁ। ମୁଁ ମିଟିଂକୁ ଯାଉଛି ମୋର ପାଉଣା ହାସଲ କରିବାପାଇଁ। ତା ବୋଲି ମୋତେ କେହି ବାଧ୍ୟ କରୁନାହିଁ। ମୋର ଇଚ୍ଛା ହେଲେ ମୁଁ ଆହୁରି ଦଶମିନିଟ୍ ଏଇଠି କୋଳି ଖାଇବି, ବୁଢ଼ୀ ସାଙ୍ଗରେ ଦୁଃଖ ସୁଖ ହେବି। ମୁଁ କୋଳିର ସୁଆଦକୁ ଭଲପାଏ। ମୁଁ ପଦ୍ମାକୁ ଗାଳି ଦେଲି ସିନା, ମୁଁ ତାକୁ କେତେ ଭଲପାଏ। ମୁଁ ଈଶ୍ୱରଙ୍କର ସୁନ୍ଦର ପୃଥିବୀକୁ ଭଲ ପାଏ। କିନ୍ତୁ (ସେ ନିଜକୁ ଲଗାମ ଟାଣିଲେ) ସେଠି ସନାତନ ମହାନ୍ତି ନାହିଁ। ପୂର୍ଣ୍ଣଚ୍ଛେଦ।

ଠିକ୍ ଏହି ସମୟରେ ଗୋଟିଏ ଶାଗୁଆ ରଙ୍ଗର କାର୍ ସବେଗରେ ତାଙ୍କରି ପାଖ ଦେଇ ଚାଲିଗଲା। ଶ୍ୟାମଘନ ବାବୁ ବୁଲିପଡ଼ି ଅନେଇଲେ ଓ ଚିହ୍ନା ଗାଡ଼ିର ବାସ୍ନା ବାରି ପାରିଲେ। ସେ ଆଶ୍ଚର୍ଯ୍ୟ ହେଇ ତା'ଆଡ଼କୁ ତୀକ୍ଷ୍ଣ ଦୃଷ୍ଟି ଦେଲେ, କିନ୍ତୁ ଧୂଳି ଓ ବେଗର ଚାପରେ ଗାଡ଼ିର ନମ୍ବର ଦେଖିପାରିଲେ ନାହିଁ। କିଏ କିଏ ଏତିକିବେଳେ ଧୂଳି ଉଡ଼େଇ ମୋ'ରି ବାଟଦେଇ ଧାଇଁଆସିଲା ? କୁଆଡ଼କୁ ଯାଉଛି ?

ଶ୍ୟାମଘନବାବୁ କୋଳିଖିଆ ବନ୍ଦ କରି ଶୂନ୍ୟ ରାସ୍ତାକୁ ଚାହିଁରହିଲେ। ତାଙ୍କର ମନେହେଲା ଯେ ଜଣେ କିଏ ଜାଣିଶୁଣି ତାଙ୍କରି ବାଟଦେଇ ତାଙ୍କୁ ଥଟ୍ଟା କରି ଚାଲିଗଲା। ସତେକି ଶ୍ୟାମଘନ ଚୌଧୁରୀ ଲୁଚି ଲୁଚି ଚାଲି ଆସିବା ଦେଖି କାର ଚଢ଼ି ନିଜକୁ ଚିହ୍ନେଇ ଦେଇଗଲା।

ଏମିତି କିଏ ଛାତି ଫୁଲେଇ ଧୂଳି ଉଡ଼େଇ ଯାଇପାରେ ? ଧରାକୁ ସରା ବୋଲି ମଣିପାରେ ? ଚିହ୍ନା ଶାଗୁଆ ଆମ୍ବାସାଡ଼ର କାର୍ ଆଉ କାହାର ... ? ?

କିନ୍ତୁ ସେ ସରକାରୀ ଗାଡ଼ି ଛାଡ଼ିଦେଇ ତା ନିଜ ଗାଡ଼ିରେ ବୁଲୁଛି କାହିଁକି ? ନା, ନା, ଅସମ୍ଭବ, ମୋତେ ଭୂତ ଲାଗିଛି ନା କଅଣ ?

ଶ୍ୟାମଘନ ବାବୁ ହାରିଗଲେ। ଭୂତ ଛଡ଼େଇ ପାରିଲେନାହିଁ। କାରଣ ହଳଦିଆ କୋଠାରେ ପହଞ୍ଚି ଧରଣୀ ମହାପାତ୍ରଙ୍କ ସହିତ କର ମର୍ଦ୍ଦନ କରିବା ମାତ୍ରେ ହିଁ ସେ ଦେଖିଲେ ଯେ ଶାଗୁଆ ଆମ୍ବାସାଡ୍‌ରର ମାଲିକ ସେଇଠି ଆସି ବସିଛି। ଆସନ ଜମେଇ ପାଇପ୍ ଟାଣୁଛି।

ସେ ଅଛି, ଭୂତ ନୁହେଁ, ମଣିଷ। ଖୋଦ୍ ମୁଖ୍ୟମନ୍ତ୍ରୀ ସନାତନ ମହାନ୍ତି ଶତ୍ରୁପକ୍ଷର ମିଟିଂରେ ବସି ଧୂଆଁ ଛାଡୁଛି !

ସଭିଏଁ ଶ୍ୟାମଘନବାବୁଙ୍କର ବିମୂଢ଼ତା ଲକ୍ଷ୍ୟ କଲେ ଏବଂ ଧରଣୀ ମହାପାତ୍ର ଘଟଣାର ମଜାଟିକୁ ମାଡ଼ିବସିଲା ପରି ଉଚ୍ଚସ୍ୱରରେ ହସିଉଠିଲେ। କହିଲେ, "କ'ଣ ଚୌଧୁରୀ ! ବିଶ୍ୱାସ ହେଉନାହିଁ ? ଆପଣ କ'ଣ ଭାବିଥିଲେ ମୁଁ ଆମର ତୁଙ୍ଗନେତା ଦେଶଭକ୍ତଙ୍କ ଚେଲାଙ୍କୁ ଭୁଲିଯିବି ?"

ହାସ୍ୟରୋଳ ଉଠିଲା ଶ୍ୟାମଘନବାବୁଙ୍କର ପାଟି ମଧ୍ୟ ମେଲା ହୋଇଗଲା। କିନ୍ତୁ ଚଉକିରେ ବସିବା ପୂର୍ବରୁ ତାଙ୍କ ମନରେ ଏକ ବାଲ୍ୟସୁଲଭ ଅଥଚ ପ୍ରେମଜନିତ ଭାବ ଉଦିତ ହେଲା – ମୁଁ ପଦ୍ମା ପାଖକୁ ଫେରିଯାଆନ୍ତି !

(୨)

ପଦ୍ମାଦେବୀ ଘରେ ବସି କାନ୍ଦୁ ନଥିଲେ। ସ୍ୱାମୀଙ୍କର ଆକସ୍ମିକ ଓ କଳ୍ପନାତୀତ ବାକ୍ୟ ବାଣରେ ସେ ଅବଶ୍ୟ ଶଙ୍କି ଯାଇଥିଲେ ଓ ରହି ରହି 'ତୁମର କ'ଣ ହୋଇଛି ?' 'ତୁମର କ'ଣ ମୁଣ୍ଡ ଖରାପ ?' 'ଓଃ !' ଭଗବାନ ! ଇତ୍ୟାଦି ନିରର୍ଥକ ପ୍ରତିବାଦ କରିଥିଲେ। କିନ୍ତୁ ସ୍ୱାମୀ ରାଗିକରି ଘରୁ ଚାଲିଯିବା ପରେ ତାଙ୍କର ମନେହେଲା ଯେ ଡରିବାର କୌଣସି କାରଣ ନାହିଁ।

ସେ ବାରମ୍ବାର ନିଜକୁ କହିଲେ – ମୋର ସ୍ୱାମୀ ଜଣେ ବିଶିଷ୍ଟ ନେତା। ସେ ରାଗିପାରନ୍ତି, ଗାଳି ଦେଇପାରନ୍ତି, ବିତଣ୍ଡା ଯୁକ୍ତି କରିପାରନ୍ତି। କିନ୍ତୁ ସେ ନୀଚ ନୁହଁନ୍ତି। ମୋ ପ୍ରତି ତାଙ୍କ ମନରେ ଏଭଳି ନୀଚ ଧାରଣା ରହିଛି ଏହା ମୁଁ ମଲେ ମଧ୍ୟ ବିଶ୍ୱାସ କରିବି ନାହିଁ।

ସେ ଶାନ୍ତ ଲୋକ, କିନ୍ତୁ ମଝିରେ ମଝିରେ ପାଗଳଙ୍କ ପରି ରାଗିଉଠନ୍ତି। ମୁଁ କ'ଣ ଆଜି ନୂଆ ଦେଖୁଛି ?

ମୋର ମନେ ଅଛି, ଥରେ ସେ ତାଙ୍କ ବାପାଙ୍କୁ କହିଥିଲେ, "ଆପଣମାନେ ମଣିଷ ନୁହନ୍ତି, ମେଣ୍ଢା।" ଥରେ ସେ ତାଙ୍କର ଡାକ୍ତର ବଡ଼ଭାଇଙ୍କୁ କହିଥିଲେ, "ତମେ ସବୁ କଂସେଇ।"

ସେ କଡ଼ା କଡ଼ା କଥା କହନ୍ତି, ଯେତେବେଳେ ତାଙ୍କ ପ୍ରାଣ କାନ୍ଦେ। ଦୀନ ଦୁଃଖିପାଇଁ, ଦେଶପାଇଁ, ଜାତି ପାଇଁ। ମୁଁ କ'ଣ ଜାଣେ ନାହିଁ ?

ଆଜି ସେ ପ୍ରକୃତରେ ମୋ ଉପରେ ରାଗିନାହାନ୍ତି। ତା'ହେଲେ ? ପଦ୍ମାଦେବୀଙ୍କର ଇଚ୍ଛା ହେଲା ସେ ତାଙ୍କର ପାଞ୍ଚହାତିଆ ମରଦ ନେତା ସ୍ୱାମୀଟିକୁ ପାଖରେ ଆଣି ଦୁଇହାତରେ ଧରି ପଚାରନ୍ତେ। ପଚାରି ପଚାରି ଅଥୟ କରିଦିଅନ୍ତେ।

କହ, ତୁମ୍‌କୁ ମୋ ରାଣ କହ। ତୁମେ କାହା ଉପରେ ରାଗିଛ ? କେଉଁଥିପାଇଁ ରାଗିଛ ? ମୋ ମୁହଁକୁ ଦେଖ। ମୋ ଛଡ଼ା ଆଉ ତୁମ୍‌କୁ କିଏ ବୁଝିବ, କହିଲ ?

ସ୍ୱାମୀ ପାଖରେ ନଥିଲେ, କିନ୍ତୁ ସ୍ୱାମୀଙ୍କର ଫଟୋ ଥିଲା। ଜେଲ୍‌କୁ ଯିବା ପୂର୍ବରୁ ଫଟୋ, ବିନମ୍ର ଚାହାଣୀ, ହସ ହସ ମୁହଁ। ସତେ କି ସେ ଜେଲ୍ ଯିବାର ଆନନ୍ଦରେ ଦେଶବାସୀଙ୍କୁ କୃତଜ୍ଞତା ଜଣାଉଛନ୍ତି। ଏମିତି ଅଲାଜୁକ ସେ ଜେଲରୁ ଫେରି ଘରେ ପାଦ ନ ଦେଉଣୁ କ'ଣ କଲେ ମନେ ଅଛି ? ସମସ୍ତଙ୍କ ସାମ୍‌ନାରେ ମୋତେ ଇଙ୍ଗିତରେ ଚୁମା ଦେଲେ !

ଧାତ୍, ସେତେବେଳେ ସେ ଟୋକା ଥିଲେ, ଏଇକ୍ଷଣି ଦରବୁଢ଼ା ହେଲେଣି। ସେତେବେଳେ ପିଲା ଏଇକ୍ଷଣି ବଡ଼ ହେଲେଣି। ପଦ୍ମାଦେବୀ ବର୍ତ୍ତମାନକୁ ଫେରି ଆସିଲେ। କିନ୍ତୁ ହଠାତ୍ ତାଙ୍କର ମନେ ହେଲା ଯେ, ନେତାମାନଙ୍କର ବଡ଼ହେବା ଉଚିତ ନୁହେଁ। ବଡ଼ ହେଲେ ତାଙ୍କର ଚେହେରା ବଦଳିଯାଏ, ସେମାନେ ତୁମ ଆମ ପରି ଦେଖାଯାଆନ୍ତି। ନା ତୁମ ଆମପରି ନୁହେଁ, ସନାତନବାବୁଙ୍କ ପରି !

ସନାତନବାବୁଙ୍କୁ ଦେଖିଲେ ଡର ମାଡ଼େ। ସାନ ମଣିଷଟିଏ, ବାଳ ପାଚିଗଲାଣି, ଧୀରେ ଧୀରେ କଥା କହନ୍ତି। ତେବେ କେଜାଣି କାହିଁକି ତାଙ୍କୁ ଦେଖିଲେ ଡରମାଡ଼େ। ସତେ କି କେଉଁ ବଡ଼ମୁଣ୍ଡିଆ ଓଠ ଚାଟୁଛି ... ଭୋକ କରୁଛି, ଆହୁରି ଭୋକ କରୁଛି ...।

ଆତଙ୍କରେ ପଦ୍ମାଦେବୀ ଆଜିକାର ଘଟଣା ଅର୍ଥାତ୍ ସ୍ୱାମୀଙ୍କର ଭର୍ତ୍ସନାକୁ ମନେ ପକାଇଲେ। ସେ ଚାହିଁଲେ ତାକୁ ଧାଡ଼ି ଧାଡ଼ି କରି ପଢ଼ିବେ ଓ ପୂରାପୂରି ବୁଝିନେବେ। ବୁଝିନେବେ ଯେ ତାଙ୍କ ସ୍ୱାମୀ (ମୋ ଶ୍ୟାମ ଭାଇନା, ମୋ ଗୋରା କୃଷ୍ଣ) ସେମିତି ନୁହଁନ୍ତି।

ସେଇଠୁଁ ସେ ସ୍ମରଣ କଲେ –

ଖବରକାଗଜ ପଢୁ ପଢୁ ମୁଇଁ ପ୍ରଥମେ ଆରମ୍ଭ କଲି, "ଅସତୀମାନଙ୍କୁ ଜୀଅନ୍ତା ପୋତିଦେବା ଦରକାର।" ସେ ମୃଦୁ ମୃଦୁ ହସି କହିଲେ, 'ଉତ୍ତମ'। "ଏଇ ଦେଖୁନା ଖବରକାଗଜରେ ବାହାରିଛି ଏତେ ବଡ଼ ଲୋକର ସ୍ତ୍ରୀ, ଚାରିଟା ପିଲା, ସେ କେଉଁ ସିନେମା ଆକ୍ଟର ସାଙ୍ଗରେ ..."

ଯୁକ୍ତି ଛଳରେ ସେ କହିଲେ, "କ'ଣ ହେଲା ସେଇଠୁ ? ଜଣକ ପାଖରୁ ମନ ଛାଡ଼ିଗଲା, ଆଉ ଜଣକ ପାଖକୁ ଗଲା। ଇଏତ ସୃଷ୍ଟିର ନିୟମ।"

'କୁକୁର ବିଲେଇଙ୍କ ନିୟମ ମଣିଷର ନୁହେଁ।' ସେ ଠୋ ଠୋ ହୋଇ ହସିଲେ। ଦ୍ୱିତୀୟ କପ୍ ଚା' ମଗାଇଲେ। ମୁଁ ଭାବିଲି କଥାଟା ବେଶ୍ ଜମିଛି। କିନ୍ତୁ ହଠାତ୍ ସେ

ଥମି ଗଲେ। ହାତଘଡ଼ିରେ ସମୟ ଦେଖିଲେ ଓ କହିଲେ, "ମୋତେ ଶୀଘ୍ର କ'ଣ ଖାଇବାକୁ ଦିଅ। ମୁଁ ବାହାରକୁ ଯିବି।"

ତା'ପରେ କ'ଣ ହେଲା ମୁଁ ଆଉ କିଛି କହିନାହିଁ ତ; କିନ୍ତୁ ମୁଁ ଦେଖିଲି ସେ ଥରକୁ ଥର ହାତକୁ ହାତରେ ଛନ୍ଦୁଛନ୍ତି। ଚା'କପଟାକୁ ମୁଠେଇ ଧରୁଛନ୍ତି, ସତେ କି ଭାଙ୍ଗି ଚୂନା କରିଦେବେ। ଆଗରୁ କେବେ ଦେଖି ନଥିଲା ପରି ମୋ ଆଡ଼କୁ ଜଳଜଳ କରି ଚାହିଁଛନ୍ତି।

ସେ ଓଠ କାମୁଡ଼ି 'ନନ୍‌ସେନ୍ସ' କହିବା ପୂର୍ବରୁ ମୁଁ ଜାଣିସାରିଥିଲି ଯେ ସେ ରାଗୁଛନ୍ତି। ରାଗୁଛନ୍ତି ଓ କଷ୍ଟ ପାଉଛନ୍ତି। କିନ୍ତୁ କାହିଁକି ?

ସେ ମୋତେ ସମୟ ଦେଲେ ନାହିଁ। ପ୍ରଚଣ୍ଡ ବେଗରେ ଉଦ୍‌ଗାରିଲେ, "ପୃଥିବୀରେ କେତେ ଜଣ ସତୀ ଅଛନ୍ତି ? ତୁମେ ଭାରୀ ସତୀ ? ତୁମର ଭିତିରିଆ ମନଟାକୁ ଖୋଲି କରି କହିଲ ଦେଖି ?"

ମୁଁ କାଠ ହୋଇଗଲି।

"କ'ଣ କହିବାକୁ ଡର ମାଡୁଛି, ଲାଜ ଲାଗୁଛି ? ବୁଝିଲ, ସତୀପଣ ଗୋଟାଏ ଢଙ୍ଗ। ତୁମେ ମୋତେ କୁଣ୍ଢାଇ ଧରିଛି କାହିଁକି ନା ତୁମର ଅନ୍ୟ ଉପାୟ ନାହିଁ। ବିଚାରୀ।" ସେ ମୋତେ ଛିଗୁଲେଇଲେ।

କେତେ ରଙ୍ଗ ଜଣାଅଛି ତାଙ୍କୁ! ନ ହେଲେ ତ କି ନେତା ହୋଇଛନ୍ତି ? ତା'ପରେ ସେ ସ୍ୱର ବଦଳେଇ କହିଲେ କ'ଣ ନା, "ମୁଁ ତୁମକୁ ଅନୁମତି ଦେବି, ମୋତେ ବିଶ୍ୱାସ କର। ମୁଁ ମୂର୍ଖ ନୁହେଁ। ମୁଁ ଜାଣେ ଯେ ଗୋଟାଏ ଲୋକ ସାଙ୍ଗରେ ପଡ଼ି ରହିବାରେ କିଛି ବାହାଦୂରୀ ନାହିଁ। ସେଥିରେ ପେଟ ପୂରେ ନାହିଁ, ମନ ଭରେ ନାହିଁ। -କହ କାହା ପାଖକୁ ଯିବା।"

ମୁଁ ଆଉ ସହିପାରିଲି ନାହିଁ। କହିଲି, "ଓଃ ! ଚୁପ୍ ହେବ କି ନାହିଁ ?"

"କାହିଁକି ଚୁପ୍ ହେବି ? ସେ ତାଙ୍କର ତେଜ ଦେଖାଇଲେ। ମୁଁ ସତକଥା କହିବାକୁ ଡରେ ନାହିଁ। ମୋର ନାବାଳିକି କଟିଗଲାଣି। ମୁଁ ଦୁନିଆଟାକୁ ଦେଖି ସାରିଲିଣି। ମୋର ଯାହା ଇଚ୍ଛା ହେବ କରିବି। ପୁରୁଣାକୁ ଛାଡ଼ିବି, ଗୋଇଠା ମାରି ଫୋପାଡ଼ି ଦେବି। ଆଉ ତୁମର ଭଣ୍ଡ ସତୀମାନଙ୍କୁ ବେଙ୍ଗିତ କରିବି। ମୁଁ ଶ୍ୟାମଘନ ଚୌଧୁରୀ! ମୋତେ କେହି ବାନ୍ଧି ରଖିନାହିଁ। ବୁଝିଲ ?"

ଏମିତି ସେ କେତେ କ'ଣ କହିଗଲେ ଯାହାର ଗଣ୍ଡି ନାହିଁ କି ମୁଣ୍ଡ ନାହିଁ। କିନ୍ତୁ ତାଙ୍କର ଶେଷ କଥା ପଦୁଟିରେ ରାଗ ନଥିଲା। ଏତେ ବେଳଯାଏଁ ସେ ଛିଡ଼ା ହୋଇ, ବୁଲି ବୁଲି, ଲେକ୍‌ଚର ଦେଉଥିଲେ। ବର୍ତ୍ତମାନ ଚଉକିରେ ଲଥ୍ କରି

ବସିପଡ଼ିଲେ। ଆଉ ଥକି ଗଲାପରି କହିଲେ, "ଛାଡ଼, ତୁମକୁ କହି କିଛି ଲାଭ ନାହିଁ। ମୁଁ ମୋର ଏକୁଟିଆ ଯିବି।"

ମୁଁ ତାଙ୍କୁ କହି ଥାଆନ୍ତି, ଶୁଣ ତୁମେ ଏକୁଟିଆ ନୁହଁ। ମୁଁ ତୁମ ପାଖେ ପାଖେ ଅଛି। କୁଆଡ଼େ ଯିବ, କାହା ପାଖକୁ ଯିବ କୁହ, ମୁଁ ତୁମକୁ ହାତ ଧରି ନେଇଯିବି। ମୁଁ ଅସତୀ ନୁହେଁ। ତୁମେ ମୋ ପୁରୁଷ, ତୁମେ ମୋ ନେତା। ତୁମେ ଯେତେବେଳେ କାହା କଥା ନ ମାନି ସେକ୍ରେଟେରୀଏଟ୍ ଉପରେ ପାର୍ଟିର ପତାକା ଉଡ଼ାଇବାକୁ ଗଲ, କିଏ ତୁମ ପାଖେ ପାଖେ ଥିଲା। ପ୍ରଥମ ଭୋଟ ଲଢ଼େଇବେଳେ କିଏ ତୁମ ହାତରେ ଗହଣାବିକା ଟଙ୍କା ଗୁଞ୍ଜି ଦେଇଥିଲା ? ମନେ ଅଛି (ପଦ୍ମାଦେବୀଙ୍କ ଓଠରେ ଆମୋଦ ମଧୁର ହସ ଦେଖା ଦେଲା) ତୁମେ ଯେତେବେଳେ ଅନଶନ ସତ୍ୟାଗ୍ରହ କରିଥିଲ ମୁଁ କେମିତି ତୁମକୁ ଲୁଚେଇ କରି ରସଗୋଲାଟିଏ ଖୁଆଇ ଦେଇଥିଲି ?

ମୁଁ କହିଥାଆନ୍ତି, କହିପାରିଲି ନାହିଁ। ସେ ଭୁସ୍‌କିନି ଉଠି ପଳାଇଗଲେ। କହିଲେ, "ମୋର କାମ ଅଛି, ମୁଁ ଯାଉଛି। ଖାଇବାକୁ ସମୟ ନାହିଁ।"

ଆଜିକାର ଘଟଣାକୁ ଖେଳାଇ ଖେଳାଇ ଦେଖି ସାରିଲା ପରେ ପଦ୍ମାଦେବୀଙ୍କର ଖିଆଲ ହେଲା ଯେ ତାଙ୍କର ଅବାଗିଆ ପଣ ମାସେ ଦି'ମାସ ହେଲା ଦେଖାଦେଲାଣି। ବୋଧହୁଏ ଏହି ନୂଆ ମନ୍ତ୍ରୀମଣ୍ଡଳ ଗଢ଼ା ହେବା ଦିନଠାରୁ, ସନାତନ ମହାନ୍ତି ମୁଖ୍ୟମନ୍ତ୍ରୀ ହେବାପରଠାରୁ-। କେଜାଣି। ହଁ ସେବେଠୁଁ ସେ ଚିଡ଼ି ଚିଡ଼ି ହେଉଛନ୍ତି। ଖାଇ ବସିଲାବେଳେ, ପ୍ରେମ କଲାବେଳେ, ସାନପୁଅ ଚାନ୍ଦୁ ସାଙ୍ଗରେ ବଲ୍ ଖେଳିଲା ବେଳେ ସେ ହଠାତ୍ ଅନ୍ୟମନସ୍କ ହୋଇଯାଉଛନ୍ତି ଓ କିଛି ସମୟ ପରେ ମୁହଁ ଭୁରୁଙ୍ଗା କରି ରାଜନୀତି ଉପରେ ଟିପପଣୀ କରୁଛନ୍ତି। ଟିପ୍‌ପଣୀ କରୁ କରୁ ସନାତନ ମହାନ୍ତିକୁ ଗାଳି ଦେଉଛନ୍ତି ଓ କହୁଛନ୍ତି ଯେ ତା'ରି ଯୋଗୁ ଦେଶଟା ନଷ୍ଟ ହୋଇଗଲା।

ଆଗରୁ କଥା ଥିଲା, ମୁଁ ଭାବୁଥିଲି, ଅନ୍ୟମାନେ ଭାବୁଥିଲେ ଯେ ସେ ମନ୍ତ୍ରୀ ହେବେ। ତାଙ୍କୁ କିଏ ଭଲ ନପାଏ। ଯେତେକ ସ୍କୁଲ କଲେଜର ଟୋକା ଯେତେକ ଝିଅବୋହୂ ତାଙ୍କ ରୂପଗୁଣରେ ମୋହି ହୋଇଯାଇଛନ୍ତି (ମୋର ହିଂସା ହେବା କଥା !) କିନ୍ତୁ କ'ଣ ହେଲା କେଜାଣି ନୂଆ ମନ୍ତ୍ରୀମଣ୍ଡଳରେ ତାଙ୍କ ନା ବାହାରିଲା। ସେ କଅଣ ଦୁଃଖ କଲେ ? ନା କହିଲେ ମୋର ଗାଦି ଦରକାର ନାହିଁ। ମୁଁ ଶାସନ କରିବାକୁ ଚାହେଁ ନାହିଁ, ସେବା କରିବାକୁ ଚାହେଁ।

ତଥାପି ସେହିଦିନଠାରୁ ତାଙ୍କର କ'ଣ ହୋଇଯାଇଛି ପରା ... ପଦ୍ମାଦେବୀ ଗୁଣୁଗୁଣୁ ହେଲେ।

ସେ କ'ଣ ଭିତରେ ଭିତରେ ମନ୍ତ୍ରୀ ହେବାକୁ ଚାହାଁନ୍ତି ?

ଜ୍ଞାନାଲୋକର ବିଦ୍ୟୁତ୍‌ସ୍ଫୁରଣ ହେବା ମାତ୍ରେ ହିଁ ପଦ୍ମା ଦେବୀ ଚେଇଁ ଉଠିଲେ। ଏଇ କଥାକୁ ...। ଅନିର୍ଦ୍ଦିଷ୍ଟ ଭାବରେ ତାଙ୍କର ମନେହେଲା ଯେ, ଯେହେତୁ ସେ ସତୀ ତାଙ୍କର ଅସାଧ୍ୟ କିଛି ନାହିଁ। ଅନଶନ ସତ୍ୟାଗ୍ରହ ବେଳେ ସ୍ୱାମୀଙ୍କୁ ଲୁଚେଇ ରସଗୋଲା ଖୁଆଇଦେଲା ପରି ସେ ସ୍ୱାମୀଙ୍କର ଏହି ସାମାନ୍ୟ ଲୋଭଟିକୁ ଲୋପ କରିଦେବେ ଓ ସ୍ୱାମୀଙ୍କୁ ଫେରାଇ ଆଣିବେ।

ମାତୃ ମମତା ଓ ପତ୍ନୀ ଅଭିମାନ ମିଶାମିଶି ଏକ ବିପୁଳ ବ୍ୟାକୁଳତା ସ୍ୱରରେ ସେ ମନେ ମନେ କହି ଚାଲିଲେ, ତୁମେ ମନ୍ତ୍ରୀ ହେବାକୁ ଚାହଁ। ତୁମେ ମନ୍ତ୍ରୀ ହେବ। ନିଶ୍ଚୟ ହେବ, କିନ୍ତୁ ତୁମେ ମୋତେ ଏମିତି ଡରେଇ ଦିଅ ନାହିଁ! ତୁମେ ଆଉ କାହାପାଖକୁ ଯିବ ନାହିଁ ... ଆଉ କେବେହେଲେ ମୋତେ ଅସତୀ ବୋଲି କହିବ ନାହିଁ ...।

(୩)

ସର୍ବମଙ୍ଗଳ ପାର୍ଟିର ହଳଦିଆ କୋଠାରେ ଶ୍ୟାମଘନବାବୁ ଅତ୍ୟନ୍ତ ଅଳ୍ପକଥା କହୁଥିଲେ।

ପ୍ରଥମେ ସେ ଚୁପ୍ ହୋଇ ବସିଥିଲେ। ତା'ପରେ ମଝିରେ ମଝିରେ ମୁଣ୍ଡ ଟୁଙ୍ଗାରୁଥିଲେ ଓ ପଦେଅଧେ କହୁଥିଲେ। ଦେଶର ଘୋର ଦୁର୍ଗତି ନିରୂପିତ ଏବଂ ଆଲୋଚିତ ହୋଇଗଲାଣି। ରାଜନୈତିକ ସଂକଟକୁ ହାତମୁଠାରେ ଆଣିବାର ପନ୍ଥା ନିର୍ଣ୍ଣିତ ଅର୍ଥାତ୍ ନୂଆ ପାର୍ଟି ଗଢ଼ା ହେବା ନିଶ୍ଚିତ ହୋଇଗଲାଣି। ଉପସ୍ଥିତ ପ୍ରଶ୍ନ ହେଉଛି ଯେ ଅନ୍ୟତମ ମନ୍ତ୍ରୀ ଓ ନେତା ଗଣପତି ଦଳେଇଙ୍କୁ ପଙ୍ଗୁ କରିବାକୁ ହେଲେ କ'ଣ କରିବା ଦରକାର। ପାଖରେ ବସିଥିବା ଶେଠ୍ ବଂଶୀଲାଲ୍ ଶ୍ୟାମଘନବାବୁଙ୍କୁ ମଧୁରିଆ ଧକ୍‌କାଟିଏ ମାରିଲେ। ରାୟବାହାଦୂର ଇଜ୍‌ଲାସ୍‌ରେ ବସିଲା କରି 'ୟେସ୍' 'ୟେସ୍' ବୋଲି କହିଲେ। ସଭିଏଁ ଅପେକ୍ଷାର ଦୃଷ୍ଟିରେ ଚାହିଁଲେ। ଏପରିକି ସନାତନ ମାହାନ୍ତିଙ୍କ ଅବିରାମ ଧୂଆଁର କୁଣ୍ଡଳୀ ଟାଙ୍କି ହେଲାପରି ଦିଶିଲା। କହ ଘନଶ୍ୟାମ ବାବୁ, କହ। ଗଣପତି ଦଳେଇ ତୁମର ବନ୍ଧୁ, ତେଣୁ ତୁମକୁ କିଛି କହିବାକୁ ପଡ଼ିବ।

ଗଣପତି ଦଳେଇ ତୁମର ବନ୍ଧୁ, କିନ୍ତୁ ବନ୍ଧୁଠାରୁ ବଡ଼ ଆମ ଦେଶ, ଆମ ଜାତି ଅର୍ଥାତ୍ ଆମର ଏହି ନୂତନତମ ପାର୍ଟି। କହ ଶ୍ୟାମଘନବାବୁ କହ। ତୁମ ନେତାଗିରିର ଚେହେରା ଦେଖାଇ ଦିଅ।

କହୁଚି, କହିବି ଟିକିଏ ସବୁର୍ କର। ଶ୍ୟାମଘନ ଚୌଧୁରୀ ମାଇଚିଆ ନୁହେଁ। ମୁଁ ଏଠିକି ତାମସା ଦେଖିବାପାଇଁ ଆସିନାହିଁ। ମୁଁ ପଦ୍ମାକୁ ଦି'ପଦ ଶୁଣେଇ ଦେଇ ଚାଲିଆସିଛି। ମୁଁ ଜାଣିଶୁଣି ମୋର ପୁରୁଣା ଦଳ, ଦଳର ଶିଉଳିଲଗା କୋଠା, ତା'ର

ଅନାବନା ଫୁଲବଗିଚା ଇତ୍ୟାଦିକୁ ଛାଡ଼ି ଦେଇଛି। ମୁଁ ବଗିଚାର ବରଳୁ ମାଳୀ ଯେ ଏବେ ମଧ୍ୟ ପେଙ୍ଗେଇ ହେଉଛି, ତା'ର ଗୁଳିମାଡ଼ଖିଆ ଦରଜକୁ ଦେଖେଇ ହେଉଛି ଏବଂ ଦେଶଭକ୍ତଙ୍କର ସେହି ଟାଣୁଆ ନିଶୁଆ ମୁଣ୍ଡର ଫଟୋକୁ ବର୍ଜନ କରିଛି। ମୁଁ ସନାତନ ମହାନ୍ତି ସାଙ୍ଗରେ ଏକାଠି ବସିଛି। କିନ୍ତୁ ଶେଷରେ ଗଣିଆକୁ ଖତମ୍ କରିବାକୁ ପଡ଼ିବ। ବେଶ୍, ମୁଁ ଉପାୟ ବତେଇ ଦେଉଛି, ଟିକିଏ ରହ।

ତେବେ ଦିଇଥର ଗଳା ସଫା କରି ମଧ୍ୟ ସେ ଉପାୟ ବତାଇ ପାରିଲେ ନାହିଁ। ଉପରନ୍ତୁ ଗୋଟିଏ ହାସ୍ୟାସ୍ପଦ ପ୍ରସ୍ତାବ ଦେଲେ। ସଂଗେ ସଂଗେ ତୀବ୍ର ବିଦ୍ରୂପାତ୍ମକ ଧ୍ୱନିର କୁହାଟ ଶୁଣାଗଲା। ଧରଣୀ ମହାପାତ୍ରଙ୍କ ମୁହଁରେ ହତାଶାର ଚିହ୍ନ ଦେଖାଗଲା, ସତେ କି ଆଜିକାର ସଭାଟା ମାଟି ହୋଇଗଲା, ସବୁ ପ୍ଲାନ୍ ଭଣ୍ଡୁର ହୋଇଗଲା।

କାରଣ ଶ୍ୟାମଘନ ବାବୁ କହିଲେ ଯେ, ଗଣପତି ଦଳେଇଙ୍କୁ ଏହି ନୂଆ ପାର୍ଟିରେ ମିଶିବାପାଇଁ ଅନୁରୋଧ କରାଯାଉ !

ଶ୍ୟାମଘନବାବୁଙ୍କ ମୁହଁ ନାଲି ପଡ଼ିଆସିଲା। କ୍ରୋଧର ତାତି ସର୍ବାଙ୍ଗରେ ଖେଦିଗଲା। ମୁଁ କ'ଣ ଭୁଲ୍ କହିଲି ? ମୁଁ ଯଦି ଏହି ପାର୍ଟିରେ ମିଶିବା ପାଇଁ ଯାଉଛି, ଗଣିଆ କାହିଁକି ମିଶିବି ନାହିଁ? ସନାତନ ମହାନ୍ତି କଥା ଛାଡ଼ିଦିଅ, ଆଉ କାହାକଥା ଛାଡ଼ିଦିଅ। ମୁଁ ନିଜେ ମିଶୁଛି। ଗଣିଆ କ'ଣ ବୁଝିବ ନାହିଁ? ଏଥିରେ ହସିବାର କ'ଣ ଅଛି ? ମୋତେ ଏମାନେ କ'ଣ ବୋଲି ପାଇଛନ୍ତି କି ?

ଶ୍ୟାମଘନ ବାବୁଙ୍କର ଇଚ୍ଛା ହେଲା ତତ୍‌କ୍ଷଣାତ୍ ଚଉକି ଛାଡ଼ି ଉଠି ପଳାଇବେ। ଏଭଳି ଅପମାନ ସହ୍ୟ କରିପାରିବେ ନାହିଁ। ଏମାନଙ୍କୁ ଚେତାଇ ଦେବେ ଯେ ଶ୍ୟାମଘନ ଚୌଧୁରୀ ଗଣପତି ଦଳେଇଠାରୁ କେଉଁ ଗୁଣରେ କମ୍ ନୁହେଁ।

ସତେ ? ଗଣପତି ଦଳେଇର ରୁଗୁଡ଼ିଆ ମୁହଁ, ଚେପ୍‌ଟା ନାକ ଓ ଖଲ ଖଲ ହସର ଚେହେରା ମନେ ପଡ଼ିଲା। କ'ଣ କହୁଛୁ? ମୁଁ ଦଳକୁ ଛାଡ଼ି ଦେବି ! ନ ହେଲେ ମନ୍ତ୍ରୀପଦ ରହିବ ନାହିଁ? ବାଃ ବାଃ ଚମତ୍କାର। ତୁ ଛାଡ଼ି ଦେଇଛୁ? କିରେ କାହିଁକି, ତୋ'ର କ'ଣ ହେଲା କି ? ପତାକା ଉଠେଇଲା ବେଳେ ତୁ କ'ଣ ଭାଉଜଙ୍କ କଥା ଭାବୁଥିଲୁ ? (ଖଲ ଖଲ ଦାନ୍ତୁରା ହସ) ଭଲ ଭଲ। ତାହାହେଲେ ମୁଁ ଆଉ କାହାକୁ ଯୋଗାଡ଼ କରେ। ଯେ ମୋତେ ପତାକାର ରଙ୍ଗ ମନେ ପକାଇ ଦେବ। ଫ୍ରାନ୍ସ, ଆୟରଲ୍ୟାଣ୍ଡ, ରୁଷିଆରେ କ'ଣସବୁ ହୋଇଥିଲା ତା'ର ଇତିହାସ ଶୁଣାଇବ। ଯାହା ସାଙ୍ଗରେ ନଈବନ୍ଧରେ ମାଛ ମାରିବି, ପଡ଼ିଆରେ ବସି ଚଣା ଚୋବେଇବି ଆଉ ବରଜୁଆକୁ ଚିଡ଼େଇବି। ଯେ ମୋତେ ନାଲିଆ ସୂର୍ଯ୍ୟ ଦେଖାଇ ଦେବ, ଓ ମୁଁ ଗର୍ଦ୍ଦଭ

ଗଳାରେ ଦେଶ ବନ୍ଦନା ଗାଇଲାବେଳକୁ ତାଳି ମାରିବ, କିନ୍ତୁ ତୁ କାହିଁକି ଛାଡ଼ି ଯାଉଛୁ କହିଲୁ ? ମନ୍ତ୍ରୀ ହେବୁ ବୋଲି ?

ଶ୍ୟାମଘନବାବୁ ଉତ୍ତ୍ୟକ୍ତ ହେଲେ । ଗଣିଆ ! ତୁ ଗୋଟାଏ ମୂର୍ଖ । ପଦ୍ମା ପରି କିମ୍ବା ସେଇ ବରଜୁଆ ମାଳୀ ପରି ।

ଗଣିଆ ! ତୁ କ'ଣ ଦୁଧଖିଆ ପିଲା ହୋଇଛୁ ? ଏତିକି ବୁଝୁନାହୁଁ ଯେ ପତାକାକୁ ଧରି ହସିଲେ, କାନ୍ଦିଲେ, ଥେଇ ଥେଇ ହେଲେ ପଲଟିକ୍ସ ହୁଏନାହିଁ । ଗଣିଆ, ତୁ ପିଲା ନୁହେଁ, ତୁ ନେତା ! ତୁ ନେତା ! !

ଗଣିଆ, ତୁ କ'ଣ ଗୋଟାଏ ମାଇକିନିଆ ? ମରଦ ପଣିଆର ଭାବ କ'ଣ କେବେ ହେଲେ ତୋ ମନକୁ ଆସେ ନାହିଁ ? ତୋର କ'ଣ ବେଳେବେଳେ ପତାକାକୁ ଟିକି ଟିକି କରି ଛିଣ୍ଡେଇ ଦେବାକୁ ଇଚ୍ଛା ହୁଏ ନାହିଁ ? ଏଇ ମେଣ୍ଢାପଲ ଭୋଟରମାନଙ୍କୁ ଗୁଳିମାରି ଶେଷ କରି ଦେବାକୁ ମନ ହୁଏନାହିଁ ? ସନାତନ ମହାନ୍ତିମାନଙ୍କର ତଣ୍ଟିରେ ଛିଡ଼ାହୋଇ ସିଟି ବଜାଇବାକୁ ଲୋଭ ହୁଏ ନାହିଁ ?

ନା, କିଛି ଲାଭ ନାହିଁ । ତୁ ଦଳ ଛାଡ଼ିବୁ ନାହିଁ । ଛାଡ଼ି ପାରିବୁ ନାହିଁ । ମନ୍ତ୍ରୀ ହେଲେ କେତେ, ନ ହେଲେ କେତେ । କାର୍ ଚଢ଼ିଲେ କେତେ, ନ ଚଢ଼ିଲେ କେତେ । କାହିଁକି ନା ତୁ ନିଜେ ହେଉଛୁ ପତାକାର ରଙ୍ଗ । ନା, ତୁଇ ହେଉଛୁ ପତାକା ! ପହିଲି ମାଟିରେ ପୋତା ହୋଇ, ତା'ର ଓଦା-ଲୁଣିଆ ବାସ୍ନାକୁ ଶୁଙ୍ଘି ଶୁଙ୍ଘି ଜୟ ଜୟର ସେହି ପହିଲି ଗଞ୍ଜେଇରେ ଢଳି ଢଳି... ସେହି ଗୋଟିଏ ପ୍ରେମ, ଗୋଟିଏ ଜୀବନର 'ଆହା'ରେ ଛଟପଟ ହୋଇ ମାତାଲ ହୋଇ ...

"ଆପଣମାନେ ଜାଣନ୍ତି ? ଗଣପତି ଦଳେଇ ଅସଲ ମଦୁଆ ।"

ଏଁ- କିଏ କହୁଛି ? କୃଷ୍ଣ ପଢ଼ିଆରୀ ? ଶ୍ୟାମଘନବାବୁ ଚମକି ପଡ଼ିଲେ ।

"ମୋତେ କହିଲେ ମୁଁ ସାକ୍ଷୀ ପ୍ରମାଣ ଯୋଗାଡ଼ କରିଦେବି । ମୁଁ ନିଜେ ଦେଖିଛି, ସେ ସାନ୍ତାଳମାନଙ୍କ ସାଙ୍ଗରେ ବସି ହାଣ୍ଡିଆ ପିଉଥିଲା ।"

ଏଥର ଶ୍ୟାମଘନବାବୁ ବୁଝିଲେ କିନ୍ତୁ ବିଚଳିତ ହେଲେ ନାହିଁ । ହୁଁ ! ହାଣ୍ଡିଆ କ'ଣ ତାକୁ ତାଡ଼ି ଦିଅ, ହୁଇସ୍କି ଦିଅ, ବିଅର ଦିଅ, ବିଷ ଦିଅ, ସେ ସବୁ ପିଇଦେବ । ତା'ର ସେ ନିଉଚ୍ଛୁଣା ପ୍ରେମ କଥା କାହିଁକି ପଚାରୁଛ ।

"ଯଦି ପ୍ରମାଣ ହୋଇଗଲା ଯେ ସେ ମଦ ଖାଉଥିଲା, ସାନ୍ତାଳ ଟୋକୀଙ୍କ ପଛରେ ଗୋଡ଼ାଉଥିଲା, ତାହାହେଲେ କ'ଣ ହେବ ଜାଣନ୍ତି ? ତା'ପଛରେ ଯେତେକ ଚୁଟିଆ ଅଛନ୍ତି ସମସ୍ତେ ଖସିପଡ଼ିବେ, ମାନେ ଆମର ଏଇ ସଂଯୁକ୍ତ ସର୍ବମଙ୍ଗଳ ପସରାରେ ଗଳି ପଡ଼ିବେ । ଦରିଦ୍ର ବାନ୍ଧବ ଦଳେଇ ମହାରାଜ ଆକାଶକୁ ଆଁ କରି

ଚାହିଁଥିବେ-" ଦଳିତସଂଘର ମୁଖିଆ କୃଷ୍ଣ ପଢ଼ିଆରୀ ଉତ୍‌ଫୁଲ୍ଲ ଓ ଦାମ୍ଭିକ ଭଙ୍ଗୀରେ କହି ଚାଲିଲେ।

ଶ୍ୟାମଘନ ବାବୁ ଶୁଣିଗଲେ ଓ ମନେ ମନେ ହସିଲେ। ଗଣପତି ଦଳେଇ ଆକାଶକୁ ଚାହିଁବ ନାହିଁ। ସେଇ ମାଟିକୁ ଚାହିଁଥିବ, ଲୁହ ଲୁହ ଗଢ଼ା ସେଇ ଓଦା-ଲୁଣିଆ ବାସ୍ନାକୁ ଶୁଙ୍ଘୁଥିବ ଥୁଣ୍ଟା ହୋଇ ଏକୁଟିଆ। ସେ ମୋତେ ଖୋଜିବ।

ଖୋଜୁ, ମୁଁ କ'ଣ କରିବି ? ମୋର କିଛି କରିବାର ନାହିଁ।

ଶ୍ୟାମଘନ ବାବୁ ଚୁପ୍ କରି ବସି ରହିଲେ ଓ ନିଜକୁ କହିଲେ ଯେ ତାଙ୍କର କିଛି କରିବାର ନାହିଁ। ଇଙ୍ଗିତ ଦିଆ ସରିଛି, ସୁଇଚ୍‌ଟିପା ହୋଇଯାଇଚି। ମୋର ନୁହେଁ, ବ୍ୟକ୍ତିର ନୁହେଁ, ଆଣବିକ ଯୁଗର ଆଜ୍ଞା। ଯଥା ସମୟରେ ହାତକୁ ଖଣ୍ଡା ଆସିବ ଓ ମୁଣ୍ଡକୁ ମୁକୁଟ। ଶ୍ୟାମଘନ ଚୌଧୁରୀ ଯୁଦ୍ଧଭୂଇଁକୁ ଉତୁରି ପଡ଼ିବ। ପୁଣି ଯଥାକ୍ରମେ ସନାତନ ମହାନ୍ତି ଧ୍ୱଂସ ହେବ। ସେଇଠୁ ଚକ୍ରବର୍ତ୍ତୀ ବୋଲାଇବ ଶ୍ୟାମଘନ ଚୌଧୁରୀ ଆଉ କେହି ନାହିଁ ... ଆଉ କେହି ନାହିଁ ...

ରାୟବାହାଦୂର ଆଲୋଚନାରେ ମୁଣ୍ଡ ମାରି ସାରାଂଶ ବାଢ଼ିଲେ, "ୱେଲ୍। ବର୍ତ୍ତମାନ କଥା ହେଲା ଯେ, ସନାତନ ମହାନ୍ତିଙ୍କ ମନ୍ତ୍ରୀମଣ୍ଡଳର ଅବସ୍ଥା ସୁବିଧାଜନକ ହୋଇ ନଥିବାରୁ ସେ ଦଳତ୍ୟାଗ କରିବେ। ଦଳତ୍ୟାଗ କରିବେ ଶ୍ୟାମଘନ ଚୌଧୁରୀ। ଏହି ଦୁଇ ନେତାଙ୍କ ଅନୁଗତ ଅନ୍ତତଃ ଦଶଜଣ ସଭ୍ୟ ଏ ପାଖକୁ ଆସିବେ ବୋଲି ଆଶା କରାଯାଏ। ବାକି ରହିଲେ ଏକ- କମ୍ପାନୀବାଲା ଶଙ୍ଖୁ ମହାପାତ୍ର। ତାଙ୍କୁ ଗୋଟାଏ ଖଣି ଜମିର ପଟ୍ଟା ଦେବାର ବ୍ୟବସ୍ଥା କରାଯିବ। ସେ ସାତଜଣଙ୍କୁ ସାଙ୍ଗରେ ଆଣିବେ।

ଦୁଇ - ପ୍ରେସ୍‌ବାଲା କହ୍ନେଇ ବଳ। ତାଙ୍କ ଝିଅ ବାହାଘର ମୁଣ୍ଡ ଉପରେ, ମାତ୍ର ପାଞ୍ଚହଜାର ହେଲେ ଯଥେଷ୍ଟ। ତା'ର ବ୍ୟବସ୍ଥା କରିବେ ମହାପାତ୍ରେ। ସେ ଆଣିବେ ତିନିମୂର୍ତ୍ତି।

ତିନି – ଜମିଦାର ଅର୍ଜୁନ୍ ସାମନ୍ତ। ସେ ମନ୍ତ୍ରୀ ହେବେ, ସାଙ୍ଗରେ ଆଣିବେ ପାଞ୍ଚ।

ଚାରି – ସାନ୍ତାଳ ଶଉରା ଚଷାବାପୁଡ଼ାଙ୍କ ନେତା ସ୍ୱନାମଧନ୍ୟ ଗଣପତି ଦଳେଇ। ଖତମ୍। ତଦ୍ଦ୍ୱାରା ଅନ୍ତତଃ ଆଠଜଣ ଖସି ଆସିବେ।

ପାଞ୍ଚ - କୁମୁଦିନୀ ଦେବୀ

ଶ୍ୟାମଘନ ଚୌଧୁରୀଙ୍କର ଆଉ ଶୁଣିବାକୁ ଧୈର୍ଯ୍ୟ ରହିଲା ନାହିଁ। ଏତେ ଏକ-ଦୁଇ-ତିନି ନ କଲେ କ'ଣ ହୁଅନ୍ତା ନାହିଁ। ଯାହା ହେଲା କଥାଟା ଛିଣ୍ଡେଇ ଦିଅ। ପଦ୍ମା ଅପେକ୍ଷା କରିଛି। ତାକୁ ମୁଁ ସକାଳେ ରଗେଇଛି। ଫେରିଯାଇ ହସେଇବି, ଗେହ୍ଲା କରିବି।

କିନ୍ତୁ ଅସଲ କଥା ସରି ନଥିଲା । ନୂଆ ସରକାର ଗଢ଼ାହେଲା ପରେ କେଉଁମାନେ ବିଭିନ୍ନ ଗାଦିରେ ବସିବେ ? କିଏ କିଏ କେଉଁ ବିଭାଗର ମନ୍ତ୍ରୀ ହେବେ ? ପୁଣି ରାୟବାହାଦୂରଙ୍କର ଏକ-ଦୁଇ-ତିନି । ତାଙ୍କୁ ଧନ୍ୟ କହିବ । କେଡ଼େ ସୁରୁଖୁରୁରେ ବିନୟ ମଧୁର ହଁ ନା ଭିତରେ ସେ ଫୁଲମାଳାଟିକୁ ଗୁନ୍ଥି ଦେଲେ, ସତେ କି ପ୍ରତି ଲୋକର ଆସନ ଆଗରୁ ଖଞ୍ଜା ହୋଇରହିଛି, ଇଚ୍ଛାମୟଙ୍କ ଇଚ୍ଛା । ସେହି ସାବଲୀଳ କ୍ରମରେ ସେ ଉଚ୍ଚାରଣ କଲେ, ଛାତ୍ରନେତା ଯୁବ ନେତା ଶ୍ୟାମଘନ ଚୌଧୁରୀ; ଶିକ୍ଷା ଓ ସଂସ୍କୃତି ...

ଶ୍ୟାମଘନବାବୁ ଉତ୍ତୋଳନର ଶିହରଣ ଅନୁଭବ କଲେ । ବିଚ୍ୟୁତିର ଶିହରଣ । ହଠାତ୍ ତାଙ୍କର ମନେ ହେଲା ଯେ ଏହି ହେଉଛି ଶେଷ ମୁହୂର୍ତ୍ତ, ଯେଉଁଥିରେ ସେ ଆପଣାର ସନ୍ତକ ରଖିଯିବେ । ନିର୍ଭୟରେ କହିବେ, ଯା ହେବାର ହେଉ । ତେଣୁ ସେ କହି ଉଠିଲେ, ନା । ମୋତେ ଗଣପତି ଦଳେଇଙ୍କ କାମ ଦିଅନ୍ତୁ । ମୋର ବିଶ୍ୱାସ, ମୁଁ ପାରିବି ।' ଗଣିଆର ଚଉକି ତା'ରି କଲମ ତା'ମାଟିଆ ଚମଡ଼ାର ଉଷୁମ ଛାଡ଼ି ନଥିବ ପରା ।

ତାଙ୍କ ଚାହାଣୀରେ ଯେଉଁ ଅନିର୍ବଚନୀୟ ଅଳିର ମାଧୁରୀ ଦେଖାଦେଲା ତାକୁ ସେମାନେ କାଟି ପାରିଲେ ନାହିଁ । ଶ୍ୟାମଘନ ଚୌଧୁରୀ ଗଣପତି ଦଳେଇଙ୍କ ଗାଦିରେ ବସିବାର ସ୍ଥିର ହେଲା ।

(୪)

ପଦ୍ମାଦେବୀ ବାଟ ଚାହିଁ ବସିଥିଲେ । ଶ୍ୟାମଘନ ବାବୁ ହସ ହସ ବଦନରେ ଫେରିଲେ । ଅବଶ୍ୟ ସେ ଏହି ସ୍ମିତହସଟିକୁ ଅତି ଯତ୍ନରେ ଗଢ଼ିଥିଲେ ଓ ସଂପାଦି ରଖିଥିଲେ । ପଦ୍ମାଦେବୀଙ୍କର ସାମାନ୍ୟ ହେମାଳ ଓ ତାତିଲା ଚାହାଣୀରେ ତା'ର ଅବସ୍ଥା କ'ଣ ହୋଇଥାନ୍ତା କୁହାଯାଇ ପାରୁ ନାହିଁ, କିନ୍ତୁ ଶ୍ୟାମଘନବାବୁ ଦେଖିଲେ ଯେ ପଦ୍ମାର ଭାରି ମୁହଁରେ ରଙ୍ଗ ଫୁଟିଉଠିବ ବୋଲି ବସିଛି । ମାନିନୀ ମାନଭଞ୍ଜନକୁ ଅପେକ୍ଷା କରିଛି । ତେଣୁ ସେ ତାଙ୍କ ସ୍ମିତହାସକୁ ପ୍ରସାରିତ କଲେ ଏବଂ ପଦ୍ମାଦେବୀଙ୍କ ହାତ ଧରି ପକାଇ କହିଲେ, "ରାଗିଛ ? ଆଇ ଆମ୍ ସରି । ମୋର ଭୁଲ୍ ହୋଇଛି ।"

ପଦ୍ମାଦେବୀ ସ୍ୱାମୀଙ୍କ ହାତକୁ ଓଲଟେଇ ଧରିଲେ । ସେ କିଛି କହିଲେ ନାହିଁ କିନ୍ତୁ ତାଙ୍କର ସ୍ଫୁରଣୋନ୍ମୁଖ ଓଠ ଶ୍ୟାମଘନ ବାବୁଙ୍କୁ ଚଞ୍ଚଳ କଲା । କଥାଟାକୁ ଆଗତୁରା କହିଦେବା ପାଇଁ ତର ସହିଲା ନାହିଁ । କହିଲେ, "ଶୁଣ ମୁଁ ଗୋଟାଏ ପଲିଟିକାଲ ମିଟିଂକୁ ଯାଇଥିଲି । ସୁସମ୍ବାଦ ଦେବାକୁ ଯାଉଛି ।" ପଦ୍ମାଦେବୀ ଟପିଗଲେ । ସୂକ୍ଷ୍ମ ଚତୁର ମୁରକି ହସାଟିଏ ଦେଇ ସ୍ୱାମୀଙ୍କୁ ଅଟକେଇ ଦେଲେ । କହିଲେ, ମୁଁ ଜାଣିଛି ।

'ଜାଣିଛ ? କ'ଣ ଜାଣିଛ ?' କ୍ଷଣିକର ବିମୂଢ଼ତା।

"ମୁଁ ଜାଣିଛି ଯେ ମୋର ସ୍ୱାମୀ ହେଉଛନ୍ତି ମାନ୍ୟବର ମନ୍ତ୍ରୀବର ଶ୍ରୀଶ୍ରୀଶ୍ରୀ..."

ଆନନ୍ଦ ଓ ଆଶ୍ଚର୍ଯ୍ୟରେ ବିହ୍ୱଳ ହୋଇ ଶ୍ୟାମଘନ ବାବୁ ପଦ୍ମାଦେବୀଙ୍କୁ କୁଣ୍ଢାଇ ଧରିଲେ। କୁଣ୍ଢାଇ ଧରି ଘୂରାଇବାର ପ୍ରଯତ୍ନ କଲେ। ସତେ କି ସେ ଦଶବର୍ଷ ତଳର ତରଳ ତାରୁଣ୍ୟକୁ ଫେରିଯାଇଛନ୍ତି। ତା'ପରେ ସେ ତାଙ୍କୁ ସମ୍ମୁଖରେ ରଖି ଅନର୍ଗଳ ଗାଇଗଲେ।

"କ'ଣ ହେଲା କହିବି ? ସନାତନ ମହାନ୍ତି ଗୋଟାଏ ଖେଳ ଖେଳିଲା। ତଡ଼ା ହେବା ପୂର୍ବରୁ ଆଗରୁ ଯାଇ ପାର୍ଟି, ମାନେ ଧରଣୀ ମହାପାତ୍ର ସାଙ୍ଗରେ ଷଡ଼ଯନ୍ତ୍ର କଲା। ମୁଁ ଆଜି ଧରଣୀ ମହାପାତ୍ର ପାଖରେ ପହଞ୍ଚିଲାବେଳକୁ ବାବୁ ସେଠି ଯାଇ ବସିଛନ୍ତି। ଆଉ ସବୁ ଛୋଟ ଛୋଟ ଦଳର ମୁଖିଆମାନେ ଆସିଥିଲେ। ମୁଁ ଦେଖିଲି ଯେ ଅନ୍ୟ ଉପାୟ ନାହିଁ। ଦେଶର ଉନ୍ନତି କରିବାକୁ ହେଲେ ସାହସ ବାନ୍ଧିବାକୁ ପଡ଼ିବ। ସନାତନ ମହାନ୍ତି ଥିଲେ ଥାଉ, କ'ଣ କରାଯିବ ? ସେ ମୋ ସାଙ୍ଗରେ ପଦେ କଥା ନ କହି ଧୂଆଁ ଛାଡୁଥିଲା ଯାହା ହେଉ ମୁଁ ଦଳ ଛାଡ଼ିଲି। ବିଲ୍‌କୁଲ୍ ଏକଦମ୍ ଛାଡ଼ି ଦେଲି। ସେମାନେ ସମସ୍ତେ ଛାଡ଼ିଲେ। ଆମେ ଯେଉଁ ନୂଆ ଦଳ ଗଢ଼ିଲୁ ତା ନାଁ ହେଲା ସଂଯୁକ୍ତ ସର୍ବମଙ୍ଗଳ ପାର୍ଟି। ନରିପୁର ରାସ୍ତାରେ ସେଇ ଯେଉଁ ଚକଚକିଆ ତିନି ମହଲା କୋଠା ମନେ ପଡୁଛି ? ସେଇଠି ମିଟିଂ ହେଉଥିଲା, ସେଇ ହେଉଛି ଏସ୍.ଏମ୍.ପି. ଅଫିସ୍। ଯାହାହେଉ ମୁଁ ଦଳ ଛାଡ଼ିଲି। ଅନେକ ଲୋକ ଛାଡ଼ିଲେ। ଆହୁରି ଅନେକ ଛାଡ଼ିବେ ବୋଲି ଜଣା ପଡ଼ିଲା।

ତା'ପରେ ଆଉ କିଛି କଥା ନାହିଁ। ଆମେ ହେଲୁ ସଂଖ୍ୟାଗରିଷ୍ଠ। ଆମକୁ ଦାୟିତ୍ୱ ନେବାକୁ ପଡ଼ିବ। ଠିକ୍ ହେଲା ଯେ ସନାତନ ମହାନ୍ତି ମୁଖ୍ୟମନ୍ତ୍ରୀ ହେବ ହେଉ, ଆଉ କେତେ ଦିନ ? ଧରଣୀ ମହାପାତ୍ର ଗୃହମନ୍ତ୍ରୀ ହେବ। ଆଉ ମୁଁ ମୁଁ ଠିକ୍ କଲି ଯେ ମୁଁ ଗଣପତି ଦଳେଇର ଜାଗାରେ ବସିବି ମାନେ ଗ୍ରାମମଙ୍ଗଳ, ଆଦିବାସୀ ଓ ଅନୁନ୍ନତ। କେତେବେଳେ ସେ ଆବିଷ୍କାର କଲେ ଯେ ପଦ୍ମାଦେବୀ ନିଶ୍ଚଳ ନିଷ୍ପନ୍ଦ ହୋଇ ଛିଡ଼ା ହୋଇଛନ୍ତି ଓ ତାଙ୍କ ଆଖିରେ ଲୁହ ଡବଡବ ହୋଇଆସୁଛି।

ଶ୍ୟାମଘନବାବୁ ଆହତ ଦୃଷ୍ଟିରେ ସ୍ତ୍ରୀଙ୍କୁ ଚାହିଁଲେ।

ଶ୍ୟାମଘନବାବୁ ନିର୍ବୋଧ ଦୃଷ୍ଟିରେ ସ୍ତ୍ରୀଙ୍କୁ ଚାହିଁଲେ।

ହୁଣ୍ଡୀ କାନ୍ଦୁଛି କାହିଁକି ? ତାକୁ ସବୁ ଜଣା ଅଛି ପରା ?

■

ଦୋଷୀ

ଡକ୍ଟର ଶଚୀନ୍ଦ୍ର ନାରାୟଣ ତ୍ରିପାଠୀ ଆଖିରୁ ମୋଟା ଫ୍ରେମ୍‌ର ଚଷମା କାଢ଼ିଦେଇ ଟେବୁଲ ଉପରେ ରଖିଲେ, ଆଙ୍ଗୁଳିରେ ଆଙ୍ଗୁଳି ଯୋଡ଼ିଲେ ଓ କ୍ଷଣିକ ପାଇଁ ଆଖି ବୁଜିଦେଇ ଖୋଲିଲେ। ନିର୍ଲିପ୍ତତା ପରିସ୍ଫୁଟ ହେଲା। ଆଜି ଡକ୍ଟର ତ୍ରିପାଠୀ ତଦନ୍ତ କମିଶନ୍‌ର ଅନ୍ୟ ଦୁଇଜଣ ସଭ୍ୟଙ୍କୁ ପରିଷ୍କାର ଭାବରେ ଜଣାଇ ଦେଇଛନ୍ତି ଯେ ସେ ବର୍ତ୍ତମାନର କାର୍ଯ୍ୟଧାରାରେ ସକ୍ରିୟ ଅଂଶ ଗ୍ରହଣ କରିପାରିବେ ନାହିଁ; କାରଣ ଅଭିଯୁକ୍ତ ବନବିହାରୀ ଦାସ ତାଙ୍କର ସହପାଠୀ।

ଚେହେରା ମନେ ପଡୁନାହିଁ। ନା, ମୋଟେ ମନେ ପଡୁନାହିଁ। ଆଶ୍ଚର୍ଯ୍ୟ! କିନ୍ତୁ ରେକର୍ଡରେ ଲେଖା ଅଛି, ତାକୁ କାଟିବାର ନୁହେଁ, ଜନ୍ମସ୍ଥାନ ମୁକୁନ୍ଦପୁର, ଶିକ୍ଷା ମାଟ୍ରିକୁଲେସନ୍, ମୁକୁନ୍ଦପୁର ହାଇସ୍କୁଲ, ୧୯୪୦। କିଏ ଜାଣେ, ହୁଏ ତ ଆମେ ଦୁହେଁ ଏକାଠି ଫୁଟ୍‌ବଲ ଖେଳୁଥିଲୁ। ମୁଁ ଅବଶ୍ୟ ବେଶି ଖେଳାଖେଳି କରୁ ନଥିଲି, ତଥାପି –। କିମ୍ବା ହୁଏତ ମୁଁ ତାକୁ ସାହିତ୍ୟ ବୁଝେଇ ଦେଉଥିଲି। ଅନେକ ପିଲା ମୋଠାରୁ ସାହିତ୍ୟ ବୁଝିବା ପାଇଁ ଆସୁଥିଲେ। ଇଏ ଆସୁ ନଥିଲା ବୋଲି କିଏ କହିବ?

ପ୍ରମାଣ ଲୋଡ଼ା ନାହିଁ, କଥା ହେଉଚି ଯେ ଯଦି ଆତ୍ମୀୟତାର ସନ୍ଦେହ ଆସୁଛି, ଯଦି ତା'ର କ୍ଷୀଣତମ ସ୍ପନ୍ଦନର ଧ୍ୱନି ଶୁଣାଯାଉଛି, ତା'ହେଲେ ମୋର କର୍ତ୍ତବ୍ୟ ହେଉଚି ଦୂରେଇଯିବା। ନିଜର ଅଜାଣତରେ ମଧ୍ୟ ନ୍ୟାୟର କଣ୍ଟା ଢଳି ଯାଇପାରେ। ଡକ୍ଟର ତ୍ରିପାଠୀ ମୁଣ୍ଡ ତଳକୁ କରି ଗମ୍ଭୀର ମୁଦ୍ରାରେ ବସି ରହିଲେ। କେବଳ କାନରେ ବାଜୁଥାଏ ଅନ୍ୟ ସଭ୍ୟମାନଙ୍କ ଜେରା ଓ ଅଭିଯୁକ୍ତ ବନବିହାରୀ ଦାସର ଧୀର ଓ ଧାରୁଆ ଜବାବ୍। ଚିହ୍ନା ସ୍ୱର? ନା, ମନେ ପଡୁନାହିଁ।

ଲୋକଟା ପ୍ରକୃତରେ ଦୋଷୀ ନା ନିର୍ଦ୍ଦୋଷ।

ମୋ'ରି ସହପାଠୀ, ଏକା ସ୍କୁଲରେ ଏକା କ୍ଲାସରେ ପାଠ ପଢ଼ିଛି, ଏକା ବର୍ଷ ମାଟ୍ରିକ୍ ପାସ୍ କରିଛି, ସେ କ'ଣ ଏପରି ହୀନ କାମ କରିପାରେ? ବନ୍ୟାପାଣିରୁ

ଏତେଗୁଡ଼ାଏ ଟଙ୍କା ଚୋରି କରିପାରେ ? ଅସମ୍ଭବ ନୁହେଁ। ଦୁଇଭାଇଙ୍କ ମଧ୍ୟରୁ ଜଣେ ସାଧୁ ହେବା ସତ୍ତ୍ୱେ ଅନ୍ୟଟି ଚୋର ହୋଇପାରେ। କିଛି ଅସମ୍ଭବ ନୁହେଁ।

ସଂସାରର ବୈଚିତ୍ର୍ୟକୁ ଦୋଷ ଦେଲା ପରି ଡକ୍ଟର ତ୍ରିପାଠୀ ଅସ୍ପଷ୍ଟ ଭାବରେ ମୁଣ୍ଡ ହଲାଇଲେ, କିନ୍ତୁ ସେ ତଥାପି ବନବିହାରୀ ଦାସ ପ୍ରତି ସମ୍ମୁଖ ଦୃଷ୍ଟି ଦେବାକୁ କୁଣ୍ଠିତ ହେଲେ। ଥରେ ଦେଖିନେଲେ କ'ଣ ଯଥେଷ୍ଟ ନୁହେଁ। ସିଂହାସନ ଉପରୁ କ୍ଷମତାପନ୍ନ ଦୃଷ୍ଟିରେ ଚାହିଁ ରହିବା କ'ଣ ଉଚିତ ହେବ ?

ତା'ଛଡ଼ା ଧର ସେ ମୋର ଚାହାଣୀରେ ଚାହାଣୀ ମିଳାଇବ। ନିମେଷର ଇଙ୍ଗିତରେ ଅତୀତକୁ ଟାଣି ନେବ। ମନେ ପଡୁଛି ସ୍କୁଲ ପଛଆଡ଼େ ସେଇ ଭଜନା ଦୋକାନ, ଏତେ ବଡ଼ ବଡ଼ ସିଙ୍ଗଡ଼ା ଗୋଟି ଦୁଇ ପଇସା। ମନେ ପଡୁଛି ତା' ପାଖକୁ ମଦନା ମାଆର ବରା ଗୁଲୁଗୁଲା। ମନେ ପଡୁଛି ଅଙ୍କ ସାରଙ୍କର କଳା କଳା ଦାନ୍ତ, ତାଙ୍କ କିଳିକିଳା ରଡ଼ି। ସେଇ ପୋଖରୀ ହୁଡ଼ା। ସେଇ ଉଇହୁଙ୍କା। ତା'ପରେ ସେ ଟିକିଏ ହସିବ, କେହି ନ ଦେଖିଲା ପରି। ମୁଁ ଟିକିଏ ହସିବି। ସ୍ମୃତି ... ସେଣ୍ଟିମେଣ୍ଟ ... ଦୁର୍ବଳତା ...। ନା, ମୁଁ ସେ ଖସଡ଼ା ବାଟ ଦେଇ ଯିବିନାହିଁ। ମୁଁ ନିଜକୁ କାଢ଼ି ନେଇଛି। ତେଣୁ ସେ ବନବିହାରୀ ଦାସ ଆଡ଼କୁ ଅଳ୍ପ ଚାହିଁ ହସିବା ପରିବର୍ତ୍ତେ ଚେୟାରମ୍ୟାନଙ୍କ ଆଡ଼କୁ ଅଳ୍ପ ଚାହିଁ ହସିଲେ। ଅର୍ଥାତ୍ କ୍ୟାରିଅନ୍, ଆଗେଇ ଚାଲ, ମୁଁ ବେଶ୍ ଉପଭୋଗ କରୁଛି। ମୁଁ ତୃତୀୟ ବ୍ୟକ୍ତି।

ଚେୟାରମ୍ୟାନ ଭାବିଲେ ଯେ, ଡକ୍ଟର ତ୍ରିପାଠୀ ତାଙ୍କ ଜେରାର ଚମତ୍କାରିତା ଉପଭୋଗ କରୁଛନ୍ତି। ସେ ପରମ ଆଗ୍ରହରେ ପରବର୍ତ୍ତୀ ପ୍ରଶ୍ନର ହାବେଳି ଛାଡ଼ିଲେ।

"ଆପଣ ମିଠାଇତକ ପିଲାମାନଙ୍କୁ ବାଣ୍ଟି ଦେଲେ। ଉତ୍ତମ। କିନ୍ତୁ ସେ ପିଲାମାନେ କିଏ ? କାହାର ?"

"ମୁଁ ସେ ପିଲାମାନଙ୍କର ପରିଚୟ ଦେଇପାରିବି ନାହିଁ। କେବଳ ଏତିକି ଜାଣେ ଯେ ସେମାନେ ମୋର ନୁହଁନ୍ତି।"

ଅନ୍ୟତମ ସଭ୍ୟ ମହୋଦୟ ହସି ଉଠିଲେ। ଚପଳତାର ବଶବର୍ତ୍ତୀ ହୋଇ ପଚାରିଲେ, ଆପଣଙ୍କର କେତୋଟି ପିଲା ?

ଆଜ୍ଞା, ଆଠ।

ଆଠଟି ପିଲା ! ହେ ଭଗବାନ ! ସ୍ୱଳ୍ପସନ୍ତାନସୁଖୀ ଡକ୍ଟର ତ୍ରିପାଠୀ ବହୁ ସନ୍ତାନଗ୍ରସ୍ତ ସହପାଠୀକୁ ଆଉ ଥରେ ଦେଖିନେବାର କୌତୂହଳକୁ ଦବାଇ ପାରିଲେ ନାହିଁ। କିନ୍ତୁ ଦେଖିଲା ପରେ ସେ ଅସ୍ୱସ୍ତିବୋଧ କଲେ। ତାଙ୍କର ମନେ ହେଲା ଯେ, ଏହି ଲୋକଟି ଗଣି ଗଣି ଆଠଥର ଆଠଟି ମଣିଷ ପିଲାଙ୍କୁ ଜନ୍ମ ଦେଇଛି। ଯଥା

ଦୈତ୍ୟରାଜ। ଦଳପତି ହାତୀ। ତା'ର ବଳିଷ୍ଠ ମୁହଁର ପ୍ରତି ଉଠାଣି ପ୍ରତି ଗଡ଼ାଣି ଘୋଷଣା କରୁଛି ଯେ ସେ ଆଠଟି ସନ୍ତାନର ପିତା; ଆହୁରି କେତୋଟି ସନ୍ତାନକୁ ପୃଥିବୀକୁ ଆଣିବ ତାହା ତା'ର ମର୍ଜି ଉପରେ ନିର୍ଭର କରେ। ହଁ, ସେ ଗୋଟିଏ ହାତୀ। ଏଇ କ'ଣ ଛୋଟ ହୋଇ ମୋ ସାଙ୍ଗରେ ଖେଳୁଥିଲା, ବୁଲୁଥିଲା। ଗପ କରୁଥିଲା ସିଙ୍ଗଡ଼ା ଖାଉଥିଲା। ସେ କଳ୍ପନାରେ ଦେଖିଲେ ଯେ ବନବିହାରୀ ଦାସ ଅତୀତର ଗୋଟିଏ ସ୍କୁଲ ବେଞ୍ଚରେ ତାଙ୍କ ପାଖାପାଖି ବସିଛି। ତା'ର ବଳିଷ୍ଠ ପ୍ରସନ୍ନ ବପୁକୁ ଥାପି ଦେଇଛି। ଶଚୀ ତ୍ରିପାଠୀ ତା'ପାଖକୁ ଲାଗି ଆସିବାକୁ ଡରୁଛି, କିନ୍ତୁ ଘୁଞ୍ଚି ଯାଇପାରୁ ନାହିଁ। ଧ୍ୟାତ୍! ଏମତି ଗୋଟିଏ ପିଲା ମୋ ସାଙ୍ଗରେ ଏକାଠି ପଢୁ ନଥିଲା। ରେକର୍ଡ ଭୁଲ୍! ପୂରାପୂରି ଭୁଲ୍!

ସେତିକିବେଳେ ସ୍ମୃତିର ଏକ ପ୍ରବଳ ହାବୁକା ଉଠି ଆସିଲା। ଡକ୍ଟର ତ୍ରିପାଠୀ ଅଣନିଃଶ୍ୱାସୀ ହୋଇ ପଡ଼ିଲେ, କିନ୍ତୁ ତା'ର ରୂପରେଖ ଠଉରେଇ ପାରିଲେ ନାହିଁ।

ଡକ୍ଟର ତ୍ରିପାଠୀ ନିଜକୁ ସମ୍ଭାଳି ନେଲେ। ବର୍ତ୍ତମାନ ମୁହୂର୍ତ୍ତର ମହତ୍ତ୍ୱକୁ ତେଜିଲା ପରି ତଦନ୍ତ ଫାଇଲ୍‌ର ନାଲିଫିତାକୁ ବାନ୍ଧିଲେ। ଜୀବନର କେତେ ବାଟ ଚାଲି ଆସିଲେଣି। ମୁକୁନ୍ଦପୁର ହାଇସ୍କୁଲରୁ ଆଜିଯାଏଁ ଲମ୍ବା ବାଟ, ଯେଉଁଥିରେ ମୁଁ ନିଜ ଗୋଡ଼ରେ ଚାଲିଛି ଓ ଉପରକୁ ଉଠିଛି। କେତେ ସାଙ୍ଗ କିଏ କେଉଁଠି ପଡ଼ିଗଲେଣି। ହେଇ ସେଦିନ ଜଣକ ସାଙ୍ଗରେ ଦେଖାହେଲା, ସେ ମନୋହାରି ଦୋକାନ ଖୋଲିଛି। ସେ ସଂସ୍କୃତରେ ମୋଠୁଁ ଭଲ ନମ୍ବର ରଖୁଥିଲା – ଖାଲି ଘୋଷୁଥିଲା, ଖାଲି ଘୋଷୁଥିଲା! ହଁ, କେତେଜଣ ଓକିଲ, ଡାକ୍ତର, ଅଫିସର ହୋଇଛନ୍ତି। କିନ୍ତୁ ସମସ୍ତେ ସୁନାମ ଅର୍ଜିନାହାନ୍ତି। ଶଚୀ ତ୍ରିପାଠୀ ଯେ କେବଳ ଜଣେ ପ୍ରଫେସର, କେମ୍ବ୍ରିଜ୍‌ରୁ ଡକ୍ଟରେଟ୍ ପାଇଛି, ଶିକ୍ଷା ଓ ସଂସ୍କୃତି କ୍ଷେତ୍ରରେ ଜଣେ ମୁଖିଆ ବୋଲାଉଛି, ତାହା ନୁହେଁ। ତା'ର ସୁନାମ ଅଛି। ଏଇ ତଦନ୍ତ କମିଶନ୍ ପାଇଁ ନିଜେ ଗଭର୍ଣ୍ଣର ମୋ ନାଁ ବାଛିଛନ୍ତି।

କାହିଁ ଡକ୍ଟର ଶଚୀନ୍ଦ୍ର ନାରାୟଣ ତ୍ରିପାଠୀ ଓ କାହିଁ ମୁକୁନ୍ଦପୁର ହାଇସ୍କୁଲର କେଉଁ ସହପାଠୀ, ଆଠଟି ପିଲାର ବାପା। ବିଚରା ଆଜି ମୋରି ସାମ୍ନାରେ ଆସାମୀ ହୋଇ ଛିଡ଼ା ହୋଇଛି। ମୋ ଛଡ଼ା ଆଉ କେହି ହୋଇଥିଲେ ଏହି ପରିସ୍ଥିତିର ସୁଯୋଗ ନେଇ ନିଜର କ୍ଷମତା ଜାରି କରନ୍ତା। କିମ୍ବା ଭାବପ୍ରବଣ ହୋଇ ଢଳିଯାଆନ୍ତା। କିନ୍ତୁ ମୁଁ – ମୁଁ କହୁଛି ବାବୁ, ମୋତେ କ୍ଷମା କର। ମୁଁ ଚୁପ୍ ରହିବି। ଭଗବାନ୍ ତା'ର ମଙ୍ଗଳ କରନ୍ତୁ।

ସେ ଅନ୍ୟ କଥା ଭାବିଲେ। ଏହି ବନ୍ୟା କାହିଁକି ହୁଏ। ଝଡ଼ କାହିଁକି ହୁଏ।

ସମୂହ ଟ୍ରାଜେଡିରେ ଟ୍ରାଜେଡିର ମର୍ଯ୍ୟାଦା ରହେ ନାହିଁ, କେବଳ ଜନସଂଖ୍ୟା କମିଯାଏ। ପୁଣି ସମୂହ ଚାନ୍ଦା ଉଠେ, ଦାନର ମର୍ଯ୍ୟାଦା ନଷ୍ଟ ହୁଏ। ହାୟ! ପ୍ରକୃତି ବ୍ୟକ୍ତିକୁ ଡୁବାଇ ଦିଏ, ରୀତିମତ ଡୁବାଇ ଦିଏ।

କିନ୍ତୁ ଏହି ଘୋର ନିମଜ୍ଜନ ମଧ୍ୟରୁ ଜଣେ ଜଣେ ଉପରକୁ ଉଠି ଆସନ୍ତି ଏବଂ ଟଙ୍କା ଖାଆନ୍ତି, ଗଣି ଗଣି ଟଙ୍କା ଖାଆନ୍ତି। ବଳିଷ୍ଠ-ପ୍ରସନ୍ନ ବପୁକୁ ଶୁଖିଲାରେ ଥାପି ଦେଇ ଗଣି ଗଣି ଟଙ୍କା ଖାଆନ୍ତି। ଗଣି ଗଣି ଛୁଆ ଜନ୍ମ କରନ୍ତି ଓଃ! ମୁଁ ବନବିହାରୀ ଦାସ କଥା ଭାବୁନାହିଁ। ସେ ଦୋଷୀ କି ନିର୍ଦ୍ଦୋଷ ମୁଁ ଜାଣେ ନାହିଁ କି ଜାଣିବାକୁ ଚାହେଁ ନାହିଁ। ଡକ୍ଟର ତ୍ରିପାଠୀ ଭାବନାର ମଙ୍ଗ ମୋଡ଼ିବାକୁ ଚେଷ୍ଟା କଲେ। କିନ୍ତୁ ପାରିଲେ ନାହିଁ।

ଘରଦୁଆର ରାସ୍ତାଘାଟରେ ପାଣି ପଶି ଏକାକାର ହେଲାବେଳେ ସେମାନେ ଆପଣା ସ୍ଥାନରେ ଛିଡ଼ା ହୋଇ ମଜା ଦେଖନ୍ତି। ବିଧାତା ପରି। ସେମାନେ କୁଦିପଡ଼ି ବୁଡ଼ି ଯାଉଥିବା ଲୋକଟିକୁ ଉଠାଇ ଆଣନ୍ତି ଓ ତା'ର ହିନିମାନିଆ ନିର୍ଜୀବ ମୁହଁକୁ ଚାହିଁ ହସନ୍ତି। ମୁକୁନ୍ଦପୁରରେ ଥରେ ବଢ଼ି ଆସିଥିଲା, ମୋର ମନେ ଅଛି। ଅଗଣା ଦୁଆର ପାଣିରେ ଭରିଯାଇଥିଲା। ସହର ଭାସିଯିବ ବୋଲି ଡକା ପଡ଼ିଥିଲା, କିନ୍ତୁ କେତେ ଜଣ ଅନାବନା ନଉକା ଭେଳାରେ ପଇନ୍ତରା ମାରୁଥିଲେ, ଗୀତ ବୋଲୁଥିଲେ। ବାପ କହୁଥିଲେ ... ହ୍ୟାପ ଉତୁରୁଛନ୍ତି, ମରିବେ। କିନ୍ତୁ ସେମାନେ ମଲେ ନାହିଁ କି ମରିବେ ନାହିଁ। ସେମାନେ ମରନ୍ତି ନାହିଁ।

ଡକ୍ଟର ତ୍ରିପାଠୀଙ୍କର ଇଚ୍ଛା ହେଲା ଟିକିଏ ବାହାରୁ ବୁଲି ଆସିବେ। ଏଠି ଭାରି ଗରମ ଲାଗୁଛି। ତା'ଛଡ଼ା କେତେ ସମୟ ଚୁପ୍ ହୋଇ ବସିବି ?

ତା'ଛଡ଼ା ... ତା'ଛଡ଼ା .. ସେ କ'ଣ ମୋ ଆଡ଼କୁ ଚାହୁଁ ନଥିବ ?

ମୁଁ ସିନା ତାକୁ ଚିହ୍ନି ନାହିଁ, ସେ କ'ଣ ମୋତେ ଚିହ୍ନି ନଥିବ ?

ଅବଶ୍ୟ ଚିହ୍ନିଥିବ ଓ ଚାହୁଁଥିବ। ମନେ ମନେ ହିସାବ ମିଳାଉଥିବ। କୁମୁନ୍ଦପୁରରେ ଯେ ମୋ ସାଙ୍ଗରେ ପାଠ ପଢୁଥିଲା, ସେଇ ଶଚୀ ତ୍ରିପାଠୀ କେଉଁଠି ଯାଇ ବସିଲାଣି। ଦେଖ ସେ କେମିତି ଓଠକୁ ଦବେଇଛି। କେମିତି କଲମ ଧରିଛି। କେମିତି ତା'ହାତକୁ ହାତରେ ଯୋଡୁଛି, ପୁଣି ଗାଲରେ ରଖୁଛି, ଉପରକୁ ଟେକୁଛି। ପୁଣି ତଳକୁ ଆଣୁଛି। ସେଇ ଶଚୀ ତ୍ରିପାଠୀ ଯେ। ବେଶ୍ ଦେଖୁ କେତେ ଦେଖିବ। ତା'ବୋଲି ମୁଁ ଏଠୁ ପଳେଇ ଯିବି ନାହିଁ। ମୋର ଅତୀତରେ କିଛି ମଳିଧୂଳି ନାହିଁ। ତିଳେମାତ୍ର ନାହିଁ। ଥିଲେ ମୁଁ ଆଜି ଏଇ ଚଉକିରେ ବସି ନ ଥାଆନ୍ତି ଏବଂ ସେ ମୋ ଆଗରେ ଆସାମୀ ହୋଇ ପାଟି ପାକୁ ପାକୁ କରୁ ନଥାଆନ୍ତା।

ସେ ପାଟି ପାକୁ ପାକୁ କରୁନାହିଁ। ସିଧାସଳଖ ଜବାବ୍ ଦେଉଛି। ତଥାପି ସେ ଆସାମୀ ନୁହେଁ ତ ଆଉ କ'ଣ ?

ଡକ୍ଟର ତ୍ରିପାଠୀ : ଉଠିବି ନାହିଁ ବୋଲି ସଂକଳ୍ପ କଲେ; ଏବଂ ସେ ସ୍ଥିର କଲେ ଯେ ଜବାବ୍ ସୁଆଲ ତକ ମନ ଦେଇ ଶୁଣିବେ।

କିନ୍ତୁ ସେତେବେଳକୁ ଜେରା ସରି ଆସିଲାଣି। ଲଞ୍ଚ୍ ଛୁଟି ହେବାକୁ ଡେରି ନାହିଁ। ଚେୟାରମ୍ୟାନ୍ ଠିକ୍ କରିଛନ୍ତି ଯେ ଲଞ୍ଚ ପରେ ସେ କେସ୍‌ର ଆସାମୀ ନମ୍ବର ଦୁଇକୁ ଧରିବେ। ତେଣୁ ଦେଖାଗଲା ଯେ, ସେ ପ୍ରଧାନ ଆସାମୀ ବନବିହାରୀ ଦାସକୁ କେତେ ଗୁଡ଼ିଏ ପ୍ରଶ୍ନ ପଚାରୁଛନ୍ତି, ଯାହା ପୂର୍ବରୁ ପଚାରିଥିଲେ, କିନ୍ତୁ ଯେଉଁଥିରେ ମୁଣ୍ଡି ମରିବ। ଡକ୍ଟର ତ୍ରିପାଠୀ ଯାହା ଶୁଣିଲେ ଓ ଶୁଣିଲାବେଳେ ତାଙ୍କ ମନରେ ଯେଉଁ ଭାବ ଉଦିତ ହେଲା ତାହା ଏହି ପ୍ରକାର –

"ତାହାହେଲେ ଆପଣ କହୁଛନ୍ତି ଯେ ଆପଣଙ୍କୁ ବନ୍ୟା ପାଣ୍ଠିର ସଞ୍ଚାଳକ ରୂପେ ସରକାର, ମ୍ୟୁନିସିପାଲଟି ବା କୌଣସି ଅନୁଷ୍ଠାନ ବାଛି ନଥିଲେ, ଆପଣ ନିଜକୁ ନିଜେ ବାଛିଲେ। ନିଜେ ଗୋଟାଏ ଦଳ ଗଢ଼ି ତା'ର ଦଳପତି ହେଲେ।"

ଆଜ୍ଞା ହଁ।

(ସେମାନଙ୍କୁ କେହି ବାଛନ୍ତି ନାହିଁ। ସେମାନେ ନିଜକୁ ନିଜେ ଛିଡ଼ା ହୋଇଯାଆନ୍ତି। ବଢ଼ିପାଣି ଉପରେ କାନ୍ଥ ପରି, ପାଚିରୀ ପରି।)

"କାରଣ ଆପଣ ନିଜକୁ ସବୁଠାରୁ ଯୋଗ୍ୟ ମନେ କଲେ ?"

ଆଜ୍ଞା, ହଁ। ଉପସ୍ଥିତ କ୍ଷେତ୍ରରେ ମୁଁ ନିଜକୁ ସବୁଠାରୁ ଯୋଗ୍ୟ ମନେକଲି।

(ଉପସ୍ଥିତ କ୍ଷେତ୍ରରେ। ମାନେ ଯେତେବେଳେ କିଏ ସଭା ମଝିରେ ଚିତ୍‌ପଟାଙ୍ଗ୍ ହୋଇପଡ଼ିଯାଏ, ଯେତେବେଳେ ଦୁଷ୍ଟ ଟୋକାମାନେ ପିଠିରେ ଗଧ ଲେଖି ଦିଅନ୍ତି, ଯେତେବେଳେ ଅଙ୍କ ସାର୍ ଭୁଲ ବୁଝନ୍ତି, ମିଛୁଟାରେ ମୋ ଉପରକୁ ମାଡ଼ି ଆସନ୍ତି, ଯେତେବେଳେ ମୁଁ ସ୍ୱେଟରକୁ ଓଲଟା ପିନ୍ଧି କରି ଆସେ, ଯେତେବେଳେ ମୋ ପ୍ୟାଣ୍ଟର ବୋତାମ ଖୋଲିଯାଏ ...। ନା, ନା, ମୁଁ ନିଜ କଥା କହୁନାହିଁ। ମୋର କିଛି ମନେ ପଡୁନାହିଁ, କିନ୍ତୁ ଏମିତି ହୁଏ ମୁଁ ଜାଣେ।)

"ଆପଣ ମୁକୁନ୍ଦପୁରର ଲୋକ। ତଥାପି ଏଠି ବଢ଼ି ହେବା ଶୁଣି ଆପଣ କାମଧନ୍ଦା ଛାଡ଼ି ଲୋକସେବା ପାଇଁ ଧାଇଁ ଆସିଲେ। ନା ?"

"ଆଜ୍ଞା, ହଁ। ଦିନେ ମୋର ପ୍ରବଳ ଇଚ୍ଛା ହେଲା ଯେ, ଏଠିକି ଆସିବି। ବନ୍ୟା ପୀଡ଼ିତ ଲୋକମାନଙ୍କୁ ଉଦ୍ଧାର କରିବି।"

(ସେମାନେ ସବୁଠି ପହଞ୍ଚିଯାଆନ୍ତି ପରା ! କେଉଁଠି ଛାଡ଼ ନାହିଁ। ବାପା

ଯେତେବେଳେ ମୁକୁନ୍ଦପୁରରୁ ବଦଳି ହୋଇଆସିଲେ, ମୁଁ ଏଠିକି ଆସି କଲେଜରେ ପାଠ ପଢ଼ିଲି, ସେମାନେ ନୂଆ ବେଶ ପିନ୍ଧି ହାଜିର ହୋଇଗଲେ। ସେମାନେ ଉଦ୍ଧାର କରିବା ପାଇଁ ଟାକି ବସିଥିଲେ। ଯେତେବେଳେ ଝିଅମାନଙ୍କର ଗହଣରେ ପାଟି ଖନି ବାଜିଯାଏ, ଯେତେବେଳେ କଲେଜ ଷ୍ଟ୍ରାଇକ୍ ବେଳେ ଟୋକାଗୁଡ଼ା ଟଣାଓଟରା କରନ୍ତି, କ'ଣ କରିବି ବୋଲି ବୁଦ୍ଧି ଦିଶେ ନାହିଁ ... ଯେତେବେଳେ ଚତୁର ଅସଭ୍ୟ କଥାର ଉତ୍ତର ଦେଇ ହୁଏନାହିଁ, ମୁହଁ ନାଲି ପଡ଼ିଯାଏ, ଯେତେବେଳେ ଭୋକରେ ମୁହଁ ଶୁଖିଯାଏ।

ଉଦ୍ଧାର କରନ୍ତି – ହୁଁଃ ! ଉଦ୍ଧାର କଲାବେଳେ ତାଙ୍କ ଚେହେରା ଦେଖିଛି ? ସେମାନେ ମୃଦୁ ମୃଦୁ ହସନ୍ତି। ସତେକି ସେମାନେ ମହାନୁଭବ ସିଂହ, ପାଠୁଆ ମୂଷାଟିକୁ ରକ୍ଷା କରୁଛନ୍ତି।)

''ଆପଣଙ୍କର ଉଦ୍ୟମ ବାସ୍ତବିକ ପ୍ରଶଂସନୀୟ। ଅତି ଅଳ୍ପ ସମୟ ମଧ୍ୟରେ ଆପଣ ଅନେକ ଟଙ୍କା ସଂଗ୍ରହ କରିପାରିଲେ, କିନ୍ତୁ ଆପଣ କୌଣସି ହିସାବ ରଖିବା ପାଇଁ ଉଚିତ ମନେ କଲେ ନାହିଁ, ନୁହେଁ ?''

''ଠିକ୍ କହିଛନ୍ତି, କାରଣ ସେଥିରେ ସମୟ ନଷ୍ଟ ହୋଇଥାଆନ୍ତା। ମୋ କାମରେ ବାଧା ଆସିଥାଆନ୍ତା।''

(ଚେୟାରମ୍ୟାନ କ'ଣ ଜାଣନ୍ତି ନାହିଁ ଯେ ସେମାନେ ମୂର୍ଖ, ଗଜମୂର୍ଖ। ହିସାବ କିତାବର ଧାର ଧାରନ୍ତି ନାହିଁ ?)

''ତା'ହେଲେ ବର୍ତ୍ତମାନ କମିଶନ୍‌କୁ ଯେଉଁ ଜମାଖର୍ଚ୍ଚର ହିସାବ ଦେଇଛନ୍ତି, ତାହାକୁ କପୋଳକଳ୍ପିତ ବୋଲି ଧରି ନେବାକୁ ହେବ ?''

''ଆଜ୍ଞା ନା, ମୋର ସ୍ମରଣ ଶକ୍ତି ପ୍ରଖର। ମୋର ସବୁ ମନେ ଅଛି। ଜୀବନର ଆରମ୍ଭରୁ ଆଜିଯାଏଁ ଯେତେକ ମନେ ରଖିବା ଅଙ୍କ, ମଣିଷ, ଘଟଣା- କିଛି ଭୁଲିନାହିଁ।''

(ଲୋକଟା ପାଗଳ ନା କ'ଣ, ଚୋରଙ୍କ ମୁହଁ ଟାଣ। କ'ଣ ତା'ର ମନେ ଅଛି ? ମୋ କଥା ତା'ର କ'ଣ ମନେ ଅଛି ? ମିଛ ସଂପୂର୍ଣ୍ଣ ମିଛ।)

ଡକ୍ଟର ତ୍ରିପାଠୀଙ୍କର ହାତ ଆଗକୁ ଘୁସୁରିଗଲା ଓ ତାଙ୍କ ଚାହାଁଣୀ ବନବିହାରୀ ଦାସର ଚାହାଣୀ ପ୍ରତି ଟାଣି ହୋଇଗଲା। ଟାଣି ହୋଇଗଲା ଏବଂ ଏକ ପ୍ରଚଣ୍ଡ ଜ୍ୟୋତିର ସଂଘାତରେ ଛଟପଟ ହେଲା। ଅତୀତ ଓ ବର୍ତ୍ତମାନର ପ୍ରତ୍ୟକ୍ଷ ମୁକାବିଲାକୁ ସହି ହେଲାନାହିଁ; କିନ୍ତୁ ସେହି ଅସହନୀୟ ଉତ୍ତାପର ଜ୍ୱାଳାରେ ଡକ୍ଟର ତ୍ରିପାଠୀ ବନବିହାରୀ ଦାସର ସଂପୂର୍ଣ୍ଣ ପରିଚୟ ପାଇପାରିଲେ। ବିସ୍ମୃତିର ଅତଳ ଗହ୍ୱରରୁ ଯେଉଁ

ପୁରୁଷପୁଙ୍ଗବ ଉଠି ଆସିବାକୁ ଚାହୁଁଥିଲା, ତାହା ସାମ୍ନାରେ ଆସି ଛିଡ଼ା ହେଲା ଓ କହିଲା ମୋତେ ଚିହ୍ନିଛୁ ?

ହଁ, ମୁଁ ଚିହ୍ନିଛି । ମୁକୁନ୍ଦପୁରର କେଉଁ ଏକ ଓଦାଳିଆ ସଞ୍ଜରେ ତୁ ଧୋତି, ପଞ୍ଜାବୀ ପିନ୍ଧି ଟହଲ ମାରୁଥିଲୁ, ଯେତେବେଳେ ମୁଁ ହାଫ୍‌ପ୍ୟାଣ୍ଟ ପିନ୍ଧି ଏକୁଟିଆ ଘରପଛଆଡ଼ ପୋଖରୀକୁ ଢେକା ପକାଉଥିଲି । ତୁ ମୋତେ ଦେଖିଲୁ ଓ ତୋର ଏଇ ଚାହାଣୀ,ଏଇ ସତ୍ୟାନାଶିଆ ଚାହାଣୀ ମୋର ଆତ୍ମାର କଲବଲକୁ ଦେଖିନେଲା । ହଁ, ତୁଇ – ତୁ ମୋ କ୍ଲାସର ଚୁପ୍‌ଚାପିଆ ବଡ଼ପିଲା ଥିଲୁ । ମୋଠୁଁ ବଡ଼ ଥିଲୁ ଓ ମୋର ଭଙ୍ଗା ପେନ୍‌ସିଲ୍ ବାଗେଇ ଦେଉଥିଲୁ । ତୁ ମୋତେ ପାଖକୁ ଡାକିଲୁ, ମୁଁ ନ ଯାଇ ରହିପାରିଲି ନାହିଁ । ତୁ ମୋତେ କ'ଣ ହୋଇଛି ବୋଲି ପଚାରିଲୁ ଓ ମୁଁ ମୋର ସବୁ କଥା କହି ପକାଇଲି । ସବୁ କଥା । ମୋର ଚଉଦବର୍ଷିଆ ଦେହର ଗୋପନ ଆବିଷ୍କାର, ଗ୍ଲାନି, ଆତଙ୍କ, ପିଲାଳିଆମି, ବୋକାମି । ତୁ ମୋତେ ଥଟ୍ଟା କଲୁନାହିଁ, ତୋ ବଡ଼ପଣ ଦେଖାଇ ମୋତେ ବୁଝାଇଦେଲୁ । ମୋତେ ଉଦ୍ଧାର କଲୁ । ତୋ ଛଡ଼ା ଆଉ କେହି ନୁହେଁ । ସେଇ ଚେହେରା, ସେଇ ଚାହାଣୀ । ଏତେ ଦିନକେ ମୁଁ ତୋତେ ପାଇଛି ।

ତୋ ପରେ ଆଉ କେତେ ଆସିଛନ୍ତି । ସ୍କୁଲରୁ କଲେଜ ଯାଏଁ । କଲେଜରୁ ପ୍ରଫେସର ଯାଏଁ । ପାଣ୍ଡିତ୍ୟ ଓ ପ୍ରଭୁତ୍ୱର ପ୍ରତି ମୋଡ଼ରେ ଛିଡ଼ା ହୋଇ ମୋତେ ଧରା ପକେଇ ଦେଇଛନ୍ତି ଓ ପିଠି ଥାପୁଡ଼େଇଛନ୍ତି । ସତେକି ମୁଁ ଗୋଟିଏ ମେଣ୍ଢାଛୁଆ, ଗଧିଆ ଚମଡ଼ା ପିନ୍ଧି ଫୁଲେଇ ହେଉଛି ।

ସେମାନେ ତୋରି ବଂଶଧର । ତୁଇ ହେଉଛୁ ମୂଳ । ତୁଇ ହେଉଛୁ ପ୍ରଥମ-ସର୍ବପ୍ରଥମ ...ଏତେ ଦିନକେ ମୁଁ ତୋତେ ପାଇଛି ।

ଯନ୍ତ୍ରଣାରେ ମୋଡ଼ି ହେବା ସତ୍ତ୍ୱେ ସେ ଏକ ଅପୂର୍ବ ଉଲ୍ଲାସ ଅନୁଭବ କଲେ ।

ଇତିମଧ୍ୟରେ ଚେୟାରମ୍ୟାନ୍ ଧନ୍ୟବାଦ ସହ ବନବିହାରୀ ଦାସଙ୍କୁ ଯିବାକୁ କହି ସାରିଲେଣି । ପ୍ରକୋଷ୍ଠରେ କେବଳ ଚେୟାରମ୍ୟାନ ସମେତ ତିନିଜଣ ସଭ୍ୟ ଓ ଚପରାସି । ଫାଇଲ୍‌ପତ୍ର ବନ୍ଧାବନ୍ଧି ହେଉଛି ।

ସମାପ୍ତିର ପୂର୍ବରୁ ଚେୟାରମ୍ୟାନ୍ ଗୋଟିଏ ଦୀର୍ଘନିଃଶ୍ୱାସ ଛାଡ଼ିଲେ ଓ କହିଲେ, "ଅଦ୍‌ଭୁତ ! ଅସାଧାରଣ କ୍ୟାରାକ୍ଟର । ଲୋକଟା ଟଙ୍କା ଖାଇଛି କି ନାହିଁ ସେ ବିଚାର ପରେ, କିନ୍ତୁ ସେ ପ୍ରକୃତରେ ଲିଡର୍ ହେବାର ଯୋଗ୍ୟ ।"

ସେହିଠୁ ଡକ୍ଟର ତ୍ରିପାଠୀ ବିନା ସୂଚନାରେ ହସି ଉଠିଲେ । ପ୍ରବଳ ବିଦ୍ରୂପର ଅଟ୍ଟହାସ୍ୟ ଅଜାଡ଼ି ଦେଲେ । ଚେୟାରମ୍ୟାନ୍ ତାଙ୍କ ଆଡ଼କୁ ଆଶ୍ଚର୍ଯ୍ୟ ହୋଇ ଚାହିଁଲେ ।

ଅନ୍ୟ ସଭ୍ୟ ଜଣକ ଚତୁର ସ୍ମିତହାସ ସହିତ ପଚାରିଲେ, "ଆପଣ ତାହାହେଲେ ତାକୁ ଭଲ ଭାବରେ ଜାଣନ୍ତି ?"

ହସକୁ ରୋକିଦେଇ ଡକ୍ଟର ତ୍ରିପାଠୀ ମୁଣ୍ଡ ହାତ ହଲାଇ କହି ଉଠିଲେ, "ନା, ନା, ମୁଁ କିଛି ଜାଣେ ନାହିଁ। ସେ ପିଲାଦିନେ ଅବଶ୍ୟ ମୋ ସାଙ୍ଗରେ ପାଠ ପଢୁଥିଲା, କିନ୍ତୁ ମୋର କିଛି ମନେ ନାହିଁ। ବିଶ୍ୱାସ କରନ୍ତୁ। ସାକ୍ଷୀ ପ୍ରମାଣରେ ଯାହା ଧାର୍ଯ୍ୟ ହେବାର ହେଉ, ମୋର କିଛି କହିବାର ନାହିଁ।"

ଡକ୍ଟର ତ୍ରିପାଠୀ ନିଃସନ୍ଦେହ ହେଲେ ଯେ ସେମାନେ ବୁଝିନେଇଛନ୍ତି ବନବିହାରୀ ଦାସ ମରିବ। ଅର୍ଥାତ୍ ପୁଲିସ୍ କେସ୍ ହେବ ଓ ତା'ପରେ ସେ ଜେଲ୍‌କୁ ଯିବ।

ଥରେ ଜେଲ୍ ଗଲେ ସେ କ'ଣ ସତେ ଲେଉଟି ଆସିବ ?

■

ରସଗୋଲ୍ଲା

ଯେଉଁଠି ଖରା ପଡ଼ିଥିଲା ଅର୍ଜୁନ ଦାସ ସେଇଠି ବସିଲେ। ଛାଇ ପାଇବାକୁ ଚାହିଁଥିଲେ ଜଣେ ଦୀର୍ଘକାୟ ଭଦ୍ରଲୋକଙ୍କ ପାଖ ମାଡ଼ି ବସିବାକୁ ହୋଇଥାଆନ୍ତା। ଅନାବଶ୍ୟକ। ସମ୍ମୁଖ ସିଟ୍‌ରେ ସ୍ତ୍ରୀ ସୁମିତ୍ରା ବସିଯାଇଛି। ବେଶ୍। ସେଇଠୁ ଅର୍ଜୁନ ଦାସ ବର୍ତ୍ତମାନର ସାଧାରଣ ମୁହୂର୍ତ୍ତକୁ ପଛରେ ପକାଇ ଭବିଷ୍ୟତର ଉଦ୍ଦେଶ୍ୟକୁ ସ୍ମରଣ କଲେ, ପ୍ଲାଟଫର୍ମରେ ଚଳପ୍ରଚଳ ଜନତା ତଥା ସହଯାତ୍ରୀମାନଙ୍କୁ ପରିଦର୍ଶନ କଲେ, ଏବଂ ଅସ୍ପଷ୍ଟ ସ୍ୱରରେ ନିଜକୁ ଶୁଣାଇଲା ପରି କହିଲେ, ରସଗୋଲ୍ଲା !

ଖରା ଆଲୁଅରେ ତାଙ୍କ ମୁହଁରେ ଲାଗିଥିବା ଅସଂଖ୍ୟ ଝାଳବିନ୍ଦୁ ଚକ୍ ଚକ୍ କରୁଥାଏ। ଗୋଛାଏ ନୁଖୁରା କେଶ ବିଭିନ୍ନ ଦିଗରେ ଝୁଲି ପଡ଼ିଥାଏ। କଳା ଛୋଟ ଆଖି ଦୁଇଟି ଉପଯୋଗୀ ଛିଦ୍ର ବୋଲି ମନେ ହେଉଥାଏ। ସତେକି ସୂର୍ଯ୍ୟର ଦେହରେ ଯୋଡ଼ିଏ କଣା ଅଛି, ଯେ କୌଣସି ମୁହୂର୍ତ୍ତରେ, -ଯେ କୌଣସି ମୁହୂର୍ତ୍ତରେ, ତା' ମରଜି ଉପରେ ନିର୍ଭର କରେ- ଆଲୁଅ ପିଣ୍ଡୁଳା ସେଇବାଟେ ଚିପି ହୋଇଯିବ ଓ ନିଆଁ ହୋଇ ପୃଥିବୀକୁ ଧ୍ୱଂସ କରିଦେବ। ଏଣେ ଦରଖୋଲା ଫୁଟିଲା ଓଠ ପୟୋମୁଖ ପରି ଦିଶୁଥାଏ, ଚାହୁଁଚାହୁଁ ଶୋଷିନେବ କି ଢାଳିଦେବ ବୁଝି ହେଉନଥାଏ।

ଜଳ ଓ ଅଗ୍ନିର ପ୍ରବଣତା ମଧ୍ୟରୁ କେଉଁଠି ବଳି ପଡ଼ିବ ସେ ବିଷୟରେ ସ୍ତ୍ରୀ ସୁମିତ୍ରା କଦାପି ଭାବିନାହାନ୍ତି। ସେ ଜାଣନ୍ତି ସ୍ୱାମୀ ଜଣେ ବିପ୍ଳବୀ। ସେ ସ୍ୱାମୀଙ୍କର ଅନ୍ତର୍ନିହିତ ଚେହେରାକୁ ଦେଖିଛନ୍ତି ଓ ବାରମ୍ବାର ଆପଣାକୁ ଧନ୍ୟ ମଣିଛନ୍ତି।

ସ୍ୱାମୀ କ'ଣ କହୁଛନ୍ତି ବୋଲି ଭାବି ସେ ଝୁଙ୍କି ପଡ଼ିଲେ ଓ ପଚାରିଲେ – "ପାଣି ଆଣି ଦେବି ?"

"ନା",

" ଆଉ କିଛି ଦରକାର ?"

"ନା।"

ସୁମିତ୍ରା ଦାସ କ୍ଷାନ୍ତ ହେଲେ। ଆଜି ନୂଆ ନୁହେଁ। ସ୍ୱାମୀଙ୍କର ପ୍ରବଳ ବ୍ୟକ୍ତିତ୍ୱ

ବିଭିନ୍ନ ବିଚିତ୍ର ରୂପରେ ପ୍ରକାଶିତ ହୁଏ। କେତେବେଳେ ସେ ରାତି ଅଧରେ ମୋ ଘୋଡ଼ା କୁଆଡ଼େ ଗଲା ?'' ବୋଲି ଚିତ୍କାର କରି ଉଠନ୍ତି, ଆଉ କେବେ ଅଶ୍ରୁତପୂର୍ବ ବିଦେଶୀ ଭାଷାରେ ଗୁଣୁଗୁଣୁ ହୁଅନ୍ତି, ପୁଣି କେବେ ଅକାରଣରେ ଠୋ ଠୋ ହୋଇ ହସନ୍ତି। ପ୍ରତ୍ୟେକର ଅର୍ଥ ନିରୂପଣ କରିବା ଅସମ୍ଭବ। ବିପ୍ଳବୀ ପୃଥିବୀର ବିଶୁଦ୍ଧ ବିସ୍ମୟ।

ସୁମିତ୍ରା ଦାସ ହାତମୁଣିରୁ ଉଲ୍‌ବୁଣା ସରଞ୍ଜାମ କାଢ଼ିନେଲେ ଓ ନୀରବରେ ସ୍ୱେଟର ବୁଣିଲେ।

ଅର୍ଜୁନ ଦାସଙ୍କ ମନରେ ରସଗୋଲ୍ଲାର ସ୍ୱରୂପ ପ୍ରକଟିତ ହେଲା। ଯାତ୍ରାରମ୍ଭର ଉଲ୍ଲାସରେ ତାଙ୍କ ପାଟିରୁ ଯାହା ବାହାରି ପଡ଼ିଲା (କେହି ଜାଣିବାର ନୁହେଁ) ସେଇୟାକୁ ସେ ତାଙ୍କ ମନର ଗହୀର ଗୋପନରେ ନିରେଖିଲେ, ଖେଳାଇଲେ, ସେଇ ଗୋଲାକାର ବସ୍ତୁଟିକୁ ଚେତନାର ଚଟାଣରେ ଗଡ଼ାଇଲେ ... ନା, ନା, ଥାଉ, ବେଶି ଗଡ଼ାଇଲେ 'ଢୋ' ହୋଇଯିବ। ସିଆଲଦାରୁ ଦାର୍ଜିଲିଙ୍ଗ୍, ଦାର୍ଜିଲିଙ୍ଗରୁ -।' ଡେରି ଅଛି, ଡେରି ଅଛି। ଅଧୀର ହେଲେ ଚଳିବ ନାହିଁ।

ସୁମିତ୍ରା ଦାସଙ୍କ ଉଲ୍‌ବୁଣା କଣ୍ଟା ଦ୍ରୁତଗତିରେ ଚାଲିଲା। ଖଣ୍ଡା ଯୁଦ୍ଧ କଲାପରି ଦୁଇଟି ମୁନିଆ ବସ୍ତୁ ତେଢ଼ାତେଢ଼ି ହେଲେ, ଛକାପଞ୍ଝା ଖେଳିଲେ, ତଳକୁ ପଶିଯାଇ ଉପରକୁ ଉଠିଲେ, ଦେହକୁ ଦେହରେ ଘଷି କିଟି କିଟି ହେଲେ। ସୁମିତ୍ରା ଦାସ ବ୍ୟାପୃତ ହେଲେ। ଅନ୍ୟଆଡ଼େ ଦେଖିବାକୁ ବେଳ ନାହିଁ। ଅଳସ ମୁହୂର୍ତ୍ତଗୁଡ଼ିକ ଆଉ ଫେରି ଆସିବ ନାହିଁ। ଦାର୍ଜିଲିଙ୍ଗ୍‌ରେ ପହଞ୍ଚିବା ପୂର୍ବରୁ ଏ ବର୍ଷର ତୃତୀୟ ନମ୍ବର ସ୍ୱେଟର ସରିଥିବା ଆବଶ୍ୟକ। ଅର୍ଜୁନବାବୁ ଚାହାନ୍ତି। ପାର୍ଟି ଚାହେଁ।

କଲିକତାର ବୈଶାଖ ଦ୍ୱିପ୍ରହର, ଦାର୍ଜିଲିଙ୍ଗ୍ ଏକ୍‌ସ୍‌ପ୍ରେସ୍ ସିଆଲ୍‌ଦା ଷ୍ଟେସନରେ ବସି ଧୂଆଁ ଛାଡୁଛି।

ଦୀର୍ଘକାୟ ଭଦ୍ରଲୋକ ତାଙ୍କ ଚେକ୍‌ସାର୍ଟର ଛାତିବୋତାମତକ ଖୋଲି ଦେଲେଣି। ଝାଳ ବହିଚାଲିଛି, ପଙ୍ଖା ଭଲ ଭାବରେ ଚାଲୁନାହିଁ, ଗାଡ଼ି କେତେବେଳେ ଛାଡ଼ିବ ଭଗବାନ ଜାଣନ୍ତି। ଅସ୍ୱସ୍ତିର କାରଣ ଅନେକ। କିନ୍ତୁ ଭଦ୍ରଲୋକ ତାଙ୍କ ଚିନ୍ତାର ଭାରି ଉପକରଣଗୁଡ଼ିକ ମଧ୍ୟ ଖୋଲି ଦେଇଛନ୍ତି। ଯେହେତୁ ଏ ଦାର୍ଜିଲିଙ୍ଗ୍ ଗାଡ଼ି, ନିଶ୍ଚୟ ଏ ଦେହ ଦାର୍ଜିଲିଙ୍ଗ୍‌ରେ ପହଞ୍ଚିବ, ନିଶ୍ଚୟ ଏ ମନ ପାହାଡ଼ ପବନ ମେଳରେ କିଛି କରିବ ନାହିଁ .. କିଛି କରିବ ନାହିଁ ... ଅନେଇ ବସ। ଆଉଜି ପଡ଼। କଲିକତା ନାହିଁ, ଦାର୍ଜିଲିଙ୍ଗ୍ ଅଛି।

ତାଙ୍କର ଅପର ପାଖରେ ଜଣେ କୃଷ୍ଣକାୟ ବୃଦ୍ଧ ଢୁଳାଉଛନ୍ତି। ତାଙ୍କୁ ବୋଧହୁଏ

କୁହାଯାଇଛି ଯେ ବୁଲାଇବାର ପର୍ଯ୍ୟାୟ ବଢ଼ାଇବାକୁ ହେଲେ, ପରଲୋକର ନିକଟତମ ହାଓଆ ପାଇବାକୁ ହେଲେ ଦାର୍ଜିଲିଙ୍ଗ୍ ଯିବା ଆବଶ୍ୟକ। ଆସନ୍ନ ଅବସ୍ଥା ଘାରିଲାଣି କି ?

ସୁମିତ୍ରା ଦାସଙ୍କ ଧାଡ଼ିରେ ଦୁଇଜଣ ଅପ୍ରାପ୍ତବୟସ୍କ କିଶୋର ବନ୍ଧୁ ପରସ୍ପରକୁ ପଦେ ଅଧେ କଥା କହି ଖେଁ ଖେଁ ହୋଇ ହସୁଛନ୍ତି। ମନେ ହେଉଛି ଯେ ସେମାନଙ୍କ ପାଇଁ କଲିକତା ଯାହା, ଦାର୍ଜିଲିଙ୍ଗ୍ ସେଇଆ। କଲିକତା ଗୋଟିଏ ଧରଣର ଚିଡ଼ିଆ। ଦାର୍ଜିଲିଙ୍ଗ୍ ଆଉ ଗୋଟିଏ ଧରଣର। ମଝିରେ ଏଇ ଟ୍ରେନ୍ ଏଇ ଦୋସ୍ତ ... ଖରାରେ ଖଇ ଫୁଟିଲେ ନାଚିବାକୁ ମନା। ଅବଶ୍ୟ ସେମାନେ ଥରକୁ ଥର ଟଙ୍ଗ୍ ଟଙ୍ଗ୍ ହୋଇ ଚାରିଆଡ଼କୁ ଚାହୁଁଛନ୍ତି। ସେଥିରୁ ଆଶଙ୍କା ହେଉଛି ଯେ ସେମାନେ ଫାଷ୍ଟକ୍ଲାସ ଟିକେଟ୍ କିଣିନାହାନ୍ତି, ବେଳ ଉଣ୍ଡି ଓହ୍ଲେଇ ଯାଇପାରନ୍ତି।

ସୁମିତ୍ରା ଦାସ ଉଲ୍‌ବୁଣା କଣ୍ଟାରେ ମଗ୍ନ। ଅର୍ଜୁନ ଦାସ ରସଗୋଲ୍ଲା କଳ୍ପନାରେ ମଗ୍ନ। ଏହି ସମୟରେ ଅର୍ଥାତ୍ ଠିକ୍ ଗାଡ଼ି ଛାଡ଼ିବା ପୂର୍ବରୁ ଏକ ତରୁଣ ଦମ୍ପତି ସାଙ୍ଗରେ ଶିଶୁପାଇଁ ବିସ୍କୁଟ, ଗ୍ଲାକ୍‌ସୋ ଟିଣ ଓ ଥର୍ମୋଫ୍ଲାସ୍ ସମେତ ବେତଝୁଡ଼ି, ଶିଶୁପାଇଁ ଦୋଳାୟମାନ କାଠଘୋଡ଼ା, ଶିଶୁପାଇଁ କମୋଡ୍ ସନ୍ନିହିତ ସାନ ଚଉକି ଏବଂ ହାତରେ କମଳା ଲେମ୍ବୁ ଓ ପାଚିଲା କଦଳୀ ଧରି ପହଞ୍ଚିଲେ। ବାପର ଆଞ୍ଜୁଳିରେ କମଳାଲେମ୍ବୁ ଥିଲା। କୁଲିକୁ ପଇସା ଦେଉ ଦେଉ ଗୋଟିଏ ଖସି ପଡ଼ି ସୁମିତ୍ରା ଦାସଙ୍କ ପାଦକୁ ଛୁଇଁଲା। ଶିଶୁକୁ କୋଳରୁ ଓହ୍ଲାଇବାକୁ ଯାଇ ମାଆର ସୁଗନ୍ଧ ପଣତ ଦୀର୍ଘକାୟ ଭଦ୍ରଲୋକଙ୍କ ନାକରେ ବାଜିଗଲା। ସେମାନେ ଦେଖିଲେ, ସେମାନେ ଶୁଣିଲେ, ସେମାନେ ଶୁଙ୍ଘିଲେ। କିନ୍ତୁ କାହାରି ଚେତନାରେ ଆଞ୍ଚ ଲାଗିଲା ନାହିଁ। ମାର୍କାମରା ଦାର୍ଜିଲିଙ୍ଗ୍ ଯାତ୍ରୀ। ନୂଆ ବାହା ହୋଇଛନ୍ତି, ନୂଆ ପିଲା ଜନ୍ମ କରିଛନ୍ତି, କିଛି ନୂଆକଥା ନୁହେଁ। ଚଳନ ମଧ୍ୟବିତ୍ତ। କେବଳ ସୁମିତ୍ରା ଦାସ ବିଶେଷ ଭାବରେ ଠଉରେଇବାକୁ ଚେଷ୍ଟା କଲେ ଏବଂ ସ୍ଥିରକଲେ ଯେ ଆଗନ୍ତୁକଦଳ ଉପରବୁର୍ଜୁଆ ନୁହନ୍ତି, ମଝି ବୁର୍ଜୁଆ।

ଗାଡ଼ି ଛାଡିଲା, କେହି ହୁଏତ ଚେନ୍ ଟାଣିବାରୁ କିଛି ସମୟ ଅଟକିଗଲା, ପୁଣି ଛାଡ଼ିଲା। ଶିଶୁର ବାପା ଦୀର୍ଘକାୟ ଭଦ୍ରଲୋକ ଓ ଅର୍ଜୁନ ଦାସଙ୍କ ମଝିରେ ବସିଲେ। ଶିଶୁର ମାଆ ଦୁଇ କିଶୋର ବନ୍ଧୁ ଓ ସୁମିତ୍ରା ଦାସଙ୍କ ମଝିରେ ଆପଣାକୁ ଥାପିଲେ। ଶିଶୁ କୋଳରେ ବସିଲା, କୋଳରୁ ଖସିଲା ଓ ନିରୁଦ୍ଦେଶ ହୋଇ ଯାତାୟାତ କଲା।

ଗାଡ଼ିର ବେଗ ବଢ଼ିବାରୁ ଅର୍ଜୁନ ଦାସଙ୍କ ଆବେଗ ବଢ଼ିବାକୁ ଲାଗିଲା। ଅଧର ହୁଅନାହିଁ ବୋଲି ଯେତେ କହିଲେ ମଧ୍ୟ ମନ ମାନିଲା ନାହିଁ। ଆଦର୍ଶ ଅନୁଧାବନରେ

ଏତେ ଅପେକ୍ଷା, ଏତେ ମାଇଲଖୁଣ୍ଟ କାହିଁକି ? ମୋର ପସନ୍ଦ ଏଇ ଟେଲିଗ୍ରାଫ୍ ଖୁଣ୍ଟ, ଯାହାର ତାର ସବୁ ଚଳନ୍ତା ଟ୍ରେନ୍‌କୁ ସଲାମ୍ କରି ପଳାଉଛନ୍ତି, ସାଇଁ ସାଇଁ ହୋଇ ପ୍ରାଣ ବିକଳରେ ଧାଉଁଛନ୍ତି। କାଳର ଦୁର୍ବିବାର ଗତି, ବିପ୍ଳବ ଘଟିବ। ପୁଞ୍ଜିବାଦର ପାଚିଲା ଫଳ ଝଡ଼ିବ। କିନ୍ତୁ ଅର୍ଜୁନ ଦାସ ଥିବଟି ? ପ୍ରକୃତରେ ମୁଁ ଆଉ କେତେ ବର୍ଷ ବଞ୍ଚିବି। ତିନିଥର ଜେଲ୍ ଭୋଗିବାକୁ ପଡ଼ିଲାଣି, ଆଉ କେତେଥର କପାଳରେ ଅଛି କିଏ ଜାଣେ ? ତା'ଛଡ଼ା ପୁଲିସ୍ ଗୁଳିକୁ ବିଶ୍ୱାସ ନାହିଁ। ନା, ଡର ସହୁନାହିଁ। ଏଇ ଗୋଟାଏ ରସଗୋଲ୍ଲା ଛାଡ଼ି ଦେଲା ପରେ ମନ ଶାନ୍ତ ହେବ। ଦମ୍ଭ ଆସିବ ଯେ ମୁଁ କିଛି ଗୋଟାଏ କଲି। ଭୂପେନ୍ ଦା ଜାଣିବ ଯେ ମୁଁ ଖାଲି ବଡ଼ ବଡ଼ ହୁଏ ନାହିଁ, ମୁଁ ଖାଲି ପତାକା ଧରି ଚିତ୍କାର କରିବା ପାଇଁ ଜନ୍ମ ହୋଇନାହିଁ। ମୁଁ ସକର୍ମକ ଧାତୁ। ଆ-ହାଃ ! ପ୍ରଫେସର ବୋଷ, ଯେ କି ଭୂପେନଦାର ମନ୍ତ୍ରୀ ବୋଲାଇଛି, ମୁଣ୍ଡ କୋଡ଼ି କାନ୍ଦିବ ! ସେ ଦିନ ମିଟିଙ୍ଗ୍‌ରେ କହିଲା କ'ଣ ନା ବର୍ତ୍ତମାନ ପରିସ୍ଥିତିରେ କୃଷି-ଶିଳ୍ପର ଦ୍ୱିବିଧ ଆଭିମୁଖ୍ୟ ପରସ୍ପର ବିରୋଧୀ ସଂଗଠନର ପର୍ଯ୍ୟାୟରେ... କିଓ, ଏତେ ପାଣ୍ଡିତ୍ୟ ନ ଦେଖାଇ ସିଧାସଳଖ କହୁନାହଁ କାହିଁକି ଯେ ତୁମ୍ଭକୁ ଡର ମାଡୁଛି। ଅର୍ଜୁନ ଦାସଙ୍କ ଓଠରେ କୁଟିଳ ରେଖା ଦେଖାଗଲା।

ଭାବନାର ସନ୍ଧିରେ ସେ ଅନ୍ୟମନସ୍କ ହୋଇ ସାମ୍ନାକୁ ଚାହିଁଲେ। ତାଙ୍କ ଆଖିରେ ପଡ଼ିଲା ଯେ ଗୋଟିଏ ଛୋଟିଆ ଦେହ, ଅତ୍ୟନ୍ତ ଛୋଟିଆ ଓ ମାଂସଳ ଦେହ ତାଙ୍କ ନିକଟରେ ଅଛି। ବସିଛି କି ଠିଆ ହୋଇଛି ବୁଝିହେଉ ନାହିଁ; କିନ୍ତୁ ଝୁଲୁଛି। ତାଙ୍କୁ ମଜା ଲାଗିଲା ନାହିଁ କି ସେ ବିରକ୍ତ ହେଲେ ନାହିଁ। ଦେଶରେ ଉଦ୍ଦେଶ୍ୟହୀନ କାର୍ଯ୍ୟକଳାପର ଅନ୍ତ ନାହିଁ, ଅନ୍ତ ନାହିଁ !

ବିପ୍ଳବ ଆସିନାହିଁ। ତାକୁ ଓଟାରି ଆଣିବାକୁ ପଡ଼ିବ। ପ୍ରଫେସର ବୋଷ ଓ ତାଙ୍କ ପରି ବୁଦ୍ଧିବାଦୀ ଜୀବମାନଙ୍କୁ ପାର୍ଟିରୁ ନିକାଲିବାକୁ ପଡ଼ିବ। ମୁଁ ନିଜେ ଦେଖିଛି ପରା ଦିନେ ସନ୍ଧ୍ୟାବେଳେ ପ୍ରଫେସର ସାହେବ ତାଙ୍କ ଘର ବାରଣ୍ଡାରେ ଠିଆ ହୋଇ ଏକୁଟିଆ ବଇଁଶୀ ବଜାଉଥିଲେ। ନଳଗଗନର ଚନ୍ଦ୍ରକୁ ଚାହୁଁଥିଲେ। ୟାଙ୍କୁ ନିପଟ ବୁର୍ଜୁଆ କୁହାଯିବ ନାହିଁ ତ ଆଉ କାହାକୁ କୁହାଯିବ ? କିନ୍ତୁ ଉପାୟ ନାହିଁ। ଭୂପେନ୍‌ଦାର ତା'ଉପରେ ଅଗାଧ ବିଶ୍ୱାସ।

ଠିକ୍ ଅଛି, ଏବେ ଅର୍ଜୁନ ଦାସର କରାମତି ଦେଖ। ବୁଝ ଯେ, ବିପ୍ଳବ କଦମ୍ବ ତଳେ ବଂଶୀ ବଜାଉ ନାହିଁ। ହିଂସାର ଶିଙ୍ଘା ଫୁଙ୍କୁଛି।

ଶ୍ରେଣୀ ଶତ୍ରୁମାନଙ୍କୁ ନିପାତ କର। ମନେ ରଖ, ବନ୍ଧୁକର ନଳୀରୁ ...

ନିପାତ କର ! ନିପାତ କର ! ! ଖାଲି ପ୍ରଫେସର କାହିଁକି, ଦରକାର ପଡ଼ିଲେ

ଭୂପେନ୍‌ଦା, ଆଉ ଯେତେକ ଲିଡର ସମସ୍ତଙ୍କୁ ... ନିପାତ କର! ଧ୍ୱଂସ କର! ଭାଙ୍ଗି ଦିଅ! ଫିଙ୍ଗି ଦିଅ! ଲାଲ୍‌ରକ୍ତ ଢାଳିଦିଅ!

ଅର୍ଜୁନ ଦାସଙ୍କ ଭାବନା କ୍ରମଶଃ ସେଇ ଫାଟରେ ଅଟକିଗଲା, ଆଗେଇ ପାରିଲା ନାହିଁ। ତା'ର ଗୋଟିଏ କାରଣ ହୋଇପାରେ ଯେ ସେ ଝରକା ଭିତରକୁ କଲିକତା ସହରତଳିର କାନ୍ଥ ଓ ପାଚେରୀମାନଙ୍କୁ ଦେଖୁଥିଲେ, ଯେଉଁଥିରେ ଏହିପରି କେତେ ସ୍ଲୋଗାନ୍ ମୋଟା କଳା ଅକ୍ଷରରେ ଲେଖାହୋଇଛି। ନିଜ ଅଜାଣତରେ ସେଗୁଡ଼ିକ ନିଜର ସ୍ୱାକ୍ଷର ବୋଲି ମନେ ହେଉଥିଲା। ଭାବନା ସାଙ୍ଗରେ ତାଳ ଦେଇ, ଭାବନାକୁ ଗୋଟଇପୋଟେଇ ସିଧା କରି ଦେଉଥିଲା, ରୋକ୍‌ଠୋକ୍ ହୁକୁମ୍ ଦେଉଥିଲା - ଧ୍ୱଂସ କର! ନିପାତ କର!

"ଆଜ୍ଞା, ଝରକାଟା ବନ୍ଦ କରି ଦେବେ କି?" ଦୀର୍ଘକାୟ ଭଦ୍ରଲୋକ ହାଇମାରିଲା ପରି ପଚାରିଲେ। ସତେ କି ତାଙ୍କୁ ବାଧ୍ୟ ହୋଇ ଏଇ ସମାଜ ସେବା କରିବାକୁ ପଡୁଛି। ଅର୍ଜୁନ ଦାସ ଝରକା ବନ୍ଦ କଲେନାହିଁ। 'ଆଇ ଆମ୍ ସରି, ମୋର ଦରକାର ଅଛି' ବୋଲି କହିଲେ। ଅସମ୍ଭବ, ବନ୍ଦ କରିବି କାହିଁକି? ଖରା ପଡୁଛି, ଏମାନଙ୍କ ଶ୍ରୀଅଙ୍ଗକୁ ବାଧୁଛି ବୋଲି? ବହିର୍ଜଗତର ଜନତାକୁ ଚାହିଁବି ନାହିଁ, ଆଉ ଏଇ-ଏଇ-ପଚା ପୋକଖିଆ ଦାର୍ଜିଲିଙ୍ଗ ଯାତ୍ରୀମାନଙ୍କୁ ଅନେଇ ବସିବି? ମୁଁ କ'ଣ ତାଙ୍କରି ପରି ହୋଇଛି ଯେ ଦେହକୁ ଶୀତଳେଇବା ପାଇଁ ଦାର୍ଜିଲିଙ୍ଗ୍ ଯାଉଛି? ହୁଁଃ!

ସେଇଠୁଁ ସେ ସହଯାତ୍ରୀମାନଙ୍କୁ ଥର ଥର କରି ଦେଖିଲେ, ପ୍ରଥମ ଥର ପାଇଁ ସେମାନଙ୍କ ଆକାର ପ୍ରକାରକୁ ନିରେଖିଲେ।

ପାଖରେ ବସିଛି ଗୋଟାଏ ହୃଷ୍ଟପୁଷ୍ଟ ଟେରିଲିନ୍ ସାର୍ଟପ୍ୟାଣ୍ଟ ପିନ୍ଧା ତିରିଶ ବର୍ଷିଆ ଟୋକା। ବୋଧହୁଏ କେଉଁ କମ୍ପାନୀରେ କାମ କରେ। ଫାଲୁଆ ମୁହଁ, ଘେରାଉରେ ପଡିଲେ ବାପକୁ ମଉସା ବୋଲି ଡାକିବ। ତା ପାଖକୁ ସେଇ ଲମ୍ବା ଚଉଡା ମର୍ଦ୍ଦ, ଖାକିପ୍ୟାଣ୍ଟ, ଅଧାହାତି ଚେକ୍‌ସାର୍ଟ, ଛାତିରେ ଛାତିଏ ବାଳ। ଏମିତିକା ଲୋକଙ୍କୁ ମାରିବା ଉଚିତ୍ ନୁହେଁ। ଭୁଲେଇଭାଳେଇ ପାର୍ଟିକାମରେ ଖଟାଇ, ପ୍ରୟୋଜନ ହେଲେ ଆଗକୁ ଠେଲି ପୁଲିସ୍ ଗୁଳିରେ ... ସେ ପାଖକୁ କିଏ? ବୁଢ଼ାଟାଏ। ଇଉସ୍‌ଲେସ୍! .. ସାମ୍‌ନା ବେଞ୍ଚରେ ଯୋଡ଼ାଏ ସ୍କୁଲପିଲା କିଚିରିମିଚିରି ହେଉଛନ୍ତି। ଭୂପେନ୍‌ଦାର ମୁଣ୍ଡ ଖରାପ। ସେ ଅଠରବର୍ଷ ତଳ ପିଲାମାନଙ୍କୁ ଗଣ୍ଡଗୋଳରୁ ଦୂରେଇ ରଖେ। ଛାଡ଼! ସୁମିତ୍ରା ପାଖରେ ଜଣେ ତରୁଣୀମଣି, ଟେରିଲିନ୍ ବାବୁର ସ୍ତ୍ରୀ ହେବ ପରା। କଣ୍ଢେଇ, ବୁର୍ଜୁଆର ବନିତା। ବିଳାସ ପାଇଁ, ଶଯ୍ୟା ପାଇଁ, ସୁନ୍ଦରୀ କ୍ରୀତଦାସୀ। ଚହଟ ଚିକ୍‌କଣ ଦୁଧଅଳତା ଚମଡ଼ା ତଳେ ସମାଜ ବିରୋଧୀ ବିଷ। କୋଳରେ ତା'ର ବାଛୁରୀ,

ଗୁଲୁଗୁଲିଆ ନାଲି ଟୁକୁଟୁକୁ ଅବିକଳ ତା'ମାଆ ପରି ...। ଏଁ! ପିଲାଟା ସୁମିତ୍ରାର କୋଳରେ ବସିଛି ନା କ'ଣ!

ପ୍ରକୃତପକ୍ଷେ ଶିଶୁ କାହାରି କୋଳରେ ବସି ନଥିଲା। ତା'କୁ ତା'ର ମାଆ ଓ ସୁମିତ୍ରା ଦାସଙ୍କ ମଝିରେ ଥିବା ଅଧଚାଖଣ୍ଡେ ଜାଗାରେ ବଳାତ୍କାରପୂର୍ବକ ବସା ହୋଇଥିଲା। ତେଣୁ ତା'ର ସାବଲୀଳ ଦେହ ଉଭୟ ଦିଗକୁ ଉଠୁଥିଲା ପଡୁଥିଲା। ଅର୍ଜୁନ ଦାସ ଅନାଇଲାବେଳେ ସେ ସୁମିତ୍ରା ଦାସଙ୍କ ଆଡ଼କୁ ଅଧିକ ଢଳିଯାଇଥିଲା, ତା'ର ଗୋଟିଏ ଅନାବୃତ ଜଙ୍ଘ ଉପରକୁ ଲମ୍ବିଯାଇଥିଲା। ଯାହା ହେଉ ସୁମିତ୍ରା ଦାସ ସ୍ୱାମୀଙ୍କର ଭ୍ରୂକୁଞ୍ଚନ ଦେଖିଲେ ଏବଂ ବିଚଳିତ ହେଲେ। ମୋର ଦୋଷ ନୁହେଁ ବୋଲି ମନେ ମନେ କହିଲେ।

ମୁଁ କ'ଣ କରିବି? ମୁଁ ତାକୁ ଡାକି ଆଣିଛି ନା କଅଣ? ଗାଡ଼ି ଛାଡ଼ିଲା ପରଠୁ ସେ ଦଣ୍ଡେ ସ୍ଥିର ହୋଇ ରହେନାହିଁ। ପ୍ରଥମେ ମୋ ଊଲ୍‌କୁ ଧରି ଟାଣିଲା। ମୁଁ ନାହିଁ କହିଲି, ତା'ମାଆ ତାକୁ ପାଖକୁ ନେଇଆସି 'ମାଡ ଖାଇବୁ' ବୋଲି କହି ହାତ ଦେଖାଇଲା, ତା'ପରେ ଖଣ୍ଡେ ବିସ୍କୁଟ ଖାଇବାକୁ ଦେଲା। ଟିକିଏ ଶାସନ କଲେ କ'ଣ ହୋଇ ନଥାଆନ୍ତା। ସେଇଠୁ ସେ ମାଆ ହାତରୁ ଖସି ବାବା ପାଖକୁ ଗଲା। ବାବା ତାକୁ କୁତୁକୁତୁ କରି ହସେଇଲା। ସେ ତୁମରି ପାଖରେ କୁରୁକୁରୁ ହେଲା। ଖାଲି ସେମିତି ନୁହେଁ, ସେ କ'ଣ କଲା ଜାଣିଛ? ବାବା ସାଙ୍ଗରେ ଖେଳୁ ଖେଳୁ ପାଟିର ଯେତେକ ଲାଳ ବୁହାଇଲା। ବିସ୍କୁଟ ମିଶା ଲାଳରୁ ଥୋପାଏ ତୁମ ପ୍ୟାଣ୍ଟ ଉପରେ ଛାଡ଼ିଦେଲା। ମୁଁ ଭାବିଲି କହିବି ବୋଲି, ତା'ପରେ ଦେଖିଲି ତୁମେ ଏମିତି ଭାବନାରେ ବୁଡି ଯାଇଛ ଯେ ତୁମକୁ ଚେତାଇବା ଉଚିତ ହେବନାହିଁ। ଅବଶ୍ୟ ଦାଗଟି ଯେତେବେଳେ ତୁମ ଆଖିରେ ପଡ଼ିବ ...

ସୁମିତ୍ରା ଦାସ ଚତୁର ହସ ହସିଲେ। ଦାଗଟି ଯେତେବେଳେ ତୁମ ଆଖିରେ ପଡ଼ିବ କ'ଣ ମନେହେବ ? ଟ୍ରେନ୍‌ର ଛାତରୁ କ'ଣ ଗଳି ପଡିଲା? ନା ଟ୍ରେନ୍‌ରେ ଚଢ଼ିବା ଆଗରୁ ଚଢ଼େଇଟିଏ କେତେବେଳେ ଚୁପ୍‌କରି -?

ଅତି ଶୀଘ୍ର ସୁମିତ୍ରା ଦାସ ତାଙ୍କ ଲଘୁ ଆମୋଦକୁ ସମ୍ବରଣ କଲେ ଓ ସ୍ୱଗତଃ ସଫେଇର ଅବଶିଷ୍ଟ ବାଢ଼ିବାକୁ ଲାଗିଲେ। ସେଇଠୁ କ'ଣ ହେଲା ନା, ପିଲାଟା ତାକୁ 'ମଉ' ବୋଲି ଡାକୁଥିଲେ, ବୋଧହୁଏ 'ମଧୁ'ର ଅପଭ୍ରଂଶ, ଏଇ ଶ୍ରେଣୀର ପରିବାରରେ ଆଉ କିଭଳି ନା ଆଶା କରାଯାଏ?- କାଠଘୋଡ଼ା ଉପରେ ବସିଲା। ବସିପଡି ଘୋଡ଼ାର କାନକୁ ଧରି ଝୁଲିଲା। ଏତେ ଜୋର୍‌ରେ ଝୁଲିଲା ଯେ ତା ମୁହଁ ଘୋଡ଼ାର ମୁଣ୍ଡରେ ପିଟି ହୋଇଗଲା। ଅନ୍ୟ କେଉଁ ପିଲା ହୋଇଥିଲେ ଭେଁ କିନା ପାଟିକରି ଉଠିଥାଆନ୍ତା;

କିନ୍ତୁ ଏଇ ଜଣକ କେବଳ ଓଠ ଲମ୍ୱେଇଲା, ମାଆ ମୁଣ୍ଡ ଆଉଁସି ଗେହ୍ଲା କଥାଟିଏ କହିଲାବେଳକୁ ଖିଲି ଖିଲି ହୋଇ ହସି ପକାଇଲା। ଏଥର ମାଆ ତାକୁ ପାଖରୁ ଛାଡ଼ିଲା ନାହିଁ। ଜବରଦସ୍ତ କରି ଆମ ଦୁଇଜଣଙ୍କ ମଝିରେ ବସାଇଲା। କିନ୍ତୁ ସେ କ'ଣ ସହଜେ ସମ୍ଭଳା ପଡ଼େ? କେତେବେଳେ ତା ମାଆ ଉପରକୁ ଆଉ କେତେବେଳେ ମୋ ଉପରକୁ ଉହୁଙ୍କି ଆସିଲା। ତୁମେ ଅନେଇଲାବେଳେ ସଇତାନ୍ ମୋ ଉପରେ ଗୋଡ଼ ଲଦିଥିଲା। ମୁଁ କ'ଣ କରିବି? ଏଇକ୍ଷଣି ପୁଣି ଯାଇ ସେ ଘୋଡ଼ାର ଲାଞ୍ଜକୁ ଟାଣୁଛି। ସଇତାନ୍ ... ଅସଲ ସଇତାନ୍ ...

ସୁମିତ୍ରା ଦାସ! ସଫେଇ ଯଥେଷ୍ଟ ହୋଇଛି। ମଉ କ'ଣ କଲା ନକଲା ଏମିତି ଟିକିନିଖି କରି ଦେଖିବାକୁ କିଏ କହୁଥିଲା? ତୁମର ଆଉ କିଛି କାମ ନାହିଁ? ଆଚ୍ଛା କଥା! ମୋତେ ସେ କ'ଣ କିଛି କରେଇ ଦେବ? ସ୍ୱେଟର ବୁଣି ବସିଲେ ଉଲକୁ ଧରି ଟାଣିବ। ବହି ପଢ଼ି ବସିଲେ ମୁଁ ଜାଣେ ପୃଷ୍ଠାକୁ ମୁଠେଇ ଛିଣ୍ଡେଇ କ'ଣ ବୋଲି କ'ଣ କରିଦେବ। ତୁମ ପାଖରେ ବସନ୍ତା ଯଦି ଦେଖନ୍ତ! ...

ଅର୍ଜୁନ ଦାସ କେତେବେଳଠାରୁ ନିକଟ ଏବଂ ଅଳୀକ ପରିପାର୍ଶ୍ୱରୁ ଘୁଞ୍ଚି ଆସିଲେଣି। ସୁମିତ୍ରା ଓ ଶିଶୁର ସଂଯୋଗକୁ ଆକସ୍ମିକ ଦୁର୍ଘଟଣା ମନେକରି ଭୁଲିଗଲେଣି। ଝରକା ନିଶ୍ଚୟ ଖୋଲା ରହିବ ଓ ମୁଁ ଦେଖିବି, ଏହି ଭାବରେ ସେ ବର୍ତ୍ତମାନ ଭାରତଭୂମି ଉପରେ ପରିବ୍ୟାପ୍ତ ରୌଦ୍ରକୁ ଦେଖୁଛନ୍ତି ଓ ଛିଣ୍ଡି ଯାଇଥିବା ଭାବନାର ଖିଅକୁ ଯୋଡୁଛନ୍ତି।

ରସଗୋଲ୍ଲା ଛାଡ଼ିବି। ଶତ୍ରୁ ମରିବ। ମୁଁ ତାକୁ ଚିହ୍ନେ ନାହିଁ କି ସେ ମୋତେ ଚିହ୍ନେ ନାହିଁ। କିନ୍ତୁ ସେ ମୋର ଶତ୍ରୁ, କାହିଁକି ନା ତା' ନା ପ୍ରବୋଧ ପାଲ୍। ଅପର ପାର୍ଟିର ବଡ଼ପଣ୍ଡା। ଉତ୍ତର ଅଞ୍ଚଳରେ ତା'ର ପ୍ରତିପତ୍ତି କାହିଁରେ କ'ଣ। ନିଜେ ଭୂପେନ୍‌ଦା ତା ନାଁ ଶୁଣିଲେ ଦାନ୍ତ କଡ଼ମଡ଼ କରେ। କିନ୍ତୁ ସମସ୍ତେ ଛେରୁଆ, କେହି ମୁହଁ ଖୋଲି କହିନାହାନ୍ତି ଯେ ...

ନ କୁହନ୍ତୁ, ମୋ କାମ ମୁଁ କରିବି।

ଧରା ପଡ଼ିଲେ ମୁଁ ମରିବି, ଆଉ କାହାର କିଛି ହେବ ନାହିଁ। ରକ୍ତରେ ଶପଥ ନେଇଛି, ଆଉ କାହାରି ନାଆଁ ତୁଣ୍ଡରେ ଧରିବି ନାହିଁ।

ରୌଦ୍ରରେ କେତେଗୁଡ଼ାଏ ବିବର୍ଣ୍ଣତା ବିଭାସୁଥିଲା। ଅର୍ଜୁନ ଦାସଙ୍କର ମନେହେଲା ଯେ ଏଇ ଅସ୍ଥିମାନେ ତାକୁ ଡାକୁଛନ୍ତି। କହୁଛନ୍ତି, ମଲାପରେ ତୁ ଆଉ କେଉଁଠି ରହିବୁ? କାହା ପାଖରେ ରହିବୁ? ଉଦୁଉଦିଆ ଖରାରେ ଚଡ଼ଚଡ଼ ହେବୁ, କାହ୍ନରୁ କାହ୍ନଯାଏଁ ଡେଇଁବୁ ପରା। ଧାତ୍, ମୁଁ ଧରା ପଡ଼ିବି ନାହିଁ। ପିଲାଦିନ କଥା ଅଲଗା। ବାପାଙ୍କ ଉପରେ ରାଗି ତାଙ୍କ ଚେକ୍ ବହି ଚିରି ଦେଇଥିଲି। କିନ୍ତୁ

ଜାଣିଶୁଣି ଏମିତି ସମୟରେ ଚିରିଲି ଯେ ବାପା ଆସି ଦେଖିବେ ଆଉ ମାଡ଼ ଦେବେ। ସାନଭାଇ ପାଇଁ ଦୁଧ ରଖା ହୋଇଥିଲା। ମୁଁ ଚୁପ୍ କରି ସେଥିରେ କାଳି ଢାଳି ପକେଇ ଯାଇଥାଆନ୍ତି। କିନ୍ତୁ ମୁଁ ଅନେଇ ରହିଲି, କେତେବେଳେ ମାଆ ଆସି ଦେଖିବ। ଓଃ, ସେଦିନ ମୋ ପିଠିରେ ନୋଳା ଫାଟିଯାଇଥିଲା! ଖାଲି ପିଲାଦିନ କାହିଁକି, ପାର୍ଟିରେ ମିଶିବା ଆଗରୁ ଯେତେକ ଟ୍ରାମ୍‌ପୋଡ଼ା, ଟେକାପଥର ଯୁଦ୍ଧରେ ପଶିଛି, ସବୁବେଳେ ଶେଷଯାଏ ଅପେକ୍ଷା କରିଛି, ପୋଲିସ୍ ଆସୁ, ହ୍ୟାପ ଆସୁ। ମୁଁ ଇଚ୍ଛା କରିଥିଲେ ଖସି ଯାଇଥାଆନ୍ତି, ଜେଲ୍‌ରେ ଘଣାପେଲିବାକୁ ପଡ଼ି ନଥାଆନ୍ତା। କିନ୍ତୁ ମୁଁ ଚାହିଁଲି ନାହିଁ। ହିଂସାକୁ ତିଆରି କରି ପ୍ରତିହିଂସାର ଚେହେରା ନ ଦେଖିଲେ ମଜା ଅଛି କେଉଁଠୁ? କଳ୍ପନାରେ ମୁଁ ସ୍ପେନ୍‌ର ବୁଲ୍‌ଫାଇଟ୍ ଦେଖିଛି, ମୁଁ ବୁଲ୍‌କୁ ଖେଞ୍ଚି ଲହୁଲୁହାଣ କରି ଦେଇଛି, ଆଉ ବୁଲ୍ ତା ଶିଙ୍ଘକୁ ମୋ ଛାତିରେ ଭୁଷି ଦେଉଛି... ଭୁଷି ଦେଉଛି .. ଆଃ! ଅବଶ୍ୟ ମୁଁ ବର୍ତ୍ତମାନ ପାର୍ଟିରେ ଜଣେ ପ୍ରଧାନ ମେମ୍ବର। ଭୂପେନ୍‌ଦା କେତେଥର କହିଛି, କେତେଥର ଶିଖାଇଛି, ଶୁଣ ପାର୍ଟି ତୁମକୁ ଚାହେଁ, ନିଜକୁ ବଞ୍ଚାଇ ରଖ। କୋଟିଏରୁ ଗୋଟିଏ ଚାଲିଗଲେ ପାର୍ଟିର କ୍ଷତି ହେବ, ବିପ୍ଳବ ପଛେଇ ଯିବ। ହେଲେ ଭୂପେନ୍‌ଦା ମୋ ବିଷୟରେ କ'ଣ ଜାଣିଛି? ତା'ର ଜୀବନକୁ ଲୋଭ ଥାଇପାରେ, ମୋର ନାହିଁ। ମୁଁ ମରିଗଲେ କ'ଣ ସେ ମୋ ପାଇଁ କାନ୍ଦିବ?

... ମଉ ପାଖକୁ ଫେରି ଆସିଥିଲା। ସୁମିତ୍ରା ଦାସ ଅନ୍ୟମନସ୍କ ହୋଇ ତା'ର ହାତ ପାପୁଲିକୁ ମୁଠେଇଥିଲେ ଓ ସ୍ୱାମୀଙ୍କ ଉଦ୍ଦେଶ୍ୟରେ ମନେ ମନେ କହି ଚାଲିଥିଲେ। ମୁଁ ତୁମ କଥା ମାନିଛି। ପାର୍ଟିକଥା ମାନିଛି। ମୁଁ ଜାଣେ ଯେ ଅନ୍ତତଃ ଦଶବର୍ଷ ଯାଏଁ, ଯେତେଦିନ ଯାଏଁ ବିପ୍ଳବର ମୂଳଦୁଆ ନ ପଡ଼ିଛି ଆମର ପିଲାପିଲି ହେବା ଉଚିତ୍ ନୁହେଁ। ମୁଁ ଯେତେକ ଜାମାପ୍ୟାଣ୍ଟ ସିଲେଇ କରିବି, ସବୁ ପାର୍ଟିର କର୍ମୀମାନଙ୍କ ପାଖକୁ ଯିବ। ସେମାନଙ୍କର ପିଲା ପିନ୍ଧିବେ। କିନ୍ତୁ ଧର ଗୋଟାଏ ଭୁଲ ହୋଇଗଲା, ମଉ ଭଳି ଗୋଟିଏ ପିଲା ଜନ୍ମ ହୋଇପଡ଼ିଲା, ତାହାହେଲେ କ'ଣ ତୁମେ ବାପ ହେବାକୁ ମଙ୍ଗିବ ନାହିଁ। ମୋତେ ପାର୍ଟିରୁ ତଡ଼ିଦେବ।

... କିଏ କାନ୍ଦିବ? ସୁମିତ୍ରା କାନ୍ଦିବ? ଏଭଳି ପ୍ରଶ୍ନ ମନରେ ଉଦିତ ହେଲା ପରେ ଅର୍ଜୁନ ଦାସ ଲଜ୍ଜିତ ହେଲେ। ଛିଃ, ଛିଃ! ମୁଁ ସର୍ବହରା ଶ୍ରେଣୀକୁ କଥା ଦେଇଛି। ମୋ ପାଖରେ ବୁର୍ଜୁଆ ସେଣ୍ଟିମେଣ୍ଟ, ଲୁହଗଡ଼ା ତରଳ ବିଳାସର ସ୍ଥାନ ନାହିଁ। ନାହିଁ, ନାହିଁ, ନାହିଁ, ତେଣୁ ମୁଁ ଲକ୍ଷ୍ୟଭ୍ରଷ୍ଟ ହେବି ନାହିଁ। ପ୍ଲାନ୍ ଅନୁଯାୟୀ ପ୍ରବୋଧ ପାଲ୍ ଉପରକୁ ବୋମା ଛାଡ଼ିବି। ବୋମା ନୁହେଁ, ରସଗୋଲ୍ଲା! ରସଗୋଲ୍ଲା!!

ଇତ୍ୟବସରେ ଗାଡ଼ି ବେଶ୍ ଖଣ୍ଡେ ବାଟ ଚାଲି ଆସିଲାଣି। ଦକ୍ଷିଣେଶ୍ୱର ପୂର୍ବରୁ ପୁଣିଥରେ ଚେନ୍ ଟଣା ହେବାରୁ କିଛି ସମୟ ଅଟକି ଯାଇଥିଲା। ବର୍ତ୍ତମାନ କ୍ଷତିପୂରଣ କରିବା ଉଦ୍ଦେଶ୍ୟରେ ଦ୍ରୁତଗତିରେ ବର୍ଦ୍ଧମାନ ଆଡ଼କୁ, ଅପରାହ୍ନ ଆଡ଼କୁ ଧାଉଁଛି।

ସ୍କୁଲପିଲା ଦୁଇଜଣ ବକରବକର ହସାହସିରେ ଥକିଯାଇ ଏକ୍‌ସରସାଇଜ୍ ଖାତାରେ ମୁଣ୍ଡି ଆଙ୍କୁଛନ୍ତି। ଦୀର୍ଘକାୟ ଭଦ୍ରଲୋକ ଓ ମଉର ବାପା ଦାର୍ଜିଲିଙ୍ଗ୍ ସମ୍ପର୍କରେ ଯାହା କିଛି ଗପି ସାରି କୋକାକୋଲା ବିଷୟ ଆଲୋଚନା କରୁଛନ୍ତି। ପ୍ରଥମ ଜଣକ କହୁଛନ୍ତି ଯେ, କୋକାକୋଲାର ଦାମ୍ ବଢ଼ିବା ପରେ ସେ ସେଇ ବିଦେଶୀ ପାନୀୟକୁ ବର୍ଜନ କରିଛନ୍ତି। ଦ୍ୱିତୀୟ ହସି ହସି ଆଶ୍ୱାସନା ଦେଇଛନ୍ତି ଯେ ଚିନ୍ତା ନାହିଁ, କୋକାକୋଲା କମ୍ପାନୀରେ ଷ୍ଟ୍ରାଇକ୍ ଭାଙ୍ଗିଗଲାଣି, ବର୍ଦ୍ଧମାନ ସେଷ୍ଟନରେ ପଚାଶ ପଇସା ହିସାବରେ ମିଳିବ। ମଉର ମାଆ ବାଥ୍‌ରୁମ୍‌ରେ ସଫାସୁତୁରା ହୋଇ ଆସିବେ କି ନାହିଁ ବୋଲି ଭାବୁଛନ୍ତି। ବୃଦ୍ଧ ଶୋଇ ରହିଛନ୍ତି।

ବର୍ଦ୍ଧମାନ ଜଙ୍କସନ୍‌ରେ ପହଞ୍ଚିବା ମାତ୍ରେ ହିଁ ଟ୍ରେନ୍‌ର ଭିତର ବାହାର ଜନମାନବର କୋଳାହଳ ଓ କ୍ରିୟାକର୍ମରେ ମୁଖରିତ ହେଲା। ମଉକୁ କାଖେଇ ତା'ର ବାପା କୋକାକୋଲା କିଣିବା ପାଇଁ ଓହ୍ଲେଇ ଗଲେ। ମଉର ମାଆ ବାଥ୍‌ରୁମ୍‌କୁ ଗଲେ। ସ୍କୁଲପିଲା ଦୁଇଜଣ ତର ତର ହୋଇ ପଳାଇଗଲେ। ଦୀର୍ଘକାୟ ଭଦ୍ରଲୋକ ଛିଡ଼ା ହୋଇ ଭିଡ଼ିମୋଡ଼ି ହେଲେ ଓ ରାମପ୍ରସାଦୀରୁ ପଦେ ଗାଇବାକୁ ଲାଗିଲେ।

ଅର୍ଜୁନ ଦାସଙ୍କୁ ଭଲ ଲାଗିଲା ନାହିଁ। ସାଧାରଣ ଲୋକମାନେ ଏହି ସ୍ୱାର୍ଥମୂଳକ ଚଞ୍ଚଳତା ଧୃଷ୍ଟତା ପରି ମନେ ହେଲା। ଅର୍ଜୁନ ଦାସ ଚାହିଁଥିଲେ ଜୀବନଯାପନର ତୁଚ୍ଛ କାମରେ ମଜ୍ଜିଯାଇଥାଆନ୍ତା, ସମୟ ଅଣ୍ଟନ୍ତା ନାହିଁ। କିନ୍ତୁ ସେ ଇତିହାସର ଦାୟିତ୍ୱକୁ ବରି ନେଇଛି। କେହି କ'ଣ ବୁଝିପାରିବେ ? ତା'ର ଏକମୁଖୀ ନିଷ୍ଠା, ପାର୍ଟି, ଦେଶ, ବିପ୍ଳବ। ତେଣୁ ସେ ସ୍ଥିର, ନୀରବ। ଏକାକୀ... ସୁମିତ୍ରା ଏମିତି ଦୋଷୀଙ୍କ ପରି ଅନେଇଛି କାହିଁକି ? ମୁଁ ଯାହା କଲି ତା'ର ସେଥିରେ କ'ଣ ଅଛି ? ମୁଁ ସୁମିତ୍ରାକୁ ମୋର ଯୋଜନା ବିଷୟରେ କିଛି କହି ନାହିଁ। ତା'ହେଲେ ତା'ର ମୁଣ୍ଡ ବଥଉଛି କାହିଁକି ? ଅନୁଗତା, ପତିବ୍ରତା ! ଥାଉ, ସେତିକି ଥାଉ ...

ସୁମିତ୍ରା ଦାସଙ୍କ ବିକଳ ଚାହାଣୀର କାରଣ ହେଉଛି ଯେ ତାଙ୍କ ମନରେ ଅସତ୍‌ଚିନ୍ତା ଘନେଇ ଆସୁଥିଲା,- ଦାର୍ଜିଲିଙ୍ଗ୍‌ର ସୁଲୁସୁଲୁ ହାଲୁକା ପବନରେ ଭୁଲ୍‌ଟିଏ କରାଇବାକୁ କେତେ ସମୟ ?

...ଏତେ ପ୍ରଭୁଭକ୍ତି ଅଛି ଯଦି ପାର୍ଟିକୁ କୁଣ୍ଢେଇ କୁମାରୀବ୍ରତ ପାଳିଲୁ ନାହିଁ। ମୋର ସ୍ତ୍ରୀ ହୋଇ ମୋର ଲାଙ୍ଗୁଡ଼ ଧରିବାକୁ କିଏ କହୁଥିଲା ? ଅର୍ଜୁନ

ଦାସ ପ୍ରଥମ ସଂଯୋଗକୁ ସ୍ମରଣ କଲେ। ଏଇ ତିନିବର୍ଷ ତଳେ ସେ ମୋ ବସାକୁ ପଶି ଆସିଲା, ପଶି ଆସି ଥତମତ ହେଲା। କହିଲା,- କ୍ଷମା କରନ୍ତୁ, ମୁଁ ଆପଣଙ୍କୁ ଦେଖିଛି, ଆପଣଙ୍କ ବିଷୟରେ ଅନେକ ପ୍ରଶଂସା ଶୁଣିଛି, ଆପଣଙ୍କୁ ଗୁରୁବୋଲି ମାନିଛି। ପଚିଶ ଛବିଶ ବର୍ଷର ଅଭିଆଡ଼ି ଝିଅ, ଦେଖିବାକୁ ଅସୁନ୍ଦର, ହାଡୁଆ ମୁହଁ, ମିଞ୍ଜି ମିଞ୍ଜି ଆଖି, ତାକୁ ଥରେ ଅଧେ ଛାତ୍ର ପଟୁଆରରେ ଦେଖିଥିଲି। ସେ କାହିଁକି ଆସିଛି ? ହଠାତ୍ ମୁଁ ଭାବିଲି ଯେ ସେ ଆସିଛି ଯେତେବେଳେ ମୁଁ ତାକୁ ଛାଡ଼ିବି ନାହିଁ, ଅଧିକାର କରିବି। ଅନ୍ୟମାନେ ଯାହା ପାରିବେ ମୁଁ କାହିଁକି ପାରିବି ନାହିଁ ? ଅର୍ଜୁନ୍ ଦାସ କ'ଣ ପୁରୁଷ ନୁହେଁ ? ତେଣୁ ମୁଁ ତାକୁ ପାଖକୁ ଡାକିଲି, ଆଶ୍ୱାସନା ଦେଲି, ତା'ର ପାର୍ଟି କାଗଜକୁ ଦେଖୁ ନ ଦେଖୁଣୁ ବିଛଣାରେ ଗଡ଼ାଇ ଦେଲି। ସେହି ଦିନଠୁଁ ସେ ମୋ ପଛେ ଚାଲିଛି। ମୁଁ ତାକୁ ବାଧ୍ୟ ହୋଇ ବାହା ହୋଇଛି। ଅଗତ୍ୟା (ସାବଧାନ ହୋଇ) ମାସକୁ ଥରେ ଦି'ଥର ଦେହରେ ଦେହ ମିଶାଇଛି ଏବଂ ପ୍ରତିଥର କାହିଁକି କଲି ବୋଲି ପସ୍ତେଇଛି। କାହିଁକି ନା ମୁଁ ତାକୁ ଘୃଣା କରେ। ନା, ନା, ଘୃଣା କରେ ନାହିଁ, ସେ ଆମ ପାର୍ଟିର ଲୋକ। ତା'ଛଡ଼ା ସେ ମୋର ସ୍ତ୍ରୀ। କଥା ହେଉଛି ଯେ ଆଉ ଗୋଟାଏ ଲୋକ ସାଙ୍ଗରେ ମୁଁ ଏତେ ଗହନରେ ମିଶିବି କାହିଁକି ? କାହିଁକି ? ? ଜାଣିବା ଉଚିତ ଯେ ମୋତେ କେହି ଧରି ରଖି ପାରିବେନାହିଁ। ବାପାମାଆ, ଭାଇଭଉଣୀ ପାରିନାହାନ୍ତି ଭୂପେନ୍‌ଦା ପାରିବ ନାହିଁ, ଆଉ ସୁମିତ୍ରା- ଛାର ସ୍ତ୍ରୀ !

ମୁଁ ଏକୁଟିଆ ଖଣ୍ଡିଆ କାନ୍ଥରୁ କାନ୍ଥଯାଏଁ ଡେଇଁବି, ଭୂତ ହୋଇ ବିପ୍ଳବର ନିଆଁ ଜାଳିବି। କେହି ମୋ ସାଙ୍ଗରେ ଆସନାହିଁ, ହୁସିଆର !

ମଉର ବାପା କୋକାକୋଲାବାଲାକୁ ସାଙ୍ଗରେ ଧରି ଫେରିଲେ। ବିଜୟ ଗର୍ବରେ ପଚାଶ ପଇସିଆ କୋକାକୋଲା ଦୀର୍ଘକାୟ ଭଦ୍ରଲୋକଙ୍କୁ ପିଆଇଲେ ଓ ଉପସ୍ଥିତ ସହଯାତ୍ରୀମାନଙ୍କୁ ଯାଚିଲେ। ଅର୍ଜୁନ ଦାସ ଦୃଢ଼ ଭାବରେ ପିଇବାକୁ ମନା କଲେ। କିନ୍ତୁ ସେ ଦେଖିଲେ ଯେ ସୁମିତ୍ରା ମଧ୍ୟ ମନା କରୁଛି। କାହିଁକି ? ମୋତେ ଶୋଷ କରୁନାହିଁ ବୋଲି ତୋତେ ଶୋଷ କରୁନାହିଁ ? ଇଏ ଭକ୍ତିର ଅନ୍ୟତମ ପରିଚୟ ?

...ବର୍ଦ୍ଧମାନରୁ ଗାଡ଼ି ଛାଡ଼ିଲା ପରେ ଦୃଶ୍ୟର କେତେଗୁଡ଼ିଏ ପରିବର୍ତ୍ତନ ହେଲା। ଅର୍ଜୁନ ଦାସ ଝରକାବାଟେ ଚାହିଁ ରହିବାକୁ ପସନ୍ଦ କଲେ ନାହିଁ। ବାଥ୍‌ରୁମ୍‌ରୁ ଫେରି ଆସିଥିବା ମଉ ମାଆଙ୍କର ସୌନ୍ଦର୍ଯ୍ୟ ପ୍ରଗଲ୍‌ଭ ଭାବରେ ଫୁଟିଉଠିଲା; ଏବଂ ମଉ ପ୍ରମତ୍ତା ହେଲା। ପୂର୍ବରୁ କୌଣସି ସୂଚନା ନ ଦେଇ ମଉ ନାଚିବାକୁ ଆରମ୍ଭ କଲା। ନାଚିବାର ଛନ୍ଦତାଳ ନଥିଲେ ମଧ୍ୟ ଭଙ୍ଗୀ ଥିଲା। ସେ ଭୂରୁକୁ ଟେକୁଥିଲା, ଅଣ୍ଟା ଭାଙ୍ଗି

ମୃଦୁ ମୃଦୁ ହସି ପାଦକୁ ପିଟୁଥିଲା। ତା'ପରେ ଲାଜେଇ ଯାଇ ମାଆ କୋଳରେ ମୁହଁ ଗୁଞ୍ଜି ଦେଉଥିଲା।

ସମସ୍ତଙ୍କ ଆଖି ତା'ରି ଉପରେ। ମଉର ମାଆ ବାରମ୍ବାର କହିଲେ - ଫୁଲେଇଟା ! କିନ୍ତୁ ଝିଅକୁ ଆହୁରି ଆହୁରି ନାଚିବାକୁ ଉସ୍‌କେଇଲେ। ଦ୍ୱିତୀୟ ପର୍ଯ୍ୟାୟରେ ଟିକେଟ୍ କଲେକ୍ଟରକୁ ଫୁଟୁକି ମାରି ଫେରି ଆସିଥିବା ସ୍କୁଲପିଲା ଦୁଇଜଣ ସୁସୁରି ବଜାଇଲେ, ଦୀର୍ଘକାୟ ଭଦ୍ରଲୋକ ତା-ଧିନ୍-ତା ତା-ଧିନ୍-ତା କହି ତାଳ ଦେଲେ ଓ ମଉର ମାଆ ହସି ହସି ଗଡ଼ିଗଲେ। ଉତ୍‌ଫୁଲ୍ଲ ହୋଇ ସୁମିତ୍ରା ଦାସଙ୍କୁ କହିଲେ, -ସତ କହୁଛି ମୁଁ ତାକୁ କିଛି ଶିଖେଇ ନାହିଁ, ସେ ଏବେ ଚାଲି ଶିଖିଲା ପରା ! ଆପଣ ବିଶ୍ୱାସ କରିବେ ନାହିଁ। କିନ୍ତୁ ଝିଅର ନାଚ ଦେଖି ସେ ଏମିତି ଉଚ୍ଛୁଳିଲେ ଯେ ମନେ ହେଲା ସେ ଜନ୍ମ ହେବା ପୂର୍ବରୁ ମାଆ ପେଟରେ ନାଚ ଶିଖିଥିଲା। ଏହି ଅବସ୍ଥାରେ ତାଙ୍କ ନାଇଲନ୍ ଶାଢ଼ୀ ବାରମ୍ବାର ଛାତିରୁ ଖସିଗଲା। ଅର୍ଜୁନ ଦାସ ମାଆ ଝିଅଙ୍କ ଲୀଳାଖେଳା ଦେଖୁଥିଲେ। ଅନ୍ୟ ଗତି ନଥିଲା। ଖରା ତେଜ କମିଗଲାଣି, ଝରକାବାଟେ କିଛି ଦେଖିବାର ନାହିଁ।

ଝିଅ ଥକିଯିବଣି ମନେ କରି ମଉର ମାଆ ଗୋଟିଏ କମଳାଲେମ୍ବୁ ଛଡ଼ାଇଲେ। କିନ୍ତୁ ଅଧାରୁ ମଉ ଥୋଡ଼ାଏ ଚୋପା ଓ ଲେମ୍ବୁ ଖୋସା ତାଙ୍କ ହାତରୁ ନେଇ ଆସିଲା। ନେଇ ଆସି ଗୋଟାଏ ସଇତାନି କଲା। ଚୋପାରୁ ଖଣ୍ଡେ ଖଣ୍ଡେ ଜଣ ଜଣକ ହାତରେ ଧରାଇ ଦେଲା। କେବଳ ଦୁଇଜଣଙ୍କ ଛଡ଼ା, ବୃଦ୍ଧ ଶୋଇଥିଲେ ଏବଂ ଅର୍ଜୁନ ଦାସ ହସୁ ନଥିଲେ। ସୁମିତ୍ରା ଦାସ ଆଉ ସମ୍ଭାଳି ପାରିଲେ ନାହିଁ। ସେ ନ ଭାବି ନ ଚିନ୍ତି ମଉକୁ ହାତଠାରି କହିଲେ - ଯା, ସେଇ ମଉସାକୁ ଦେଇ ଆ। ମଉ ଅର୍ଜୁନ ଦାସଙ୍କ ପାଖକୁ ଆସିଲା। ଡରିଲା ପରି ଧୀରେ ଧୀରେ ଗଲା। କିନ୍ତୁ ସେ ଚୋପା ପରିବର୍ତ୍ତେ ଖୋସାଏ ଲେମ୍ବୁ ତାଙ୍କ ହାତରେ ଧରାଇଦେଲା। ଦର୍ଶକବୃନ୍ଦ ଆବାକ୍ ! ସୁମିତ୍ରା ଦାସ ସରାଗ ଦୃଷ୍ଟିରେ ସ୍ୱାମୀଙ୍କ ଆଡ଼କୁ ଚାହିଁଲେ, ଦେଖିଲ ଦେଖିଲ ଏଥର ତାକୁ ପାଖରୁ କାଢ଼ି ଦେଇପାରିବ ? ଅର୍ଜୁନ ଦାସଙ୍କ ଚାହାଣୀ ଝଳି ଉଠିଲା।

ସୁମିତ୍ରା ଦାସ ବୁଝିପାରିଲେ ନାହିଁ ଯେ ଅର୍ଜୁନ ଦାସଙ୍କ ଚାହାଣୀ ଆକ୍ରମଣରେ ନୂତନତମ ବର୍ଣ୍ଣରେ ଝଳି ଉଠିଲା। ଅର୍ଜୁନ ଦାସ ଜଣାଇବାକୁ ଚାହୁଁଥିଲେ ସୁମିତ୍ରା ଧନ୍ୟବାଦ। ମୁଁ କେବଳ ଏଇ ଝିଅକୁ ନେବି ନାହିଁ, ମୁଁ ତା'ମାଆକୁ ନେବି। ସୁନ୍ଦରୀ କୋମଳାଙ୍ଗୀ ଧେନୁକୁ ନେଇଯିବି। ତୁ ନ ଆସିଥିଲେ, ମୁଁ ଇଚ୍ଛା କରିଥିଲେ ଏମିତି ଗୋଟିଏ ଅସଲ ନାରୀକୁ ପାଇଥାନ୍ତି, ଏମିତି ଗୋଟିଏ ଝିଅର ବାପ ହୋଇଥାଆନ୍ତି ଉଦୁଉଦିଆ ଖରାରେ ଘୂରି ବୁଲିବା ପୂର୍ବରୁ, ଆପଣାକୁ ମାରିବା ପୂର୍ବରୁ ଥରୁଟିଏ ଏମାନଙ୍କ

ସାଙ୍ଗରେ ମାତିଥାଆନ୍ତି । ଗୋଟିଏ ମାସ, ଗୋଟିଏ ସପ୍ତାହ, ନା- ନା- ଗୋଟିଏ ରାତି ପାଇଁ । ମୋର ଶ୍ରେଣୀ ଭାଇମାନେ ବୁଝିଥାଆନ୍ତେ, ଭୂପେନଦା ବୁଝି ଥାଆନ୍ତା । କାମନାରୁ ଭଲ ପାଇବା ଆସେ । ଆସୁ ମୁଁ କ'ଣ ଏତେ ଆଗୁଆର ହୋଇଛି ? ମୁଁ ଜହ୍ନରେ ଫଗୁ ବୋଳି ଝାଡ଼ି ଦେଇଥାନ୍ତି, ହିମଗିରିର ଚୂଡ଼ାରେ କଳାବଉଦକୁ ନଚେଇ ଫୁତ୍କାରରେ ଉଡ଼େଇ ଦେଇଥାନ୍ତି ... ଗୋଟିଏ ରାତି ... କେବଳ ଗୋଟିଏ ରାତି ... । ଆକଣ୍ଠ ରସ ପିଇଦେଇ ପ୍ରବୋଧ ପାଲ ଉପରକୁ ମାଲ ଛାଡ଼ିଥାଆନ୍ତି । ତା'ହେଲେ ମୁଁ ନିର୍ଭୟରେ କାନ୍ଥରୁ କାନ୍ଥ ଯାଏ ଡେଉଁଥାଆନ୍ତି- ମୁଁ ପାଇଛି ! ମୁଁ ପାଇଛି ! ମୁଁ ତୁମର ରସରସିଆ ଗନ୍ଧିଆ ଜୀବନକୁ ଶୋଷି ଦେଇଛି ! !

ଅପରାହ୍ନର ଛାଇକୁ ସାଙ୍ଗରେ ନେଇ ଗାଡ଼ି ଶାନ୍ତିନିକେତନ ଷ୍ଟେସନକୁ ଗଡ଼ି ଆସିଲା । ବୃଦ୍ଧ ଆଖି ଖୋଲିଲେ ଏବଂ ଅଭ୍ୟାସ ଦୋଷରୁ 'ସାଧୁ' 'ସାଧୁ' ବୋଲି କହିଲେ ।

■

ପତ୍ନୀଙ୍କ ପ୍ରେମ

ପତିପତ୍ନୀ 'ଜନଗଣମନ' ସମ୍ମାନାର୍ଥେ ଛିଡ଼ା ହୋଇ ରହିଥିଲେ। ପଛଆଡୁ ଦେଖିଲେ କେହି କହିବ ନାହିଁ ଯେ, ଏହି ଦୁଇଜଣ ବାଲ୍‌କନିର ଅନ୍ୟ କେଉଁ ଦୁଇଜଣଙ୍କଠାରୁ ଭିନ୍ନ। ପତିଙ୍କର ମସ୍ତକରେ କେଶବିହୀନ ଗୋଲ୍ ଏବଂ ପତ୍ନୀଙ୍କର ମସ୍ତକରେ ଉତ୍ତୁଙ୍ଗ କେଶପୂର୍ଣ୍ଣ ଗୋଲ୍ ବାଲ୍‌କନିର ସର୍ବସାଧାରଣ ଦୃଶ୍ୟ ବୋଲି କୁହାଯାଇପାରେ। ଦୁହିଁଙ୍କର ସ୍ଥାଣୁ ଓ ତନ୍ମୟଭାବ ମଧ୍ୟ ଏହି ଉପରିସ୍ଥ ଦର୍ଶକମାନଙ୍କଠାରୁ ଆଶା କରାଯାଏ। ଏମାନେ କ'ଣ ତଳସିଟ୍‌ର ଲୋକ ହୋଇଛନ୍ତି ଯେ ଖେଳ ସରିବା ମାତ୍ରେ ଟ୍ରାମ୍‌ବସ୍ ଧରିବା ପାଇଁ ଧରାପରା ହେବେ, ଜାତୀୟ ପତାକାକୁ ପିଠି କରି ପଳାଇବେ ?

କିନ୍ତୁ ଏହି ଦୁଇଜଣ ଆପଣା ମତରେ ଭିନ୍ନ। ଶ୍ରୀଯୁକ୍ତ ଶ୍ରୀକାନ୍ତ ଆଚାର୍ଯ୍ୟ ମନେ କରନ୍ତି ଯେ ଧନିକ ବର୍ଗଭୁକ୍ତ ହେଲେ ମଧ୍ୟ ସେ ଇନ୍‌କମ୍ ଟ୍ୟାକ୍ସ ଡିପାର୍ଟମେଣ୍ଟକୁ ଠକାଇ ନାହାନ୍ତି, ଉପରିସ୍ଥ ହେଲେ ମଧ୍ୟ ସେ ଲୋକମାନଙ୍କ ପାଇଁ କାନ୍ଦିଛନ୍ତି ଏବଂ ସେ ସ୍ୱାର୍ଥକୁ ସର୍ବଦା (ପ୍ରଧାନମନ୍ତ୍ରୀ ଇନ୍ଦିରାଜୀ ଯାହା କହିବେ ସେ ମାନିବାକୁ ପ୍ରସ୍ତୁତ ଅଛନ୍ତି) ଦେଶ ମାତୃକାର ପାଦତଳେ ଅଜାଡ଼ି ଦେବାପାଇଁ ବ୍ୟାକୁଳ। ଅପର ପକ୍ଷରେ ଶ୍ରୀମତୀ ମୁନ୍‌ମୁନ୍ ଆଚାର୍ଯ୍ୟ ମନେ କରନ୍ତି ଯେ, ସେ କେବଳ ପତ୍ନୀ ନୁହନ୍ତି, ସେ ଚିରଞ୍ଜୀବୀ ନାରୀ। ସେ ପିଲାଦିନେ ମୁନ୍‌ମୁନ୍ ଥିଲେ, ଏବେ ମଧ୍ୟ ମୁନ୍‌ମୁନ୍ ଅଛନ୍ତି। ପିଲାଦିନେ କଥାକଥାକେ ହସୁଥିଲେ, ହସି ହସି ତଳେ ଗଡ଼ି ଯାଉଥିଲେ, ବର୍ତ୍ତମାନ ଆପଣା ଖୁସିରେ ହସନ୍ତି, ହସି ହସି ସୋଫାର ପିଠି ଉପରକୁ ଗୋଡ଼ ଟେକି ଛୋଟିଆ ମୁହଁକୁ କୁନି ବିଲେଇ ଛୁଆ ସାଙ୍ଗରେ ଯୋଡ଼ି ପାରନ୍ତି। ସେ ଭାର କଞ୍ଜିଭରମ୍ ଶାଢ଼ୀ ସହିତ କଷ୍ଟ୍ୟୁମ୍ ଜୁଏଲେରି ଓ ଦୁଇଟଙ୍କା ଆଠଅଣାର ଚପଲ ପିନ୍ଧି ପାର୍ଟିକୁ ଆସିପାରନ୍ତି। ସେ ଭାବଗମ୍ଭୀର ସ୍ୱାମୀଙ୍କ ସହିତ ଅତର୍କିତରେ ପ୍ରେମ କରିପାରନ୍ତି।

ତେଣୁ ଲକ୍ଷ୍ୟ କଲେ ଜଣାଯିବ ଯେ ଶ୍ରୀକାନ୍ତ ବାବୁ କେବଳ ତନ୍ମୟ ନୁହନ୍ତି, ନିମୀଳିତ ନେତ୍ର, ନିବେଦିତ ଏବଂ ଶ୍ରୀମତୀ ମୁନ୍‌ମୁନ୍ କେବଳ ତନ୍ମୟ ନୁହନ୍ତି, ତତ୍‌ସମ୍। ସେହି ଫରଫର ହୋଇ ଉଡୁଥିବା ପତାକା ସମ। ସେହି ଊର୍ଦ୍ଧ୍ୱକୁ ଉଠି ଖସି ଖସି

ଯାଉଥିବା ସଙ୍ଗୀତ ସମ। ପ୍ରେକ୍ଷାଗୃହରେ ଥିବା ପ୍ରତି ଲୋକର ସାକ୍ଷୀ, ଇଚ୍ଛା କଲେ ସାଥୀ ... ଭାରତ ଭାଗ୍ୟ-ବିଧାତା ପାଖରେ ରେକର୍ଡ ନିର୍ଧୂମ ଫାଟିଯାଇଛି, କେହି ଜାଣି ପାରୁନାହାନ୍ତି ନା କ'ଣ ?

ସଙ୍ଗୀତ ସରିଲାବେଳେ ଶ୍ରୀମତୀ ମୁନ୍‌ମୁନ୍ ମୃଦୁ ମୃଦୁ ହସୁଥିଲେ। ଶ୍ରୀକାନ୍ତ ବାବୁ ଯଥାବିଧି ଦୀର୍ଘନିଃଶ୍ୱାସ ଛାଡୁଥିଲେ।

ସିନେମା ହଲ୍‌ରୁ ରାସ୍ତାକୁ ଯିବା ମଧ୍ୟରେ ଗହଳିରେ ଦେହ ଘଷାଘଷି ହେବା ସତ୍ତ୍ୱେ ଛବି ଉପରେ ନାନାଦି ଟିପ୍‌ପଣୀ ଶୁଣିବାକୁ ମିଳେ। କିନ୍ତୁ ଆଚାର୍ଯ୍ୟ ଦମ୍ପତି କିଛି ଶୁଣନ୍ତି ନାହିଁ କିମ୍ବା ଶୁଣାନ୍ତି ନାହିଁ। ଅସଭ୍ୟ ଆଚରଣ ବୋଲି ଶ୍ରୀକାନ୍ତ ବାବୁ ମନେ କରନ୍ତି। ଶ୍ରୀମତୀ ମୁନ୍‌ମୁନ୍ ମନେ କରନ୍ତି ଯେ ଅସ୍ୱସ୍ତିକର ପରିସ୍ଥିତିରେ କିଛି ଶୁଣିବା ବା ଶୁଣାଇବା ବୁଦ୍ଧିମାନର କାର୍ଯ୍ୟ ନୁହେଁ।

ନିଜ କାର୍‌ରେ ଯାଇ ବସିଲା ପରେ, ଗାଡ଼ି ଗଡ଼ିଲା ପରେ ଟିପ୍‌ପଣୀର ଆଦାନ ପ୍ରଦାନ ହୁଏ। ପେଣ୍ଡୁ ଗଡ଼ାଇଲା ପରି। ସେଥିରେ ତେଜ ନଥାଏ। ଛବି କେବଳ ଛବି।

ଆଜି କ'ଣ ହେଲା ନା କାର୍‌ରେ ଶ୍ରୀକାନ୍ତ ବାବୁ କହିଲେ ଚମତ୍କାର ! ଶ୍ରୀମତୀ ମୁନ୍‌ମୁନ୍ କିଛି କହିଲେ ନାହିଁ। ଘରେ ପହଞ୍ଚି ସୋଫାରେ ବସି ପଡ଼ିଲା ବେଳକୁ ଶ୍ରୀକାନ୍ତ ବାବୁ କହିଲେ ପ୍ରକୃତରେ ଭାରି ସୁନ୍ଦର ହୋଇଛି, ନୁହେଁ? ଏମିତିକା ଫାଷ୍ଟକ୍ଲାସ ଟ୍ରାଜେଡି ଅନେକ ଦିନୁ ଦେଖା ହୋଇନଥିଲା। (ଅନୁଚ୍ଚ ସ୍ୱରରେ ଦୁଷ୍ଟାମିର ଭଙ୍ଗୀରେ) ତୁମେ କ'ଣ କାନ୍ଦିଥିଲ ? ତଥାପି ଶ୍ରୀମତୀ ମୁନ୍‌ମୁନ୍ ନିରୁତ୍ତର ହୋଇ ବସି ରହିଲେ। ସିନେମା ହଲ୍‌ରୁ ଫେରିବା ବେଳର ମୃଦୁ ମୃଦୁ ହସ ମଧ୍ୟ ମିଳାଇ ଯାଇଥିଲା।

ରାତ୍ରି ଭୋଜନ ପରେ ଶ୍ରୀକାନ୍ତ ବାବୁ ପରମତୃପ୍ତିର ସିଗାର୍ ଲଗାଇ ଧୂଆଁ ଛାଡୁଥିଲେ। ଆସନ୍ତା ଚେମ୍ବର ଅଫ୍ କମର୍ସ ଅଧିବେଶନରେ ସଭାପତିର ଆସନ ଅବଶ୍ୟ ମିଳିବ ବୋଲି ଧୂଆଁରେ ଧୂଆଁରେ ଦୋହରାଉଥିଲେ। ଏହି ସମୟରେ ଶ୍ରୀମତୀ ମୁନ୍‌ମୁନ୍ ମନକୁ ମନ କହିଲା ପରି କହିଗଲେ ମୋତେ ଛବି ଭଲ ଲାଗିଲା ନାହିଁ। ଅକାରଣ ଟ୍ରାଜେଡ଼ି। ତିନି ତିନି ଜଣ ପ୍ରେମିକା ମରିଗଲେ, ନିଜକୁ ନଷ୍ଟ କରିଦେଲେ... କାହିଁକି ? ପ୍ରେମକୁ ମନ ଭିତରେ ବାନ୍ଧି ରଖି ପାରିଲେ ନାହିଁ ? ସକାଳ ସଞ୍ଜେ ପ୍ରେମର ନିର୍ମାଲ୍ୟ ତୁଣ୍ଡରେ ପକାଇ ବଞ୍ଚିପାରିଲେ ନାହିଁ ? ଯାହାକୁ ପ୍ରେମ କରିବ ତା'ର ଦେହକୁ ରାତିରେ କୁଣ୍ଢାଇ ଧରି ନପାରିଲେ ଜୀବନ ମାଟି ହୋଇଗଲା ! ଛି !!

ସେହିଠୁ ଶ୍ରୀମତୀ ମୁନ୍‌ମୁନ୍ ଝଡ଼ ପରି ଉଠି ଚାଲିଗଲେ।

ଶ୍ରୀକାନ୍ତବାବୁ ପତ୍ନୀଙ୍କ ଫେରନ୍ତା ବାଟକୁ ଚାହିଁ ରହିଲେ। ପ୍ରେମ ଶବ୍ଦର ଘନ

ଘନ ଉଚ୍ଚାରଣ ପେଲବ ଚେତନା ଉପରେ ଗହୀରିଆ ପାଦଚିହ୍ନ ଛାଡ଼ିଦେଇ ଗଲା – କ'ଣ ହେଲା ?

ପୂର୍ବରୁ ପଶ୍ଚିମକୁ ଲମ୍ବିଥିବା ଦୀର୍ଘ ବୈବାହିକ ଜୀବନରେ ପ୍ରେମ ସମ୍ବନ୍ଧୀୟ କୌଣସି ତାତ୍ତ୍ୱିକ ଆଲୋଚନା ହୋଇନାହିଁ ନୁହେଁ, ହୋଇଛି। ଯୌବନାବସ୍ଥାରେ ଥରେ ଅଧେ ଯୁକ୍ତି ମଧ୍ୟ ହୋଇଛି। କିନ୍ତୁ ଆଜି ଏଭଳି ଅପ୍ରତ୍ୟାଶିତ ଭାବରେ ...

ନା- ନା- ମୁନ୍‌ମୁନ୍ ପ୍ରତ୍ୟାଶାର ଧାର ଧାରେ ନାହିଁ। ସେ କେତେବେଳେ କ'ଣ କରିବ ବ୍ରହ୍ମାଙ୍କୁ ଅଗୋଚର। ସେ ବିନା ମେଘରେ ମିଛିମିଛିକା ବଜ୍ରପାତ ସୃଷ୍ଟି କରି ଚମକାଇବାକୁ ଭଲ ପାଏ।

ସେ ମୋତେ ଭଲ ପାଏ ...

ମୁନ୍‌ମୁନ୍ ମୋତେ ଭଲ ପାଇବାର ପ୍ରଶ୍ନ କୁଆଡୁ ଆସୁଛି କାହିଁକି ଆସୁଛି ବୋଲି ଶ୍ରୀକାନ୍ତ ବାବୁ ବିବ୍ରତ ହେଲେ। ଭାବିଲେ ଏଇ ଛବିଟା (କୌଣସି ଆଧୁନିକ ଲେଖକ ଲେଖି ନାହିଁ ନିଶ୍ଚୟ) ଏଭଳି ଏକ ଅସାମାନ୍ୟ ଅନୁଭବ ଆଣି ଦେଇଛି ଯେ ସାମାନ୍ୟ ମତ ବିରୋଧ ସହି ହେଉନାହିଁ। ମନେ ହେଉଛି ଯେ ମୁନ୍‌ମୁନ୍ ମିଛ କହୁଛି। ଯଦି ମିଛ କହୁ ନଥାଏ ତାହାହେଲେ- ତାହାହେଲେ ତା'ପ୍ରେମ ପ୍ରକୃତରେ ଦୋସରା।

ହେ ଭଗବାନ୍! କେଉଁଠୁ କେଉଁଯାଏ! ଶ୍ରୀକାନ୍ତବାବୁ, ସ୍ୱପତ୍ନୀ ମୁନ୍‌ମୁନ୍‌ର ବିଚିତ୍ର ଚରିତ୍ର ଆହୁରି ଜାଣିବାକୁ ବାକି ଅଛି। ନା ବୟସ ଦୋଷ ମାଡ଼ିଗଲାଣି। ଧୀରେ ସୁସ୍ଥେ ସିଗାର୍ ଶେଷ କରି ବିଛଣାକୁ ଯାଆନ୍ତୁ। ଆଲୁଅ ଲିଭାଇ ଦିଅନ୍ତୁ। ଦେଖିବେ ଯେ କିଛି ବଦଳି ନାହିଁ। ଅଧିକନ୍ତୁ ଦେଖିବେ ଯେ ସେ ଆପଣଙ୍କୁ ନିର୍ମମ ଭାବରେ କୁଣ୍ଢାଇ ଧରିବ।

ଶ୍ରୀକାନ୍ତବାବୁଙ୍କର ବର୍ତ୍ତୁଳ ବଦନ ମେଘରୁ ବର୍ତ୍ତିଯାଇଥିବା ଚାନ୍ଦ ପରି ଝଲିଉଠିଲା। ସେ ଲିଭିଯାଇଥିବା ସିଗାର୍‌କୁ ପୁଣି ଜଳାଇଲେ ଓ ଆରାମରେ ଫୁଙ୍କ ଦେଲେ। ରାତି ପଡ଼ିଛି, ତର ତର କାହିଁକି ?

ଏକଦା ରଦ୍ଦିମାଲ ବ୍ୟବସାୟୀ ଏବଂ ବର୍ତ୍ତମାନର ବିବିଧ କପଡ଼ା ମିଲ୍ ଓ ବସ୍ତିର ମାଲିକ ଶ୍ରୀକାନ୍ତ ଆଚାର୍ଯ୍ୟଙ୍କ ବିଚାର ବୁଦ୍ଧିକୁ ଧନ୍ୟ କହିବ। ଏଷ୍ଟିମେଟ୍ ଅନୁଯାୟୀ ଶ୍ରୀମତୀ ମୁନ୍‌ମୁନ୍ ତାଙ୍କୁ ଯଥା ସମୟରେ କୁଣ୍ଢାଇ ଧରିଲେ। ବୋଧହୁଏ କେତେ ମାସ କେତେ ବର୍ଷ ହେଲା ଏତାଦୃଶ ଉତ୍କଟ ଉଜାଣି ସୁଅ ବହି ନଥିଲା।

ଏଇଠି ମିନିଗପ ସରିଯାଇଥାଆନ୍ତା। ଗୋଟିଏ ଧନିକ ପରିବାରର ବିଳାସପାତ୍ରକୁ ଅକସ୍ମାତ୍ ଛୁଇଁଥିବା ଉଡ଼ା ପୋକଟି ଉଡ଼ି ଯାଇଥାଆନ୍ତା। କିନ୍ତୁ ସେପରି ହେଲାନାହିଁ। କାରଣ ଦିନର କ୍ରମ ରାତିରେ ସରିଯାଏ ନାହିଁ, ତା'ପରେ ଆଉ ଗୋଟିଏ ଦିନ ଆସେ।

ତା'ଛଡ଼ା ଶ୍ରୀକାନ୍ତ ବାବୁଙ୍କର ସରଳତା ସାଧାରଣ ନୁହେଁ। ସେଥିରେ ରାଜଲକ୍ଷଣ ବିଦ୍ୟମାନ।

ଶ୍ରୀକାନ୍ତବାବୁଙ୍କର ରାଜତ୍ୱ ଆଦର୍ଶ ଉପରେ ପ୍ରତିଷ୍ଠିତ। ସନାତନ ଆଦର୍ଶ ଯାହା ତାଙ୍କର ସ୍ୱର୍ଗତ ପିତା ଭଜଗୋବିନ୍ଦ ଆଚାର୍ଯ୍ୟଙ୍କଠାରୁ ଆରମ୍ଭ କରି ଯଥାର୍ଥ ଗାନ୍ଧିବାଦୀ ବିରଳାପୁତ୍ର ଶିଖାଇଛନ୍ତି, ପ୍ରମାଣିତ କରିଛନ୍ତି। ଶିଳ୍ପର ଉନ୍ନତି ହେଲେ ଦେଶର ଉନ୍ନତି। ବ୍ୟକ୍ତି (ବିଶେଷ)ର ଉନ୍ନତି ହେଲେ ଶିଳ୍ପର ଉନ୍ନତି। ବ୍ୟକ୍ତି ଉନ୍ନତି ପାଇଁ ଲୋଡ଼ା ଧର୍ମ, ଧନ, ଲକ୍ଷ୍ମୀ ଏବଂ ସରସ୍ୱତୀ। ତାଙ୍କର ଧାରଣା ଯେ ଏହି ଆଦର୍ଶ ସ୍ୱତଃସିଦ୍ଧ। ଇନ୍ଦିରାଜୀ କାହିଁକି, ମୋର ଦରୁଆନ, ମାଳୀ, ଡ୍ରାଇଭର ସମସ୍ତେ ଜାଣନ୍ତି। ଯେଉଁମାନେ ଲାଲଝଣ୍ଡା ଉଡ଼ାଇ ଚିତ୍କାର କରୁଛନ୍ତି, ସେମାନେ ମଧ୍ୟ ଜାଣନ୍ତି, ଯଦ୍ୟପି ସେମାନେ ବିଧର୍ମୀ। ଚାଇନା ରୁଷିଆଙ୍କ ପାଲରେ ପଡ଼ିଛନ୍ତି, ଉଧୁରି ପାରୁନାହାନ୍ତି।

ଚପଳା ମୁନ୍‌ମୁନ୍ ଏହି ଆଦର୍ଶର ପତ୍ନୀ। ତେଣୁ ମୁନ୍‌ମୁନ୍ ଯାହା କହିଗଲା ତାକୁ ପ୍ରେମର ଆଦର୍ଶ ବୋଲି ଧରିନେବାକୁ ହେବ। ଏବଂ ତାକୁ ମୋର ରାଜତ୍ୱର ଶିଳାଲିପିରେ ସାମିଲ୍ କରିନେବାକୁ ପଡ଼ିବ। ଥରେ ମୋ ପୁଅ ଶଙ୍କର, ସେତେବେଳକୁ ତାକୁ ଷୋଳବର୍ଷ ବସ୍ତିବାଲାଙ୍କ ଦୁର୍ଦ୍ଦଶା ଦେଖି କହିଲା ଯେ ଦରିଦ୍ର ନାରାୟଣଙ୍କ ସେବା ହିଁ ପ୍ରକୃତ ଧର୍ମ, ସେ ବସ୍ତିରେ ଘର କରି ରହିବ। ବେଶ୍ ଭଲକଥା। ମୁଁ ତା'ହାତରେ ଦୁଇହଜାର ଟଙ୍କା ଧରେଇ ଦେଇ କହିଲି ତୁ ତୋର ଦେଖିଲା କାମ କର। ସେ ବସ୍ତିରେ ବସା ବାନ୍ଧିଲା, ନର୍ଦ୍ଦମା ପୋତିଲା, ଗାଡ଼ିଆର ଦଳ ସଫାକଲା, ସର୍ଦ୍ଦାର ସାନୁ ମିଆଁ ସାଙ୍ଗରେ ପଡ଼ି ମଦ ପିଇଲା, କେଉଁ ସମବୟସୀକୁ ଦୟା ଦେଖାଇବାକୁ ଯାଇ ମାଡ଼ ଖାଇଲା। ଯଥା ସମୟରେ ଫେରି ଆସିଲା। ବୁଝିଲା ଯେ ବସ୍ତିରେ ଘର କରି ରହିହେବ ନାହିଁ। ସେଠି ଧନନାହିଁ ଏବଂ ସେଠି ସେହି ଲକ୍ଷ୍ମୀଛଡ଼ା ଜାଗାରେ ଧନ ବଢ଼ିଲେ ମହା ଗଣ୍ଡଗୋଳ! କିନ୍ତୁ ତା'ର ଆଦର୍ଶ ଅକ୍ଷୁଣ୍ଣ ରହିଛି। ସନାତନ ଆଦର୍ଶର ଗଙ୍ଗାଜଳରେ ଯେତେକ ମଳିଧୂଳି ପୋଛି ହୋଇ ଯାଇଛି। ବର୍ତ୍ତମାନ ସେ ମୋର ସମାଜକଲ୍ୟାଣ ଡାଇରେକ୍ଟର, ନିଜ କୋଠା ଘରେ ନିଜ ସ୍ତ୍ରୀ ସାଙ୍ଗରେ ଅଛି, ଗରିବମାନଙ୍କ ପାଇଁ ଯଥାସମ୍ଭବ ଖର୍ଚ୍ଚ କରୁଛି ଓ ଦେଶ ପାଇଁ ମୋଟା ପୁଞ୍ଜି ଜମଉଛି। ମୋର ରାଜତ୍ୱରେ ଆଞ୍ଚ ଲାଗିନାହିଁ।

ଦରିଦ୍ର ନାରାୟଣଙ୍କ ସେବା ହିଁ ପ୍ରକୃତ ଧର୍ମ।

ଦେହାତୀତ ପ୍ରେମ ହିଁ ପ୍ରକୃତ ପ୍ରେମ।

ନିଃସନ୍ଦେହ, କିନ୍ତୁ ମୁନ୍‌ମୁନ୍ ମୋ ସ୍ତ୍ରୀ, ସେ ମୋତେ ଭଲପାଏ, ତା'ର ପ୍ରେମର ଆଦର୍ଶ ଏହି ସତ୍ୟକୁ ଛୁଡି ନଥିବ, କଦାପି ଛୁଡି ନଥିବ ... ନୁହେଁ?

ପରଦିନ ଖବରକାଗଜ ପଢ଼ିସାରିଲା ପରେ, କନ୍‌ଫରେନସ୍‌ର ଦୁର୍ଲଭ ନିରୋଳା ମୁହୂର୍ତ୍ତରେ ସୂର୍ଯ୍ୟାସ୍ତର ରଙ୍ଗଛଟା ଦେଖିଲା ବେଳେ ବିଭିନ୍ନ କର୍ମବିମୁକ୍ତ କମା, ସେମିକୋଲନର ଅନ୍ତରାଳରେ ଶ୍ରୀକାନ୍ତ ବାବୁ ଉପରୋକ୍ତ ଭାବେ ଚିନ୍ତିତ ହେଉଥିଲେ, ନିଶ୍ଚିତ ହେଉଥିଲେ, ପୁଣି ଚିନ୍ତିତ ହେଉଥିଲେ।

ମୁନ୍‌ମୁନ୍ ଯାହା କହିଲା ଠିକ୍ କହିଲା, କିନ୍ତୁ ଏମିତି ସମ୍ଭାଳି ନ ପାରିଲା ପରି ଉଦ୍‌ଗାରିଲା କାହିଁକି ? ଏତେ କଥା କହିଗଲି, ମୁଁ ଦୁଃଖିତ, ଏହି ଭାବରେ ପଳାଇଗଲା କାହିଁକି ? ରାତିରେ ସେ ମୋତେ କୁଣ୍ଢାଇ ଧରିଲା, ବହୁ ଦିନ ପରେ ଦେହକୁ ଅତିଶୟ ଭାବରେ ଲାଳାୟିତ କଲା, ତା'ର ଅର୍ଥ ନୁହେଁ କି ଯେ ସେ କହିଲା ମୋତେ କ୍ଷମା କର, ମୁଁ ତୁମକୁ ଭଲପାଏ, ମୁଁ ତୁମକୁ ଭଲପାଏ- ?

କାହିଁକି ? ତା'ର ଆଦର୍ଶ କ'ଣ ମୋ ରାଜତ୍ୱର ବହିର୍ଭୂତ, ଅନୁତପ୍ତ ?

(ତା'ର କ'ଣ କେହି ପ୍ରେମିକ ଅଛନ୍ତି ?)

(ତା'ର କ'ଣ କେହି ପ୍ରେମିକ ଥିଲେ ?)

ମୁନ୍‌ମୁନ୍‌ର ପ୍ରେମିକ ଅଛନ୍ତି କିମ୍ବା ଥିଲେ ଏହି ଆଶଙ୍କା ତାଙ୍କ ଭାବନାର ତୁଣ୍ଡକୁ ଆସୁ ନଥିଲା, ତା'ର କୁତ୍ସିତ-ଭୟଙ୍କର ଦଶମୁଣ୍ଡ ଦେଖାଇ ମୁଁ ମିଛ, ମୁଁ ମିଛ ବୋଲି କହି ଫେରିଯାଉଥିଲା, କହୁଥିଲା,- ବିଶ୍ୱାସ କର, ତୁମେ ନର୍ମାଲ, ମୁନ୍‌ମୁନ୍ ନର୍ମାଲ, ତୁମର ଆଦର୍ଶଗୁଡ଼ିକ ନର୍ମାଲ୍, ଦଶମୁଣ୍ଡ କ'ଣ ସତରେ କାହାର ଥାଏ ନା କଅଣ ?

ତଥାପି ସେ ଉଙ୍କି ମାରୁଥିଲା। ଶ୍ରୀକାନ୍ତବାବୁ ଅନ୍ୟମନସ୍କ ହୋଇ ଗଡୁଥିଲେ, ଦିଆସିଲି ଜଳାଇ ସିଗାର୍‌ରେ ଲାଗାଇବାକୁ ଭୁଲି ଯାଉଥିଲେ।

ଶ୍ରୀକାନ୍ତ ବାବୁ ଉଚ୍ଚମନା। ତାଙ୍କର ଏହି ବିଭ୍ରାନ୍ତି ମୂଳରେ ସ୍ତ୍ରୀଙ୍କର ରୂପ ଯୌବନର ସମ୍ପର୍କ ଅଛି ବୋଲି କେହି ଆକ୍ଷେପ କରିପାରିବ ନାହିଁ। ତେବେ ସର୍ବସମ୍ମତି କ୍ରମେ ମାନିବାକୁ ପଡ଼ିବ ଯେ ବୟାଳିଶ ବର୍ଷ ବୟସରେ ମୁନ୍‌ମୁନ୍ ଆଚାର୍ଯ୍ୟ ଅତ୍ୟାଶ୍ଚର୍ଯ୍ୟ ଭାବେ ତନ୍ୱୀ, କୋମଳବଦନା- ତଦୁପରି ଭାବଚଞ୍ଚଳା। ସେଇଥିପାଇଁ ସେ ପୋଷାକି ପାର୍ଟି ମିଟିଙ୍ଗ୍ ପ୍ରଭୃତିରେ ମଧ୍ୟ ଶସ୍ତା ବିଚିତ୍ର ଶାଢ଼ୀ ଗହଣା ପିନ୍ଧି ପୂରା ନମ୍ବର ପାଇପାରନ୍ତି। ପଣ୍ଡିତ ସଭାରେ ଅଦ୍‌ଭୁତ କଳଧ୍ୱନି କଲେ ମଧ୍ୟ ଦଣ୍ଡିତ ହୁଅନ୍ତି ନାହିଁ। ଅନ୍ୟମାନେ ଧରିନଅନ୍ତି ଯେ ଏହି ନାରୀର ଯୌବନ, ତା'ର ପ୍ରାଣପ୍ରାଚୁର୍ଯ୍ୟ ଯେତିକି ନିର୍ଲଜ୍ଜ, ସେତିକି ଅସହାୟ, କ୍ଷମଣୀୟ। ତାକୁ ପାରି ହେବନାହିଁ। ଜଣେ ସାଧାରଣ ପୁରୁଷ ଜଣେ ସାଧାରଣ ପ୍ରେମିକ ଏଭଳି ଏକ ନାରୀଙ୍କ ଦେହମନକୁ ଲୋଭେଇବ ନାହିଁ ବୋଲି କିଏ କହିବ ? ନିଜେ ଶଙ୍କର ଥରେ ଅଧେ ପଚାରିବାର ଶୁଣାଯାଇଛି, ମାଆ

ତୁ କ'ଣ ସେଇ ନାଲିଟକ୍‌ଟକ୍ ଶାଢ଼ୀ ପିନ୍ଧି ମୋ ସାଙ୍ଗରେ ଆସିବୁ? (ମୋ ବନ୍ଧୁମାନେ କ'ଣ କହିବେ?) ଏବଂ ଶ୍ରୀକାନ୍ତବାବୁ ଥରେ ଅଧେ ଭାବିଛନ୍ତି, ମୁନ୍‌ମୁନ୍ ଗୋଟିଏ ପିଲାର ମାଆ ନ ହୋଇ ତିନିଚାରୋଟି ପିଲାଙ୍କ ମାଆ ହୋଇଥିଲେ- ମନ୍ଦ ହୋଇ ନ ଥାଆନ୍ତା।

ହେଉ, ମୁନ୍‌ମୁନ୍ କ'ଣ ଜଣେ ସାଧାରଣ ପୁରୁଷ ସାଧାରଣ ପ୍ରେମିକର ଉଦ୍ୟମକୁ ଉତ୍ସାହିତ କରିପାରିବ? ଆଙ୍ଗୁଳି ପ୍ରବେଶ କରିବା ପୂର୍ବରୁ ଆଙ୍ଗୁଳିକୁ କାଟି ଦେବନାହିଁ? ସମସ୍ୟା ସେଇଠି। ମନୋହାରିଣୀ ମୁନ୍‌ମୁନ୍ ଲକ୍ଷ ଲୋକଙ୍କର ମନମୋହି ପାରେ, କିନ୍ତୁ ସେ ଆଦର୍ଶର ପତ୍ନୀ, ତା'ର ମନ ସହଜେ ଢଳିବ ନାହିଁ। ଯଦି ଏମିତି ଜଣେ ନ ଥିବ ଯେ ଶ୍ରୀକାନ୍ତ ଆଚାର୍ଯ୍ୟଠାରୁ ଊର୍ଦ୍ଧ୍ୱରେ ରହି ମନ୍ତ୍ରପଢୁ ନ ଥିବ, କହୁ ନଥିବ ମୁଁ ଦେହ ନୁହେଁ, ମୁଁ ମନ, ଅନ୍ତରଙ୍ଗ ନୁହେଁ, ଅନ୍ତରତମ (ସ୍ୱାମୀ ନୁହେଁ ପ୍ରେମିକ)!

ରବିସ୍! ମୋଠାରୁ ଊର୍ଦ୍ଧ୍ୱରେ କେହି ଥିବାର ପ୍ରଶ୍ନ ଉଠୁନାହିଁ। ଥିଲେ ଥିବ ମୋରି ରୂପକ, ମୋରି କଳ୍ପିତ କ୍ରମଶଃ ... କବି ମୁନ୍‌ମୁନ୍, କଳାକାର ମୁନ୍‌ମୁନ୍ ସ୍ୱପ୍ନରେ – କିନ୍ତୁ ଏହି ସିଦ୍ଧାନ୍ତ ତଳେ ଗାରଟାଣି ଆଣିବା ପାଇଁ ସେ ଯେତେବେଳେ ରାତ୍ରି ଭୋଜନବେଳେ ଗଳା ଝଙ୍କାରି ପ୍ରସ୍ତାବ କଲେ- ବୁଝିଲ, ମୁଁ କାଲିକା ସିନେମା କଥା ଭାବୁଥିଲି, ତୁମେ ଯାହା କହିଲ ଭୁଲ ନୁହେଁ। ଶ୍ରୀମତୀ ମୁନ୍‌ମୁନ୍ ଚମକି ଉଠିଲେ। ତାଙ୍କ ହାତରୁ ବାଢ଼ିବା ଚାମୁଚ ଖସି ପଡ଼ିଲା। ସେ ଈଷତ୍ ବିରକ୍ତ ହେଲେ। କହିଲେ, ଓଃ କଥା ନାହିଁ ବାର୍ତ୍ତା ନାହିଁ, ପୁଡ଼ିଙ୍ଗ ଆଉ ଦେବି କି ନାହିଁ ପଚାରୁଛି, ଆଉ ତୁମେ ମୋତେ କେଉଁ ଯୁଗର କେଉଁ ସିନେମା ଦେଖାଉଛ! ତା'ପରେ ଅବଶ୍ୟ ସେ ହସି ପକାଇଲେ, ଜନୈକା ପତିମର୍ଦ୍ଦିନୀ ପ୍ରଖ୍ୟାତଯଶା ମିସେସ୍ ରାଓଙ୍କୁ ଅନୁକରଣ କରି ଡିନର ଟେବୁଲ୍‌ର ଆଦବକାଇଦା ବୁଝାଇ ବସିଲେ। ଶ୍ରୀକାନ୍ତବାବୁଙ୍କ ମନ ମାନିଲା ନାହିଁ। ମୁନ୍‌ମୁନ୍ ହାତରୁ ବାଢ଼ିବା ଚାମୁଚ ଖସି ପଡ଼ିବାର କୌଣସି କାରଣ ନଥିଲା।

ତୃତୀୟ ଦିନ ସନ୍ଧ୍ୟାରେ ବୈଠକଖାନାରେ ବସି କାଁ ଭାଁ ମାଗାଜିନ୍ ଓଲଟାଇଲା ବେଳେ ଗୋଟିଏ ଚିତ୍ର ତାରକାର ଛବି ଶ୍ରୀକାନ୍ତ ଆଖିରେ ପଡ଼ିଲା। ସେ ମଝିରେ ମଝିରେ ସିନେମା ଦେଖିଲେ ମଧ୍ୟ ଛବିର ନାମ କିମ୍ବା ଚିତ୍ରତାରକାମାନଙ୍କର ନାମ ମନେରଖି ପାରନ୍ତି ନାହିଁ। ତେଣୁ ସେ କୌଣସି ଉଦ୍ଦେଶ୍ୟ ନ ରଖି ସାମାନ୍ୟ କୌତୂହଳ ମେଣ୍ଟାଇବା ପାଇଁ ଛବିଟି ସ୍ତ୍ରୀକୁ ଦେଖାଇଲେ। କହିଲେ – ଦେଖିଲ ଦେଖିଲ, ଏଇ ଝିଅ ନା? ଏଇ ଝିଅ ବିଷଖାଇ ମଲା ନା ଦଉଡ଼ି ଦେଇ ମଲା?-

ଶ୍ରୀମତୀ ମୁନ୍‌ମୁନ୍ ମାଗାଜିନ୍‌କୁ ସ୍ୱାମୀଙ୍କ ହାତରୁ ଟାଣି ଆଣିଲେ, ଭୁରୁ କୁଞ୍ଚାଇ

ଜୀବନ୍ତସୁନ୍ଦର ଶର୍ମିଳା ଟାଗୋରଙ୍କୁ ଦେଖିଲେ ଓ ତଦୁତ୍ତାରୁ ଶ୍ରୀକାନ୍ତ ବାବୁଙ୍କ ଆଡ଼କୁ କଟମଟ କରି ଚାହିଁଲେ। ଭର୍ତ୍ସନା କଲେ, ସିନେମା ଭୂତ କେବେ ତୁମ ମୁଣ୍ଡରୁ ଉତୁରିବ କହିଲ ? କେଉଁ ଝିଅ କେମିତି ମଲା ତୁମର ସେଥିରେ କ'ଣ ଅଛି ? ତୁମ ସ୍ତ୍ରୀ ସହଜେ ମରିବ ନାହିଁ। ମଲେ ଏମିତି ମରିବ ନାହିଁ। ମନେରଖ।

ହଁ, ତା'ପରେ ସେ ଫିକ୍‌କିନି ହସି ପକାଇଲେ। କିନ୍ତୁ ଶ୍ରୀକାନ୍ତବାବୁ ମନ ମାନିଲା ନାହିଁ। ସନ୍ଦେହ ଦୃଢ଼ୀଭୂତ ହେଲା। ମୁନ୍‌ମୁନ୍ ମୋତେ ଲୁଚାଉଛି। ସେଦିନ ରାତିର ସିନେମା, କଥା, କାହାଣୀ, ଭାବ ଓ ଭାଷାକୁ ମୋ ମନରୁ (ନିଜ ମନରୁ) ପୋଛି ନେବାକୁ ଚାହୁଁଛି। ଭୁଲିଯାଅ, ଭୁଲିଯାଅ ବୋଲି କହି ହେଉଛି। ଓଠ କାମୁଡୁଛି, ରାଗୁଛି, ଭୟରେ ହସୁଛି।

ଦୁର୍ଭାଗ୍ୟବଶତଃ ଏହାପରେ କ୍ରମାନ୍ୱୟରେ କେତୋଟି ଦିନ ସେ ଅଫିସ୍‌କୁ ଯାଇପାରିଲେ ନାହିଁ। ପ୍ରଥମେ ଶ୍ରମିକ ଦିବସ, ତା'ପରେ ଜଣେ ଜଣେ ମନ୍ତ୍ରୀଙ୍କ ମୃତ୍ୟୁ ଓ ତା'ପରେ ଘୋର ବିରକ୍ତି। ଅଗତ୍ୟା ସେ ସଦାସର୍ବଦା ସ୍ତ୍ରୀଙ୍କର ଗତିବିଧିକୁ ଲକ୍ଷ୍ୟ କରିବାର ଇଚ୍ଛା ଦମନ କରିପାରିଲେ ନାହିଁ। ଦେଖିଲେ ମୁନ୍‌ମୁନ୍ ଆଜି କେକ୍ କାଲି ଚିକେନ୍‌ବିରିଆନି ଏମିତି ଭଳି ଭଳି ବ୍ୟଞ୍ଜନ ନିଜ ହାତରେ ରାନ୍ଧି ଖୋଇବାକୁ ତତ୍ପର ହେଉଛି। ସ୍ୱାମୀର ଜଠର ପୂଜା ପାଇଁ ଏତେ ବ୍ୟାକୁଳତା କାହିଁକି ? ପୂର୍ବରୁ ଏମିତି ହେଉ ନଥିଲା ତ ! ଦେଖିଲେ ସେ ବେଳେବେଳେ ଆକାଶକୁ ଚାହିଁ, ବିଲେଇକୁ ଚାହିଁ କିମ୍ବା ସାଦା କାନ୍ଥକୁ ଚାହିଁ ଭାବନାରେ ମଗ୍ନ ହୋଇଯାଉଛି। ପୂର୍ବରୁ ଏମିତି ନ ଥିଲା ତ ! ଦେଖିଲେ, ସେ ଅତ୍ୟଧିକ ହସୁଛି, ଫୁଲେଇ ହେଉଛି। ଦେଖିଲେ, ସେ ରାତି ଶେଯରେ ଅତ୍ୟଧିକ ଗେହ୍ଲେଇ ହେଉଛି।

ତେଣୁ ଘୋର ଅନିଚ୍ଛା ସତ୍ତ୍ୱେ ଶ୍ରୀକାନ୍ତ ବାବୁ ଗୋଟିଏ ଗୋଇନ୍ଦା ପୁଲିସ ସୁଲଭ କାମ କରିବାକୁ ବାଧ୍ୟ ହେଲେ। ବିଗତ ତେଇଶ ବର୍ଷର ବୈବାହିକ ଜୀବନକୁ ମନେ ପକାଇ ନିଶକେଶ ଏବଂ ଜାମାଯୋଡ଼ ବିଶିଷ୍ଟ ସେହି ପୁରୁଷମାନଙ୍କୁ ହେଜିଲେ ଯେଉଁମାନେ ବିଭିନ୍ନ ରୂପରେ (ଏଜେଣ୍ଟ, ସଙ୍ଗୀତ ଶିକ୍ଷକ, କବି, ଆସେମ୍ବ୍ଲି ମେମ୍ବର, ଶ୍ରମିକ ନେତା, ପାର୍ଟିବୟ ଇତ୍ୟାଦି ରୂପରେ) ଆଚାର୍ଯ୍ୟ ପରିବାରଙ୍କ ଡ୍ରଇଂରୁମ୍‌ରେ ଆଳାପ ଆଲୋଚନା କରିଛନ୍ତି। ଅଜାଣତରେ ନୁହେଁ ଜାଣିଶୁଣି ଆପାର୍ଥିବ ପ୍ରେମରସ ସୃଷ୍ଟି କରିଛନ୍ତି, ମୁନ୍‌ମୁନ୍‌କୁ ମୁଗ୍ଧ କରିଛନ୍ତି, ମହାମାନବ ବନିଛନ୍ତି ... ପାଷଣ୍ଡମାନେ ...

ଶ୍ରୀକାନ୍ତ ବାବୁ କ୍ରୋଧ ସମ୍ବରଣ କରି ନିରପେକ୍ଷ ନିବୃତ୍ତ ହୋଇ ଭାବିବାକୁ ଚାହିଁଲେ। କହିଲେ ଧର ମୁଁ ମୁନ୍‌ମୁନ୍। ଆଦର୍ଶ ପତ୍ନୀ। ସ୍ୱାମୀ ସୁହାଗିନୀ। ଅଥଚ ଭାବ

ଅନୁଗାମିନୀ। ଯେତେହେଲେ ନାରୀ। ତାହା ହେଲେ ସେହି ପୁରୁଷମାନଙ୍କ ମଧ୍ୟରୁ କାହାକୁ ପ୍ରେମ ମାନେ ଦେହାତୀତ ପ୍ରେମ କରିପାରି ଥାଆନ୍ତି ?

ଢଳଢଳ ଆଖି ଗୀତ-ମାଷ୍ଟର ଚନ୍ଦ୍ରଭାନୁ ବର୍ମା। ଧୋତି ପଞ୍ଜାବୀ, ବାସ୍ନା ପାନ। ମନେ ପଡୁଛି ଥରେ ସେ କହୁଥିଲା ମିସେସ୍ ଆଚାର୍ଯ୍ୟ! ଆପଣଙ୍କ ସ୍ୱୀ କଣ୍ଠରେ ଗୋଟିଏ ଅଲୌକିକ ପୁରୁଷ ଗୁଣ ଅଛି, ଯେଉଁଥିରୁ ମନେହୁଏ ଯେ ଇଚ୍ଛା କଲେ ଆପଣଙ୍କ ସଙ୍ଗୀତ ସ୍ତ୍ରୀ-ପୁରୁଷର ଭେଦଭାବ ପାରି ହୋଇ ନିର୍ଗୁଣ ବ୍ରହ୍ମକୁ ଛୁଇଁ ପାରିବ। ଚାଟୁବାଣୀ। କିନ୍ତୁ ଦିନ ପରେ ଦିନ ଏହି ଧରଣର କଥା ଶୁଣି ମୋର ଧାରଣା ହେଲା ଯେ ଏହି ଲୋକଟି ମୋ ଭିତରେ ଯାହା ଦେଖିପାରୁଛି, ଆଉ କେହି ଦେଖିପାରିଲେ ନାହିଁ ତ ? ମୋର ସ୍ୱାମୀ ଭଲ ମଣିଷ, ମୋତେ ଭଲପାଆନ୍ତି, କିନ୍ତୁ ସେ ଜାଣିପାରିଲେ ନାହିଁ ତ ?

ବନ୍ଧୁ ବାରିକ। ନୀଚ ଜାତି (ମୁଁ ସେଥିରେ ବିଶ୍ୱାସ କରେ ନାହିଁ) ଢିମା ଢିମା ନାଲି ଆଖି (ହୋଇପାରେ ଚିନ୍ତା, ଚିନ୍ତା, ରାତିରେ ନିଦ ନାହିଁ)... ତ୍ରିପଣ୍ଡ କଳା ଚେହେରା, ନୁଖୁରା ବାଳ, ଜାନୁଆର (ବିଦ୍ରୋହୀ) ସେ କେବଳ ମାତ୍ର ଥରେ ଆମ ଘରକୁ ମସୁଧା ମନ୍ତ୍ରଣା କରିବାକୁ ଆସିଛି। ମୁନ୍‌ମୁନ୍, ମାନେ ମୁଁ ପଚାରିଲି କପେ ଚା' ଆଣିଦେବି ? ଆପଣ ସପ୍ତାହେ ହେଲା ନ ଖାଇଲା ପରି ଦିଶୁଛନ୍ତି। ସେହିଥିରେ ସେ ଦ୍ରବୀଭୂତ ହୋଇଗଲା। ଚା' ଜଳଖିଆ ଖାଉ ଖାଉ ଦୁର୍ବଳ ହସ ହସି କହିଲା- ଆଜ୍ଞା ମୋର ନିଜ କଥା ଭାବିବାକୁ ଫୁରୁସତ ନାହିଁ। ମୁଁ ସେମାନଙ୍କ ପାଇଁ ବଞ୍ଚିଛି, ଯେଉଁମାନେ ଦିନକୁ ଓଳିଏ ଖାଇବାର ଆନନ୍ଦ ପାଇପାରୁ ନାହାନ୍ତି। ସେହିଠୁଁ ସେ କାନ୍ଦିଲା ପରି ଦେଖାଗଲା। ସତେ କି ସେ ପୃଥିବୀର ବୋଝ, ଲକ୍ଷ ପ୍ରୋଲିଟେରିଏଟ୍ ସନ୍ତାନର ଦୁଃଖ ସହିପାରୁ ନାହିଁ। ମୋର ମନେ ହେଲା ସେ ମୋତେ ଚାହୁଁଛି, ମୋର କରୁଣା ମୋର ଭାବକାତର ସ୍ପର୍ଶ ...ଧାତ୍!

କବି ଶଙ୍ଖ ଦାସ, ପିନ୍‌ପିନ୍ ପାତଳା ଚେହେରା, ଗୋଲାପି ଓଠ... ମାଇଚିଆ, ସୁନ୍ଦର ନୁହେଁ, ବଡ଼ ବଡ଼ ଦାନ୍ତ, ସେ ଅନେକ ଥର ଆମ ଘରକୁ ଆସିଛି। କବିତା ପଢ଼ି ଶୁଣାଇଛି, ଦୁର୍ବୋଧ ଅନେକାଂଶରେ ଅଶ୍ଳୀଳ କବିତା। ମୁନ୍‌ମୁନ୍-ମାନେ ମୁଁ ତାକୁ ପ୍ରଶ୍ରୟ ଦେଇଛି, କାହିଁକି ନା କବି ଗୋଟିଏ ଅଦ୍ଭୁତ ଜନ୍ତୁ, ଅପାର୍ଥିବ... ଅପାର୍ଥିବ ମାଇ ଫୁଟ୍! ସେ ଆମ ଘରକୁ ଆସେ ତା'ବହି ଛପାଇବାର ସାହାଯ୍ୟ ମାଗିବା ପାଇଁ।

ଆଉ କିଏ ? ପାର୍ଟିବୟ ପ୍ରଣବ ନାଏକ। ସେ ହୁଏତ ସୁନ୍ଦର, କିନ୍ତୁ ଦୁଶ୍ଚରିତ୍ର। ହୁଏତ ଦୁଃସାହସୀ, ସେ ତା'ର କମ୍ପାନୀର ସ୍ୱାର୍ଥ ପାଇଁ ମୁଖ୍ୟମନ୍ତ୍ରୀଙ୍କ ସାଙ୍ଗରେ କଜିଆ କରିପାରେ, କିନ୍ତୁ ଦାୟିତ୍ୱହୀନ, ଦୁଶ୍ଚରିତ୍ର।

ଆସେମ୍ଲି ମେମ୍ବର ଆନନ୍ଦ ଜେନା, ବିନୟୀ, ମିତଭାଷୀ, ଭଦ୍ରଲୋକ। ତା'ଠାରେ ନାଲି ନିଆଁ ନାହିଁ କି ଗୋଲାପି ଧୂଆଁ ନାହିଁ।

ଆଉ କିଏ ? ଆଉ କିଏ ? ଶ୍ରୀକାନ୍ତ ବାବୁ ମନେ ମନେ ଚିତ୍କାର କରି ଉଠିଲେ। ଏପରିକି ସେ କର୍ମରତା ଆପଣା ଖୁସିରେ ଗୁଣୁଗୁଣୁ ହେଉଥିବା ଶ୍ରୀମତୀ ମୁନ୍‌ମୁନ୍ ପାଖକୁ ଧାଇଁ ଗଲେ, ନିଃଶେଷରେ ତାଙ୍କୁ ଭିଡ଼ିଧରି ଆଖିରେ ଆଖି ରଖି ପଚାରିବେ ବୋଲି ମନେ ହେଲା – କୁହ କୁହ ସତ କି ମିଛ କୁହ। କୁହ ଯେ କେହି ପୁରୁଷ ଜନ୍ମିନାହାନ୍ତି ଯାହାକୁ ଶ୍ରୀକାନ୍ତ ଆଚାର୍ଯ୍ୟର ସ୍ତ୍ରୀ ପ୍ରେମ କରିପାରେ। ଶ୍ରୀକାନ୍ତ ଆଚାର୍ଯ୍ୟର ଆଦର୍ଶକୁ ବଳି ଆଉ କେହି ଆଦର୍ଶ ନାହିଁ, ଯାହା କେଉଁ ପୁରୁଷର ଅଦେହରେ ଚକ୍ ଚକ୍ କରୁଛି।

ମୁଁ ଯେଉଁମାନଙ୍କୁ ଦେଖି ଆସିଲି, ସେମାନେ ନୁହନ୍ତି, ସେମାନେ ଇତର .. ଶସ୍ତା ମାଲ ..। ତାହାହେଲେ ଆଉ କିଏ ଅଛି କୁହ। ନ ଥିଲେ ମନା କରିଦିଅ। ମୋତେ ଛୁଟି ଦିଅ।

ଏତେ କଥା କହିହେଲା ନାହିଁ। କିଛି କହିହେଲା ନାହିଁ। କିନ୍ତୁ ଶ୍ରୀକାନ୍ତ ବାବୁ ସ୍ତ୍ରୀଙ୍କ ଦେହରେ ହାତ ପକାଇଲେ, ଭିଡ଼ି ଧରି ଆଖିରେ ଆଖି ରଖିଲେ ଓ କହିଲେ – ମୁନ୍‌ନୀ (ସେ ଗେହ୍ଲାରେ ମୁନ୍‌ନୀ ବୋଲି ଡାକନ୍ତି), ମୋତେ ଆଜି କାହିଁକି କିଛି ଭଲ ଲାଗୁ ନାହିଁ, ମୋ ପାଖରେ ଆସି ବସ।

ଶ୍ରୀମତୀ ମୁନ୍‌ମୁନ୍ ପତ୍ନୀର କର୍ତ୍ତବ୍ୟ ପାଳନ କରି ସବୁ କାମ ଛାଡ଼ିଦେଇ ପାଖରେ ଆସି ବସିଲେ। ହାତରେ ହାତ ଗୁଡ଼ାଇ ଆଣି ସାଦର ଅନୁକମ୍ପା ଜଣାଇଲେ। ଏହା ସ୍ୱାମୀଙ୍କର ସାମୟିକ ଶିଳ୍ପ-ପୀଡ଼ା ଦାୟିତ୍ୱ-ବେଦନା ବୋଲି ବୋଧହୁଏ ମନେ କଲେ।

ଚିରପରିଚିତା କୃଶାଙ୍ଗିନୀ। ମୋ ସ୍ତ୍ରୀ।

ଶ୍ରୀକାନ୍ତ ବାବୁ ମମତ୍ୱର ଭାବରେ ଉଦ୍‌ବେଳିତ ହେଲେ। ମୋ ସ୍ତ୍ରୀ, ତା'ର ଦେହକୁ ମୁଁ କେଉଁ ରାଜଦ୍ୱାରରେ ଭେଟି ଦେଇ ଅବଶିଷ୍ଟ ଅଦେହକୁ ଅଶାନ୍ତିକୁ ପ୍ରେମ କରିପାରିବି ? ପାରିବି ନାହିଁ। ମୁଁ ଯଦି ପାରିବି ନାହିଁ, ମୋ ସ୍ତ୍ରୀ ମଧ୍ୟ ପାରିବ ନାହିଁ। ସେ ନିଜକୁ ଜାଣେ ନାହିଁ।

ନା, ସେ ଆଉ କାହାର ଦେହକୁ ଝୁରୁଛି।

ସେ ହେଉଛି ତା'ର ଦେହାତୀତ ପ୍ରେମ, ଆଦର୍ଶ !

ପରଦିନ ଘୋର ବିରକ୍ତିର ଦିନ। ଅଫିସ୍‌କୁ ଯାଇ ହେଲାନାହିଁ। ଆଦର୍ଶର ସୀମା ସରହଦ ଉତ୍ତରୋତ୍ତର ଭୁଶୁଡ଼ି ଯାଉଥିଲା, ସ୍ଥିର ଭୂମିରେ ପାଦ ରଖି ସିଗାର୍ ଫୁଙ୍କିବାର ଆନନ୍ଦ ମିଳୁ ନଥିଲା। ମୁଁ ହିଂସାରେ ଜଳୁଛି। ଏହି ହେଉଛି ସତ କଥା।

ଏହିଥିରୁ ପ୍ରମାଣିତ ହେଉଛି (ଯେହେତୁ ମୁଁ ଶ୍ରୀକାନ୍ତ ଆଚାର୍ଯ୍ୟ, ଅଗା ବଗା ଖଗା ନୁହେଁ) ଯେ ଦେହାତୀତ ପ୍ରେମ ବୋଲି କିଛି ନାହିଁ।

ଓଃ ! ମୁଁ ଶ୍ରୀଯୁକ୍ତ ଶ୍ରୀକାନ୍ତ ଆଚାର୍ଯ୍ୟ ନ ହୋଇ ଅଥେଲୋ ହେଲି ନାହିଁ କାହିଁକି ? ପ୍ରୋଲିଟେରିଏଟ୍ ନ ହେଲି କାହିଁକି ? ତାହାହେଲେ ସିଧା ମୁକାବିଲା, ସିଧା ଫଇସଲା କରି ନେଇଥାଆନ୍ତି। ଏମିତି ହନ୍ତସନ୍ତ ହେଉ ନଥାଆନ୍ତି।

ସେଦିନ ଦ୍ୱିପ୍ରହର ବେଳକୁ ଶ୍ରୀମତୀ ମୁନ୍‌ମୁନ୍ ଗୋଟିଏ ନାରୀ ଜଗତର ପ୍ରୋଗ୍ରାମରେ ଯୋଗଦାନ କରିବା ପାଇଁ ଘର ଛାଡ଼ିଲେ। ଚାବିଲେନ୍ଥା ସ୍ୱାମୀଙ୍କ ହାତରେ ଛାଡ଼ିଗଲେ। କହିଲେ ଚାରିଆଡ଼କୁ ଟିକିଏ ଧ୍ୟାନ ଦେବ, କେବଳ ସିଗାର୍ ଧ୍ୱଂସ କରି ଭାରତର ଭବିଷ୍ୟତ କଥା ଭାବିଲେ ଚଳିବ ନାହିଁ।

କିଛି କ୍ଷଣ ପରେ ଶ୍ରୀକାନ୍ତ ବାବୁ ସ୍ତ୍ରୀଙ୍କ ଚାବିଲେନ୍ଥାକୁ ଧରି ସ୍ତ୍ରୀଙ୍କ ଖାସ୍ କୋଠରୀକୁ ଗଲେ। ଆଲିଗେଟର୍ ଚମଡ଼ାରେ ତିଆରି ତାଙ୍କ ଛୋଟିଆ ସୁଟ୍‌କେଶକୁ ଖୋଲି ଦେଲେ। ଉଚିତ ଅନୁଚିତ ପାପପୁଣ୍ୟର ବିଚାରକୁ ମନର କେଉଁ କୋଣରେ ଫିଙ୍ଗି ଦେଇ ସ୍ୱାମୀତ୍ୱର ଚାବିକୁ ମୁଠାଇ ଧରିଲେ। ମୁଁ ସ୍ୱାମୀ, ମୁଁ ପ୍ରଭୁ। ମୋର ଜାଣିବା ଉଚିତ।

ସୁଟ୍‌କେଶ ମଧ୍ୟରେ ରୁଦ୍ଧ ନାରୀ ଦେହର ବାସ୍ନା ...ଝାଳ ଅଗୁରୁ ଅତର ଅଳତାର ସମାହିତ କନ୍ଦରଗତ ବାସ୍ନା (ଯା ଭିତରକୁ ବୁଡ଼ିଯାଇ ହେବନାହିଁ, କିନ୍ତୁ ଇଏ ମୋର ! ଇଏ ମୋର ! ସର୍ବସାଧାରଣଙ୍କ ପ୍ରବେଶ ନିଷେଧ)..

ଏଠି କ'ଣ ଅଛି ? ହାତ ଲଗାଇ ଘାଣ୍ଟିବାକୁ ଇଚ୍ଛା ହେଲାନାହିଁ, କାଳେ କେଉଁ ସୂକ୍ଷ୍ମ ସୁନ୍ଦର ଧନଟି ଭାଙ୍ଗିଯିବ, ନଷ୍ଟ ହୋଇଯିବ।

କିଛି ନାହିଁ, ଏଇ ଫଟୋଗୁଡ଼ିକ ମୋର, ମୋ ପୁଅର, ଜ୍ଞାତିକୁଟୁମ୍ବମାନଙ୍କର ସଙ୍ଗୀ ସଙ୍ଗିନୀମାନଙ୍କର। ପରପୁରୁଷ ନାସ୍ତି। ବାକି ରହିଲା କୁନି ହାତୀଦାନ୍ତ ଖେଳଣା ତିବତୀୟ କାଠପିତଳ ଗହଣା, କନା ଟିକିଏ, ସୂତା ଟିକିଏ, ପାନିଆ ଖଣ୍ଡେ..

କିଛି ନାହିଁ, ନୋଟ୍ ବହି କେତେଖଣ୍ଡ ଦେଖେ, ଦେଖେ ...୧୯ ତାରିଖ ଗୁରୁବାର ମିସେସ୍ ରଙ୍ଗନାଥନ୍‌ଙ୍କୁ ଡ୍ରଇଂରୁମ୍‌ର କଲର ସ୍କିମ୍ ଶିଖାଇବାକୁ ପଡ଼ିବ... ବିଲେଇର କାନ ଔଷଧ ହିପର୍‌ସଲଫ ୩୦.. ଜ୍ଞାନେଶ୍ୱର ମହାରାଜ, ୧୪/୫ ବିମ୍ବାଧାରୀ ଲେନ୍ (ଶ୍ରୀକାନ୍ତବାବୁ ଠିକଣା ମନେ ପକାଇଲେ, ହଁ ବର୍ଷକ ତଳେ ଜଣେ ବନ୍ଧୁ ଆମକୁ ସେଠିକି ନେଇଯାଇଥିଲେ, କହୁଥିଲେ ମହାରାଜ ପ୍ରତ୍ୟକ୍ଷ ଭଗବାନ। ଶ୍ରୀକାନ୍ତ ବାବୁ ମୁନ୍‌ମୁନ୍‌ଙ୍କର ରସିକତା ବୁଝି ପାରିଲେ ନାହିଁ) ଆସନ୍ତା ତିନି ତାରିଖ ଦିନ ମୁଁ ଏକୁଟିଆ ଗାଡ଼ି ଚଳାଇବି, ଗାଡ଼ି ଭାଙ୍ଗିଲେ ଭାଙ୍ଗିବ, ମୁଁ ଭାଙ୍ଗିବି ନାହିଁ (ଶ୍ରୀକାନ୍ତ ବାବୁ

ହସିଲେ) ନାଲିଆ ଚମ୍ପାଫୁଲ (?) ଗତ ରାତିର ସ୍ୱପ୍ନ ଜୀବନର ସମସ୍ତ ରାତିଠାରୁ ମଧୁର, ମନମତାଣିଆ (??)

ଶ୍ରୀକାନ୍ତ ବାବୁ ହସିଲେ ନାହିଁ। ମୁନ୍‌ମୁନ୍‌ର ଫାଜିଲାମି ଅଛି, ଫିଲସଫି ମଧ୍ୟ ଅଛି। ଗୋଟିଏ ଜାଗାରେ ଆଖି ଅଟକି ଗଲା। ମୁନ୍‌ମୁନ୍ ଲେଖିଛି- ପୁରୁଷ ସୁନ୍ଦର। ତା'ର ବେଶ ନାହିଁ, ଭୂଷା ନାହିଁ, ରାଗ ନାହିଁ, ରୁଷା ନାହିଁ, ଧର୍ମ ନାହିଁ, ନୀତି ନାହିଁ, ଭୀତି ନାହିଁ କେବଳ ସୁନ୍ଦର, କେବଳ ନଗ୍ନ। ଶ୍ରୀକାନ୍ତ ବାବୁ ବାରମ୍ବାର ପଢ଼ିଲେ। ଫିଲସଫିର ଗହୀରକୁ ଯିବାପାଇଁ ଚେଷ୍ଟା କଲେ, କିନ୍ତୁ ପାରିଲେ ନାହିଁ।

ସଂସାରର ଲୀଳାଖେଳା ବେଳେବେଳେ ଏଭଳି ଦୁର୍ବୋଧ ମନେହୁଏ ଯେ ସଚେତନ ଆତ୍ମା ମୂଢ଼ ହୋଇଯାଏ, ଅଚେତନରେ ଲୀନ ହେବାକୁ ଚାହେଁ। ସେତିକିବେଳେ ବୋଧହୁଏ ପରମାତ୍ମା ଅଙ୍କୁରିତ ହୁଅନ୍ତି। ଶ୍ରୀକାନ୍ତ ବାବୁଙ୍କର ବର୍ତ୍ତମାନ ସେହି ଦଶା ହେଲା, କିନ୍ତୁ ପରମାତ୍ମା ସହଜେ ଦିଶିଲେ ନାହିଁ। ଅଜ୍ଞାତ ଅନିର୍ଦ୍ଦିଷ୍ଟ ପୁରୁଷର ନଗ୍ନତା ପ୍ରତିଭାତ ହେଲା। ନୋଟବହି ହାତରୁ ଖସିଗଲା। ସେ ଥକା ହୋଇ ଚାରିଆଡକୁ ଚାହିଁଲେ।

ରଙ୍ଗବେରଙ୍ଗ ଗୁଜୁରାଟୀ ଝୁଲା, ଓମରଖୈୟାମ୍ କ୍ୟାଲେଣ୍ଡର, ବହି ଥାକରେ ବନ୍ଧା ସିଲେଇ ବହିର ମେଳା। ତା'ପାଖକୁ ଗୋଟିଏ ଛୋଟିଆ ଟେବୁଲ୍‌ରେ ଦେବ ଦେବୀଙ୍କର ଭିଡ଼। ମୁନ୍‌ମୁନ୍ ସେମାନଙ୍କୁ କୁଣ୍ଢେଇ ଏକାଠି କରେ, ଖାଇବାକୁ ପିଇବାକୁ ଦିଏ, ସକାଳସଞ୍ଜେ ସଜଫୁଲରେ ସଜାଇ ଦିଏ, ପୂଜା କରେ କି ନାହିଁ ଭଗବାନଙ୍କୁ ଗୋଚର।

ଶ୍ରୀକାନ୍ତବାବୁ ସେହିମାନଙ୍କୁ ଚାହିଁ ରହିଲେ। ସତେ କି ସେହିମାନଙ୍କଠାରୁ ସନ୍ଧାନ ମିଳିବ, ସେହିମାନେ ମୁନ୍‌ମୁନ୍‌ର ପ୍ରେମ ରହସ୍ୟକୁ ଲୁଚାଇ ରଖିଛନ୍ତି। ଦେଖୁ ଦେଖୁ ତାଙ୍କ ଆଖି ପଡ଼ିଲା ଜଣକ ଉପରେ। ବାଳଗୋପାଳ, ଶ୍ୟାମଳ ସୁନ୍ଦର, ମୂରଲୀ ମନୋହର। ନଗ୍ନ।

ତା'ର ହସହସ ଫେରନ୍ତା ଚାହାଣୀକୁ ସହିହେଲା ନାହିଁ। ଶ୍ରୀକାନ୍ତ ବାବୁଙ୍କର ମନେହେଲା ସେହି ହେଉଛି ମୁନ୍‌ମୁନ୍‌ର ଖଳନାୟକ। ଆଦର୍ଶ ଗୁରୁ। ତା'ର ଜୀମୂତବରଣ ଚିକ୍‌କଣ ଦେହ କେଉଁ ଦେହର ଆଦର୍ଶ.. କେଉଁ ପ୍ରେମିକର ପ୍ରତିକୃତି ..କିଏ ଜାଣେ?

ପ୍ରଥମେ ଇଚ୍ଛା ହେଲା ସେହି ଫଟୋକୁ ଟାଣିଆଣି ଭାଙ୍ଗି ଚୂରମାର କରି ଦେବାକୁ; କିନ୍ତୁ ପରମୁହୂର୍ତ୍ତରେ ଫଟୋରେ ଲାଗିଥିବା ଚନ୍ଦନ, ସିନ୍ଦୂର, ଭଗବାନପଣର ସଂସ୍କାର ବାଳଗୋପାଳକୁ ବଞ୍ଚାଇଦେଲା। ଶ୍ରୀକାନ୍ତ ବାବୁ ଫଟୋକୁ ଟାଣି ଆଣିଲେ,

କିନ୍ତୁ ଭାଙ୍ଗି ନ ଦେଇ ପକେଟ୍‌ରେ ପୂରାଇଲେ, ପରେ କୌଣସି ଗହନ ଅଗମ୍ୟ ସ୍ଥାନରେ ଲୁଚାଇ ଦେବେ ବୋଲି ସ୍ଥିର କଲେ।

ସଞ୍ଜ ବୁଡ଼ିଲା ପରେ ଶ୍ରୀମତୀ ମୁନ୍‌ମୁନ୍‌ ଘରକୁ ଫେରିଲେ। ଶୋଇବାକୁ ଯିବା ପର୍ଯ୍ୟନ୍ତ ସେ ସ୍ୱାମୀଙ୍କ ନୀରବତା ଓ ଉଦାସୀନତାକୁ ସମ୍ମାନ ଦେଇ ପାରିଥିଲେ। ବାବୁଙ୍କର କ'ଣ କିଛି ବିଗିଡ଼ିଛି ନିଶ୍ଚୟ। ଆଉ ଆଜି କିଛି ପଚାରିବି ନାହିଁ। କିନ୍ତୁ ଶୋଇଲା ବେଳକୁ ସେ ଆଉ ତୁନି ହୋଇ ରହିପାରିଲେ ନାହିଁ। ନିମୀଳିତ ନେତ୍ର ନିଦ୍ରା ପରିବର୍ଜିତ ସ୍ୱାମୀଙ୍କ ଦେହରେ ହାତ ରଖି କହିଲେ– ଶୁଣୁଛ, ମୋର ସେଇ ଶ୍ରୀକୃଷ୍ଣ ଫଟୋ। ଖଣ୍ଡିକ କୁଆଡ଼େ ଗଲା, ଖୋଜି ଖୋଜି ପାଉନାହିଁ।

–ହୁଁ।

–ମୋ ପାଇଁ ଗୋଟାଏ କାମ କରିବ, ମୋ ପାଇଁ ଗୋଟିଏ ସୁନ୍ଦର ଶିବଙ୍କର ଫଟୋ ଆଣିଦେବ ? ସତସତିକା। ଶ୍ମଶାନ ଶିବ, ଯାହାଙ୍କ ଦେହରେ କିଛି ନଥିବ, କେବଳ ପାଉଁଶ ...

ଶୋଭାଯାତ୍ରା

ଚଉମୁହାଣିରେ ପହଞ୍ଚିଲାବେଳକୁ ଶୋଭାଯାତ୍ରା !

କମଳବାବୁ ଅଣ୍ଟାରେ ହାତ ଦେଇ ଦିଗନ୍ତବ୍ୟାପୀ ମଣିଷ ଧାଡ଼ିକୁ ଦେଖିଲେ । ମଡ଼ ମୁସ୍କିଲ୍ ! ଇଏ ସରିବ କେତେବେଳେ । ଛିଣ୍ଡିବ କେତେବେଳେ ? କିଓ, ମୋର ପରା ତା'ପାଖକୁ ଯିବାର ଅଛି ! ସେଇ ମ, ଅଳି, ତାକୁ ଜାଣି ନାହଁ ? ଯାହାକୁ ମୁଁ ଭଲପାଏ, ପିଲାଦିନୁ ଭଲପାଇ ଆସିଛି, ମଲା ପରେ ଭଲପାଇବି, ଯେ ମୋ ପାଇଁ ଗୁଣୁ ଗୁଣୁ ହେଉଛି, ଯାହା ପାଇଁ ମୁଁ ହୃଦୟକୁ ମୁକୁଳେଇ ଚାହିଁ ବସିଛି, ଯେ ନ ଥିଲେ ଜୀବନ ଶୂନ୍ୟ, ଭଗବାନ ମିଛ, ତୁମେମାନେ ଫୁଃ ... ନା, ନା, ରାଗନାହିଁ, କଥା ହେଉଛି ଯେ ମୋ ପାଇଁ ସେଇ ହେଉଛି ଜଣେ, ତୁମ ସମସ୍ତଙ୍କର ସେମିତି ଜଣେ ଜଣେ ଥିବେ, ସଞ୍ଜ ଆଗରୁ ତା'ପାଖରେ ପହଞ୍ଚିବା କଥା, ନ ହେଲେ ..

ଶୋଭାଯାତ୍ରା ଚାଲିଲା, ଲମ୍ବିଲା, ଛିଣ୍ଡିଲା ନାହିଁ । ମଣିଷରୁ ମଣିଷ, ମଣିଷରୁ ମଣିଷ, ମଣିଷରୁ ମଣିଷ – ଓଃ ! ଟିକିଏ ଶୁଣ, ମୁଁ କ'ଣ କହୁଛି ! ଏମିତି ବଢ଼ି ବଢ଼ି ଗଲେ ଚଳିବ ନାହିଁ । ଟିକିଏ ଶୁଣ । ମୁଁ ବିଲେଇ କୁକୁର ନୁହେଁ, ମୁଁ ବ୍ୟକ୍ତି, ମନପ୍ରାଣଧାରୀ ବ୍ୟକ୍ତି- ବୁଝିଲ ? ମୁଁ ଅଳି ପାଖକୁ ଯିବି, ମୁଁ ସଞ୍ଜ ଆଗରୁ ଯିବି, ଯେମିତି ହେଲେ ଯିବି ।

ଶୋଭାଯାତ୍ରା ଚାଲିଲା, ଲମ୍ବିଲା, ଛିଣ୍ଡିଲା ନାହିଁ । ହାତ ପରେ ହାତ, ଗୋଡ଼ ପରେ ଗୋଡ଼, ଛାତି ପରେ ଛାତି । ଏକ, ଦୁଇ, ତିନି । କମଳବାବୁ ମୁହଁ ତଳକୁ କରି ହାତ ଘଡ଼ିକୁ ଦେଖିଲେ, ମୁହଁ ଉପରକୁ ଟେକି ସୂର୍ଯ୍ୟଙ୍କୁ ଦେଖିଲେ, ସମୟର ଏକ୍ ଦୁଇ ତିନ୍‌କୁ ଗଣିଲେ । ଆଉ ବେଳ ନାହିଁ । ସଞ୍ଜ ହୋଇଗଲେ କଥା ସରିଲା । ଯୁଗ ଯୁଗର ଅପେକ୍ଷା ମାଟି ହୋଇଯିବ । ତା'ପରେ କମଳବାବୁ କାନ୍ଦିବ । କେତେ କାନ୍ଦିବ ?

କିଛି ସମୟ ପରେ କମଳବାବୁ ଆଶ୍ଚର୍ଯ୍ୟ ହୋଇ ଆବିଷ୍କାର କଲେ ଯେ ସୂର୍ଯ୍ୟ ଘୁଞ୍ଚୁନାହାନ୍ତି । ଇଏ କେମିତିକା କଥା ? ମୋ ଘଡ଼ି ଭୁଲ ଅଛି ? କାହିଁ ନାହିଁ ତ !

ତାହାହେଲେ କ'ଣ ସୂର୍ଯ୍ୟଙ୍କର ମୁଣ୍ଡ ଖରାପ ? ନା, ତା' ହୋଇପାରେ ନାହିଁ। ପ୍ରକୃତିର ଭୁଲ ହୁଏନାହିଁ। ସବୁ ମୋରି ଦୋଷ। ମୁଇଁ ତରତର ହେଉଛି। ଅଳି ସାଙ୍ଗରେ ମିଶିବା ପାଇଁ ଆତୁର ହେଉଛି। ଅବଶ୍ୟ ସୂର୍ଯ୍ୟ ଯେତିକି ଧୀର ହୋଇଯିବେ, ସେତିକି ଭଲ। କମଳ ଅଳି ମିଳନ କାଏମ୍ ରହିବ। କମଳବାବୁ ମୃଦୁ ହସିଲେ।

କମଳବାବୁ ଦୁଇପାଦ ଆଗେଇଲେ। ତାଙ୍କର ଭରସା ହେଲା ଯେ ସୂର୍ଯ୍ୟ ଅସ୍ତ ହେବା ଆଗରୁ ଶୋଭାଯାତ୍ରା ସରିଯାଇଥିବ।

ସେହିଠୁ ସେ ଅଳିକୁ ମନେ ପକାଇଲେ। ତାକୁ ଟିକିଏ ଭଲ କରି ଭାବିନିଏ। ଯେପରିକି ଦେଖା ହେଲା ମାତ୍ରେ ହିଁ ତାକୁ ହୃଦୟ ମଧ୍ୟରେ ଚାପିଦେବି, ଚିର ଦିନର ଅପେକ୍ଷାକୁ ଗୋଟିଏ ମୁହୂର୍ତ୍ତରେ ମିଳାଇ ଦେବି। ଅଳି କହିବ, ଆଃ ! ମୁଁ କହିବି ଉଃ ! ପ୍ରେମ ପରିପୂର୍ଣ୍ଣ ହେବ। ଆଚ୍ଛା, ଅଳି ଦେଖିବାକୁ କେମିତିକା ? ଅତ୍ୟନ୍ତ ସୁନ୍ଦରୀ, ସନ୍ଦେହ ନାହିଁ। ଗୋଲ୍ ମୁହଁ, ଧାରୁଆ ମୁହଁ, ଜହ୍ନପରି, ପାନପତ୍ର ପରି ? ଲମ୍ବାନାକ, ଛୋଟ ନାକ, ଖଣ୍ଡାପରି, ବେଳାଭୂମିର ଶୈଳ ପରି ? ଶାମୁକା ଆଖି, ହରିଣୀ ଆଖି ? କଢ଼ି ଓଠ, ବିଜୁଳି ଓଠ ? ଥାଉ। ଅସଲ ହେଉଛି ତା'ର ପ୍ରାଣର ପ୍ରେମମର୍ମର। ନିୟମିତ ଗୁରୁ ଗୁରୁ ଗୁରୁ, କୁଲୁ କୁଲୁ କୁଲୁ। ତାକୁ ଶୁଣିଲେ ମୁଁ ଶୋଇଯିବି ... ତା'ପରେ ? ଶୋଇଲା ଉତ୍ତାରୁ ମୁଁ କ'ଣ ଦେଖିବି ? ନୂଆ ସକାଳ ? ସ୍ୱର୍ଗ।

କମଳବାବୁ ଚମକି ଉଠିଲେ। ସତେ କି ସେ ଭାବୁ ଭାବୁ ଶୋଇ ଯାଇଥିଲେ। ଆଖି ଖୋଲି ଦେଖିଲେ ଯେ ସ୍ୱର୍ଗ ନାହିଁ। ଶୋଭାଯାତ୍ରା ଚାଲିଛି ... ଚାଲିଛି ...।

ସୂର୍ଯ୍ୟ କେଉଁଠି ?

ଯେଉଁଠି ଥିଲେ ସେଇଠି !

ଅସମ୍ଭବ ! କମଳବାବୁ କ୍ରୋଧାନ୍ୱିତ ହେଲେ। ତାଙ୍କର ମନେ ହେଲା ଯେ ଏଇ ଗଣଦାନବ, ଏଇ ଅଗଣିତ ମଣିଷର ବପୁ ସୂର୍ଯ୍ୟଙ୍କର ଗତିକୁ ରୋକି ଦେଇଛି। ଅତଏବ ଶୋଭାଯାତ୍ରା ସରିବ ନାହିଁ କି ସୂର୍ଯ୍ୟ ଅସ୍ତ ହେବ ନାହିଁ। କମଳ ଅଳି ପାଖରେ ପହଞ୍ଚିବ ନାହିଁ କିମ୍ବା ମିଳନ ନୋହିଲା ବୋଲି କାନ୍ଦି ପାରିବ ନାହିଁ। ଏ ପାଖରେ କମଳ ଧୂଆଁ ଛାଡୁଥିବ, ସେ ପାଖରେ ଅଳି ବୀଣା ବଜାଉଥିବ !!

କମଳବାବୁ ରାଗିଲେ ଏବଂ ରାଗିବାର କ୍ରମ ସ୍ଥିର କରି ନପାରି ଗମ୍ଭୀର ହେଲେ। ନିଜକୁ କହିଲେ ଯେ, ଏ ଗୋଟାଏ ଅଭିନବ ସମସ୍ୟା। କର୍ମକୁଶଳ କମଳବାବୁଙ୍କୁ ଆହ୍ୱାନ କରାଯାଉଛି। ଦେଖିଲ ବାବୁ, ଏଇ କିମ୍ଭୁତ କିମାକାର ଗଣ୍ଠିଟିକୁ ଖୋଲି ଦେଲା ... ଆଚ୍ଛା ହେଉ, ରୁହ ମୁଁ ତା'ର ମୁକାବିଲା କରିବି।

ସେ ଦରଜଳା ସିଗାରେଟ୍‌କୁ ଫିଙ୍ଗି ଦେଇ ଆଉ ଗୋଟିଏ ହାତକୁ ନେଲେ ଓ

ଚିନ୍ତା କଲେ। ପ୍ରଥମ ଉପାୟ ହେଲା ସୂର୍ଯ୍ୟଙ୍କୁ ଘଉଡ଼େଇ ଦିଅ - ଆଜ୍ଞା, ଚାଲନ୍ତୁ, ଚାଲନ୍ତୁ, ଯଥା ସମୟରେ ବୁଡି ଯାଆନ୍ତୁ। ସଞ୍ଜ ହୋଇଗଲେ ସମସ୍ୟା ଗୋଟାଏ ଆପ୍ତୁ ତୁଟି ଯିବ, ତା'ପରେ ମୁଁ ମନଇଚ୍ଛା କାନ୍ଦିବି। କିନ୍ତୁ ସେଥିକୁ ମୋର ବଳ ନାହିଁ। ଦ୍ୱିତୀୟ ଉପାୟ ହେଲା ପୁଲିସ୍ ଡକେଇ ଚାବୁକ୍ ମାର, ଲୁହବୁହା ଗ୍ୟାସରେ ଅନ୍ଧ କରିଦିଅ, ଆବଶ୍ୟକ ହେଲେ ଗୁଳି ଫୁଟାଇ- ପ୍ରଶ୍ନ ହେଉଛି ଯେ ସେମାନେ ଅଗଣିତ, କେତେ କାହାକୁ ମାରିବ? କେତେ କାହାକୁ ଅନ୍ଧ କରିଦେବ? ଶେଷକୁ ପୁଲିସ୍‌ର ଗୁଳି ସରିଯିବ, ଆଉ ମୁଁ ଭକୁଆ ହୋଇ ବସିଥିବି। ନା, ପ୍ରାକ୍ଟିକାଲ ହେବାକୁ ପଡ଼ିବ। ସୂକ୍ଷ୍ମ ବୁଦ୍ଧି ପ୍ରୟୋଗ କରିବାକୁ ହେବ।

ସେମାନେ ଚାଲୁଥାଆନ୍ତୁ, ମୁଁ ତାଙ୍କ ମଝିରେ ପଶିଯିବି!

ପଶିଯାଇ ପାରିବି? ମୋ ଭଳି ଯେତକ ଲୋକ ଧାଡ଼ି ଭିତରେ ଗଳିପଶି ଅଭିସାରକୁ ଯାଇ ପାରୁଥିଲେ ଶୋଭାଯାତ୍ରା ଚାଲିଛି କାହିଁକି? ଆମ ଭିତରେ ଫାଟ ନାହିଁ, ଫୁଟ ନାହିଁ, ଭେଦ ନାହିଁ, ଛେଦ ନାହିଁ- ଏଇ ତ ତାଙ୍କର ଗଉଁ! ଏଇଥିପାଇଁ ତ ସେମାନେ ଦିଗନ୍ତବ୍ୟାପୀ ସରୀସୃପ, ଅନନ୍ତରୂପ କଚ୍ଛପ! ତୁମେ କହିପାର ଯେ ଶୋଭାଯାତ୍ରାର ଦେହରେ ଅଦୃଶ୍ୟ ଲୋମକୂପଟିଏ ଅଛି। ଥିଲେ ଥିବ, ମୁଁ ଖୋଜି ପାରିବି ନାହିଁ। ମୁଁ ପାରିବି ନାହିଁ। କମଳବାବୁ ନିରାଶ ହେଲେ, କିନ୍ତୁ ପରମୁହୂର୍ତ୍ତରେ ତାଙ୍କ ଦୀର୍ଘଜୀବନର ଅଭିଜ୍ଞତା ତାଙ୍କୁ ଉସ୍‌କେଇଲା। ବାସ୍, ଏତିକିରେ ଦବିଗଲୁ? ତୁ କେତେ ଦୁର୍ଭେଦ୍ୟ ଅଜ୍ଞତା ଅହମିକାର ଦୁର୍ଗ ମଧ୍ୟକୁ ପ୍ରବେଶ କରିଛୁ, କେତେ ବୈଠକ ଅଧିବେଶନରେ ତୋର ଜ୍ୱଳନ୍ତ ଚିଠା ଅଦ୍ୟାବଧି ଜଳୁଛି, ଆଉ ତୁ ଏଇ ସାମାନ୍ୟ ମଣିଷ ପାଚିରୀ ଭିତରକୁ ପଶି ପାରିବୁ ନାହିଁ।

ଉତ୍ତରୋତ୍ତର ଉତ୍ତେଜିତ ହୋଇ କମଳବାବୁ ସ୍ଥିର କଲେ ଯେ ସେ ପଶିବେ। କଳେବଳେ କୌଶଳେ ପଶିବେ। ଲୋମକୂପ ଖୋଜି ତା'ଭିତରେ ବୁଡ଼ଦେବେ, କିମ୍ବା ଫୁସୁଲେଇବେ! ଠିକ୍ କଥା! ମୁଁ ମୋର ଆଖି ନଚାଇବି, ଓଠ ଥରାଇବି, ଧାଡ଼ିରୁ ଗୋଟିଏ ଗୋଟିଏ ମଣିଷକୁ ବାଛି ନେଇ ଭାବାକୁଳ ହେବି, ତା'ର କୋମଳତମ (ଦୁର୍ବଳତମ) ହୃଦୟର ବିନ୍ଦୁକୁ ଛୁଇଁ ବଣା କରିଦେବି। ସେ ମୁହୂର୍ତ୍ତକ ପାଇଁ ବିହ୍ୱଳ ହୋଇଯିବ, ସାଥୀର ହାତ ଛାଡ଼ିଦେବ ଆଉ ମୁଁ ସେତିକିବେଳେ ଆର ପାଖକୁ ଡିଆଁ ମାରିବି, ଚମତ୍କାର!

କମଳବାବୁ ଆହୁରି ଦୁଇପାଦ ଆଗେଇଲେ। ଲାଭାର୍ଥରେ ତାଙ୍କର କାନ୍ତ ମୁଖ ଉଦ୍‌ଭାସିତ ହେଲା। ମନେହେଲା ସେ ଅଳି ପାଇଁ ଗଢା ହୋଇଛନ୍ତି, ସେ ତାକୁ ଅବଶ୍ୟ ପାଇବେ। ସେ ପାଖେଇଲେ, ନିରେଖିଲେ ଏଇ ଲୋକଟି! ଯାକୁଇ ଧରିବି।

ଲୋକଟି ଆଗକୁ ମାଡ଼ି ଯାଉଛି। ତେଣୁ କମଳବାବୁ ତା'ର କଡ଼େ କଡ଼େ ଚାଲିଲେ ତା'ର ଦୃଷ୍ଟି ଆକର୍ଷଣ କରିବାକୁ ଚେଷ୍ଟା କଲେ।

ଆଗମୁହାଁ ହୋଇ ଚାଲିଛି। ଏଆଡ଼େ ଟିକିଏ ବୋଲି ଅନାଉ ନାହିଁ। କମଳବାବୁ, 'ହେ ଭାଇ', ହେ ଭାଇ' ବୋଲି ପାଟିକଲେ, କିନ୍ତୁ କିଛି ଲାଭହେଲା ନାହିଁ। ଲୋକଟି ନିଜକୁ ନିଜେ କହୁଛି ଏବଂ ଶୁଣୁଛି। କମଳବାବୁ କାନେଇଲେ। ସେ କ'ଣ କହୁଛି। ତା'କଥାରୁ ପଦଟିଏ ବୁଝିପାରିଲେ ସେଥିରେ ଆଉ ପଦେ ଯୋଡ଼ି ଦେଇହେବ। ସେଇଠୁଁ ଲୋକର ଚେତା ପଶିବ ଯେ ତା'ର ସାଙ୍ଗ ଭାଇଟିଏ ପାଖରେ ଅଛି, ସରାଗରେ ଡାକୁଛି।

କିନ୍ତୁ ସେ କ'ଣ କହୁଛି ? ନିୟନ୍ତ୍ରିତ ଯନ୍ତ୍ର ପରି ଓଠ ଦୁଇଟି ଅନବରତ ଉଠୁଛି ପଡୁଛି, ପାଟିମେଲା ହୋଇ ବୁଜି ହୋଇଯାଉଛି। ଯଥା ସେ ଶତସହସ୍ର ହରିନାମ ଜପୁଛି, କିମ୍ବା ହରିଙ୍କୁ ଗାଳି ଦେଉଛି, ସେଥିରେ କାହାର ମୁଣ୍ଡ ପୂରାଇବା ଦରକାର ନାହିଁ।

କମଳବାବୁ ଛାଡ଼ିଲେ ନାହିଁ, ପାରୁପର୍ଯ୍ୟନ୍ତ ଚେଷ୍ଟା କଲେ, ଧଇଁସଇଁ ହେଲେ। ଶେଷକୁ ସେ ଶୁଣିଲେ ଯେ ଧ୍ୱନି ଅଛି, ଅର୍ଥ ନାହିଁ। ଧ୍ୱନି ଅଛି, ଶବ୍ଦ ଅଛି, ଗୋଟିଏ ନିରବଚ୍ଛିନ୍ନ ଅକ୍ଳାନ୍ତ ଚାକୁ ଚାକୁ ଚାକୁ ଚାକୁ ... ଚାକୁ ଚାକୁ ଚାକୁ ... ଚାକୁ ଚାକୁ ...।

ଆଶ୍ଚର୍ଯ୍ୟ ! ତୁମେ ଜନ୍ତୁ ନା ମଣିଷ ? କ୍ଷମାକର, ମୁଁ ଅପମାନ ଦେବାକୁ ଯାଉନାହିଁ, ତୁମେ ମୋର ସୋଦର, କିନ୍ତୁ ଦୟାକରି ମଣିଷ ଭାଷାରେ କହୁନାହଁ କାହିଁକି ? ଯେ କୌଣସି ଭାଷାରେ କୁହ, ମୁଁ ବୁଝିପାରିବି, ମୁଁ ଜଣେ ପଣ୍ଡିତ। କିନ୍ତୁ ମୋତେ ଚାକୁ ଚାକୁ ହୋଇ ଫେରାଇ ଦିଅନାହିଁ। କୁହ; କୁହ !!

କମଳବାବୁ ହାତ ହଲାଇଲେ, ମୁଣ୍ଡ ହଲାଇଲେ। ଓଡ଼ିଆରୁ ଫରାସୀ ଯାଏଁ, ଚୀନାରୁ ତାମିଲ୍ ଯାଏଁ, ପୃଥିବୀର ପ୍ରତ୍ୟେକ ଭାଷାରେ କୁହ କୁହ ବୋଲି ଚିତ୍କାର କଲେ ଏବଂ କଡ଼େ କଡ଼େ ଧାଇଁଲେ।

କେତେବେଳେ ତାଙ୍କର ମନେ ହେଲା ଯେ ଚାକୁ ଚାକୁର ଅର୍ଥ ଅଛି। ସେହି ଜାନ୍ତବଶବ୍ଦ କୋଟି କୋଟି ଯୁଗର ବାର୍ତ୍ତାବହ, ଅନେକ ଅନେକ ଆବଶ୍ୟକ ଶବ୍ଦର ଇତିକଥା, ପରିଣାମ ଓ ପାଉଁଶ। ପାଉଁଶକୁ ଖେଳାଇ ଦେଲେ ଭାବମଣିଗୁଡ଼ିକ ବାହାରି ଆସିବେ, ଆଶା ଆକାଂକ୍ଷା ପ୍ରେମ ପ୍ରୀତି, ଆଳାପ ପ୍ରଳାପ, କ୍ରୋଧ କ୍ରନ୍ଦନର ମାନବିକ ଉଚ୍ଚାରଣ ଫୁଟି ଉଠିବ, ପ୍ରତ୍ୟେକ ପ୍ରଶ୍ନର ଉତ୍ତର ମିଳିବ, ଅଳି-କମଳ କାହାଣୀଟି ମଧ୍ୟ ଆ-ହା ! ମୁଁ ଜାଣେ ମୁଁ ଜାଣେ। ଦୂର ବିଦେଶରୁ ଆସିଛ ସାଧବପୁଅ, ସବୁ ପାଇଛ, ସବୁ ଆଣିଛ, ସର୍ବସ୍ୱର ବୋଝ ବୋହି ଥକି ଯାଇଛି। ସଂପୂର୍ଣ୍ଣ ଅନୁଭୂତିର ଚେତନାଟି

ବାଟ ପାଉନାହିଁ, ବ୍ୟଞ୍ଜନାର ଛିଟିକା ମାରୁଛି - ଚାକୁ ଚାକୁ ଚାକୁ। ରୁହ, ଦଣ୍ଡେ ରୁହ, ମୁଁ ତୁମର ବୋଝକୁ ହାଲୁକା କରିଦେବି, ମୋ ଭାଗଟି ନେଇଯାଇ ପଳାୟନ କରିବି।

ତେଣୁ କମଳବାବୁ ଚିତ୍କାର ନ କରି ମନୋଯୋଗ ଦେଲେ, ସ୍ଫୁରଣର ଅକୁହା କଥାକୁ ଧୀରେ ଧୀରେ ଓଟାରି ଆଣିଲେ। ଓଟାରି ଆଣି ପଦାରେ ପକାଇ ଯାହା ଦେଖିଲେ ସେଥିରେ ତାଙ୍କର ଅନ୍ତଃସ୍ଥଳ ମନ୍ଥି ହେଲା। କିନ୍ତୁ ସେହି ଯନ୍ତ୍ରଣାର ଏଭଳି ମୋହିନୀ ଶକ୍ତି ଯେ ସେ ଆହୁରି ଆହୁରି ଲାଗିପଡ଼ିଲେ। ଲୋକଟି କହୁଛି –

ଚାକୁ ଚାକୁ ଚାକୁ ... ଅଳି ମରିଯାଇଛି, ଖତମ୍। କାନ୍ଦ ନାହିଁ, ଅଳିମାନେ ବଞ୍ଚନ୍ତି ନାହିଁ। ବ୍ୟକ୍ତିମାନେ ମରିଯାନ୍ତି। କମଳ ନାମକ ବ୍ୟକ୍ତି ଅଳି ନାମକ ବ୍ୟକ୍ତିକୁ କଦାପି ପାଇବ ନାହିଁ, ମିଳନରେ ପାଇବ ନାହିଁ କି ବିରହରେ ପାଇବ ନାହିଁ ... ଚାକୁ ଚାକୁ ଚାକୁ ... ବୁଝି ପାରିଲ ନାହିଁ? ଶୁଣ ତୁମେ ତା'ର କଅଣଟି ପାଇବ ବୋଲି ବସିଛ କହିଲ? ଦେହ? ମାଆର ସ୍ତନରେ ହାତ ରଖିଥିଲ, ସ୍ତନ ଶୁଖିଗଲା। ଯାଉଛ ପ୍ରିୟାର ଛାତିରେ ହାତ ରଖିବ, କଲବଲ ହେବ, ତା'ପରେ? ତୁମେ ସରିଯିବ, ପ୍ରିୟା ଶୁଖିଯିବ, ପ୍ରିୟା ସରିଯିବ, ତୁମେ ଶୁଖିଯିବ, ପ୍ରକୃତି ଠୋ ଠୋ ହୋଇ ହସିବ, କୁଆଁ କୁଆଁ କୁଆଁ କୁଆଁ, ଇସ୍! ...ତୁମେ ଅଳିର ମନକୁ ଧରିବ? ଉତ୍ତମ। ତା'ମନକୁ ଦେଖିଚ ତ! କଥା, ଲୁହ ଓ ହସର ଭାଷା ତଳେ ଯେଉଁ ଅଦୃଶ୍ୟ ଅଚେତନ ଗୋବର ଗଦା ରହିଛି, ତା'ର ସନ୍ଧାନ ପାଇଛ? ପାରିବ ନାହିଁ। ତୁମ ଗୋବର ଗଦା ତା' ଗୋବରଗଦାକୁ ଛୁଇଁ ପାରିବ ନାହିଁ। ତୁମ ବାପ୍ପ, ଆରେ ଏମିତି ମୁହଁ ବିଚିକିଟିଆ କରୁଛ କାହିଁକି? ଛୁଇଁବ, ଛୁଇଁବ, ଧରିପାରିବ ନାହିଁ। ଛୁଇଁଲେ ସାରା ଅଙ୍ଗ ଶୀତେଇ ଉଠିବ। ପ୍ରେମରେ ନୁହେଁ, ଘୃଣାରେ ... କହୁନା ତା ଆତ୍ମାକୁ ଧରିବ? କହିପାରିବ ନାହିଁ। ତେଣୁ ଭାବିନିଅ, ଅଳି ମରିଯାଇଛି, ବ୍ୟକ୍ତିମାନେ ମରିଯାଇଛନ୍ତି, ଅଛି କେବଳ ଏହି ଶୋଭାଯାତ୍ରା ବ୍ୟକ୍ତି ବିସର୍ଜନ ମଉଜ। ଶାନ୍ତିର ଏକ ମାତ୍ର ଉପାୟ ... ଚାକୁ ଚାକୁ ଚାକୁ ...

କମଳବାବୁ କିଛି କହିବେ ବୋଲି ସାହସ ବାନ୍ଧୁଥିଲେ, ଏହି ସମୟରେ ସେହି ଲୋକଟି ଆଗେଇଗଲା, ଏବଂ ଆଉ ଜଣେ ପାଖେ ପାଖେ ଚାଲିଲା। ବିକଳରେ କମଳବାବୁ ତା'ଆଡକୁ ଥୋମଣି ବଢ଼ାଇଲେ ଓ ଶୁଣିଲେ –

ଚାକୁ ଚାକୁ ଚାକୁ ... ଅଳି କିଏ? ଅଳି ମଣିଷ ନୁହେଁ, ଅଳି ହେଉଛି ବ୍ୟକ୍ତିର ମାଇଚିଆ ପଣ, ଧର୍ମ, ସଙ୍ଗୀତ, କଳା ଇତ୍ୟାଦି। ମରିବା ଆଗରୁ ମରିଯିବାର ଫନ୍ଦି, ମରଣର ଅନ୍ଧାର ଗୁଡ଼ଗୁଡ଼ି ଆସିବ ବୋଲି ହାତରେ ମୁହଁ ଘୋଡ଼େଇ ଅନ୍ଧାରରେ ତାରା ଦେଖିବାର କାରସାଦି। ଆହା-ହା- ଲୁଚିଛି ନା ଗୋଡ଼ ଦି'ଟା ଦିଶୁଛି? ବାବୁ ସେମିତିକା

ମରଣରେ ସଡ଼ିବାକୁ ଇଚ୍ଛା ? ଧର୍ମର ପାଦୁକରେ ବୋଲି ହୋଇ ମାଦଳ ପରି ଗଡ଼ିବାକୁ ମନ ହେଉଛି ? କଳ୍ପନାରେ ଭାଙ୍ଗ ପିଇଦେଇ ଘୁମେଇବାକୁ ଭଲ ଲାଗୁଛି ? ନା, ଭୁଲିଯାଇଥିଲି ଯେ ତୁମେ ହେଉଛ ବାସ୍ତବାବଦୀ। ତୁମ କଳା ଭିନ୍ନ ଧାତୁରେ ଗଢ଼ା। ଅର୍ଥାତ୍ ତୁମେ ପଦ୍ମପୋକ ନୁହଁ, ମାଟିପୋକ। ଜିଆ ଅଥବା କୃମି- ଆରେ ରାଗିଯାଉଛ ନା କ'ଣ ? ଶୁଣ, ମୁଁ ସେଇ ବାଟ ଦେଇ ଆସିଛି ପରା, ସେତିକିବେଳୁ ଯେତେବେଳେ ଦି'ଗୋଡ଼ିଆ ପଥର କାନ୍ଥରେ ଚାରିଗୋଡ଼ିଆମାନଙ୍କୁ ଆଙ୍କୁଥିଲା। ହେଲେ ମୁଁ ତରିପାରିଲି ନାହିଁ, ମିଛଟାରେ ହନ୍ତସନ୍ତ ହେଲି। ମୁଣ୍ଡ ବଥେଇ ବଥେଇ ଫାଟିଗଲା ଗୋ ଫାଟିଗଲା ! ଆଃ ! ସେମିତି ମରିବାରେ ଯଶ ନାହିଁ ଏମିତି ମର। ବ୍ୟକ୍ତିକୁ ଗଣଚେତନାରେ ମିଶାଇ ଦିଅ, ବୁଡେଇ ଦିଅ, ଘୋରିବାଟି ନଷ୍ଟ କରିଦିଅ। ସମବେତ ଗୋଡ଼ ଉଠାଅ, ପକାଅ, ସମବେତ ତୁଣ୍ଡ ମେଲିଦିଅ, ବୁଜିଦିଅ। କି ମଜା ! ଚାକୁ ଚାକୁ ଚାକୁ ... ଏଇ ହେଉଛି ଶାନ୍ତିର ଏକମାତ୍ର ପଥ।

କମଳବାବୁ ଆଉ ସହିପାରିଲେ ନାହିଁ। ତାଙ୍କୁ ସବୁଠାରୁ କଷ୍ଟ ଲାଗିଲା ଯେ, ଏହି ଅପର ଲୋକଗୁଡ଼ାକ ଗହୀରିଆ କଥା କହୁଛନ୍ତି, ବୁଦ୍ଧିବାଦୀ କମଳବାବୁଙ୍କ ଭାବନା ଭିତରେ ପଶି ପୁଳାଏ ପୁଳାଏ ଛଡ଼ାଇ ଆଣିଲା ପରି କହୁଛନ୍ତି। ମିଛ ! ମିଛ !! ସେମିତି କଥାକୁ ମୁଁ ମୋର ତେଜ ଦେଖାଇବି, ଆକାଶ ପୃଥିବୀ କମ୍ପାଇ ଘୋଷଣା କରିବି ଯେ, ଅଳି ଶୁଣିବ, ବୁଝିବ। ବୁଝିବ ଯେ ମୁଁ ତାକୁ ବିଶ୍ୱାସ କରେ।

ବାଃ ବାଃ ବାଃ - ଚାକୁ ଚାକୁ ଚାକୁ – କମଳବାବୁ ଚମକି ପଡ଼ି ଦେଖିଲେ ଯେ ଆଉ ଜଣେ ଆସି ପାଖ ଧରିଲାଣି।

ଚାକୁ ଚାକୁ ଚାକୁ – ମୁଁ ଅଣ୍ଡିରା। ପୁରୁଷ ହେଉ, ସ୍ତ୍ରୀ ହେଉ, ଜନ୍ମ ହେବା ବେଳଠାରୁ ମୂଳକାମ ହେଲା ଅଣ୍ଡିରା ପଣକୁ ତେଜିବା, ତେଜିବା ଆଉ ତାତିବା, ତାତିବା ଆଉ ମାରିବା। ନହେଲେ ଭୋକ ମେଣ୍ଟିବ ନାହିଁ, ମରଣ ମାଡ଼ିବସିବ। ଅଳିଟି କେମିତିକା ଭୋକ କହିଲ ? ସେକ୍ସ ? ନା ଜଠର ? ଭୋକ ମେଣ୍ଟାଇବାକୁ ହେଲେ ଅନ୍ୟମାନଙ୍କଠାରୁ ଛଡ଼େଇ ନେବାକୁ ପଡ଼ିବ, ତାଙ୍କ ଛାତିରେ ଛୁରା ଭୁସି ଦେବାକୁ ପଡ଼ିବ। କିନ୍ତୁ ଛୋଟ ଛୁରାକୁ ବଡ଼ ଛୁରା ଅଛି, ଛୋଟ ବୋମାକୁ ବଡ଼ ବୋମା ଅଛି, ପରମାଣୁ ବୋମା, ହାଇଡ୍ରୋଜେନ୍ ବୋମା, ବ୍ରହ୍ମାଣ୍ଡ ବୋମା ... ବଞ୍ଚିବାକୁ ହେଲେ ମାରିବାକୁ ହେବ, ମାରିବାକୁ ଗଲେ ମରିବାକୁ ହେବ, ବଡ଼ ଗୋଳମାଳିଆ, ଓଃ ! ପାରିବ ନାହିଁ। ତୁମେ ଯାହାକୁ ଓଲଟେଇବ, ସେ ପୁଣି ତୁମକୁ ଓଲଟେଇ ଦେବ, ଆଜି ନ ହେଲେ କାଲି। ବିପ୍ଳବରୁ ବିପ୍ଳବକୁ ବିପ୍ଳବକୁ ... ବିପ୍ଳବକୁ ... ତେଣୁ ଅଣ୍ଡିରାମାନେ ଏକଜୁଟ୍ ହୁଅ। କ'ଣ ଚାହଁ କାହିଁକି ଚାହଁ ଭୁଲିଯାଇ କେବଳ

ଏକାଠି ହୁଅ। ଏକାଠି ଗୋଡ଼ ବାଡ଼େଇ ଏକାଠି ପାଟି କରି ଶାନ୍ତହୁଅ। ଏକାଠି ମିଶି ବଡ଼ ବାଘ ହୁଅ, ଦେଖିବ ବ୍ୟକ୍ତିର ଭୋକ କେଉଁ ଗାତରେ ପଶିଲାଣି, ହିଂସାର ରଙ୍ଗ ପୋଇଗୁଲିଆ ଦେଖାଯାଉଛି- ଚାକୁ ଚାକୁ ଚାକୁ ... ଶାନ୍ତି ଘେରି ଆସୁଛି।

ଆଉ ଜଣେ ଆସିଲେ, ଆଉ ଜଣେ ଆସିଲେ, ପୁଣି ଆଉ ଜଣେ। ବିଭିନ୍ନ କଥା, ନିଜ ନିଜ କଥା କହିଲେ, ଯାହାର ମୂଳରେ ଓ ଶେଷରେ ସେହି ଅଶ୍ଳୀଳ ଅକ୍ଲାନ୍ତ ଘୋଷା, ଚାକୁ ଚାକୁ ଚାକୁ, ସମନ୍ୱିତ ଅସ୍ୱୀକାର, ସମବେତ ଜୀବନର ପ୍ରତିବାଦୀ ଦୁକୁ ଦୁକୁ ଦୁକୁ।

ବ୍ୟକ୍ତି ନାହିଁ। ଅଳି ନାହିଁ।

କମଳ ରହିଛି କାହିଁକି? ଅଳି ନ ହେଲା ନାହିଁ, ଶାନ୍ତି ଲଭିବାକୁ ହେବ। ଅଗତ୍ୟା କମଳବାବୁ ସେମାନଙ୍କ ସହିତ ମିଶିଗଲେ।

ଅବଶ୍ୟ ଜଣେ ଅଧେ ନୁହନ୍ତି ଯେ କମଳବାବୁଙ୍କ ବ୍ୟକ୍ତିଚେତନା ଏତେ ବଳିଷ୍ଠ ବୋଲି ଜଣା ନଥିଲା। ତେଣୁ ସେ ଶୋଭାଯାତ୍ରାରେ ମିଶି ପାରିଲେ ନାହିଁ, ଅସରପା ପରି ଚିପି ହୋଇଗଲେ। କେବଳ ଏତିକି ପ୍ରମାଣିତ ହୋଇଛି ଯେ କମଳବାବୁଙ୍କୁ ଆଉ ଚିହ୍ନି ହେଲା ନାହିଁ-।

■

କାଳୀ-ଗୋରୀ

ଜଣେ କାଳୀ ଜଣେ ଗୋରୀ। ଦିହିଁଙ୍କ ଭିତରୁ କାହାକୁ ତମେ ଭଲପାଅ କହିଲ ? ନା, କୁହ କାହାକୁ ତୁମେ ବେଶି ଭଲପାଅ। କହିବ ନାହିଁ ? ଏଇକ୍ଷଣି କହିବ ନାହିଁ ତ ଆଉ କେତେବେଳେ ?

କହୁଛି, ଏଇକ୍ଷଣି କହିବାକୁ ପଡ଼ିବ, ଆଉ ସମୟ ନାହିଁ। ତୁମେମାନେ ଜାଣ ମୋର ଆଉ ସମୟ ନାହିଁ। ସେଇଥିପାଇଁ ତ ଆଣ୍ଠକରି ବସିଛ। ମୋଠାରୁ କଥା କାଢ଼ି ନେବ, ତା'ପରେ ଯାଇ ଛାଡ଼ିବ। ତୁମେମାନେ ନାରୀ ନୁହଁ, ରାକ୍ଷସୀ, ନା, ନା ତୁମେମାନେ ନାରୀ, ପ୍ରକୃତ ନାରୀ, ସେଇଥିପାଇଁ ରାକ୍ଷସୀ। ବୁଝିପାରୁ ନାହଁ ମୁଁ କ'ଣ କହୁଛି ? ମାନେ ତୁମେ ମୋ ଦେହର ଦୁଇକୂଳରୁ, ହୃଦୟର ଦୁଇ ପାଖରୁ ଚାଟି ଚାଟି ଯାଅ, ଚୋଷି ଚୋଷି ଯାଅ ... ମୋତେ ଭାରି ଭଲ ଲାଗେ ମ !

ଥାଉ, ରସିକତା ସେତିକି ଥାଉ। ଯାହା ଚାଟିବାର ଥିଲା, ଚୋଷିବାର ଥିଲା, ସବୁ ସରିଗଲାଣି। ବର୍ତ୍ତମାନ ପ୍ରିୟବର ଜବାବ୍ ଦିଅ। ...କହିବ ଯଦି ଉଠିଯାଇ ଝରକା ବନ୍ଦ କରିଦେବି। ସୂର୍ଯ୍ୟକିରଣ ଆଖିରେ ପଡ଼ିବ ନାହିଁ। ଉଁ ?

(ଦୁଇଜଣ ପ୍ରୌଢ଼ ଭଦ୍ରମହିଳା, ଜଣେ ମିସେସ୍ ରାଏ, ଅନ୍ୟ ଜଣେ ମିସେସ୍ ଛୋଟରାଏ, ଜଣେ କାଳୀ, ଜଣେ ଗୋରୀ। ଏକସାଙ୍ଗରେ ଉଠି ଯାଇ ଡ୍ରଇଂରୁମ୍‌ରେ ଯୋଡ଼ିଏ ଝରକା ବନ୍ଦ କରିଦେଲେ। ତା'ପରେ ଦୁହେଁ ପୂର୍ବପରି ସୋଫାରେ ପାଖାପାଖି ବସିଲେ, ଏବଂ ଅର୍ଦ୍ଧଚେତନ ପରି ଦିଶୁଥିବା, ରାଇଟିଂ ଟେବୁଲ ଉପରେ କହୁଣୀ ମାଡ଼ି ଲୋଟିଯାଇଥିବା ଶୋକାତୁର ପ୍ରୌଢ ରଘୁବାବୁଙ୍କୁ ଚାହିଁ ରହିଲେ)

ବନ୍ଦକରି ଦେଲ ନା ? ମୁଁ ଜଣେ ପରା ! ଯେପରି କି ମୁଁ ବୁଝିପାରିବି ନାହିଁ ଝରକା ବାଟେ ସକାଳ ଆସୁଛି ନା ସନ୍ଧ୍ୟା ଆସୁଛି। ଧାଇଁ ଆସୁଥିବା ଆଲୁଅ ଭଲ ଲାଗେ ନା ଖସିଯାଉଥିବା ଆଲୁଅ ଭଲ ଲାଗେ ଠଉରେଇ ପାରିବ ନାହିଁ। ଉତ୍ତର ଦେବାକୁ ଯାଇ ଆହୁରି କଳବଳ ହେବି। ନୁହେଁ ?

ବେଶ୍ ଭଲ ହେଲା। ...ଶୁଣ, ତୁମ ସୁବିଧା ପାଇଁ କୁହାଯାଉଛି। ତୁମେ ଆଖି ବୁଜିକରି ରୁହ, ତୁମର ଆଉ ସମୟ ନାହିଁ। ତୁମର ସୂର୍ଯ୍ୟଆଲୁଅ ଦରକାର ନାହିଁ। ଆଖି ବୁଜି କରି ଜାଣ ଯେ ଏ ଘରେ ଆଉ କେହି ନାହିଁ, ତୁମେ ଏବଂ ଆମେ ଦୁଇ ଜଣ। ଆଖି ବୁଜିକରି ଦେଖ ଯେ କାଳୀ ଦେହରୁ ଆଲୁଅ ଆସୁଛି, ଗୋରୀ ଦେହରୁ ଆଲୁଅ ଆସୁଛି ... ମଲାଦେହରୁ ଆଲୁଅ ଆସୁଛି ...

ଓଃ! ପୁଣି ସେଇ ପିଲାଳିଆମି? ଯେ ମରିଯାଇଛି ସେ ନାହିଁ। ଏତିକି ମନେ ରଖିପାରୁ ନାହଁ। ସେ ଥିଲାବେଳେ କ'ଣ ଆମେ ତୁମକୁ ଏମିତି ହଇରାଣ କରୁଥିଲୁ। କିନ୍ତୁ ବର୍ତ୍ତମାନ ଉପାୟ ନାହିଁ। ତେଣୁ ଦୟାକରି ଉତ୍ତର ଦିଅ। କୁହ, ତୁମେ କାହାକୁ ଭଲପାଅ।

ଯେ ମରିଯାଇଛି ସେ ନାହିଁ। କେବଳ ମୁଁ ଅଛି ଓ ତୁମେମାନେ ଅଛ। ଉତ୍ତମ। ମୋର ଯେଉଁ ପ୍ରାଣଟିକ ଦୁକୁଦୁକୁ ହେଉଛି, ତା'ରି ଉପରେ ତୁମେ ଧପ୍ ଧପ୍ ହୋଇ ଗୋଡ଼ ବାଡ଼ଉଛି। ଖେମ୍‌ଟା ନାଚ। କାଳୀପାଦର ନାଚ, ଗୋରୀ ପାଦର ନାଚ। ବାଡ଼େଇ ଯାଅ, ବାଡ଼େଇ ଯାଅ, ଜଣେ ବାଁ ପାଖକୁ ମାଡ଼ିଯାଅ, ଜଣେ ଡାହାଣ ପାଖକୁ। ତା, ଧିନ୍ ତା ... ତା' ଧିନ୍ ତା ...

(ମିସେସ୍ ରାଏ ଆଖି ପାଖକୁ ରୁମାଲ ନେଲେ; ଲୁହ ପୋଛିଲା ପରି ମନେ ହେଲା। ତାଙ୍କ ଦେଖାଦେଖି ମିସେସ୍ ଛୋଟରାଏ ଏକ ଦୀର୍ଘନିଃଶ୍ୱାସ ଛାଡ଼ିଲେ)।

ଦେଖୁଛି ତୁମେ ଉତ୍ତର ଦେବନାହିଁ। ତୁମେ ଆମକୁ କନ୍ଦାଇ ଛାଡିବ!

ନା ଗୋ ସଖୀ, ନା। ତୁମେମାନେ ମୋତେ ଜୀବନଯାକ ସୁମଧୁର ହସ ହସାଇ ଆସିଛ। ମୁଁ ତୁମକୁ କନ୍ଦାଇବି କେମିତି? ମୁଁ କ'ଣ ଏତେ ଅକୃତଜ୍ଞ ହୋଇଛି? ପ୍ରଥମେ ପାଇଥିଲି କାଳୀକୁ। ସେତେବେଳେ ମୋର ବୟସ ଅଳ୍ପ ଥିଲା। ବାହାଘର ତିନିଚାରି ବର୍ଷ ହୋଇଥିଲା କି ନାହିଁ। ସେତେବେଳେ ମୋତେ ରାତିରେ ନିଦ ହେଉ ନଥିଲା, ଦିନରେ ମୁଣ୍ଡ ବଥାଉଥିଲା। ସେ ଆସି ମୋ ଦେହରେ ହାତ ରଖିଲା ଓ ଗୋଟିଏ ଅନିୟମିତ ଶୀତଳ ଭାବରେ ଦେହ ଶିହରି ଉଠିଲା। ରାତିରେ ପୁସି ବିଲେଇ ଚୁପ୍‌କରି ଆସି ପାଖରେ ଶୋଇଗଲାବେଳେ ଯେମିତି ଲାଗେ; କିନ୍ତୁ କ୍ଷଣକ ପାଇଁ। ତା'ପରେ ମୋର ମନେହେଲା ସେହି ଶୀତଳସ୍ପର୍ଶରେ ଶାନ୍ତି ଅଛି। ମନେହେଲା ଯେ ମୁଣ୍ଡବଥା ଚାଲିଯିବ, ନିଦ ଆସିଯିବ, ଯେତେକ ଦ୍ୱନ୍ଦ୍ୱ, ଯେତେବ ଯୁଝାଯୁଝି ବଳ କଷାକଷିର କ୍ଷତ ଲିଭିଯିବ। କହିଲା, "କିଓ, ମୁହଁ ଶୁଖେଇଛ କାହିଁକି? କ'ଣ ନୀରୁ ଦେଈଙ୍କ ସାଙ୍ଗରେ କଜିଆ ଲାଗିଥିଲା କି? ବିଚରା!" ସେ ମୁଣ୍ଡ ଆଉଁସି ଦେଲା, ହାତ ଆଉଁସି ଦେଲା।

କୁହ, କହିଯାଅ, ରହିଗଲ କାହିଁକି ? କଷ୍ଟ ଲାଗୁଛି ? ଲାଜ ଲାଗୁଛି ? କାହା ପାଇଁ କଷ୍ଟ ଲାଗିବ ? କାହାପାଇଁ ଲାଜ ଲାଗିବ ? ନୀରୁ ନାହିଁ। ...କାଳୀ ସର୍ବାଙ୍ଗ ଆଉଁସି ଦେଲା। କାହିଁକି ନା ମୁଁ ଶାନ୍ତି ଚାହୁଁଥିଲି। ଜୀବନରଙ୍ଗର ଉଗ୍ରତା, ଦିଆନିଆର ଚ୍ୟାଲେଞ୍ଜ, ବୋଲାବୋଲି ଲୁହାବୁହା ଓ ପରିମାଣ କୁଣ୍ଠାକୁଣ୍ଠିର ଦୈନନ୍ଦିନ ଦାବିକୁ ସହି ହେଉ ନଥିଲା। ତେଣୁ ମୁଁ କାଳୀର ହାତ ଆଉଁସାକୁ ପିଇଗଲି। କାନ୍ଦୁଅରେ ଥଣ୍ଟି ଗୁଞ୍ଜିଦେଲି। ମେଘର ତକିଆରେ ମୁହଁ ଲୁଚେଇ ଦେଲି। ...ହସ ନାହିଁ, ତୁମକୁ ମୋ ରାଣ, ହସ ନାହିଁ। ନୀରୁକୁ କହିଥିଲେ ନୀରୁ ମଧ୍ୟ ବୁଝିଥାନ୍ତା। ଯେ ମୁଁ ଭୀରୁ ନୁହେଁ ଯେ ପ୍ରତି ମଣିଷ ବେଳେବେଳେ ଜୀବନକୁ ଡରେ, ମରଣର ଛାଇ ତା'ର ଶ୍ୟାମ ତନୁରେ ମୋହି ହୋଇଯାଏ। ସେଥିରେ ଅବଗାହନ କରିବାକୁ ଚାହେଁ। ପ୍ରଚଣ୍ଡର ଉପଶମ କରି ଶାନ୍ତିର ନିରୋଳା ହସଟିଏ ହସିବାକୁ ଚାହେଁ। ତୁମର ଛାତି ତଳକୁ ସେଇ କଳା ଜାଇଟିଏ ଅଛି ନା ? ଯାହା ଉପରେ ମୁଁ ଘଣ୍ଟାକଯାଏଁ ଲେପ୍‌ଟି ଯାଇଥିଲି ?

(ମିସେସ୍ ରାଏ ଓ ମିସେସ୍ ଛୋଟରାଏ ଫୁସ୍‌ଫୁସ୍ ହେଲେ। ମିସେସ୍ ରାଏ କହିଲେ, "ପୁଝାରୀ କହୁଥିଲା ଦିନଯାକ ଖାଇନାହାନ୍ତି, ମୁଁ ଯାଉଛି ଗିଲାସେ ସରବତ୍ କରିଆଣେ।" ମିସେସ୍ ଛୋଟରାଏ କହିଲେ, "ନା, ଆପଣ ବସନ୍ତୁ, ମୁଁ କପେ କଫି କରି ଆଣେ। ତାଙ୍କୁ କଫି ବେଶି ଭଲ ଲାଗେ।" ମିସେସ୍ ରାଏ ଦୃଢ଼ ଭାବରେ ମୁଣ୍ଡ ହଲେଇଲେ, କହିଲେ, ଆପଣ ଭୁଲ ବୁଝିଛନ୍ତି। ମୁଁ ଜାଣେ ସେ ଲେମ୍ବୁ ସରବତ୍...।" ଶେଷକୁ ଦୁହେଁ ଆପାତତଃ ବସି ରହିଥିଲେ।)

ମୁଁ କାଳୀ କହୁଛି। ତୁମ କଥାରୁ ପୂରା ଜଣାପଡୁଛି ଯେ ତୁମେ ମୋତେ ହିଁ...।

ମୁଁ ଗୋରୀ କହୁଛି। ମୁଁ ଅସଲବେଳେ ଆସିଥିଲି। ସେତେବେଳେ ତୁମେ କଳା ଜାଇ ଉପରେ ଲେପ୍‌ଟି ଯିବାର ବିକୃତି ଭୁଲିଗଲଣି। ତୁମେ ଖୋଜୁଥିଲ ଉଜ୍ଜ୍ୱଳର ଜ୍ୱଳନ, ତୁମେ ଲୋଡୁଥିଲ ଚହଟ ଚିକ୍‌କଣ ସୁନାବରଣ ଦେହ ଯାହାକୁ ମୁଠେଇଲେ ଆଖି ଖୋଲିଯାଏ, ଉଠିବାକୁ ଇଛା ହୁଏ, ମାତିବାକୁ ଇଛା ହୁଏ।

ହଁ, ଗୋରୀ ଆସିଥିଲା ପରେ। ସେତେବେଳକୁ ଅଧାବୟସ ହୋଇଗଲାଣି। ନୀରୁ ଶୋଇବାଘରୁ ରଙ୍ଗଢଙ୍ଗିଆ ଛବି କାଢ଼ି ନେଇ ରାମକୃଷ୍ଣ ପରମହଂସ, ବୁଦ୍ଧଦେବ ପ୍ରଭୃତିଙ୍କ ଛବି ଟାଙ୍ଗିବାକୁ ଆରମ୍ଭ କଲାଣି। ତା'ର ଅଣ୍ଟା ପିଠିର ଚର୍ବି ଆଖିଦୁରୁଶିଆ ହେଲାଣି, ଆଖି ଦୁରୁଶିଆ ହୋଇ ସକାଳସଂଜେ ବିନ୍ଧିବାକୁ ବସିଲାଣି। ରାତିରେ ତା' ଦେହକୁ ଅଣ୍ଡାଳିବାର, ହାଠାତ୍ ଲାଇଟ୍ ଚୁମା ଦେବାର କାରଣ ଚାଲିଗଲାଣି। ଏବଂ ମୋତେ ଅକାଳେ-ସକାଳେ ନିଦ ଲାଗିଲାଣି। ... ଏହି ଅବସ୍ଥାରେ ଦିନେ ଗୋଟିଏ ଟି ପାର୍ଟିରେ ଗୋରୀର ଚେହେରାକୁ ଦେଖିଲି, ନୂଆ ଦେଖିଲା ପରି ଲାଗିଲା। ଭାବିଲି,

ତା'ର ଶୁଭ୍ର ଶିଖରିର ମୁନକୁ ଭାଙ୍ଗିଦେଲେ କେମିତି ହୁଅନ୍ତା ! ତା'ର ଓଠର ନାଲିରେ ଓଠକୁ ଫୋଡ଼ିଦେଲେ କେମିତି ହୁଅନ୍ତା ! ସେ ବୁଝିନେଲା । ମୋ ପାଇଁ କଫି ଆଣିଦେଲା, ଆଉ କହିଲା, "ଆଜିକାଲି କ୍ଲବକୁ ଆସୁନାହଁ କାହିଁକି ? କ'ଣ ନୀରୁ ଦେଇ ମନା କରିଛନ୍ତି ?" ସେଇଠୁଁ ମୁଁ ରାଗିଲି, ରାଗିକରି ଥରକୁ ଥର କ୍ଲବକୁ ଗଲି, ଏବଂ କ୍ଲବର ଛୋଟ ଘରେ ତା'ର ଉଦ୍ଧତପଣକୁ ନଷ୍ଟ କରିଦେବା ପାଇଁ ତର ସହିଲା ନାହିଁ । ପ୍ରତିଥର ମନେହେଲା ଆହୁରି ଦରକାର । ଆହୁରି ଅଶାନ୍ତ ହେଲି, ଆହୁରି ଚଞ୍ଚଳ ହେଲି । ଅଶାନ୍ତ ବେଳାର ତତଲା ବାଲିରେ ଦେହକୁ ଗଡ଼ାଇଲି, ଥୁଣ୍ଟାଗଛ ଉପରୁ ଚନ୍ଦ୍ରକୁ କୁଦାମାରିବା ପାଇଁ ହୁଙ୍କାରିଲି...

ଗୋଡ଼ହାତ ଛିଣ୍ଡିଯାଇ ନାହିଁ ତ ?

ହସ, ମନଇଚ୍ଛା ହସ । କିନ୍ତୁ ନୀରୁକୁ କହିଥିଲେ ନୀରୁ ବୁଝିଥାଆନ୍ତା । ଯେ ପ୍ରତି ମଣିଷ ବେଳେବେଳେ ଜୀବନ ଉପରେ ରାଗେ, ରାଗିକରି ତାକୁ ଆକ୍ରମଣ କରିବାକୁ ଚାହେଁ, କାଳେ ସେ ଦୂରେଇ ଯିବ, ମରଣ ପାଇଁ ମଞ୍ଚ ପରିଷ୍କାର କରିଦେବ । ତୁମର ନିଭୃତ ମସୃଣତାକୁ ଚିମୁଟି ଚିମୁଟି ଯେଉଁ ଦାଗ ରଖି ଦେଇଥିଲି, ସେ ଦାଗ ଆଉ ଅଛି ନା ?

(ମିସେସ୍ ରାଏ ହାତଘଡ଼ି ଦେଖିଲେ । ମିସେସ ଛୋଟରାଏ ଅନୁଚ୍ଚ ସ୍ୱରରେ କହିଲେ, "ଆପଣ ଯାଆନ୍ତୁ, ଆପଣଙ୍କର ଡେରିହେଲାଣି, ପିଲାମାନେ ଅପେକ୍ଷା କରିଥିବେ ।" ମିସେସ୍ ରାଏ ନିଶ୍ଚିତ ଭଙ୍ଗୀରେ ମନା କଲେ, କହିଲେ, "ନା-ନା, ମୋର ମୋଟେ ଡେରି ହୋଇ ନାହିଁ; ବରଂ ଆପଣ ଯାଆନ୍ତୁ । ଆପଣଙ୍କର ଦୂରବାଟ... । ଶେଷକୁ ଦୁହେଁ ପୂର୍ବବତ୍ କରୁଣା ଓ ସହାନୁଭୂତିର ସ୍ତମ୍ଭ ପ୍ରାୟ ବସି ରହିଲେ) ।

ଆମେ ବୁଝି ନେଲୁଣି । ବୁଝାମଣା କରି କଲୁଣି । ତୁମେ ମରିବାର ଯୋଗ୍ୟ ନୁହଁ କି ବଞ୍ଚିବାର ଯୋଗ୍ୟ ନୁହଁ । ନାରୀ କିଭଳି ବସ୍ତୁ ତୁମେ କସ୍ମିନ୍‌କାଳେ ବୁଝିପାରିବ ନାହିଁ । ... ଛାଡ଼, ସେଥିରୁ କ'ଣ ମିଳୁଛି ? ଆମ ମତଲବର କଥାଟି କହିଦିଅ, ତା'ପରେ ଛୁଟି । କୁହ ତୁମେ କାହାକୁ ବେଶି –

ଓଃ ! ତୁମ ଦୁହିଁଙ୍କୁ ଏକାଠି ହେବାକୁ କିଏ କହୁଥିଲା ? ନୀରୁ ମରିଯିବାରୁ ମୁଁ କ'ଣ ତୁମକୁ ଡାକି ଯାଇଥିଲି ନା ଖବର ଦେଇଥିଲି ? ଖବର ଦେଲା ? କାହିଁକି ଖବର ଦେଲା ? ନୀରୁ ପାଇଁ ଶୋକ କରିବାକୁ ହେଲେ କ'ଣ ତୁମ ଦୁଇଜଣଙ୍କ ଚେହେରା ଆଖି ଆଗରେ ଦରକାର ? ଦରକାର ? ?

ଆମେ ତୁମକୁ ଭଲପାଉ ପରା, ଏତିକି ଜାଣି ନାହଁ ! ଆମେ ତୁମର ଦୀନତା, ତୁମର ହୀନତା, ତୁମର ଚପଳ ଆଙ୍ଗୁଳି, ତୁମର ନିର୍ଲଜ ରସନା, ସବୁ ଭଲପାଉ ।

ତୁମର ବିପତ୍ନୀକପଣକୁ ଜଗି ବସିବାପାଇଁ, ତା'ର ମହାନତାର ଦୁଇ ପାଖରେ ଜାଗର ଜଳାଇବା ପାଇଁ ଆଉ କିଏ ଆସିଥାଆନ୍ତା ? ନୀରୁ ଦେଈଙ୍କ ଭୂତ ?

ହଁ, ତା' ଭୂତ ଆସିଥାଆନ୍ତା । ନୀରୁକୁ ଯାହା କହିପାରିଲି ନାହିଁ, ତା' ଭୂତକୁ କହିଥାଆନ୍ତି । ମୂଳରୁ ଶେଷଯାଏଁ ଗୋଟି ଗୋଟି କରି ବଖାଣି ଥାଆନ୍ତି । ବୁଝେଇ ଦେଇଥାଆନ୍ତି ଯେ ଦେହଧାରୀ ମଣିଷ କେବେହେଲେ ସଂପୂର୍ଣ୍ଣ ହୋଇପାରେ ନାହିଁ । ତେଣୁ ସେ କାଳୀକୁ ଖୋଜେ, ଗୋରୀକୁ ଖୋଜେ, କବିତା ଲେଖେ, ଚାବୁକ୍‌ମାରେ...

ବେଶ୍ । କିନ୍ତୁ ଆମେ କ'ଣ ଦେହଧାରୀ ନୋହୁଁ ? ଆମର ଅସଂପୂର୍ଣ୍ଣତାକୁ ଘୁଞ୍ଚାଇବାକୁ ଯାଇ ଆମେ ଯେଉଁ ଆଚରଣ କରିଛୁ ସେ କଥା କେଉଁ ଭୂତକୁ ଶୁଣାଇବୁ ? ଆମ ସ୍ୱାମୀମାନେ ବଞ୍ଚିଛନ୍ତି ପରା ! ... ତେଣୁ ମନେରଖ ଯେ ତୁମ ପ୍ରତି ଆମର କର୍ତ୍ତବ୍ୟ ଅଛି, ଆମ ପ୍ରତି ତୁମର କର୍ତ୍ତବ୍ୟ ଅଛି । ମଝିରେ ସେହି ମୂଳ ପ୍ରଶ୍ନଟି- କାହାକୁ ତୁମେ ବେଶି –

ଗଳା ଫାଡ଼ି କହିଦେଉ ନା ? କୁହ ଯେ ମୁଁ ପାପ କରିଛି, ପାପ ! ସେହି ପାପରେ ତୁମକୁ ଜଡ଼ାଇ ଦେଇଛି । ସେଇଥିପାଇଁ ତୁମ ପ୍ରତି ମୋର କର୍ତ୍ତବ୍ୟ ଅଛି ! ସେଇଥିପାଇଁ କହିବାକୁ ପଡ଼ିବ ଯେ କେଉଁ ପାପରେ କେତେ ଲିଟର ପୀୟୂଷ ଭର୍ତ୍ତି ହୋଇଛି ! ନୁହେଁ ?

(ଭାବର ଚାପରେ ରଘୁବାବୁଙ୍କ ପାଟି ପାକୁ ପାକୁ ହେଲା । ତା'ପରେ ତାଙ୍କ ଓଠରେ କୁତ୍ସିତ ହସ ଉକୁଟିବାର ଦେଖାଗଲା । ମିସେସ୍ ରାଏ ଓ ମିସେସ୍ ଛୋଟରାଏ ବିବ୍ରତ ହେଲା ପରି ଏକାଠି ଛିଡ଼ାହୋଇ ପଡ଼ିଲେ ଓ ରଘୁବାବୁଙ୍କ ପାଖକୁ ଗଲେ । ତାଙ୍କର ଦୁଇ ପାଖରେ ଘେରିଗଲେ । ଦୁହିଁଙ୍କର ପରିପୁଷ୍ଟତା ମଧ୍ୟରେ ରଘୁବାବୁ ଅଧିକତର ଶୀର୍ଣ୍ଣ ଏବଂ ଅଧିକତର ଭଗ୍ନ ଦେଖାଗଲେ । ଘରେ ଆଲୁଅର ଅଭାବ ହେତୁ ମହିଳା ଦ୍ୱୟଙ୍କର ବର୍ଣ୍ଣବିଭିନ୍ନତା ବାରି ହେଉ ନଥିଲା । ମନେ ହେଉଥିଲା ଯେ ଦୁହେଁ ଗୋଟିଏ ଶୈଳର ଯୋଡ଼ିଏ ଖଣ୍ଡ ।

ମିସେସ୍ ରାଏ ମୁଣ୍ଡ ଆଉଁସିଲେ । ମିସେସ୍ ଛୋଟରାଏ ପିଠି ଆଉଁସିଲେ ।

ପାପ ? କିଓ, ଆମେ ତୁମ ପାଖରେ ଅଛୁ ପରା ! ବୁଢ଼ୀ ହେଲୁଣି ବୋଲି କଅଣ ଆମର କାମ ସରିଗଲାଣି ? ଯେ ପର୍ଯ୍ୟନ୍ତ ବଳବହପ ଅଛି, ଯେ ପର୍ଯ୍ୟନ୍ତ ଦେହ ଓ ଦେହର ଛୁଆଁଛୁଇଁ ବନ୍ଦ ହୋଇନାହିଁ, ସେ ପର୍ଯ୍ୟନ୍ତ ପାପର ବାପ ଆସିପାରିବ ନାହିଁ । କାରଣ ଏକୁଟିଆ ହୋଇ ପଛକୁ ଅନାଇବାର, ଅନୁତାପ କରିବାର ବାଟ ରହିବ ନାହିଁ । ବୁଝିଲ ? ବର୍ତ୍ତମାନ –

ନା, ନା ! ତୁମେ ମୋ ପାଖକୁ ଆସ ନାହିଁ ! ମୋ ଦେହରେ ହାତ ବୁଲାଅ ନାହିଁ ! ତୁମେ ଦୂରେଇ ବସ। ମୁଁ ତୁମକୁ ଉତ୍ତର ଦେବି, ନିଶ୍ଚୟ ଦେବି।

ସେ କଥା ହେବ ନାହିଁ। ଦେଖାଯାଉଛି, ପରଶ ନ ଲାଗିଲେ ମନେ ପଡ଼ିବ ନାହିଁ। ମନେ ପଡ଼ିଲେ ବି ତୁମେ କୁନ୍ଥେଇ ହେବ। ଅତଏବ ଆମ ଆଉଁସାଘସା ବଢ଼ି ବଢ଼ି ଯିବ... ବଢ଼ି ବଢ଼ି ଯିବ... ଘରେ ଆଉ କେହି ନାହିଁ... ସେଇଠୁଁ ଉତ୍ତରଟି ଆପେ ଆପେ ବାହାରି ଆସିବ। ବାହାରିବ ନାହିଁ, ଯିବ କୁଆଡ଼େ ?

ଆଚ୍ଛା ହେଉ, କହୁଛି। ମୁଁ କାଳୀକୁ ବେଶି ଭଲପାଏ ! ସେଇ ମୋତେ ଶୁଆଇ ପକାଇଥିଲା କେଡ଼େ ଚିକ୍‌କଣ ନିଦ ଶାନ୍ତି ଜଳର କୁଳୁକୁଳୁ ଆଃ !

ସତେ ? ତାହା ହେଲେ ଶୋଇ ରହିଲ ନାହିଁ ? ତା' କୋଳରୁ ଉଠି ଆସିବାକୁ କିଏ କହୁଥିଲା ?

ହଁ, ଉଠି ଆସିଲି। କାହିଁକି ନା – କାହିଁକି ନା-

କାହିଁକି ନା ତୁମର ଅନିଦ୍ରା ରୋଗ ମିଛ ଥିଲା। ତୁମେ ମିଛ ବାଘକୁ ଡରୁଥିଲ। ତୁମେ ପୁରୁଷ। ସୃଷ୍ଟିର ସର୍ବଶ୍ରେଷ୍ଠ ଜୀଅନ୍ତା ଜନ୍ତୁ। କୋଳରେ ପଶିବା ତୁମ କାମ ନୁହେଁ, ତୁମ କାମ ହେଉଛି ମାଡ଼ି ବସିବା । କୁହ, ଜବାବ ଦିଅ। ମନା କର ଯେ ତୁମେ ପୁରୁଷ ନୁହଁ।

ତାହାହେଲେ ? ତୁମର ପୁରୁଷପଣ ଶୋଇ ଆସୁଥିଲାବେଳେ କିଏ ତୁମକୁ ଜଗାଇ ଦେଲା ? କିଏ ତୁମକୁ ଶିକାରର ସୁଖ ବତାଇଦେଲା। କିଏ ?

ଗୋରୀ। ସେଇ ମୋତେ ବତାଇଦେଲା। ସଳିତା ସରିଆସୁଥିଲାବେଳେ ସେଇ ତାକୁ ତେଜି ଦେଲା। ମୁଁ ଗୋରୀକୁ ବେଶି ଭଲପାଏ !

ମୁଁ କାଳୀ କହୁଛି। ତୁମେ ଜଳି ଜଳି କେଉଁଆଡ଼େ ଗଲ କହିବଟି ! ସେଇ ନିଆଁରେ ନୀରୁକୁ ଜାଳିପୋଡ଼ି ମାରିଦେଇ ନାହଁ ତ ?

ଚୁପ୍ କର ! ନୀରୁ କିଛି ଜାଣି ନାହିଁ, କିଛି ଜାଣି ନାହିଁ ! ତାକୁ ଯା' ଭିତରକୁ ଆଣ ନାହିଁ, ମୁଁ ତୁମକୁ ନେହୁରା ହେଉଛି !

(ରଘୁବାବୁଙ୍କ ମୁହଁରୁ ଯନ୍ତ୍ରଣାର ଗୋଟିଏ ବିକଟ ଶବ୍ଦ ନିର୍ଗତ ହେଲା। ତତ୍‌ସହ ମିସେସ୍ ରାଏ ଓ ମିସେସ୍ ଛୋଟରାଏ ତାଙ୍କ ଉପରେ ଅଜାଡ଼ି ହୋଇ ପଡ଼ିବାର ଭ୍ରମ ହେଲା। ପ୍ରକୃତରେ ଦୁହେଁ ଝୁଙ୍କି ପଡ଼ିଲେ ଓ ଏକା ସାଙ୍ଗରେ ତାଙ୍କ ସାର୍ଟ୍ ଭିତରେ ହାତ ଗଳାଇ ଛାତିକୁ ଆଉଁସିବାର ପ୍ରଯତ୍ନ କଲେ। ମିସେସ୍ ରାଏ ଧୀରେ ଧୀରେ କହିଲେ, "ମୁଁ ଭାବୁଛି, ତାଙ୍କୁ ବିଛଣାକୁ ନେଇଯାଇ ଶୁଆଇଦେଲେ ଭଲ ହେବ।" ମିସେସ୍ ଛୋଟରାଏ କହିଲେ, "ନା ଏ ଅବସ୍ଥାରେ ତାଙ୍କୁ ବାହାରକୁ ଚଲେଇ

ନେବା ଉଚିତ।" ଶେଷକୁ ଦୁହେଁ ତାଙ୍କୁ ଆବୃତ୍ତ କରି ଛାତି ଏବଂ ଛାତିପାଖ ଦେହରେ ହାତ ବୁଲାଇଲେ।)

ଦେଖୁଛ ଆମେ କେଉଁଠି ଆସି ପହଞ୍ଚିଲୁଣି ? ଏଥର ?

ମୁଁ ହାରିଗଲି। ମୁଁ ଆଉ ପାରିବି ନାହିଁ। ମୁଁ ମୂଳରୁ କହି ନାହିଁ ଯେ ତୁମେ ଦୁଇଜଣ ରାକ୍ଷସୀ ? ରାକ୍ଷସୀ... ପୁରୁଣା ବୁଢ଼ୀ ଅସୁରୁଣୀ। ନା-ନା-ରୁହ, ମୁଁ ମୁକ୍ତି ପାଇବି ! ମୁଁ ମୁକ୍ତି ପାଇବି ! ମୁଁ ନୀରୁକୁ ପଚାରିବି। ନୀରୁର ଭୂତ ନୁହେଁ, ଖୋଦ୍ ନୀରୁ। ସେ ପରା ମୋର ଜୀବନସାଥୀ – ସେ କ'ଣ ମୋତେ ଅରଣ୍ୟରେ ଛାଡ଼ି ଯାଇପାରିବ ? ଏଇ ଦେଖ ସେ ଛିଡ଼ା ହୋଇଛି, ଏଇ ଦେଖ। ତା'ର ଆଖି, ନାକ, ମୁହଁ। କିନ୍ତୁ କିନ୍ତୁ ତା'ର ନାରୀ ଦେହର ରଙ୍ଗ ଦିଶୁନାହିଁ ତ। କୁଆଡ଼େ ଗଲା ? କାଳୀ କୁହ, ଗୋରୀ କୁହ ! ମୋ ସ୍ତ୍ରୀର ରଙ୍ଗ କେମିତିକା ? କୁହ-କୁହ-କୁହ- କହିଦିଅ ଭଲା !

ଠାକୁର ଘର

ଜୀବନମରଣ ଘାଟି।

ସୁନନ୍ଦା ଦେବୀଙ୍କର ଅବସ୍ଥା ସଙ୍କଟାପନ୍ନ। ସ୍ୱାମୀ ସେ ପୁରରେ ଅଛନ୍ତି କିନ୍ତୁ ଘରେ ପୁଅଝିଅ ନାତିନାତୁଣୀ ଭରି ରହିଛନ୍ତି – କେବଳ ଅମର ଆସି ନାହିଁ। ସେ ଦୂରରେ ବଡ଼ ଚାକିରି କରେ। ତେବେ ସେ ମଧ୍ୟ ଚିଠି ଦେଇଛି ଯେ ସେ କାଲି ସକାଳ ଭିତରେ ଉଡ଼ାଜାହାଜରେ ଆସି ପହଞ୍ଚିଯିବ, ସ୍ତ୍ରୀକୁ ସାଙ୍ଗରେ ଆଣିବ। (ସେ ଚିଠିରେ ଲେଖିଥିଲା ଯେ ବନ୍ୟାପାଣ୍ଠି ଉଦ୍ଦେଶ୍ୟରେ ହେଉଥିବା ଗୋଟିଏ ବିଚିତ୍ରାନୁଷ୍ଠାନରେ ସୁଷମାର ଅନେକ କିଛି କରିବାକୁ ଥିଲା, ସେଇଥିପାଇଁ ଡେରି ହେଲା; କିନ୍ତୁ ବଡ଼ଝିଅ ବୀଣା ଏତେଗୁଡ଼ାଏ କଥା ମାଆକୁ କହିବାର ପ୍ରୟୋଜନ ମନେ କରି ନଥିଲା। ବୀଣା ବୁଦ୍ଧିମତୀ।) ସାନପୁଅ ଭ୍ରମର ସବୁ ଦିନେ ପାଖରେ ଥାଏ, ସେ କଣ୍ଟ୍ରାକ୍ଟରି କରେ। ଝିଅ ତିନିଜଣଯାକ ବିବାହିତା, ସେମାନେ ତାଙ୍କ ପିଲାଛୁଆଙ୍କୁ ଧରି କାଳବିଳମ୍ବ ନକରି ଚାଲିଆସିଛନ୍ତି। ଅବଶ୍ୟ ସାନଝିଅ ନିନି ଏକୁଟିଆ ଆସିଛି, କାରଣ ତା'ର ପିଲାଛୁଆ ନାହାନ୍ତି।

ଗତ ଦୁଇଦିନ ହେଲା ଅବସ୍ଥା ତଳେଇ ଯାଇଛି। ପୂର୍ବରୁ ସେ ଅଳ୍ପବହୁତେ କଥାବାର୍ତ୍ତା କରିପାରୁଥିଲେ, ଗ୍ଲୁକୋଜ ପାଣି ପିଇବାପାଇଁ ବିଛଣାରୁ ଉଠିବାକୁ ଚେଷ୍ଟା କରୁଥିଲେ, ଔଷଧ ଖାଇବାକୁ ଦୃଢ଼ଭଙ୍ଗୀରେ ନାହିଁ ନାହିଁ କରୁଥିଲେ ଓ ସବୁ ପିଲାଏ ପାଖରେ ଅଛନ୍ତି କି ନାହିଁ ବୋଲି ଖୋଜୁଥିଲେ; କିନ୍ତୁ ଏହି କେତେ ଦିନ ହେଲା ତାଙ୍କର ସେ କ୍ଷମତା ଚାଲିଗଲାଣି। ତାଙ୍କର ଶେଷ ପ୍ରଶ୍ନ ଥିଲା, – ଅମୁ ଏପର୍ଯ୍ୟନ୍ତ ଆସି ନାହିଁ ? ତା'ପରେ ସେ ଢୋକେ ଗ୍ଲୁକୋଜ୍ ପାଣି ପିଇ ଆଖିବୁଜି ଦେଇଛନ୍ତି। ଉଠୁନାହାନ୍ତି, କିଛି କହିବାକୁ ନାହାନ୍ତି। ଦବିଲା ଓଠ ଆହୁରି ଦବିଗଲା ପରି ଲାଗୁଛି। ଶିଥିଳ ଆଖିପତା ପଣ କଲା ପରି ଡୋଳାକୁ ଆବୁରି ଧରିଛି। ଛାତିର ଶବ୍ଦ ଭୟ ଦେଖାଉଛି।

ମାଆ କଣ ବଞ୍ଚିବ ନାହିଁ ? ଝିଅମାନେ ବିଛଣାର ଦୁଇ ପାଖରେ ବସିରହି ଲୁହ

ପୋଛୁଛନ୍ତି। ବେଶି କାନ୍ଦୁଛି ବିନି। ସେ ନିଜକୁ ସମ୍ଭାଳି ପାରୁନାହିଁ, କୋହକୁ ଚାପିବାକୁ ଯାଇ ଅଣନିଃଶ୍ୱାସୀ ହୋଇପଡ଼ିଛି ଓ (ବୋଧହୁଏ) କାନ୍ଦଣାକୁ ସାରି ଆସିବା ପାଇଁ ଥରକୁ ଥର ଉଠି ପଳାଉଛି।

ଅନ୍ୟ ଦୁଇଜଣ ଲୁହଧୁଆ ଆଖିରେ ମୁହଁ ଚୁହାଁଚୁହିଁ ହେଲେ। – ଏଇ ବିନି! ସବୁଦିନେ ଏମିତି। ଟିକିଏ ବୋଲି କଷ୍ଟ ସହିବ ନାହିଁ, ତିଳକୁ ତାଳ କରିବ, ସତେ ଯେପରି ତା'ପରି ଦୁଃଖିନୀ ଆଉ କେହି ନାହିଁ। ହେଲା ଏବେ ସେ ସାନଝିଅ, ତା' ବୋଲି ସେ କ'ଣ ପିଲା ହୋଇଛି ? ମାଆ ଆମକୁ ଛାଡ଼ି ଚାଲିଯାଇ ନାହିଁ, ତଥାପି ବଞ୍ଚିଛି। ଦମ୍ଭ ଧର, ଭଗବାନଙ୍କୁ ଡାକ। ଏମିତି ବାଡ଼େଇପିଟି ହେଲେ କ'ଣ ହେବ ?

ତା'ଛଡ଼ା ସେ କାନ୍ଦୁ କାନ୍ଦୁ ଏତେଥର ଉଠି ପଳାଉଛି କାହିଁକି ? ଯାଉଛି, ଆଉ ଘଡ଼ିକ ପରେ ଫେରୁଛି !

... ରାତି ବଢ଼ିଲାଣି। ଡାକ୍ତର ଅଧିକାରୀ ଯଥାରୀତି ରୋଗକୁ ପରୀକ୍ଷା କରି ଗଲେଣି। ସେ ଇଞ୍ଜେକ୍‌ସନ୍ ଦେଇଛନ୍ତି, ମିନିଟିଏ ଭାବିଲା ପରି ହୋଇ ଉପରକୁ ତଳକୁ ଚାହିଁଛନ୍ତି ଓ ଗମ୍ଭୀର ଭାବରେ କହିଛନ୍ତି, "ଆଜି ରାତିଟା। କେବଳ ଆଜି ରାତିଟା। ଏଇ ଗୋଟାଏ ରାତି କଟିଗଲେ ଭୟର କାରଣ ନାହିଁ। ଜଗି ରହିବାକୁ ପଡ଼ିବ। କିଛି ମନ୍ଦ ଲକ୍ଷଣ ଦେଖିଲେ ସାଙ୍ଗେ ସାଙ୍ଗେ ମୋତେ ଫୋନ୍ କରି ଜଣାଇଦିଅ।" ପୁରୁଣା ପୁଝାରୀ, ପୁରୁଣା ଚାକର ଓ ନୂଆ ଟହଲିଆ ଦୁଇଜଣ ଥରେ ଅଧେ ଦୁଆରବନ୍ଧ ପାଖରେ ଛିଡ଼ା ହୋଇ ମୁହଁ ଶୁଖେଇ ଫେରିଗଲେଣି। ବନ୍ଧୁବାନ୍ଧବଗଣ ଗୋଡ଼ହାତ ଆଉଁସି ଦେଇ କୁଣ୍ଠିତ ଭାବରେ ବିଦାୟ ନେଲେଣି (ମୁଁ ରାତିରେ ରହିଯାଇଥାଆନ୍ତି, କିନ୍ତୁ କ'ଣ କରିବି, ଘରକୁ ନ ଗଲେ ସବୁ ଅଚଳ... ଇତ୍ୟାଦି)। ପୁସି ବିଲେଇ ଆଦର ନ ପାଇ ଅନ୍ଧାରକୁ ଚାଲିଯାଇଛି, କେଉଁ କୋଣରେ ଉଷୁମ ଟାଣୁଛି। ଲୁହା ଫାଟକରେ ତାଲା ପଡ଼ିଛି।

'ସୁନନ୍ଦା ନିବାସ'ରେ ଉପର ମହଲାର ଏଇ ଗୋଟିକ ଘରେ ଆଲୁଅ ଜଳୁଛି। ଅଧରାତିରେ କେତୋଟି ଆନମନା ଆଲୁଅମାନଙ୍କୁ ଆଖି ଠାରୁଛି।

ଭ୍ରମର ପଦଚାରଣ କରୁଛି, ସିଗାରେଟ୍ ଫୁଙ୍କୁଛି। ବୀଣା, ବିଥି ଓ ବିନି ବିଛଣାର ଦୁଇ ପାଖରେ ବସି ରହିଛନ୍ତି, ଲୁହ ପୋଛୁଛନ୍ତି। ବିନି ବେଶି କାନ୍ଦୁଛି।

ରାତି ସରୁ ନାହିଁ।

"ଓଃ! ଏମିତି ସୁଁ ସୁଁ ନ ହେଲେ ହୁଅନ୍ତା ନାହିଁ?" ଭ୍ରମର ହଠାତ୍ ବିରକ୍ତ ହୋଇ କହି ପକାଇଲା। ଯେପରିକି ଏହି ନାରୀକାନ୍ଦଣା ନ ଥିଲେ ସମସ୍ୟାର ସମାଧାନ ହୋଇଯାଆନ୍ତା, ଅବସ୍ଥା ଶାନ୍ତ ହୁଅନ୍ତା। କିନ୍ତୁ ଭଉଣୀମାନେ ତା' କଥାରେ ବିଚଳିତା

ହେଲା ପରି ଦିଶିଲା ନାହିଁ। ବୀଣା ସାନଭାଇ ଆଡ଼କୁ ଅବଜ୍ଞାସୂଚକ ଚାହାଣିରେ ଚାହିଁଲା। ବୀଥି କହିଲା, "ତୁ ଯାଉନୁ, ଶୋଇପଡ଼ିବୁ। ଦରକାର ହେଲେ ଆମେ ତୋତେ ଡାକିବୁ ନାହିଁ?"

ଭ୍ରମର ଉତ୍ତର ଦେଲାନାହିଁ। କିନ୍ତୁ ତା'ର ମନରେ ଆସିଲା ଯେ ତା'ର ଏକାଧିକ ଭଉଣୀ ଅଛନ୍ତି। ଉଚିତରୁ ଅଧିକ। ସେମାନେ କିଛି ବୁଝନ୍ତି ନାହିଁ।

ବିରାଗ ବହନ କରି ସେ ବାରଣ୍ଡାକୁ ଗଲା। ଆକାଶ ଓ ଶୀତଳ ପବନ ତା' ଦେହରେ ଲାଗିଲା ଓ ସେ ଅନିର୍ଦ୍ଦିଷ୍ଟ ଦର୍ଶନ ଚିନ୍ତାକୁ ଆହ୍ୱାନ କଲା। ଏ ଜୀବନ କଅଣ? ମାଆ ମରିଯିବ, ବୋଧହୁଏ ମରିଯିବ, ନିଶ୍ଚୟ ମରିଯିବ। ତା'ପରେ? ଅସୀମ ଓ ଅନନ୍ତ! ଆକାଶ ଓ ତାରା! ଏ ଜୀବନଟା ସତେ କଅଣ?

ଏହି ସମୟରେ ସେ ଆବିଷ୍କାର କଲା ଯେ ତଳେ ଠାକୁର ଘରେ ଆଲୁଅ ଜଳୁଛି। କିଛି ସମୟ ପରେ ଆଲୁଅ ଲିଭିଗଲା ଓ ଦେଖାଗଲା ଯେ ଘର ଭିତରୁ ଜଣେ କିଏ ବାହାରିଆସୁଛି। ଚୁପ୍‌ଚୁପ୍ ଚୋରି କଲା ପରି ଆସୁଛି, ନ ଚାହିଁଲା ପରି ଉପରକୁ ଚାହିଁ ଦେଉଛି; ତରତର ହୋଇ ଚାଲିଛି। ସ୍ତ୍ରୀଲୋକ। ବିନି? ବିନି ଠାକୁର ଘରେ ପ୍ରାର୍ଥନା କରି ଆସିଲା! ଏଇଥିପାଇଁ ସେ ଥରକୁ ଥର ଉଠି ପଳାଉଥିଲା!

ଭ୍ରମର ଆଶ୍ଚର୍ଯ୍ୟ ହେଲା। ହସିଲା। - ଅଦ୍ଭୁତ ପିଲା। ନିହାତି ଡରକୁଳୀ। ମୁଁ ତାକୁ ପିଲାଦିନୁ ଦେଖିଆସିଛି, ଛାଇକୁ ଦେଖି ଡରିବ। ସତ କହିବାକୁ ଡରିବ, କାଳେ କାହା ମନରେ କଷ୍ଟ ହେବ। ମିଛ କହିବାକୁ ଡରିବ, କାଳେ ଧରା ପଡ଼ିଯିବ। ଭାଗ୍ୟ ଭଲ ବାହା ହୋଇଯାଇଛି, ନ ହେଲେ ମାଆ ଚାଲିଗଲା ପରେ ତା'ର କଅଣ ଦଶା ହୁଅନ୍ତା? (ଦୀର୍ଘଶ୍ୱାସ)

ବିନି ତା' ବାହାଘର ବେଳକୁ କମ୍ ନଚେଇ ନଥିଲା। କଅଣ ନା ମୋତେ ଡର ମାଡୁଛି, ମୁଁ ତୁମ୍ଭମାନଙ୍କୁ ଛାଡ଼ିଯିବି ନାହିଁ, ମୁଁ ଆଉ କାହା ଘରକୁ ଯିବି ନାହିଁ, ମୁଁ ପାଠ ପଢ଼ିବି। ହୁଣ୍ଡୀ ବାପାଙ୍କ ହାତକୁ ମୁଠେଇ ଧରିଲା। ବାପା ମଧ୍ୟ ତରଳି ଯାଉଥିଲେ। ମାଆ ଟାଣହୋଇ ବସି ନଥିଲେ ସେ କଅଣ ବାହା ହୋଇପାରିଥାଆନ୍ତା?

ବିନିର ଅସାଧାରଣ ଭୟାଳୁ ପ୍ରକୃତିକୁ ସ୍ମରଣ କଲେ ମଧ୍ୟ ଭ୍ରମରର ବିସ୍ମୟ କଟିଲା ନାହିଁ। ବିନି ଥରେ ନୁହେଁ, ଦୁଇଥର ନୁହେଁ, ରାତି ଭିତରେ ଚାରିପାଞ୍ଚ ଥର ଯିବଣି। ସତେ କି ଭୁଲିଯାଇଥିବା କଥାକୁ ଯୋଡ଼ି ଦେଇଆସୁଛି, କେଉଁ ମୂଳ ମନ୍ତ୍ରଟି ଦୋହରାଉଛି, କାଳେ ଠାକୁରେ ଶୁଣି ନଥିବେ!

ବିନି ସିଡ଼ି ମୁଣ୍ଡରେ ଆସି ପହଞ୍ଚିଲାଣି। ତା'ର ସାବନା ଶୁକୁଟା ମୁହଁରୁ କିଛି ଜଣାପଡୁ ନାହିଁ। କିନ୍ତୁ– କିନ୍ତୁ ମନେ ହେଉଛି ଯେ ତା' ଦେହର ପ୍ରତି ଅଣୁରେ ଭାରୀପଣ

ଜଡ଼ିରହିଛି । ନିବିଡ଼ତା । ନିବିଡ଼ତା ଓ ସରଳତା । ଧ୍ୟାତ୍, ମେଞ୍ଚଡ଼ ଟୋକୀଖଣ୍ଡେ ! ଭ୍ରମର ପରିସ୍ଥିତିକୁ ହାଲ୍କା କରିବାକୁ ଚାହିଁଲା, ପାରିଲା ନାହିଁ । ତା'ର ସନ୍ଦେହ ହେଲା ଯେ ବିନି ତାକୁ ଚେତାଇ ଦେଉଛି, ମରଣର ଅସଲ ରୂପକୁ ଚିହ୍ନାଇ ଦେଉଛି । ମରଣ ଅନନ୍ତ ନୁହେଁ, ଅନ୍ତରଙ୍ଗ । ଦେହ ପରି । ରାତିର କଳା ପରି । ତେଣୁ ଠାକୁରଘରକୁ ଯିବା ଉଚିତ ଶତ ସହସ୍ର ବାର... କିନ୍ତୁ ମୁଁ ଯିବି ନାହିଁ । ମୁଁ କ'ଣ ବିନି ହୋଇଛି ?

ତା' ବୋଲି ମୁଁ କଅଣ ମାଆକୁ ଭଲପାଏ ନାହିଁ ?

ଠାକୁର ଘର ଡାକୁଛି । ଡାକୁ ନାହିଁ, ଆହ୍ୱାନ କରୁଛି, ଚ୍ୟାଲେଞ୍ଜ୍ କରୁଛି । ଆସୁନୁ ଚାଲିଆ ଏଠିକି । ଯଦି ମାଆକୁ ଭଲ ପାଉ ।

ଗୋଟିକିଆ ଦୀପ ଜଳୁଛି । ବିନି ଜଳେଇ ଦେଇଯାଇଛି । ଧୂଆଁ ଉଠୁଛି । ଧୂଆଁ ଆଉ ବାସ୍ନା । ପୋଡ଼ା ସଳିତା, ଘୋରା ଚନ୍ଦନ, ପଚାଫୁଲର ବାସ୍ନା । ପୁରୁଣା ସିନ୍ଦୂର, ସିନ୍ଦୂର ପରେ ସିନ୍ଦୂର, ଠାକୁରଙ୍କ ମୁହଁ ଦିଶୁନାହିଁ; କିନ୍ତୁ ଠାକୁରେ ଅଛନ୍ତି; ପୂରାପୂରି ଅଛନ୍ତି । ଏତିକି ଜଣାନାହିଁ ? ନ ହେଲେ ଗାଧୋଇସାରି ସମସ୍ତେ ମୁଣ୍ଡିଆ ମାରି ଆସ କାହିଁକି ?

ଜାଣେ । ଘରର ନିୟମ । ବାପା ବଞ୍ଚିଥିଲାବେଳେ ହୁଏତ ହେଳା କରି ହେଉଥିଲା, କିନ୍ତୁ ଏବେ କରିହେଉ ନାହିଁ । କାରଣ ବାପାଙ୍କ ଫଟୋ ସେଇଠି ଅଛି, ସେଥିରେ ମଧ୍ୟ ସିନ୍ଦୂର ଲାଗିଛି । ମୁଁ ଆଜି ସକାଳେ ମୁଣ୍ଡିଆ ମାରିଆସିଛି । ହେଲେ ମୁଁ ଏଇକ୍ଷଣି ଯିବି ନାହିଁ, ଏଇ ରାତିରେ ଯିବି ନାହିଁ, କାହା ଧମକାଣରେ ଯିବି ନାହିଁ । ବିନି ଗଲା ବୋଲି କ'ଣ ମୁଁ ଯିବି ? ମୁଁ କାଲି ଯିବି, କାଲି ସକାଳେ, ଦିନର ଆଲୁଅରେ...

ଭ୍ରମର ସମ୍ମୋହିତ ହୋଇ ତଳମହଲାର ଶିକୁଳି ଲଗା ଛୋଟ ଘରକୁ ଚାହିଁରହିଲା । ଜଣାଶୁଣା ଛୋଟ ଘର ନୁହେଁ, ଠାକୁର ଘର ନୁହେଁ, ଗୋଟାଏ ଗୁହା । ସେଠି ଜଣେ ଅଛି, ଦେବତା-ଦାନବ । ଜୀବନ-ମରଣର ଫଇସଲା କରୁଛି । ବୋଧହୁଏ ତା'ର ଆଖି ଦୁଇଟା ଜୁଳୁଜୁଳୁ ହୋଇ ଦିଶୁଥିବ, ବିଲେଇ ଆଖି ପରି । ଜଜ୍ ପରି, ସାକ୍ଷୀ ପ୍ରମାଣର ଦାବି କଲାପରି । ମୁଁ ସେଠିକି କେମିତି ଯିବି ? ମୁଁ କେମିତି ଯାଇ କହିବି ଯେ ଠାକୁରେ ମୋ ମାଆକୁ ବଞ୍ଚେଇ ଦିଅ, ସେ ଆହୁରି ଦଶବର୍ଷ ବଞ୍ଚୁ, ଆହୁରି ଶହେ ବର୍ଷ ବଞ୍ଚୁ, ବାଜେ କଥା, ନନ୍‌ସେନ୍‌ସ । ଯାହା ହେବାର ଥିବ ହେବ । ... ମୁଁ କହୁଛି କାଲି ସକାଳେ ଯିବି । ଖାଲି ଏଇ ରାତିଟା କଟିଯାଉ । ଡାକ୍ତର କହିଯାଇଛି ପରା !

ମାଆର ଖଟ ପାଖକୁ ଫେରିଆସିଲା ବେଳକୁ ଭ୍ରମରର ମୁହଁ ଶେତା ଦିଶୁଥାଏ । ବୀଣା ସାନ ଭାଇର ଦୁରବସ୍ଥା ଦେଖିଲା ଓ ତା' ମନରେ ଦୟା ଆସିଲା । – ମୁଁ ବଡ଼

ଭଉଣୀ ସବୁଠାରୁ ବଡ଼। ମୁଁ ସମସ୍ତଙ୍କ ଆଗରୁ ବଡ଼ ହୋଇଛି, ଘରସଂସାର କରିଛି। ପୁଣି ମୁଁ ବଡ଼ ଘରେ ବାହା ହୋଇଛି। ଏଇ ଭ୍ରମର ଏଇ ବିନି, ସାତ ସାନ। ମୁଁ ନିଜ ହାତରେ ଏମାନଙ୍କୁ ଗାଧୋଇ ଦେଇଛି, ଛଞ୍ଚେଇ ଦେଇଛି...। ବୀଣା ଭ୍ରମରର ପାଉଁଶିଆ ମୁହଁ ସହିତ ବିନିର ଅମାନିଆ କାନ୍ଦକୁ ଯୋଡ଼ଦେଲା ଓ ଭାବିଲା ଯେ ଚୁପ୍ ହୋଇରହିଲେ ଚଳିବ ନାହିଁ। ଏମାନଙ୍କୁ ସାହସ ଦେବାକୁ ହେବ। ସେ ଯେତେ ହେଲେ ବଡ଼।

କିନ୍ତୁ ସେ ଦେଖିଲା ଯେ ବିନି କିଛି ଗ୍ରହଣ କରିବାର ଅବସ୍ଥାରେ ନାହିଁ। ସେ କାଠପରି ବସିରହିଛି ଓ ସାଦା କାନ୍ଥକୁ ଚାହିଁଛି। ଯେପରିକି ସେ ସବୁ କାନ୍ଦଣା କାନ୍ଦି ସାରିଲାଣି, ସବୁ ଭାବନା ଭାବି ସାରିଲାଣି, ବର୍ତ୍ତମାନ ପୃଥିବୀର କୌଣସି କଥା ଶୁଣିବାକୁ ପ୍ରସ୍ତୁତ ନୁହେଁ। ଝିଅଟା ଯେତିକି କାନ୍ଦୁରୀ ସେତିକି ଆଣ୍ଡୋଇ।

ବୀଥି ଢୁଳେଇ ପଡ଼ିଛି। କୋମଳାଙ୍ଗୀ। କିଛି ଦାୟିତ୍ୱ ନେଇପାରିବ ନାହିଁ। ଖାଲି ସାଜିସୁଜି ହୋଇ ବସିଥିବ ଓ ପିଲା ଜନ୍ମ କରୁଥିବ। ଲାଗି ଲାଗି ଛଅଟା ପିଲା ହେଲେଣି, ଆଉ କେଇଟା ହେବେ ? ବୀଣା ଦୁଃଖ କଲା ଯେ ଆଧୁନିକ ସଭ୍ୟ ସମାଜର ମଣିଷ ହୋଇ ମଧ୍ୟ ବୀଥି ଏତେ ହୁଣ୍ଡୀ, ଏତେ ମଫସଲୀ। ପୁଣି ତା'ର ମନରେ ଆସିଲା ଯେ ବୀଥିର ସ୍ୱାମୀ ନିର୍ମଳ ବଜାରି ସିନା, ଦେଖିବାକୁ ମନ୍ଦ ନୁହେଁ, ବୀଥିକୁ ଅତି ବେଶି ଭଲପାଏ। ବୋଧହୁଏ ପ୍ରତିଦିନ ରାତିରେ – ଛି ! ଜୀବନରେ କ'ଣ ଆଉ କିଛି ନାହିଁ ?

ଛାଡ଼, ମୋର କ'ଣ ଯାଉଛି ! ବୀଣା, ବୀଥି ସମ୍ବନ୍ଧୀୟ ଭାବନାରୁ ଫେରିଆସିଲା ଓ ସାନଭାଇ ପ୍ରତି ଦୃଷ୍ଟି ଦେଲା। ପିଲାଟା ଚିନ୍ତାରେ ଝାଉଁଳିଯାଇଛି ଏବଂ ସେ କୋମଳ କଣ୍ଠରେ ଆରମ୍ଭ କଲା –

"ଭ୍ରମର, ଯା' ଟିକେ ଶୋଇପଡ଼ିବୁ ଯା। ମୁଁ ମାଆର ନାଡ଼ୀ ଦେଖିସାରିଲିଣି, ଭଲ ଆଡ଼କୁ ଗଲା ପରି ଲାଗୁଛି।"

"ନା, ଠିକ୍ ଅଛି। ମୁଁ ଏଇ ଚଉକିରେ ବସୁଛି। (କାହିଁକି ଏମାନେ ମୋ ପଛରେ ଲାଗିଛନ୍ତି ? ଏମାନେ କ'ଣ ଏକା ମାଆର ପିଲା, ଖାଲି ୟାଙ୍କର ପ୍ରାଣ କାନ୍ଦୁଛି ?)

ବୀଣା ଦେଖିଲା ଯେ ଅନ୍ୟ କଥା ପକେଇବାକୁ ହେବ। କିଛି ସମୟ ଅପେକ୍ଷା କରି ସେ କହିଲା –

"ଯଦୁ ନିହାତି ବୁଢ଼ା ହୋଇଗଲାଣି। ମୋଟେ କାମକୁ ପାରୁ ନାହିଁ। ମାଆ ଭଲ ହୋଇଗଲେ ଗୋଟାଏ ମଜବୁତ୍ ଲୋକ ଯୋଗାଡ଼ କରିବାକୁ ହେବ।"

"ହୁଁ"। (ମହାପଣ୍ଡିତଙ୍କ ପରି କଥା କହୁଛି) ସତେ ଯେମିତି ଯାକୁ ଜଣା ଯେ ମାଆ ଭଲ ହୋଇଯିବ।"

"... ଏତେ ବଡ଼ ଘରଦୁଆର, ବାରି ଅଗଣା, ଗାଈଗୋରୁ। ଜିନିଷ ବୋଲି କିଛି କମ୍ ନାହିଁ। ଯାକୁ ସମ୍ଭାଳିବା କଅଣ ସହଜ କଥା ?"

"ହୁଁ"।

ବୀଣା ନିଜ କଥାରେ ଢେଉରେ ଭାସିଭାସି ଗଲା। ଭ୍ରମରର ଅନାସ୍ଥାଭାବ ଲକ୍ଷ୍ୟ କରିପାରିଲା ନାହିଁ।

"ଗାଆଁ-ଜମି, ଆମ୍ବତୋଟା, କୋଠା, କମ୍ପାନୀ ସେୟାର, ତା'ଛଡ଼ା ଯେତେକ କ୍ୟାସ। କେହି ଦେଖିବାକୁ ନାହିଁ, ତୋତେ ହିଁ ସବୁ ଦେଖିବାକୁ ହେବ। ଅମର ତ ବାହାରେ ବାହାରେ ରହିଲା। ତୋତେ ହିଁ ସବୁ ଦାୟିତ୍ୱ ମୁଣ୍ଡେଇବାକୁ ହେବ।"

ସମ୍ପତ୍ତିର ପ୍ରଚୁରତା ଓ ଭାରୀପଣକୁ ସ୍ମରଣ କରି ବୀଣା ଗଦଗଦ ହେଲା। ତା'ର ମନରେ "ଆହା !" ଭାବ ଉଦିତ ହେଲା। ଏ ଭ୍ରମରଟା ପାରିବ ନାହିଁ, ମୋ ଛଡ଼ା ଆଉ କେହି ପାରିବେ ନାହିଁ... ଟ୍ରଙ୍କରେ ଟ୍ରଙ୍କରେ ଘର ଭର୍ତ୍ତି ହୋଇଛି। ମଝିଘର ଆଲମାରୀ ଖୋଲିଦେଲେ ଜିନିଷପତ୍ର ଅଜାଡ଼ି ହୋଇପଡ଼ିବ। କେତେ ମୋଟାମୋଟା ବହି, ବିକିଲେ ଖଣ୍ଡି ପଚାଶ ଟଙ୍କାରୁ କମ୍ ହେବ ନାହିଁ। ଫୁଲପକା ରେଶମ ଗାଲିଚା ଘରର ଚାରିକାନ୍ଥଯାଏଁ ଲମ୍ବିଯିବ। ରୁପାବାସନ କାହିଁରେ କଅଣ। ସିଲ୍କ ଶାଢ଼ୀ ଅକଳନ୍ତି। ତା'ଛଡ଼ା – ଖାଣ୍ଟି ସହି ସୁନାର ଧନ : ମୂଳ ପିଣ୍ଡ !! ସେ ଯେଉଁଠି ଅଛି ମୁଁ ଜାଣେ, ଆଉ କେହି ଜାଣନ୍ତି ନାହିଁ। ମାଆ କେବଳ ମୋତେ କହିଛି...। ବୀଣା ମନେ ମନେ ନିଜ ଭାବନାକୁ ଘୋଡ଼େଇ ପକାଇଲା, କାଳେ ସେହି ଗୋପନ ଜ୍ଞାନର ମହିମା ପଦାରେ ପଡ଼ିଯିବ।

ବୀଣା ଥକି ଗଲା। ବ୍ୟାଙ୍କ ବାଲାନ୍‌ସ, ଶେଆର୍ ସାର୍ଟିଫିକେଟ୍ ଇତ୍ୟାଦିର ବିସ୍ତାରକୁ ମନରେ ସଜାଇ ଗୋଟିଗୋଟି କରି ଦେଖିପାରିଲା ନାହିଁ। ଆତ୍ମତ୍ୟାଗର କ୍ଳେଶରେ କଷ୍ଟ ପାଇଲା ପରି ମନେ ହେଲା। – ମୋର କଅଣ ଅଛି ? ଭାଇମାନେ ଯଦି ଏ ସମ୍ପତ୍ତିକୁ ରଖି ନପାରିବେ ମୁଁ କ'ଣ କରିବି ?

ସେ ମାଆର ଦେହରେ ହାତ ପକାଇଲା। ମାଆ ମୋର ମୁମୂର୍ଷୁ। ମାଆ ମୋର ସର୍ବଂସହା। ମୁଁ ତା'ର ବଡ଼ ଝିଅ, ଘରର ବଡ଼ ଦେଈ। ମୁଁ ମଧ୍ୟ ସର୍ବଂସହା ହେବି। ମାଆର କିଛି ହୋଇଗଲେ ମୁଁ ଏହି ସମ୍ପତ୍ତିକୁ ମୁଣ୍ଡେଇବି, ନିଶ୍ଚୟ ମୁଣ୍ଡେଇବି। ନିଜ ଘରପିଲା ଛୁଆଙ୍କୁ ପଛରେ ପକାଇ –

କିନ୍ତୁ ଭ୍ରମର କ'ଣ ବୁଝିବ ?

ହଠାତ୍ ବୀଣା ଦେଖିଲା ଯେ ଭ୍ରମର କେବଳ ଚୁପ୍‌ଚାପ୍ ହୋଇ ବସିରହି

ନାହିଁ, ସେ ରାଗୁଛି । କାହା ଉପରେ ରାଗୁଛି – ନିଜ ଉପରେ ? କାହିଁକି, ମୁଁ କ'ଣ କଲି କି ? ମୁଁ ତାକୁ କଅଣ କହିଲି କି ?

ରାଗ ନୁହେଁ, ଘୃଣା ତା' ଆଖିରେ ଘୃଣା । ସେ ମୋତେ ଭଲପାଏ ନାହିଁ, ସେମାନେ କେହି ମୋତେ ଭଲ ପାଆନ୍ତି ନାହିଁ !

ସେ ବି ମୋତେ ଭଲ ପାଆନ୍ତି ନାହିଁ । ମୁଁ ଜାଣେ, ମୁଁ ଜାଣେ । ବୀଥିକୁ ଯେମିତି ତା' ସ୍ୱାମୀ ଭଲପାଏ, ସବୁ ସ୍ୱାମୀ ତାଙ୍କ ସ୍ତ୍ରୀମାନଙ୍କୁ ଯେମିତି ଭଲ ପାଆନ୍ତି । କାରଣ । ମୁଁ କାଳୀ, ମୋଟି, ଅସୁନ୍ଦରୀ । ମୁଁ ଦେଖିବାକୁ ମାଆପରି କିନ୍ତୁ ବାପା କଅଣ ମାଆକୁ ଭଲ ପାଉ ନଥିଲେ ? ତାହାହେଲେ ? ତାହାହେଲେ ମୁଁ କି ଦୋଷ କରିଛି ? ? ମୁଁ ଯେତେବେଳେ ସୀତାର ଶିଖୁଥିଲି, ମୁଁ ଯେତେବେଳେ ଷୋଳବୟସୀ ଥିଲି, ଗୋବିନ୍ଦ ମାଷ୍ଟର, ନାଲିଚିଆ ନରମ ଆଖି । ଘରେ ପହଞ୍ଚିଲେ ମୋ ହାତରୁ ପାଣି ପିଇବାକୁ ମାଗନ୍ତି । କେବଳ ପାଣି ନୁହେଁ, ଆଉ କିଛି ମାଗିଲା ପରି ମନେ ହୁଏ । ମୁଁ ବୁଝିବା ଆଗରୁ ମାଆ ବୁଝିନେଇଥିଲା, ଶୋଷ ମେଣ୍ଟିବାକୁ ଦେଲା ନାହିଁ । ଖାଲି ଗୋବିନ୍ଦ ମାଷ୍ଟ୍ର କାହିଁକି, ଆହୁରି କେତେ ଥିଲେ । ମୁଁ ହଲପ କରି କହିପାରିବି, କିନ୍ତୁ ମାଆ...

ମୁମୂର୍ଷୁ ମାଆଠାରୁ କୈଫିୟତ ମାଗିଲା ପରି, ସେ ବାଟକାଟି ଚାଲିଯିବା ଆଗରୁ ବୁଝାମଣା କରି ନେଲାପରି ବୀଣା ସୁନନ୍ଦା ଦେବୀଙ୍କର ମୁହଁକୁ କଟମଟ କରି ଚାହିଁଲା । ସତେ କି ସେ ତା'ର ସାରା ଜୀବନର ଅଭିମାନକୁ ଜମେଇ, ତା'ର ଓହଳା ମୁହଁକୁ ଜଳେଇ ତତେଇ ଜନ୍ମଦାତ୍ରୀକୁ ଦେଖୁଛି । ଏଥିପୂର୍ବେ ଏହି ସାହସ, ଏହି ଅଧିକାର ପାଇପାରି ନଥିଲା । ଆଜି ସୁବିଧା ମିଳିଛି । ପ୍ରଥମ ଓ ଶେଷଥର ପାଇଁ ।

କିନ୍ତୁ ଅଳ୍ପ ସମୟ ପରେ ସେ ତା' ମନ ଭିତରେ ପାଟିକରି ଉଠିଲା । ନା, ନା, ନା । ମାଆ ଆଖି ଖୋଲିବ । ମାଆ ବଞ୍ଚିବ । ମୁଁ ସେଇୟା ଚାହେଁ । ନ ହେଲେ ମୁଁ ବୁଢ଼ୀ ହୋଇଯିବି ! ମୋତେ ସେମାନେ ଆହୁରି ଘୃଣା କରିବେ !

ହୁଏତ ସେ ମାଆକୁ ଜାବୁଡ଼ି ଧରିଥାଆନ୍ତା କିମ୍ବା କ୍ଷଣିକ ଆବେଗରେ ଆଉ କିଛି କରି ପକାଇ ଥାଆନ୍ତା । କିନ୍ତୁ ତା' ପୂର୍ବରୁ ଗୋଟିଏ ବିଚିତ୍ର ଘଟଣା ଘଟିଲା । ବୀଥି ନିଦରେ ବିଲିବିଲେଇଲା । ବିଲିବିଲେଇଲା ଓ ବୀଣା ଉପରେ ଅଜାଡ଼ି ହୋଇପଡ଼ିଲା । ତା' ପରେ ଆଖି ଖୋଲିଲା, ବୋକାଙ୍କ ପରି ଅନେଇଲା ଓ ଭୂତ ଛାଡ଼ିଲା ପରି ଧଇଁସଇଁ ହେଲା ।

"କିଲୋ, କ'ଣ ହେଲା ?" ବୀଣା ଟାଣୁଆ ସ୍ୱରରେ ପଚାରିଲା ।

"ନାଇଁ କିଛି ନାହିଁ । କିଛି ନାହିଁ । କଅଣ ଗୋଟାଏ ସ୍ୱପ୍ନ ଦେଖିଲି ।"

ବୀଣା ସ୍ୱପ୍ନ କଅଣ ବୋଲି ପଚାରିଲା ନାହିଁ । ଅଧିକନ୍ତୁ ସେ ଓଠ ଚାପିଦେଇ

ତା'ର ଘୋର ବିତୃଷ୍ଣାକୁ ସ୍ପଷ୍ଟ କରିଦେଲା। ବୀଥି, ଆଉ ତା'ର ସ୍ୱପ୍ନ ! ଗୋରୀ ସୁନ୍ଦରୀ ଝିଅମାନେ ଆଉ କଅଣ କରିପାରନ୍ତେ !

... ଇତିମଧ୍ୟରେ ଭ୍ରମର ପୁଣି ଉପର ବାରଣ୍ଡାକୁ ଯାଇ ଆକାଶ ଓ ପୃଥିବୀକୁ ଦେଖିବାକୁ ଆରମ୍ଭ କଲାଣି।

ଫାଟକର ବାହାରେ ଥିବା ସଂସାର। ସେଠି ଅନ୍ୟମାନେ ଅଛନ୍ତି। ସେମାନଙ୍କର ଜୀବନ ଭିନ୍ନ, ମରଣ ଭିନ୍ନ। ଫାଟକ ସେପାଖକୁ ଧାଉଡ଼ିଏ ଦୋକାନ ଘର, ସେଠିକାର ଚା' ବିକାଳି, ପରିବା ବିକାଳି, ପ୍ଲାଷ୍ଟିକ ଖେଳଣାବାଲା – ସେମାନଙ୍କ ପାଇଁ ପୁରୁଣା କୋଠା ନାହିଁ, ଗହ୍ୱର ନାହିଁ, ଖୁଣ୍ଟ ନାହିଁ। ପୁରାତନ ମାଆ ଓ ଭଉଣୀମାନେ ନାହାନ୍ତି। ଗୁମ୍‌ସୁମ୍ ଗହନ ବଡ଼ପଣ କାହାରିକୁ କଲବଲ କରୁନାହିଁ। ତା' ପଛକୁ ତୋଟା, ତା' ପଛକୁ ନଈ, ନଈ ଉପରେ ରେଲ୍ ପୋଲ। ଧୂଆଁ ଉଡ଼େଇ ଟ୍ରେନ୍ ଚାଲିଯାଉଛି ଦୂରରୁ ଦୂରକୁ। କେତେ ନୂଆ ବଜାର ବଗିଚା ମଝିକୁ। ତା' ପରେ ସମୁଦ୍ର। ଢେଉ ପରେ ଢେଉ, ଅସୁମାରି ଢେଉ।

ମୁଁ ଚାଲିଯିବି। ପଳେଇ ଯିବି। ଭାଇ ବିଶ୍ୱବ୍ରହ୍ମାଣ୍ଡ ଖେଦି ଆସିଲାଣି, ଅଜାତିରେ ବାହା ହୋଇଛି, ନିଜ ଇଚ୍ଛାରେ କାମ କରୁଛି, ଫୁର୍ତ୍ତି କରୁଛି। ମୁଁ କାହିଁକି ପାରିବି ନାହିଁ ? ମୁଁ କ'ଣ ପିଲା ହୋଇଛି ? ଭାଇ ଯାହା ପାରିବ, ମୁଁ ବି ପାରିବି। ମୋର ସମ୍ପତ୍ତି ଦରକାର ନାହିଁ। ମୁଁ ଏ କଣ୍ଟ୍ରାକ୍ଟର ଚାହେଁ ନାହିଁ। ମୁଁ ଅନେକ କାମ ଜାଣେ। କିଛି ନହେଲେ ଛବି ଆଙ୍କି ପେଟ ପୋଷିପାରିବି। ମୁଁ ଯାହାକୁ ବାହା ହେବି, ସେ ହୋଇଥିବ ନରମ, ସାନ, ପାତଳୀ। କୁରୁକୁରୁ ହୋଇ ହସୁଥିବ, ନିଜ ହାତରେ ମୋ ପାଇଁ ଭଲମନ୍ଦ ରାନ୍ଧିକରି ରଖିବ, ମୁଁ କାମ କଲାବେଳେ ମୋ ପାଖରେ ବସି ମୋ ମୁହଁକୁ ଚାହିଁ ରହିବ।

କ୍ରମଶଃ ଭ୍ରମରର ମନେ ହେଲା ଯେ ତା'ର କାମନା ଜୀବନ୍ତ ହୋଇଉଠୁଛି, ସେଥିରେ ଡେଣା ଲାଗୁଛି। କାରଣ ଏଇ ରାତି ଏଇ ମୁହୂର୍ତ୍ତ ସାଧାରଣ ନୁହେଁ। କିଛି ହେଲେ ଘଟିବ। ଭାବିଷ୍ୟତର ମୁକ୍ତ ନିଃଶ୍ୱାସ ଅତୀତର ପଛଘରୁ ବାହାରିଆସୁଛି। ଅଶୁଣା ବଂଶୀର ମୂର୍ଚ୍ଛନା, ଥିରିଥିରି ପବନ ଓ ଜୁକୁଜୁକୁ ଆଲୁଅ ସାଙ୍ଗରେ ଖେଳିବ ବୋଲି ହେଉଛି। ଏତେ ଦିନକେ କଟିଯିବାର, ଫିଟିଯିବାର, ଫୁଟି ଉଠିବାର ସଙ୍କେତ ମିଳୁଛି। ଆଉ ଡେରି ନାହିଁ।

... ରାତି ଫରଚା ହୋଇଆସୁଛି।

କେତେ ଶବ୍ଦ ଧ୍ୱନିତ ହେଉଛି। କେତେ ଗଛ ପତର, କେତେ କୋଠା କୁଡ଼ିଆ ଗୋଟି ଗୋଟିକିଆ ହୋଇଆସୁଛି। ପୁରୁଣା ଚଢ଼େଇ ନୂଆ ଚଢ଼େଇକୁ ଡାକୁଛି। ତାରା ସବୁ ଛଟପଟ, ମିଟିମିଟି ହେଉଛନ୍ତି, ଲିଭିଯିବାକୁ ଡେରି ନାହିଁ। ଆଉ ଡେରି ନାହିଁ।

ଆବେଗକୁ ସମ୍ଭାଳି ଭ୍ରମର ପ୍ରତିଧ୍ୱନି, ପ୍ରତି ଆଲୁଅ ଛାଇର ଅଦଳ-ବଦଳକୁ ଲକ୍ଷ୍ୟ କଲା, ଗ୍ରହଣ କଲା। ପଛଘରକୁ ଫେରି ଚାହିଁଲା ନାହିଁ।

ଗୁଞ୍ଜନରୁ କୋଳାହଳ ହେବାଯାଏ, ଦିନର ଆଲୁଅ ଉଦ୍ଧତ ହେବା ପୂର୍ବରୁ ଅଧୀର ଆନନ୍ଦରେ ମାତି ଯିବାଯାଏଁ, ସାହୀଧାର୍ମିକର ଭଜନକୁହାଟ ଏବଂ ସାହି କୁକୁରର ପ୍ରଥମ ମାଡ଼ଖିଆ କେଁ କେଁ ଶୁଣାହେବା ପର୍ଯ୍ୟନ୍ତ ଭ୍ରମର ବାହାରକୁ ଅନେଇ ରହିଲା। ଯେପରିକି ଦିନ ଆସିବାକୁ ଆହୁରି ବାକି ଅଛି, ଅପେକ୍ଷା ସରିନାହିଁ। ଆଗମନୀ ଆସୁଛି, ତଥାପି ଆସୁଛି।

ଏହି ଅବସ୍ଥାରେ ଦାଣ୍ଡ ଫାଟକ ଖୋଲା ହେଲା ଓ ଜଣେ ଗମ୍ଭୀର ଭଦ୍ରଲୋକ ହାତରେ ସୁଟ୍‌କେଶ ଓ ସାଙ୍ଗରେ ଜଣେ ତରୁଣୀ ସ୍ତ୍ରୀକୁ ଧରି ଭିତରକୁ ଆସିଲେ। ପ୍ରଥମେ ଭ୍ରମରର ମନେ ହେଲା ଯେ, ଏ ଆଗମନୀର ଆଉ ଗୋଟିଏ ପଦକ୍ଷେପ। ସକାଳର ମଣିଷ

ତା'ପରେ ସେ ସେମାନଙ୍କୁ ଦେଖିଲା ଓ ଆବିଷ୍କାର କଲାପରି ପାଟିକରି ଉଠିଲା,- "ଆରେ –ଭାଇ!"

ଭାଇ ଆସିଛି, ଅମର ଆସିଛି। ସୁନନ୍ଦା ଦେବୀଙ୍କର ପରିବାର ପୂରା ହୋଇଗଲା। ଯଦୁ ସମେତ ଚାକରବାକର ସାନବାବୁଙ୍କୁ ଘେରିଯାଇ ପାଛୋଟି ଆଣିଲେ, ସୁଟ୍‌କେଶ ହାତରୁ ନେଇ ଆସିଲେ। ଯଥାକ୍ରମେ ଭ୍ରମର ସାଙ୍ଗକୁ ତା'ର ଭଉଣୀମାନେ ଦାଣ୍ଡପିଣ୍ଡାରେ ଛିଡ଼ା ହୋଇଗଲେ। ମାଆ ତା'ହେଲେ ବଞ୍ଚିଛି। ପତ୍ନୀ ସୁଷମାର ପ୍ରସନ୍ନ ବଦନରେ ସ୍ମିତହାସର ମାଧୁରୀ ଦେଖା ଦେଲା।

ବିନି ଅଭ୍ୟର୍ଥନାମଣ୍ଡଳୀରୁ ଖସିଆସି ଏକୁଟିଆ ମାଆକୁ ମନେ ମନେ କହିଲା, - ବଡ଼ଭାଇ ଆସିଗଲେଣି। ତୁ ଏଥର ବଞ୍ଚିଯିବୁ ନୁହେଁ? ତୁ ତାଙ୍କରି ପାଇଁ ଅପେକ୍ଷା କରିଥିଲୁ ପରା! କିନ୍ତୁ...କିନ୍ତୁ ...ତୁ କ'ଣ କେବଳ ଭାଇଙ୍କୁ ଦେଖିବୁ ବୋଲି ଅପେକ୍ଷା କରିଥିଲୁ। ଆଖି ଖୋଲି ଦେଖିନେବୁ ଓ ତା'ପରେ ତୋ କାମ ସରିଯିବ।

ନା! ତା ହେବ ନାହିଁ, ମୁଁ ତା' ହେବାକୁ ଦେବିନାହିଁ!

ବିନି ମାଆର ମୁହଁକୁ ନିରେଖି ଦେଖିଲା ଓ କିଛି ଲକ୍ଷଣ ପାଇବ ବୋଲି ବିକଳ ହେଲା।

(୨)

ଅମର ଦେଖିବାକୁ ଭଲ। ତା'ର ଗୋରା ଧାରୁଆ ମୁହଁ, ସ୍ଫୁରଣ-ଉନ୍ମୁଖ ଓଠ ଓ ଚଞ୍ଚଳ ଚାହାଣି ବୟସକୁ ସାନ କରି ଦେଖାଏ। ସୁଷମା ଦେଖିବାକୁ ସୁନ୍ଦରୀ। ଶ୍ୟାମଳ ଚିକ୍‌କଣ ମୁହଁ, ତୀକ୍ଷ୍ଣ ନାସିକା, ସ୍ଥିର ହସର ଆଭାସ ଓ ଗଭୀର ଚାହାଣି ବୟସକୁ

ଧରି ରଖେ, ପୂର୍ଣ୍ଣତାର ଦୀପ୍ତି ଆଣିଦିଏ। ଦୁହିଁଙ୍କ ଯୋଡ଼ି ଶୋଭା ପାଏ, ଅପର ଲୋକଙ୍କ ଆଖିରେ ପଡ଼େ।

ଅମର ନାନାଦି ପ୍ରଶ୍ନ ପଚାରିଲା। ତା'ର ବିଚ୍ଛିନ୍ନ ପ୍ରଶ୍ନ ଓ ମନ୍ତବ୍ୟର କ୍ରମରୁ ମନେ ହେଉଥିଲା ଯେ ସେ ପ୍ରଧାନତଃ 'ମୁଁ ଆସି ପହଞ୍ଚିଛି' ଏହି ଘଟଣାଟିର ଉପଲବ୍ଧି କରିବାକୁ ଚେଷ୍ଟା କରୁଛି। "ଡାକ୍ତର କିଏ ଦେଖୁଛି ? ରାତିରେ ନର୍ସ ରହୁଛି କି ନାହିଁ ? ବାହାର ଲୋକଙ୍କୁ ଭିଡ଼ କରିବାକୁ ଦିଅନାହିଁ ... ବୀଣାଅପା କେତେଦିନ ରହିବ ? ବୀଥିର ସବୁ ପିଲାଏ ଆସିଛନ୍ତି ନା ? (ସ୍ମିତହାସ) କାର୍ଡ଼ିଓଗ୍ରାମ ହୋଇଛି ? ମୁଁ ଆମର ସେଠିକାର ବଡ଼ଡାକ୍ତର କର୍ଣ୍ଣେଲ୍ ଗୁପ୍ତାଙ୍କ ସାଙ୍ଗରେ ପରାମର୍ଶ କରିଥିଲି। ବିନି ବିଚାରୀ ଶୁଖି କଳାକାଠ ହୋଇଗଲାଣି, ତା ଆଖି (କାନ୍ଦି କାନ୍ଦି ଫୁଲିଛି) କିଛି ଭୟ ନାହିଁ, ମୋର ପୂରା ବିଶ୍ୱାସ ମୁଁ ପନ୍ଦରଦିନ ଛୁଟି ଆଣିଛି, ଦରକାର ହେଲେ ଆହୁରି ଛୁଟି ନେବି। ବ୍ଲଡ୍ ରିପୋର୍ଟରେ କ'ଣ ବାହାରିଲା। ଭ୍ରମର କୁଆଡ଼େ ଗଲା ? ଏଇଠି ଥିଲା ପରା ..." ଇତ୍ୟାଦି ଇତ୍ୟାଦି।

କାଳେ ମାଆର ଶାନ୍ତିରେ ବ୍ୟାଘାତ ହେବ ଏହି ଭାବରେ ଅମର ପାଦ ଚିପି ଚିପି ମାଆର ଶୋଇବା ଘର ଭିତରକୁ ଗଲା, କିଛି ସମୟ ସେହି ଶାୟିତା ଚେତନାହୀନା ସ୍ତ୍ରୀ ମୂର୍ତ୍ତିକୁ ଚାହିଁରହିଲା ଓ ସନ୍ତର୍ପଣରେ ଫେରି ଆସିଲା।

ହଠାତ୍ ମନେ ପଡ଼ିଲା ପରି ସେ ସୁଷମାକୁ ଖୋଜିଲା, "ସୁଷମା ! କୁଆଡ଼େ ଗଲ ? ତା'ର ଔଷଧ ଖାଇବା ବେଳ ହୋଇଗଲାଣି। ଏ ବିନି, ଭାଉଜବୋହୂ କୁଆଡ଼େ ଗଲା ଦେଖିଲୁ। ତା'ର ଔଷଧ ଖାଇବାକୁ କହି ଦେ, ଡେରି ହେଇଗଲାଣି।"

ଭଉଣୀମାନଙ୍କ ଆଶଙ୍କା କୌତୂହଳ ଘୁଞ୍ଚାଇବାକୁ ଯାଇ ସଂକ୍ଷେପରେ କହିଲା, ତା'ଦେହ ଭଲ ରହୁନାହିଁ ଆଜିକାଲି। ମୋଟେ ଭଲ ରହୁନାହିଁ।

କିନ୍ତୁ ବିନି ଯେତେବେଳେ ଭାଉଜ ବୋହୂକୁ ଏହି ବାର୍ତ୍ତା ଜଣାଇଦେଲା, ତା'ର ମନେହେଲା ଯେ ଭାଉଜବୋହୂ ରୁଗ୍ଣା ନୁହନ୍ତି କି ହୋଇପାରିବେ ନାହିଁ। ଦେଖୁନା, ସେ କେମିତି ବିଲେଇକୁ ଆଉଁସୁଛନ୍ତି। ସତେ କି ସେ ବିଲେଇର ପ୍ରଭୁ, ସମୟର ପ୍ରଭୁ। ରୋଗ ବଇରାଗର ନିଉଛୁଣାପଣ ତାଙ୍କୁ ଛୁଇଁପାରିବ ନାହିଁ।

ଅନନ୍ତ କାଳର ଅଧିକାରିଣୀ ପରି ଜଣା ପଡୁଥିଲେ ମଧ୍ୟ ସୁଷମା ସ୍ୱଇଚ୍ଛାରେ ବିଲେଇ ଆଉଁସା ବନ୍ଦକରି ଦେଲା ଓ ଶୀଘ୍ର ଲୁଗାପଟା ବଦଳାଇ ସୁନନ୍ଦା ଦେବୀଙ୍କ ପାଖକୁ ଗଲା। ଚିକିତ୍ସାର ସମସ୍ତ ବ୍ୟବସ୍ଥା ବୁଝିନେଇ ପିନ୍ଧିଥିବା ଧଳା ସିଲ୍‌କ ଶାଢ଼ୀର ପଣତକୁ ଅଣ୍ଟାରେ ଭିଡ଼ିଦେଲା। ଚିରପରିଚିତା ଧାତ୍ରୀ ପରି ବୀଣା ବୀଥିକୁ କହିଲା "ତୁମେ ସବୁ ଯାଅ, କାମଦାମ ସାର ମୁଁ ଏଇଠି ଅଛି।"

...ରାତିଠାରୁ ଦିନ ଏତେ ଭିନ୍ନ କାହିଁକି ? କାଲି ରାତିରେ ଏହି କୋଠାଘର ଆତ୍ମଗୌରବରେ ମୁଣ୍ଡ ଟେକି ଥିଲା । ଏଠିକାର ଲୋକମାନେ ସ୍ୱଗୁଣର ବର୍ତ୍ତିକା ଜଳାଇ ଜଣେ ଜଣେ ମଣିଷ ବୋଲି ମନେ ହେଉଥିଲେ । ଏପରିକି ସୁନନ୍ଦାଦେବୀ ମରିବାକୁ ବସିନାହାନ୍ତି, ମରଣଯଜ୍ଞ ପାଳୁଛନ୍ତି ବୋଲି ଭ୍ରମ ହେଉଥିଲା । ଏହିକ୍ଷଣି ସେମାନେ ଅଗଣିତରୁ ଥୋକେ ପରି ଦିଶୁଛି । ଯଥା- କେଉଁ ଗୋଟିଏ ଶାଳ୍ମଳୀତରୁରେ ଅନାମଧେୟ ଚଢ଼େଇର ଦଳ ଏ ଡାଳରୁ ସେ ଡାଳକୁ ଡେଉଁଛନ୍ତି, କିଚିରିମିଚିରି ହେଉଛନ୍ତି, ଫଡ଼ଫଡ଼ ହେଉଛନ୍ତି- ତାଙ୍କ ଭିତରୁ କିଏ ଜୀଇଁଲା କିଏ ମଲା, କିଏ ତା'ର ହିସାବ ରଖୁଛି ?

କିନ୍ତୁ ଏହି ନିବାସର କ'ଣ କିଛି ମହତ୍ତ୍ୱ ନାହିଁ ? ହୋଇପାରେ ଯେ ଆଖି ବୁଲାଇଲ କେତେ ଧଳା କୋଠା, ହଳଦିଆ କୋଠା, ଲମ୍ବା ଓ ଡେଙ୍ଗା କୋଠା ଆଖିରେ ପଡ଼ିବ । 'ସୁନନ୍ଦା-ନିବାସ'ର ପାଚିରୀ କାନ୍ଥରେ ଯେଉଳି ଶିଉଳି ଲାଗିଛି, କାନ୍ଥ କଡ଼ରେ ଯେଉଳି କଳା ଶାଗୁଣା ନର୍ଦ୍ଦମା ଭୁଟୁଭୁଟୁ ହେଉଛି, ନର୍ଦ୍ଦମାକୂଳରେ ଯେଉଳି କନାକତରାର ଲୋକେ ବସା ବାନ୍ଧିଛନ୍ତି, ଅନ୍ୟ କୋଠାମାନଙ୍କର ଚାରି ପାଖରେ ମଧ୍ୟ ତଦ୍ରୂପ ଦୃଶ୍ୟ ଦେଖିବାକୁ ମିଳିବ । କାରଣ ଏ ସହର ପୁରୁଣା ଏବଂ ଏହାର ବଡ଼ଲୋକମାନେ ପୁରୁଣା । ତେବେ ଆଉ କେଉଁ ନିବାସର ପୁରୁଣାପଣ ଏମିତି ଜଳଜଳ ଦିଶୁଛି ? ଏତେବଡ଼ ଅଗଣା, ଏତେ ବଡ଼ ବଖରା (ମେଲା ଘରକୁ ମିଶେଇ ଅଠର) ଚକ୍‌ଚକ୍ ଚଟାଣ ଏବଂ ଅଳନ୍ଧୁଘେରା କଡ଼ିବରଗା ଆଉ କେଉଁଠି ଅଛି ? ଆଉ କେଉଁଠି ଘରଚଟିଆ ଚଢ଼େଇମାନେ ଶୋଇବା ଘର ଦର୍ପଣରେ ମୁହଁ ଦେଖନ୍ତି ଓ ଚପଳ ଚାତୁରୀରେ ଖେଳି ବୁଲନ୍ତି ?

ଏଠି ଅତୀତର ଆତ୍ମା କାନ୍ଦୁନାହିଁ, ହାଡ଼ମାଳ ଦେଖାଇ ଦେଖାଇ ଖିଲି ଖିଲି ହୋଇ ହସୁଛି । ନିଜେ ସୁନନ୍ଦାଦେବୀ ତାକୁ ପୋଷି ରଖିଛନ୍ତି, ଉଡ଼ିଯିବାକୁ ଦେଇନାହାନ୍ତି । ଏଇ ଦେଖ ଅମରର ସପ୍ତମ ଶ୍ରେଣୀ ଇତିହାସ ଖାତା କେଉଁ ଗୋଟିଏ ଟେବୁଲ୍‌ରେ ଥିବା ପୁରୁଣା କାଗଜର ଗଦା ଉପରେ ଥୁଆ ହୋଇଛି, ମାଷ୍ଟ୍ରଙ୍କର ନାଲି ପେନ୍‌ସିଲ୍ ଦାଗ ଏବେ ମଧ୍ୟ ଚମକୁଚି । କେଉଁଠି ଭ୍ରମରର ଫଟା ଫୁଟବଲ୍‌ରୁ ବ୍ଲାଡର ଦେଖାଯାଉଛି । କେଉଁଠି ବୀଣାର ସଙ୍ଗୀତ ଶିକ୍ଷାର ପରିଚୟ ମିଳୁଛି । (ସେ ଦିନେ ଗୀତ ଶିଖୁଥିଲା, ମାଆ କହିବାରୁ ଅଧାରୁ ଛାଡ଼ିଦେଲା) ପୁଣି କେଉଁଠି ବୀଥିର ବାହାଘର ଫର୍ଦ୍ଦ, ବିନିର କାଇଁଚ ଡବା ।

ପ୍ରଶ୍ନ ଉଠେ- ଜୟନାରାୟଣ ବାବୁ କେଉଁଠି ଅଛନ୍ତି ? ଠାକୁରଘରେ ତାଙ୍କ ଫଟୋ ଝୁଲୁଛି । ବେଶ୍, ଆଉ କେଉଁଠି କିଛି ନାହିଁ ? ସେ କ'ଣ ଏ ଘରର ବାପ

ନଥିଲେ ? ସୁନନ୍ଦା ଦେବୀଙ୍କୁ ବାହା ହୋଇନଥିଲେ ? ଏ ପ୍ରଶ୍ନର ସମାଧାନ କରିହୁଏ ନାହିଁ। ମନେ ହୁଏ ଯେ ସୁନନ୍ଦାଦେବୀ ତାଙ୍କୁ ନିଜ ଭିତରେ ଲୁଚେଇ ରଖିଛନ୍ତି।

...ଦିନ ଦଶଟା ବାଜିଲାଣି।

ଏହି ସମୟରେ ଦେଖାଗଲା ଯେ, ପୁରୁଣା ବୁଢ଼ା ଚାକର ଯଦୁ ରୋଷେଇଘର ପିଣ୍ଡାରେ ସ୍ତମ୍ଭୀଭୂତ ହୋଇ ତଳୁ ଉପରକୁ ଚାହିଁଛି। ପାଟି ଅଳ୍ପ ମେଲା ହୋଇଯାଇଛି, ଚାହାଣି ଫୋଡ଼ି ଦେଉଛି। କାରଣ ସୁଷମା। ବିଦେଶିନୀ କିଭଳି ଠାଣିରେ ଛିଡ଼ା ହୋଇଛନ୍ତି !

ସୁଷମାର ଭଙ୍ଗୀରେ ଅବଶ୍ୟ ବିନୟ ନଥିଲା, କିନ୍ତୁ ନିରେଖି ଦେଖିଲେ ଜଣାପଡ଼ିବ ଯେ ତା'ର ଦୃଷ୍ଟିପାତର ଦର୍ପରେ ଦୁଃଖ ରହିଛି। ସେତ କି ତା'ର ନିଜ ଉପରେ ଅଟଳ ବିଶ୍ୱାସ ରହିଛି ଯେ ସେ ପାରିବ; କିନ୍ତୁ ଏହି ଅପର ଘର ତାକୁ ମାନୁନାହିଁ। କିଛି ସମୟ ହେଲା ସେ ଶାଶୁଙ୍କ ପାଖରୁ ଉଠି ଆସିଛି, ବିଶ୍ରାମ ଛଳରେ ପଳେଇ ଆସିଛି। କାହିଁକି କିଏ ନାହିଁ କଲା ? ବୃଦ୍ଧାଙ୍କର କଠୋର ଦୃଷ୍ଟିହୀନତା ? (ତୁ ନୁହେଁ, ତୁ ନୁହେଁ। ତୁ ମୋ ପୁଅ ନୁହଁ, ପୁଅର ସ୍ତ୍ରୀ)... ବୀଣା ଅପାଙ୍କ ଉଦାସ ପ୍ରବିଣତା ? (ମୁଁ ତୋତେ ଘୃଣା କରୁ ନାହିଁ, ହିଂସା କରୁନାହିଁ, ମୋର ସେ ସମୟ ପାରି ହୋଇଯାଇଛି) ବିନିର କ୍ରସ୍ତାହରିଣୀ ଭାବ ? (ତୁମେ ଏ ଘରକୁ ଅତି ନୂଆ, ଅତି କାମିକା, ଅତି ସୁନ୍ଦର। କିଛି ଓଲଟେଇ ଦେଇ ଭାଙ୍ଗି ଦେଇଯିବ ନାହିଁ ତ!) ନା ଆଉ କିଛି ? ସୁଷମା ମଝି ଅଗଣାର କୋଳିଗଛକୁ ଅନାଇ ରହିଲା ଓ ଆପଣାକୁ ଥାପିବାର ବାଟ ଖୋଜିଲା।

ବୀଣା ସକାଳର ନିତ୍ୟକର୍ମରୁ ଫେରିଆସି ମାଆର ମୁଣ୍ଡ ପାଖରେ ତା'ର ପୂର୍ବବର୍ତ୍ତୀ ସ୍ଥାନରେ ବସିଛି ଭଗବତ୍ ଗୀତା ପଢୁଛି। ସେ ତରତର ହୋଇ ପଢୁଛି, ଅନ୍ତତଃ ଦ୍ୱିତୀୟ ଅଧ୍ୟାୟଟା ସାରିଦେବାକୁ ହେବ। ଡାକ୍ତର ଯେତେ ଯାହା କହିଲେ ମଧ୍ୟ କୋଉ ଭରସା ଅଛି ! କିଏ ଜାଣିଛି ?

ବୀଥି ସକାଳ ପହରୁ ମାଆ ପାଖକୁ ଯାଇନାହିଁ। ପିଲାଙ୍କ କାମସାରି ଯିବ ବୋଲି ଯାଇନାହିଁ। ଅଥଚ ସେ ତା'ର ତୃତୀୟ ପୁଅ ବିଟୁକୁ ଅକାରଣରେ ତିନିଥର ଡାକି ଆଉଁସି ଦେଇଛି, ଜାମାରେ ବୋତାମ ଲଗେଇ ଦେଇଛି, ଭୋକ କଲାଣି କି ନାହିଁ ବୋଲି ପଚାରିଛି। ବର୍ତ୍ତମାନ ମାଆ ପାଖକୁ ବାହାରିବା ପୂର୍ବରୁ ପୁନର୍ବାର ପୁଅକୁ ଡାକି ଆଣି ଗେହ୍ଲା କରୁଛି, ଉଚ୍ଛନ୍ନ ହୋଇ ଗୋଡ଼ରୁ ମୁଣ୍ଡ ଯାଏ ଗେହ୍ଲା କରୁଛି। ସତେ କି ସ୍ନେହସୁଧା ବୋଳି ଦେଇଯାଉଛି, ଚେନାଏ ଦେହ ନୁଖୁରା ରହିବ ନାହିଁ, ଶତ୍ରୁ ପଶିପାରିବ ନାହିଁ। ପୁଣି ଦରୋଟି ବଚନରେ କହୁଛି, "ତୁ ମୋ ପୁଅ, ଏକା ମୋ

ପୁଅ। ମତେ କୁ-ଆ-ଦେ ଛାଡିକରି ଯିବୁ ନାହିଁ।" ଶେଷକୁ ସେ ତା'ର ମୁହଁ କାଢ଼ି ଆଣି ପୁଅର ଆଖିରେ ଆଖି ରଖି କହିଲା –"ତୁ ଖେଳୁଥିବୁ, ମୁଁ ଡାକିଲେ ଆସିବୁ, ଆଇଙ୍କ ଘରକୁ ମୋଟେ ଯିବୁନାହିଁ। ବୁଝିଲୁ ? ମନେ ରହିଲା ? ମୋ ସୁନା ପୁଅ !" ପୁଅ ହଁ ହଁ ମାରି ଖସି ପଳାଇଗଲା। କିନ୍ତୁ ବୀଥି ସହଜେ ଉଠିଯାଇ ପାରିଲାନାହିଁ। ନିଜକୁ ଛାତିରେ ବଢ଼ି ଉଠୁଥିବା ସ୍ପନ୍ଦନକୁ ସଫେଇ ଦେଲା, -ମୁଁ କ'ଣ କରିବି; ମୁଁ କାହିଁକି ଏମିତିକା ସପନ ଦେଖିଲି ? କାଲି ରାତିର ସେହି ଭୟଙ୍କର ସ୍ୱପ୍ନକୁ ସେ ପୁଣି ମନେ ପକାଇଲା ଓ ଦେଖିପାରିବ ନାହିଁ ଏହି ଭାବରେ ମୁହଁକୁ ହାତରେ ଘୋଡ଼େଇଲା।... ମାଆ ବିଟୁକୁ ମାଗୁଛି, କହୁଛି ତୋର ଏଇ ପୁଅଟାକୁ ମୁଁ ନେବି। ଏଇୟା କହି ଖେଁ ଖେଁ ହୋଇ ହସୁଛି। ମାଆ ମାଆ ପରି ଦେଖାଯାଉ ନାହିଁ। ମଲା ମଣିଷ ଜୀଇଁଲେ ଯେମିତି ଦେଖାଯାଏ, ଚମ ଢାଙ୍କୁଣି ଖୋଲିଯାଏ, ମିଛରୁ ସତ ବାହାରି ଆସେ।... ବୀଥି ସେହି ସ୍ମୃତିକୁ ଘଉଡ଼େଇ ଦେଲା। ପୋଡ଼ିଯାଉ ସେ ଅଲକ୍ଷଣା ସ୍ୱପ୍ନ ! ମୋ ମାଆ ସେମିତି ନୁହେଁ। ତା'ପରେ ସେ ଧୀରେ ଧୀରେ ଉପର ମଝିଘରକୁ ଆଗେଇଲା ଯେଉଁଠି ମାଆ ଶୋଇଛି।

ଅମର ଠାକୁର ଘରେ। ଗାଧୋଇ ସାରି ପିଲା ଦିନର କେଉଁ ପୁରୁଣା ଟ୍ରଙ୍କ୍‌ରୁ ଧୋତି ଖଣ୍ଡେ ବାହାର କରି ସଯତ୍ନରେ ପିନ୍ଧି ଠାକୁରଙ୍କୁ ଡାକୁଛି। -ଭଗବାନ୍ ! ମୋ ମାଆକୁ ବଞ୍ଚେଇ ଦିଅ। ଯେତେ ଦୂରରେ ଥିଲେ ବି ସେ ମୋର ମାଆ। ତାକୁ ମୋଠାରୁ ଛଡେଇ ନିଅନାହିଁ। ହେଲେ ସେ ବାରମ୍ବାର ଆଖି ଖୋଲିବାକୁ ବାଧ୍ୟ ହେଉଛି। କାରଣ ନିମୀଳିତ ନୟନର ଅନ୍ଧାର ଭିତରେ ମୂର୍ତ୍ତିମନ୍ତ ହେଉଛି ସେ। ସୁଷମା ତା'ର ନିଜସ୍ୱ ଠାଣିରେ ସ୍ୱାମୀଙ୍କୁ ଦେଖୁଛି। (ମୁଁ ନ ଦେଖିଲେ ତୁମେ କ'ଣ ଭୁଲ୍‌ଭାଲ୍ କରିଦେବ- ନୁହେଁ ?) ଅମର ସେହି ପ୍ରେମର ପହରାକୁ ସ୍ୱୀକାର କରୁନାହିଁ, ତେଣୁ ଆଖିଖୋଲି ଦୃଶ୍ୟର ଖଣ୍ଡନ କରୁଛି। ସୁଷମା କିଏ ? ସେ ମୋର ସ୍ତ୍ରୀ ହୋଇପାରେ, ପ୍ରେମିକା ହୋଇପାରେ, ହେଲେ ସେ ଏ ଘରର କେହି ନୁହେଁ। ସେ ଆମ ମାଆପୁଅଙ୍କ ମଝିରେ ନାହିଁ, ରହିବା କଥା ନୁହେଁ। ପ୍ରକୃତରେ ମୋର ଆଗରୁ ଆସିବା ଉଚିତ ଥିଲା। ତେବେ ମୁଁ ଯେ ଖାଲି ସୁଷମା ପାଇଁ ଡେରି କଲି ତା'ନୁହେଁ। ମୁଁ ଜାଣିଥିଲି ଯେ ମୁଁ ଆସି ପହଞ୍ଚିବା ଯାଏ ମାଆର କିଛି ହେବନାହିଁ। ମୋର ମନର ବିଶ୍ୱାସ। ଅମର ଆଗନ୍ତୁକା ନାରୀମୂର୍ତ୍ତିକୁ ଠାକୁର ଘରୁ ତଡ଼ିଦେଲା। କିନ୍ତୁ ସେହି ତଡ଼ିଦେବାର ପୁରୁଷ ପଣିଆ ତା'ର ପ୍ରାର୍ଥନାକୁ ବିକୃତ କରିଦେଲା। ଶକ୍ତିସଂଚାଳନର ଗୋଟିଏ ନିକଟ ଇତିହାସ ତା'ର ଚେତାକୁ ଆକ୍ରମଣ କଲା।- ତିନି ଚାରିଦିନ ତଳର କଥା। ସେହିଦିନ ଘରୁ ଟେଲିଗ୍ରାମ ଆସିଥିଲା। ତଥାପି ସେହି ରାତିରେ!

ନା, କାମନା ନୁହେଁ, କ୍ରୋଧ। କ୍ରୋଧର ଉଲ୍ଲାସ। ମୁଁ ସୁଷମାର ଦେହକୁ ନେଲି, ମନଇଛା ଉପଭୋଗ କଲି, ବେଶ୍ କଲି। ତା'ମାନେ ମୁଁ ଅବଜ୍ଞା କଲି। ମୃତ୍ୟୁର ଭୀତିକୁ ମାନିଲି ନାହିଁ। ଜଣାଇ ଦେଲି ଯେ-। ଅମର ଆଉ ପ୍ରାର୍ଥନା କରିପାରିଲା ନାହିଁ। ଭାବିଲା ଯେ ଆଜି ଅନିଦ୍ରା ଓ ଦୁଶ୍ଚିନ୍ତାରେ ମୁଣ୍ଡ ଠିକ୍ ରହୁନାହିଁ। ହେଲେ ଫେରିଲାବେଳକୁ ତା'ର ମନେପଡ଼ିଥିଲା ସେହି କ୍ରୋଧଦୀପ୍ତ ରାତିର ଅନ୍ତିମ ଅନୁଭୂତି। ପରିଣାମର ଗ୍ଲାନି, ଯେ ସେ ହାରିଯାଇଛି, ନିଜକୁ ସାରିଦେଇଛି ଏବଂ ସେମାନେ ଜିତିଛନ୍ତି,- ସୁଷମା ମାଆ ନାରୀ। ସବୁଦିନେ ଜିତି ଆସିଛନ୍ତି।

ବିନି ଗୋଟିଏ ସାନ ବଖରାରେ। ଏହାକୁ ଆଚାର ଘର କୁହନ୍ତି। ସେ ଏକୁଟିଆ ବସି ଆଚାର ହାଣ୍ଡିମାନଙ୍କ ସାଙ୍ଗରେ କଳ୍ପନାର ଖେଳ ଖେଳୁଥିଲା। ଧର ଯଦି ଟେକା ଫୋପାଡ଼ି ଗୋଟାଏ ହାଣ୍ଡିକୁ ଫଟେଇ ଦିଏ, ତା'ଭିତରୁ କ'ଣ ବାହାରିବ? ଆମ୍ବ ଆଚାର ନା କୋଳି ଆଚାର? ଆମ୍ବ ବାହାରିଲେ ମାଆ ଭଲ ହୋଇଯିବ, କୋଳି ବାହାରିଲେ। ଧାତ୍, ମୁଁ କ'ଣ ପିଲା ହୋଇଛି? ଠକୁରେ କ'ଣ ଭାବିବେ?

ଭ୍ରମର ଶୋଇଛି, ତା'ଶୋଇବା ଘରେ ହାତଗୋଡ଼ ମେଲାଇ ଶୋଇଛି। ଯେପରିକି ସେ ଏହି ସାଧାରଣ ଅନାବଶ୍ୟକ ଦିନପାଇଁ ପ୍ରସ୍ତୁତ ନୁହେଁ, ଦରକାର ହେଲେ ଅଥବା ରାତି ଆସିଲେ ଉଠିବ। ଶୋଇପଡ଼ିଥିବାରୁ ତା'ମୁହଁର ପ୍ରଧାନ ଗୁଣ ତା ଗୋଲ୍ ଗୋଲ୍ ଆଖିର ବ୍ୟାପକତା ଓ ଆବେଗ ଢାଙ୍କି ହୋଇଯାଇଛି।

...ପରିବାରବର୍ଗଙ୍କ ଏହି ଭାବ ଭାବନାର ମୋଡ଼ରେ ଆଶା ତେଜି ଉଠିଲା ସୁନନ୍ଦା ଦେବୀଙ୍କର ଗୋଟିଏ ହାତ ଅଳ୍ପ ଘୁଞ୍ଚିଗଲା।

ବୀଣା ଦେଖିଲା, ପୁଣି ଦେଖିବ ବୋଲି ଅପେକ୍ଷା କଲା, କିନ୍ତୁ କିଛି ସମୟ ପରେ ବୀଥି, ଆଗନ୍ତୁକ ମଉସା ମହୀବାବୁ, ଜନୈକା କମଳା ଅପା ଓ ପାଖରେ ଥିବା ଆଉ କେତେ ଜଣ ନୂଆ ନୂଆ ଲକ୍ଷଣ ଦେଖିଲେ। ଦେଖିଲେ ଏବଂ ଫୁସ୍‌ଫୁସ୍ ହେଲେ, ମୋତେ ଲାଗୁଛି ନିଃଶ୍ୱାସ ବଦଳିଛି ... ଦେଖୁନା ଓଠ ବି ଟିକିଏ ଥରି ଆସୁଛି ନା କ'ଣ ... ଗ୍ଲୁକୋଜ ପାଣି ଚାମୁଚେ ପାଟିରେ ଦେବା! ଆଉ ସବୁ ପିଲାଙ୍କୁ ଡାକି ଦିଅ ମ! ଇତ୍ୟାଦି।

ସୁନନ୍ଦାଦେବୀ ଅପେକ୍ଷା କଲେ। ପ୍ରାୟ ଘଡ଼ିକ ପରେ ସେ ଆଖି ଖୋଲିଲେ। ନିଦରୁ ଉଠିଲା ପରି ଆଖି ଖୋଲିଲେ, ଉପସ୍ଥିତ ଲୋକମାନଙ୍କୁ ପରଖିଲା ପରି ଚାହିଁଲେ ଓ ତା'ପରେ ଘନ ଘନ ହାତ ଠାରିଲେ। ଗ୍ଲୁକୋଜ ପାଣି? ଭଗବତ୍ ଗୀତା? ବୀଥି ହାତରେ ଶୋଭା ପାଉଥିବା ଆଠପଟିଆ ଚୁଡ଼ି? କେତେବେଳେ ଜଣା ପଡ଼ିଲା ଯେ ସେ ଗୋଡ଼ ପାଖରେ ଛିଡ଼ା ହୋଇଥିବା ସୁଷମାକୁ ଆବିଷ୍କାର କରି ତା'ର ସମ୍ପୂର୍ଣ୍ଣ ସତ୍ୟ

ଜାଣିବାକୁ ଚାହୁଁଛନ୍ତି। ସୁଷମା କିଛି କହିବା ଆଗରୁ ବୀଥି ଓ ବୀଣା ଏକା ସାଙ୍ଗରେ କହି ଉଠିଲେ- ମାଆ, ଭାଇ ଆସିଛି !

ତଥାପି ସେହି ଜାଗ୍ରତ ଚାହାଣି ଓ ରେଖାନ୍ୱିତ ଓଠ ହସିଲା ପରି ଦେଖାଗଲା ନାହିଁ। ମନେହେଲା ସେ ବିଚାର କରୁଛନ୍ତି ପୁଣି ଆଖି ବୁଜିଦେବେ ନା ଚାହିଁ ରହିବେ। ସୁଷମା ମନରେ ଏକ ଅଦ୍ଭୁତ ଧାରଣା ଆସିଲା। ତା'ର ମନେହେଲା ଯେ, ଏହି ଯେଉଁ ପୁରୁଣା ଦେହ ତା'ର ଝରକା ଖୋଲି ଦେଇଛି ସେ ମରିବ କି ବଞ୍ଚିବ ଏ ପ୍ରଶ୍ନ ଅବାନ୍ତର। କାରଣ ତା'ର ଜୀବନ ପ୍ରାଣଗତ ନୁହେଁ, ପଦାର୍ଥଗତ। ଶୁଷ୍କକାଷ୍ଠ। ନୀରସ ତରୁବର ନୁହେଁ, କଦାପି ନୁହେଁ।

ସୁସମ୍ବାଦର ସୂଚନା ପାଇ ଅମର ମାଆର ଘରକୁ ଧାଇଁ ଆସିଲା। ଅନ୍ୟମାନେ ଆଢ଼େଇ ହୋଇଗଲେ। ଅମର ଉନ୍ମିଳିତ ନୟନାଙ୍କ ସମ୍ମୁଖରେ ଥାଇ ଫୁଟଫୁଟି ଉଠୁଥିବା ଭାଷାର ଭାବ ଦେଖାଇ କହିଲା, -ମା-ଆ !

ସୁନନ୍ଦା ଦେବୀ ହସିଲେ ନାହିଁ; କିନ୍ତୁ ତାଙ୍କର ଚାହାଣି କୂଳରେ ପହଞ୍ଚିବା ପରି ଲାଗିଲା। ସେ ସମସ୍ତଙ୍କୁ ବସିପଡ଼ିବା ପାଇଁ ଇଙ୍ଗିତ ଦେଲେ।

ଅମର କହିଚାଲିଲା, "ସୁଷମା ଆସିଛି। ହେଇ, -ଦେଖିଲୁଣି ତାକୁ ? କହିଲା, ମୁଁ ଯେମିତି ହେଲେ ଯିବି, ଡେରି ହେଲେ ମଧ୍ୟ ଯିବି ... ଟୋନି (ପୁଅକୁ) ଛାଡ଼ିଦେଇ ଆସିଲି କାହିଁକି ନା ତା'ର ପଢ଼ାପଢ଼ି, ମାନେ ପରୀକ୍ଷା ପନ୍ଦରଦିନ ଛୁଟି ନେଇ ଆସିଛି, ଦରକାର ହେଲେ ଆହୁରି ନେବି।"

ସୁନନ୍ଦା ଦେବୀ କିଛି ଶୁଣିଲାପରି ଦିଶୁ ନଥିଲେ। ଜଣା ପଡୁଥିଲା ଯେ ସେ କେବଳ ଗ୍ରହଣ କରୁଛନ୍ତି। ତାଙ୍କର ସ୍ୱୟଂପ୍ରସାରୀ ଜୀବନ ସୂତ୍ରକୁ ସଯତ୍ନରେ ଧରି ରଖିଛନ୍ତି, ବେଳ ଦେଖି ଛାଡ଼ିବେ କିମ୍ବା ଗୁଡ଼େଇ ଦେବେ।

ଅମର ଚୁପ୍ ହୋଇଯାଇଥିଲା। ଅନ୍ୟମାନେ ନୂଆ କଥା ଆରମ୍ଭ କରିବା ଆଗରୁ ବିନି ବଡ଼ପାଟିରେ କହିଉଠିଲା – ମୁଁ କହୁ ନଥିଲି ? ଯେ ବଡ଼ଭାଇଙ୍କୁ ଦେଖି ମାଆ ଭଲ ହୋଇଯିବ ?

(୩)

ସୁନନ୍ଦା ଦେବୀ ହସିଲେ ନାହିଁ। ହସିଲେ ନାହିଁ କି କଥା କହିଲେ ନାହିଁ। ମୁହୂର୍ତ୍ତ ପରେ ମୁହୂର୍ତ୍ତ କଟିଗଲା। ପୂର୍ବରାଗକୁ ବାଟ କଢ଼ାଇବାପାଇଁ କେତେ ଭଳି ଚେଷ୍ଟା କରାଗଲା। କମଳାଅପା ମୁଣ୍ଡ ଆଉଁସି ଦେଲେ, କେତେ କଷ୍ଟ ପାଇଲ ! ମୁଁ ସେଦିନୁ ଭ୍ରମର ସାଙ୍ଗରେ ଲଗେଇଛି ଯେ ମାଆକୁ ଟିକିଏ ତୀର୍ଥ କରେଇ ନିଅ, ସେ ଦେଶ ବିଦେଶ ବୁଲିଆସୁ। ଏଇ ଘରଟାରେ ପଡ଼ି ପଡ଼ି ତୁଚ୍ଛାଟାକୁ ଘାଣ୍ଟି ହେଉଛି।

ମଉସା ମହୀବାବୁ ତକିଆତଳେ ଥିବା ଫୁଲଟିକୁ ଦେଖି ତାଙ୍କ ବଗିଚାରୁ ଭଲଭଲ ଚମ୍ପାଫୁଲ ଆଣିଦେବେ ବୋଲି କହିଲେ, କିନ୍ତୁ କେଉଁଥିରେ କିଛି ଲାଭ ହେଲାନାହିଁ। ସୁନନ୍ଦା ଦେବୀ ଅଗ୍ରସର ହେଲେ ନାହିଁ। ବରଂ ମନେହେଲା ଯେ ସେ ଫେରିବାକୁ ବସିଲେଣି। ଦୃଷ୍ଟି ଧିମେଇ ଆସୁଛି, ଅଙ୍ଗପ୍ରତ୍ୟଙ୍ଗ ଶିଥିଳ ହୋଇଆସୁଛି। ବୀଣା ବାରମ୍ବାର ନାଡ଼ି ପରୀକ୍ଷା କରି ଶୁଖିଲା ମୁହଁ ଦେଖାଉଛି। ଅମର ବୀଣା ଆଡ଼କୁ କଟମଟ କରି ଚାହୁଁଛି।

ଡାକ୍ତର ଅଧିକାରୀ ପୁଣି ଆସିଲେ। ରାଗିଲା ପରି ଆଉ ଗୋଟିଏ ଇଞ୍ଜେକ୍ସନ ଦେଲେ। ସ୍ପେଶାଲିଷ୍ଟ ମଧ୍ୟ ଆସିଲେ ଓ କେତେଗୁଡ଼ିଏ ସାରଗର୍ଭକ ପରାମର୍ଶ ଦେଇ ଫେରିଗଲେ। ଅତିରିକ୍ତ ଲୋକମାନଙ୍କୁ ଭିଡ଼ ଭାଙ୍ଗି ବାହାରିଯିବାକୁ କୁହାଗଲା। କିନ୍ତୁ ସଞ୍ଜ ନ ହେଉଣୁ ସୁନନ୍ଦାଦେବୀ ପୁଣି ଆଖି ବୁଜିଦେଲେ। ଜାଣିବା ଶୁଣିବା ଲୋକେ କହିଲେ, ଏ ହେଉଛି ଶେଷ ଅଚେତନ। ଏଥିରୁ ନିସ୍ତାର ନାହିଁ।

...'ସୁନନ୍ଦା ନିବାସ' ସଞ୍ଜର ଛାଇରେ ଘୋଡ଼େଇ ହୋଇ ଆସିଲା। କୋଠାର ବାସିନ୍ଦାମାନେ ଆଉ ଗୋଟିଏ ରାତିର ଦାୟିତ୍ୱ ଗ୍ରହଣ କଲେ ଓ ନିଜ ନିଜର ସ୍ୱରୂପକୁ ପାଖରେ ପାଇଲେ। କାଲିପରି ନୁହେଁ। କାଲିଥିଲା ଆଲୋଡ଼ନ ଛାତି ଦୁକୁଦୁକୁ, ଅସ୍ଥିରତା। ଆଜି ଛାତି ଦବିଯାଇଛି, କିନ୍ତୁ ଦୁକୁଦୁକୁ ହେଉ ନାହିଁ। ଆଲୋଡ଼ନ ଥମିଯାଇଛି। ଧୀରେ ସୁସ୍ଥେ କାନ୍ଦିବାକୁ ଇଚ୍ଛା ହେଉଛି। କରାଳ ନିର୍ମମ ଟ୍ରାଜେଡ଼ିକୁ ସ୍ୱୀକାର କରି ଭାବିବାକୁ ହେଉଛି ଏଇୟା ହେବାର ଥିଲା। କାରଣ ମାଆ ମରୁଛି, ଏଥିରେ ସନ୍ଦେହ ନାହିଁ।

ରାତି ଅଧବେଳକୁ ସମସ୍ତ ବୁଦବୁଦ ମିଳେଇଗଲା। ବିନି କଥା ଛାଡ଼ିଦିଅ। ଅନ୍ୟ ନିଜ ଲୋକମାନେ ନୀରବରେ ବିଷାଦ ସେବନ କଲେ। କେବଳ ଘଡ଼ିକ ଅନ୍ତରରେ ଗୋଟିଏ ଗୋଟିଏ ଦୀର୍ଘଶ୍ୱାସ- ଛାଡ଼। କାମ ସରିଯାଇଛି।

ସୁଷମାର ହଠାତ୍ ସୂର୍ଯ୍ୟଙ୍କୁ ଡାକିବାକୁ ଇଚ୍ଛା ହେଲା। ସମୁଜ୍ଜ୍ୱଳ ସୂର୍ଯ୍ୟ ଅତର୍କିତରେ ଏହି ରାତିର ମଝିରେ ଛିଡ଼ା ହୁଅନ୍ତେ ନାହିଁ! ତାତିଲା ଚହଟ ଆଲୁଅରେ ଏହି ଧୂସର ଅନ୍ଧାରକୁ ଚିରି ଦିଅନ୍ତେ ନାହିଁ! ଅନ୍ଧାର କଳା ନୁହେଁ, ଧୂସର, କୁତ୍ସିତ। ଯେହେତୁ କେତେ ପୁରୁଣା ମିଛର ସଂସ୍କାର ସତର ସଞ୍ଚାର ସହିତ ଗୋଳେଇ ହୋଇଯାଇଛି, ମରଣ ରାତିର ଅନ୍ଧାରକୁ କୁହୁଡ଼ିଆ କରି ଦେଇଛି। ସୁଷମାର ମନେପଡ଼ିଲା ସେ ଯେତେବେଳେ ସକାଳେ କୋଳିଗଛକୁ ଅନେଇ ଛିଡ଼ା ହୋଇଥିଲା ସେତେବେଳେ ସେ ଏଠିକାର ସଂସାରକୁ ଛୁଇଁପାରୁ ନାହିଁ, କିଛି ଦେଇପାରୁ ନାହିଁ ବୋଲି ଦୁଃଖ କରୁଥିଲା। ହାୟ! ଦେବାର ପ୍ରଶ୍ନ ଉଠୁନାହିଁ। ଏମାନେ ଏହି ଅଶ୍ଳୀଳ ଧୂସରତାରେ

ଘୋଡ଼େଇ ହୋଇ ବସିଛନ୍ତି, ଜଣକୁ ଜଣେ। ସାତସିଆଁ ଶେଯର ଉଷୁମ ଟାଣୁଛନ୍ତି। ଏମାନଙ୍କୁ ଛୁଇଁ ହେବ ନାହିଁ -ଅସମ୍ଭବ।

କିନ୍ତୁ ଏମାନେ କ'ଣ ପ୍ରକୃତରେ ସୁଖୀ? ବୀଣା ଅପାଙ୍କ ଭାରି ମୁହଁରେ କ୍ଲେଶ, ସତେ କି ସେ ଉଚ୍ଚ ପର୍ବତ ହେବାକୁ ଯାଇ ପଥର ଖଣ୍ଡ ହୋଇ ଯାଇଛନ୍ତି ... ବୀଥିର ସନ୍ଦେହୀ ଦୃଷ୍ଟି, ସତେ ଯେମିତି ସେ ତା'ର ବିପୁଳ ଛାତି ଭିତରେ ଗୁପ୍ତଧନ ରଖିଛି, ଭାବୁଛି କାଳେ କିଏ ଛଡ଼େଇ ନେଇଯିବ .. ବିନିର ଭୟ। ସେ ବଞ୍ଚିବାକୁ ଡରୁଛି ନା ମରିବାକୁ। ଭ୍ରମରର ନିଦୁଆ ନିବୃତ୍ତ ଚାହାଣି। ସେ ଦିନଯାକ କେଉଁଠି ଥିଲା? ଶୋଇଥିଲା ନା ଆଲୁଅ ପଛରେ ଲୁଚି ରହିଥିଲା? ଆଉ ଇୟେ, ଅମରବାବୁ, ମୋର ସ୍ୱାମୀ। ଏକୁଟିଆ ମୋତେ ଦେଖିଲେ ତଳକୁ ମୁହଁ ପୋତି ଦେଉଛନ୍ତି କାହିଁକି?

ସେହିଠୁ ତା'ର ମନେ ପଡ଼ିଲା କେତେ ବର୍ଷ ତଳର ଗୋଟିଏ କଫି ହାଉସ ଓ ସନ୍ଧ୍ୟା। ପ୍ରଥମ ପ୍ରଣୟ ଯାଚନା। ସେଦିନ ସାଙ୍ଗରେ ଆଉ କେହି ନ ଥିଲେ। କଫି ଓ କଟଲେଟ୍‌ର ବ୍ୟବଧାନରେ ପ୍ରଣୟ ହଠାତ୍ ଆସି ଦେଖା ଦେଲା। ସୁଷମାର ମନେ ହେଲା ଯେ, ଏ ଲୋକଟିକୁ ଭଲ ପାଇବା ଉଚିତ, ବାହା ହେବା ଉଚିତ। ଏ ତା'ର ସମାଜ ସେବାର ଅନ୍ୟତମ କର୍ତ୍ତବ୍ୟ। ଭୀରୁ ଛାତ୍ର ଭରସା ପାଇଲା ପରି ଅମରବାବୁ ତରତର ହୋଇ ପଚାରିଲେ, ମିସ୍ ରାଏ, ମୁଁ ଗୋଟିଏ କଥା କହି ପାରିବି?...

କରୁଣତା, ମିନତି। ମୋର ଶୂନ୍ୟଥାଳ ଭରିଦିଅ। କିନ୍ତୁ କେବଳ କ'ଣ ସେତିକି ଥିଲା? ସୁଷମାର ଧାରଣା ହେଲା ଯେ ସେ ଭୁଲ ବୁଝିଥିଲା। ପ୍ରେମିକ ଅମରର ବ୍ୟାକୁଳ ଚାହାଣିରେ ଆଉ କିଛି ଥିଲା। ଅସୁସ୍ଥତା, ଦୋଷୀ ଭାବ। ମୁଁ ଦୋଷ କରିଛି, ମୋତେ ଦଣ୍ଡଦିଅ, ଚାବୁକ୍ ମାର।

ନା, ଏମାନେ ଦୁଃଖୀ ନୁହନ୍ତି, ସୁଖୀ ହୋଇପାରିବେ ନାହିଁ। ଏମାନଙ୍କ ଖର୍ବ, ଅସମାପ୍ତ।

ଅଶ୍ୱସ୍ତିକୁ ଖଣ୍ଡା ଧାରରେ ଛିଣ୍ଡାଇ ଦେଲାପରି ଗୋଟାଏ ଅନୁଚିତ ଭାବନା ସୁଷମାକୁ ଚମକାଇ ଦେଲା-

ବୁଢ଼ୀ ମରିବେ ଯଦି ମରିଯାଉ ନାହାନ୍ତି କାହିଁକି? ସୁଷମା ନିଜକୁ ସମ୍ଭାଳି ନେଲା ବେଳକୁ ପାଖରୁ କାହାର କଥା ଶୁଭିଲା, "ସେ ପୁଣି ସେଠିକି ଗଲାଣି।"

"କିଏ?" ସୁଷମା ବୁଲିପଡ଼ି ଦେଖେ ଯେ ଭ୍ରମର। ସେ ଅଗଣା ଆଡ଼କୁ ଚାହିଁଛି ଓ ସ୍ୱଗତ କହିଲା ପରି କହୁଛି –"ବିନି, ସେ କାଲି ଯାଉଥିଲା। ଆଜି ବି ଯାଉଛି। ବରାବର ଯାଉଛି।"

ଭ୍ରମର ଥକିଗଲା ପରି କହୁଛି । ସୁଷମା ବଲବଲ ହୋଇ ଦିଅର ମୁହଁକୁ ଚାହିଁଲା ।

କିଛି ସମୟ ପରେ ସୁଷମା ବୁଝିଲା ଯେ ଅଗଣାର ବାଆ ପାଖରେ ଭଣ୍ଡାର ଘରକୁ ଲାଗି ଯେଉଁ ସାନ ବଖରାଟି ଅଛି, ବିନି ସେହିଠିକି ଯାଉଛି । ସେହି ହେଉଛି ଠାକୁର ଘର । ତା'ର ପ୍ରାଧାନ୍ୟ ଅଜଣା ନୁହେଁ । ସେ ସ୍ୱାମୀଙ୍କଠାରୁ ଶୁଣିଛି ଯେ, ସେଠି ଅନେକ ଦେବଦେବୀ ଅଛନ୍ତି, ବାପାଙ୍କ ଫଟୋ ମଧ୍ୟ ଅଛି ଓ ସେଠିକି ପରିବାରର ପ୍ରତ୍ୟେକ ଲୋକ ଦିନକୁ ଅନ୍ତତଃ ଥରେ ଯିବାର କଥା ।

କିନ୍ତୁ ବିନି ବାରମ୍ବାର ଯାଉଛି । ଭ୍ରମରର କଥାରୁ ଜଣାପଡୁଛି ଯେ, ସେ ଠାକୁରଙ୍କ ପାଖ ଛାଡୁ ନାହିଁ । ସାବିତ୍ରୀ ପରି ସେ ବିଧାତାକୁ ବିଶ୍ରାମ ଦେଉ ନାହିଁ । ମାଗୁଛି ମୋ ମାଆକୁ ବଞ୍ଚାଇ ଦିଅ !

ସୁଷମା ଲଜ୍ଜିତା ହେଲା । କି ଅପୂର୍ବ ସରଳ ବିଶ୍ୱାସ ! ଅନାବିଳ ସ୍ନେହର ଝରଣା ! ଅସାମାନ୍ୟ ଅଧ୍ୟବସାୟ ! ଯେଉଁ ଘରେ ବିନି ଅଛି, ଏହି ଠାକୁର ଘର ଅଛି, ଅନ୍ତରର ଆନ୍ତରିକତା ଦପ୍‌ଦପ୍ ହୋଇ ଜଳୁଛି, ତା'ରି ଲୋକମାନଙ୍କୁ ମୁଁ ଏତେ ହୀନଦୃଷ୍ଟିରେ ଦେଖିଲି କେମିତି ? ପୁଣି ବୃଦ୍ଧାଙ୍କୁ ନେଇ ଏପରି ନୀଚ ଭାବନା-

ଅନୁଶୋଚନାର ଆବେଗରେ ସୁଷମା ଦୁଇହାତ ଯୋଡ଼ି ପ୍ରଣାମ କଲା । ଛୋଟଘର ଭିତରେ ଥିବା ବିନି, ତା'ଠାକୁର, ଅପମାନିତା ବୃଦ୍ଧା ଶାଶୁ ସମେତ ସମସ୍ତଙ୍କ ପ୍ରତି ତା'ର ଗଭୀର ଶ୍ରଦ୍ଧା ଜଣାଇଲା ।

ଭାଉଜଙ୍କ ଦେଖା ଦେଖି ଭ୍ରମର ମଧ୍ୟ ହାତ ଯୋଡ଼ିଲା । କାଲି ରାତି ପାହିବା ବେଳଠାରୁ ତା'ର ମାନସ ଆକାଶ ଶୂନ୍ୟ ହୋଇ ରହିଥିଲା, ସେ କିଛି ଭାବିପାରୁ ନଥିଲା । ତେଣୁ ଏହି ପ୍ରଣତିଟିକ ତାକୁ ଭଲ ଲାଗିଲା । ମୁଁ ମଧ୍ୟ ଯୋଗଦାନ କରୁଛି, ସ୍ୱୀକାର କରୁଛି- ଏହି ଭାବର ସାନ୍ତ୍ୱନା ଆଣି ଦେଲା ।

ବିନିର ଅସାଧାରଣ ପ୍ରକ୍ରିୟା ବଢ଼ି ଚାଲିଲା । ତେଣୁ କ୍ରମଶଃ ଅନ୍ୟମାନେ ଜାଣିଲେ । ରାତିର ଶେଷ ପହର ବେଳକୁ ଠାକୁର ଘର ଭିତରକୁ ତା'ର କାନ୍ଦଣାର ସ୍ୱର ଶୁଣାଗଲା, ବାହାର କାନ୍ଥରେ ଢୁ ଢୁ ମୁଣ୍ଡ ପିଟିବାର ଦେଖାଗଲା । ଯଦୁ ଥରେ ଏ ଦୃଶ୍ୟ ଦେଖି କରୁଣା ବିଗଳିତ କଣ୍ଠରେ କହିଲା, "ସାନ ଦେଈ, ଏମିତି ହେଲେ ଚଳିବ ? ଯାହା ଭାଗ୍ୟରେ ଅଛି- ।"

ତା'ର ଉତ୍ତରରେ ବିନି ତାକୁ ମୁହାଁମୁହିଁ ଚାହିଁ ଗଳ ଗଳ ଲୁହ ଝରାଇ ପଚାରିଲା, "ତୁ କ'ଣ କହୁଛୁ ? ମାଆ ପ୍ରକୃତରେ ମରିଯିବ ?" ଯଦୁ ବିଧ୍ୱସ୍ତ ହେଲାପରି ଦୃଷ୍ଟି ତଳକୁ କଲା ଓ ଫେରି ଆସିଲା ।

କିନ୍ତୁ ପରିବାର ବର୍ଗ ତା'ର କାରବାର ଦେଖି ଭାଙ୍ଗି ପଡ଼ିଲେ ନାହିଁ କି ହସିଲେ

ନାହିଁ। ସୁଷମା ଉତ୍ତରୋତ୍ତର ମୁଗ୍ଧ ହେଲା। ଭ୍ରମର ପୁଣି କେତେଥର ମନେ ମନେ ପ୍ରଣାମ କଲା। ବୀଣା ମନ ଦେଇ ଏବଂ ଉଚ୍ଚ କଣ୍ଠରେ ଭଗବଦ ଗୀତା ପଢ଼ିଲା। ବୀଥି ଢୁଳାଇ ପଢ଼ିଲା ନାହିଁ, ମାଆକୁ ଆଉଁସିବାକୁ ଲାଗିଲା। ଆମର ଭାବଗମ୍ଭୀର ହେଲା।

କହିବାକୁ ଗଲେ ସେମାନେ ବିନିକୁ ଭଲ ପାଇଲେ। ଯେପରିକି ବିନିର ଶୋକ ସମଗ୍ର ବିଷାଦକୁ ଚିହ୍ନାଇ ହେଉଛି। ଗୋଟିଏ ପରିବାର, ଗୋଟିଏ ମାଆ। ମାଆ ଫେରି ଆସିବ ନାହିଁ, ଦୁଃଖ ଘୁଞ୍ଚିବ ନାହିଁ। ବିନି କାନ୍ଦୁଛି, କାନ୍ଦୁ। ଠାକୁରଙ୍କୁ ଡାକୁଛି ଡାକୁ।

...ରାତି ପାହାନ୍ତା ବେଳକୁ ଏହି ବିଷାଦର ଶାନ୍ତ ହଠାତ୍ ଧୂଳିସାତ୍ ହୋଇଗଲା। ଡାକ୍ତର ଅଧିକାରୀ ଆସି ପହଞ୍ଚିଗଲେ ଓ ଅଯାଚିତ ଭାବରେ କହିଲେ, “ଲକ୍ଷଣ ଭଲ ଆଡ଼କୁ ଯାଉଛି।”

ପୁଣି !!!

ଏ ଡାକ୍ତର ନା ଗୁଣିଆ ? ଭେଳିକି ଦେଖାଉଛି ? ସୁଷମା ଦୁର୍ବିନୀତ ଠାଣିରେ ପଚାରିଲା (ଇଂରେଜିରେ) ‘ଡକ୍ଟର ଆର୍ ୟୁ ସିଓର୍ ?’ ଅନ୍ୟମାନେ ତୀବ୍ରତମ ଚାହାଣିରେ ଡାକ୍ତରଙ୍କୁ ଅନାଇଲେ।

କିନ୍ତୁ ବିନି କାହାକୁ ଅପେକ୍ଷା ନ କରି ଆନନ୍ଦରେ ହସି ଉଠିଲା। ପିଲାଙ୍କ ପରି ଅଳାଜୁକି ଭଙ୍ଗୀରେ ହସିଲା। ମନେ ହେଲା ଏହିକ୍ଷଣି ତାଳି ମାରିବ, ନାଚିବ।

ସବୁ କଥାରେ ଗୋଟାଏ ସୀମା ଅଛି। ନିଜେ ଡାକ୍ତର ଅଧିକାରୀ ସନ୍ଦେହ ଦୃଷ୍ଟିରେ ବିନି ଆଡ଼କୁ ଚାହିଁଲେ ଓ ବୋଧହୁଏ ଭାବିଲେ,- ଏ ଜଣକ କ’ଣ ଏଇ ଘରର ପିଲା ?

(୪)

ସପ୍ତାହକ ପରେ। ବିନି ଓ ଠାକୁର ଘରର ଆଉ ଗୋଟିଏ ଦୃଶ୍ୟ।

ସକାଳର ନରମ ଆଲୁଅରେ ଦେବ ଦେବୀମାନେ ଅତି ଦୟାଳୁ ଓ ଅତି ଆପଣାର ଦେଖାଯାଉଛନ୍ତି। ସଜତୋଳା ଚମ୍ପା ଓ ଗଙ୍ଗଶିଉଳି ଫୁଲର ବାସ୍ନା ଆସୁଛି। ବିନି କୃତଜ୍ଞତାରେ ଗଦ୍‌ଗଦ୍ ହୋଇ ଠାକୁରଙ୍କ ସାଙ୍ଗରେ ଗପୁଛି।

ଉପରମହଲାର ମଝି ଘରେ ମନମୁତାବକ କିଣା ଜଳଖିଆର ଭରାଥାଳି ବଢ଼ା ହୋଇ ରହିଛି। ସୁଷମା ସମେତ ଭାଇଭଉଣୀମାନେ ଅପେକ୍ଷା କରିଛନ୍ତି। ବିନି ଆସିଲେ ଏକାଠି ବସି ଖାଇବେ। ମାଆର ଇଚ୍ଛା, ଆରୋଗ୍ୟର ଉତ୍ସବ ପାଳନ କରାଯିବ।

ବିନିର ଡେରି ହେଉଛି, ସେ ଗପୁଛି – ଠାକୁରେ! ତୁମକୁ କୋଟି କୋଟି ଜୁହାର। ତୁମେ ମୋ ପ୍ରାର୍ଥନା ଶୁଣିଛ। ମାଆକୁ ବଞ୍ଚାଇ ଦେଇଛ।

ମୁଁ କେଡେ ବୋକୀ ! ମୁଁ କେମିତି ଭାବୁଥିଲି ଯେ ମାଆ ଆମକୁ ଛାଡ଼ି ଚାଲିଯିବ ? ମାଆ ଆମକୁ ଡରାଉଥିଲା । ତା'ର ଢଙ୍ଗ ସେମିତିକା ।

ଆମେ ତାକୁ ମାରିବାକୁ ଦେଇ ନ ଥାଆନ୍ତୁ । ତା' ବିହୁନେ ଆମର କିଏ ଅଛି ? କ'ଣ ଅଛି ? ସେ ଆମକୁ ଶୋଷି ନେଇଛି । ଆମର ଯେତେ ଆଶା ଆକାଙ୍‌କ୍ଷାକୁ ଦଳି ଦେଇ ଆମର ଖଣ୍ଡିଉଡ଼ାକୁ କାଟି ଦେଇ ସୁଖ ଆଣିଦେଇଛି । ମାଆ ଜାଣେ କାହାର କେଉଁଥିରେ ମଙ୍ଗଳ ହେବ, ସବୁ ତାକୁ ଜଣା । ସେ ବାପାଙ୍କୁ ଶୀଘ୍ର ମରିବାକୁ କହିଲା (ନିଜ ହାତରେ ମାରିଥିଲେ କ'ଣ ଅଧିକା ହୋଇଥାଆନ୍ତା ?) କାରଣ ବେଶିଦିନ ବଞ୍ଚିଥିଲେ ବାପା ସୁଖୀ ହୋଇ ନଥାଆନ୍ତେ... ସେ ଚାହିଁଲା ଯେ ବଡ଼ଅପା ଧନରେ ଘାଣ୍ଟି ହେଉ, ତାକୁ ଆଉ କିଛି ସୁହାଇବ ନାହିଁ । ବଡ଼ଅପା ଦିନେ ସିତାର ଶିଖୁଥିଲା । ସଙ୍ଗୀତରୁ ପ୍ରେମ ଆସିଯାଇଥାଆନ୍ତା, କିଏ କହିବ ? ସେ ଚାହିଁଲା ଯେ ବୀଥିଅପା ଗୋଟିଏ ସୁନ୍ଦର ଲମ୍ପଟ ସ୍ୱାମୀର ପିଲା ଜନ୍ମ କରୁ, ଜନ୍ମ କରାଯାଉ । ବୀଥିଅପା ଆଉ କେଉଁଥିକି ଯୋଗ୍ୟ ? ସେ ବଡ଼ଭାଇଙ୍କୁ ଅଧିକାର କରିବାକୁ ଚାହିଁଥିଲା, ଗୋଟିପଣେ ବାନ୍ଧି ରଖିବାକୁ ବସିଥିଲା । (ବଡ଼ଭାଇ ବାପାଙ୍କ ପରି ଦେଖିବାକୁ) ସେ ଭ୍ରମର ଭାଇର ସ୍ୱପ୍ନକୁ ଦବେଇ ଦେଲା, ଏଇଠି ନାକଘସି ପଡ଼ି ରହିବାକୁ କହିଲା । ବିଚରା ତା'ସ୍ୱପ୍ନକୁ ନେଇ କ'ଣ କରିଥାଆନ୍ତା ?

ତା' ଭଲପାଇବା କବଳରୁ କେହି ମୁକୁଳି ପାରିଲୁ ନାହିଁ । ବଡ଼ଭାଇ ଚେଷ୍ଟା କରିଥିଲେ । ଅସ୍ତବ୍ୟସ୍ତ ହୋଇ ଆକାଶକୁ ଲମ୍ଫ ଦେଇଥିଲେ । ପାରିଲେ ...

କେତେବେଳକେ ସେ ନିଜକୁ ପଚାରିଲା- ଆଉ ମୁଁ ? ବୋଧହୁଏ ସେ ଏହି ପ୍ରଶ୍ନ ଶେଷକୁ ରଖିଥିଲା, ପଛରେ ଯୋଡ଼ି ଦେବ ବୋଲି । ମୁଁ କିଏ ? ମୁଁ ସାବଧାନ । କାନ୍ଦୁରୀ, ଡରକୁଳୀ । ମୋଠୁ ସେ କ'ଣ ଛଡ଼େଇ ନେଇଛି ? କାହିଁ, ମନେପଡୁ ନାହିଁ ତ !

ବିନି ନିଜକୁ ଠକେଇ ପାରିଲା ନାହିଁ । ଦେବଦେବୀମାନେ ମୃଦୁ ମୃଦୁ ହସୁଛନ୍ତି । ମୁରଲୀଧାରୀ କଣେଇ କଣେଇ ଚାହୁଁଛନ୍ତି । ଦଶଭୁଜା ବରାଭୟ ଦେଉଛନ୍ତି । ଭୋଳାନାଥ ଅର୍ଦ୍ଧନିମୀଳିତ ନେତ୍ରର ଆଶୀର୍ବାଦ ଦେଉଛନ୍ତି । ବିନି ସାହସ ପାଇଲା, ଭାବିଲା ଏମାନେ ସମସ୍ତେ ତା'ପଟରେ ଅଛନ୍ତି ।

ସେହିଠୁ ସେ ବହୁବିଧ ଫଟୋ ମଧ୍ୟରୁ ଗୋଟିକୁ ନେଇ ଆସିଲା । ଓଟାରି ଆଣିଲା ପରି ନେଇଆସିଲା । ବାପାଙ୍କ ଫଟୋ । ତାକୁ ସେ ଛାତିରେ ଚାପି ଧରିଲା, ମୁହଁରେ ଲଗାଇଲା ।

ସେ ମାଆକୁ ନ ଡାକି ରହିପାରିଲା ନାହିଁ -ମାଆ ! ତୁ କ'ଣ ଭାବିଥିଲୁ

ମରିଯାଇ ଦେବତାଙ୍କ ଫଟୋ ହୋଇଯାଇ ଥାଆନ୍ତୁ। ଏଇଠି ଆସନ ପକେଇ ମୋ ଆଡକୁ ଚାହିଁଥାଆନ୍ତୁ? ସତେ?

...ସେ ବାହାରିଆସି ଉପର ମହଲାକୁ ଯାଇ ଦେଖେ ଯେ ସେମାନେ ତାକୁ ଅପେକ୍ଷା କରିଛନ୍ତି, କିନ୍ତୁ ବଡ଼ଭାଇ ଗୋଟାଏ ଗରମ ଆଲୁଚପ୍ କି କ'ଣ ପାଟିରେ ପୂରାଇ 'ବଢ଼ିଆ', 'ବଢ଼ିଆ' ବୋଲି ପାଟିକରୁଛନ୍ତି। ବିନିକୁ ଦେଖି କହିଲେ, 'କିଲୋ! ଏତେବେଳଯାଏଁ କେଉଁଠି ଥିଲୁ? ମୁଁ ଆଉ ରହିପାରିଲି ନାହିଁ। (ଆଉ କଳେ କାମୁଡ଼ି ପାଟି ପୋଡ଼ିବାରୁ ମୁଖ ବିକୃତି) ...ମାଆ ତ ଭଲ ହୋଇଗଲାଣି, ତୁ ଠାକୁରଙ୍କୁ ଏତେ କ'ଣ ଡାକୁଥିଲୁ?" ସମବେତ ହସର କଳଧ୍ୱନି।

ସୁନନ୍ଦା ଦେବୀ ଖଟରେ ଆଉଜି ବସିରହିଥିଲେ। ତାଙ୍କର ଶୁଷ୍କ ଉପଭୋଗୀ ମୁହଁରୁ ମନେ ହେଉଥିଲା ଯେ ସେ ଅନ୍ତତଃ ଆହୁରି ଶହେବର୍ଷ ବଞ୍ଚିବେ।

■

ପ୍ରେମନାରାୟଣ

ନାତି ଏକୋଇଶା ଉତ୍ସବ ସରି ଆସିଲାଣି। ଖିଆପିଆ କାମ ବଢ଼ିଲାଣି, ନିମନ୍ତ୍ରିତଗଣ ଆଶୀର୍ବାଦ କରି ଫେରିଗଲେଣି, କିନ୍ତୁ ନିଜ ଲୋକମାନଙ୍କ ସମୟ ପୂରିନାହିଁ। ତେଣୁ ପିଲା କେତେ ଜଣ ଖେଳୁଛନ୍ତି ଏବଂ ଥୋକେ ମାଇପେ ଗପୁଛନ୍ତି। ଆନନ୍ଦ କୋଳାହଳ ସୀମିତ ହେବା ଦ୍ୱାରା ବେଳେବେଳେ ସ୍ପଷ୍ଟ ହୋଇଉଠୁଛି। ପିଲାଙ୍କ ଭିତରୁ କିଏ ଚିତ୍କାର କଲା କିଏ କାନ୍ଦି ଉଠିଲା ଜଣାପଡ଼ି ଯାଉଛି। ମାଇପି ମହଲରେ ମନ୍ଦିଅପାଙ୍କ ଫଟାକଣ୍ଠ ବାରି ହୋଇଯାଉଛି।

ଫଟାକଣ୍ଠର ଛିଲିକାଏ ହସ ଅନନ୍ତବାବୁଙ୍କ ମୁଦ୍ରିତ ଚେତନାରେ ପ୍ରବେଶ କଲା। ପ୍ରବେଶ କରି ଫେରିଆସିଲା। କାରଣ ସେତେବେଳେ ଅନନ୍ତବାବୁ ଶୋଇ ରହି ଅପଣା ସ୍ତ୍ରୀଙ୍କ ସ୍ମିତହାସକୁ ମନେ ପକାଉଥିଲେ। ସ୍ଥଳବିଶେଷରେ ସେଉଟି କେମିତି ଦେଖାଯାଏ ... କାହାକୁ କେମିତି ଦେଖାଯାଏ, କାହାକୁ କ'ଣ କୁହେ ...

ଏଗୁଡ଼ାକ କେତେବେଳେ ଯିବେ? ଅନନ୍ତବାବୁ କୋଳାହଳକୁ ପିଠି କରି କଡ଼ ଲେଉଟାଇଲେ। ପତ୍ନୀଗତ ଭାବନାର ଖିଅ ଧରିଲେ। ନିଜେ ସୁଲୋଚନା ସେଇ ଘରେ ଚୁପ୍ ହୋଇ ଡ୍ରେସିଙ୍ଗ୍ ଟେବୁଲ ପାଖରେ ବସିଛି ବୋଲି ସେ ଲକ୍ଷ୍ୟ କରିପାରିଲେ ନାହିଁ।

ଅନନ୍ତବାବୁଙ୍କ ଚିକ୍‌କଣ ଗୋରାପିଠି ସୁଲୋଚନା ଦେବୀଙ୍କ ଆଖି ପାହାନ୍ତାରେ ପଡ଼ି ରହିଲା।

ସୁଲୋଚନା ଦେବୀ ତଳକୁ ମୁହଁ ପୋତିଥିଲେ। ପାଖଘର ଦରଜା ଆଡ଼କୁ କାନ ଡେରିଥିଲେ। ଶୁଣୁଥିଲେ –

ମୁଁ କ'ଣ କହୁଛି ଶୁଣ, ଗୁନି ବାହାଘର ବର୍ଷେ ... ଫୁସ୍ ଫୁସ୍ ଫୁସ୍ ... ନଟଭାଇଙ୍କ ପୁତୁରାକୁ ଜାଣିନାହଁ? ତମେ କୋଉ ବିଲାତରୁ ଆସିଛ କିଓ?... ସମବେତ ହସ ଚୁପ୍ ଚୁପ୍ ଚୁପ୍ ... ଫଟାକଣ୍ଠର ହସ ... ହେ ଭଗବାନ୍! ନିଜ ପୁଅ ବୟସର ହେବ ତା'ସାଙ୍ଗରେ ପୁଣି!! ଆସ୍ତେ ଆସ୍ତେ ଆରଘରକୁ ଶୁଭୁଥିବ ଫୁସ୍ ଫୁସ୍ ଫୁସ୍ ... ହେଲେ ଆମ ଅନନ୍ତଭାଇ ଛାଡ଼ିବା ଲୋକ ନୁହନ୍ତି। ଧରିଲେ ଚୁଟି ... ସମବେତ ହସ ...

ସୁଲୋଚନା ଦେବୀ ମୁଣ୍ଡ ଟେକିଲେ। ଦର୍ପଣରେ ମୁହଁ ଦେଖିଲେ। ମୁହଁରେ କ୍ରୋଧ କିମ୍ବା ଲଜ୍ଜାର କୌଣସି ଲକ୍ଷଣ ନଥିଲା। କେବଳ ସରୁ ଚିପାଓଠରେ ସ୍ଥିରତା। ଦାମ୍ଭିକତା, ଯାହା ତାଙ୍କ ଶେତା ମୁହଁରେ ରାଣୀଭାବ ଆଣି ଦେଉଥିଲା।

ସେ ସାମାନ୍ୟ ଅସଂଯତ ହୋଇ ପଡ଼ିବା ଖୋସାକୁ ବାନ୍ଧି ନ ଦେଇ ଖୋଲି ପକାଇଲେ। ମୁକୁଳା କେଶକୁ ପଛକୁ ଛାଟି ଦେଇ ଛାତି ଫୁଲାଇଲେ, ମୁଣ୍ଡରେ ପାନିଆ ଚଳାଇଲେ। ସେତିକି ସେ ଜଣାଇବାକୁ ଚାହୁଁଥିଲେ- ତମ ଗପକୁ ମୁଁ ପରୁଆ କରେ ନାହିଁ, ମୋର ଶୁଣିବାକୁ ବେଳ ନାହିଁ। ମୋର ଅନ୍ୟ କାମ ଅଛି। କେଶ ବିନ୍ୟାସ, ସାଜ ଶୃଙ୍ଗାର।

ସତେକି ସେ ଜଣାଇବାକୁ ଚାହୁଁଥିଲେ ଯେ ସୁନ୍ଦର ନାରୀର ଯୌବନ ଲୋଡ଼ା ନାହିଁ। ତା'ର କେଶରାଶି କ୍ଷୀଣ ହୁଏନାହିଁ, ତା'ର ଛାତି ଅବନତ ହୋଇପାରେ ନାହିଁ, ତା'ର ଦେହର ରଙ୍ଗ ଶେତା ହୋଇ ଆହୁରି ଗୋରା ହୋଇଉଠେ। ସେ ଓଠ କୋହଳ କଲେ ଦର୍ପଣକୁ ଛୋଟ ସ୍ମିତହାସଟିଏ ଦେଇ ଅଧିକ ଆବେଗରେ ମୁକୁଳା କେଶକୁ ଛାଟିଲେ ଓ ଛାତି ଫୁଲାଇଲେ-

କୁହ, ଯାହା କହିବାର ଅଛି କୁହ। ତା'ଛଡ଼ା ଆଉ କ'ଣ କରିପାରିବ? ମାନୁଅପା, ମନ୍ଦିଅପା, ନାଣ୍ଟୀ ମାଉସୀ, ପଦୁବୋଉ ଖୁଡ଼ୀ, ହେମ, ସାର, ମାଳ, ପୃଥିବୀଯାକର ରାଣ୍ଡୀଖଣ୍ଡୀ ବୋହୂଝିଅ ଯେତେକ ଅଛ ଯୋଡ଼ିଯାଡ଼ି ହୋଇ ତୁମର ହିଂସାବିଷକୁ ଉତାରି ଦିଅ। ଆଉ କ'ଣ କରିପାରିବ? ମୋର ସୁନ୍ଦରପଣକୁ କାଢ଼ି ଦେଇପାରିବ?

କୁହ, ସାରିଦିଅ। ଆଉ ଏଣିକି ସୁବିଧା ହେବ ନାହିଁ! ପୁନିର ଦ୍ୱିତୀୟ ପିଲା ହେଲେ ତା'ର ଏକୋଇଶା ଏଠି ହେବନାହିଁ। ତା'ର ସ୍ୱାମୀ ପାଖରେ ଦିଲ୍ଲୀରେ ହେବ। ହୁଏତ ସେଠି ମଧ୍ୟ ପରଦା ସେ ପାଖରେ ମୁଁ କେତେ ମିସେସ୍ ମିତ୍ର ମେନନ୍ ମେହେତାମାନଙ୍କର ଫୁସ୍‌ଫୁସ୍ ଶୁଣିବି ମିସେସ୍ ମହାନ୍ତିକୁ ବୟସ କେତେ? ସେ କ'ଣ ପୂର୍ଣ୍ଣିମାର ନିଜ ମାଆ? ହୁଏତ କେଉଁ ଲମ୍ବା ଦାଢ଼ିଆ ଗୋରାତକତକ ଦିଲ୍ଲୀବାଲା ବାରମ୍ବାର ମୋ ହାତରୁ ଚା'ଖାଇବାକୁ ଆସିବ (ସୁଲୋଚନା ଦେବୀ କୁରୁକୁରୁ ହେଲେ), ଆଉ ଇଏ ମୋ ଉପରେ ରାଗିବେ।

ବୁଝିଲ ଆମ ଅପାମାଉସୀମାନେ, ଆଜି ନୁହେଁ। ପଚିଷବର୍ଷ ତଳେ ଏଇୟା ଥିଲା, ଯେତେବେଳେ ଇଏ ମୋତେ ବାହାହେବା ପାଇଁ ଅଡ଼ି ବସିଲେ, କୁଳଶୀଳ ବାଛବିଚାରକୁ ମାନିଲେ ନାହିଁ। କାହିଁକି ନା ମୁଁ ସୁନ୍ଦର ଥିଲି। ସେତେବେଳେ ମଧ୍ୟ କୁଳ ନାରୀମାନେ ହିଂସାରେ ଜଳି ଯାଉଥିଲେ।

ମୋର ତିନିଟା ପିଲା ହୋଇଛି, ଯୋଡ଼ାଏ ଅପରେସନ୍ ହୋଇଛି, ତଥାପି ମୁଁ ସୁନ୍ଦର। ମୋର ସ୍ୱାମୀ ସୁନ୍ଦର। ଯେଉଁମାନଙ୍କୁ ନେଇ ସେ ମୋ ଉପରେ ରାଗନ୍ତି, ବୁଢ଼ା ହୁଅନ୍ତୁ କି ଟୋକା ହୁଅନ୍ତୁ, ସେମାନେ ସମସ୍ତେ ସୁନ୍ଦର। ମୋ ଦୁଇ ଝିଅ ଗୋଟିଏ ପୁଅ, କାହାକୁ ବାଛିବାର ନାହିଁ। ଏଇ ସୁନ୍ଦର ପଣର କାରବାର ତୁମେ କ'ଣ ବୁଝିବ?

ଏହି ସମୟରେ ସ୍ୱାମୀଙ୍କ ଖୋଲା ଗୋରାପିଠି ତାଙ୍କ ଆଖିରେ ପଡ଼ିଲା। ସୁଲୋଚନା ଦେବୀ ଚାହିଁଲେ ଏବଂ ଚାହିଁ ଚାହିଁ ପାଖକୁ ଗଲେ।

ଧବଳ ଜଟାଜୁଟଧାରୀ ତପସ୍ୱୀ ହିମଗିରିକୁ ଛୁଇଁଲା ପରି ଏକ ପବିତ୍ର ପ୍ରଗଲ୍‌ଭତାରେ ତାଙ୍କର ଅନ୍ତର ପୁଲକିତ ହେଲା। ସେ ପାତଳା ଚାଦରଟିଏ ନେଇ ଆସି ସ୍ୱାମୀଙ୍କୁ ଭଲ ଭାବରେ ଘୋଡ଼େଇ ଦେଲେ।

ଦେଖେ ପୁନି କ'ଣ କରୁଛି, ମୋ ନାତି କ'ଣ କରୁଛି। ନାତିଟା ଏତେ କାଳିଆ ହୋଇ ନଥିଲେ ଚଳି ନଥାନ୍ତା? ଆମ ଦୋଷ ନୁହେଁ, ପୁନି ନିଜ ଇଚ୍ଛାରେ ଲଭ୍ କରି ବାହା ହୋଇଛି, ପୁଅ ବାପ ରଙ୍ଗ ଆଣିଛି। ତେବେ ଦିଲ୍ଲୀର ହାଉଆରେ ରଙ୍ଗ ଫିଟି ଯାଇପାରେ। ମୋତେ ମଧ୍ୟ କିଛି ଉପାୟ ଜଣା, ମୁଁ ପୁନିକୁ ବତେଇ ଦେବି। ଏହିପରି ଭାବି ମାତୃସ୍ନେହ ସିଞ୍ଚି ଦେବା ପାଇଁ ସୁଲୋଚନା ଦେବୀ ଝିଅ ପାଖକୁ ଗଲେ।

ପାଖଘରେ ମାନୁଅପା ଗୋଟିଏ ରସରସିଆ କଥାର ଅଧାରେ ଅଟକି ଯାଇଥିଲେ। ସେ କହୁଥିଲେ କେମିତି ଅନନ୍ତ ଭାରିଜାର ପ୍ରଥମ ଅପରେସନ୍ ପରେ ସେ ଅବେଳରେ ରୋଗିଣୀର କେବିନ୍ ଭିତରକୁ ପଶି ଯାଇଥିଲେ (ସିଷ୍ଟରକୁ ମିଠା କଥା କହି ଭୁଲେଇ ଦେଇଥିଲେ); ପଶିଯାଇ କ'ଣ ଦେଖିଲେ ଜାଣ, ଦେଖିଲେ ଯେ ଅନନ୍ତ ଭାରିଜା ପେଟେଇ ପଡ଼ିଛି, ଆଉ ମରଦଟିଏ ତାଙ୍କର ଅଣ୍ଟା ଚିପି ଦେଉଛି।

ସମସ୍ତେ ଧରି ନେଇଥିଲେ ଯେ ମରଦ ଜଣକ ଅନନ୍ତ ମାହାନ୍ତି ନୁହନ୍ତି। କିନ୍ତୁ ଲୋକଟିର ନାମଧାମ ଚେହେରା ଚରିତ୍ର ଜାଣିବା ପାଇଁ ସେମାନେ ମାନୁଅପାଙ୍କ ପାନବୋଳମଖା ଓଠକୁ ଚାହିଁ ବସିଥିଲେ। ଅସୁସ୍ଥ ଅବସ୍ଥାରେ ଡାକ୍ତରଖାନାରେ ମଧ୍ୟ ଲୀଳା ଚାଲିଥିଲା! ପୁଣି ଅଣ୍ଟା ଆଉ!

କିନ୍ତୁ ସେତିକିବେଳେ ମନ୍ଦିଅପା କାନ୍ଥକୁ ଆଉଜିଥିଲେ ଏବଂ ଆଖିବୁଜି ନାମ ଜପିଲେ –ଓଁ ନମୋ ନାରାୟଣ ବାକିତକ ଶୁଣାଗଲା ନାହିଁ। ଗପ ଅଧା ରହିଲା। ସଭା ଥମିଗଲା। ମନ୍ଦିଅପା କାହିଁକି ଏମିତି ରସଭଙ୍ଗ କଲେ ବୋଲି କେହି ବିରକ୍ତ ହେଲେ ନାହିଁ। ବିଧବା ମନ୍ଦିଅପାର ପ୍ରବଳ ଭଗବତ୍‌ପ୍ରେମ କାହାରି ଅଜଣା ନୁହେଁ। ସକାଳସଞ୍ଜେ ରୀତିମୁତାବକ ପୂଜା କରିବା ଛଡ଼ା ସେ ମଝିରେ ମଝିରେ

ଧ୍ୟାନ କରନ୍ତି। ଅଳ୍ପ ସମୟ ପାଇଁ ଦୈନନ୍ଦିନ ଜଞ୍ଜାଳରୁ ଅପସରି ଯାଇ ଭଗବାନଙ୍କୁ ଡାକନ୍ତି। ନହେଲେ ତାଙ୍କୁ ଛଟପଟ ଲାଗେ। ସେ ଏଠିକି ଆସି କେତେଥର କହିସାରିଲେଣି ଯେ ଆଜି ସଞ୍ଜବେଳୁ ତାଙ୍କୁ ଫୁରୁସତ ନାହିଁ,- ରଘୁମିଶ୍ରଙ୍କ ପୁଅ ବ୍ରତଘର, ଯଦୁଭାଇଙ୍କ ଘରେ ଚଉଠି ଭୋଜି, ସତୀର ସାନଝିଅକୁ ମିଳିମିଳା। ମନ୍ଦିଅପା ସବୁରି ଦୁଃଖସୁଖରେ ଥାଏ, କିନ୍ତୁ ସେ ନିଜପାଇଁ ମାତ୍ର କେତୋଟି ମୁହୂର୍ତ୍ତ ଚାହେଁ। ହୁଏତ ଅନ୍ୟମାନଙ୍କ ଘରେ ସେଇ ସୁଯୋଗଟିକ ମିଳିଲା ନାହିଁ, ତା'ବୋଲି ଅନନ୍ତଭାଇଙ୍କ ଘରେ ଆପଣା କୁଟୁମ୍ବମେଳରେ ସେ ତା'ର ନାରାୟଣକୁ ଟିକିଏ ଡାକି ପାରିବ ନାହିଁ? ସହଜେ ସୁଲି ନୂଆବୋଉଙ୍କ କଥା କହିଲେ ସରିବ ନାହିଁ, ଏଣେ ରାତି ଉଛୁର ହେଲାଣି, ଅଗତ୍ୟା ସଭା ମଝିରେ କଥା ମଝିରେ ନିଜ କାମ କରିବାକୁ ପଡ଼ିଲା। ନିରୁପାୟ।

ସେମାନେ ମନ୍ଦିଅପାଙ୍କ ଅସମ୍ଭାଳ ଅବସ୍ଥା ବୁଝି ପାରିଲେ ଏବଂ ଧୈର୍ଯ୍ୟର ସହିତ ଅପେକ୍ଷା କଲେ। ଅପେକ୍ଷାର ମୂଲ୍ୟ ରହିଲା ନାହିଁ। ଧ୍ୟାନଭଙ୍ଗ ହେବାପରେ ମନ୍ଦିଅପା ଉଠି ପଡ଼ିଲେ ଏବଂ ଦାନ୍ତ ନିକୁଟେଇ କହିଲେ, ମୁଁ ଯାଉଛି। ମୋର ଆଉ ଜଣକ ଘରକୁ ଯିବାର ଅଛି। ଅନନ୍ତ ଭାଇ ନୂଆବୋଉ କେଉଁଠି ଅଛନ୍ତି ଦେଖେ, କହିଦେଇ ପଳେଇବି।

ଯାହାର ଏତେ ବଡ଼ ବଡ଼ ଦାନ୍ତ ତା'ର ହସ ଅସୁନ୍ଦର, ଦାନ୍ତ ନିକୁଟିବା କଥା ଛାଡ଼ିଦିଅ। ସ୍ୱଭାବତଃ ସେମାନେ ଅପମାନିତ ବୋଧ କଲେ। ଗମ୍ଭୀର ନିରୁତ୍ତର ଛିଃ ଛିଃ ଜଣାଇଲେ। କିଓ ଏତେ କାମ ପଡ଼ିଥିଲା ତ ଏତେବେଳଯାଏଁ ପଙ୍ଗତରେ ବସିଥିଲ କାହିଁକି? ଦଦରାହାଣ୍ଡିଆ ହସ ଯୋଡୁଥିଲ କାହିଁକି? ଅନନ୍ତ ଭାରିଜାଙ୍କର ଅଣ୍ଟାଚିପା ଆରମ୍ଭ ନ ହେଉଣୁ ତୁମକୁ ଧ୍ୟାନ ମଡ଼େଇଲା? ନା ଅନନ୍ତଭାଇଙ୍କ ପ୍ରତି ଦରଦ ଜାଗି ଉଠିଲା?

ସତକଥା କହିବାକୁ ପଡ଼ିଥିଲେ ମନ୍ଦିଅପା ନିବେଦନ କରିଥାଆନ୍ତେ ହଁ,- ମୁଁ ଆଉ ସହି ପାରିଲି ନାହିଁ। ଗତ ଦଶପନ୍ଦର ବର୍ଷ ହେଲା ମୁଁ କେତେଥର ତୁମମାନଙ୍କ ମେଳରେ ବସିଛି, ସୁଲି ନୂଆବୋଉଙ୍କ ବିଷୟରେ କେତେ ପାପକଥା ଶୁଣିଛି, ହସିଛି, ଅନନ୍ତଭାଇଙ୍କୁ ମନେ ମନେ ବେଶ୍ ହୋଇଛି ବୋଲି କହିଛି। ଇତିମଧ୍ୟରେ ମୋର ବୟସ ବଢ଼ିଛି, ମୁଁ ବିଧବା ହୋଇଛି, ମୋର ଝିଅ ସୁରୁଖୁରୁରେ ବାହା ହୋଇଯାଇଛି, ପୁଅ ଭଲ ଚାକିରି ପାଇଛି, ମୁଁ ଭଗବାନଙ୍କୁ ଅଧିକରୁ ଅଧିକ ଭଲପାଇଛି। କ୍ରମଶଃ ମୋର ଅନନ୍ତ ଭାଇଙ୍କ ପ୍ରତି ଦୟା ଆସିଛି। ଭାବିଛି ମୁଁ ତାଙ୍କୁ ମୋ ନାରାୟଣଙ୍କ ପାଖକୁ ନେଇଯିବି, ମୋ ପାଖରେ ବସି ହାତ ଯୋଡ଼ିବାକୁ କହିବି। ଠାକୁର ତାଙ୍କୁ ଶାନ୍ତି

ଦେବେ। ପାପିନୀ ନୂଆବୋଉର ଚୁଟି ଝିଙ୍କିଲେ, ତାଙ୍କୁ ମାଡ଼ ଦେଲେ କିଛି ଲାଭ ନାହିଁ। ଭାବିଛି ସିନା, ବଡ଼ଲୋକ ଅନନ୍ତଭାଇଙ୍କ ପାଖକୁ ଯାଇ କିଛି କହିବାର ସାହସ ପାଇଁନାହିଁ। କାଳେ ସେ ମୋତେ ଫେରାଇ ଦେବେ, ମୋତେ ଓ ଠାକୁରଙ୍କୁ ଅପମାନ ଦେବେ। କହିବେ ତୁ କିଏ ?

କିନ୍ତୁ ଆଜି ମୁଁ ଆଉ ସହିପାରିଲି ନାହିଁ। ମୋର ମନେ ହେଲା ଯେ ଏଣିକି ଅନନ୍ତଭାଇ ବୁଢ଼ା ହୋଇଯିବେ। ମୁଁ କ୍ରମଶଃ ମୋର ନାରାୟଣଙ୍କ ସାଙ୍ଗରେ ଲୀନ ହୋଇଯିବି, ପୃଥିବୀର ମଣିଷମାନଙ୍କ ସାଙ୍ଗରେ ସବୁ ସମ୍ପର୍କ ତୁଟିଯିବ। ତାହାହେଲେ ମୁଁ କ'ଣ ଅନନ୍ତଭାଇଙ୍କୁ କିଛି କହିଯାଇ ପାରିବିନାହିଁ। ସେ ଧନଦଉଲତରେ ବଡ଼ଲୋକ ବୋଲି ମୁଁ ତାଙ୍କ ଦୁଃଖର ପାଖ ମାଡ଼ିବି ନାହିଁ ? ମୁଁ କ'ଣ ଏତେ ସ୍ୱାର୍ଥପର ?

ମୁଁ ଏହିକ୍ଷଣି ଧ୍ୟାନ କଲାବେଳେ କ'ଣ ଦେଖିଲି କହିବି ? ଦେଖିଲି ମୋ ନାରାୟଣ କାନ୍ଦୁଛନ୍ତି। ଏବଂ ଆଶ୍ଚର୍ଯ୍ୟର କଥା, କାନ୍ଦିସାରି ଲାଜ ଲାଜ ହୋଇ ହସିଲାବେଳେ ସେ ଅନନ୍ତ ଭାଇଙ୍କ ପରି ଦେଖାଯାଉଛନ୍ତି ! ଅବଶ୍ୟ ମୋ ନାରାୟଣ ଶ୍ୟାମଳବର୍ଣ୍ଣ, ଅନନ୍ତଭାଇ ଗୋରା, ହେଲେ କେମିତି କେଜାଣି ଦୁହିଁଙ୍କ ଚେହେରା ମିଳିଯାଉଛି ମାନେ ସେତେବେଳେ ଅନନ୍ତଭାଇ ଯେମିତି ଥିବେ, ତନୁପାତଳ, ତୁରୁତୁରିଆ ଚାହାଣି, ଦରଦର କଥାକୁହା ଓଠ, ସତେକି ପିଲାଟି କଥା କହିପାରୁନାହିଁ କଷ୍ଟ ପାଉଛି। ପ୍ରକୃତରେ ସେତେବେଳେ ଅନନ୍ତଭାଇ ଏତେ ଗୋରା ନଥିଲେ ତ... ପରିଦାଦାଙ୍କ ବଗିଚାଘରେ କେବଳ ଶାଗୁଆ ଲତାପତରମାନଙ୍କର ଛାଇ, ଛାଇ ଭିତରେ ଉଙ୍କିମାରୁଥିବା ବୁଦିବୁଦିଆ ଆଲୁଅ, ଝାଟିମାଟିର କଣା ଭିତରେ ଜୁକୁଜୁକୁ ହେଉଥିବା ଆଲୁଅ, ଯେଉଁଥିରେ ତାଙ୍କର ଦେହର ରଙ୍ଗ ଫୁଟିଉଠୁ ନଥିଲା କେବଳ ମନ ଉଚ୍ଛନ୍ନ ହେଉଥିଲା, ଆଉ ତାଙ୍କର ଉଷୁମୁନ୍ଦିଆ ହାତ ଖୁଜୁବୁଜୁ ହେଉଥିଲା (ଦୁଷ୍ଟ !)... ଥରେ ତାଙ୍କର ହାତରୁ ବର୍ତ୍ତିବାକୁ ଯାଇ ମୁଁ ପଛେଇ ଗଲି, ଆଉ ତାଙ୍କର ଗୋଡ଼ ଖସିଗଲା, ସେ ଦୁମ୍‌କିନା ତଳେ ପଡ଼ିଗଲେ, ତାଙ୍କର ପ୍ୟାଣ୍ଟଯାକ କୁକୁଡ଼ାଘୁଅ ଲେସି ହୋଇଗଲା- ବିଚରା !

ନା, ସେତେବେଳେ ସେ ବଡ଼ଲୋକ ନଥିଲେ, ଗୋରା ନଥିଲେ

ନାତି ଏକୋଇଶା ହେଲାଣି, ଅନନ୍ତଭାଇ ବୁଢା ହୋଇ ଆସିଲେଣି ...

ମୁଁ ଯିବି, ମୁଁ ତାଙ୍କ ପାଖକୁ ଯିବି, ମୁଁ ତାଙ୍କୁ ଶାନ୍ତି ଦେବି। ନାରାୟଣଙ୍କ ଇଚ୍ଛା।

ମନ୍ଦିଅପା ଦରଆଉଜା ଦରଜା ଖୋଲି ପାଖଘରକୁ ଗଲେ। ଦ୍ୱାରଦେଶରେ ଥମକି ଛିଡ଼ା ହେଲେ। ଦେଖିଲେ ଅନନ୍ତଭାଇ ଏକୁଟିଆ ଚାଦର ଘୋଡ଼େଇ ଶୋଇଛନ୍ତି। ଆଉ କେହି ନାହାନ୍ତି। କେବଳ ଟିଉବ୍‌ଲାଇଟ୍‌ର ଆଲୁଅ ସ୍ୱଚ୍ଛ ଭାବରେ ଘରର ବହୁବିଧ

ସୌଖୀନ ବସ୍ତୁ ଗୁଡ଼ିକୁ ଚିହ୍ନାଇ ଦେଉଛି। ସୁଲି ନୂଆବୋଉଙ୍କ ଘରକରଣା, ବିଳାସ, ପାପଲଗ୍ନ। ତା'ଛଡ଼ା ସମ୍ଭୋଗର ବାସ୍ନା ଉତ୍କଟ ହୋଇଉଠୁଛି। ବା ପାଖ ଖୋଲା ଦରଜା ଦେଇ ପଶି ଆସୁଥିବା ରୋଷେଇଘରର ବାସ୍ନା, କାକରାପିଠା ଛଣା ହେଉଛି, ଆହୁରି ଛଣା ହେଉଛି, ସତେକି ଉତ୍ସବ ସରିନାହିଁ, ଏମାନେ ଗଳାଠୁଙ୍କି ଖାଇବେ, ହାକୁଟି ମାରିବେ। ମଉଳାଫୁଲ ସିନ୍ଦୂରଚନ୍ଦନର ବାସ୍ନା ଚଉକି ଉପରେ ଖେଳାଇ ହୋଇ ପଡ଼ିଥିବା ସୁଲି ନୂଆବୋଉଙ୍କ ପାଲଟା ଶାଢ଼ୀରୁ ମଧ୍ୟ ବାସ୍ନା ଆସୁଛି, ଚଟାଣରେ ଢାଳି ହୋଇଯାଇଥିବା ନାଲି ଅଳତାରୁ ଆସୁଛି ... ଧାତ୍, ଇଏ କ'ଣ ନାତି ଏକୋଇଶା ନା ବୁଢ଼ୀଙ୍କର ବାସରଘର ?

ମନ୍ଦିଅପାଙ୍କ ଶ୍ୱାସରୁଦ୍ଧ ହେଲାପରି ମନେହେଲା। ସେ ଦୁଃଖକଲେ ଯେ ଏମାନେ ଏଇ ବୟସରେ ମଧ୍ୟ ଭଗବାନଙ୍କ ରାଜ୍ୟର ଅନୁମାନ କରିପାରି ନାହାନ୍ତି। ଜାଣିପାରି ନାହାନ୍ତି ଯେ, ସେଠି ଅଶ୍ଳୀଳ ମହକ ନାହିଁ, ଛଇଛଟା ନାହିଁ କେବଳ ଗୋଟିଏ କୃଶସୁନ୍ଦର ରୂପ, ଗୋଟିଏ ଭକ୍ତିର ଧୂପ, ଏବଂ ଅନନ୍ତ ଉପାସନା ... ଧ୍ୟାନ ... ଶାନ୍ତି ...। ଅନନ୍ତଭାଇ, ଉଠେଇବି ତୁମକୁ, ଉଠେଇବି ? କହିବି ସବୁ କଥା ? ମୁଁ ନ କହିଲେ ଆଉ କିଏ କହିବ- ତୁମର ପାପିନୀ ବ୍ୟଭିଚାରିଣୀ ସ୍ତ୍ରୀ ? ସୁଲି ନୂଆବୋଉ ?

ଅନନ୍ତବାବୁ ନିଦରେ ଶୋଇ ନଥିଲେ। ଶୋଇଗଲା ପରି ବିଛଣାରେ ଲୋଟି ଯାଇଥିଲେ। ଦିବ୍ୟଚିତ୍ତରେ ଗୋଟିଏ ଛବିର ସତମିଛ ଭାଗମାପ ଜାଣିବା ପାଇଁ ଆଖି ଖୋଲୁ ନଥିଲେ। ହାତଗୋଡ଼ ହଲାଉ ନଥିଲେ। ସମସ୍ତେ ଜାଣନ୍ତୁ ଯେ ନିରଳସ ଚିରଯୁବକ ଅନନ୍ତ ମହାନ୍ତିଙ୍କୁ ଆଜି କ୍ଳାନ୍ତି ଘୋଟିଛି। ଭାବନ୍ତୁ ଯେ ଯେତେବେଳେ ତାଙ୍କର ଚାକିରିରୁ ବିଦାୟ ନେବାର ସମୟ ଆସିଗଲାଣି, ସେ ବୁଢ଼ା ହେବାକୁ ବସିଲେଣି। ଭାବନ୍ତୁ, କିଛି କ୍ଷତି ନାହିଁ। ଶେଷଥର ପାଇଁ ଫଇସଲା କରିବାକୁ ପଡ଼ିବ। ସୁଲିର ଅନେକରୁ ଗୋଟିଏ ଧରଣର ହସ, ଯେତେବେଳେ ତା' ନାକପୁଡା ଫୁଲି ଉଠେ, ହସରେ ଓଠ ଖୋଲି ନଯାଇ ଗୋଟିଏ କୋଣରେ ବାନ୍ଧି ହୋଇଯାଏ, ତଳକୁ ଢଳିଯାଏ, ତା'ସାଙ୍ଗକୁ ତା'ର ହାଲୁକା କଳା ଡୋଳା ଘନ ହୋଇଯାଏ, କ'ଣ ପଚାରିବସେ ... ତା'ର ଅର୍ଥ କାଢ଼ିବାକୁ ପଡ଼ିବ। ହୁଏତ ଏମିତି

ଆଚ୍ଛା ? ସତେ ? କ'ଣ ଖବର ? ମତଲବ ଭଲ ଦିଶୁନାହିଁ ତ ! ତୁମ ମୁହଁକୁ ଟିକିଏ ଲଜ୍ଜା ନାହିଁ ? ପ୍ରକୃତରେ ତୁମ ସାହସକୁ ଧନ୍ୟ କହିବ। ସେତିକିରେ ଥାଉ, ମୁଁ ବୁଝିଲି, ମୁଁ ପ୍ରସ୍ତୁତ। ତାସ୍ ଖେଳ ସରୁ। ମୁଁ ତୁମକୁ ବାଟ ବତେଇ ଦେବି।

ଏମିତି ନୁହେଁ ତ ଆଉ କେମିତି ? କିଛି ଅର୍ଥ ନାହିଁ, ଇଙ୍ଗିତ ନାହିଁ ? କେବଳ ଚତୁର ମଧୁର ସୁନ୍ଦରପଣ ? ଅକାରଣ ? ଥାଉ, ମୁଁ ସେଇ ଅକାରଣ କିରଣ କଳକୂଜନର

ଥିଓରିରେ ବିଶ୍ୱାସ କରେନାହିଁ। ସୁଲି ପ୍ରକୃତି ନୁହେଁ, ମଣିଷ। ପିଲା ନୁହେଁ, ଆସି ଦରବୁଢ଼ୀ ହେଲାଣି, ଆଇ ହେଲାଣି। ତା'ମୁଣ୍ଡରେ ବୁଦ୍ଧି ଅଛି।

ମୁଁ ଅନେକ ଥର ଭୁଲିଛି, ଠକି ଶିଖିଛି। ଆଉ ଚଳିବ ନାହିଁ। ବାହାଘର ପରେ ପରେ ମୁଁ ନିଜକୁ ବୁଝେଇଛି ଯେ ସୁପୁରୁଷ ଅନନ୍ତ ମହାନ୍ତି ଜାଣିଶୁଣି ଗୋଟିଏ ସୁନ୍ଦରୀକୁ ବାହା ହୋଇଛି। ସୁନ୍ଦରୀମାନେ ନିଆରା ଜୀବ। ସେମାନଙ୍କ ଦେହରୁ, ହସରୁ, ଚାହାଣିରୁ ଯେଉଁ ଜ୍ୟୋତି ବାହାରେ, ସେଥିରେ ପ୍ରଣାମ ଅଛି, ପ୍ରେମ ଅଛି। ଉଚ୍ଚ ଧରଣର। କଳାତ୍ମକ। ଆଧ୍ୟାତ୍ମିକ। ଇତ୍ୟାଦି ଇତ୍ୟାଦି। କିନ୍ତୁ କ'ଣ ହେଲା ? କେତେ କଳିକଜିଆ ହାତାହାତି ମରାମରି ଯାଏଁ ଗଲା। ସାଙ୍ଗ ଅଫିସର ଲାଲମୋହନଠାରୁ ଆରମ୍ଭ କରି ଟୋକା ବିପିନ ବଣିଆ ପର୍ଯ୍ୟନ୍ତ। ଦୁଃଖର ବିଷୟ ଯେ ସବୁଥର ଲୁହବୁହାବୁହି ପରେ ପୁନର୍ମିଳନର ମୁହୂର୍ତ୍ତରେ ତା'ମୁହଁକୁ ଚାହିଁଲେ ମୋର ମନେ ହୁଏ ସେ ମୋର ସ୍ତ୍ରୀ ନୁହେଁ, ରମଣୀ। ମୁଁ ଚାହେଁ ଏମିତି ପଛକେ ହେଉ ତା'ର ଜ୍ୟୋତି ମଉଳି ନ ଯାଉ। ନେଳି ଦାଗ, ଚିଆଁ ଦାଗ, ମୋ କ୍ରୋଧରେ ଯେତେ ଦାଗ ତା ଦେହରେ ପଡ଼ିଛି ଶୁଖିଯାଉ, ଭଗବାନ କରନ୍ତୁ ଶୀଘ୍ର ଶୀଘ୍ର ଶୁଖିଯାଉ। ଯେପରିକି ସେ ପୁଣି ତା'ର ନିଜସ୍ୱ ଭଳିଭଳିକା ହସ ହସି ପାରିବ, ଭଳିଭଳିକା ଚାହାଣି ଫୁଟାଇ ପାରିବ।

ମୁଁ ଲକ୍ଷ୍ୟ କରିଛି ଯେ ସେ କ୍ରମଶଃ ଶେତା ପଡ଼ିଯାଇଛି। ତା'ର ଆଖିତଳ କଳାଦାଗ ଅଲିଭା ହୋଇଆସୁଛି। ତା'ର ଛାତିର ଛତ୍ର ନଇଁଆସୁଛି। ଅବଶ୍ୟ ତାକୁ କହିଲେ ସେ ବିଶ୍ୱାସ କରିବନାହିଁ। କିନ୍ତୁ ମୁଁ ବ୍ୟଥିତ ହୋଇଛି। ତାହାହେଲେ କ'ଣ ତା'ର ସ୍ୱରୂପ ବଦଳି ଯିବ ? ଏମିତି ଗୋଟିଏ ଅବସ୍ଥା ଆସିବ ଯେଉଁଥିରେ ସେ କେଉଁ ପରପୁରୁଷକୁ ତତେଇ ପାରିବ ନାହିଁ, ନିଜ ପୁରୁଷକୁ ହିଂସାରେ ଜଳେଇ ପାରିବ ନାହିଁ ? ସେହିଠୁ ମୁଁ ତାକୁ ନେଇ କ'ଣ କରିବି ? ଅଣ୍ଡା ଶେଯରେ କେଉଁ ଭଳି ପ୍ରେମ କରିବି ? ଅଖଣ୍ଡ ସ୍ୱର୍ଗକୁ କେମିତି କୁଣ୍ଢେଇ ଧରିବି ?

ଆଜି ମୋର ଭ୍ରମ ତୁଟିଯାଇଛି। ଆଶଙ୍କା ଅମୂଳକ। ସୁଲୋଚନା ବଦଳି ନାହିଁ। ତା'ର ସିଂହାସନ ଟଳିନାହିଁ। ନହେଲେ ଆଜି ଖରାବେଳେ ତାସ ଖେଳିଲାବେଳେ ଯେତେବେଳେ ମିହିର (ଆମ ଜିତୁମାମୁଙ୍କ ପୁଅ) ଆଖି ମିଟିକା ମାରି କହିଲା- ନୂଆବୋଉ, ଦେଖୁଛି ତମ ସାହେବଙ୍କୁ ମୋ ଟୋକା ଗୋଲାମ ଜିତିଯିବ ... ଆପତ୍ତି ଅଛି ? ସେତେବେଳେ ସୁଲି ନାକପୁଡ଼ା ଫୁଲେଇ ସେମିତି ବିଚିତ୍ର ଭାବରେ ହସିଲା କାହିଁକି ? ? କିଛି ନାହିଁ ସେଥିରେ ? ଏକା ଶେଯରେ ବସି ସରୁନିଶୁଆ ଟୋକା ଗୋଲାମ୍‌କା ବଛା ସାଙ୍ଗରେ ଗେଲନକଲ ହେବାର ବ୍ୟାକ୍‌ଗ୍ରାଉଣ୍ଡ ନାହିଁ ? ମୁଁ କ'ଣ ଏଡ଼େ ବୋକା ହୋଇଛି ?

ଏଥର ମୁଁ ମଜା ଚଖେଇଦେବି । ଶେଷ ଫଇସଲା କରିଦେବି ।

ଅନନ୍ତବାବୁ ପୁଣି କଡ଼ ଲେଉଟାଇଲେ ।

କଡ଼ ଲେଉଟାଇ ଜଳା ହୋଇଥିବା ଆଲୁଅର ଉତ୍ତେଜନା ପାଇ ଆଖି ଖୋଲିଲେ । ଦେଖିଲେ ଗୋଟିଏ ନାରୀମୂର୍ତ୍ତି । ତା'ର କଳାତୃଷ୍ଣା ଦେହ ଲମ୍ବା ହୋଇ ତଳୁ ଉପରକୁ ଉଠିଛି ଓ ତାଙ୍କରି ଆଡ଼କୁ ଚାହିଁଛି । ଚାହିଁଛି ମାନେ ଦାନ୍ତ ବାହାର କରିଛି । ଚାହାଣି କେଉଁଠୁ ବାହାରୁଛି ଜଣାପଡୁନାହିଁ ।

ପ୍ରଥମେ ସେ ଆତଙ୍କିତ ହେଲେ । ମନେ ହେଲା ଅଭିଶାପ ଫଳିଛି । ଶେଷ ଫଇସଲା ହୋଇଯାଇଛି । ସୁଲୋଚନାର ଚେହେରା ପାଲଟି ଯାଇଛି ! ବର୍ତ୍ତମାନ ତାକୁ ଦେଖିଲେ କେହି ଛେପ ପକାଇବାକୁ ଯିବନାହିଁ ।

ଅନନ୍ତବାବୁ ଆଚମ୍ବିତକୁ ଅସ୍ୱୀକାର କଲେ । ତାଙ୍କର ବଡ଼ ଆଖିର ଚାହାଣିକୁ ଆହୁରି ଖୋଲି ଧରିଲେ । ସେହିଠୁଁ ସେ ନାରୀମୂର୍ତ୍ତିକୁ ଅସ୍ପଷ୍ଟ ଘଡ଼ଘଡ଼ କଣ୍ଠରେ କଥା କହିବାର ଶୁଣିଲେ- ଅନନ୍ତଭାଇ, ଏତେବେଳେଯାଏ ଶୋଇଛ ?

ଅନନ୍ତବାବୁ ଚିହ୍ନିଲେ । ଧନିବଡ଼ବାପାଙ୍କ ଝିଅ ମନ୍ଦି । ମୃତ ମାଇଚିଆ ମହେଶ୍ୱରର ସ୍ତ୍ରୀ । ଜପତପରେ ଯେତେକ ମାଇପଙ୍କ ନାକକାଟି ଦେବ ବୋଲି ଶୁଣାଯାଏ । ତା'ପୁଅ ତ ବ୍ୟାଙ୍କରେ ଭଲ ଚାକିରି ପାଇଛି ... ତାହାହେଲେ ମୋ ପାଖକୁ ଏମିତି ଆସିବାର ଉଦ୍ଦେଶ୍ୟ କ'ଣ ?

ଉଠି ବସିବାକୁ ପଡ଼ିଲା । କିନ୍ତୁ ସେ ଆଗନ୍ତୁକାକୁ ବସିବା ପାଇଁ କହିପାରିଲେ ନାହିଁ । ଚଉକି ଉପରେ ସୁଲିର ଶାଢ଼ୀ ଖେଳା ହୋଇପଡ଼ିଛି । ଖଟ ଉପରେ ବସାଇବାର ପ୍ରଶ୍ନ ଉଠୁନାହିଁ । ହେଉ, ତା'ର ଯାହା କହିବାର ଅଛି ଦୁଇ ମିନିଟ୍‌ରେ ଛିଣ୍ଡିଯିବ । ତା'ପରେ ମୁଁ ମୋ ଫଇସଲାରେ ମୁଣ୍ଡିମାରିବି, ସୁଲି ଆସିବା ଆଗରୁ । ଅନନ୍ତବାବୁ ହାଇ ମାରିଲେ ।

-ତୁମର କ'ଣ ଦେହ ଭଲନାହିଁ, ଅନନ୍ତଭାଇ ?

-ନା, ହଁ, ଏମିତି (ଏଇ ଉପକ୍ରମଣିକାକୁ ମୋତେ ଚିଡ଼ି ମାଡ଼େ) ତୋ ପୁଅ ଖବର କ'ଣ ? ଚାକିରିରେ ମନ ଲାଗୁଛି ?

-ଭାଇ, ସଂସାର ଧନ୍ଦା ସମସ୍ତଙ୍କୁ କରିବାକୁ ପଡ଼ିବ । ସେଥିକୁ ଉପାୟ ନାହିଁ । କିନ୍ତୁ ତା'ରି ଭିତରେ ନିଜକୁ ବଞ୍ଚାଇ ରଖି ନ ପାରିଲେ ...

ଅନନ୍ତବାବୁ ପ୍ରମାଦ ଗଣିଲେ । ତଥାପି ତାଙ୍କର ଇଚ୍ଛା ହେଲା ଯେ ଏଇ ଅଳୀକ ବାର୍ତ୍ତାଳାପ ବଢ଼ି ବଢ଼ି ଚାଲୁ । ଯେମିତି ଅଫିସ୍‌ର କୌଣସି ଜଟିଳ ସମସ୍ୟାରେ ମୁଣ୍ଡ ଘୂରେଇଗଲା ପରେ ସହକର୍ମୀମାନଙ୍କ ସାଙ୍ଗରେ ଭଣ୍ଡକଥା ଗପିବାକୁ ମନହୁଏ । ତେଣୁ ସେ ପ୍ରଶ୍ନ କଲେ,

- ନା ହେଲେ କ'ଣ ହେବ ?

- ଭଲ ହେବନାହିଁ (ଅନନ୍ତ ଭାଇ କିଭଳି ପ୍ରଶ୍ନ ପଚାରୁଛନ୍ତି ?)

ମନ୍ଦିଅପା ପାଖକୁ ଲାଗିଆସିଲେ। ପଲଙ୍କର ଗୋଟିଏ ଗୋଲ୍ ଚଉଖୁଣ୍ଟି ଉପରେ ହାତ ରଖିଲେ ଏବଂ ଗୋଡ଼କୁ ଗୋଡ଼ରେ ଛନ୍ଦିଲେ। ମନେହେଲା ସେ ଏଥର ଅନନ୍ତଭାଇଙ୍କ ପ୍ରଶ୍ନକୁ ମୁଠେଇ ଧରି ସମୀଚିନ ଉତ୍ତର ଦେଇପାରିବ।

ଅନନ୍ତବାବୁ ମନ୍ଦିର ନିକଟ ରୂପ ପାଇଁ ପ୍ରସ୍ତୁତ ନଥିଲେ। ହୋଇପାରେ ସେ ମୋର ଲେଖାଯୋଖା ଭଉଣୀ, ବାପା ବଞ୍ଚିଥିଲାବେଳେ ତାଙ୍କୁ ପରିଦାଦା ପରିଦାଦା ବୋଲି ରଖେଇ ଥୋଇ ଦେଉ ନଥିଲା, ତା ବୋଲି ଏତେ ପାଖେଇ ଆସିବାର ଅଧିକାର ତାକୁ କିଏ ଦେଲା ? ତା'ଛଡ଼ା ଯାହାର ଗୋଡ଼ରୁ ମୁଣ୍ଡଯାଏଁ ସମତଳ ଭୂମି, କେବଳ ଦାନ୍ତ, ଦୁର୍ଦ୍ଦମନୀୟ ଦାନ୍ତ, ତା'ର ଅଧିକାର କେଉଁଠି କେବେ ଥିଲା ନା ଆସିବ ? ହେଲେ ଅନନ୍ତବାବୁ ଘୁଞ୍ଚିଗଲେ ନାହିଁ, ସତେକି ସେ ଭଣ୍ଡକଥାଟିକୁ ସହଜେ ଛାଡ଼ିବାକୁ ଚାହାନ୍ତି ନାହିଁ।

ଅନନ୍ତବାବୁଙ୍କ ଦେହରୁ ଚାଦର ଖସିଗଲା। ତାଙ୍କର ଗୋରାମାଖୁନା ଛାତି ମଝିରେ କେତୋଟି କଳା-ଧଳା କେଶ ମନ୍ଦିଅପାଙ୍କ ଆଖିରେ ପଡ଼ିଲା। ମନ୍ଦିଅପାଙ୍କର ଇଚ୍ଛା ହେଲା ତାକୁ ଛୁଇଁବେ। ସେଇଠି ହାତ ବୁଲାଇବେ।

ଛୁଇଁବେ କାହିଁକି ନା ବଚନରୁ ବଳି ସ୍ପର୍ଶ, ଯେଉଁଥିରେ ସବୁ କଥା କହିହେବ ମୂଳରୁ ଶେଷଯାଏ, ବଗିଚାଘରଠାରୁ ଶୋଇବା ଘରଯାଏଁ, ଗୋରାପଣକୁ ଚିରପୁରାତନ ଶ୍ୟାମଳିମାରେ ଛାଇ ଦେଇ ହେବ ... ଛୁଇଁବେ କାହିଁକିନା ସେତେବେଳେ ମନ ଦେଇ ଛୁଇଁଲା ପରି ମନେ ପଡୁନାହିଁ, ବୋଧହୁଏ ଛାତି ଉପରେ ଜାମା ଥିଲା, ଲାଜ ଥିଲା, କଞ୍ଚା ବୟସର ଅନେକ ଏଣୁତେଣୁ ମଧ୍ୟରେ ସ୍ପର୍ଶର ମହିମା ବୁଝି ହେଉ ନଥିଲା। ଇଚ୍ଛା ପୂରଣର ସାହସ ହେଲା ନାହିଁ। ସେ କେବଳ ଗପିଗଲେ, ପାଟିରେ ବାତୁଳି ବାଜିଲା ନାହିଁ।

ଅନନ୍ତବାବୁଙ୍କର ଦେହ ସିରି ସିରି ହୋଇ ଉଠିଲା। ତାଙ୍କର ମନେ ହେଲା ଯେ ମନ୍ଦିର କଥା ସାମାନ୍ୟ କଥା ନୁହେଁ, ତା'ର କୁତ୍ସିତପଣ ସାମାନ୍ୟ ନୁହେଁ, ସେ ତା'ର ଯେଉଁ ଠାକୁରଙ୍କ ଗୁଣ ଗାଉଛି ସେ ପ୍ରତ୍ୟକ୍ଷ ଜୀବନ୍ତ, ଏଇ ସ୍ତ୍ରୀଲୋକର କଥା ମାନି କ'ଣ ବୋଲି କରିପାରନ୍ତି।

-ସେଇ ଠାକୁରଙ୍କ ପାଇଁ ନିଜକୁ ବଞ୍ଚେଇ ରଖିବାକୁ ହେବ, ସଂସାରକର୍ମ ଭିତରେ ନିଜକୁ ଗୋଟିପଣେ ନିଖୁଣ ରଖି ତାଙ୍କରି ପାଦତଳେ ଭୋଗ ଦେବାକୁ ହେବ, ଅନନ୍ତଭାଇ, ମୁଁ ସତ କହୁଛି, ସେଇଥିରେ ଶାନ୍ତି...

ହେଲା, ହେଲା, ବୁଝିଲି । କିନ୍ତୁ ମୋତେ କାହିଁକି କହୁଛ ? ମୁଁ ତା'ର କ'ଣ କରିଛି ? ମୋ ପାଖକୁ ଆହୁରି ଆହୁରି ମାଡ଼ି ଆସୁଛି କାହିଁକି ?

-ଆମ ଘରକୁ ତୁମେ ବହୁତଦିନ ହେଲା ଆସିନାହଁ । ମୋ ରାଣ ଥରେ ଏକୁଟିଆ ଆସ । ମୁଁ ତୁମକୁ ମୋ ନାରାୟଣଙ୍କ ପାଖକୁ ନେଇଯିବି । ସେଇଠି ଧୂପଟିଏ ଜଳେଇ ତାଙ୍କ ମୁହଁକୁ ଦେଖିବ, ଦେଖିବ ସେ ହସୁଛନ୍ତି, କାନ୍ଦୁଛନ୍ତି, ତୁମ ସାଙ୍ଗରେ କଥାଭାଷା ହେଉଛନ୍ତି ...

ଅନନ୍ତବାବୁ ବଲ ବଲ ହୋଇ ମନ୍ଦିଅପାଙ୍କ ମୁହଁକୁ ଚାହିଁଲେ, ନିର୍ବୋଧ ଶିଶୁପରି ଚାହିଁ ରହିଲେ । ସେ ମୋତେ କାହିଁକି ଏତେ କଥା କହୁଛି, ପାଠ ପଢ଼ଉଛି ? ମୁଁ ତାକୁ ବସି ଶୁଣୁଛି କାହିଁକି ? ସେ ମୋର କ'ଣ କି ?

ଶ୍ରୋତାର ବିମୁଗ୍ଧ ଭାବ ଦେଖି ମନ୍ଦିଅପା ଦ୍ୱିଗୁଣ ଉତ୍ସାହରେ ଗଡ଼ଗଡ଼ ହେଲେ । ନାରାୟଣଙ୍କ ରୂପଗୁଣ ବଖାଣିଲେ ।

ଅନନ୍ତବାବୁ ନିଜ ଦେହରେ ଚାଦର ଘୋଡ଼େଇ ନେଲେ । ତଥାପି ତାଙ୍କର ମନେ ହେଲା ଯେ ଏଇ ଦନ୍ତୁର ଶ୍ୟାମଳ କଦଳୀ ପତ୍ର ତାଙ୍କ ଉପରେ ଅଜାଡ଼ି ହୋଇ ପଡ଼ିବ । ସେ କେବଳ କହୁନାହିଁ, ସେ ଚାହୁଁଛି ... ଚାହୁଁଛି ...

ଏଇ ମନ୍ଦି ସାଙ୍ଗରେ ମୁଁ ପିଲାଦିନେ କେତେ ଖେଳିଛି, ଫାଜିଲାମି କରିଛି, ମୁଁ ତା'ର ବେଣୀରୁ ଫିତା ଟାଣି ନେଇଛି, ମୁଁ ତାକୁ ଆମ ବଗିଚାଘରେ- କୁଆଡ଼େ ଭାଙ୍ଗିରୁଜି ଗଲାଣି, କେତେ କାହାଣୀ, କେତେ କବିତା ଶୁଣେଇଛି... ମୁଁ କ'ଣ ଆଉ କିଛି କରିଛି ?

ନା, ମୁଁ ଆଉ କିଛି କରିନାହିଁ ! ମନ୍ଦି, ରକ୍ଷା କର, ମୁଁ ଆଉ କିଛି କରିନାହିଁ । କରିଥିଲେ କରିଥିବି, ମୋ ଦୋଷ ନୁହେଁ, ମୋର ବୟସ ଦୋଷ । ତା'ଛଡ଼ା ସେତେବେଳେ ତୋର ଏମିତି ଦାନ୍ତ ବାହାରି ନଥିଲା, ଦେହରେ ଯୌବନର ଗନ୍ଧ ଥିଲା, ତୋ କଣ୍ଠରେ ଭରାକଳସୀ ଥିଲା, କଳସୀ ଫାଟିଯାଇ ନଥିଲା ...

ନିର୍ବୋଧ ଶିଶୁ ମଧ୍ୟ ଭୟ କରେ । ମନ୍ଦିଅପା ଅଟକିଗଲେ । ସେ ଭାବିଲେ, ଆଜି ଅନେକ ହେଲାଣି, ଅନନ୍ତଭାଇ ଧୀରେ ଧୀରେ ବାଗକୁ ଆସିବେ । ମୋ ଠାକୁରଙ୍କ ପ୍ରସାଦ ପାଇଁ ହାତ ପତେଇବେ । ମୁଁ ତାଙ୍କୁ ଶାନ୍ତି ଦେବି ।

ମନ୍ଦିଅପା ଅପସରି ଗଲାବେଳକୁ ଅନନ୍ତବାବୁଙ୍କ ତୁଣ୍ଡରେ ଭାଷା ଆସିଲା । ସେ କହିଲେ- ମୁଁ ଯିବି, ମୁଁ ଯିବି ତୋ ଠାକୁରଙ୍କ ପାଖକୁ ।

ସେହିଠୁ ମନ୍ଦିଅପାଙ୍କ ମୁହଁରେ ଯେଉଁ ଆନନ୍ଦର ହସ ଫୁଟିଉଠିଲା, ସେଥିରେ ଅନନ୍ତବାବୁଙ୍କର ଚକ୍ଷୁ ଝଲସିଗଲା । କଷ୍ଟ ପାଇ ସମ୍ଭାଳି ନେଲା ପରି ସେ ଆଖି ବୁଜି

ଆଣିଲେ। ସତେକି ଗୋଟାଏ ମହାନ ସତ୍ୟର ନିଆଁ କେଉଁଠି ଛପିକରି ଥିଲା ହଠାତ୍ ଜଳି ଉଠିଲା, ହାତ ଗୋଡ଼ ପୋଡ଼ି ଦେଇଗଲା।

ଆଖି ବୁଜିବା ଅବସ୍ଥାରେ ସେ ହସିବାକୁ ଆରମ୍ଭ କଲେ। କାହିଁକିନା ତାଙ୍କର ଧାରଣା ହେଲା ଯେ ଗୋଟାଏ ଅଦ୍ଭୁତ ଉପାୟର ସନ୍ଧାନ ମିଳିଛି। ଗୋଟାଏ ମାରଣାସ୍ତ୍ର, ଯେଉଁଥିରେ ବିଚାରୀ ସୁଲୋଚନାର ହଂସା ଉଡ଼ିଯିବ।

ମୁଁ ତାକୁ କହିବି ଯେ ମୁଁ ମନ୍ଦିକୁ ପିଲାଦିନୁ ପ୍ରେମ କରେ। ଏପରି ଭାବରେ କହିବି ଯେ ସେ ବିଶ୍ୱାସ କରିବାକୁ ବାଧ୍ୟ ହେବ। ମୁଁ ପୂର୍ବରୁ ମିଛସତ ଯୋଡ଼ି ଗଦ୍‌ଗଦ ହୋଇ କେତେ ଝିଅଙ୍କ ବିଷୟରେ ଗପିଛି, ସୂଚନା ଦେଇଛି ଯେ ମୋର ମନ ତାଙ୍କ ଆଡ଼କୁ ଢଳି ଯାଇଛି। ମଜାକଥା ଶୁଣିଲା ପରି ସୁଲି ତାକୁ ହସରେ ଉଡ଼େଇ ଦେଇଛି। କିନ୍ତୁ ଏଥର କ'ଣ କରିବ? ମୋ ମୁଣ୍ଡ ବିଗିଡ଼ି ଯାଇଛି ବୋଲି ଭାବିବ! ନା ଭାବିବ ଯେ ମନ୍ଦିଅପାକୁ ଯେ ପ୍ରେମ କରିପାରେ ତା'ପ୍ରେମ ଏମିତି ସେମିତି ନୁହେଁ?

ଭାବିବ ଯେ ପୃଥିବୀ ଓଲଟି ଯାଇଛି? ତା'ର ଲୀଳାଖେଳାର ସଂସାର, ତା'ର ଚହଟ ସୁନ୍ଦର ନନ୍ଦନବନ ଉଜୁଡ଼ି ଯାଇଛି? ଅନନ୍ତବାବୁ ହସିବାକୁ ଆରମ୍ଭ କଲେ। ସୁଲୋଚନା ଦେବୀ ଘର ଭିତରକୁ ପଶି ଆସିଲାବେଳେ ମଧ୍ୟ ସେ ହସୁଥିଲେ।

ସୁଲୋଚନା ଦେବୀ ଆଶ୍ଚର୍ଯ୍ୟ- କୌତୂହଳରେ ଉଦ୍‌ଭାସିତ ହୋଇ ପଚାରିଲେ- କିଓ, କ'ଣ ହୋଇଛି ତୁମକୁ? ମନ୍ଦିଅପା କ'ଣ କହିଲେ କି?

- ନାରାୟଣଙ୍କ କଥା।

- ସତେ? ନାରାୟଣ ତାଙ୍କର କ'ଣ କଲେ?

ରହସ୍ୟର ମାଲିକ ପରି ଅନନ୍ତବାବୁ ଚକାମାଡ଼ି ବସିଲେ, ଗୋଲ ତକିଆଟିଏ କୋଳକୁ ନେଲେ, ଏବଂ ଧୀରେ ଧୀରେ ପ୍ରକାଶିଲେ।

- ପ୍ରେମ। କହିବି ତୁମକୁ। ଆଜି ନ ହେଲେ କାଲି କହିବି।

■

ଆନନ୍ଦର ପୁଅ

ଜୀବନାନନ୍ଦ ସାମନ୍ତ ସ୍ତ୍ରୀଙ୍କ ଉତ୍ତରକୁ ଚାତକ ପରି ଚାହିଁ ରହିଲେ।

ଜୀବନବାବୁ ତାଙ୍କ ସ୍ତ୍ରୀଙ୍କୁ ଭଲପାଆନ୍ତି। କିଭଳି କେଉଁ ଭାବରେ ଭଲ ପାଆନ୍ତି ତା'ର ବିଚାର ନିରର୍ଥକ। ଶଯ୍ୟାସଙ୍ଗଠାରୁ ଆରମ୍ଭ କରି ସାନ୍ଧ୍ୟ ଭ୍ରମଣ ପର୍ଯ୍ୟନ୍ତ ଯେତେକ ମାପକାଠି ଅଛି ପ୍ରତ୍ୟେକର ଉପଯୋଗ କଲେ ଦେଖାଯିବ ଯେ, ସେ ଶ୍ରୀଲକ୍ଷ୍ମୀ ଦେବୀଙ୍କୁ ତିଳେ ମାତ୍ର ତାଙ୍କ ପାଉଣାରେ ଊଣା କରିନାହାନ୍ତି। ପ୍ରକୃତରେ ମିଷ୍ଟର ଓ ମିସେସ୍ ସାମନ୍ତ ତାଙ୍କ ସମସାମୟିକ ଅନେକ ବନ୍ଧୁପ୍ରତିବେଶୀଙ୍କ ହିଂସାର ପାତ୍ର। ପଚାଶବର୍ଷ ନ ହେଉଣୁ ସେମାନେ ଜଞ୍ଜାଳଶୂନ୍ୟ ବଗ-ବଗୁଲୀ। ଏପରି ସୌଭାଗ୍ୟ କେତେ ଜଣଙ୍କର ଅଛି ?

ଶ୍ରୀଲକ୍ଷ୍ମୀ ବାଘୁଆ ନାମକ କୁକୁରକୁ ଆଉଁଷୁଥିଲେ। ଆଉଁଷିବାର ମାନେ ନୁହଁ ଯେ କେବଳ ହାତ ବୁଲେଇ ଆଣୁଥିଲେ। ଘରେ ଜନ୍ତୁଟାଏ ଅଛି ବୋଲି କେତେବେଳେ କେମିତି ଆଦର କରିନିଅ, ଏଣେ ଗୃହକର୍ମରେ ମନ ଦିଅ, ସ୍ୱାମୀଙ୍କ ପ୍ରଶ୍ନର ଉତ୍ତର ଦିଅ - ନା, ଶ୍ରୀଲକ୍ଷ୍ମୀ ସେଭଳି ଅଧାପନ୍ତରିଆ ସ୍ନେହର ପକ୍ଷପାତୀ ନୁହନ୍ତି। ବାଘୁଆ ଘରର ପୁଅ। କାନ୍ତି ବିଲେଇ ଘରର ଝିଅ। ଏହି ସମୟରେ ବାଘୁଆକୁ ଯଥାବିଧି ଆଉଁଷି ବ୍ରସ୍‌ରେ ସାଉଁଳି ଟିଙ୍କ ମାରିବା କଥା। କାନ୍ତି ଆସି ମିଆଉଁ ମିଆଉଁ କରୁଛି, ତା'ର ଖବର ବୁଝିବାକୁ ପଡ଼ିବ। ସ୍ୱାମୀ ଜରୁରୀ ଉତ୍ତର ପାଇବାକୁ ଚାହିଁଲେ ନିଶ୍ଚୟ ଆଉ ଥରେ ପଚାରିବେ।

କିନ୍ତୁ ଜୀବନବାବୁ ଦ୍ୱିତୀୟବାର ପଚାରିବାକୁ ମନ କଲେ ନାହିଁ। ନେଳି ଆକାଶର ପୃଷ୍ଠଭୂମିରେ ସ୍ୱର୍ଣ୍ଣ ସୁନ୍ଦର ପୁଚ୍ଛ ହଲାଉଥିବା ଗୁଲ୍ ମୋହର ଗଛକୁ ଥରେ ଚାହିଁଲେ; ଆଉ ଥରେ ସ୍ତ୍ରୀଙ୍କ ସ୍ନିଗ୍ଧଶ୍ୟାମ ପୃଷ୍ଠଭୂମିରେ ଖେଳାଇ ହୋଇ ପଡ଼ିଥିବା କେଶଗୁଚ୍ଛକୁ ଚାହିଁଲେ। ଯଦି ବା ସେ ରାଜି ହୁଅନ୍ତି, ମୁଣ୍ଡ ବାନ୍ଧିବାକୁ କେତେ ସମୟ ଲାଗିବ ? ସାଢ଼େ ଛଅଟା ପୂର୍ବରୁ ପହଞ୍ଚିବା ସମ୍ଭବ ହେବ କି ? ଗୁଲ୍ ମୋହର ଗଛର ଏଇ ରଙ୍ଗଛଟାକୁ ନିର୍ଲଜ୍ଜ ବୋଲି କୁହାଯିବ କାହିଁକି ? ଅନ୍ୟ ଗଛମାନେ ବୁଢ଼ା ହୋଇ

ମୁହଁ ପୋତି ବସିଛନ୍ତି ବୋଲି ଇଏ ତାଙ୍କ ସାଙ୍ଗରେ ଛିଣାମଇଳା ଜାମା ପିନ୍ଧିବ, ଏମିତି କିଛି ଲେଖାହୋଇଛି ? ...ଲକ୍ଷ୍ମୀ ବୋଧହୁଏ ମୁଁ କ'ଣ ପଚାରିଲି ଭୁଲିଗଲାଣି। ଭୁଲିଯାଇଥିଲେ ମୋର ଆଉ ପଚାରିବା ଦରକାର ନାହିଁ। ମୁଁ ମୋର ସେଇ ପିଙ୍କ୍ ବୁସ୍ ସାର୍ଟ ଯାହାକୁ ବୀଟୁ ଆମେରିକାରୁ ପଠେଇଥିଲା, ମୁଣ୍ଡରେ ଗଳେଇ ଚଟକିନା ବାହାରି ପଡ଼ିବି। ଗ୍ୟାରେଜ୍ ଖୋଲିବାକୁ ପଡ଼ିବ ନାହିଁ, କାର ବାହାରେ ଅଛି।

ଶ୍ରୀଲକ୍ଷ୍ମୀ କ'ଣ କହୁଥିଲେ ଅଧାରୁ ଶୁଣାଗଲା। କହୁଥିଲେ ଯେ ବୀରୁ ତାଙ୍କ ପାଖକୁ ଚିଠି ଦେଇଛି, ବେଶ୍ ଭଲରେ ଅଛି, କିନ୍ତୁ ନୂଆ ଜାଗାରେ ଚିତ୍ରାକୁ ଏକୁଟିଆ ଲାଗୁଛି, ମାଆଙ୍କ ହାତରନ୍ଧା ଦହିମାଛ, ବଡ଼ିଭଜା ମନେପଡୁଛି (ଶ୍ରୀଲକ୍ଷ୍ମୀ ହସିଦେଇ ଆପଣାକୁ ଶୁଣାଇଲା ପରି କହିଲେ ମୋର ଟିକିଏ ସନ୍ଦେହ ହେଉଛି, ଚିତ୍ରାର ବୋଧହୁଏ ...) ସେମାନେ ଜୁଲାଇ ବେଳକୁ ଆସିପାରନ୍ତି ଇତ୍ୟାଦି।

ଜୀବନବାବୁ ମୋଟାମୋଟି ବୁଝିନେଲେ ଯେ ବୀରୁ ଓ ଚିତ୍ରା ସୁଖରେ ଅଛନ୍ତି। କିଛି ନୂଆ କଥା ନୁହେଁ। ଆମେରିକାରେ ବୀଟୁ ଓ ରାକ୍ଷୀ ମଧ୍ୟ ସୁଖରେ ଅଛନ୍ତି। ଦୁଇଟିଯାକ ପୁଅ ବାହାସାହା ହୋଇ ଭଲ ପଇସା କମେଇ ଦୂରରେ ଅଛନ୍ତି, ସୁଖରେ ଅଛନ୍ତି। ଏହି ଚେତନାଟି ଆବେଶରେ ପରିଣତ ହୋଇ ଅସ୍ଥିମଜ୍ଜାରେ ମିଳେଇ ଗଲାଣି। ତେଣୁ ବୀରୁ ତା'ମା ପାଖକୁ କ'ଣ ଚିଠି ଲେଖିଛି, ତା'ର ଟିକିନିଖି ଶୁଣିବା ପ୍ରୟୋଜନ ନାହିଁ। ପୁଅମାନେ ମାଆମାନଙ୍କୁ ଅନେକ ଇତର ଅନାବଶ୍ୟକ କଥା କୁହନ୍ତି। ତା'ଛଡ଼ା ବାଘୁଆଟା ମଝିରେ ମଝିରେ ଭୁକୁଛି, ଟିଙ୍କମାନଙ୍କୁ ସେ ସହଜେ ଛାଡ଼ିବାକୁ ଚାହେଁ ନାହିଁ।

ଛ'ଟା ବାଜିବାକୁ ଆଉ କେତେ ସମୟ ଅଛି ? ଉଠି ପଳେଇବି ? ପଳେଇବି ? ମୁଁ ଲକ୍ଷ୍ମୀ ପାଖରୁ ଛାଟିପିଟି ହୋଇ ଚାଲିଯିବାକୁ ଚାହୁଁନାହିଁ। ଏମିତି କେବେ ହୋଇନାହିଁ କି ହେବ ନାହିଁ। ମୁଁ ତାକୁ ପରିଷ୍କାର ଭାବେ ପଚାରିଛି, ଶୁଣ ଆଜି ମୋତେ ଜଣେ ପିଲାଦିନର ସାଙ୍ଗ ଖାଇବାକୁ ଡାକିଛି, ତୁମକୁ ମଧ୍ୟ ଡାକିଛି। ତୁମେ ଆସିବ ମୋ ସାଙ୍ଗରେ ? ଲୁଚାଚୋରା କିଛି ନାହିଁ। ଉଦ୍ଦେଶ୍ୟରେ ମଳିଧୂଳି ନାହିଁ।

ହେଲା ଏବେ, ଆଜିକା ସନ୍ଧ୍ୟାର କଳ୍ପିତ ଆନନ୍ଦରେ ମୁଁ ଲକ୍ଷ୍ମୀର ସାହଚର୍ଯ୍ୟ ଚାହେଁ ନାହିଁ। କ'ଣ ହେଲା ସେଇଠୁଁ ? ନ ଚାହିଁବାର କାରଣ ଅଛି, ବିଶେଷ କାରଣ। ଜୀବନବାବୁ ବେପରୁଆ ଠାଣିରେ ଚଉକିରୁ ଉଠିଯାଇ ହୁଇସିଲ୍ ମାରିଲେ ଏବଂ ବେଶ ପରିବର୍ତ୍ତନରେ ବ୍ୟାପୃତ ହେଲେ।

"କିଓ, ଆଜି କ'ଣ ଆନନ୍ଦ ଉତୁରି ପଡୁଛି। ବାଲ୍ୟବନ୍ଧୁଙ୍କୁ ଦେଖିବ ବୋଲି ତର ସହୁ ନାହିଁ ?"

ଜୀବନବାବୁ ସାମାନ୍ୟ ଅପ୍ରତିଭ ହୋଇ ଦାନ୍ତ ଗିଜିଡ଼ିଲେ। ଲକ୍ଷ୍ମୀ ତାହାହେଲେ ମୋର ପ୍ରଶ୍ନ ଶୁଣିଛି। ଭଲ ମୋର ପୁଣି ଥରେ ପଚାରିବାର ଦାୟିତ୍ୱ ନାହିଁ। କହୁ ସେ କ'ଣ କହିବ।

କିନ୍ତୁ ଶ୍ରୀଲକ୍ଷ୍ମୀ ଆପାତତଃ କିଛି କହିଲେ ନାହିଁ। ବାଘୁଆ ଓ କାନ୍ତିଙ୍କ ଖବର ବୁଝିଲା ପରେ ନିଜ ହାତରେ ଚା'କରି ଆଣିଲେ।

ଇତି ମଧ୍ୟରେ ଜୀବନବାବୁ ପିଙ୍କ୍ ବୁସ୍‌ସାର୍ଟ ପିନ୍ଧି ସ୍ତ୍ରୀଙ୍କର ସମ୍ମୁଖୀନ ହେଲେ। ପିଙ୍କ୍ ମଧ୍ୟରେ ସୂକ୍ଷ୍ମ ରେଖାଙ୍କିତ ରମଣୀମାନେ ଅଙ୍ଗଶୋଭାର ନମୁନା ଦେଖାଉଥିଲେ। ଶ୍ରୀଲକ୍ଷ୍ମୀ ଦେଖିପାରିଲେ। ରମଣୀମାନଙ୍କୁ ଆଉଁଷି ଦେଇ ମୃଦୁ ମୃଦୁ ହସିଲେ। କହିଲେ, – ବେଶ୍ ସ୍ମାର୍ଟ ଦେଖାଯାଉଛ। ମୁଁ ବୀଟୁ ପାଖକୁ ଚିଠି ଲେଖିବି, ଲେଖିବି ବାପା ଏତେଦିନକେ ତୋ ବୁସ୍‌ସାର୍ଟ ପିନ୍ଧିଲେ ... ଯାଅ, ବେଶି ଡେରି କରିବ ନାହିଁ।

...ଜୀବନବାବୁ କାର୍ ଚଳେଇ ଗନ୍ତବ୍ୟ ପଥରେ ଗତି କଲାବେଳେ ବିଦାୟ ଦୃଶ୍ୟଟିକୁ ମନେ ପକାଇଲେ ଏବଂ ଈଷତ୍ ବିରକ୍ତ ହେଲେ। ଲକ୍ଷ୍ମୀ ନିଜର ବଡ଼ପଣ ଦେଖାଇଲା। ସତେ କି ସେ ମୋର ମାଆ, ମୁଁ ତା'ଗେହ୍ଲାପୁଅ। ପୁଅକୁ ବୟସସୁଲଭ ଆନନ୍ଦ କରିବାକୁ ଛାଡ଼ିଦେଲା। ନିଜକୁ ଭଲେ ଭଲେ ପ୍ରତ୍ୟାହାର କରିନେଲା। ପଦୁଟିଏ ପଚାରିଲା ନାହିଁ, ବିନ୍ଦୁ ବିସର୍ଗ ବୁଝିବାକୁ ଚାହିଁଲା ନାହିଁ!

ବୁଦ୍ଧିମତୀ ବୁଦ୍ଧିର ପରାକାଷ୍ଠା ଦେଖାଇଲା। ଅନାବଶ୍ୟକ। ମୋତେ ପଚାରିଥିଲେ ମୁଁ ସ୍ପଷ୍ଟ ଭାବରେ କହିଥାଆନ୍ତି – ହଁ, ତୁମେ ନ ଆସିଲେ ଭଲ ହେବ। ତୁମେ ମୋର ଜୀବନସଂଗିନୀ; କିନ୍ତୁ ସେ ମୋର ବାଲ୍ୟବନ୍ଧୁ। ତୁମେ ଭଦ୍ରନାରୀ, ସେ ଅଭଦ୍ର ପୁରୁଷ। ତୁମ ସାଙ୍ଗରେ ପ୍ରେମ ଓ ସମ୍ମାନର କେତେ ବିନିମୟ, କେତେ ଛକାପଞ୍ଝା ଚାଲିଛି। ପୋଡ଼ି ପାଉଁଶ ହେଲାଯାଏ ଚାଲିଥିବ। କିନ୍ତୁ ଚମ୍ପକ ସେନ୍ ସାଙ୍ଗରେ ଦେଖାହେଲେ ଅନେକ ଅନେକ ଦିନ ପରେ ଶଳାପଦର ବିନିମୟ କରି ହେବ। ପିଠିରେ ହାତ ପକାଇ ହୋ ହୋ ହୋଇ ହସି ହେବ। ତୁମେ ଜାଣିନା ଲକ୍ଷ୍ମୀ, ପୁରୁଷଟିଏ ବନ୍ଧୁଟିଏ କେବେଠୁଁ ମୋତେ ଛାଡ଼ିଗଲାଣି। ସମସ୍ତେ ବ୍ୟବସାୟ ବନ୍ଧୁ, ପୋଷାକୀ ବନ୍ଧୁ, କଲୋନି ବନ୍ଧୁ, ସମ୍ପର୍କ ବନ୍ଧୁ ... ଶଳାବନ୍ଧୁ କାହାନ୍ତି? କାହାପାଖରେ ବସି ମୁଁ ମୋର ପାଗପଟୁକା ଉତାରି ଦେଇପାରିବି, ଘରକରଣା, ପେଟପାଟଣା, ରାଜନୀତି-ଅର୍ଥନୀତିର ମୁଣ୍ଡ ମୋଡ଼ିଦେଇ ୱେଷ୍ଟ ପେପର ବାସ୍କେଟ୍‌ରେ ଫିଙ୍ଗିଦେଇ ପାରିବି? ବୀଟୁ-ବୀରୁ ନିଜ ସଂସାରରେ ଲଗ୍ନ। ତମେ ତୁମର ବାଘୁଆ, କାନ୍ତି, କାକ୍‌ଟସ୍ ଓ ଶ୍ୟାମ ସଂଗୀତରେ ମଗ୍ନ। ମୋ ପାଇଁ କ'ଣ ଅଛି? ଖବର କାଗଜ, ରବିବାସରୀୟ କ୍ଷୁଦ୍ରଗଳ୍ପ? କ୍ଲବ୍‌ରେ ବସି ସମୟମାରଣ, ପବନ ସେବନ?

ଲକ୍ଷ୍ମୀ, ତୁମେ ବୁଝିପାରିବ ନାହିଁ, ବୁଝିପାରିବ ନାହିଁ, ମୋ ପରି ଜଣେ ଉଚ୍ଚ ପଦାଧିକାରୀ ଭାବୁକ ମଣିଷକୁ କିଭଳି ଯନ୍ତ୍ରଣା ଭୋଗିବାକୁ ପଡ଼େ! ଚମ୍ପକ ସେନ୍ ଭାବନା ଚିନ୍ତାର ପାଖ ମାଡ଼ିନାହିଁ। ପ୍ରକୃତରେ ସେ ବନ୍ଧୁ ହେବାର ପ୍ରଶ୍ନ ଉଠୁନାହିଁ; କିନ୍ତୁ ସେ ବାଲ୍ୟପୁରୁଷ। ସେ ଗୋଟିଏ ସନ୍ଧ୍ୟାର ଆନନ୍ଦ ଦେଇପାରିବ। ଗୋଟିଏ ସନ୍ଧ୍ୟାର କମିକ୍। ମଦ।

ଚମ୍ପୁ କହୁଥିଲା ଯେ ତା'ର ଯେତେକ ମନ୍ଦ ଅଭ୍ୟାସ ଥିଲା ସବୁ ସେମିତି ଅଛି। କହିଲା କ'ଣ ନା ଅକ୍ଷୁଣ୍ଣ ହୋଇଅଛି! ପାଜି କେଉଁଠିକାର!

ଦୁଇତିନି ପେଗ୍ ହୁଇସ୍କି, ଅଳ୍ପବହୁତ କବାବ୍ କୋର୍ମା ଓଗେର। ନିରଙ୍କୁଶ ଆବେ ଶଳା ଯାବେ ଶଳା ବଚନ ... ନିମଜ୍ଜନ... ବିସ୍ମରଣ ...

ଏଇ କଥାକୁ, ନାଆ ପେଲିଦେଲି କଲିକତାକୁ? ଏଇ ସାମାନ୍ୟ ଉପଭୋଗ ପାଇଁ ଏତେ ସଫେଇ? ଅଫିସ୍ ଫେରନ୍ତା ସିଠା ମୁହଁ, ଝାଲୁଆ ମୁହଁ, ବସ ଧରିବା ପାଇଁ ବଲବଲ ହେଉଥିବା ଲକ୍ଷ ମୁହଁର ଅବଗତିକୁ କାଟିଦେଇ ଅଗ୍ରସର ହେଉଥିବା ଜୀବନବାବୁ ଆପଣାକୁ ଛିଗୁଲେଇଲେ। କିନ୍ତୁ ସେ ତା'ର ଉତ୍ତର ଦେବାକୁ ପ୍ରସ୍ତୁତ ଥିଲେ। ସେ ମୁଣି ଭିତରୁ ଚମ୍ପୁର ଚନ୍ଦାମୁଣ୍ଡ ନିଶୁଆ ଗୋଲ୍ ମୁହଁକୁ କାଢ଼ିଆଣି ଅପର ମୁହଁମାନଙ୍କୁ ଛିନ୍‌ଛତ୍ର କରିଦେଲେ। ପେଁ ପେଁ ପେଁ ... ବାଟ ଛାଡ଼ିଦିଅ, ଚମ୍ପୁ ସେନ୍ ସାଧାରଣ ମଦ୍ୟମାଂସର ବେପାରି ନୁହେଁ ଯେ ତୁମେ ତା'ସାଙ୍ଗରେ ଆସନ ପାତିବାକୁ ଚାହିଁବ ... ଆଜିକାର ସନ୍ଧ୍ୟା ପାଇଁ ସେ ତା'ର ପୁରୁଣା ବାଲ୍ୟବନ୍ଧୁକୁ ଗୋଟେଇ ଆଣିଛି, ଯାହାର ବିଶିଷ୍ଟ ଦୁଃଖକୁ (ତୁମମାନଙ୍କ ମୁଣ୍ଡରେ ପଶିବ ନାହିଁ) ଅନବଦ୍ୟ ଅଭିନବ ଆନନ୍ଦରେ ବୁଡେଇ ଦେବା ପାଇଁ ତାକୁ କମିଶନ୍ ମିଳିଛି ... ବାଟ ଛାଡ଼ିଦିଅ ... ସର୍ବସାଧାରଣ ରୋଗୀମାନେ ଅନୁଗ୍ରହ କରି ବାଟ ଛାଡ଼ିଦିଅ ...

ସେ ଝଡ଼ ପରି ମୋ ଚେମ୍ବରକୁ ପଶିଆସିଲା। ମାତ୍ର ପାଞ୍ଚମିନିଟ୍ ଭିତରେ ସେ ମୋର ସ୍ମୃତିକୁ ଚମକାଇ ଦେଲା, ତା'ର ଅମଳିନ ଯୌବନ ଟର୍ଚ୍ଚ ଟିପି ମୋ ଆଖିକୁ ଝଲସାଇ ଦେଲା- ଚନ୍ଦାମୁଣ୍ଡ ହୋଇଥିବାରୁ ତା'ର ସରସ ନବନୀତ ରଙ୍ଗ ବୋଧହୁଏ ଆହୁରି ଝଳି ଦିଶିଲା- ଏବଂ ସେ ମୋତେ ବାଧ କଲା। ସେ ବାହାହେଲାଣି କି ନାହିଁ, କ'ଣ ବିଜିନେସ୍ କରୁଛି, ଇତ୍ୟାଦି ମୁଁ କିଛି ପଚାରିପାରିଲି ନାହିଁ। ସନ୍ଧ୍ୟାବେଳେ କେଉଁ ଏକ 'କଙ୍ଗୋ' ରେସ୍ତୋରାଁରେ ଦୁଇଘଣ୍ଟା ମଉଜ କରିବାର ନିମନ୍ତ୍ରଣକୁ ସ୍ୱୀକାର କରିନେଲି।

ସେ ଆଖିମିଟିକାରେ ବିଜୁଳିର ଅନୁକରଣ କରି କହିଲା, ଏମିତି ସେମିତି ରେସ୍ତୋରାଁ ନୁହେଁ। ଇଣ୍ଡିଆରେ ପହିଲା ନମ୍ବର ସ୍ପେଶାଲ୍ ... ଏଠି ଯେ ଖେଳ ଦେଖାଏ,

ଯେ ଖେଳ ଦେଖେ, ଖାଇବାକୁ ବାଢ଼ିଦିଏ, ଯେ ଖାଇ ବସେ, ସମସ୍ତେ ସମାନ (ଫୁସ୍ ଫୁସ୍ କରି) ମରଦ ମାଇକିନିଆ ସବୁ ସମାନ ବୁଝିଲୁ ?

ଶେଷକୁ କହିଲା, - ମିସେସ୍ ସାମନ୍ତଙ୍କୁ ସାଙ୍ଗରେ ଆଣିବୁ, ଯଦି ସେ ରାଜି ହୁଅନ୍ତି। ସେମିତି କାହିଁକି କହିଲା ? ଗାନ୍ଧୀ ଆଭିନିଉରୁ ଲାଲ୍‌ବଜାର ଷ୍ଟ୍ରୀଟ୍‌କୁ ଗାଡ଼ି ବୁଲାଉ ବୁଲାଉ ଜୀବନବାବୁ ଅସ୍ୱସ୍ତିବୋଧ କଲେ।

ଯାହାହେଉ, ମୁଁ ଲକ୍ଷ୍ମୀବିବର୍ଜିତ ହୋଇ ଆସିଛି। ଭଲ କରିଛି, ଗଭୀର ଆତ୍ମନିଷ୍ଠାର ସହ ଜୀବନବାବୁ ଲାଲ୍‌ବଜାର ଷ୍ଟ୍ରୀଟ୍‌ରୁ ବାହାରିଥିବା ଏକତମ ଲେନ୍‌ର ଅନ୍ତିମରେ ବିରାଜମାନ କଙ୍ଗୋ ନାମକ ରେସ୍ତୋରାଁର ପାହାଚରେ ପାଦ ଦେଲେ।

ଜୀବନବାବୁ ଦେଖିଲେ, ରେସ୍ତୋରାଁର ବଡ଼ିମା ନାହିଁ। ନିଅନ୍ ଲାଇଟ୍ ନାହିଁ, ଉର୍ଦ୍ଧପିନ୍ଧା ଦରୁଆନ ନାହିଁ, ଗ୍ଲାସ୍‌ପେନ୍‌ରେ କୌଣସି କାବାରେ-କନ୍ୟାର ଛବି ଶୋଭା ପାଉ ନାହିଁ। କେବଳ ପ୍ରବେଶ ଦ୍ୱାରର ଶୀର୍ଷରେ ଗୋଟାଏ କାଠପଟାରେ କଙ୍ଗୋ ବୋଲି ଲେଖାହୋଇଛି। ହଁ, ସେ ଦେଖିଲେ ଯେ ଦୁଇ ତିନିଜଣ ଆଧୁନିକ ଯୁବକ ତାଙ୍କ ଆଡ଼କୁ ପିଠି କରି ଦୂର ଦିଗ୍‌ବଳୟକୁ ଚାହିଁ (ରେସ୍ତୋରାଁର ଅପର ପାଖରେ ଅବହେଳିତ ପଡ଼ିଆ, ପଛକୁ ବସ୍ତି, ବୁଡିଯାଇଥିବା ସୂର୍ଯ୍ୟର ମୁର୍ଦ୍ଦାର) ସିଗାରେଟ୍ ଫୁଙ୍କୁଛନ୍ତି। କଥାବାର୍ତ୍ତା ନାହିଁ, କିଛି ନାହିଁ, ଖାଲି ଦୂରକୁ ଅନେଇଛନ୍ତି ଓ ସିଗାରେଟ୍ ଫୁଙ୍କୁଛନ୍ତି। ବୀଟୁ ବୀରୁଙ୍କ ପରି ସେମାନଙ୍କ ପଶ୍ଚାତ୍‌ଭାଗ ଲମ୍ବା ବାବୁରିବାଳ, ସରୁକଟି, ଅଭିଜାତ ତରୁଣିମା। କିନ୍ତୁ କାହିଁ ମୋର ସୁଯୋଗ୍ୟ ପୁଅମାନେ ଓ କାହିଁ ଏଇ ବାକ୍‌ଶକ୍ତିହୀନ ଦିଗହଜା ବେକାର ଦଳ !

ଜୀବନବାବୁ ଘୂରି ଘୂରି ରେସ୍ତୋରାଁର ଚତୁଃପାର୍ଶ୍ୱକୁ ଦେଖିଲେ। ବାଟ ଓଗାଳିଥିବା ଗାଈ, ହେୟାକଟିଙ୍ଗ୍ ସେଲୁନ୍, ଚିନାବାଦାମବାଲା ଇତ୍ୟାଦି କଙ୍ଗୋର କୌଣସି ପ୍ରତିବେଶୀକୁ ସମ୍ମାନ ଦେଇପାରିଲେ ନାହିଁ। ତାଙ୍କର ସେତେବେଳର ଠାଣିକୁ ଦେଖିଲେ ମନେହେବ ଯେ ସେ ଦର୍ଶକ ହୋଇ ଆସିନାହାନ୍ତି, ପରିଦର୍ଶନ କରିବାକୁ ଆସିଛନ୍ତି। ଅଳ୍ପ ସମୟ ମଧ୍ୟରେ ଚମ୍ପୁ ସେନ୍ ଆସି ପହଞ୍ଚିଗଲା ଏବଂ ବାଲ୍ୟବନ୍ଧୁ ସହିତ ଟାଣୁଆ କରମର୍ଦ୍ଦନ କରି କହିଲା- ୱେଲ୍‌କମ୍, ୱେଲ୍‌କମ୍ ଟୁ କଙ୍ଗୋ ! ତା'ପରେ ସାମାନ୍ୟ ବିବ୍ରତ ହେଲାପରି ପଚାରିଲା – ମିସେସ୍ ସାମନ୍ତ ଆସିଲେ ନାହିଁ ? କ'ଣ ହେଲା ?

ସହଜ ଉତ୍ତର ପାଟିରୁ ବାହାରିଗଲା। ଜୀବନବାବୁ କହିଲେ ଲକ୍ଷ୍ମୀର ମୁଣ୍ଡ ବଥାଉଛି। ବନ୍ଧୁର ପ୍ରଶ୍ନ ଅବଶ୍ୟ ସ୍ୱାଭାବିକ, କିନ୍ତୁ ପ୍ରଶ୍ନର ଢଙ୍ଗ ତାଙ୍କୁ ଅପ୍ରସ୍ତୁତ କରିଦେଲା। ତାଙ୍କର ମନେ ହେଲା ଯେ ଚମ୍ପୁର ତାଙ୍କ ଉପରେ ଆସ୍ଥା ନାହିଁ। ସତେକି ସ୍ତ୍ରୀକୁ ସାଙ୍ଗରେ ନ ଆଣିଲେ ଜୀବନ କ'ଣ ବୋଲି କ'ଣ କରି ବସିବ ! ସତେ କି ଜୀବନ

ସ୍କୁଲବେଳର ସେହି ଅତି ଭଲପିଲା, ସହଜେ ଭୁଲିଯିବ। ତେବେ ଜୀବନବାବୁ କେତେକାଂଶରେ ଖୁସି ହେଲେ, ଭାବିଲେ ଯେ ଯାହାହେଉ ତାଙ୍କର ଅତି ଭଲପଣର ଇମେଜ୍ ବାଲ୍ୟବନ୍ଧୁର ଆଖିରେ ଅତୁଟ ଅଛି। ସେ ଜାଣେ ନାହିଁ ଯେ ସରଳ ସୁନ୍ଦର ଚଷାପୁଅ ହୋଇ ରହିଥିଲେ ଜୀବନାନନ୍ଦ ସାମନ୍ତ ଆଜି ଆଡିସ୍‌ନାଲ୍ ଡାଇରେକ୍ଟର ପଦରେ ଅଧିଷ୍ଠିତ ହୋଇ ବସି ନଥାନ୍ତା, ପନ୍ଦର ଜଣ ଗେଜେଟେଡ୍ ଅଫିସର୍ ଓ ପନ୍ଦର ଶହ ଅଧସ୍ତନ କର୍ମଚାରୀଙ୍କର ଭାଗ୍ୟ ନିୟନ୍ତ୍ରଣ କରିପାରୁ ନ ଥାଆନ୍ତା।

...କଙ୍ଗୋ ଭିତରକୁ ପ୍ରବେଶ କରିବା ମାତ୍ରେ ହିଁ ଏକ ବିରାଟ ପ୍ରାଗୈତିହାସିକ ଅନ୍ଧାର ଜୀବନବାବୁଙ୍କ ମୁହଁରେ ପିଟି ହେଲା। ଦେଖି, ଦେଖି କରି ଚାଲ୍, ଝୁଣ୍ଟିବୁ ବୋଲି ଶୁଣିବାରୁ ସେ ଝୁଣ୍ଟିଲେ ନାହିଁ। କାୟାଧାରୀମାନେ ଆଡ଼େଇ ହୋଇଗଲେ ଏବଂ ସେ ବନ୍ଧୁର ନିର୍ଦ୍ଦେଶକୁ ଅପେକ୍ଷା ନ କରି ନିକଟତମ ବସିବା ପଦାର୍ଥକୁ ଅଣ୍ଡାଳି ଅଣ୍ଡାଳି ବସି ପଡ଼ିଲେ। ବସିପଡ଼ିଲେ ଏବଂ ତତ୍‌କ୍ଷଣାତ୍ ତାଙ୍କ ହାତରେ କିଏ ଜଣେ ଗୋଟିଏ ଗିଲାସ ଧରାଇଦେଲା। ସେ ବନ୍ଧୁ କିମ୍ବା ବିଅରର୍ ସ୍ତ୍ରୀ କିମ୍ବା ପୁରୁଷ ଜାଣି ହେଲାନାହିଁ।

ହୁଇସ୍କିରେ ଦୁଇ ତିନିଥର ଚୁମୁକି ଦେଲାପରେ ଚମ୍ପୁ ସେନ୍‌ର କଣ୍ଠ ଶୁଭିଲା,- ଏଇ ହେଉଛି ଅନ୍ଧାର। ଆରମ୍ଭରୁ ଅନ୍ଧାର। ମାଇଚିଆ ଅନ୍ଧାର ନୁହେଁ, ଓଢଣାଦିଆ ଆଲୁଅ କେଉଁଠି ବୋଲି କେଉଁଠି ନାହିଁ। କେଉଁ ଶଳାଟିଏ ଏକୁଟିଆରେ ବସି ସଂଗିନୀ ସାଙ୍ଗରେ ପ୍ରେମ କରିବ, ଅଥଚ ଆମେ... ନା, ସେ କଥା ଚଳିବ ନାହିଁ। ସମସ୍ତ ଅନ୍ଧାର। ଆମେ ସମସ୍ତେ ଅନ୍ଧ, କ'ଣ କହୁଛୁ ?

କ୍ରମଶଃ ଜୀବନବାବୁ ଏହି ଅପରୂପ ଅନ୍ଧାରଜନିତ ଆନନ୍ଦକୁ ଉପଭୋଗ କରିପାରିଲେ। ତାଙ୍କର ମନେହେଲା ଯେ ସେ ଅପର ମଣିଷମାନଙ୍କୁ ଚିହ୍ନିପାରୁଛନ୍ତି, ଯେଉଁମାନେ ତାଙ୍କରି ପରି ଅନ୍ଧାର ଭିତରେ ବୁଡ଼ଦେଇ ପାଣି ପିଉଛନ୍ତି, ତେଜି ଉଠିବାର ପାଣି ପିଉଛନ୍ତି, ଏବଂ ଧୀରେ ଧୀରେ ଆପଣାର ହୋଇ ଆସୁଛନ୍ତି। ପରସ୍ପରକୁ ଅକୁହା ଭାଷାରେ କହୁଛନ୍ତି, - ବାବୁ, ତୁମେ କେଉଁ ଯାଏଁ ପିଇଲ, ତଣ୍ଟିଯାଏଁ ନା ଛାତିଯାଏଁ ? ଏବେ ଦେଖିପାରୁଛ ନା ନାହିଁ ? ଏହି ସମୟରେ ଚମ୍ପୁ ସେନ୍ ରସଭଙ୍ଗ କରି କହିଲା, ମିସେସ୍ ସାମନ୍ତ ଆସିଥିଲେ ମୁଁ ତାଙ୍କୁ ଅନ୍ଧାର ଭିତରକୁ ଆଣି ନଥାଆନ୍ତି, ଅନ୍ଧାର ଖୋଲିଗଲା ପରେ ଆଣିଥାଆନ୍ତି। ଆଉ ପ୍ରାୟ ଘଣ୍ଟାକ ପରେ ଅନ୍ଧାର ଖୋଲିଯିବ।

ଜୀବନବାବୁ ଆଉ ସହିପାରିଲେ ନାହିଁ। କହିଲେ – ଷ୍ଟପ୍ ଇଟ୍ ! ମିସେସ୍ ସାମନ୍ତ, ମିସେସ୍ ସାମନ୍ତ, ମିସେସ୍ ସାମନ୍ତ ! ତୁ ମିସେସ୍ ସେନ୍‌ଙ୍କୁ ଆଣିଲୁ ନାହିଁ କାହିଁକି ? କିଏ ମନା କରୁଥିଲା ?

ଚମ୍ପୁ ସେନ୍ ଗୋଟିଏ ଖଣ୍ଡିହସ ଦେଇ କହିଲା, ଶାନ୍ତ ହୁଅ, ଶାନ୍ତ ହୁଅ। ତା'ପରେ ତା' ପାଟିରୁ କଥା ବାହାରିଲା ନାହିଁ। ସେ ନୀରବରେ ହୁଇସ୍କି ପିଇବାକୁ ଲାଗିଲା।

ଜୀବନବାବୁ ବନ୍ଧୁର ଦୀର୍ଘ ନୀରବତାକୁ ଉପେକ୍ଷା କରି ଅନ୍ଧାରକୁ ଆହୁରି ଭଲପାଇଲେ। ଗିଲାସ ସରିଗଲା କ୍ଷଣି ଆଉ ଜଣେ କିଏ ଆଣି ଦେଉଥାଏ, ଏମିତି କେତେ ପେଗ୍ ହେଲାଣି, ତାଙ୍କରି ଖିଆଲ୍ ନାହିଁ। ଅନ୍ଧାର ଭିତରେ ମୁଣ୍ଡ ଗଣିବାର, ବସ୍ତୁ ଗଣିବାର କୌଣସି ଆବଶ୍ୟକତା ନାହିଁ। ଚମ୍ପୁ ଠିକ୍ କହୁଥିଲା ସବୁ ଏକାକାର। କେବଳ ଶବ୍ଦ। ବିଭିନ୍ନ କଣ୍ଠର ଶବ୍ଦ ଶୁଭୁଛି, ବ୍ରଜକଣ୍ଠ, ବାଣୀକଣ୍ଠ, ଚଢ଼େଇ କଣ୍ଠ, ଘୁଷୁରିକଣ୍ଠ, ପୁରୁଷକଣ୍ଠ, ନାରୀକଣ୍ଠ। ବିଭିନ୍ନ କଣ୍ଠର ଶବ୍ଦ ପରସ୍ପରକୁ ଖୋଜୁଛନ୍ତି, ଧରାଧରି ହେଉଛନ୍ତି, ଠେଲାପେଲା ହେଉଛନ୍ତି।

ଜଣେ କିଏ ଆସି ସାମ୍ନାରେ ବସିଲାଣି। ନାରୀକଣ୍ଠରେ ପଚାରୁଛି,

- ଭଲ ଲାଗୁଛି ?

- ନିଶ୍ଚୟ, ନିଶ୍ଚୟ।

ତା'ପରେ କ'ଣ କହିବାକୁ ହେବ ? ସେ କିଏ ? ଅନ୍ଧାର। ତେଣୁ ସେ କାହାର ଝିଅ, କାହାର ଭଉଣୀ, କାହାର ସ୍ତ୍ରୀ ବୋଲି ପଚାରିବା ଅନୁଚିତ ହେବ। ତାହା ହେଲେ କ'ଣ ତା'ଦେହରେ ହାତ ରଖିବ ? ଚମ୍ପୁ ମୋତେ କିଛି ବତେଇ ଦେଇ ନାହିଁ ତ ...

ଚମ୍ପୁକୁ ମାର୍ ଗୋଲି। ସେ କୁଆଡ଼େ ମଲାଣି କି ଗଲାଣି। ମୁଁ ତା'ଦେହରେ ହାତ ରଖିବି। ତା'ର ପରିଚୟ ନାହିଁ, ମୋର ପରିଚୟ ନାହିଁ। କିନ୍ତୁ ତା'ର ଶବ୍ଦ ଅଛି, ମୋର ଶବ୍ଦ ଅଛି, ତା'ର ଦେହ ଅଛି, ମୋର ଦେହ ଅଛି। ଶବ୍ଦ ଶବ୍ଦକୁ ଚିହ୍ନିବ। ଦେହ ଦେହକୁ ଖୋଜିବ, ଲୋଡ଼ିବ।

କିଏ ଗୋଟାଏ କହୁଛି – ଲାଉଡ୍‌ସ୍ପିକର ହେବ ପରା - ଆଲୁଅ ଆସିବାକୁ ଆଉ ତିରିଶ ମିନିଟ୍। ସାବଧାନ !

ଜୀବନବାବୁ ତା'ହାତରେ ହାତ ରଖିଲେ।

ସେ ଜୀବନବାବୁଙ୍କ ଆଙ୍ଗୁଳିକୁ ଧରି ଖେଳିଲା।

ଜୀବନବାବୁ ତା'ବାହୁରେ ଆଙ୍ଗୁଳି ଚଳାଇଲେ।

ସେ ହସିଲା।

ପୁଣି ଜୀବନବାବୁ ...

ଆନନ୍ଦ ବଢ଼ିଲା। ଏବଂ ଜୀବନବାବୁ ଅପର ଲୋକମାନଙ୍କ ଆନନ୍ଦଧ୍ୱନି ଶୁଣି ପାରିବେ। ତାଙ୍କର ମନେହେଲା ଯେ, ପ୍ରତ୍ୟେକର ସମ୍ମୁଖରେ ଆଉ ଜଣେ ଅପରିଚିତ-

ଅପରିଚିତା ବସିଛି ଓ ସେମାନେ କ୍ରୀଡ଼ା କରୁଛନ୍ତି। ଇଏ କ'ଣ ? କିଏ କଅଣ କାହାକୁ ଚୁମୁଚୁଛି ? କିଏ କ'ଣ କାନ୍ଦୁଛି ? ନା, ନା, ଏସବୁ ଆନନ୍ଦର ରୂପାନ୍ତର।

କିନ୍ତୁ ପ୍ରକୃତରେ ତୁମେ ବହୁତ ଥର ହସିଲଣି, ମୁଁ ବହୁତ ଥର ହସିଲିଣି। ବାରମ୍ବାର ସେଇ ଶବ୍ଦ ଶୁଣି ଚିଡ଼ା ଲାଗିଲାଣି। ଏଥର ତୁମକୁ ଚୁମୁଟିଲେ, ଚାପୁଡ଼ା ମାରିଲେ ମନ୍ଦ ହେବ ନାହିଁ। ତା'ଛଡ଼ା ଉପାୟ କ'ଣ ? ଆନନ୍ଦକୁ ବଞ୍ଚାଇ ରଖିବାର ଉପାୟ କ'ଣ ?

ଜୀବନବାବୁ କିଛି କରିବା ପୂର୍ବରୁ ଅପରିଚିତା ତାଙ୍କୁ ଟାଣିଆଣି ତାଙ୍କ ଓଠରେ ଓଠ ରଖିଲା ଏବଂ କାମୁଡ଼ିଦେଲା। ଜୀବନବାବୁ ଚିତ୍କାର କରି ଉଠିଲେ।

ତାଙ୍କ ଚିତ୍କାର କେହି ଶୁଣିପାରିଲେ ନାହିଁ। ଏହିପରି ଅନେକ ଚମତ୍କାର ଧ୍ୱନିର ଗହଳିରେ ତା'ର ସତ୍ତା ମିଳାଇଗଲା। ତେବେ ଜୀବନବାବୁଙ୍କର ମନେହେଲା ଯେ ସେ ଏଭଳି ଦୁଃଖକଟା ଆନନ୍ଦ ପୂର୍ବରୁ କେବେ ହେଲେ ପାଇନାହାନ୍ତି। ଏଭଳି ଆଖିମୁହଁ ନଥିବା, ପ୍ରେମ ଫ୍ରେମ ନଥିବା, ଦିଆନିଆ ମାପଚୁପ ନଥିବା ଅନ୍ତରଙ୍ଗତା ସେ ପୂର୍ବରୁ କେବେହେଲେ ଲଭି ନାହାନ୍ତି। ଭାବିଲେ, ମୋ ପରି ଜଣେ ଚିନ୍ତାଶୀଳ ଭାବୁକାତର ବ୍ୟକ୍ତିର ଦୁଃଖ ଦୂର କରିବା ପାଇଁ ଏଇ ହେଉଛି ଅମୋଘ ଔଷଧ... ସାବାସ୍ ମୋର ବାଲ୍ୟବନ୍ଧୁ ଚମ୍ପକ ସେନ୍... ଆବେ ଶଳା କେଉଁଠି ଅଛୁ ?

ଆବେ ଶଳା କେଉଁଠି ଅଛୁ ବୋଲି ସେ କୁହାଟ ଛାଡ଼ିଲେ। କୁହାଟ ଛାଡ଼ିଲେ କାରଣ ସେ ଦେଖିଲେ ଯେ ଆନନ୍ଦର ଯେଉଁ ରୋଳ ଉଠିଲାଣି ସେଥିରେ ଧୀର ସାଧାରଣ ଶବ୍ଦ ଶୁଣାଯିବ ନାହିଁ।

ଆଶ୍ଚର୍ଯ୍ୟ କଥା, ଚମ୍ପୁ ସେନ୍ କିଛି ଉତ୍ତର ଦେଲାନାହିଁ। ଜୀବନବାବୁଙ୍କର ସନ୍ଦେହ ହେଲା ଯେ ସେ ବୋଧହୁଏ ପାଖରୁ ଉଠିଗଲାଣି। କିମ୍ବା ସେ ହୁଏତ ପାଖରେ ଅଛି, କିନ୍ତୁ ତା'ସାମ୍ନାରେ କୌଣସି ଅପରିଚିତା ବସି ନାହିଁ। ସେ କେବଳ ପିଇ ଚାଲିଛି। ଜୀବନବାବୁ ଆମୋଦିତ ହେଲେ। ସେ ଭାବିଲେ ଏବଂ ବିଡ଼ିବିଡ଼ି ହେଲେ- ବୁଝିଲିରେ ବାବୁ ବୁଝିଲି, ତୋର ହେଉଛି ରୋମାଣ୍ଟିକ୍ ଦୁଃଖ, ଦେବଦାସ ଟାଇପ୍ ... ତୁ ତୋର କୋଉ ପ୍ରଣୟିନୀକୁ ଝୁରୁଛୁ, ସେଇଥିଲାଗି ଆଜିଯାଏଁ ବାହା ହୋଇ ନାହୁଁ ... ତୁ ଅନ୍ଧ ହେବାକୁ ଚାହୁଁ; କିନ୍ତୁ ଅନ୍ଧାର ଭିତରେ ଦେହକୁ ଚିହ୍ନିବାର ଶକ୍ତି ତୋର ନାହିଁ, ତୋର ଦରକାର ଗୋଟିଏ କାୟାଧାରିଣୀ, ପ୍ରଣୟିନୀ କିମ୍ବା ତା'ର ଛାଇ, ଦୁଇଟି ନୀଳ ଆଖି, ଦୁଇଟି ଧାତ୍‌ତେରି ...

ହଠାତ୍ ତା'ର ଝଙ୍କୃତ ସଂଗୀତର ଧ୍ୱନି ଶୁଣାଗଲା। ତତ୍‌ସହ ଲାଉଡ୍‌ସ୍ପିକର

କହିଲା, -ଆଉ ପାଞ୍ଚ ମିନିଟ୍। ପାଞ୍ଚ ମିନିଟ୍‌ରୁ ମୁହୂର୍ତ୍ତେ ଡେରି ହେବନାହିଁ କଙ୍ଗୋର ନିୟମ।

ଘୋଷଣାର ପରେ ଏବଂ ଖେଳେଇ ହୋଇ ଉଠୁଥିବା ସଂଗୀତର ସହିତ ଯେତେ ରକମର ଶବ୍ଦ ଶୁଣାଗଲା, ସେଥିରୁ କେଉଁଟି ଆର୍ତ୍ତନାଦ ଏବଂ କେଉଁଟି ଆନନ୍ଦର ଚିତ୍କାର ବୁଝିବା କଷ୍ଟ।

ଜୀବନବାବୁ ପୁନର୍ବାର ପାଟି କଲେ ନାହିଁ, କିନ୍ତୁ ଛାତି ଭିତରେ ଏକ ଗଅଁ ଗଅଁ ଶବ୍ଦ ଅନୁଭବ କଲେ। ମୂକ କ୍ରୀଡ଼ାରତ ଠେକୁଆକୁ ତା'ର ନିର୍ଦ୍ଦିଷ୍ଟ ଛୋଟ ଘର ମଧ୍ୟରେ ବନ୍ଦୀ କରିବାକୁ ଗଲେ ସେ ଯେଉଁଭଳି ଶବ୍ଦ କରେ ସେମିତି। ପ୍ରତିବାଦ। କିଏ କହୁଥିଲା ଆଲୁଅକୁ ପୋଛି ଦେବାକୁ? ପୋଛି ଦେଲ ଭଲ କଲ, ପୁଣି ଜଳାଇବାକୁ ବସିଛ କାହା ହୁକୁମରେ। ଆଲୁଅ-ଅନ୍ଧାର ସୀମା ଟାଣିବାକୁ ତୁମେ କିଏ? ତୁମେ କ'ଣ ହ୍ୟାପ ଭଗବାନ? ଏକଥା ଜାଣିଥିଲେ ମୁଁ ଏଠିକି ଆସି ନ ଥାଆନ୍ତି ... ମୋତେ ଆସି ନ ଥାଆନ୍ତି।

ରାଗିଲେ ଏବଂ ବିକଳ ହେଲେ। ତୁମେ ରେସ୍ତୋରାଁ ମାଲିକ, ତୁମେ ଚଟିଘର ଚାଳକ, ତୁମେ ମଣିଷର ସୂକ୍ଷ୍ମାତିସୂକ୍ଷ୍ମ ଦୁଃଖର ତତ୍ତ୍ୱ କ'ଣ ବୁଝିଛ? ତୁମେ କାହିଁକି ନିୟମ ବାନ୍ଧିବ, ତୁମେ କାହିଁକି ଭଲା ଆମର ଆର୍ତ୍ତନାଦ, ଆମର ଗଅଁ ଗଅଁକୁ ଶୁଣିବ ନାହିଁ?

ମୁହୂର୍ତ୍ତ ଟିକ୍ ଟିକ୍ ହେଲା। ଅପରିଚିତା ଫେରିଗଲାଣି ବୋଲି ମନେହେଲା। କେତେ ଖୁସ୍‌ଖାସ୍ କେତେ ଚଉକି ଟଣାଟଣିରୁ ବୁଝାଗଲା ଯେ ଯେଝାର ଯେଝା ଆସ୍ଥାନକୁ ଫେରିଗଲେଣି।

ସମୟ ଶେଷ ହେବା ପୂର୍ବରୁ ଅବସ୍ଥା ଶାନ୍ତ ହୋଇଯାଏ, ହୁଏତ କେତୋଟି ବୁଦ୍ ବୁଦ୍ କେତୋଟି ଘଡ଼ଘଡ଼ ଶୁଣାଯାଏ। ବର୍ତ୍ତମାନ ସେଇୟା ହେଲା। କଳରୋଳ ଥମିଗଲା। ସେମାନେ ଆସନ୍ତା ଆଲୁଅର ଭବିତବ୍ୟତାକୁ ମାନିନେଲେ ଏବଂ କାଁ ଭାଁ ଅର୍ଦ୍ଧସ୍ଫୁଟ ଶବ୍ଦ ଉଚ୍ଚାରଣ କଲେ।

ଏହି ସମୟରେ ଜୀବନବାବୁଙ୍କର ଭ୍ରମ ହେଲା ଯେ ଗୋଟିଏ ଚିହ୍ନା ସ୍ୱର, ଅନେକ ଦିନର ଚିହ୍ନା ସ୍ୱର ଗୁମୁରି ଉଠୁଛି।

ଆଲୁଅ ଜଳି ଉଠିଲା।

ଆଲୁଅ ଜଳି ଉଠିଲା ଏବଂ ସେମାନେ ସମସ୍ତେ ଜଳ ଜଳ ହୋଇ ଦିଶିଗଲେ। ରେସ୍ତୋରାଁର ଅଭ୍ୟନ୍ତର ସର୍ବଜନସମ୍ମତ ରେସ୍ତୋରାଁର ଅଭ୍ୟନ୍ତର ପରି ଦେଖାଗଲା। ମଣିଷମାନେ ସର୍ବସାଧାରଣ ଆନନ୍ଦର ଗରାଖ ପରି ଦେଖାଗଲେ। ଅଳ୍ପ ସମୟ ପୂର୍ବରୁ

କିଏ କାହା ପାଖରେ ବସିଥିଲା ? କିଭଳି କ୍ରୀଡା କରୁଥିଲା ? କେଉଁ କାଳୀ କେଉଁ ଚନ୍ଦାମୁଣ୍ଡ ସାଙ୍ଗରେ, କେଉଁ ମୋଟୀ କେଉଁ କୁବୁଜା ସାଙ୍ଗରେ, କେଉଁ ତନୁପାତଳୀ କେଉଁ ପେଟୁଆ ସାଙ୍ଗରେ ? ଜୀବନବାବୁ କାବା ହୋଇ ଅନାଇଲେ। ଠାକୁରେ ଅନ୍ଧାରି ବିଜେ ହୋଇଥିଲେ ବୋଲି ବିଶ୍ୱାସ କରିପାରିଲେ ନାହିଁ।

ଦେଖୁ ଦେଖୁ ତାଙ୍କ ମନରେ ଏକ ଅବାନ୍ତର ପ୍ରଶ୍ନ ଉଦିତ ହେଲା। ଏଇମାନଙ୍କ ସାଙ୍ଗରେ ମୁଁ ଆନନ୍ଦ କରିବା ପାଇଁ ଏକାଠି ହୋଇଛି ? ଏଇମାନେ ମୋର ସମଦୁଃଖୀ ?

ଜୀବନବାବୁ ରାଜି ହେବାକୁ ଚାହିଁଲେ ନାହିଁ। ତା'କେମିତି ହେବ ? ମୋ ପାଖରେ ବସିଥିବା ଅଚିହ୍ନକ ବାଲ୍ୟବନ୍ଧୁ କଥା ଛାଡ଼ିଦିଅ, ମୁଁ ଯାହା, ଏଇ ଚର୍ବିଳ ପଗଡ଼ିଧାରୀ ବ୍ୟବସାୟୀ କ'ଣ କେଇୟା ? ଏଇ ଲମ୍ବା ବାବୁରିବାଳ ତରୁଣବୃନ୍ଦ ସେଇୟା ? (ଯେଉଁମାନେ ସଞ୍ଜବେଳେ ରେସ୍ତୋରାଁ ସାମ୍ନାରେ ଛିଡ଼ା ହୋଇଥିଲେ, ଶୂନ୍ୟ ଆକାଶକୁ ଚାହିଁ ସିଗାରେଟ୍ ଫୁଙ୍କୁଥିଲେ !) ଅସମ୍ଭବ।

ଜୀବନବାବୁ ମୋଟେ ରାଜି ହେବାକୁ ଚାହିଁଲେ ନାହିଁ, ଯେତେବେଳେ ତାଙ୍କର ଧାରଣା ହେଲା ଯେ, ସମଦୁଃଖୀଗଣ ତେଲନାଳବୋଳା ମାଂସପିଣ୍ଡୁଳା ପରି ଦିଶୁଛନ୍ତି। ସତେ କି ବିଗତ ଅନ୍ଧାରବେଳାରେ ସେମାନଙ୍କ ଦୁଃଖ ଉପୁଚି ଉଠୁଛି ଓ ସେମାନେ ତାକୁ କୌଣସି ମତେ ମୁହଁରେ ମାଖିଦେଇ ସୁନାପିଲା ପରି ବସିଛନ୍ତି। ସତେ କି ତାଙ୍କ ଦୁଃଖରେ ଯଶ ନାହିଁ, ଲଜ୍ଜା ମଧ୍ୟ ନାହିଁ, କେବଳ ଏକ ଦୁଷ୍ଟ ତରଳତା। ସ୍ୱାର୍ଥରୁ ଗଳିପଡୁଛି, ସ୍ୱରୂପରେ ମାଖିଦିଅ। ଅପେକ୍ଷା କର ଶୁଖିଯିବ।

ଇସ୍ ! ସେମାନେ ହସୁଛନ୍ତି, ଖୁବ୍ ହସୁଛନ୍ତି। ସଂଗୀତର ବେଗ ବଢ଼ିଗଲାଣି, ଅତି ଆଧୁନିକ ବିଟ୍ ପିଟାପିଟି ଆରମ୍ଭ କଲାଣି। ସେମାନେ ଟେବୁଲ୍‌ରେ ହାତ ବାଡ଼ଉଛନ୍ତି, ତାଳି ମାରୁଛନ୍ତି, ପ୍ଲେଟ ପରେ ପ୍ଲେଟ୍ ଭରି ଆସୁଥିବା ମାଂସ ଭକ୍ଷଣ କରୁଛନ୍ତି। ଚମ୍ପୁ ଠିକ୍ କହୁଥିଲା, କିଏ କାହାକୁ ଖାଇବାକୁ ବାଢ଼ିଦେଉଛି, କିଏ କାହାକୁ ଖେଳ ଦେଖାଉଛି ବୁଝାପଡୁ ନାହିଁ। କିଏ ହଠାତ୍ ଗୀତ ବୋଲିବାକୁ ଆରମ୍ଭ କଲାଣି, କିଏ ଟେବୁଲ୍ ପାଖରୁ ଉଠିଯାଇ ସାଥିହୀନ ଟ୍ୱିଷ୍ଟ କିମ୍ବା ଶେକ୍ କିମ୍ବା ଆଉ କେଉଁ ନାଚ ଦେଖାଇଲାଣି। ଯେପରି କି ଅନ୍ଧାର କଟିଗଲେ ମଧ୍ୟ ସେମାନେ ଚିହ୍ନା ପଡ଼ିବାକୁ ଚାହାନ୍ତି ନାହିଁ, ତେଲ ନାହିଁ କି ନାଳ ନାହିଁ କି କିଛି ନାହିଁ ବୋଲି ଜଣାଇବାକୁ ଚାହାନ୍ତି।

ମୁଁ ତୁମମାନଙ୍କ ପରି ନୁହେଁ, ନୁହେଁ, ନୁହେଁ ! ମୁଁ ଜୀବନାନନ୍ଦ ସାମନ୍ତ, ଉଚ୍ଚଶିକ୍ଷା ଉପରକୁ ଅନେକ ଜ୍ଞାନ ଅର୍ଜନ କରିଛି, ଯଥେଷ୍ଟ ଶ୍ରମ ସ୍ୱୀକାର କରି ଉଚ୍ଚପଦକୁ ଉଠିଛି, ଲକ୍ଷ୍ମୀପ୍ରତିମାକୁ ବାହା ହୋଇଛି, ଦୁଇଟି ସୁଯୋଗ୍ୟ ସନ୍ତାନଙ୍କ ବାପା ହୋଇଛି। ମୋର ଦୁଃଖ ଏମିତି ସେମିତି ନୁହେଁ, ସାଧାରଣ ନୁହେଁ।

ଚମ୍ପୁ ସେନ୍ ବଖାଣୁଛି- ମୁଁ କହୁ ନଥିଲି ? ଏଇ ରେସ୍ତୋରାଁ ପୃଥିବୀରେ ଅତୁଳନୀୟ, ଭାରତବର୍ଷରେ ପହିଲା ନମ୍ବର ସ୍ପେଶାଲ। ଏଇ ରେସ୍ତୋରାଁ ଚାଲୁ ହେବା ଦିନଠାରୁ ମୁଁ ଏ ସହରକୁ ତିନିଥର ଆସିଲିଣି। ମୋର ପୁରୁଣା ବନ୍ଧୁମାନଙ୍କୁ ଖୋଜି ଲୋଡ଼ି ଏଠିକି ଆଣେ। କିନ୍ତୁ ତୋତେ ଆଣିବି କି ନାହିଁ ବୋଲି ଦୋଦୋ ପାଞ୍ଚ ହେଉଥିଲି। କାହିଁକି ନା ତୁ ଗୋଟାଏ ଇଣ୍ଟେଲେକ୍‌ଚୁଆଲ୍, ପୁଣି ବଡ଼ ଅଫିସର ... ହେଃ ... ହେଃ ନେ, ନେ, ପ୍ରନ୍ କଟ୍‌ଲେଟ୍ ଆସିଗଲାଣି, ଗରମ୍ ଗରମ୍ ...

ଜୀବନବାବୁ ଚମ୍ପୁ ସେନ୍‌ର କଥାରେ କାନ ଦେଉ ନଥିଲେ। ଖଣ୍ଡେ ଦୂରରେ ବସିଥିବା ତରୁଣମାନଙ୍କ ମଧ୍ୟରୁ ଜଣେ କିଏ ବୁଲିପଡ଼ିଲା ଏବଂ ଆଉ କାହାକୁ ଇଶାରା କଲା।

ଜୀବନବାବୁଙ୍କର ମନେହେଲା ଯେ ନିଶାର ମାତ୍ରା ବୋଧହୁଏ ଟିକିଏ ଅଧିକ ହୋଇଯାଇଛି। କାହିଁକି ନା- କାହିଁକି ନା – ଏଇ ଟୋକାଟା,ଏଇ ଅଖ୍ୟାତ ଅର୍ବାଚୀନ ଅପରିପକ୍ୱ ଟୋକାଟା ବୀରୁ ପରି ଦେଖାଯାଉଛି।

ବୀରୁ ଏଠୁ ପାଞ୍ଚ ଶହ ମାଇଲ୍ ଦୂରରେ, ଇନ୍ଦ୍ରଧନୁ ମେଟାଲ ଇଣ୍ଡଷ୍ଟ୍ରିଜ୍‌ର ସେଲ୍‌ସ ମ୍ୟାନେଜର। ଏଇ ଆଜି ତା'ଠାରୁ ଚିଠି ଆସିଛି, ଜୁଲାଇ ମାସରେ ଚିତ୍ରାକୁ ସାଙ୍ଗରେ ନେଇ ଘରକୁ ଆସିବ। ସେ ମୋ ପୁଅ, ଆଉ କେହି ନୁହେଁ। ସେ କଙ୍ଗୋ ଭଳିଆ ରେସ୍ତୋରାଁରେ ବସି ... ହୁଁଃ, ପାଗଳ ନା କ'ଣ ?

ସେ ଟୋକା ଏପାଖ ସେପାଖ ହେଉଛି କାହାକୁ ଖୋଜିଲା ପରି। ତା'ର ଟେରି, ତା'ର ବଡ଼ କପାଳ, ତା'ର ଛୋଟ ନାକ, ତା'ର ନାଲିଚିଆ ସରୁ ଓଠ ... ବାପ ପରି କପାଳ ... ମାଆ ପରି ଓଠ ...

ଡ୍ୟାମ୍ ଇଟ୍! ସେ ଛଦ୍ମବେଶୀ। ଇଂପୋଷ୍ଟର। ବୀରୁକୁ ବଦ୍‌ନାମ କରିବାକୁ ଚାହେଁ। ପାଖକୁ ଆସିଲେ ମୁଁ ତା'ର ଗର୍ଦ୍ଦନ ଝୁଙ୍କେଇ ଦେଇ ପଚାରିବି। ପଚାରିବି ତୁ କୋଉ ସାହସରେ ବୀରୁ ପରି ଚେହେରା ରଖିଛୁ ?

ସେ ଏଣେତେଣେ ବୁଲି ତା ଟେବୁଲ୍‌କୁ ଫେରିଗଲା। ଗଲାବେଳେ ଜୀବନବାବୁଙ୍କ ବାଟ ଦେଇ ଗଲା। ଜୀବନବାବୁ ଲକ୍ଷ୍ୟ କଲେ- ନାଲି ପୋହଳାବସା ସୁନା ମୁଦି, ମାଆ ଦେଇଥିଲା, ଆସ୍‌ମାନି ରଙ୍ଗର ବାନ୍‌ଲନ୍ ବୁସ୍‌ସାର୍ଟ, ଶ୍ୱଶୁରଘରୁ ଆସିଥିଲା ...

ଅସହ୍ୟ ଉତ୍ତାପରେ ଜୀବନବାବୁ ଉଠିପଡ଼ିଲେ। ଚମ୍ପୁ ସେନ୍ ପଚାରିଲା କ'ଣ ହେଲା ? ଜୀବନବାବୁ କୌଣସି ଉତ୍ତର ନ ଦେଇ ବସିପଡ଼ିଲେ। ବିଚାରିଲେ ଯାହା କିଛି କରିବି ପଛକେ, ଅନ୍ୟମାନଙ୍କୁ, ଏଇ ରେସ୍ତୋରାଁର ମଣିଷମାନଙ୍କୁ ଜଣାଇବି

ନାହିଁ। ଯଦି ସେ ମୋ ପୁଅ ହୋଇଥାଏ, ତାହାହେଲେ ମୁଁ ତା'ସାଙ୍ଗରେ ଏକୁଟିଆ ମୁକାବିଲା କରିବି। ଆଉ କେହି ପାଖରେ ନ ଥିବେ, ଆଉ କେହି ଜାଣିବେ ନାହିଁ।

ଜୀବନବାବୁ ପ୍ରନ୍ କଟ୍‌ଲେଟ୍ ଖାଇଲେ। ଘନ ଘନ ନିଶ୍ୱାସ ମାରିଲେ। ସଂଗୀତକୁ ମତ୍ତ ହୋଇ ଶୁଣିଲା ପରି ମୁଣ୍ଡ ହଲାଇଲେ। ଏଣେ ସେଇ ଟୋକା କ'ଣ କରୁଛି ନ କରୁଛି ନିରୀକ୍ଷଣ କଲେ।

ଦେଖ, ସେ ତା'ର ସାଙ୍ଗମାନଙ୍କ ପରି ସିଗାରେଟ୍ ଧ୍ୱଂସ କରୁନାହିଁ। ଟିପା ଡ୍ରେସ୍ ଅଥବା ଉଡ଼ନ୍ତା ଶାଢ଼ୀ ପିନ୍ଧିଥିବା ନାରୀମାନଙ୍କ ସାଙ୍ଗରେ ହେଁ ହେଁ ଫେଁ ଫେଁ ହେଉନାହିଁ। ହୁଏତ କିଛି ସ୍କଚ୍ ପିଇଛି। ବେଶ୍ କରିଛି। ଏତେବଡ଼ ବିଜ୍‌ନେସ୍ ଏକ୍‌ଜିକିଉଟିଭ୍ ହୋଇ ଅଳ୍ପ ବହୁତ ମଦ ନ ଖାଇଲେ ଚଳିବ କେମିତି ?

କିନ୍ତୁ – କିନ୍ତୁ – ସେ ଅନ୍ଧାର ଭିତରେ କ'ଣ କରୁଥିଲା ?

ଭାବିଲାବେଳକୁ ଜୀବନବାବୁ ବିଚଳିତ ହେଲେ। ବିଗତ ମୁହୂର୍ତ୍ତଗୁଡ଼ିକର ଆନନ୍ଦ କଥା ମନେ ପଡ଼ିଗଲା। ତାଙ୍କର ମନେହେଲା ଯେ ବୀରୁ ବାପାର ପୁଅ, ଠିକ୍ ସେହିଭଳି ଆନନ୍ଦ ଆହରଣ କରିଥିବ। ନା, ବୀରୁର ଚଞ୍ଚଳ ରକ୍ତ। ସେ କେବଳ ଚାଖି ନଥିବ, ସେ ମାଡ଼ି ଯାଇଥିବ, ଗୋଟିପଣେ ଭକ୍ଷଣ କରିଥିବ ... କିଛି କ୍ଷତି ନାହିଁ, କିଛି କ୍ଷତି ନାହିଁ ...

କିନ୍ତୁ ତା'ର ଦୁଃଖ କ'ଣ ? ? ଜୀବନବାବୁ କାନ୍ଦିଲା ପରି ହେଲେ। ତାଙ୍କର ପ୍ରବଳ ଇଚ୍ଛା ହେଲା, ପୁଅ ପାଖକୁ ଯିବେ, ତା'ର ଆଖିରେ ଆଖି ରଖିବେ, ତା'ର ମିଛ ଦୁଃଖକୁ ଫୁତ୍‌କାରରେ ଉଡ଼ାଇ ଦେବେ (ପିଲାଦିନେ ତା'ର ଟିକିଏ ହାତ କଟିଗଲେ କି କ'ଣ ହେଲେ ସେ ମୋ ପାଖକୁ ଦୌଡ଼ି ଆସୁଥିଲା, ମୁଁ ମିଛିମିଛିକା ଫୁସ୍‌ମନ୍ତର ପଢ଼ି ତା'ର ଦୁଃଖକଷ୍ଟ ଘୁଞ୍ଚେଇ ଦେଉଥିଲି), ତାକୁ ସାନ କରିଦେବେ।

ଇଚ୍ଛା ହେଲା ସିନା, ତାକୁ ଡର ମାଡ଼ିଲା। କାରଣ ସେଇ ତରୁଣଦଳର ସଭ୍ୟ ହୋଇ ବସିଥିବା ମଣିଷଟିକୁ ସାନ ବୋଲି କହିବାକୁ ସାହସ ହେଲାନାହିଁ। ଶ୍ରୀ ବୀରେଶ୍ୱର ସାମନ୍ତ, ଇନ୍ଦ୍ରଧନୁ ମେଟାଲ୍ ଇଣ୍ଡଷ୍ଟ୍ରିଜ୍‌ର ସେଲସ୍ ମ୍ୟାନେଜର। ସେ ଯଦି ପ୍ରଶ୍ନ କରେ- ବାପା, ତୁମେ ଏଠି କ'ଣ କରୁଛ ? ମୋ ପାଖରେ ଯୌବନର ପାସ୍‌ପୋର୍ଟ ଅଛି ... ତୁମର ?

ଶେଷକୁ ଜୀବନବାବୁ ପଳାୟନ କରିବାକୁ ଚାହିଁଲେ। ହୁଏତ ପଳାୟନ କରିପାରି ଥାଆନ୍ତେ କିନ୍ତୁ କେଜାଣି କାହିଁକି ବୀରୁ ତାଙ୍କରି ଆଡ଼କୁ ଆସିଲା, ତାଙ୍କ ଡାହାଣ ପାଖରେ ବସିଥିବା ଗୋଟିଏ ପୋଡାମୁହାଁ ପ୍ରୌଢ଼କୁ କ'ଣ କହିବା ପାଇଁ ପାଟି ଫିଟାଇଲା ଏବଂ ତତ୍‌କ୍ଷଣାତ୍ ତାଙ୍କୁ ଦେଖିଲା। ମୁହୂର୍ତ୍ତଟିଏ ନିର୍ବାକ୍ ହୋଇ ଆଖିରେ ଆଖି ରଖିଲା ସେଇଠୁ କହିଲା –

ବା - ପା !

ଜୀବନବାବୁ କିଛି ଉତ୍ତର ଦେଇପାରିଲେ ନାହିଁ। କେବଳ ହସ ହସିଲେ ଏବଂ କାଳେ ପୁଅକୁ ଛୁଇଁପାରିବେ ବୋଲି ଦୁର୍ବଳତମ ହାତ ବଢ଼ାଇଲେ।

ପୁଅ କହୁଛି – ମୋର ହଠାତ୍ କାମ ପଡ଼ିଲା ... ଆଜି ସକାଳେ ଆସିଲି; କାଲି ସକାଳେ ଫେରିଯିବି ... ଜଣେ ବ୍ରଦର-ଅଫିସରଙ୍କ ସାଙ୍ଗରେ ଆସିଥିଲି, ବାଧ୍ୟ ହୋଇ ତାଙ୍କରି ଘରେ ଅଛି ...

କ'ଣ କହୁଛୁ କହି ଯା' ମୁଁ କିନ୍ତୁ କେବଳ ତୋର ମୁହଁକୁ ଦେଖୁଛି।

ଆମ ସମସ୍ତଙ୍କ ପରି ତେଲନାଳବୋଳା, ତରଳ ଗରଳରେ ଜଡ଼ସଡ଼। କଦର୍ଯ୍ୟ।

ମୁଁ ତୋର ମୁହଁକୁ ଦେଖୁଛି ବୀରୁ, ଅନେକ କଥା କହିବି ବୋଲି ବସିଛି, କିନ୍ତୁ କହିପାରୁ ନାହିଁ। ହେଲେ ତୁ ମୋ ପୁଅ ପରା ମୋତେ ଶୁଣିପାରୁ ନାହୁଁ। ତୁ ମୋର ପୁଅ, ମୋର ପାଠୁଆ ପୁଅ, ମୋର ବୁଦ୍ଧିଆ ପୁଅ, ମୋର ଯୋଗ୍ୟ ପୁଅ। କହିଲୁ - ଆମର ଦୁଃଖ କ'ଣ ?

ପୁଅ ଥଙ୍ଗ ଥଙ୍ଗ ହୋଇ କହୁଛି ମୁଁ ଚିତ୍ରାକୁ ନେଇ ଜୁଲାଇ ମାସରେ ଆସିବି, ମାସେ ରହିବି ମାଆଙ୍କୁ କହିଦେବେ ...

ହଁ, ତୁ ଆସିବୁ, ମୁଁ ଜାଣେ, ତୁ ନିଶ୍ଚୟ ଆସିବୁ। ଆମେ ବାପପୁଅ ଏକାଠି ଆନନ୍ଦ କରିବା .. (କିନ୍ତୁ ଉପାୟଗୁଡ଼ିକ ଠିକଣା ହୋଇପାରିଲା ନାହିଁ। ନାଲି ପତାକା ତଳେ ମାର୍କସ୍‌ଙ୍କୁ ଧରିବା ? କୀର୍ତ୍ତନ କରିବା ? ଗଛ ରୋଇବା ? ପୋଖରୀ ଖୋଳିବା ?) କିଛି ନ କରି ପାରିଲେ ଆମେ ଅନ୍ତତଃ ଏକାଠି ବସି ଏକା ଥାଳିରେ ଖାଇବା। ତୁ ଦହିମାଛ ବଡ଼ିଭଜା ଭଲପାଉ ପରା ! ନା, ନା, ତୁ ନୁହେଁ, ଚିତ୍ରା ଭଲପାଏ ତୁ କ'ଣ ଭଲପାଉ କହିଲୁ ... ସୁନା ପୁଅ, କହିଦେବୁଟି ?

■

ମନୋହର କାହାଣୀ

ମଣିଷ ଏତେ କଥା କହେ କାହିଁକି ?

ଜଗମୋହନ ଚୌଧୁରୀ ଦୁଃଖର ସହିତ ଭାବୁଥିଲେ। ଦୈନନ୍ଦିନ ଜୀବନର ଗହଳି ମଧ୍ୟରେ ଏପରି ଭାବନା ତାଙ୍କ ମନକୁ ଏକାଧିକବାର ଆସେ, କିନ୍ତୁ ସେଥିରେ ଥାଏ ବିରକ୍ତି, ଶାନ୍ତିର କାମନା। ଆଜି ପାହାଡ଼ କୋଳରେ ସପତ୍ନୀକ ଭ୍ରମଣ କଲାବେଳେ ଶାନ୍ତି ହାତକୁ ଆସିଛି। ତେଣୁ ଶୁଭୁଛି ଅଶାନ୍ତ, ପୃଥିବୀର ଅଗଣିତ ଟୁବ୍ ଟୁବ୍, ଟୁକ୍‌ଟାକ୍, କେଁ କାଁ, ଚେଁ ଚାଁ ଖସଖାସ (ଅନ୍ୟ କେଉଁ ଅଦୃଶ୍ୟ ଦମ୍ପତିର ଉଚ୍ଚହାସ ସେଇ ଧ୍ୱନିବିଶେଷର ଅଂଶପରି ଲାଗୁଛି) ମଣିଷ କେତେ ଉନ୍ନତ, ଅଗ୍ରଜ ଓ ସାବାଳାକ ବୋଲି ମନେ ହେଉଛି। ତାହାହେଲେ ମଣିଷ ପିଲାଙ୍କ ପରି ପାଟିକରି ବିଚରାମାନଙ୍କୁ ଶୁଣିପାରେ ନାହିଁ କାହିଁକି ? ସୃଷ୍ଟିରେ ଆପଣା ଷ୍ଟେଟସ୍ ଭୁଲିଯାଏ କାହିଁକି ?

ଦେଖ, ଆମେ ଦୁଇଜଣ ଏକାଠି ବାଟ ଚାଲୁଛୁ, ପ୍ରାୟ ପନ୍ଦର ମିନିଟ୍ ହେଲା ପରସ୍ପରକୁ ପଦେ କଥା କହିନାହୁଁ। କଥା କହୁଥିଲେ, କୁହୁଡ଼ି, ଟାଇଗର ହିଲ୍, ପାଇନ୍ ଗଛ ଇତ୍ୟାଦି ବିଷୟରେ ସାଧାରଣ ମନ୍ତବ୍ୟ କରିଥାଆନ୍ତୁ। କିଛି ନୂଆ କଥା କହି ନଥାନ୍ତୁ, କିଛି ଜଣାଇ ନଥାନ୍ତୁ। କଥାକୁହା ପୃଥିବୀରୁ ବାରି ନ ହୋଇ କେବଳ ଚେଁଚାଁ ହୋଇଥାଆନ୍ତୁ।

ଏଇ କେତେ ସୁନ୍ଦର ... କେବଳ ଦୁଇହଳ ଯୋତାର ମଚ୍‌ମଚ୍ ... ଯୁଗ୍ମ ଛୁଟିରେ ଅନୁଭବ ...

ଭଲ କରିଛି ସରମାକୁ ପୁରୀ କଟକ କେଉଁଠିକି, ବନ୍ଧୁବାନ୍ଧବ ମେଳକୁ ନ ନେଇ ଏଇ ପାହାଡ଼ କୋଳକୁ ନେଇ ଆସିଛି। ତା'ର ସ୍ୱାସ୍ଥ୍ୟ ଫେରିଯିବ, ସନ୍ଦେହ ନାହିଁ। ସରମାର ସ୍ୱାସ୍ଥ୍ୟଲାଭ ମୋର ସବୁଠାରୁ ବଡ଼ କର୍ତ୍ତବ୍ୟ।

– ନାଟୁର ନୂଆ ଗପ ପଢ଼ିଛ ?

– ନାଟୁ ? ମାନେ ଆମ ରାଜୁଭାଇଙ୍କ ପୁଅ ? ହଁ, ସେ କ'ଣ ଲେଖାଲେଖି କରେ ବୋଲି ମୁଁ ଶୁଣିଛି।

– ଆରେ, ସେ ଜଣେ ପ୍ରସିଦ୍ଧ ଲେଖକ ହୋଇଗଲାଣି ପରା !

– ଆଚ୍ଛା ? ହୋଇଥିବ ।

ଅନେକ ଛାଇମାନଙ୍କ ଉପରେ ଚଢ଼େଇ ଖେଳିଗଲେଣି । ନାଟୁକୁ ଏଥି ଭିତରକୁ ନ ଆଣିଲେ ଚଳନ୍ତା ନାହିଁ ? ଅନାବଶ୍ୟକ କଥା ବନ୍ଦକରି ଚଢ଼େଇ ଗଣିଲେ ହୁଅନ୍ତା ନାହିଁ ? ଜଗମୋହନ କଥାକୁ ଟପିବାପାଇଁ ଦ୍ରୁତଗତିରେ ଚାଲିବାକୁ ଲାଗିଲେ । ଯଥାକ୍ରମେ ସରମାଙ୍କ ମଚ୍‌ମଚ୍ ବଢ଼ିଲା, କିନ୍ତୁ କଥା ଛିଣ୍ଡିଲା ନାହିଁ ।

– ମୁଁ କ'ଣ ଜାଣିଥିଲି କି ? ମୋତେ ଶୁକା କହିଲା । କହିଲା ଯେ ନାଟୁ ତା'ର ନୂଆ ଗପରେ କୁଆଡ଼େ ଆମ କଥା ଲେଖିଛି ।

– ମାନେ ?

– କୁଆଡ଼େ ସେ ଲେଖିଛି ଯେ ଆମେ ଭଲ ପାଇବାର ସୀମା ଛୁଇଁନାହୁଁ । କାହିଁକି ନା କାହିଁକି ନା (ଚେଷ୍ଟିତ ହସ) ଆମେ କଳି କରି ଜାଣିନାହୁଁ ।

ସରମା କହିଦେଲେ, ଯାହା ଅନେକଦିନୁ ମନରେ ଖଳବଳ ହେଉଥିଲା । ଛୁଟିରେ ଦାର୍ଜିଲିଙ୍ଗ୍ ଆସିବା ପୂର୍ବରୁ ଥରେ କହିବେ ବୋଲି ବସିଥିଲେ, କିନ୍ତୁ ପାରିଲେ ନାହିଁ । କାଳେ ତାଙ୍କ ବକ୍ତବ୍ୟର ତୁଚ୍ଛତା ପ୍ରମାଣିତ ହୋଇଯିବ । ଆଜି ଦାର୍ଜିଲିଙ୍ଗ୍‌ର କୁହୁଡ଼ିଘେରା ବ୍ୟାପ୍ତି ମଧ୍ୟରେ ସେ କହିବାକୁ ସାହସ ପାଇଲେ । ସତେକି କଥାଟି ନିଜଠାରୁ ନିର୍ଗତ ହୋଇ ଛୁଟିର ବାଷ୍ପରେ ମିଳାଇଯିବ, ଫେରି ଆସିବ ନାହିଁ । ସ୍ୱାମୀ ହସିଦେବେ । କେବଳ ହସିଦେବେ ।

ଜଗମୋହନ ଚୌଧୁରୀଙ୍କର ସରୁ ଓଠ ଶବ୍ଦହୀନ ହସ ସେମିତି ଅଛି । ଯୌବନ ତାକୁ ବାନ୍ଧି ରଖି ପାରିନାହିଁ । କେମିତି ବାନ୍ଧି ରଖିବ ? ଯୌବନର କୁଣ୍ଟ କେଉଁଯାଏ, ଦଶବର୍ଷ, କୋଡ଼ିଏ ବର୍ଷ ନା ପଚାଶ ବର୍ଷ ?

ଜଗମୋହନ ହସିଲେ । ସରମା ଯଥାବିଧି ଗ୍ରହଣ କଲେ । ଇତର କୋଳାହଳ ଶୂନ୍ୟ ପ୍ରକୃତିମୁଖର ପ୍ରଭାତରେ ଏହି ଦାନ ଗ୍ରହଣର ଦୃଶ୍ୟ ଲିପିବଦ୍ଧ ହୋଇ ରହିଯାଇଥାନ୍ତା । ଏକାଧାରରେ ସରମା ମୁକ୍ତ ଏବଂ ସନ୍ତୁଷ୍ଟ ହୋଇ ଥାଆନ୍ତେ; କିନ୍ତୁ ଜଗମୋହନ ଫୁଲରେ ସିନ୍ଦୂର ମାଖିଲେ । କହିଲେ –

ଆଉ କାହାଠୁଁ କିଛି ଶୁଣିଛ, ନା ସେତିକିରେ ଶେଷ ?

ସେହିଠୁଁ ସେ ଗୋଟିଏ ପାଲିସ୍ ପଥର ଖଣ୍ଡକୁ ଗୋଡ଼ରେ ଅଳ୍ପ ଠୁକେଇ ଦେଇ ତଳକୁ, ଲତାଗୁଳ୍ମର ଗହ୍ୱରକୁ ଗଡ଼େଇ ଦେଲେ ।

ସରମା ମୁଣ୍ଡ ହଲାଇଲେ । ତୁଣ୍ଡରେ ନାହିଁ ବୋଲି କହିପାରିଲେ ନାହିଁ । କେବଳ ପଥର ଗଡ଼ିଗଲା ବୋଲି ନୁହେଁ, ସେ ସ୍ୱାମୀଙ୍କ ମୁହଁର ସୁସ୍ଥ ସତେଜ ମାଂସପେଶୀ ତଳେ ଗୋଟିଏ ପଥର ମୋଡ଼ି ହେଉଛି, କଷ୍ଟ ଦେଉଛି ବୋଲି ମନେକଲେ ।

କ୍ରୋଧ କାହାକୁ କହନ୍ତି ? କ୍ଳେଶ କାହାକୁ କହନ୍ତି ? ଦୁହିଁଙ୍କ ମଧ୍ୟରେ କିଛି ପାର୍ଥକ୍ୟ ଅଛି କି ?

ବାହାଘର ପରେ ସେଇ ପ୍ରଥମ ରାତି । ଅନେକ ଅନୂଢାଙ୍କର ଇପ୍‌ସିତ ସୁପୁରୁଷ ଜଗମୋହନ ଚୌଧୁରୀଙ୍କୁ ପାଇଛି, ଏଇ ଭାବଟିକୁ ସମ୍ମାନ ଦେବାକୁ ହେଲେ କ'ଣ କରିବାକୁ ହେବ ଭାବି ହେଉ ନଥିଲା । ନନି ଜଗମୋହନ ବାବୁଙ୍କ ସ୍ୱପ୍ନ ଦେଖିଥିଲା, ରେଣୁ ମିଛରେ କହିଥିଲା ଯେ ସେ ତାଙ୍କଠାରୁ ପ୍ରେମପତ୍ର ପାଇଛି, ବିଜୟାର ବାପା ଲକ୍ଷେ ଟଙ୍କା ଦେବେ ବୋଲି କହିଥିଲେ; କିନ୍ତୁ ସେ କେବଳ ମୋତେ ହିଁ ବାଛିଲେ । ମୁଁ ନନି ରେଣୁଙ୍କଠାରୁ ସୁନ୍ଦର ନୁହେଁ, ମୋର ବାପା ବଡ଼ଲୋକ ନୁହନ୍ତି, ତଥାପି ସେ ମୋତେ ବାଛିଲେ । କ'ଣ କରିବି ? ମୁଁ କିଛି କମ୍ ନୁହେଁ ବୋଲି ଗର୍ବରେ ଗୁମ୍ ହୋଇ ବସିବି ? ନା ତାଙ୍କ କୋଳରେ ଲୋଟିଯାଇ କହିବି... କହିବି କ'ଣ କହିବି ? ଧାତ୍ ମୋ ଦେଇ କିଛି ହେବ ନାହିଁ । ବୋଉ ମୋତେ ଖାଲି ଶୁକୁଟୀ, ଅଳସେଇ, ହୁଣ୍ଡୀ ବୋଲି ଖୁଣିଛି । ମୋର ଭଲ ଗୁଣ କ'ଣ ଅଛି ବୋଲି ଚିହ୍ନେଇ ଦେଇନାହିଁ । ମୋର ଉଚ୍ଚମନ, ମୋର ଶାନ୍ତ ସ୍ୱଭାବ, ମୋର କନକଚମ୍ପା ରଙ୍ଗ ଆଉ କେତେଜଣଙ୍କର ଅଛି ? ସେଇୟାକୁ ଦେଖି କ'ଣ ଜଗମୋହନ ବାବୁ ମୋତେ ବାହା ହୋଇନାହାନ୍ତି ! ତାହାହେଲେ କାହିଁକି ମୋତେ ଏମିତି ମାଡ଼ିପଡ଼ିଲା ପରି ଲାଗୁଛି ! ସବୁ ବୋଉର ଦୋଷ । ସେ ମୋତେ କେବଳ ଖୁଣୁଛି ... ମୋତେ ବଢ଼ିବାକୁ ଦେଇନାହିଁ ...

ଅସହାୟ ଆନନ୍ଦରେ ସରମା ଛଟପଟ ହେଉଥିଲେ । ବାସର ଶଯ୍ୟାର ତକିଆକୁ କ୍ଷଣପରେ ମୁଠେଇ ଧରି କ୍ଷଣକରେ ଫିଙ୍ଗି ଦେଇ ନିର୍ଜୀବର ଅପରାଗତା ପ୍ରମାଣ କରୁଥିଲେ । ଉତ୍କଣ୍ଠାର ପ୍ରହର କଟିଯାଉ ବୋଲି ଭଗବାନଙ୍କୁ ଡାକୁଥିଲେ ।

ଏହି ସମୟରେ ଜଗମୋହନ ବାବୁ ଆସିଲେ । କିଛି କଥାବାର୍ତ୍ତା ନ କରି ବସନଭୂଷଣ ଖୋଲିବାକୁ ଲାଗିଲେ । ଆଲୁଅଟିକୁ ମଧ୍ୟ ନିଭାଇଲେ ନାହିଁ । ବିଛଣାକୁ ଆସି ମୋର ଦେହ, ମୋର ବ୍ୟକ୍ତିତ୍ୱର ଉପରକୁ ଆସିଲେ । ମୋର ଦାୟିତ୍ୱ କଟିଗଲା, ଭଲହେଲା ବୋଲି ମୁଁ ମନେ ମନେ ଧନ୍ୟବାଦ ଦେଉଥିଲି । ଲାଜରେ ମୁହଁ ଲୁଚେଇ ତାଙ୍କର ସମସ୍ତଙ୍କୁ ସ୍ୱୀକାର କରିନେବି ବୋଲି ଭାବୁଥିଲି; କିନ୍ତୁ, କିନ୍ତୁ ସେ ପଚାରିଲେ ତୁମେ କ'ଣ ଚାହଁ ! ପୁଅ ନା ଝିଅ ! ଏଭଳି ପ୍ରଶ୍ନ ପଚାରିବେ ବୋଲି କିଏ ଜାଣିଥିଲା ? ବୋଉ ନା ମୋର ସାଙ୍ଗସାଥୀ କେହି କ'ଣ ତା'ର ଉତ୍ତର ବତେଇ ଦେଇଥିଲା ? ତେଣୁ ମୁଁ ଲାଜର ଓଢଣି ଖୋଲିଦେଲି । କପଟ ନ କରି ଯାହା ମନକୁ ଆସିଲା କହିଦେଲି । କହିଲି, ମୁଁ ପୁଅ ଚାହେଁ ନାହିଁ କି ଝିଅ ଚାହେଁ ନାହିଁ, ମୁଁ ତୁମକୁ ଗୋଟେପଣେ ଚାହେଁ ...

ତା'ପରେ ସେ ହସିବା ପୂର୍ବରୁ, ଯଥାବିଧି ପ୍ରେମକର୍ମ ସାରିବା ପୂର୍ବରୁ ମୁଁ ତାଙ୍କ ମୁହଁରେ କେମିତି ଗୋଟାଏ ଅଜାତିଆ ଭାବ ଦେଖିଲି। ସତେ କି ସେ କଷ୍ଟ ପାଇଲେ। ନା, ସେ ମୋ ଉପରେ ରାଗିଲେ।

ମୁଁ ତା'ର କାରଣ ବୁଝିପାରିଲି ନାହିଁ। ଭାବିଲି ଯେ ବୋଧହୁଏ ମିଣିପେ ବେଶି ଭଲ ପାଇବା ସହିପାରନ୍ତି ନାହିଁ। ଶିଶୁମାନଙ୍କ ପରି ଟିକିଏ ଅଧିକ କ୍ଷୀର ପାଇଲେ ତଣ୍ଟିରେ ଲାଗେ, ମୁହଁ ଲାଲ ହୋଇଯାଏ।

ସେହିଦିନଠାରୁ ମୁଁ ଭଦ୍ର ହୋଇଗଲି।

ମୁଁ ସ୍ଥିର କଲି ଯେ ଜଗମୋହନବାବୁ ସାଧାରଣ ଲୋକ ନୁହନ୍ତି। ସାଧାରଣ ପ୍ରେମିକ ନୁହନ୍ତି। ପ୍ରେମର ବାହୁଲ୍ୟ ତାଙ୍କୁ ପୀଡ଼ା ଦେବ। ପ୍ରେମର କୌଣସି ଫାଜିଲାମି ପାଗଳାମି ତାଙ୍କ ପାଖରେ ଚଳିବ ନାହିଁ। ମୁଁ ବୁଝିନେଲି। ନିଜକୁ କହିଲି ଯେ ମୁଁ ତାଙ୍କର ଯୋଗ୍ୟ ହେବି। ରେଣୁ ତା ସ୍ୱାମୀଙ୍କୁ ଆଦରବୋଳା ଅସଭ୍ୟ କଥା କହେ, ସବିତା ବିପରୀତ ରତିର ବାହାଦୂରୀ ନିଏ, ମିସେସ୍ ମିତ୍ର ତାଙ୍କ ସ୍ୱାମୀଙ୍କୁ କଥାକଥାକେ ଡାର୍ଲିଙ୍ଗ୍ ବୋଲି କହନ୍ତି ... ଥାଉ ମୋର ସେସବୁ ଲୋଡ଼ା ନାହିଁ। ମୋତେ ମୋ ବୋଉ କିଛି ଶିଖେଇ ନାହିଁ, ତୁମେମାନେ କିଛି ଶିଖେଇବା ଦରକାର ନାହିଁ। ଜଗମୋହନ ବାବୁ ମୋତେ ଶହକରେ ଗୋଟିଏ ବୋଲି ବାଛିଛନ୍ତି। ମୋ ପାଇଁ ସେ ଲକ୍ଷରେ ଗୋଟିଏ। ଆମେ ଦୁହେଁ ନିଆରା।

ମୁଁ ଦିନରେ କେତେ ବହି, ମ୍ୟାଗାଜିନ୍ ପଢ଼ିଲି। ରାତିରେ ନୀରବରେ ଶୋଇଲି। ସେ ମୋତେ ନେଉଥିଲେ- ପ୍ରଥମେ ହପ୍ତାକୁ ଥରେ, ତା'ପରେ ମାସକୁ ଥରେ ଅଧେ, ତା'ପରେ କେତେବେଳେ କେମିତି। ମୁଁ ତାଙ୍କୁ ପୁଣି କେବେ ମିଳନ ମୁହୂର୍ତ୍ତରେ କଷ୍ଟ ପାଇବାର କିମ୍ବା ରାଗିବାର ଦେଖି ନାହିଁ।

ସେ ସବୁବେଳେ ମୋର ଯତ୍ନ ନେଇ ଆସିଛନ୍ତି। ସେ ଆସିଷ୍ଟାଣ୍ଟ ଇଂଜିନିୟର୍ ଥିଲାବେଳେ ମୁଁ ତାଙ୍କୁ ବାହା ହୋଇଥିଲି, ସେ ଆଜି ଚିଫ୍ ଇଞ୍ଜିନିୟର ହେଲେଣି। ସେତେବେଳେ ତାଙ୍କର ବଡ଼ପଣ ଯେମିତି ଥିଲା, ଆଜି ସେମିତି ଅଛି। ସେତେବେଳେ ମୋର ସେବା ଯତ୍ନ ପାଇଁ ଗୋଟିଏ ଚପରାସି ଓ ଗୋଟିଏ ଚାକରାଣୀ ଖଞ୍ଜି ଦେଇଥିଲେ, ଆଜି ମଧ୍ୟ ସେଇୟା ଏବଂ ଆଜି ଆମେ ପୂର୍ବପରି ଡ୍ରଇଙ୍ଗରୁମ୍‌ରେ କିମ୍ବା ଡାଇନିଙ୍ଗ୍ ରୁମରେ ସାହିପଡ଼ିଶା ଦେଶ ବିଦେଶରେ କେତେ ଖବରଅନ୍ତର ପରସ୍ପରକୁ ଶୁଣାଉ। ସେ ଅଳ୍ପ କଥା କହନ୍ତି। ମୁଁ ଅନ୍ୟ ସ୍ତ୍ରୀମାନଙ୍କ ପରି ବକର ବକର ହୁଏନାହିଁ। ମୁଁ ହସେ, ସେ ହସନ୍ତି। ମୁଁ ତାଙ୍କ ହସକୁ ସେମିତି ମୁଗ୍ଧ ହୋଇ ଚାହିଁ ରହେ।

ମୁଁ ରାତିରେ ନୀରବରେ ଶୁଏ। ଅନେକ ବର୍ଷ ହେଲାଣି ସେ ମୋତେ ନେଇ ନାହାନ୍ତି, ଛିଃ, ଦେହଟାକୁ ନେଇ କେତେଦିନ ପ୍ରେମ କରିହେବ।

ଏହିପରି ଭାବରେ ଯୁଗ୍ମ ଜୀବନ ବୃତ୍ତାନ୍ତ ସରମାଙ୍କ ମନରେ ଖେଳିଗଲା ଏବଂ ସେ ଦୁଃଖକଲେ ଯେ, ସେ ଅକାରଣରେ ନାଟୁ କ'ଣ ଲେଖିଲା ନ ଲେଖିଲା, ଶୁକା କ'ଣ ବୁଝିଲା ନ ବୁଝିଲା ତା'ର ପ୍ରଶ୍ନ ଉଠାଇ ସ୍ୱାମୀଙ୍କ ମନରେ କ୍ଷଣିକ କଷ୍ଟ ଉପୁଜାଇଲେ ।

ଛାଡ଼, ମୁହୂର୍ତ୍ତ କଟିଯିବ । ଆମେ ଆମର କଟେଜ୍ 'ମେଘମାଳା'କୁ ଫେରିଯିବା । ଦାର୍ଜିଲିଙ୍ଗ୍ ସ୍ପେଶାଲ ଚା'ରେ ଚୁମୁକି ଦେଇ ଆରାମ ଚଉକିରେ ଆଉଜି କାଞ୍ଚନ ଜଙ୍ଘାର ଶୁଭ୍ର ସୁନ୍ଦର ଚୂଡ଼ାଟି କେବେ ଦେଖିବାକୁ ମିଳିବ ବୋଲି ଅନେଇ ବସିବା... ମଝିରେ ମଝିରେ ପୃଥିବୀର ଲୋକମାନଙ୍କୁ ହେଜିବା କାଲି ସେ ଯେଉଁ ନେପାଳୀ ଭାଷା ଆନ୍ଦୋଳନ କଥା କହୁଥିଲେ, ମୁଁ ସେଥିରେ କେତୋଟି ନୂତନ ଦିଗର ସନ୍ଧାନ ଦେଇ ପାରିବି, ଯାହା ମୁଁ ଆଜି ଗୋଟିଏ ବଙ୍ଗଳା କାଗଜରେ ପଢ଼ିଛି ।

ମୁଁ ପ୍ରକୃତପକ୍ଷେ ତାଙ୍କ ସାଥୀ ହୋଇପାରିଛି । ସରମା ନିଜକୁ ଦୋହରାଇଲେ । କାରଣ ଆମେ କେବଳ ଦୁଇଜଣ, ଆମ ମଝିରେ ଆଉ କେହି ନାହିଁ । ଏତିକି ନାଟୁ ମୁଣ୍ଡରେ ପଶିଲା ନାହିଁ କାହିଁକି ? ସାଥୀମାନେ କ'ଣ କେବେହେଲେ କଳି କରନ୍ତି, ଆମ୍ପୁଡ଼ା ଆମ୍ପୁଡ଼ି ହୁଅନ୍ତି ? କାହିଁକି ? କାହାକୁ ନେଇ ?

ସେମାନେ ଦାର୍ଜିଲିଙ୍ଗ୍‌ର ଏକ ଉଚ୍ଚତମ ଭୂଇଁରୁ ତଳକୁ ଖସୁଥିଲେ । ସରମାଙ୍କର ମନେହେଲା ଯେ ଯେଉଁ ପାଲିସ୍ ପଥର ଖଣ୍ଡକୁ ସ୍ୱାମୀ ଗୋଡ଼ରେ ଠୁକେଇ ତଳକୁ ଛାଡ଼ି ଦେଇଥିଲେ, ସେଇ ଗୋଟାକ ସାମନାରେ ବୁଦାମୂଳରେ ଜାକିଜୁକି ହୋଇ ବସିଛି । ତାଙ୍କର ଇଚ୍ଛାହେଲା ଯେ ସ୍ୱାମୀଙ୍କୁ ଅନୁସରଣ କରି ସେ ପୁଣି ତାକୁ ଗୋଇଠାଏ ମାରି ରସାତଳକୁ ଛାଡ଼ିଦେବେ । ଶେଷଥର ପାଇଁ କଥା ଛିଣ୍ଡିଯିବ । ନାଟୁର ଅବସାନ ହେବ ।

ଏହି ସମୟରେ କେଉଁଠୁ ଗୋଟାଏ ନାଲିଆ ବଲ୍ ନାଚି ନାଚି ତଳକୁ ଗଡ଼ିଆସିଲା ଓ ଉପରକୁ ବାଳିକା କଣ୍ଠର ପାଟି ଶୁଭିଲା ।

ଇ-ଇ-ଇ- ଗଲା, ଗଅଲା –

ତା'ପରେ – ହେଇ, ମୋ ବଲ୍‌ଟା ଆଣିଦେବ ?

ସରମା ଜଗମୋହନ ଉପରକୁ ଫେରି ଚାହିଁଲେ । ସରମା ଦେଖିଲେ ଗୋଟିଏ ନଅ ଦଶବର୍ଷର ଝିଅ, ବଡ଼ ବଡ଼ କଳା ଆଖି ଓ ମୁହଁକୁ ଘେରି ଫୁଲି ଉଠିଥିବା କୃଷ୍ଣ କେଶର ସମ୍ଭାର । ସତେକି ପ୍ରକୃତିର ଗୋଟିଏ ବିରାଟ ପଦକ୍ଷେପ । ଦେଖିବାକୁ ପଡ଼ିବ, ମାନିବାକୁ ପଡ଼ିବ, ବାଛିବା ଅନାବଶ୍ୟକ ।

ପ୍ରଥମ ଦେଖାରେ ସରମାଙ୍କର ମନେ ହେଲା, ଏ ଝିଅ ମୋ ପରି ନୁହେଁ ।

ଇଏ ସବୁଦିନେ ଉଚ୍ଚ ଭୂଇଁରେ ଛିଡ଼ା ହୋଇ ଆଦେଶ କରିପାରିବ ଓ ତା' କଥା ସମସ୍ତେ ମାନିବେ।

ଜଗମୋହନ ଖଣ୍ଡେବାଟ ତଳକୁ ଓହ୍ଲାଇଯାଇ ବଲ୍‌ଟିକୁ ଉଦ୍ଧାର କରି ଆଣିଲେ ଓ ହାତରେ ଧରି ଝିଅକୁ ଡାକ ଛାଡ଼ିଲେ।

- ମୁଁ ବଲ୍ ଫେରାଇ ଦେଲେ, ମୋତେ କ'ଣ ଦେବୁ ?

- ହିଁ ହିଁ ଶୁଭ୍ର ଦନ୍ତପଙ୍‌କ୍ତି ବିଶିଷ୍ଟ ଆନୁନାସିକ ହସ; ଅର୍ଥାତ୍ କି ନିରର୍ଥକ ପ୍ରଶ୍ନ ! ପାଇଲେ ସତେ ଯେମିତି କିଛି ଦେବାକୁ ହୁଏ !

- ତୋ ନାଁ କ'ଣ ?

- ମନିକା।

- ତୁ କେଉଁଠି ଥାଉ ?

- କାଞ୍ଚନମାଳା, ରବର୍ଟ ରୋଡ୍।

ସରମା ଜଗମୋହନ ଦୁହିଁଙ୍କ ଚାହାଣି ବିସ୍ଫାରିତ ହୋଇଗଲା।

ମେଘମାଳା ଓ କାଞ୍ଚନମାଳା। ପାଖାପାଖି ଯୋଡ଼ିଏ କଟେଜ୍। ଶୁଣାଯାଏ ଜଣେ ଭଦ୍ରଲୋକ ଏଇ ଦୁଇଟି ଏକାନ୍ତ ନୀଡ଼ର ସ୍ଥାପନା କରିଥିଲେ, କିନ୍ତୁ ଭୋଗକରି ପାରିଲେ ନାହିଁ। ଦ୍ୱିତୀୟ ନୀଡ଼ଟି କାହାପାଇଁ ରଚିଥିଲେ, ତାହା ମଧ୍ୟ ବୁଝାଗଲା ନାହିଁ। ବର୍ତ୍ତମାନ ଯୋଡ଼ିକଯାକ ଟୁରିଷ୍ଟମାନଙ୍କ ସାମୟିକ ଆନନ୍ଦ ପାଇଁ ନିର୍ଦ୍ଦିଷ୍ଟ। ତେଣୁ ମେଘମାଳା ଓ କାଞ୍ଚନମାଳା ପରସ୍ପରକୁ ଚିହ୍ନନ୍ତି ବୋଲି କିଏ କହିବ ?

- ଭେରି ଗୁଡ୍। ମୁଁ ତାହାହେଲେ ତୋ ଘରକୁ ଆସିବି।

- ହିଁ ହିଁ ... ଆସୁନ !

ପିଲାଟି ଭାରି କଉତୁକିଆ ହୋଇଛି, ନୁହେଁ ? ଜଗମୋହନ କହିଲେ। ସରମା ହଁ ଭରିଲେ।

ସେଦିନ ସନ୍ଧ୍ୟାବେଳେ ଦୁହେଁ କାଞ୍ଚନମାଳା କଟେଜ୍‌କୁ ଗଲେ। ସରମା ଲକ୍ଷ୍ୟକଲେ ଯେ ଦୁଇଟି କଟେଜ୍‌ର ଗଠନଶୈଳୀ ପ୍ରାୟ ସମାନ ହେଲେ ମଧ୍ୟ ବ୍ୟଞ୍ଜନା ଭିନ୍ନ। କାଞ୍ଚନମାଳାର ଦେହକୁ ଲାଗି କେତେ ନାଲି ଟୁକୁଟୁକୁ ଗୋଲାପଫୁଲ। ମେଘମାଳାରେ କାହିଁ ? ମେଘମାଳାର ଚାରିପାଖରେ କେବଳ ଲମ୍ବା ଦାଢ଼ୁଆ ଗଛମାନ ଉଠିଛି। ପାଇନ୍ ନୁହେଁ କି ପପଲାର୍ ନୁହେଁ। ତା'ଛଡ଼ା କାଞ୍ଚନମାଳା ମୋତେ ଓଦାଳିଆ ଲାଗୁଛି, ସତେକି ମେଘମାଳାର ଗୁରୁଗମ୍ଭୀର ମେଘ ଏଇଠିକି ଆସି ତରଳିଯାଇଛି, ନିଜକୁ ବିନ୍ଦୁ ବିନ୍ଦୁ କରି ସଅଁପି ଦେଇଛି। ଏଇ କଟେଜ୍‌ରେ କ'ଣ ଭଦ୍ରଲୋକଙ୍କ ସାଥୀ ରହିବେ ବୋଲି କଥା ହୋଇଥିଲା ? ସାଥୀମାନେ କିଏ ? ପ୍ରେୟସୀ ?

ଆଗନ୍ତୁକମାନଙ୍କୁ ଦେଖି ମନିକା ତା'ର ବାପା ମାଆଙ୍କୁ ଡାକି ଆଣିଲା, କହିଲା – ଏଇ ଅଙ୍କଲ୍ ଜଣକ ମୋ ବଲ୍ ଆଣି ଦେଇଥିଲେ। ହିଁ ହିଁ ... (ଜଗମୋହନବାବୁଙ୍କ ଆଡ଼କୁ ତଳେଇ କରି ଚାହିଁ) ନୁହେଁ?

ଝିଅଟା ଫୁଲେଇ, ସନ୍ଦେହ ନାହିଁ। ହଉ, ହଉ, ଆଉ କେତେଦିନ ଏମିତି ଫୁଲେଇ ହୋଇ ରହିବ? ବାହା ହୋଇଗଲେ ବଳେ... କିନ୍ତୁ ସେ କେବଳ ଫୁଲେଇ ନୁହେଁ, ଉଦଣ୍ଡୀ ... ଦେଖୁନା କେମିତି ବାପ ବସିଥିବା ଚଉକି ଉପରକୁ ହାମୁଡ଼େଇ ପଡ଼ି କ'ଣ ବଡ଼ ବଡ଼ ହେଉଛି? ଏମାନେ ତାକୁ ସ୍ପଏଲ୍ କରି ଦେଇଛନ୍ତି। ମୋର ଝିଅ ହୋଇଥିଲେ –

ସରମା ମନିକାର ଭାବଭଙ୍ଗୀ ଉପରେ ମନେ ମନେ ଏହିପରି ଟିପ୍ପଣୀ ଦେଉଥିଲେ; କିନ୍ତୁ ପରମୁହୂର୍ତ୍ତରେ କ୍ଷମା କରି ଦେଉଥିଲେ। ଯେତେବେଳେ ବାପା ଶ୍ରୀଯୁକ୍ତ ଚଟ୍ଟୋପାଧ୍ୟାୟ ତାଙ୍କର ଅବିମିଶ୍ରିତ ସ୍ନେହସୁଧା ବୋଳି ଦେଉଥିଲେ ଏବଂ ଜଗମୋହନ ନିଜର ଯଥେଷ୍ଟ ଦେବାକୁ ଭୁଲୁ ନଥିଲେ, ସରମା ମଧ୍ୟ ସହାସ୍ୟ ବଦନରେ ଯଥାଯୋଗ୍ୟ ଯୋଡ଼ି ଦେଉଥିଲେ। ଚଟ୍ଟୋପାଧ୍ୟାୟ କହୁଥିଲେ, -ମନି ଦଣ୍ଡେ ହେଲେ ଘରେ ରହୁନାହିଁ, ସେ ଚାହେଁ ଦାର୍ଜିଲିଙ୍ଗ୍‌ର ଯେତେକ ଗଛ, ପତ୍ର, ଫୁଲଫଳ, ଜୀବଜନ୍ତୁ ସବୁ ଚିହ୍ନି ରଖିବ। ଏଇ କେତେଦିନ ଭିତରେ ପିଲାଟା ନ ଖାଇ ନ ପିଇ ଶୁଖିଗଲାଣି। ଜଗମୋହନ କହୁଥିଲେ- ତାକୁ ମୋ ପାଖରେ ପ୍ରତିଦିନ ତିନି ଚାରିଘଣ୍ଟା ଛାଡ଼ିଦିଅନ୍ତୁ। ମୁଁ ତାକୁ ଯେତେକ ଜୁଲୋଜି, ବଟାନି ଶିଖେଇ ଦେବି। ଆଉ ତା'ର ଗାଲ ଦି'ଟା ଲେପଚା ଝିଅଙ୍କ ଭଳି ଲାଲ ଲାଲ କରିଦେବି। ସରମା ଯୋଡ଼ି ଦେଉଥିଲେ ଯେତେକ ପାହାଡ଼ ଅଛି, ମୁଁ ତାକୁ ସବୁ ଚିହ୍ନେଇ ଦେବି। ଇତ୍ୟାଦି।

ଜଣା ପଡ଼ିଲା ଯେ ମନିକା ବାପାମାଆଙ୍କର ଏକମାତ୍ର ସନ୍ତାନ। ବାପା ବ୍ୟବସାୟ ସୂତ୍ରରେ ଦାର୍ଜିଲିଙ୍ଗ୍ ଆସିଛନ୍ତି, ଦିନସାରା ବ୍ୟସ୍ତ ରହୁଛନ୍ତି, ମାଆଙ୍କୁ ବିଶେଷ ଚଲାବୁଲା କରିବାପାଇଁ ମନା, ତେଣୁ ମନିକାକୁ କିଛି ସମୟ ସମ୍ଭାଳି ନେଲେ, ସେମାନେ ଉପକୃତ ହେବେ।

ସରମାଙ୍କ ମନରେ ଗୋଟିଏ ପ୍ରଶ୍ନ ଉଦିତ ହେଉଥିଲା, ଦାର୍ଜିଲିଙ୍ଗ୍‌ରେ ଏଇ ଝିଅର ସମବୟସୀ କ'ଣ କେହି ନାହାନ୍ତି? ତା'ର ବାପା ମାଆଙ୍କର କ'ଣ କେହି ବନ୍ଧୁ ବାନ୍ଧବ ନାହାନ୍ତି? ଯାହାଙ୍କ ପିଲାଝିଲା ତା'ରି ବୟସର ହୋଇଥିବେ, ଯେଉଁମାନଙ୍କ ସାଙ୍ଗରେ ସେ ମନଖୋଲି ଖୁସିଗପ କରିପାରିବ, ଖେଳି ବୁଲିପାରିବ? କେବଳ ପଡ଼ୋଶୀ ହୋଇଥିବା ହେତୁ କ'ଣ ଆମପରି ଦି'ଜଣ ବୟସ୍କ ସ୍ୱାମୀ-ସ୍ତ୍ରୀଙ୍କ ସଙ୍ଗରେ ତା'ର ଭୂଗୋଳ, ବଟାନି, ଜୁଲୋଜି ଶିଖିବା ଦରକାର?

କାଞ୍ଚନମାଳାକୁ ନ ଆସିଥିଲେ ସରମା-ଜଗମୋହନ ମାଲକୁ ବୁଲିଯାଇଥାଆନ୍ତେ। ଅନ୍ଧାର ହୋଇଗଲା, ସନ୍ଧ୍ୟାବିହାର ସମ୍ଭବ ହେଲାନାହିଁ।

ଜଗମୋହନ ସେହି ଦିନ ମନିକାର ବିଦ୍ୟାରମ୍ଭ କରିବେ ବୋଲି ସ୍ଥିର କଲେ। ଚଟ୍ଟୋପାଧ୍ୟାୟଙ୍କୁ ଅନୁରୋଧ କରି କହିଲେ – ମନିକା ଆଜି ଆମ ଘରେ ଡିନର ଖାଇବ, ଆପଣଙ୍କର ଯଦି କିଛି ଆପତ୍ତି ନଥାଏ। ମୁଁ ଆଜି ତାକୁ ପାଠ ପଢ଼େଇବି। କାଲି ସକାଳେ ପାଠପଢ଼ାର ବସ୍ତୁ ଚିହ୍ନେଇଦେବି। କ'ଣ କହୁଛନ୍ତି ?

ଚଟ୍ଟୋପାଧ୍ୟାୟ ହାଇ ମାରିଲେ। ରାଜି ହୋଇଗଲେ।

ସରମା ଚଟ୍ଟୋପାଧ୍ୟାୟଙ୍କ ସ୍ତିମିତ ସମ୍ମତିକୁ ଦେଖିଲେ। ବୟସ ବଢ଼ିଲେ କ'ଣ ସନ୍ତାନ ପ୍ରେମରେ କ୍ଳାନ୍ତି ଆସିଯାଏ ?

କିନ୍ତୁ ୟାଙ୍କର ଏତେ ଆଗ୍ରହ କାହିଁକି ? ଦିନେ ଦୁଇଦିନ ମନିକାକୁ ପାଖରେ ପାଇଲେ ...

ମିଛକଥା, ସେ ପିଲା ଚାହିଁନାହାନ୍ତି। ପ୍ରଥମ ଦିନ ରାତିରେ ମୁଁ ଯାହା କହିଥିଲି, ସେଥିରେ ପ୍ରେମର ବାହୁଲ୍ୟ ଛଡ଼ା ଆଉ କିଛି ନଥିଲା। ତା'ପରେ ମୁଁ କେତେଥର ପ୍ରକାରାନ୍ତରେ ଜଣାଇ ଦେଇଛି ଯେ ଆମ ପ୍ରେମର ସନ୍ତକ ରୂପେ ସାନ ପ୍ରାଣୀଟିଏ ଆସିଲେ ମନ୍ଦ ହୁଅନ୍ତାନାହିଁ। ସେ ଶୁଣି ନ ଶୁଣିଲା ପରି ରହିଛନ୍ତି। ଅଧିକନ୍ତୁ ମୋତେ ନ ପଚାରି ସେଇ ଅଚ୍ଛସ୍ୱଚ୍ଛ ମିଳନଗୁଡ଼ିକୁ ମୋଟା ରବର ଖୋଳରେ ବାନ୍ଧି ଦେଇଛନ୍ତି। ଥରେ ଗୋଟିଏ ଦୁର୍ଘଟଣା ଘଟିଲା, ଖୋଳ ଛିଣ୍ଡିଗଲା। ଓଃ ! ସେହିଠୁଁ ତାଙ୍କର କି ମନସ୍ତାପ ! କି ଅସ୍ଥିର ପଦାଚରଣ ! ରବର ଖୋଳ ବ୍ୟବସାୟୀମାନଙ୍କ ପ୍ରତି କି କଠୋର ବାକ୍ୟବାଣ।

ବେଳେବେଳେ ମୋ ମନରେ ସନ୍ଦେହ ହୋଇଛି। ସେ କ'ଣ ମୋଠାରୁ ପିଲା ଚାହାନ୍ତି ନାହିଁ ? ଆଉ କାହାକୁ ବାହା ହୋଇଥିଲେ ସେ କ'ଣ ବାପା ହେବାକୁ ମନ କରିଥାଆନ୍ତେ ?

ସନ୍ଦେହ ନିମିଷକରେ ମିଳାଇ ଯାଇଛି। ସେ ଆଉ କାହାକୁ ଭଲପାଇ ନାହାନ୍ତି। ମୁଁ ହାତ କାଟି ଲେଖି ଦେଇପାରିବି। ଏଇଥିପାଇଁ ଲେଖିଦେଇ ପାରିବି ଯେ ସେ ନୀତିବାନ୍। ସେ ଅବାଟରେ ଯିବା ପାଇଁ ଘୃଣା କରନ୍ତି।

ତା'ଛଡ଼ା ମୁଁ ଜାଣେ ସେ ମୋତେ ଭଲପାଆନ୍ତି। ସାଧାରଣ ଫିଙ୍ଗାଫିଙ୍ଗି ରୁଷାରୁଷି ଭଲ ପାଇବା ନୁହେଁ। ଏକାଠି ଚାଲିବା, ମୁହଁଯୋଡ଼ି ଗପିବା, ପାଖାପାଖି ଶୋଇବାର ଭଲ ପାଇବା। ଦୁଇ ପ୍ରାଣୀ-ଦ୍ୱି। ସେଥିରେ କୁତ୍ସିତର ବିନ୍ଦୁବିସର୍ଗ ନାହିଁ। ...ନାଟୁ ମହା ନିର୍ବୋଧ।

ନାଟୁକୁ ପୁନର୍ବାର ନିର୍ବାସିତ କରି ସରମା ମନିକାର ହାତ ଧରିଲେ। ଛୁଟିରେ ଦି'ଦିନିଆ ବାତ୍ସଲ୍ୟ ଉତୁରି ପଡୁ -କ୍ଷତି କ'ଣ? ଯେ ବି' ଗୋଟିଏ ଚେଞ୍ଜ!

... ଯଥାକ୍ରମେ ମନିକା ମେଘମାଳାକୁ କିଣିନେଲା। ଯେଉଁ ଦୁଇଘଣ୍ଟା ରହିଲା ତା'ରି ଭିତରେ କଟେଜ୍‌ର କାର୍ପେଟରୁ ଆରମ୍ଭ କରି ଫାୟାରପ୍ଲେସ ପର୍ଯ୍ୟନ୍ତ, ସରମା ଜଗମୋହନଙ୍କ ଯୋଡ଼ିଫଟୋରୁ ଆରମ୍ଭ କରି ଭୃତ୍ୟ ଭରତର ଓହଳି ପଡିଥିବା ନିଶ ପର୍ଯ୍ୟନ୍ତ ସବୁଥିରେ ନିଜର ମାଲିକାଣିପଣ ବ୍ୟକ୍ତ କଲା। ଏମିତି କ'ଣ ହୋଇଛି ମ ଭଲ ଦେଖା ଯାଉନାହିଁ ... ଏମିତି କରିନିଅ ଇତ୍ୟାଦି। ଦୁଷ୍ଟ ଟୋକୀ, ଯୋଡ଼ି ଫଟୋକୁ ଦେଖି କହିଲା କ'ଣ ନା – ହିଁ ହିଁ, ତମେ ଦୁଇଜଣ ବାପ ମାଆଙ୍କ ପରି ଦେଖାଯାଉ ନାହଁ।

ଜଗମୋହନ ତା'କଥାରେ ବାରମ୍ବାର ହସିଲେ, ଏଭଳି ସଶବ୍ଦ ହସ ସେ ପ୍ରାୟ ହସନ୍ତି ନାହିଁ। ତା'ର ଚଞ୍ଚଳ ଗତିକୁ ଅନୁସରଣ କରି ଧାଇଁଲା ପରି ହେଲେ। ଶେଷକୁ ତାକୁ କୋଳରେ ବସେଇ ପାଠ ପଢ଼େଇଲେ।

ଅଦ୍ଭୁତ ମଣିଷ, ମୋତେ ଝିଅଟାର ପାଖ ମାଡ଼ିବାକୁ ଦେଉନାହାନ୍ତି! ମୋ ପାଖରେ ଛାଡ଼ିଦେଲେ ମୁଁ କ'ଣ ତା'ର ଯତ୍ନ ନେଇପାରିବି ନାହିଁ? ନା ରୀତିମୁତାବକ ଗେହ୍ଲା କରିପାରିବି ନାହିଁ? ସରମା ସ୍ୱାମୀଙ୍କ ବାଚାଳତା ଦେଖି ମୃଦୁ ମୃଦୁ ହସିଲେ। କିନ୍ତୁ ପାଠ ପଢ଼େଇଲା ବେଳେ ସରମା ନିଜର ବିଶିଷ୍ଟତାକୁ ଦର୍ଶାଇ ପାରିଲେ। ଯେତେବେଳେ ମନିକା ପଚାରିଲା, ଦାର୍ଜିଲିଙ୍ଗ୍‌ର ମାନେ କ'ଣ, ଜଗମୋହନ ଥତମତ ହେଲେ। ଅଥଚ ସରମା ନିଃସଂଗରେ କହିଲେ – ଶୁଣ୍ ଲେପଚା ଭାଷାରେ ଦୋର୍ଜେ ମାନେ ହେଉଛନ୍ତି ଇନ୍ଦ୍ରଙ୍କ ବଜ୍ର, ଲିଙ୍ଗ ମାନେ ସ୍ଥାନ। ଏଇଠି ବଜ୍ର ତିଆରି ହୋଇ ପୃଥିବୀକୁ ପଠାଯାଏ ... ବୁଝିଲୁ?

ଚଞ୍ଚଳ ଝିଅ ମୁହୂର୍ତ୍ତକ ପାଇଁ ମୂକ ପାଲଟି ଗଲା। ସରମା ଏକ ଅହେତୁକ କୃତିତ୍ୱ ଅନୁଭବ କଲେ।

ଏବଂ ସରମା ତା'ଆଖିରେ ମୋହନ ଭୀତିର ସଂଚାର ଦେଖିପାରିଲେ। ତାଙ୍କର ମନେ ହେଲା ଯେ ଏଭଳି ଯେଉଁ ଝିଅମାନେ ବଞ୍ଚିବାର ଆନନ୍ଦରେ ଉଛୁଳି ଉଠନ୍ତି, ଧରାକୁ ସରା ମନେକରି ମୁଠେଇ ଧରନ୍ତି, ସେଇମାନେ ହିଁ ସବୁଠାରୁ ଡରନ୍ତି କାଳେ ସରାଟି ଫାଟିଯିବ। ଅକାରଣ ଆନନ୍ଦ ମରିଯିବ, ଛଟ୍‌କିନି ମରିଯିବ।

ତତ୍‌କ୍ଷଣାତ୍ ମନିକାର ଉଚ୍ଛ୍ୱସିତ ଉଚ୍ଚ ହସରେ ସରମା ଚମକି ପଡ଼ିଲେ। ସତେକି ସେ କହୁଛି – ରଖ ତୁମ ବୁଢ଼ୀମା ଗପ। ତୁମରି ପରି ସ୍ତ୍ରୀମାନଙ୍କ ପାଇଁ ଏଠି ବଜ୍ର ତିଆରି ହୁଏ। ଆମ ପରି ଝିଅମାନଙ୍କ ପାଇଁ ଏଠି ଲୀଳାକମଳ ତିଆରି ହୁଏ, ଯାହାକୁ

ଛିଣ୍ଡାଇଆଣି ଆମେ ଯୁଆଡ଼େ ବୋଲି ସିଆଡ଼େ ଫିଙ୍ଗି ଦେଇ ପାରିବୁ। କାହାର ନାକରେ ବାଜୁ କାନରେ ବାଜୁ ଆମର କ'ଣ ଯାଉଛି ?

ଜଗମୋହନ ତା' ହସରେ ହସ ମିଳାଇଲେ। ସରମା ପ୍ରଥମଥର ପାଇଁ ସେମାନଙ୍କ ଆହ୍ଲାଦରେ ଯୋଗ ଦେଇପାରିଲେ ନାହିଁ। କିଞ୍ଚିତ ଚେଷ୍ଟା ମଧ୍ୟ କରିପାରିଲେ ନାହିଁ। ସେହିଦିନ ରାତିରେ ସ୍ୱାମୀଙ୍କ ଶୋଇବା ପରେ ସରମା ବିଛଣାରୁ ଉଠି ଆସିଲେ, ଝରକାରୁ ଅଦୃଶ୍ୟ କାଞ୍ଚନଜଙ୍ଘାକୁ ଦେଖିବାକୁ ଚାହିଁଲେ। କହିବାକୁ ଗଲେ ସେ ଦାର୍ଜିଲିଙ୍ଗ୍‌ର ଉତ୍ତୁଙ୍ଗ ପରିମାପରେ ନିଜକୁ କଳିବାକୁ ଚାହିଁଲେ। କହିଲେ ମୁଁ ହିଂସ୍ର ନୁହେଁ, କିନ୍ତୁ ହିଂସ୍ର ହୋଇ ପାରିବି। ମୁଁ ତାଙ୍କ ଆଦର୍ଶ ସାଙ୍ଗରେ ତାଳ ନ ଦେଇ ହୀନ ନୀଚ ହୋଇପାରିବି। ଏତିକି ଜାଣିଲେ ମୁଁ ହାଲୁକା ହୋଇଯିବି, ଶାନ୍ତିରେ ଶୋଇପାରିବି।

ମନିକାର ହସ ଯେତେ ବାଧି ନଥିଲା ସ୍ୱାମୀଙ୍କର ପ୍ରଶଂସା ତା'ଠାରୁ ଅଧିକ କଷ୍ଟ ଦେଲା। ସେ କହିଲେ – ତୋ ଆଣ୍ଟି ପୃଥିବୀର ଯେତେକ ରହସ୍ୟ ଯେତେକ ନ ଜାଣିବା କଥା, ସବୁ ଜାଣନ୍ତି। ତୁ ଗୋଟାଏ କଥା କର, ଏଣିକି ମୋ ସାଙ୍ଗରେ ଖେଳିବୁ ତାଙ୍କଠାରୁ ପାଠ ଶିଖିବୁ, ହେଲା ?

ବିଦ୍ରୂପ ନୁହେଁ! ସେ ନିଜେ ମୋତେ ଭଲି ଭଲିକା ବହି ମ୍ୟାଗାଜିନ୍ ଯୋଗାଇ ଦେଇଛନ୍ତି। ତାଙ୍କରି ଯୋଗୁ ମୁଁ ଶିକ୍ଷିତା ବୁଦ୍ଧିମତୀ ହୋଇପାରିଛି। କିନ୍ତୁ ... କିନ୍ତୁ ସେ ମନିକା ସାଙ୍ଗରେ ଖେଳିବେ ଓ ମୁଁ ହେବି ତା'ର ମାଷ୍ଟ୍ରାଣୀ!

ନା, ମୋର ସେଇ ସାନଝିଅଟା ପ୍ରତି ହିଂସା ହେଉନାହିଁ। କିନ୍ତୁ ପ୍ରକୃତରେ ମୋର ଆଜି ନୀଚ ହେବାକୁ ଇଚ୍ଛା ହେଉଛି। ଏଇ ଯେଉଁ ଦାର୍ଜିଲିଙ୍ଗ୍ ସମତଳ ଭୂଇଁକୁ ଧିକାର କରି ତା'ର ମେଘଛୁଆଁ ମୁଣ୍ଡକୁ ଟେକି ଧରିଛି ଏବଂ ତାକୁ ଲାଜମାଡୁ ନାହିଁ, ସେଇ ମୋତେ ଉସ୍‌କେଉଛି। କହୁଛି ଲାଜସରମ ନୀତିଅନୀତି ଭୁଲି ଯା, କଳ୍ପନାରେ ମିଛକଥା ଗଢ଼ିନେଇ ଥରେ ହେଲେ ଭାବିନେ, ତୋର ହିଂସା କରିବା କଥା ...

ମିଛିମିଛିକା ଭାବି ନେ' ଯେ ମନିକା ସାନଝିଅ ନୁହେଁ। ସେ ନାରୀ। ଆଉ ଜଣେ ନାରୀ ଯେ ମୋ ପରି ନୁହେଁ, ମୋ ପରି ଭଦ୍ର ନୁହେଁ, ପାଠଶାଠ ଜାଣେ ନାହିଁ, କଥୋପକଥନରେ ଧାର ଧାରେ ନାହିଁ। ମୋ ପରି ମୁଗ୍ଧ ହୋଇ ତାଙ୍କ ହସକୁ ଚାହିଁ ରହେ ନାହିଁ। ସବୁ ମାରି ନେବାକୁ ଚାହେଁ, କିଛି ଦିଏ ନାହିଁ।

ସେ ଚପଳା, ମିସେସ୍ ନୀନା ନିଗମ୍‌ଙ୍କ ପରି। ନାଗପୁର ରହଣି ବେଳେ ସେ ଦେଖା ଦେଇଥିଲେ। ଦେଖିବାକୁ କାଳୀ, ନାଚିଲା ପରି ଆଖି, ଚଉଡ଼ା ଓଠ, ଫୁରୁଫୁରୁ କେଶ। ସେ ୟାଙ୍କର ସାନ ଭଉଣୀ ହୋଇଥିଲେ। ସବୁଠି ପିକ୍‌ନିକ୍‌ରେ ଡ୍ରଇଂରୁମ୍‌ରେ ଅଥବା ଚଳନ୍ତା ଟ୍ରେନ୍‌ରେ, ମୁଁ ସ୍ଥିରବିନ୍ଦୁ ପରି ରହିଥିଲି ଏବଂ ସାନ ଭଉଣୀ ଲକ୍ଷ୍ୟଭ୍ରଷ୍ଟ

ଝରଣା ପରି ଦୂରରୁ ନିକଟ ନିକଟରୁ ଦୂରକୁ ଆସି କୁଲୁକୁଲୁ ହେଉଥିଲେ। ବସନ ଉଡ଼ାଇ ସଜାଡୁ ଥିଲେ, ସଜାଡ଼ି ନେଇ ପୁଣି ଉଡ଼ାଉଥିଲେ। ସତେକି ତାଙ୍କର ଜୀବନ ବିନ୍ଦୁରୁ ବିନ୍ଦୁଯାଏଁ ଜନ୍ମରୁ ମୃତ୍ୟୁଯାଏଁ ଲମ୍ବି ନାହିଁ, ଚିରନ୍ତନୀ ପ୍ରକୃତିର ଅନ୍ଦିକନ୍ଦିରେ ଖେଳି ବୁଲୁଛି। କଥା ନ ସରୁଣୁ ହସ, ହସ ନ ସରୁଣୁ ତତ୍‌ପରତା। ଭାଉଜବୋହୂ, ତୁମେ ତାଙ୍କ ପାଖରେ ପଥର ପ୍ରତୀମା ହୋଇ ବସି ରହିଥାଅ, ତୁମେ ତାଙ୍କ ସାଥୀ। ମୁଁ ତାଙ୍କ ପ୍ରୀତି ଭଉଣୀ, ମୋତେ ଧୂଆଁରେ ଧୂଆଁରେ ତାଙ୍କ କଳାମୁଗୁନି ଚାରି ପାଖରେ ଖେଳିବାକୁ ଦିଅ କିଛି ଆପତ୍ତି ଅଛି ?

ସେ ଫୁଲେଇ। ଇଲା। ସତର ଅଠର ବର୍ଷର ଝିଅ। ୟାଙ୍କର ସହକର୍ମୀ ମିଷ୍ଟର ଦତ୍ତଙ୍କର ଝିଅ। ତେଣୁ ଝିଆରୀ। ଇଲା ଗୋରୀ, କିନ୍ତୁ ନାକ ନାହିଁ କହିଲେ ଚଳେ, ଆଖି ମିଞ୍ଜି ମିଞ୍ଜି। କଲିକତାରେ ଭବାନୀପୁର ବସାରେ ଥିଲାବେଳେ ତା'ର ପ୍ରବେଶ ଥିଲା। କାକାବାବୁ କାହିଁକି ମୋ ଜନ୍ମ ଦିନରେ ଆସିଲେ ନାହିଁ ବୋଲି କହି କାନ୍ଦି ପକାଇବ। ମୋ କାକୀମା କେତେ ଭଲ, ମୋ ପାଇଁ କେକ୍ ତିଆରି କରି ରଖିଛନ୍ତି କହି କୁଣ୍ଢାଇ ପକାଇବ। ଥରେ କହିଲା – କାକାବାବୁ, ତମେ ମୋ ବୟସର ହୋଇଥିଲେ ମୋ କଲେଜରେ ପଢୁଥାଆନ୍ତ, ନୁହେଁ ? କାକାବାବୁଙ୍କ ଚାହାଣି ସୁଆଗରେ ନଇଁ ଆସିଥିଲା। ସେ ତା'ର ମୁଣ୍ଡରେ ହାତ ବୁଲାଇ ନେଇ କହିଥିଲେ – ମୁଁ ତୋ ସାଙ୍ଗରେ ପଢୁଥିଲି ପରା, ତୋର ମନେ ନାହିଁ ?

ସେ ମୁଖରା। ବାଣୀ ଅପା। ଲେଖା ଯୋଖାରେ ୟାଙ୍କର ବଡ଼ ଭାଉଜ, ସମବୟସୀ। ଛୋଟିଆ ମଣିଷଟିଏ, ଗୁଣ୍ଡୁଣି ହାତୀ ପରି। ହେଲେ ତାଙ୍କ ପାଟିରେ ବାଟୁଳି ବାଜେ ନାହିଁ। ବରହମପୁରରେ ମାମୁଁଘରେ ମାସେ ଥିଲାବେଳେ ସେ ସକାଳ ସଞ୍ଜେ ଆସୁଥିଲେ, ଯେତେକ ସୃଷ୍ଟିଛଡ଼ା ବାଜେ ଗପ ଗପୁଥିଲେ, ଦିଅରଙ୍କ ହାତରୁ ଖବର କାଗଜ ଛଡ଼େଇ ନେଇ ମଣ୍ଡାପିଠା ଗୋଲ୍ ନା ଚେପ୍‌ଟା ବୋଲି ପଚାରୁଥିଲେ, ଜଗମୋହନ ତୁମେ ପୂର୍ବ ଜନ୍ମରେ ଶ୍ରୀକୃଷ୍ଣ ନା ଶିବ ଥିବ ବୋଲି ଛିଗୁଲେଉଥିଲେ। କିନ୍ତୁ ସଂଯମୀ ମିତଭାଷୀ ଜଗମୋହନ ବିରକ୍ତ ହେଉ ନଥିଲେ। ଯେ ମଣିଷମାନଙ୍କ କୋଳାହଳରେ ଅସ୍ଥିର ହୋଇ ଉଠନ୍ତି, ସେ ଏଇ ମଣିଷଟିର ବକର ବକର ଶୁଣିବାକୁ ଭଲ ପାଉଥିଲେ। ବରହମପୁର ଫେରି ଆସିଲା ପରେ, ତାଙ୍କ ପାଖକୁ ଚିଠି କାହିଁକି ଦେଉନାହିଁ ବୋଲି ପଚାରିବାରୁ କହିଲେ – ଚିଠି ଦେଲେ ମୁଁ କ'ଣ ତାଙ୍କର କଥାକୁହା ମୁହଁ ଦେଖିପାରିବ ନା ତାଙ୍କର ଗୁଲୁରୁଗାଲୁରୁ ଶୁଣିପାରିବି ?

ଅଧିକାର କରିବାର ସବୁ ମାରି ନେଇ କିଛି ନ ଦେବାର କେତେ ଫିସାଦି, କେତେ କଉଶଳ ...

ହାସ୍ୟମୟୀ ମାୟାଦି। ଜନୈକା ପ୍ରତିବେଶିନୀ।

ଅବଳା ରାଜେଶ୍ୱରୀ ଜୈନ। ଯୁବତୀ ବିଧବା।

ଜେବୁନ୍‌ନିସା ...

ଓଃ, ଥାଉ ! ଏମିତି କେତେ ଅଛନ୍ତି, ଯେଉଁମାନେ ମୋ ପରି ନୁହନ୍ତି, ମୋ ପରି ଭଲ ନୁହନ୍ତି। କେବଳ ଗେହ୍ଲେଇ ଫୁଲେଇ ... ଚକମକି ... ଚାର୍ମିଙ୍ଗ୍ ... ଯେଉଁମାନେ ତାଙ୍କୁ କଦାପି କେବେ ହେଲେ ଭଲପାଆନ୍ତି ନାହିଁ।

ଯେଉଁମାନଙ୍କୁ ସେ ନୀତିବାନ୍ ନ ହୋଇଥିଲେ ହୁଏତ ଭଲପାଇ ଥାଆନ୍ତେ। ମନେ ମନେ କହିଥାଆନ୍ତେ ଯେ ମୁଁ ସରମାକୁ ଭୁଲରେ ବାହାହୋଇ ପଡ଼ିଛି, କିନ୍ତୁ ଉପାୟ ନାହିଁ।

ମୁଁ ମିଛ କହୁଛି। ମୁଁ ଜାଣିଶୁଣି ମିଛ କହୁଛି। ଏଇ ଉଚ୍ଚ ପାହାଡ଼ର କାନ୍ଧରେ ଚଢ଼ି ମୋ ଇଚ୍ଛା ହେଉଛି ମିଛ କହିବି... ରାଗିବି... କହିବି ଯେ ମୋର ସ୍ୱାମୀ ମୋତେ ମୂଳରୁ ଭଲ ପାଇନାହାନ୍ତି।

ଯୌବନ କେବେଠୁଁ ସରିଗଲାଣି। ସେମାନେ କେବେଠୁଁ ବିଦାୟ ନେଲେଣି। କିନ୍ତୁ ମନିକା ଅଛି। ହିଂସା କରିବାର ଏଇ ଶେଷ ସୁଯୋଗ ! ସମତଳ ଭୂଇଁକୁ ଖସିଯିବା ଆଗରୁ ସଭ୍ୟତା ଭଦ୍ରତା ଭଲପଣରେ ପୂରି ଧସିଯିବା ଆଗରୁ ଏଇ ଶେଷ ଅଙ୍ଗୀକାର ମୁଁ ମନିକାମାନଙ୍କୁ ଘୃଣା କରେ!!

ଇସ୍ – ଏଇ ଝିଙ୍କାରିମାନଙ୍କର ଝିଁ ଝିଁ ଝିଁ କ'ଣ କ୍ଷଣକ ପାଇଁ ଥମିଯିବ ନାହିଁ? ମୋତେ କିଛି ଗୋଟାଏ କରିବାପାଇଁ, କିଛି ଗୋଟିଏ କରି ଦେଖାଇ ଦେବା ପାଇଁ ଫୁରୁସତ୍ ଦେବ ନାହିଁ? ଦାର୍ଜିଲିଙ୍ଗ୍‌ର ଝିଲ୍ଲୀସ୍ୱନ ଅତି ପ୍ରଗାଢ଼, ନିରବଚ୍ଛିନ୍ନ। ତେଣୁ ସରମା ତା'ଭିତରେ ବାଟକାଟି ପଶି ପାରିଲେ ନାହିଁ। କିଛି ନ କରିପାରି ତୁନି ହୋଇ ସ୍ୱାମୀଙ୍କ ବିଛଣାକୁ ଫେରିଗଲେ, ଶିଷ୍ଟ ସମାନ୍ତରାଳ ହୋଇ ଶୋଇପଡ଼ିଲେ।

...ତା'ପରଦିନ ସକାଳେ ସେ ଶୋଇ ରହିଲେ। ସ୍ୱାମୀଙ୍କୁ କହିଲେ, ମୋ ଦେହ ଭଲ ଲାଗୁ ନାହିଁ। ସରମାର ଦେହ ଭଲ ନଲାଗିଲେ ବିଭିନ୍ନ ଲକ୍ଷଣ ବିବିଧ ଉପସର୍ଗ ଅଛି, ଏହିକ୍ଷଣି ପଚାରିଲେ କେଉଁଟି ପ୍ରଧାନ ବୋଲି ଜଣା ପଡ଼ିବ ନାହିଁ, ଏଇୟା ଭାବି ଜଗମୋହନ ବିଶେଷ ପଚରାଉଚରା କଲେ ନାହିଁ। ତୁମେ ବିଶ୍ରାମ କର ମୁଁ ବୁଲିଆସେ ବୋଲି କହି ମନିକା ଘରକୁ ଗଲେ, ମନିକା ସାଙ୍ଗରେ ଖେଳିଲେ ଓ ତାକୁ ଉପରବେଳା ମେଘମାଳାକୁ ଆସିବାକୁ କହିଲେ।

ଉପରବେଳା ନ ହେଉଣୁ ବର୍ଷା ହେଲା। ଯେଉଁ ମେଘପିଲାମାନେ ଘର ଭିତରକୁ ପଶି ଆସି ଦେହକୁ ଆଉଁସି ଯାଉଥିଲେ, ପୁଣି ରାସ୍ତାଘାଟକୁ କ୍ଷଣକରେ ଲୁଚେଇ

କ୍ଷଣକରେ ଖୋଲି ଦେଉଥିଲେ, ସେଇମାନେ କୁହୁଡ଼ି ସାଙ୍ଗରେ ଏକାକାର ହୋଇ ଆକାଶକୁ ଘେରିଗଲେ ଏବଂ ପାହାଡ଼ମୂନରେ ଆକାଶକୁ ଶୋଷିବାକୁ ଲାଗିଲେ। ବର୍ଷାରେ ତେଜ ନାହିଁ କି ଶୋକ ନାହିଁ କେବଳ ପତନ କୁହୁଡ଼ିର ଚାଦର ଭିତରେ କେବଳ ଗୋଟାଏ କ୍ରିୟା। ଅନ୍ତତଃ ସରମାଙ୍କୁ ସେମିତି ଲାଗିଲା ! ସେ ପଡ଼ି ରହିଲେ। ବର୍ଷା ଝରୁଛି, ଝରୁ, ଝରୁ। ପ୍ରତି ଝରିବାର ଶେଷ ଅଛି। ନିଃଶେଷ ହୋଇଗଲା ପରେ ଆକାଶ ପୁଣି ତା'ର ନିଜତ୍ୱ ଫେରି ପାରିବ ନାହିଁ? ପୁଣି ତା'ର ପୂତ ପବିତ୍ର ତନୁକୁ ଖୋଜି ଆଣିପାରିବ ନାହିଁ?

ଦାର୍ଜିଲିଙ୍ଗ୍‌ରେ ଉଚ୍ଚ ନୀଚ ହୁଏ, ନୀଚ ଉଚ୍ଚ ହୁଏ, ସତ ମିଛ ହୁଏ, କିନ୍ତୁ ଶେଷକୁ ସବୁ ସଜାଡ଼ି ହୋଇଯାଇ ପାରିବ ନାହିଁ?

ସ୍ୱାମୀ ଯେତେବେଳେ ଆସି ଦେହ କେମିତି ଅଛି ବୋଲି ପଚାରିଲେ, ସେତେବେଳେ ବର୍ଷା ସରିଲାଣି କି ଅଛି ବୋଲି ସରମାଙ୍କର ଧାରଣ ନଥିଲା ଏବଂ ତାଙ୍କର ମନରେ ଆସିଲା ଯେ ସତ ମିଛର ବିଶୃଙ୍ଖଳା ଥରେ ଆସି ପହଞ୍ଚିଲେ ପୁଣି କେବେ ସଜାଡ଼ି ହୁଏନାହିଁ। ତେବେ- ତାଙ୍କୁ ଭାବିବାକୁ ମଜା ଲାଗିଲା, ମିଛକୁ ଲମ୍ୱେଇ ଗପ ତିଆରି କରି ହେବ, ନାଟୁ ଯେମିତି କରେ। ନା, ମୁଁ ଯାହା ପାରିବି ନାଟୁ ପାରିବ ନାହିଁ। ମୁଁ ଚମକେଇ ଦେଇପାରିବି ... ବଜ୍ର ତିଆରି କରିପାରିବି। ସ୍ୱାମୀଙ୍କ ଅଜାଣତରେ ସରମା କୁରୁଳି ଖାଇଲେ।

ଜଗମୋହନ ସ୍ତ୍ରୀଙ୍କ ଅସୁସ୍ଥତାରେ ବିବ୍ରତ ଦେଖାଗଲେ। ପୂର୍ବେ ଯେଉଁସବୁ ଲକ୍ଷଣ ଦେଖାଯାଉଥିଲା, ବର୍ତ୍ତମାନ କ'ଣ ସେମିତି ଅଛି ? ହାତ ଘୋଳାବିନ୍ଧା ସେମିତି ? ମୁଣ୍ଡବଥା ସେମିତି। ପେଟ ଆଉଣ୍ଡି ହେବା ସେମିତି ? ଦାର୍ଜିଲିଙ୍ଗ୍ ଆସି କିଛି ଲାଭ ହେଲାନାହିଁ ? କିନ୍ତୁ ସ୍ତ୍ରୀଙ୍କୁ ପଚାରି ସେ ସ୍ପଷ୍ଟ ଉତ୍ତର ପାଇଲେ ନାହିଁ, ସତେ କି ସେ ଏହିସବୁ ମାମୁଲି ପ୍ରଶ୍ନର ଉତ୍ତର ଦେବାକୁ ଚାହାନ୍ତି ନାହିଁ।

ଜଗମୋହନ ନିରସ୍ତ ହେଲେ। ପ୍ରଶ୍ନର ମୋଡ଼ ଫେରାଇ ପଚାରିଲେ- ମନିକା ଆସିଥିଲା କି ?

- ହଁ। ଉତ୍ତର ଦେବା ସଂଗେ ସଂଗେ ସରମାଙ୍କ ମୁହଁରେ ଏକ ଅପୂର୍ବ ଚତୁରତାର ଉନ୍ମେଷ ଦେଖାଗଲା। ଯାହାକୁ ଦେଖିଲେ ତାଙ୍କର ସ୍ୱର୍ଗୀୟା ବୋଉ ତାଙ୍କୁ କଦାପି ହୁଣ୍ଡୀ ବୋଲି କହି ନ ଥାଆନ୍ତେ।

- ସେହିଠୁଁ କୁଆଡ଼େ ଗଲା ?

- ମରିଗଲା।

- ମାନେ ? ଜଗମୋହନ ଅସହିଷ୍ଣୁତାର ଭଙ୍ଗୀରେ ଭ୍ରୁରୁ କୁଞ୍ଚାଇଲେ।

– କହୁଛି ପରା, ମରିଗଲା ! ମୁଁ ତାକୁ ମାରିଦେଲେ। ମୁଁ ତାକୁ ଚୂନି ଚୂନି କରି କାଟିଦେଲି। କାଟି ଦେଇ ଝରଣା ସୁଅରେ ଛାଡ଼ିଦେଲେ। ପାହାଡ଼ ତଳକୁ ଗଡ଼େଇ ଦେଲି। ଗୋଟିଏ ଗଲା ବେଗୋନିଆ ଫୁଲଗଛ ମୂଳକୁ, ଆଉ ଗୋଟିଏ ଗଲା ...

– ଚୁପ୍‌କର। କ'ଣ ସବୁ କହୁଛ ?

– (ହସିଉଠି) ଆରେ, ମୁଁ କ'ଣ ନିଜ ମନରୁ କହୁଛି ? ପଢ଼, ମନୋହର କାହାନୀୟାଁ, ଏପ୍ରିଲ୍ ସଂଖ୍ୟା, ପଞ୍ଚାବନ ପୃଷ୍ଠା ...

ଜଗମୋହନ ଶାନ୍ତ ଉଦାର ଅବସ୍ଥାକୁ ଫେରିଆସିଲେ। ଭାବିଲେ ଯେ ଦାର୍ଜିଲିଙ୍ଗ୍‌କୁ ଦୋଷ ଦେଇ କିଛି ଲାଭ ନାହିଁ ଏବଂ ସ୍ଥିର କଲେ ଯେ ମନୋହର କାହାନୀୟାଁ ପରି ଶସ୍ତା ଉତ୍ତେଜନାମୂଳକ ପତ୍ରିକା ଆଉ ଆମ ଘରେ ପଶିବ ନାହିଁ। ତା' ପରିବର୍ତ୍ତେ ଆସିବ ଶାଶ୍ୱତ, ସାରସ୍ୱତ, ମାନସ, ସାରସ ... ଇତ୍ୟାଦି।

■

ନାଚି ହସୁଛି

ଅତି ଆଶ୍ଚର୍ଯ୍ୟ।

ଯଦି ସତ ହୋଇଥାଏ ତାହାହେଲେ ମନେ କରିବାକୁ ହେବ ଯେ, ମୁଁ ପ୍ରକୃତରେ ...

ଘରମୁହାଁ ଅଭୟ ବାବୁ ଆଶ୍ଚର୍ଯ୍ୟବାଣୀକୁ ଉପଲବ୍ଧି କରୁଥିଲେ, ପୁଣି ଆଶ୍ଚର୍ଯ୍ୟ ହେଉଥିଲେ ଏବଂ ଭାବୁଥିଲେ ଯେ ସତ ହୋଇ ନଥିବ ବୋଲି କେହି କହିପାରିବ ନାହିଁ।

ମିସ୍ ଦତ୍ତ ଆବଶ୍ୟ ଆଧୁନିକା। ଗତ ମାସେ ହେଲା ନ୍ୟାସନାଲ୍ ଲାଇବ୍ରେରୀରେ ତା'ସହିତ ପରିଚୟ ହୋଇଛି। ଲାଇବ୍ରେରୀରୁ ବାହାରି ଆସିଲାବେଳେ କିମ୍ବା ଲାଇବ୍ରେରୀକୁ ଯିବା ବାଟରେ ନାନାଦି ବିଷୟରେ ଆଳାପ ଆଲୋଚନା ହୋଇଛି। ଝିଅଟା କଲିକତା ଚୋର୍‌ପୋରେସନ୍‌ର ନୂତନତମ ଚୋରି, ରାଜ୍ୟ ସରକାରଙ୍କ ବେକାରୀ ନାଶନ ପହସନ ଏବଂ ଭାରତ ସରକାରଙ୍କ ଗରିବୀ ହଟାଅ ହଟ୍ଟଗୋଳକୁ ନେଇ କେତେଥର ତା'ର ମୁକ୍ତକେଶକୁ ଝାଡିଦେଇଛି, ଆଖିରୁ ସ୍ଫୁଲିଙ୍ଗ ଝରାଇଛି। ଅଭୟବାବୁ ହସିଛନ୍ତି। ଅଭୟ ବାବୁ କୁଟିଳ ହସ ହସିଛନ୍ତି। ଯାହାର ଅର୍ଥ ଏଇ ଯେ ମୁଁ ବୁଝିଲି। ବୁଝିଲି ଯେ ତୁ ଜଣେ ଆଧୁନିକା। କୁମାରୀ କୁପିତା। ସେତିକି ଜଣାଇବା ପାଇଁ ତୁ ଦିନ ପରେ ଦିନ ଏଭଳି ଗପ ଗପୁଛୁ। ମୁଁ ତୋ ସହିତ ଏକମତ କିନ୍ତୁ ମୁଁ ତୋର ଉଦ୍ଦେଶ୍ୟ ବୁଝିନେଲି।

ତେବେ ସେ ଆଜି ଯାହା କହିଲା ସେଥିରେ ଉଦ୍ଦେଶ୍ୟ କ'ଣ ଥାଇପାରେ? ହଁ, ସେ ବୋଧହୁଏ ନିଜର ସ୍ପଷ୍ଟବାଦିତା, ଆଧୁନିକତାର ଅନ୍ୟତମ ଲକ୍ଷଣର ଝଲକ ଦେଖାଇଲା। ସେଇ ହେଉଛି ତା'ର ଉଦ୍ଦେଶ୍ୟ। ତା'ଛଡ଼ା ଆଉ କ'ଣ ହୋଇପାରେ?

ଅଭଦ୍ରତାକୁ ପରୁଆ ନ କରି ସେ ଯାହା କହିଲା ତାହା ସତ ନୁହେଁ ବୋଲି କିଏ କହିପାରିବ? ତେଣୁ ଅଭୟବାବୁ ଘରକୁ ଯିବାପାଇଁ ତରତର ହେଉଥିଲେ। ସତକୁ ଦର୍ପଣରେ ଦେଖିବାକୁ ଚାହୁଁଥିଲେ। ଅଭୟ ବାବୁଙ୍କର ଧାରଣ ଯେ, ସେ

ଆଜୀବନ କୁଟିଳ ସହ ହସି ଆସିଛନ୍ତି । ଠିକଣା ଭାବରେ କହିବାକୁ ଗଲେ ସେ ଚଉଦବର୍ଷ ବୟସରୁ ପ୍ରେମ କରିଛନ୍ତି ଏବଂ ପ୍ରେମାସ୍ପଦାକୁ ଆଶୀର୍ବାଦ କରିଛନ୍ତି ... ମୁଁ ବୁଝିଲି, ମୁଁ ବୁଝିନେଲି ଯେ ତୁ ମୋତେ ଭଲ ପାଉନାହୁଁ, ତୁ ହୁଏତ ମୋର ପାଠପଢୁଆପଣ କିମ୍ବା ମୋର ନିଦୁଆ ଆଖିକୁ ଭଲପାଉ, ମନ ଭରିଗଲା ପରେ ତୁ ରାଜୀବ ପାଖକୁ ଚାଲିଗଲୁ, ହୁଏତ ତା'ର ଖେଳୁଆଡ଼ପଣ କିମ୍ବା ଅଣ୍ଡାତୁଲ୍ୟ ଆଖିକୁ ଭଲ ପାଇଲୁ । ଝିଅମାନେ ପୂରାପୂରି କାହାକୁ ଭଲପାଇ ପାରନ୍ତି ନାହିଁ । ଏତିକି ବୁଝିନେଲି । ତେଣୁ ମୁଁ ଆତ୍ମହତ୍ୟା କରିବି ନାହିଁ, ତେଣୁ ମୋର ଦୁଃଖ ନାହିଁ, ତେଣୁ ମୁଁ ମୃଦୁ ମୃଦୁ (କୁଟିଳ) ହସ ହସିବି –

ସେଇ ଦିନଠାରୁ ଅଭ୍ୟାସ ପଡ଼ିଗଲା । ଲୋକେ କହିପାରନ୍ତି,- କିଓ, ଏତେ ଅଳ୍ପ ବୟସରୁ ପ୍ରେମ କରିବାକୁ କିଏ କହୁଥିଲା ? କିନ୍ତୁ ପ୍ରଶ୍ନଟି ଅବାନ୍ତର । ଚଉଦବର୍ଷିଆ ପ୍ରେମରେ କ'ଣ ଗଭୀରତା ନାହିଁ ? ନିବିଡ଼ତା ନାହିଁ ? ଫିଲସଫି ନାହିଁ ?

ଯାହାହେଉ ସେଇଦିନଠାରୁ ଅଭ୍ୟାସ ପଡ଼ିଗଲା । ଥରେ ବିବାହର କିଛିଦିନ ପରେ ପତ୍ନୀ ସରୋଜବାଳା ତାଙ୍କୁ କୁଣ୍ଢେଇ ଧରି କହିଲା, -ମୁଁ ତୁମ ଛଡ଼ା ଆଉ କାହାକୁ ଭଲ ପାଇ ପାରିନଥାଆନ୍ତି, କାହିଁକି ନା ଆଉ କେହି ତୁମ ପରି ନୁହଁନ୍ତି, ତାଳୁରୁ ତଳିପା ଯାଏଁ ତୁମର ସବୁଯାକ କେବଳ ମୋରି ପାଇଁ ଗଢ଼ା ହୋଇଛି । ଅଭୟବାବୁ ଆଲିଙ୍ଗନକୁ ସ୍ୱୀକାର କଲେ, କିନ୍ତୁ ପରୋକ୍ଷରେ ନିଜସ୍ୱ ହସ ହସିଲେ । ମୁଁ ବୁଝିଲି, ବୁଝି ନେଲି ଯେ ତୁ ମୋତେ ଦଖଲ କରିବାକୁ ଚାହୁଁ, ହୁଏତ ତୁ ମୋର ଗୋପନ କବିତା (ତୋ ଆଖିରେ ପଡ଼ିଛି) କିମ୍ବା ମୋର ଛୋଟିଆ ନାକକୁ ଭଲ ପାଉ, କିନ୍ତୁ ଯେହେତୁ ମୋତେ ବାହା ହୋଇଛୁ ତୁ ମୂଳରୁ ନୋଟିସ୍ ଦେବାକୁ ଚାହୁଁ ଯେ ମୋର ଆଉ କୌଣସି ଅଂଶ ଆଉ କାହା ଭାଗରେ ପଡ଼ିବ ନାହିଁ । ଉତ୍ତମ ... ମୁଁ ବୁଝିପାରିଲି ।

ଯାତ୍ରା ପଥରେ ଚାଲୁ ଚାଲୁ ସେ ସବିତାନାମ୍ନୀ ଜନୈକା ପର ସ୍ତ୍ରୀକୁ କୁଣ୍ଢାଇଥିଲେ । ସବିତା କେବଳ ସୁନ୍ଦରୀ ନୁହେଁ, ଉପର ହାକିମ ସେକ୍‌ସନ୍ ଅଫିସରଙ୍କ ସ୍ତ୍ରୀ । ସବିତା ବାଷ୍ପାକୁଳ କଣ୍ଠରେ କହିଥିଲା – ଆମେ ଏକାଠି ଘରକରି ପାରିବା ନାହିଁ କିନ୍ତୁ ଆମରି ଏଇ ପ୍ରେମ ଧ୍ରୁବତାରା ପରି ସବୁବେଳେ ଦପ୍ ଦପ୍ କରୁଥିବ, ଆମେ ତା'ର ଆଲୁଅରେ ବାଟ ଚାଲିବା ଇତ୍ୟାଦି । ଉତ୍ତର ସ୍ୱରୂପ ଅଭୟବାବୁ ତାକୁ ପୁନର୍ବାର ଚୁମା ଦେଇଥିଲେ ଏବଂ ଚୁମ୍ବନାବସ୍ଥାରେ ଓଠକୁ ବଙ୍କେଇଥିଲେ । ସ୍ୱାଦୁଟି ଚମତ୍କାର ... ପରକୀୟା, ଉପର ହାକିମର ସ୍ତ୍ରୀ, ଗୌରାଙ୍ଗୀ କିନ୍ତୁ କେଉଁ ଧ୍ରୁବତାରା କେଉଁଠି ଅଛି ? ମୋ ରୋଷେଇ ଘରୁ ଦେଖାଯିବ ? ମୋ ଶୋଇବାଘର ନିବୁଜ କବାଟର ଫାଙ୍କରୁ ଜଣାପଡ଼ିବ ?

ତେଇଶ ବର୍ଷ ବାହାଘର ପରେ ସରୋଜବାଳା ମୋଟେଇ ଯାଇଛି। କୁଣ୍ଢାକୁଣ୍ଢିର ପ୍ରବଣତା କମି ଯାଇଛି, ଯଥେଷ୍ଟ କମିଯାଇଛି। ବିଶ୍ରମ୍ଭାଳାପରେ ପ୍ରେମ ଶବ୍ଦର ପ୍ରୟୋଗ ପାୟ ଲୁପ୍ତ ହୋଇଯାଇଛି। କିନ୍ତୁ ସେ ଦୁଃଖ କରିନାହାନ୍ତି। କାରଣ ସେ ପିଲାଦିନୁ, ଚଉଦବର୍ଷ ବୟସରୁ ସବୁ ବୁଝି ନେଇଛନ୍ତି। ପ୍ରେମ କାହାକୁ କହନ୍ତି, ବିବାହ କାହାକୁ କହନ୍ତି, ସବୁ ବୁଝିନେଇଛନ୍ତି।

ଓଠରେ ଏକ ନିର୍ଦ୍ଦିଷ୍ଟ ପ୍ରକ୍ରିୟା ଅଭୟବାବୁଙ୍କ ଜୀବନରେ ଶାନ୍ତି ଆଣି ଦେଇଛି। ଯୌନଜୀବନ ବ୍ୟତୀତ ଜୀବନର ଅନ୍ୟାନ୍ୟ କ୍ଷେତ୍ରରେ ମଧ୍ୟ ଔଷଧଟି କାମ ଦେଇଛି। ଧରନ୍ତୁ ଜ୍ଞାନାର୍ଜନ। ଜ୍ଞାନାର୍ଜନର ପିପାସା କେଉଁଦିନଠାରୁ ବଢ଼ିଲା, ତା'ର ହିସାବ ଖାତା ଦେଖି ବସିଲେ ସେଇ ଚଉଦବର୍ଷ ବୟସରେ ଚିହ୍ନଟ ଦେବାକୁ ପଡ଼ିବ। କାରଣ କେଜାଣି କାହିଁକି ସେଇ ବୟସରୁ ସେ ବିଶେଷ ଭାବରେ ମୁହଁ ଚୋରା ହୋଇଗଲେ। ପଢ଼ାଘରର ଦୁର୍ଗରେ ମୁହଁମାଡି ପଡ଼ିରହିଲେ। ପଢ଼ାବହି ଛଡ଼ା ଯେତେକ ଜାଣିବା ବିଷୟର ଇତିକଥାକୁ ଅଣ୍ଡାଳିଲେ। ପଢ଼ି ପଢ଼ି ହାଲିଆ ହୋଇଗଲେ ସରୁମୋଟା ବହିମାନଙ୍କୁ ଯଥାବିଧି ଟେବୁଲ୍‌ର ଦୁଇ ପାଖରେ ସଜେଇ ମିଛି ମିଛିକା ଯୁଦ୍ଧ, ପାଣ୍ଡବ, କୌରବ ଯୁଦ୍ଧ, ଇଂଲଣ୍ଡ-ଜର୍ମାନୀ ଯୁଦ୍ଧ ଇତ୍ୟାଦିର ଖେଳ ଖେଳିଲେ। ବେଳେବେଳେ ବହିମାନଙ୍କୁ ଗୀତ ବୋଲିବାକୁ, ବକ୍ତୃତା ଦେବାକୁ ଆଦେଶ ଦେଲେ। ଯାହାକୁ ବିଜୟୀ ବୋଲି ବାଛିଲେ ତା'କାନିରେ ନାଲି କାଳି ଲଗେଇ ପୁରସ୍କାର ଦେଲେ। ବାପ ମାଆ ତାଙ୍କର ଏଇ କାରବାର ଦେଖି ବିବ୍ରତ ହେଲେ ନାହିଁ। ଦେଖିଲେ ପୁଅ ପରୀକ୍ଷାରେ ଭଲ ନମ୍ବର ଆଣୁଛି।

ଅଭୟବାବୁ ମାଟ୍ରିକ୍ୟୁଲେସନ୍ ପରୀକ୍ଷାରେ କୃତିତ୍ୱର ସହ ପ୍ରଥମ ଶ୍ରେଣୀ ପାଇଲେ। ବାପା କମ୍ପାଉଣ୍ଡର କୃତ୍ତିବାସବାବୁଙ୍କ ମୁହଁ ଆନନ୍ଦରେ ଝଳି ଉଠିଲା। ପୁଅ ବଡ଼ ହେବ। କିନ୍ତୁ ପୁଅ କିଭଳି ଚଉକିରେ ବସିବ? ଡାକ୍ତର ହେବ, ଇଞ୍ଜିନିୟର ହେବ, ହାକିମ ହେବ ନା କ'ଣ ହେବ? ଏକମାତ୍ର ପୁଅ ପାଇଁ ସେ ଯଥେଷ୍ଟ ତ୍ୟାଗ ସ୍ୱୀକାର କରିବାକୁ ପ୍ରସ୍ତୁତ ଥିଲେ। ସେ ପୁଅକୁ ପଚାରିଲେ। ଅଭୟବାବୁ ଭବିଷ୍ୟତ ସିଂହାସନର ରୂପରେଖା ଠଉରେଇ ପାରିଲେ ନାହିଁ। କେବଳ କହିଲେ,- ମୁଁ ଇତିହାସ ପଢ଼ିବି।

କୃତ୍ତିବାସବାବୁ ଅସ୍ୱସ୍ତିବୋଧ କଲେ। ରଜା ପ୍ରଜା ଢାଲ ତରବାରୀ ହଣାକଟାର ଗଳ୍ପକୁ ଭଲ ପାଉଥିବା ତାଙ୍କ ବିଦ୍ୱାନ ପୁଅର ମତିଗତିକୁ ଧରିପାରିଲେ ନାହିଁ। ଅଥଚ ସେ ପୁଅକୁ ବାରଣ କରିପାରିଲେ ନାହିଁ। ଯେଉଁଥିରେ ମନ ପାଉଛି ଟୋକା ସେଇଆକୁ ପଢୁ। ନହେଲେ ହୁଏତ ତା'ର ନମ୍ବର କମିଯିବ, ଆଉ ସେ ମୋତେ ଦୋଷ ଦେବ। ତା'ଛଡ଼ା ତାରି ପରି ଇତିହାସ ପଢ଼ାଳି କେତେଥିବେ। ସେମାନଙ୍କ ଭିତରୁ କ'ଣ କେହି ଜଜ୍ ମାଜିଷ୍ଟ୍ରେଟ୍ ହେଉ ନଥିବେ?

କୃତ୍ତିବାସ ବାବୁଙ୍କ ଆଶଙ୍କାର କୌଣସି କାରଣ ନଥିଲା । ଅଭୟବାବୁ ଟେକା ପଥର, ଷ୍ଟ୍ରାଇକ୍, ଇନ୍‌କିଲାବ ଜିନ୍ଦାବାଦର ରଙ୍ଗଢଙ୍ଗ ଦେଖୁଥିଲେ, କିନ୍ତୁ ଦୂରରେ ରହୁଥିଲେ । ଏମାନେ ଇତିହାସ ତିଆରି କରିପାରିବେ ନାହିଁ । ଆପଣା ତାତିରେ ମିଳେଇ ଯିବେ, ତୁଚ୍ଛାକୁ ମିଳେଇ ଯିବେ । କାରଣ ଲିଡର ହେବାକୁ ହେଲେ ପ୍ରଥମେ ଆବଶ୍ୟକ ଜ୍ଞାନ ଏବଂ ଗୋଟିଏ ବିଦ୍ରୁପାତ୍ମକ ମନ୍ଦମଧୁର ।

ଇଣ୍ଟରମିଡ଼ିଏଟ୍ ଇତିହାସରୁ ଆରମ୍ଭ କରି ବି.ଏ. ଅନର୍ସ ଇତିହାସ ସାରିବା ପର୍ଯ୍ୟନ୍ତ କେତେ ଗୁଡ଼ିଏ ଘଟଣା ଘଟିଲା । ଅଭୟବାବୁଙ୍କ ଦୁଇଟିଯାକ ସାନଭଉଣୀ ଯୋଡ଼ିଏ କୁରୂପ ଅଶ୍ଳୀଳ ପୁରୁଷଙ୍କୁ ବାହା ହୋଇଗଲେ । ସେମାନେ ବିଭିନ୍ନ ଧରଣର ବ୍ୟବସାୟୀ ବୋଲି କୁହାଗଲା । ପରେ କୁହାଗଲା ଯେ ସେମାନେ ବିଭିନ୍ନ ବ୍ୟବସାୟୀଙ୍କ ଦଲାଲ୍, ଯେଉଁ ଗଳିମାନଙ୍କରେ ସେମାନେ ରହନ୍ତି ସେଥିରେ କୁଆଡ଼େ ସୁନାଫଳେ । ସୁନା ଫଳୁ ବା ନ ଫଳୁ ସୁକୁମାରୀ ନୀନା ଓ ମୀନାଙ୍କର ଅନ୍ୟ ଗତି ନଥିଲା । ସେମାନଙ୍କୁ ଭଲ ଘରେ ବାହା ଦେବାପାଇଁ ଟଙ୍କା ନଥିଲା ଏବଂ ବୁଢ଼ାବାପକୁ ଶ୍ୱାସରୋଗ ମାରିବାକୁ ବସିଥିଲା ।

ଅଭୟବାବୁ ଥରେ ଅଧେ ଦାନ୍ତ କଡ଼ମଡ଼ କରିବାକୁ ଚାହିଁଥିଲେ । କିନ୍ତୁ ଯଥା ସମୟରେ ଓଠ ଉପରକୁ ଉଠିଥିଲା । ଭଉଣୀମାନେ କେବେ କାହାକୁ ଭଲ ପାଇବାର ବୋକାମି କରିନାହାନ୍ତି, ତେଣୁ ସେମାନେ କଦାକାର କଳାପାହାଡ଼ ତଳେ ସୁନା ପାଇବେ, ଅବଶ୍ୟ ପାଇବେ ... ଗୁଡ୍‌ବାଏ ନୀନା ମୀନା, ମୁଁ ମୋର ପଢ଼ାଘରକୁ ଫେରିଯାଏ ମୋତେ ଆଉ ହଇରାଣ କରିବ ନାହିଁ ବୁଝିଲ ?

ବୁଢ଼ାବାପ କୃତ୍ତିବାସ ବାବୁ ହଇରାଣ କଲେ । ମରିଗଲେ । ଅଭୟବାବୁ ଆବିଷ୍କାର କଲେ ଯେ ବାପା ଅନେକ ଋଣ ଏବଂ ସ୍ନେହ ଛଡ଼ା ଆଉ କିଛି ଛାଡ଼ିଯାଇ ନାହାନ୍ତି । କିନ୍ତୁ ପୁଅଠାରୁ କିଛି ପାଇବାକୁ ଅପେକ୍ଷା କରିଛନ୍ତି ।

ଅନର୍ସ ମିଳିଲା ନାହିଁ । ଭଉଣୀମାନଙ୍କ ନିର୍ବାସନ, ବାପାଙ୍କ ସ୍ୱର୍ଗବାସ, ମାଆର ଲୁହ କିମ୍ବା ଶୂନ୍ୟହାଣ୍ଡିର ହାହାକାର ଯୋଗୁଁ ଏମିତି ହେଲା କହି ହେବନାହିଁ । ଅଭୟବାବୁଙ୍କୁ ପଚାରିଥିଲେ ସେ ହୁଏତ କହି ଥାଆନ୍ତେ, ନେପୋଲିୟନ୍ କ'ଣ ଅନର୍ସ ପାଇଥିଲେ ? ଲେନିନ୍ ପାଇଥିଲେ ? ନା ମହାତ୍ମାଗାନ୍ଧୀ ?

ମାଆ କହିଲା ବୋହୂ ଦେଖିବ । ସ୍ୱଜାତି କୁଳୀନ ପ୍ରତିବେଶୀ ପ୍ରବୋଧବାବୁ ଟାକି ବସିଥିଲେ । ଚତୁର୍ଥ କନ୍ୟା ସୁଲକ୍ଷଣା ସରୋଜବାଳାକୁ ମାଆପୁଅଙ୍କ ସମ୍ମୁଖରେ ରଖିଲେ, କହିଲେ ପରୀକ୍ଷା ପ୍ରାର୍ଥନୀୟ । ଜଣାଇ ଦେଲେ ଯେ ନାମ ମାତ୍ର ଶିକ୍ଷକ ହେଲେ ମଧ୍ୟ ସେ ଅନେକ ଲାଭଜନକ କାରବାର କରିଛନ୍ତି, ପାଣ୍ଠି ଅଛି, ଝିଅକୁ ମିଳିବ ।

ମାଆ ଆନନ୍ଦାଶ୍ରୁ ଝରାଇଲା । ପାଣ୍ଠିରୁ କ'ଣ ମିଳିବ ? ବାହାଘର ଠିକ୍

ହୋଇଗଲା । ବିବାହର କିଛିଦିନ ପରେ ସରୋଜବାଳା ସ୍ୱାମୀଙ୍କୁ କୁଣ୍ଢାଇ ଧରି କହିଲା –ମୁଁ ତୁମ ଛଡ଼ା ଆଉ କାହାକୁ ... ଇତ୍ୟାଦି ।

ଯାହାହେଉ ବଡ଼ ହେବାର ପାଳି ଆସିଗଲା । ଏତିକିବେଳେ ଦେଶ ମଧ୍ୟ ସ୍ୱାଧୀନ ହେଲା ଏବଂ ସ୍ୱାଧୀନ ଭାରତରେ ସ୍ୱାଧୀନ ଚାକିରି କର ବୋଲି ହୁରି ପଡ଼ିଲା । ଅଭୟବାବୁ ଉତ୍ତେଜିତ ହେଲେ ନାହିଁ । ଚାକିରି କେବଳ ଗୋଟିଏ ସୋପାନ, ସୋପାନଟିକୁ ବାଛିବାକୁ ପଡ଼ିବ, ଯେପରିକି ନେତୃତ୍ୱର ପଥ ପରିଷ୍କାର ହୋଇଯିବ । କିନ୍ତୁ ମାଆ ରଖେଇ ଥୋଇ ଦେଲାନାହିଁ । ଖାଇବାକୁ ନାହିଁ, ଖାଇବାକୁ ନାହିଁ ମୋତେ ତୁମେ ଚଳେଇ ପାରିବ ନାହିଁ, ମୁଁ କାଶୀ ଚାଲିଯିବି କହି ଧକମେଇଲା । ପ୍ରେମଶୀଳା ସରୋଜବାଳା ବର୍ଦ୍ଧିଷ୍ଣୁ ପେଟକୁ ଦେଖାଇଲା,- ତୁମର ପିଲାଟି କଥା ଭାବିଛ ?

ଅଭୟବାବୁ ସେମାନଙ୍କ ଉପରେ ରାଗିଲେ ନାହିଁ, ସେମାନଙ୍କ କଥା ମାନିଲେ । ହେଉ, ମୁଁ ଛୋଟିଆ ମୋଟିଆ ହାକିମଟିଏ ହୋଇଯିବି । କିନ୍ତୁ ମୁଁ ସେଥିରେ ଲାଖିଯିବି ନାହିଁ । ମୁଁ ଯଥା ସମୟରେ ଠିକଣା କାମରେ ଲାଗିଯିବି । ଦୁଃସ୍ଥ ଦୂଷିତ ପୃଥିବୀକୁ ଶାସନ କରିବି । ଅଞ୍ଜନା, ସରୋଜବାଳା, ନୀନା, ମିନା, ପେଟୁଆ ଭିଣେଇ, ବସନ୍ତ ମୁହାଁ ଭିଣେଇ, ଦାରିଦ୍ର୍ୟ, କୀଳାପୋତେଇ ଇତ୍ୟାଦି ସମସ୍ତ ଅଜ୍ଞାନଙ୍କୁ ଦଳି ଦେବି ... ଜ୍ଞାନର ସିଂହାସନ ଉପରେ ବସି ମୃଦୁ ମୃଦୁ ହସିବି ।

ଏମ୍.ଏ. ପଢ଼ିବା କଥା ନୋହିଲା । ଅଭୟବାବୁ ବିଭିନ୍ନ ଛୋଟ ହାକିମ ପାଇଁ ପରୀକ୍ଷା ଦେଲେ, ଇଣ୍ଟରଭ୍ୟୁରେ ମୁହଁ ଦେଖାଇଲେ । କିନ୍ତୁ ଇଣ୍ଟରଭ୍ୟୁରେ ଆସନ ପାତି ବସିଥିବାର ଧୋବ ଧାଉଳିଆ ଲୋକମାନଙ୍କୁ ଦେଖି ବାପାଙ୍କ କଥା ମନେପଡ଼ିଲା । ଏମାନେ କ'ଣ ମୋ ବାପାଙ୍କଠାରୁ ବଡ଼ ଯେ ମୋତେ ପରୀକ୍ଷା କରିବାକୁ ବସିଛନ୍ତି ? ମୋ ବାପା ମୋର ମୂଲ୍ୟ ନିର୍ଦ୍ଧାରିତ କରିଛନ୍ତି । ସେହି ମୂଲ୍ୟର ବିନିମୟରେ ଏମାନଙ୍କର ଚକଚକିଆ ନାଇଲନ୍ ସାର୍ଟ, ରଙ୍ଗିନ୍‌ଟାଇ, ପାଲିସ୍ ଗାଲ ଏବଂ ଦାନ୍ତଚିପା ଇଂରେଜୀକୁ ଶହେଥର କିଣିବିକି ଦେଇ ହେବ ।

"ଆରବ-ଜିଉ ସଂଘର୍ଷ ସମ୍ପର୍କରେ ଆପଣଙ୍କର ମତ କ'ଣ ?"

ସେମାନଙ୍କର ସଂଘର୍ଷ ଅବାନ୍ତର । ଇତିହାସ ଭିନ୍ନ ଦିଗରେ ଗତି କରୁଛି ।"

"କେଉଁ ଦିଗରେ ?"

ଉତ୍ତରରେ ଅଭୟବାବୁ ନିଜର ବିଶିଷ୍ଟ ହସ ହସିଲେ । ଜଣାଇଦେଲେ ଯେ, ମୁଁ ଆପଣମାନଙ୍କର ଅଜ୍ଞତା ବୁଝିଲି, ବୁଝିନେଲି ଯେ ଆପଣମାନେ ବେତନର ଲୋଭ ଦେଖାଇ ମୋତେ, ମୋର ଜ୍ଞାନଭଣ୍ଡାରକୁ ଆତ୍ମସାତ୍ କରିବାକୁ ଚାହାଁନ୍ତି । ସେକଥା ହେବନାହିଁ ବାବୁ, ହେବନାହିଁ ।

ଅଭୟବାବୁ ବିଭିନ୍ନ ଇଣ୍ଟରଭ୍ୟୁରୁ ଫେରି ଆସିଲେ।

ମାଆ କାନ୍ଦିଲା। ଏଥର କ'ଣ ହେବ? ଛଅମାସର ଭଡ଼ା ବାକି ପଡ଼ିଲାଣି। ଏଥର ତୁମେ ସବୁ ବସ୍ତିରେ ରହିବ, ମୁଁ ଚାଲିଲି, ବାବା ବିଶ୍ୱନାଥଙ୍କ ପାଖକୁ ଚାଲିଲି।

ନୂଆ ଝିଅର ମାଆ ସରୋଜବାଳା କାନ୍ଦିଲା ନାହିଁ। ହାତକୁ, କପାଳକୁ ଆଉଁସି ଦେଲା। ଅଭୟବାବୁ ମନେ ମନେ କହିଲେ – ମୁଁ ବୁଝିଲି, ତୁ ମୋର ସହଧର୍ମିଣୀ, ତୁ ମୋର ଲାଙ୍ଗୁଡ଼ ଛାଡ଼ିବୁ ନାହିଁ। ବାବା ବିଶ୍ୱନାଥଙ୍କ ପାଖକୁ ଯିବା ପାଇଁ ମାଆକୁ କାଶୀ ଯିବାକୁ ପଡ଼ିଲା ନାହିଁ। ଗୋଟିଏ ଶ୍ରାବଣ ସନ୍ଧ୍ୟାରେ ହଇଜା ରୋଗରେ ମାଆର ପ୍ରାଣ ଛାଡ଼ିଗଲା।

ଏଣେ ସ୍ୱାଧୀନତାର ଜୁଆର ଉତ୍ତରୋତ୍ତର ଉଦ୍‌ବେଳିତ ହେଲା, ଯୋଜନାରୁ ଯୋଜନାଯାଏଁ ଗଡ଼ିଗଲା, କେତେ ନୂଆ କଳକାରଖାନା କେତେ ନୂଆ ଦପ୍ତର ଗଢ଼ା ହେଲା।

ଅଭୟବାବୁ ବତାଶବର୍ଷ ପୁରୁଣା ଭଡ଼ା ଘର ପରିତ୍ୟାଗ କରି ସରୋଜବାଳା, ବଡ଼ଝିଅ ଜାଗୃତି ଓ ସାନଝିଅ ଜୟନ୍ତୀକୁ ନେଇ ସହରତଳିରେ ଥିବା ଗୋଟିଏ ଏକ ବଖରା ଖପୁରି ଘରେ ରହିଲେ, ଯାହାର ପଛପଟେ ମଲ୍ଲୀଫୁଲ ଫୁଟୁଥିଲା। ଭିଣେଇମାନେ ବେଳେବେଳେ ଆସିଲେ, ସାହାଯ୍ୟର ଇଚ୍ଛା ବ୍ୟକ୍ତ କଲେ। କିନ୍ତୁ ଅଭୟବାବୁ ଓଠକୁ ଉପଯୁକ୍ତ ଭାବେ ଚଳାଇ ଜଣାଇଦେଲେ – ମୁଁ ବୁଝିଲି, ତୁମେମାନେ ମୋର ଭବିଷ୍ୟତ ଏବଂ ଇତିହାସର ଦୁର୍ନିର୍ବାର ଗତିକୁ ବ୍ୟାହତ କରିବାକୁ ଚାହଁ। କିନ୍ତୁ ମୁଁ ସେଥିରେ ଭଳିଯିବି ନାହିଁ। ବାପାଙ୍କ ସାଙ୍ଗରେ ମୋର ବୁଝାମଣା ହୋଇ ଯାଇଛି।

ହେଲେ ବର୍ଷକ ଭିତରେ ବୟଃସୀମା ପାରି ହେବା ପୂର୍ବରୁ ଅଭୟବାବୁ ଗୋଟିଏ ସରକାରୀ ଦପ୍ତରରେ ଅପର୍ ଡିଭିଜନ୍ କିରାଣି ପଦ ପାଇଁ ଦରଖାସ୍ତ ଦେଲେ ଏବଂ ଯଥାକ୍ରମେ ନିଯୁକ୍ତ ହୋଇଗଲେ।

ଇଏ କ'ଣ ହେଲା? ଶେଷକୁ ଏଇ କିରାଣିଗିରି? ମୁଷ୍ଟିମେୟ ବନ୍ଧୁ ଅଭୟବାବୁଙ୍କୁ ପ୍ରଶ୍ନାକୁଳ ଚାହାଣିରେ ବ୍ୟତିବ୍ୟସ୍ତ କଲେ। କିନ୍ତୁ ଅଭୟବାବୁ ସଫେଇ ଦେବାକୁ ଚାହିଁଲେ ନାହିଁ। ଏମାନେ ବୁଝିବେ ନାହିଁ। ମୁଁ ଯାହା କରିଛି, ଠିକ୍ କରିଛି। ମିଁ କିରାଣି ପଦରେ ଛପି ରହିବି, ମୋତେ କେହି ଚିହ୍ନିବେ ନାହିଁ। ମୁଁ କ'ଣ କରୁଛି ନ କରୁଛି କେହି ଧ୍ୟାନ ଦେବେ ନାହିଁ। ତେଣୁ ମୁଁ ମୋର ଦେଖିଲା କାମ କରିବି।

ମୁଁ ମନ ଇଚ୍ଛା ବହି ପଢ଼ିବି। ପରୀକ୍ଷା ଦେବାପାଇଁ ନୁହେଁ। ନିଜକୁ ଓ ଦେଶକୁ ବଡ଼ କରିବାପାଇଁ। ଅଭୟବାବୁ ଅଫିସ୍ କାମ କଲେ। ଅଙ୍କ କଷିଲେ, ଚିଠିର ଚିଠା ତିଆରି କଲେ। ବେଳେବେଳେ ଷ୍ଟାଫ୍ ଆସୋସିଏସନ ମିଟିଙ୍ଗ୍‌ରେ ଯୋଗ ଦେଲେ, ଅଗ୍ନିଗର୍ଭ

ବକ୍ତୃତା ଶୁଣିଲେ। କିନ୍ତୁ ସେ ପ୍ରତିଦିନ ସଞ୍ଜ ବୁଡ଼ିବାକୁ ଅନେଇ ରହିଲେ। ସନ୍ଧ୍ୟାବେଳେ ଦୁଇଘଣ୍ଟା ଇତିହାସର ହିରୋମାନଙ୍କ କଥା ପଢ଼ିବାକୁ ହେବ। ସେଇଠି ଶକ୍ତି ... ପରମ ଶକ୍ତି ... ଯୋଡ଼ିଏ ବୋଲି ଝିଅ, ସରୋଜ କ'ଣ ସେମାନଙ୍କୁ ସମ୍ଭାଳି ପାରିବ ନାହିଁ?

ଦିନ ପରେ ସନ୍ଧ୍ୟା, ସନ୍ଧ୍ୟା ପରେ ରାତି। ରାତି ନିଷ୍ଫଳା ହୋଇପାରେ ନାହିଁ। ଫଳ ସ୍ୱରୂପ ଆଉ ଯୋଡ଼ିଏ ଝିଅ ସଂସାରକୁ ଆସିଲେ।

ହେଉ। ଅଭୟବାବୁ ଆପଣା ବାଟରେ ମାଡ଼ିଗଲେ। ପଢ଼ିଲେ ଏବଂ ନୋଟ୍ କଲେ। ନୋଟ୍ କଲେ ଏବଂ ଭାବିଲେ। ସରୋଜବାଳାଙ୍କ ମିନତି, ଅଭିମାନ ଏବଂ ନାଲି ଆଖିକୁ ଭ୍ରୂକ୍ଷେପ କଲେ ନାହିଁ।

ଜୀବନର ଏହି ଅଧ୍ୟାୟରେ ସେ ପର ସ୍ତ୍ରୀ ସବିତାକୁ କୁଣ୍ଢାଇଥିଲେ। ସବିତା ତାଙ୍କର ନିଦୁଆ ଆଖି, ଛୋଟ ନାକ, ବଡ଼ କପାଳ, ବିଦ୍ୟାର ବଡ଼ିମା, ବିନୟର ତନିମା ନା ଆଉ କେଉଁ ଅଂଶକୁ ଭଲ ପାଇଲା, ତା'ର ଅନୁମାନ କରିବା ନିରର୍ଥକ ବୋଲି ସେ ମନେ କଲେ। ଚୁମ୍ବନାବସ୍ଥାରେ ଓଠକୁ ବଙ୍କେଇଥିଲେ ମଧ୍ୟ ସେ ଉଲ୍ଲସିତ ହୋଇଥିଲେ। ତେବେ ତାଙ୍କ ମନରେ ଆସିଥିଲା ଯେ ସବିତା ସେକ୍ସନ୍ ଅଫିସରଙ୍କ ସ୍ତ୍ରୀ ନ ହୋଇ ଆହୁରି ଉପରବାଲା ଡେପୁଟି ଡାଇରେକ୍ଟର କିମ୍ବା ଡାଇରେକ୍ଟରଙ୍କ ସ୍ତ୍ରୀ ହୋଇଥିଲେ ଉପଭୋଗଟି ଆହୁରି କେଡ଼େ ମଜାର ହୋଇଥାଆନ୍ତା!

ପଢୁ ପଢୁ ସେ ବସୁଧାକୁ ଥରାଇ ଦେଉଥିବା ସମବେତ ଧ୍ୱନିର ପ୍ରତିଧ୍ୱନି ଶୁଣନ୍ତି। ଶୁଣନ୍ତି ଏବଂ ଶକ୍ତିର ସଂଚାର ଅନୁଭବ କରନ୍ତି। ଦିନବେଳେ ଏମିତି ହୁଏ ନାହିଁ, ସଞ୍ଜବେଳେ ଏମିତି ହୁଏ। କାରଣ ବର୍ତ୍ତମାନ ବହିର ହିରୋମାନେ ଅଭୟବାବୁଙ୍କ ଅନୁମତି ମାଗି ଜନତାର ହୃଦୟରେ ପ୍ରବେଶ କରନ୍ତି। ଅଭୟବାବୁ କିଛିକ୍ଷଣ ପାଇଁ ବହି ବୁଜିଦେଇ ଆଖି ବୁଜି ଦେଇ ମଣିଷର ଜୟଯାତ୍ରାକୁ ଦେଖନ୍ତି। ବୁଝୁଛ? ମୋ ବିନୁ ତୁମ ଧ୍ୱନି ସମାଜକୁ ବଦଳାଇ ପାରିବ ନାହିଁ, ନୂତନ ଯୁଗକୁ ପାଛୋଟି ଆଣି ପାରିବନାହିଁ। ମୁଁ ହେଉଛି ଅଦୃଶ୍ୟ ନାୟକ। ନିର୍ଦ୍ଦେଶକ। ...କିଏ କହେ ଅଭୟ ଦାସ କେବଳ ଜଣେ ଅପର ଡିଭିଜନ କିରାଣି, ନିର୍ବୀର୍ଯ୍ୟ, ନିଷ୍ପ୍ରାଣ, ନିର୍ଲଜ୍ଜ? ଅଭୟବାବୁ କୁଟିଳ ହସ ହସନ୍ତି।

...ଏହିପରି ଭାବରେ ବୟସ ବଢ଼ିଲା। ପନ୍ଦରବର୍ଷ ପରେ ଅଭୟ ବାବୁ ସିଲେକ୍ସନ ଗ୍ରେଡ୍ କିରାଣି ହେଲେ। ଭୱାନିପୁରରେ ଦୁଇବଖରା ଘର ଭଡ଼ା ନେଇପାରିଲେ ଏବଂ ସୁଖର ବିଷୟ ସେ ନ୍ୟାସନାଲ୍ ଲାଇବ୍ରେରୀର ମେମ୍ବର ହୋଇ ସେଇଠି ପଢ଼ାଶୁଣା କରିବାର ସୁଯୋଗ ପାଇପାରିଲେ।

ନ୍ୟାସନାଲ୍ ଲାଇବ୍ରେରୀରେ ପଢ଼ିଲା ପରେ ସେ ଇତିହାସର ବିସ୍ତୃତ ସୀମା

ଛୁଇଁ ପାରିଲେ। କେବଳ ହିରୋମାନଙ୍କ ଜୀବନୀ ନୁହେଁ, ସେମାନଙ୍କର କର୍ମ, ଧର୍ମ, ଫିଲସଫି ନେଇ ଯେତେକ ଚର୍ଚ୍ଚା ବାଦାନୁବାଦର ଆନନ୍ଦ ଲାଭ କରିପାରିଲେ। କହିବାକୁ ଗଲେ, ଅଠଚାଳିଶ ବର୍ଷ ବୟସରେ ଶତକଡ଼ା ପଚାଶ ଭାଗ କେଶ ପାଚିଗଲା ପରେ, ଭାବନାର କୁଞ୍ଚନ ଓ ବୟସର କୁଞ୍ଚନ ମିଶି ଆସିଲା ପରେ ଏବଂ ନ୍ୟାସନାଲ୍ ଲାଇବ୍ରେରୀକୁ ଅଧିକାର କଲାପରେ ଅଭୟବାବୁ ସୁନ୍ଦର ଦେଖାଗଲେ।

ଆଜି ମିସ୍ ଦତ୍ତ ଏମିତି କ'ଣ କହିଲା ? କାହିଁକି କହିଲା। ମୁଁ କ'ଣ ପ୍ରକୃତରେ ନିଜକୁ ଚିହ୍ନି ପାରିନାହିଁ।

ଘରମୁହାଁ ବାଟରେ ଅଭୟବାବୁ ବାରମ୍ବାର ସେହି କଥାଟିକୁ ପଲଟେଇ ହେଲେ। ପୋଷ୍ଟ ଗ୍ରାଜୁଏଟ୍ ଛାତ୍ରୀ ମିସ୍ ଦତ୍ତର ତରୁଣିମା ଓ ବୁଦ୍ଧି ଅଧିକତର ଉଜ୍ଜ୍ୱଳ ହୋଇ ଫୁଟି ଉଠିଲା। ନା, ତା'ର କଥାକୁ କିଛି ନୁହେଁ ବୋଲି ଉଡ଼େଇ ଦେବାର ନୁହେଁ।

ମୌସୁମୀର ସନ୍ଧ୍ୟା ଘେରି ଆସୁଥିଲା। ସଞ୍ଜ ଅନ୍ଧାର ଓ ପଶ୍ଚିମ ଆକାଶରେ ଘନେଇ ଆସୁଥିବା ମେଘମାଳାର ଅନ୍ଧାର ଏକାଠି ହୋଇ ଆସୁଥିଲେ। ଅଭୟବାବୁଙ୍କୁ ଦେଖିବାକୁ ଭଲ ଲାଗୁଥିଲା। ମନେ ହେଉଥିଲା ଯେ ସେମାନେ ତାଙ୍କୁ ପରମ ସ୍ନେହରେ ଘୋଡ଼େଇ ଦେଉଛନ୍ତି। ଇତିହାସ ଯୁଆଡ଼େ ଗଲେ ଯାଉ, ସେମାନଙ୍କ କୋଳରେ ପଶି ଗେହ୍ଲେଇ ହେବାକୁ ଡାକୁଛନ୍ତି।

ବସ୍ ଭିତରେ ଖୁନ୍ଦା ଖୁନ୍ଦି ଠେଲିପେଲି ହୋଇ ଆକାଶକୁ ଭୁଲିଗଲେ ମଧ୍ୟ, ଗୁଲୁଗୁଲିର ଅଜସ୍ର ଝାଳ ବହିଲେ ମଧ୍ୟ ଅଭୟବାବୁ ବିଚଳିତ ହେଲେ ନାହିଁ। ଘର ପାଖ ହୋଇଆସୁଛି, ଉତ୍କଣ୍ଠା ବଢ଼ୁଛି।

ମୁଁ ବୁଢ଼ା ହୋଇଥିଲେ, ମୋର ଦାନ୍ତ ପଡ଼ି ଯାଇଥିଲେ ଅନ୍ୟ କଥା ହୋଇଥାଆନ୍ତା। କିନ୍ତୁ ମୋତେ ମାତ୍ର ଅଠଚାଳିଶ ବର୍ଷ, ମୋର ଦାନ୍ତ ଅତୁଟ ରହିଛି। ତେଣୁ ମିସ୍ ଦତ୍ତ ଯାହା କହିଲା ତାହା ଯଦି ସତ ହୋଇଥାଏ, ତାହାହେଲେ ସତଟି ଆଜିକାର ନୁହେଁ, ସବୁଦିନର...

କିମ୍ବା ହୁଏତ ମୁଁ ମୋର ସିଂହାସନ ପାଇ ସାରିଛି ...

ଅତି ଆଶ୍ଚର୍ଯ୍ୟ ! ଦୁଇ ଘର ମଝିରେ ବହଳ ହୋଇ ବସିଥିବା ଲେନ୍ଧରା ଆଖି ଦେଖାଇଥିବା ନର୍ଦ୍ଦମାର କଡ଼ରେ ସବିତାର ଆକ୍ରମଣ ପରେ ଏଭଳି ବିସ୍ମୟକର ଅନୁଭୂତି ବୋଧହୁଏ ପୂର୍ବରୁ କେବେ ଆସି ନଥିଲା।

ଘରେ ପାଦ ନ ଦେଉଣୁ ଅଭୟବାବୁ ଉଚ୍ଚାଟ ହେଲେ, ପାଟି ମେଲା ହୋଇ ଆସିଲା। କିନ୍ତୁ ସେ ଦେଖିଲେ ଯେ ଚାରିଆଡ଼ ଅନ୍ଧାର। ଆଜି ହେଉଛି ଲୋଡ୍ ଶେଡିଙ୍ଗ୍ ..ଡ୍ୟାମ୍ !

କିଛି କ୍ଷତି ନାହିଁ, ଘରେ ମହମବତି ଅଛି। ଅଭୟବାବୁ ଡାକ ଛାଡ଼ିଲେ, ଜୁଗୁଲ୍,ଏ ଜୁଗୁଲ୍ ...

ଜାଗୃତିର ଡାକ ନାଁ ଜୁଗୁଲ୍। ଦେଢ଼ବର୍ଷ ତଳେ ବାହା ହୋଇଛି। ତିନିମାସ ତଳେ ବାପଘରେ ପୁଅଟିଏ ହୋଇଛି।

ଜୁଗୁଲ୍ ଆଜ୍ଞା ବୋଲି କହିବା ପୂର୍ବରୁ ଅଭୟବାବୁ ପ୍ରଶ୍ନ କଲେ, ତୋ ପୁଅ କାହିଁ? ଶୋଇଛି ନା ଖେଳୁଛି?

ଘରକୋଣରୁ ସରୋଜବାଳା ମହମବତିଟିଏ ଧରି ବାହାରି ଆସିଲେ। ଛିଗୁଲେଇ ହୋଇ କହିଲେ, ମଲା ମୋର! ଏତେଦିନକେ ନାତି କଥା ମନେ ପଡ଼ିଲା? ନାତିକୁ ଆସି ତିନିମାସ ହେଲା ଥରେ ହେଲେ ତାକୁ କୋଳରେ ଧରିଲ ନାହିଁ କି ତା'ହସ ଦେଖିଲ ନାହିଁ ...

ଅଭୟବାବୁ ପ୍ରତିବାଦ ନକରି କହିଲେ, ମୁଁ ଜାଣେ, ମୁଁ ଜାଣେ, ମୋତେ ଚେତେଇ ଦେବା ଦରକାର ନାହିଁ। କିନ୍ତୁ ବିଶ୍ୱାସ କର, ମୁଁ ଆଜି ତା' ହସଟିକ ଦେଖିବା ପାଇଁ ତରତର ହୋଇ ପଳେଇ ଆସିଛି।

ମାଆ ଝିଅ ଅଭୟବାବୁଙ୍କ ପ୍ରତ୍ୟକ୍ଷ ବାତ୍ସଲ୍ୟର ଚେହେରା ଦେଖି ଅଭିଭୂତ ହେଲେ। ପରସ୍ପର ମୁହଁ ଚୁହାଁଚୁହିଁ ହେଲେ। ଜୁଗୁଲ୍ କହି ଆସୁଥିଲା ଯେ ଯଦିଓ ପୁଅ ଏଇକ୍ଷଣି ଖେଳୁଛି, ତା'ମୁଣ୍ଡ ପାଖରେ ମହମବତି ରଖିଲେ ଅସୁବିଧା ହୋଇପାରେ ... ହେଲେ ସରୋଜବାଳା ତାକୁ ଦବେଇ ଦେଲେ, କହିଲେ, ତା'ର ବ୍ୟବସ୍ଥା ମୁଁ କରିବି, ତୋର ଭାବିବା ଦରକାର ନାହିଁ।

ସେଇଠୁଁ ଗୋଟିଏ ସୁନ୍ଦର କମକରା କାଚଦାନୀରେ ମହମବତିଟିଏ ଜଳିଲା। ନାତିର ମୁହଁକୁ ଆଲୁଅରେ ପଖାଳି ଦେଲା। ନାତି ହସୁଛି। ଗୋଡ଼ହାତ ଛାଟି ହେଉଛି। ଅକାରଣରେ ହସୁଛି। ଏଇ ହସ କ'ଣ ମୋର?

ମିସ୍ ଦତ୍ତ କହିଲା ଯେ, ମୁଁ ଯେତେବେଳେ ବହିରୁ ମୁଣ୍ଡଟେକି ଉପରକୁ ଅନାଏ ଏବଂ ମନେ ମନେ ହସେ ସେତେବେଳେ ସେ ମୁଗ୍ଧ ହୋଇ ମୋ ଆଡ଼କୁ ଚାହେଁ। ତା'ର ମନେ ହୁଏ ଯେ ଗୋଟିଏ ତିନି ମାସିଆ ଶିଶୁ ହସି ଦେଉଛି ...

ମୁଁ କ'ଣ ପ୍ରକୃତରେ ଏତେ ସରଳ, ଏତେ ନିର୍ବୋଧ। କେବଳ ଜନ୍ମିଛି ବୋଲି ବଞ୍ଚିଛି ବୋଲି ହସୁଛି? ଇତିହାସର ଧୂଳିଟିଏ ହୋଇ ହସୁଛି?

ହସୁ ହସୁ ନାତିର କ'ଣ ହେଲା, ଭୋକ କଲା ପେଟ ଟାଣିଲା କି କ'ଣ ହେଲା କେଜାଣି, ସେ କାନ୍ଦି ଉଠିଲା।

ଅଭୟବାବୁଙ୍କୁ ଚାଉଁକିନି ଲାଗିଲା। ଏଇ କାନ୍ଦ ... ମୁଁ କ'ଣ ଏମିତି କାନ୍ଦି

ପାରିବି ? ଯେତେକ ଲୁହ ଥିଲା କେଉଁ କୋରଡ଼ ଭିତରେ ପଶିଗଲାଣି, ତାକୁ ଓଟାରି ଆଣିପାରିବି ? ଅଭୟବାବୁ ଓଠ କାମୁଡ଼ିଲେ । ପାରିବି ପାରିବି, ନିଶ୍ଚୟ ପାରିବି । ମରିବା ପୂର୍ବରୁ ଥରେ ହେଲେ ମନ ଖୋଲି ଭେଁ ଭେଁ ହୋଇ କାନ୍ଦିବି । ଇତିହାସ, ସରୋଜବାଳା, ମୋର ବାପାଙ୍କ ଭୂତ କେହି ମୋତେ ମନା କରିପାରିବେ ନାହିଁ ।

■

ଜରୁରୀ ଅବସ୍ଥା

ମୁଁ କେବଳ ଲେଖିବି ବୋଲି ଲେଖୁନାହିଁ। ତାହାହେଲେ ଫାଇଲ୍ ଉପରେ ଲେଖିଥାଆନ୍ତି, ଆଦେଶ ନିର୍ଦ୍ଦେଶର ଚମତ୍କାରିତା ଦେଖାଇଥାଆନ୍ତି କିମ୍ବା ଚିଠିରେ ଲେଖିଥାଆନ୍ତି। କାହାକୁ କିପରି ଭାବରେ ଲେଖିବା ଉଚିତ, କେଉଁଠି କେତେ ପରିମାଣରେ ଆଧ୍ୟାତ୍ମିକ, ବ୍ୟବହାରିକ, ରୋମାଣ୍ଟିକ୍ ଅଥବା ଅଶ୍ଲୀଳ ଶବ୍ଦ ପ୍ରୟୋଗ କଲେ ଭାଇବନ୍ଧୁ କୁଟୁମ୍ବ ପିଲାଦିନର ସାଙ୍ଗ ବୁଢ଼ାଦିନର ସାଙ୍ଗ ଖୁସି ହେବେ ତା'ର ତତ୍ତ୍ୱ ମୋତେ ଭଲ ଭାବରେ ଜଣାଅଛି। କିନ୍ତୁ ମୁଁ ସାହିତ୍ୟ ଲେଖୁଛି, (ଯାହାର 'ସ' ଅକ୍ଷର ଜାଣେ ନାହିଁ) ଯେହେତୁ ମୋର ଗୋଟିଏ ଜରୁରୀ କଥା, ଜରୁରୀ ଅବସ୍ଥାର କଥା କହିବାର ଅଛି। ସାହିତ୍ୟ ବୋଲି ମୋର ଏଇ କଥାଟି ଅମର ହୋଇ ରହିଯିବ, ଏଇ ଭରସାରେ ଲେଖୁଛି।

ମୋର ଲେଖାରେ ଭାବଭାଷା ବ୍ୟାକରଣର କିଛି ବୋଲି କିଛି ନଥାଇପାରେ। କିନ୍ତୁ ଏହା ଅଗ୍ନିଗର୍ଭ। ଅତ୍ୟନ୍ତ ଅନିବାର୍ଯ୍ୟ। ତେଣୁ ମୋର ବିଶ୍ୱାସ ଆପଣ ଏହାକୁ ସଯତ୍ନରେ ପଢ଼ିବେ ଏବଂ ରଖିବେ।

ଏଇ କାଲିକା କଥା। ଚବିଶ ଘଣ୍ଟା ପୂରିନାହିଁ। କିନ୍ତୁ ମୋତେ ଯୁଗେ ପରି ଲାଗୁଛି। ମନେ ହେଉଛି ବିଳମ୍ବ ହୋଇଗଲାଣି। ଗତକାଲି ସନ୍ଧ୍ୟାବେଳେ ମୁଁ ସେମାନଙ୍କ ଆଡ୍ଡାରେ ପ୍ରବେଶ କଲି। ଆଉ କ'ଣ କରିପାରିଥାଆନ୍ତି ? ସ୍ପେଶାଲିଷ୍ଟ୍ ପାଖରୁ ଫେରି ନିଜ ଲୋକମାନଙ୍କ ସହିତ ବିଶ୍ରମ୍ଭାଳାପ କରିବାର ସାହସ ନଥିଲା ଏବଂ ଏକୁଟିଆ ବସି ବିଶ୍ୱବିଧାତାର ସେହି ନିଜ ଲୋକମାନଙ୍କୁ ପ୍ରକୃତି ନାମକ ନିର୍ମମ ମୃତ୍ୟୁହୀନ ଗଛପତର ତାରା ଆକାଶମାନଙ୍କୁ ଚାହିଁ ରହିବାର ଯନ୍ତ୍ରଣା ସହିପାରି ନ ଥାଆନ୍ତି।

ତେଣୁ ମୁଁ ଆଡ୍ଡାରେ ପ୍ରବେଶ କଲି। ସେମାନେ ମୋର ନିଜ ଲୋକ ନୁହଁନ୍ତି। ମୋର ଦେଶବାସୀ।

"ଶଳାଙ୍କୁ ଖାଲି ପିଟିବା କଥା!"

ପହଞ୍ଚିଲା ମାତ୍ରେ ଏହି ମନଖୋଲା ମନ୍ତବ୍ୟ ଶୁଣିଲି ଏବଂ ବୁଝିଲି ଯେ ଆଡ୍ଡାଟି

ବେଶ୍ ଜମି ଆସିଲାଣି। ବାର୍ତ୍ତାଳାପ ପାରିବାରିକ ପର୍ଯ୍ୟାୟରୁ ଉନ୍ନୀତ ହୋଇ ଜାତୀୟ କ୍ଷେତ୍ରରେ ପହଞ୍ଚିଲାଣି। ଆଗକୁ ଆଉ କିଛି ନ ଶୁଣି ରହସ୍ୟଭେଦ କରିବାକୁ ଇଚ୍ଛା ହେଲା, ଶଳାମାନେ କିଏ ?

କେଉଁ ଜଣକ ମନ୍ତବ୍ୟ ଦେଲେ, ମୁଁ ଲକ୍ଷ୍ୟ କରିପାରି ନଥିଲି। କିନ୍ତୁ ସେଥିରୁ ରହସ୍ୟ ଭେଦ କରିବାରେ ବିଶେଷ ବାହାଦୁରୀ ନାହିଁ। ମୋର ଦେଶବାସୀ ଅର୍ଥାତ୍ ସହକର୍ମୀଗଣ ସମଶକ୍ତିମାନ୍। ପ୍ରତ୍ୟେକ ବିଭିନ୍ନ ବିଭାଗର ବଡ଼କର୍ତ୍ତା, ନମ୍ବର ଏକ କିମ୍ବା ନମ୍ବର ଦୁଇ, ପ୍ରତ୍ୟେକ ଏକାଧିକବାର ପ୍ୟାରିସ୍ ରୋମ୍ ମସ୍କୋ ଆଦି ବୁଲି ଆସିଛନ୍ତି, ପ୍ରତ୍ୟେକ ଆନ୍ତର୍ଜାତିକ ଗୋଲ୍‌ଟେବୁଲ୍ ବୈଠକରେ ପେନ୍‌ସିଲ୍ ଠୁକ୍‌ଠୁକ୍ କରିଛନ୍ତି ଏବଂ ପ୍ରତ୍ୟେକ ଦେଶର ଅନେକ ନଗଣ୍ୟମାନଙ୍କର ବୋଝ ମୁଣ୍ଡେଇଛନ୍ତି। ପ୍ରତ୍ୟେକ ମୋର ପ୍ରତିବିମ୍ବ, ଦେଶର ଦଶକ। ଅବସର ମୁହୂର୍ତ୍ତରେ ଟାଇ ହୁଗୁଳାଇ ଶଳା କହିବାର ଅଧିକାର ସେମାନଙ୍କର ଅଛି।

ଆଜି କେଉଁ ଶଳାମାନଙ୍କୁ ଶଳା ବୋଲି କୁହାଗଲା, ସେତକ ଯଦି ଠଉରେଇ ପାରିବ ତାହାହେଲେ ଯାଇ ଜାଣିବ, ମୋର ଆଉ ଯାହାକିଛି ନଷ୍ଟ ହେଲେ ହେଉ ପଛକେ ମୋର ଷଷ୍ଠେନ୍ଦ୍ରିୟ ଦାଉ ଦାଉ ଜଳୁଛି। କେଉଁ ସ୍ପେଶାଲିଷ୍ଟ ତାକୁ ଭାଙ୍ଗିଯାଇଛି, ସରିଯାଇଛି ବୋଲି କାଟିଦେଇ ପାରିବ ନାହିଁ।

କହିବ ? କହିବ ?

ଟୋପିଧାରୀ ମନ୍ତ୍ରୀଙ୍କ ଦଳ ? ନା, ନା, ସେମାନଙ୍କ ପ୍ରତି ପ୍ରାୟ ଏଭଳି ଭାଷା ବ୍ୟବହାର କରାଯାଏ ନାହିଁ। ଯେତେହେଲେ ଆମର ଉପରିସ୍ଥ। ସେମାନଙ୍କୁ ଭଣ୍ଡ, ନିର୍ବୋଧ, ଫୁଲ୍‌ସ୍, ହିପୋକ୍ରିଟ୍‌ସ ଜାତୀୟ କୌଣସି ଏକ ବିଶେଷରେ ଭୂଷିତ କଲେ ଯଥେଷ୍ଟ। ପିଟିବାର ପ୍ରଶ୍ନ ଉଠୁନାହିଁ।

ଲଫଙ୍ଗା ଲୋକପ୍ରତିନିଧି ? ତେବେ ସେମାନେ କେବଳ ଶାସନର ବାରିଆଢ଼େ ପାଟିତୁଣ୍ଡ କରିବା ଦଳ। ଅକାରଣରେ କାହିଁକି ଆମେ ତାଙ୍କର ଅଙ୍ଗସ୍ପର୍ଶ କରିବାପାଇଁ ମନ ବଳାଇବୁ ?

ବୁଝିଲି, ପେଟୁଆ ଶେଠ୍ ସଂପ୍ରଦାୟ। ସେମାନେ ଆମର ଅନିଷ୍ଟ କରି ନପାରିଲେ ମଧ୍ୟ ସେମାନଙ୍କର ଧନବହୁଳ ଚର୍ବିଳ ଅସହାୟତା ଆମର ଶାସକପଣକୁ ଖୁଜୁବୁଜୁ କରେ। ମଝିରେ ମଝିରେ ସେମାନଙ୍କ ପିଠିରେ ଦି'ପୁଞ୍ଜା ଥୋଇଦେଲେ ଶାନ୍ତି ଲାଗେ। ଆମର ପ୍ରଗତିବାଦ ପରିସ୍ଫୁଟ ହୁଏ। ଯେହେତୁ ଆଜିର ଶିରୋନାମା ମୂଲ୍ୟବୃଦ୍ଧି ମୋର ପୂର୍ଣ୍ଣ ବିଶ୍ୱାସ ଯେ ଆଜି ସେମାନଙ୍କ ପାଳି ଆସିଛି –

କିନ୍ତୁ ମୋର ଭାଇମାନଙ୍କର ନୀରବତା, ମନ୍ଥର ଭାବଗମ୍ଭୀର ଚାହାପାନ ଦେଖି

ମୋର ମନେହେଲା ଯେ ମୋର ଅନୁମାନ ଭୁଲ୍। ଏହି ମାଡ଼ମାରିବା ପ୍ରସ୍ତାବରେ ଖେଳ କଉତୁକ ନାହିଁ। ନ ହେଲେ ପ୍ରସ୍ତାବ ପଡ଼ିବା ସାଂଗେ ସାଂଗେ ଆନନ୍ଦ କଳରବ ଶୁଣାଯାଇ ଥାଆନ୍ତା ଏବଂ ସେମାନେ ମୋର କରମର୍ଦ୍ଦନ କରିଥାନ୍ତେ। ସତେ କି ମୁଁ ଆଉ ଜଣେ ଖେଳୁଆଡ଼ ଠିକଣା ସମୟରେ ଆସି ପହଞ୍ଚିଗଲି।

ମୁଁ ନିରାଶ ହେଲି। ଶେଠ ସଂପ୍ରଦାୟ ନୁହେଁ। ଶ୍ରମିକ-କିରାଣି ଦଳ ମଧ୍ୟ ନୁହେଁ, କାରଣ ସେମାନେ ନିତ୍ୟ ନୈମିତ୍ତିକ ମାଡୁଆ। ଆମର ଦୃଢ଼ବିଶ୍ୱାସ ଯେ ସେଇ କାମଚୋରମାନଙ୍କର ଅସଭ୍ୟ ଆଚରଣ ଯୋଗୁଁ ସମାଜବାଦ ଆଗେଇ ପାରୁନାହିଁ। ତେଣୁ ପ୍ରତି ବୈଠକରେ ସେମାନଙ୍କର ଅସ୍ତିତ୍ୱକୁ ଧିକ୍ ବୋଲି କହିବା ଏକ ମାମୁଲି ପ୍ରାଥମିକ କିକ୍।

ବାକି ରହିଲେ ଛାତ୍ରଯୁବକ, ସେମାନଙ୍କ ପ୍ରତି ଶାସ୍ତିବିଧାନ କରିବା ଆମର କର୍ତ୍ତବ୍ୟ। ବିଭିନ୍ନ ସମୟରେ ଯେତେବେଳେ ସେମାନେ ମାତି ଉଠିଛନ୍ତି, ଆମେ ଆମର ଶାସନଦଣ୍ଡକୁ ଟେକି ଧରିଛୁ, ପ୍ରସ୍ତୁତିର ଘୋଷଣା କରିଛୁ, ଯଦ୍ୟପି ଦୁର୍ବଳ ଚିତ୍ତ ଅନ୍ୟମାନେ ଆମକୁ ଥାଉ ଥାଉ ବୋଲି କହୁଛନ୍ତି। ଆମର ମୂଳମନ୍ତ୍ର ହେଲା ନିର୍ଭୀକତା, ସତ୍‌ସାହସ। ନ ହେଲେ ଏଇ ଗଣତନ୍ତ୍ର କେବେଠୁଁ ଭୁଶୁଡି ଯାଆନ୍ତାଣି !

ବେଶ୍। ଛାତ୍ର ଗଣ୍ଡଗୋଳ ଆଜିର ଅନ୍ୟତମ ଶିରୋନାମା। ଆମରି ଏଇ ରାଜଧାନୀରେ ଗତ ଦୁଇତିନିଦିନ ମଧ୍ୟରେ ଅନେକ ହିଂସାତ୍ମକ କାଣ୍ଡ ଘଟିଗଲାଣି, କୁଳପତି ଇସ୍ତଫା ଦେଇ ପ୍ରତ୍ୟାହାର କରିନେଲେଣି, ଯେ କୌଣସି ମୁହୂର୍ତ୍ତରେ ବସ୍ ପୋଡ଼ାପୋଡ଼ି ଆରମ୍ଭ ହୋଇଯାଇପାରେ। ମୋର ମୂଳରୁ ବୁଝିବା ଉଚିତ୍ ଥିଲା ଯେ, ସେହିମାନେ ହିଁ ଆଜିକାର ଶଳା। ଜଣେ ସଜ୍ଜନ ପୁରୁଖା ପ୍ରସ୍ତାବ ଦେଲେ, ସେଥିରେ ଆଉ୍‌ଡାର ଆବେଗ ମାଡ଼ିଯିବା କଥା। ଅଥଚ କାହିଁକି ଏଇ ଗୁଳୁଗୁଳି ? ଏଇ ହାଣ୍ଡିମୁହଁ ? ସତେକି ଆମର ପୁଅ ମରିଯାଇଛି ...

ତତ୍‌କ୍ଷଣାତ୍ ମୋର ବୁଦ୍ଧିରେ ବିଜୁଳି ଖେଳିଗଲା। ହୁଏତ ଆମରି ଭିତରୁ କେତେଜଣଙ୍କର ପୁଅ ଗଣ୍ଡକୋଳରେ ଜଡ଼ିତ। ହୁଏତ ଆମରି ପୁଅମାନେ ଆମର ଶଳା !!

ଗୋଟାଏ ବିକଟ ହିଂସାଧ୍ୱନି ମୋର ସର୍ବାଙ୍ଗରେ ସଂଚାରିତ ହେଲା। ମୁଁ ସେମାନଙ୍କର ଅଧୋମୁଖୀ ଗମ୍ଭୀରତାକୁ ଭ୍ରୂକ୍ଷେପ ନ କରି ପାଟିକରି ଉଠିଲି – କାହାକଥା ପଡ଼ିଛି ? ସେଇ ଟୋକାମାନଙ୍କ କଥା ନା ? ପିଟ ପିଟ, ସେମାନଙ୍କୁ ଭଲକରି ପିଟ, ଗୋଟି ଗୋଟି କରି ଘୋସାରି ଆଣି ବିଛଣାରେ ଶୁଆଇ ଦିଅ, ବାର୍ଲିପାଣି ପିଆଅ। ତାହାହେଲେ ଯାଇଁ ପୃଥିବୀର ମଙ୍ଗଳ ହେବ।

ବଙ୍କା ବଡ଼ ନାକ ଘରୋଇ ବିଭାଗ ନରୋତ୍ତମ ସିଂ ଝୁଙ୍କିପଡ଼ି ମୋ ଆଡ଼କୁ

ଚାହିଁଲେ, ଅବିଶ୍ୱାସ ସୂଚକ ସ୍ଥିର ଚାହାଣିରେ ଚାହିଁଲେ। ତା'ପରେ ଭାରି ଆଖିପତା ବୁଜି ଆଣିଲେ। ସେଇଥିରୁ ମୁଁ ବୁଝିଲି ଯେ, ସେ ନିଜେ ପ୍ରସ୍ତାବଟି ଦେଇଛନ୍ତି, ଏଭଳି ଆଶାତୀତ ଟାଣୁଆ ସମର୍ଥନ ପାଇ ଅଭିଭୂତ ହୋଇପଡ଼ିଛନ୍ତି। ତାଙ୍କର ଚକ୍ଷୁ ଉନ୍ମୀଳିତ ହେବା ପୂର୍ବରୁ ମୁଁ ନିଜକୁ ଉଦ୍ଧାର କରିନେଲି। ଅନ୍ୟ ଭାଇମାନଙ୍କ ହାବଭାବ ଦେଖିଲି। ଦେଖିଲି ଡାକତାର ବିଭାଗ ଶଙ୍କର ଦତ୍ତଙ୍କର ବହଳ ନିଶ ଫଡକି ଉଠୁଛି।

ଦେଖିଲି କୃଷିବିଭାଗ ଜୟରାମନ୍ ଶୂନ୍ୟରେ ମୁଣ୍ଡ ହଲାଉଛନ୍ତି, ଯାହାର ଅର୍ଥ ପାରିବି ନାହିଁ ବାବୁ, ପାରିବି ନାହିଁ।

ଦେଖିଲି ଅଡିଟ୍ ବିଭାଗ ବି.କେ. ନିଗମ୍ ଓଠ କାମୁଡୁଛନ୍ତି, ସତେ କି ବିଚକ୍ଷଣ ବୁଦ୍ଧିର ଶେଷ ଉପାୟ ଖୋଜୁଛନ୍ତି। ଦେଖିଲି ଇନ୍‌କମ୍ ଟ୍ୟାକ୍ସ ଭଟ୍ଟ ମୋତେ ବିନିଦ୍ର ରକ୍ତ ଚକ୍ଷୁରେ ହାଣୁଛନ୍ତି।

ଆଉ ଦେଖିବାକୁ ମନ କଲିନାହିଁ। ବୁଝିନେଲି ଯେ ଏଇମାନେ ଏବଂ ଆଉ କେତେ ସଭାସଦ୍‌ଗଣ ଅଠାକାଠିରେ ପଡ଼ିଛନ୍ତି। ହୁଏତ ପୁଲିସ୍ ତାଙ୍କ ପୁଅକୁ ଧରିନେଇଛି, ନାଁ ଟିପି ନେଇଛି କିମ୍ବା ରିପୋର୍ଟ କରିଛି। ହୁଏତ କିଛି ହୋଇନାହିଁ, କିନ୍ତୁ ଆଶଙ୍କା ରହିଛି, ଯେହେତୁ ପୁଅ ଡ୍ରଗ୍‌ସ ସେବନ କରେ, ଅକଥ୍ୟ ପଡ଼ାରେ ଘୂରିବୁଲେ, ଅଥବା ବଡବଡ଼ିଆଙ୍କ ବିଚ୍ ବଜାରରେ ଗାଳି ଦିଏ। ବାପ ଏତେବଡ଼, ପୁଅ ଏତେ ଛୋଟ। ବାପ ପହିଲା ନମ୍ବର, ପୁଅ ଶଳା ପଦବାଚ୍ୟ। ଏହି ଅସ୍ୱାଭାବିକ ଅଶୋଭନୀୟ ସତ୍ୟକୁ ନେଇ କ'ଣ କରାଯିବ? ଦୁଃଖର ବିଷୟ ହେଉଛି ଯେ, ଏହି ସବୁ ଛାତ୍ରସଂପ୍ରଦାୟ ଗୋଟିଏ ଶ୍ରେଣୀ ନୁହେଁ, ଗୋଟିଏ ନିଶୁଣି ଯେଉଁଥିରେ ସବୁ ଶ୍ରେଣୀର ସନ୍ତାନମାନଙ୍କୁ ଚଢ଼ିବାକୁ ପଡ଼ିବ। ଗୋଟିଏ କଡ଼େଇ ଯେଉଁଥିରେ ଉଚ୍ଚନୀଚ ସମସ୍ତ ବାପାମାନଙ୍କର ପୁଅମାନଙ୍କୁ ପଶିବାକୁ ପଡ଼ିବ, ନହେଲେ ଡିଗ୍ରୀ ମିଳିବ ନାହିଁ। ବଡ଼ ଚାକିରି ପାଇଁ ମୂଳ ଦରଖାସ୍ତ ଖଣ୍ଡକ ଦେଇହେବ ନାହିଁ। କଡ଼େଇରେ ତେଲ ଫୁଟିଲେ କେବଳ ଅଧୁଆ ମୂଳା ଚଡ଼ ଚଡ଼ ହେବ, ଧୂଆ ମୂଳା ବଞ୍ଚିଯିବ, ଯାର ଗ୍ୟାରେଣ୍ଟି କିଏ ଦେବ, କେମିତି ଦେବ? ଯେଉଁମାନେ ଦେଶଟାକୁ ରସାତଳକୁ ନେଇ ଯାଉଛନ୍ତି, ଯେଉଁମାନଙ୍କୁ ଗାଳିଦେବା ଆମର କର୍ତ୍ତବ୍ୟ। ଆମ ପିଲାଏ ସେମାନଙ୍କଠାରୁ ଦୂରରେ ରହିପାରିବେ କି? ବିପଦଜନକ ଡ୍ରଗ୍‌ସ, ବହି, ସ୍ଲୋଗାନ୍‌ର ମୋହ ଛାଡ଼ି ପାରିବେ କି?

ଭାଇମାନେ ନିରାଶ ହୁଅନାହିଁ। ମୋର କଥା ଶୁଣ।

ମୁଁ କିଛି ଶୁଣାଇବା ପୂର୍ବରୁ ସେମାନେ ସାହସ ବାନ୍ଧି ନାନାଦି କଥା କହିବାକୁ ଲାଗିଲେ। ମୁଁ ବିରକ୍ତ ହେଲି। ମୁଁ ମୋର ନିକଟ ଅତୀତ, ଦୁଇଘଣ୍ଟା ପୂର୍ବର ଅସ୍ତିତ୍ୱକୁ ଫେରିଗଲି, ଯେତେବେଳେ ମୁଁ ଥିଲି, ସ୍ପେଶାଲିଷ୍ଟ ଥିଲା, ଯୋଡ଼ାଏ କାଠ ଚଉକି ଏବଂ

କାଠ ମୁହଁ ଉପରେ ଅସ୍ତସୂର୍ଯ୍ୟର ଆଲୁଅ ଚହଟୁଥିଲା । ସ୍ପେଶାଲିଷ୍ଟ ସତ୍ୟର ଦାୟିତ୍ୱ ସାରିଦେଲା ପରେ ସହାନୁଭୂତିର ଖେଳ ଖେଳୁଥିଲା । ପଚାରିଲା – ଆପଣଙ୍କର ପିଲାପିଲି କେତୋଟି ? ଉତ୍ତର ଦେଲି । କହିଲା, ମୋ ମତରେ ସେମାନଙ୍କୁ କିଛି ନ ଜଣାଇବା ଭଲ । ମୁଣ୍ଡ ଟୁଙ୍ଗାରିଲି । ପଚାରିଲି,– ସେମାନଙ୍କର ଭବିଷ୍ୟତ ମାନେ.. ? ମୁଁ ମୋର ସଂପୂର୍ଣ୍ଣ ଶାସନସୁଲଭ କାଠ ପଣିଆରେ ତାକୁ ପ୍ରହାର କଲି, କହିଲି– ପାଣ୍ଠି ଅଛି । ସେଇଠୁଁ, ଆଶ୍ଚର୍ଯ୍ୟର ବିଷୟ, ମୋର ମୁହଁ ଧୀରେ ଧୀରେ ଜେଲି ପରି ଲୁତୁପୁତୁ ହୋଇଗଲା ଓ ସୂର୍ଯ୍ୟର କିରଣମାନେ ତା'ର ସନ୍ଧିରେ ସନ୍ଧିରେ କ୍ରୀଡ଼ା କରିବାକୁ ଲାଗିଲେ । ମୁଁ ସ୍ପେଶାଲିଷ୍ଟର ବଡ଼ ଆଇନାରେ ମୋର ଭବିଷ୍ୟତକୁ ଦେଖିପାରିଲି । ଦେଖିଲି ମୋର ପାଣ୍ଠି ଅଛି ସିନା ପୁଅ ନାହିଁ, ଭବିଷ୍ୟତ ନାହିଁ । ମୋର ପୁଅ ଏମିତି ବସି ଉତ୍ତର ଦେଇ ପାରିବନାହିଁ । ମୋର ପୁଅ ଶାସକ ହୋଇପାରିବ ନାହିଁ । ମୁଁ ମୋର ମୁହଁକୁ ଝାଡ଼ିଲି, ପୋଛିଲି । ନିଜକୁ କହିଲି ଯେ ଯୁଗ ବଦଳିଯାଉଛି । ହୁଏତ ତା'ର ପ୍ରଭୁତ୍ୱ ଭିନ୍ନ ଦିଗରେ ବିକଶିବ, ସେ ଭିନ୍ନ ସମାଜର ଅନନ୍ୟ ଅଧିପତି ହେବ । କିନ୍ତୁ ମୋର ମନ ମାନିଲା ନାହିଁ । ମୁଁ ମୋର ଦେଶର ଇତିହାସ ପଢ଼ିଛି । ସମାଜ ବଦଳିବ, କିନ୍ତୁ ରଜା ପ୍ରଜା କାରବାର ବଦଳିବ ନାହିଁ ଏବଂ ସିଂହଛୁଆ ସିଂହ ନ ହେଲେ ରଜା ହୋଇପାରିବ ନାହିଁ ।

ମୁଁ ସ୍ପେଶାଲିଷ୍ଟର ସାନ୍ନିଧ୍ୟରୁ ପଳାୟନ କରି ମୋର ପୁଅ, ମୋର ସ୍ତ୍ରୀ, ମୋର ଇହକାଳ ପରକାଳ ସମସ୍ତଙ୍କୁ ଭାବନା ମୁଣିରେ ପୂରାଇ ନେଇ ଆସିଥିଲି, ନିରୋଳାରେ ଖୋଲି ଦେଖିବି ବୋଲି । କିନ୍ତୁ ମୁଁ ମୋର ନିଜ ଲୋକମାନଙ୍କ ପାଖକୁ ଯାଇପାରିଲି ନାହିଁ । ମୁଁ ଚିରନ୍ତନୀର ଚାନ୍ଦୁଆ ତଳେ ବସିପାରିଲି ନାହିଁ, ମୋ ଭାଇମାନଙ୍କ ଆଡ୍‌ଡାରେ ପ୍ରବେଶ କଲି । କିଏ ଜାଣିଥିଲା ଯେ ଏଇ ଆଡ୍‌ଡାର ସଂଘାତରେ ମୋ ପୁଅ ମୁଣିରୁ ମୁଣ୍ଡ ଟେକିବ, ମୋତେ ରଗେଇବ ?

ନା, ଭୁଲ୍ ବୁଝନ୍ତୁ ନାହିଁ । ମୋର ପୁଅ ଗଣ୍ଡଗୋଳରେ ମିଶିନାହିଁ । ସେ ସେମିତିକା ପିଲା ନୁହେଁ । କିନ୍ତୁ ସ୍ପେଶାଲିଷ୍ଟ ଘରେ ବସି ମୁଁ ସ୍ପଷ୍ଟ ଦେଖିପାରିଥିଲି ସେ ମୋ ପୁଅ ନୁହେଁ, ମୋର କେହି ନୁହେଁ । ସେ ଅପର ଲୋକମାନଙ୍କୁ ଭଲପାଏ ।

ସେମାନେ କୁହାକୁହି ହେଉଛନ୍ତି – ପ୍ରକୃତରେ ସବୁ ଟୋକାମାନେ ଖରାପ ନୁହନ୍ତି । ସେମାନଙ୍କୁ ଆମ ନେତାମାନେ ମନ୍ତ୍ରଣା ଦେଉଛନ୍ତି, ମୋ ପୁଅ ରବି ମାଟ୍ରିକୁଲେସନ୍‌ରେ ସ୍କଲରାସିପ୍ ପାଇଥିଲା ଆପଣ ଜାଣିଥିବେ । ଆମ ରାଜୁ ହେଉଛି ଖେଳୁଆଡ଼, ପିଲାଦିନୁ ସେ କୌଣସି ସଭା ସମିତିର ପାଖ ମାଡ଼ିନାହିଁ, କିନ୍ତୁ କ'ଣ ହେଲା କି ଯେଉଁଦିନୁ ତା ମୁଣ୍ଡରେ ଲାଠି ବାଜିଲା –ପୁଲିସ୍‌ର ଦୋଷ ବୋଲି ମୁଁ କହୁନାହିଁ, ସେହିଦିନୁ ତା'ର ମୁଣ୍ଡ ବିଗିଡ଼ି ଗଲା ମୋର ପୁଅ ନାହାନ୍ତି । କିନ୍ତୁ ମୁଁ ଜାଣେ

ସେମାନଙ୍କୁ ମାଡ଼ ଦେଇ ଜବତ୍ କରି ହେବନାହିଁ, ଅସଲ ହେଉଛି ବାପମାଙ୍କ ଟ୍ରେନିଙ୍ଗ, ପୂର୍ବପୁରୁଷ ଅମଳର ଠାକୁରଘର, ରାମାୟଣ ... ଆମ ପିଲାମାନେ ସେଣ୍ଟିମେଣ୍ଟାଲ, ସେମାନଙ୍କୁ ମାଡ଼ ମାରିଲେ ଫଳ ଓଲଟା ହେବ, ବରଂ ସେମାନଙ୍କୁ ଯଦି ଆମେ ସମସ୍ତେ ଏକାଠି ମିଶି ବୁଝେଇ ଶୁଝେଇ କହିବା ମୋ ମତରେ ତାଙ୍କ ଶିକ୍ଷକମାନେ ହେଉଛନ୍ତି ସବୁ ନାଟର ଗୁରୁ, ଡି.ପି.ଆଇକୁ କହି ହ୍ୟାପ୍‌ଙ୍କ ଦାନାପାଣି ବନ୍ଦ କରିଦେଲେ ମଜା ବାହାରିଯିବ ... ଯେ ଶୁଣିଛି, କହୁଛି ଯେ ରଘୁ କିଛି ଅସଭ୍ୟ ସ୍ଲୋଗାନ୍ ଦେଉ ନଥିଲା, ଖାଲି କହୁଥିଲା 'ସତ୍ୟମେବ ଜୟତେ'।

ମୋର ହୃଦୟ ଭିତରୁ କୋହ ଉଠିଲା। ହେ ମୋର ଶାସକଭାଇମାନେ, ତୁମର ବିଚାର ବୁଦ୍ଧି କୁଆଡ଼େ ହଜିଗଲା ? ତୁମେ ତୁମ ପୁଅମାନଙ୍କୁ ଚିହ୍ନିପାରୁ ନାହଁ ? 'ସତ୍ୟମେବ ଜୟତେ'ର ଚୁଲିନିଆଁ ଭବିଷ୍ୟତ ଦେଖିପାର ନାହଁ ?

ମୁଁ ଆଉ ସମ୍ଭାଳି ପାରିଲି ନାହିଁ। ମୁଁ ସେମାନଙ୍କର କ୍ଳୀବ ନୀରାବତାକୁ ଭାଙ୍ଗି ଦେଇଥିଲି। ବର୍ତ୍ତମାନ ସେମାନଙ୍କର କୂଜନକାକଳିକୁ କାଟି ଦେଲି। କହିଲି –

ଶୁଣନ୍ତୁ। ଆମେ ମରିବୁ। ଆଜି କିମ୍ବା କାଲି ଆମେ ସମସ୍ତେ ଗୋଟି ଗୋଟି ହୋଇ ମରିବୁ। କିନ୍ତୁ ଆପଣମାନେ କ'ଣ ଆପଣଙ୍କର ଭବିଷ୍ୟତକୁ ଗଳାଚିପି ମାରି ଦେବାକୁ ଚାହାନ୍ତି ? ଆପଣ କ'ଣ ଚାହାନ୍ତି ଏ ଦେଶ ଉଜୁଡ଼ିଯିବ ? ଶାସନର ଇସ୍ପାତ ଝଲମଲ ସୂର୍ଯ୍ୟ ବୁଡିଯିବ ?

ଆମେ ନୁହଁ ଅତି-ବୁଦ୍ଧି, ଅତି-ଧନିକ, ଅତି-ଭଲ, ଅତି-ମନ୍ଦ। ଆମେ ଶଙ୍ଖ, ଚକ୍ର, ଗଦା, ପଦ୍ମ ଧାରୀ ସଂପୂର୍ଣ୍ଣ ମଣିଷ। ତେଣୁ ପ୍ରଭୁତ୍ୱ ଆମର, ଦାୟିତ୍ୱ ଆମର, ସଂସ୍କାରଗତ ଅଧିକାର। ପ୍ରତି ବାଆକୁ ବତା ହୋଇଯିବାର ବାହାନା କରି ଆମେ ଆମ ଆସନରେ ବସିରହୁ। ଆମର ପ୍ରେମ, ଧର୍ମ, ରାଜନୀତି ଓ ଅର୍ଥନୀତିର ମୂଳମନ୍ତ୍ର ହେଲା ପ୍ରଜାମାନଙ୍କୁ ଚଳାଅ, ଅର୍ଥାତ୍ ଚାଲୁ ରଖ। ଚାଲନ୍ତୁ ସେମାନେ ଚାଲନ୍ତୁ, କାମ କରିଯାଆନ୍ତୁ, ପାଟିତୁଣ୍ଡ କଲେ ପଛକେ ଚାଲନ୍ତୁ, ହସିବାକୁ ହେଲେ ହସନ୍ତୁ, କାନ୍ଦିବାକୁ ହେଲେ କାନ୍ଦନ୍ତୁ, କିନ୍ତୁ ଚାଲନ୍ତୁ। ଯେ କୌଣସି 'ବାଦ'ର ଦୁହା ଦେଇ ଚାଲନ୍ତୁ। ଆମ କାମ ହେଲା ଯଥା ସମୟରେ ଶଙ୍ଖ, ଯଥା ସମୟରେ ଚକ୍ର, ଯଥା ସମୟରେ ...

କିନ୍ତୁ ଆମର ଦାୟାଦମାନେ- ମୋ ପୁଅ ରଞ୍ଜନ, 'ଆପଣଙ୍କ ପୁଅ ରଘୁ, ଆପଣଙ୍କ ପୁଅ ରବି ଏମାନେ ବୁଝନ୍ତି ନାହିଁ। ଏମାନେ ଦେଶକୁ ଭଲ ପାଆନ୍ତି ନାହିଁ, ଦେଶର ଲୋକମାନଙ୍କୁ ଅପର ଲୋକମାନଙ୍କୁ ଭଲପାଆନ୍ତି। ଏମାନେ ନିର୍ଗୁଣ ପ୍ରେମ ନିର୍ଗନ୍ଧ ନୀତିର କ, ଖ, ଗ ଜାଣନ୍ତି ନାହିଁ !

ତେଣୁ ମୁଁ କହୁଛି, ବେଳ ଥାଉଁ ଥାଉଁ ସେମାନଙ୍କୁ ଓଟାରି ଆଣ। ବାଡ଼େଇ ପିଟି ଘର

ଭିତରେ ବନ୍ଦକରି ବାର୍ଲିପାଣି ପିଆଅ। ସାଧାରଣ ଜନଗଣମନର ସଂସ୍ପର୍ଶରୁ ରକ୍ଷା କର। ଘରେ ଘରେ ସ୍ପେଶାଲ୍ ସ୍କୁଲ, କଲେଜ, ୟୁନିଭରସିଟି ତିଆରି କରି ଉପଯୁକ୍ତ ଶିକ୍ଷା ଦିଅ ...

ସ୍ପେଶାଲ୍ କଲେଜ?

ସ୍ପେଶାଲ୍ ୟୁନିଭରସିଟି?

କେତେ ଜଣ ଏହିପରି ପ୍ରଶ୍ନ କଲେ, ବିସ୍ଫାରିତ ନୟନରେ ମୋ ଆଡ଼କୁ ଅନେଇଲେ। ମୁଁ ଥକିଗଲି। କହିଲି – କିଓ, ଯୋଜନାର କାରାସାଦି ଆମକୁ ଜଣାନାହିଁ? ପ୍ଲାଟୋ ଚାଣକ୍ୟ ଇତ୍ୟାଦିଙ୍କଠାରୁ ବୁଦ୍ଧି ନେଇ, ଆଇନ୍ ଧାରା ଉପଧାରାର ପେଞ୍ଚ ତିଆରି କରି ଆମେ ଆମର ପିଲାମାନଙ୍କୁ ସେହି ଉଲଗ୍ନ ଗଣଦର୍ଶନରୁ ବଞ୍ଚାଇପାରିବା ନାହିଁ? ତାଙ୍କ ପାଇଁ ନିର୍ବାତ ନିଷ୍କମ୍ପ କାଚଘର ତିଆରି କରି ତାଙ୍କରି ହାତରେ ଆସନ୍ତାକାଲିର ରାଷ୍ଟ୍ରଦୀପ ଜଳାଇ ଦେଇପାରିବା ନାହିଁ? ଏତିକି ପାରିବା ନାହିଁ?

ଉଦ୍‌ବୋଧନର କୋଟୀରେ ପହଞ୍ଚି ମୁଁ ଭାଙ୍ଗିପଡ଼ିଲି। କାରଣ ମୋ ଆଖି ଆଗରେ ନାଚିଗଲା ମୋ ପୁଅ ରଞ୍ଜନର ଭାବକାତର ଷ୍ଟୁପିଡ୍ ମୁହଁ, ସେଥିରେ କବିତା ଅଛି, ଝଡ଼ ଅଛି... ମୁଁ ନିଜେ ଦେଖିଛି ସେ ପାଣୁ ମୋଚି ଉପରେ କବିତା ଲେଖୁଥିଲା!

ମୁଁ କାନ୍ଦି ପକାଇଲି। ମୋ ଆଖିକୁ ଲୁହ ଝରଝର ଝରିଲା। ମୁଁ କହିଲି – ମୁଁ ପାରିବି ନାହିଁ ଭାଇ, ମୋର ଆଉ ସମୟ ନାହିଁ। ଭବିଷ୍ୟତ ଆପଣଙ୍କୁ ଲାଗିଲା।

"କ'ଣ ହୋଇଛି ଆପଣଙ୍କର?"

(ଅଗତ୍ୟା) "କାନ୍‌ସର୍।"

ତା'ପରେ ସେମାନେ ମୋତେ ଘେରିଗଲେ। ସହାନୁଭୂତିଆ କମ୍ବଳରେ ବାନ୍ଧି ପକାଇଲେ। ମୁଁ ପ୍ରତିବାଦ କଲି, କହିଲି – କ'ଣ ହେଲା ସେଇଠୁଁ? ଆପଣ କ'ଣ ମରିବେ ନାହିଁ? ମିଷ୍ଟର୍ ନିଗମ୍, ମୁଁ ଜାଣେ ଆପଣଙ୍କର ଦୁଇଥର କରୋନାରି ହୋଇଗଲାଣି, ତୃତୀୟ ଥର ରକ୍ଷା ନାହିଁ। ଭଟସାହେବ, ରକ୍ତଚାପକୁ ବିଶ୍ୱାସ ନାହିଁ। ଜୟରାମନ୍ ବହୁମୂତ୍ର ... ଆପଣା ଜୀବନକୁ ମାର ଗୋଲି, ଆପଣା ଦେଶ, ଦେଶର ଭବିଷ୍ୟତକୁ ଚିନ୍ତାକର। ଉତ୍ତିଷ୍ଠତ, ଜାଗ୍ରତ। କିନ୍ତୁ ସେମାନେ ମୋତେ ଏମିତି ବାନ୍ଧି ପକାଇଲେ ଯେ ମୋର ଭାଷା ଅସ୍ପଷ୍ଟ, ଦୁର୍ବୋଧ୍ୟ ମନେ ହେଲା ଏବଂ ମୁଁ ଜାଣିଲି ଯେ ସେମାନେ କିଛି ଶୁଣିଲେ ନାହିଁ, ଜରୁରୀ ଅବସ୍ଥାଟିକୁ ବୁଝିପାରିଲେ ନାହିଁ।

ସେଇଥିପାଇଁ ମୁଁ ଲେଖୁଛି। ସାହିତ୍ୟ ରଚନା କରୁଛି। ଆଶା କରୁଛି ଯେ ଆପଣ ମୋର କର୍କଟ ରୋଗ ପ୍ରତି ଧ୍ୟାନ ନ ଦେଇ ଉଜ୍ଜ୍ୱଳ ଭବିଷ୍ୟତର ମଞ୍ଜି ପ୍ରାଣପ୍ରିୟ ଆମର ଏଇ କୁଳାଙ୍ଗାରମାନଙ୍କୁ ଘଣ୍ଟ ଘୋଡ଼େଇ ରଖିବେ। ଜୟ ହିନ୍ଦ୍।

କଳା କୋଇଲି

ଜଗନ୍ନାଥ ବାବୁ କୋଇଲିର କୁହୁ ଶୁଣିପାରିଲେ। ସେଥିରେ ତାଙ୍କର ବିରାଗ ତୁଟିଲା ନାହିଁ। ତାଙ୍କର ମନେ ହେଲା ଯେ ଇଏ ହେଉଛି ଓକିଲ ଯଦୁ ନାଏକର କୋଇଲି। ଯଦୁ ନାଏକ ଏମିତି ସେମିତି ଲୋକ ନୁହେଁ, ତା'ର କଳ କଉଶଳ ଦେବତାଙ୍କୁ ଆଗୋଚର। ମୋତେ ଇନ୍ଦିରା ବାରମ୍ବାର ଚେତାଇ ଦେଇଛି; କିନ୍ତୁ କଥା ହେଉଛି ଯେ ମୁଁ ଭିନ୍ନଧରଣର ଲୋକ, ବିଷୟବୁଦ୍ଧି ମୋ ମୁଣ୍ଡରେ ପଶେ ନାହିଁ। (ହାତଘଡ଼ି ଦେଖି) ବିଶୁର ଏତେ ଡେରି ହେଉଛି କାହିଁକି? ସେ କଣ ସିଧା ଯଦୁ ନାଏକ ଘରକୁ ଯାଇ ତା' ସାଙ୍ଗରେ ଫୁସ୍‌ଫୁସ୍ ହେଉଛି? ବିଶୁ ମୋ ପରି ନୁହେଁ। ଆମେ ଏକା ମାଆ ପେଟରୁ ଜନ୍ମ ହୋଇଛୁ, କିନ୍ତୁ ଆମ ଭିତରେ ଆକାଶ ପାତାଳ ପ୍ରଭେଦ। ବାପା ବୁଝିଥିଲେ, ବେଶ୍ ବୁଝିଥିଲେ...

କିଛି ଗୋଟାଏ କରିବା ପାଇଁ ଜଗନ୍ନାଥ ବାବୁ ତାଙ୍କ ପୃଥଳବପୁକୁ ପ୍ରାଚୀନ ଆରାମ ଚଉକିରୁ ଧୀରେ ଧୀରେ ଉଠାଇଲେ। ହେଲେ କରିବାକୁ କିଛି ନ ଥିଲା। କାମ ଆରମ୍ଭ ହେବାପାଇଁ ଆହୁରି ଦୁଇ ଘଣ୍ଟା ବାକି ଅଛି। ଅଗତ୍ୟା ସେ ପୁଣିଥରେ କୋଇଲିର କୁହୁସ୍ୱନ ଶୁଣିଲେ, ଏବଂ ଏହି ପୈତୃକ ଘର ଚାରି ପାଖରେ ଅନେକ ଘାସ, ଗଛପତର ଓ ପଶୁପକ୍ଷୀ ଅଛି ବୋଲି ସ୍ୱୀକାର କଲେ।

"ଦାମା, ଆରେ ଆଉ କପେ ଚା' ଆଣିଲୁ?"

ବୃଦ୍ଧ ବିଶ୍ୱସ୍ତ ଭୃତ୍ୟର ପୁଅ ଦୁଆର ବନ୍ଧରେ ଛିଡ଼ାହୋଇ ଦାନ୍ତ ଗିଜିଡ଼ିଲା। କହିଲା, "ଆଜ୍ଞା ଦୁଧ-"

"ଦୁଧ କଅଣ ହେଲା?"

"ଆଜ୍ଞା, ଧଳି ଶଙ୍କରୀ ନାରଙ୍ଗୀ କେହି ଦୁଧ ଦେଉନାହାନ୍ତି। ରଘୁଆଦା'ଙ୍କ ଘରୁ ତମପାଇଁ ଟିକିଏନାକୁ ମାଗି ଆଣିଥିଲି, ସରିଗଲାଣି।"

କୋଇଲିମାନଙ୍କ ସାଙ୍ଗରେ ଗାଈମାନଙ୍କର କୌଣସି ସମ୍ପର୍କ ନ ଥିଲେ ମଧ୍ୟ ଜଗନ୍ନାଥ ବାବୁଙ୍କ ଧାରଣା ହେଲା ଯେ ଏଠିକାର ପଶୁପକ୍ଷୀ ବହୁଳତା କେବଳ

ବହୁଳତା... ଆବଜନା... ଇନ୍ଦିରା ପାଉଡ଼ର ଦୁଧ ସାଙ୍ଗରେ ନେଇଯିବାକୁ କହୁଥିଲା, ମୁଁ ମିଛୁଟାରେ ମନା କଲି। ଯାହା ହେଉ ଧଳି, ଶଙ୍କରୀ, ନାରଙ୍ଗୀ ସମସ୍ତେ ମୋ ଭାଗରୁ ଯିବେ। ପଶୁପକ୍ଷୀ ତା' ବଦଳରେ ଯାହା ହେଉଛି ଦିଅ, ମୁଁ ଓଜର ଆପତ୍ତି କରିବି ନାହିଁ। ଜଗନ୍ନାଥବାବୁ ଆଖିବୁଜି ଆଶାର ସ୍ୱପ୍ନ ଦେଖିଲେ ଯେ, ପୈତୃକ ସମ୍ପତ୍ତିର ପ୍ରାପ୍ୟ ଅଂଶ କେତୋଟି ସୌଖିନ କାଗଜରେ ପରିଣତ ହୋଇ ତାଙ୍କ ବ୍ରିଫ୍‌କେସ୍‌ର କିପରି ମୁଣିରେ ଖଞ୍ଜି ହୋଇଯାଇଛି। ଅଳିଆ, ଆବର୍ଜନା, ମୁଣ୍ଡବଥା କିଛି କାହିଁ। କିନ୍ତୁ – କିଏ ଜାଣିଛି ? କେଉଁ ଆଡ଼ର ପାଣି କେଉଁଠିକି ଯିବ କିଏ ଜାଣିଛି ?

କ୍ରମଶଃ ନିଦ ଆସିଗଲା। କଲେଜ ନାହିଁ, ଇନ୍ଦିରା ବକର ବକର ହେଉନାହିଁ, ନଅଟାବେଳର ସାଇରେନ୍ ବାଜୁନାହିଁ, ଦ୍ୱିତୀୟବାର ପାଇଖାନାକୁ ଯିବା ପୂର୍ବରୁ ଚା' ମିଳିଲା ନାହିଁ... ଆଉ କଅଣ କରି ହୁଅନ୍ତା।

ଜଗନ୍ନାଥବାବୁଙ୍କ ଦୁରବସ୍ଥାରେ ତିଳେମାତ୍ର ବିଚଳିତ ନହୋଇ କୋଇଲି ସମେତ ବିଭିନ୍ନ ଚଢ଼େଇମାନେ ରଙ୍ଗଣି ଗାଆଁର ବସନ୍ତକୁ ନେଇ ଚିରାଚରିତ ଗୀତ ଗାଇଲେ। ଦିନ ବଢ଼ିବା ସଙ୍ଗେ ସଙ୍ଗେ ସେମାନଙ୍କ ଗଳା ଫିଟିଫିଟି ଆସିଲା; କାରଣ ଏଇ ଗାଆଁରେ ଆଲୁଅ ଅଛି ସିନା ତେଜ ନାହିଁ, ତାତି ନାହିଁ। ଯେଉଁ ଦିନଠାରୁ ମନୁ ମାହାନ୍ତିଙ୍କର ଆମ୍ବତୋଟା, ସଦାନନ୍ଦ କାନଗୋଇଙ୍କର ଫଳବଗିଚା, ମିଛୁ ମିଶ୍ରଙ୍କର ସାରି ସାରି ନଡ଼ିଆ ଗଛ ଏବଂ ଅନ୍ୟାନ୍ୟ ସ୍ନେହ ପାଳିତ ଗଛବୁରୁଛ କାୟା ମେଲାଇ ସୂର୍ଯ୍ୟକୁ ଘୋଡ଼େଇ ଦେଇଛନ୍ତି। ପୃଥିବୀରେ ସୁଆଦ ଅଛି, ଆକାଶରେ ନାହିଁ, ଦିଗନ୍ତରେ ନାହିଁ ବୋଲି ଖିଲିଖିଲି ହୋଇ ହସିଛନ୍ତି। ଯେତେକ ବେକାର ଅପଦାର୍ଥ ଭକ୍ଷଣପ୍ରିୟ ରମଣପ୍ରିୟ ପଶୁପକ୍ଷୀମାନଙ୍କୁ ଏବଂ ତତ୍‌ସମ ଟୋକାଟୋକୀମାନଙ୍କୁ ପ୍ରଶ୍ରୟ ଦେଇଛନ୍ତି। ମିଠା ଫଳଟିମାନ ଭାରୀ ଦେହରୁ ଉତାରି ଦେଇଛନ୍ତି, ନୂଆ ଫଳ ଆସିବ ବୋଲି ନୂଆ ବସନ୍ତକୁ ଲୋଡ଼ିଛନ୍ତି।

ସତସ୍ତରି ଗୋଟି ବସନ୍ତକୁ ଅତିକ୍ରମ କରି ମନୁ ମାହାନ୍ତି ଗତ ଦୀପାବଳି ଅମାବାସ୍ୟା ବାସିଦିନ ମରିଗଲେ। ମଲାବେଳକୁ ନିଜ ଲୋକ କେହି ପାଖରେ ନଥିଲେ। ମାହାନ୍ତିଆଣୀ କେବେଠୁ ସ୍ୱର୍ଗ ଲଭିଲେଣି। ବଡ଼ପୁଅ ଜଗନ୍ନାଥବାବୁ ରାଜଧାନୀ କଲେଜର ପ୍ରଫେସର। ସେ ଖାତା ଦେଖା ଭିଡ଼ରେ ଠେଲିପେଲି ହୋଇ ଆସିପାରିଲେ ନାହିଁ। ସାନପୁଅ ବିଶ୍ୱନାଥବାବୁ ଜଳସେଚନ ବିଭାଗ ହେଡ୍‌କ୍ୱାର୍ଟର୍ସରେ ହେଡ୍ କିରାଣି। ମନ୍ତ୍ରୀଙ୍କ ପାଇଁ କଅଣ ସବୁ ହିସାବକିତାବ ପ୍ରସ୍ତୁତ କରିବାକୁ ପଡ଼ିଲା ବୋଲି ସେ ମଧ୍ୟ ରହିଗଲେ। ଏଣୁକରି ପାଖରେ ଥିଲେ କେବଳ ଭୃତ୍ୟ ଭରତ (ତା'ର ଆଖିକୁ ଦିଶେ ନାହିଁ), ତା'ର ଚଗଲା ସାନ ପୁଅ ଦାମ ଏବଂ ସାହିପଡ଼ିଶା କେତେଜଣ।

ଏଇୟା ଘଟିବ ବୋଲି ମନୁ ମାହାନ୍ତି ଜାଣିଥିଲେ। ତଥାପି ସେ ରଙ୍ଗଣିଗାଆଁ ଛାଡ଼ି କେଉଁ ପୁଅ ପାଖକୁ କେଉଁ ପ୍ରବାସକୁ ଯିବାପାଇଁ ମଙ୍ଗି ନଥିଲେ। କେତେଜଣ ଶୁଭାକାଙ୍କ୍ଷୀ ବୁଢ଼ା ପରାମର୍ଶ ଦେଇଥିଲେ – "କିଓ ମାହାନ୍ତିଏ, ବୟସ ଏତେ ହେଲାଣି, ବସି ଉଠିପାରୁନାଁ; ତଥାପି ଏଇଠି ମୁହଁମାଡ଼ି ପଡ଼ିଛ କାହିଁକି ? ଏଇଥିରେ କଅଣ ପୁଣ୍ୟ ହେବ ବୋଲି ଭାବିଛ ? (ହେଃ ହେଃ)" ଉତ୍ତରରେ ମନୁ ମାହାନ୍ତି ତାଙ୍କର ନଛୋଡ଼ବନ୍ଧା ଚଉହାତିଆ ଲୋମଶ ବ୍ୟକ୍ତିତ୍ୱକୁ ହସରେ ପଖାଳି ଦେଇ କହିଥିଲେ – "ସତରେ ମୁଁ ବଡ଼ ପାପ କରିଛି। ଗୋଡ଼ରୁ ମୁଣ୍ଡଯାଏଁ ରଙ୍ଗଣି ଗାଆଁକୁ ଭଲ ପାଇଛି। କିନ୍ତୁ ଏଇ ବୁଢ଼ା ବୟସରେ ତାକୁ ଛାଡ଼ି କୁଆଡ଼େ ଯିବି କହିଲ ?"

ଶୁଭାକାଙ୍କ୍ଷୀମାନେ ଚାଲିଗଲା ପରେ ମନୁ ମାହାନ୍ତି ବେଳେବେଳେ ତାଙ୍କର ଖାସ୍ ଆରାମ ଚଉକିରେ ଆଉଜି (ବର୍ତ୍ତମାନ ଯାହା ଉପରେ ଶୋଇ ଜଗନ୍ନାଥ ବାବୁ ଘୁଙ୍ଗୁଡ଼ି ମାରୁଛନ୍ତି) ଆଖିବୁଜି ଦିଅନ୍ତି। ଆଖି ବୁଜିଲା ମାତ୍ରେ ତାଙ୍କ ଓଠ ଛୁଟି ପାଇ ଖେଳିଲା ପରି ମନେହୁଏ। ସତେକି ଗୋପନରେ ଲୋକଲୋଚନ ଅନ୍ତରାଳରେ ରଙ୍ଗଣି ଗାଁଆକୁ ପ୍ରେମ କରିବାର ଆନନ୍ଦ ଉପଭୋଗ କରୁଛନ୍ତି। ପ୍ରଥମେ ଆରମ୍ଭକରି ଗାଆଁ ମୁଣ୍ଡରେ ଥିବା ଶିବ ମନ୍ଦିର, ଯାହାର କାନ୍ଥରେ ମିଛୁ ମିଶ୍ରଙ୍କୁ ଲଙ୍ଗଳ ଚିହ୍ନରେ ଭୋଟଦିଅ ବୋଲି ଲେଖା ହୋଇଛି। ଅଗଣାରେ ନାଲି ମନ୍ଦାର ଫୁଟିଛି। ମନ୍ଦିର ଓ ଗାଆଁଗହଳି ମଝିରେ ଗୋଟିଏ ଗୋଚର ପଡ଼ିଆ, ପଡ଼ିଆରେ ଉଇହୁଙ୍କା କେଜାଣି କେତେ, ହୁଙ୍କାମାନଙ୍କ ସାଥିରେ କେଉଁ ମୁସଲମାନ ଭାଇର କବର ମୁଣ୍ଡ ଟେକିଛି। କବରକୁ ଆଉଜି ଦି'ଜଣିଆ ସୂର୍ଯ୍ୟାସ୍ତ ଦେଖିବାକୁ ଓ ଚଣା ଖାଇବାକୁ ଭଲ ଲାଗେ। ପରସ୍ପର ସହିତ କଥା ନ କହିଲେ ଦୂରେ ପଞ୍ଚନଳା ନଇ କୁଳୁକୁଳୁ ହୋଇ କଥା କହୁଛି ବୋଲି ମନେହୁଏ। ସେଇଠୁ ପରସ୍ପର ଦେହର ରକ୍ତ ଚଞ୍ଚଳ ହୋଇଉଠେ, କିଛି ହେଲେ କରିବା ପାଇଁ ବାଧ୍ୟ କରେ। ପଡ଼ିଆ ପାରି ହେଲେ ଗଛବୁରୁଛଙ୍କ ମେଳା। କେଉଁ ଜାତିର ଗଛମାନଙ୍କ ପାଖରେ କାହାର କୁଡ଼ିଆ କାହାର କୋଠା ଜଗୁଆଳି ହୋଇ ବସିଛି, ବୁଝିବା କଷ୍ଟ। ଭ୍ରମହୁଏ ଯେ ଗଛମାନେ ମାଲିକ, ସେଇମାନେ ମଣିଷମାନଙ୍କୁ ଯଥାସ୍ଥାନରେ ବସେଇ ଦେଇଛନ୍ତି। ଗୋଟିଏ ଘରୁ ଆଉ ଗୋଟିଏ ଘରକୁ ଗଲେ କେଉଁ ଗଛର ଗଣ୍ଡିକୁ ଆଉଁସିବାକୁ ପଡ଼ିବ। ଆଉ କାହାର ଝରାଫୁଲକୁ ଅକାରଣରେ ଦଳିବାକୁ ପଡ଼ିବ, କେଉଁ ଡିଆଁ ମାରୁଥିବା ଚଢ଼େଇର କିଚିରିମିଚିରି ଶୁଣିବାକୁ ପଡ଼ିବ। ହେଲେ ବେଳେବେଳେ ଶାଗୁଆ ପତର ଗହଳିରେ କଅଁଳ ମୁହଁଟିଏ ଭାସିଉଠେ, ଫୁଲପରି ଦେଖାଯାଏ। ଗାଆଁର ପାଦଦେଶର ସଭ୍ୟତାର କେତୋଟି ଚିହ୍ନ, ପୋଷ୍ଟଅଫିସ, ପ୍ରାଇମେରୀ ସ୍କୁଲ ଓ ଗ୍ରାମମଙ୍ଗଳ କେନ୍ଦ୍ର। ଏଇ ଖପରୋଳି ଘରଗୁଡ଼ିକ ବସ୍ତ୍ର ବିବର୍ଜିତ

ହୋଇ ଜଳଜଳ ଦେଖାଯାଆନ୍ତି। ସତେକି ଏମାନେ ରଙ୍ଗଣି ଗାଆଁର ନିଜ ଲୋକ ନୁହନ୍ତି; ତେଣୁ ଏମାନଙ୍କୁ ଏକଘରକିଆ କରି ରଖାଯାଇଛି। ପ୍ରାୟ ଖାଲି ପଡ଼ିଥିବା ଗ୍ରାମମଙ୍ଗଳ କେନ୍ଦ୍ରକୁ ମୋଟା ବ୍ୟବସାୟୀ, ଅଞ୍ଚଳର ନେତା, ଖବରକାଗଜ ପଢ଼ାଳି ଓଗେର ବୁଦ୍ଧିମାନ ପ୍ରାଣୀମାନେ ଆସନ୍ତି, ରଙ୍ଗଣି ଗାଆଁକୁ ଅର୍ଥ ଏବଂ ଜ୍ଞାନର ଉପାୟ ବତେଇ ଫେରିଯାଆନ୍ତି। ମଝିରେ ମଝିରେ ଏଠିକି ଆସିବାକୁ ଭଲ ଲାଗେ, ନିବୁଜ ଅନ୍ତରଙ୍ଗତାର ଦରଜା ଖୋଲିଦେଇ ଖୋଲା ପବନରେ ଝାଳ ଶୁଖେଇବାକୁ ଇଚ୍ଛା ହୁଏ... କିଛିକ୍ଷଣ ପାଇଁ। ସବାଶେଷକୁ ସବୁରି ଚାରିପାଖେ ପଞ୍ଚନଳା ନଈ। ନାଳ ପରି ଦେଖାଯାଏ; କିନ୍ତୁ ନଈ ପରି କୁଳୁକୁଳୁ ହୁଏ, ଅଧରାତିରେ ଗୁମୁରି ଉଠେ। ଶ୍ରାବଣ ମାସରେ ଉଚ୍ଛନ୍ନ ହୁଏ। ତାକୁ କେହି ମାନନ୍ତି ନାହିଁ। ଗାଆଁ ଲୋକମାନେ ଆଠକାଳି ବାରମାସି ତା' ମଝିରେ ଚାଲନ୍ତି, ତା'ର ଖଣ୍ଡିଖଣ୍ଡି ନେଳି ପାଣିରେ ବୁଡ଼ ଦିଅନ୍ତି ଏବଂ ବର୍ଷାଦିନେ ତା'ର ଫୁଲି ଉଠିଥିବା ଛାତିରେ ଛାତି ରଖି ପହଁରନ୍ତି, ତୁନିପଡ଼ ତୁନିପଡ଼ ଧନ ବୋଲି ବୁଝେଇ ଦିଅନ୍ତି। କିନ୍ତୁ ସଭିଏଁ ତାକୁ ଭଲ ପାଆନ୍ତି, ନିରୋଳାରେ ତାକୁ ସାକ୍ଷୀ କରି କେତେ ଗହିରିଆ ନିଃଶ୍ୱାସ ଛାଡ଼ନ୍ତି। ତା'ର ବାଲୁତପଣ ସେମାନଙ୍କ ମନ କଥାଟିକୁ ସିଧାସଳଖ ପରମପିତାଙ୍କ ପାଖରେ ପହଞ୍ଚେଇ ଦେବ ପରା...

"ଆଜ୍ଞା, ଚିଠି ଆସିଛି ଚିଠି।" ଅକାଳକୁଷ୍ମାଣ୍ଡ ଦାମା ଥରେ ଏଇୟା କହି ତାଙ୍କ ଦିବାନିଦ୍ରାକୁ ଭାଙ୍ଗି ଦେଇଥିଲା। ମନୁ ମାହାନ୍ତି ରାଗରେ ତମତମ ହୋଇ କ'ଣ କହିବେ ବୋଲି କହିପାରିଲେ ନାହିଁ, ତାକୁ ଭସ୍ମ କରିବାର ବାଟ ଖୋଜିପାରିଲେ ନାହିଁ। ଠିକଣାର ହସ୍ତାକ୍ଷର ଦେଖି ବୁଝିଲେ ଯେ ସାନପୁଅ ବିଶୁ ଚିଠି ଲେଖିଛି– ସେ ବରାବର ଚିଠି ଲେଖେ – କିନ୍ତୁ ସେଥିରେ ତାଙ୍କ ରାଗ ତିଳେମାତ୍ର ଘୁଞ୍ଚିଲା ନାହିଁ। ପୁଅମାନେ ଚିଠି ଦେବେ ଦିଅନ୍ତୁ, ଭଗବାନ ତାଙ୍କୁ ସୁଖରେ ରଖନ୍ତୁ; କିନ୍ତୁ ମୁଁ ଯାହା ଗଢ଼ିବାକୁ ବସିଥିଲି ତାକୁ ସେମାନେ ଶେଷ କରିବାକୁ ଦେବେ ନାହିଁ କାହିଁକି ? ସତେକି ସେ ରଙ୍ଗଣି ଗାଆଁର ଦିଅଁଯାଏଁ ମର୍ମଯାଏଁ ପହଞ୍ଚିପାରିନାହାନ୍ତି, କେବଳ ତାର ଶରୀର ପରିକ୍ରମା କରିପାରିଛନ୍ତି, ପ୍ରେମର କେନ୍ଦ୍ରକୁ ଛୁଇଁପାରିନାହାନ୍ତି... ଶଳା ଗଉଡ଼ଟୋକା ସବୁ ମାଟି କରିଦେଲା।

"ଆଜ୍ଞା ଉଠନ୍ତୁ ଉଠନ୍ତୁ, ସାନବାବୁ ଆସିଲେଣି।" ଦୁର୍ଦମନୀୟ ଦାମା ଜଗନ୍ନାଥବାବୁଙ୍କ ନିଦ ଭାଙ୍ଗି ଦେଲା। ଜଗନ୍ନାଥବାବୁ ବଲବଲ ହୋଇ ଆଗନ୍ତୁକ ବିଶୁକୁ ଦେଖିଲେ ତା'ର ଚଟ୍‌ପଟ୍ ପ୍ରଣାମ ଗ୍ରହଣ କଲେ ଓ ସେ କାହିଁକି ହସୁଛି ବୁଝିପାରିଲେ ନାହିଁ।

"ମୁଁ ରାତି ତିନିଟାରୁ ବାହାରିଛି। ଏସ୍.ଡି.ଓ.ଙ୍କ ଜିପ୍‌ରେ ଆସିଲି। ବାଟରେ

ଟିକିଏ ଡେରି ହେଲା, କାହିଁକିନା ଏସ୍.ଡି.ଓ.ଙ୍କର ଚଢ଼େଇ ଶିକାର କରିଯିବାକୁ ମନେ ହେଲା। ଏ ରାସ୍ତାରେ ଏଡ଼େ ବଢ଼ିଆ ଚଢ଼େଇ ମିଳନ୍ତି ମୁଁ ଜାଣି ନଥିଲି। ଏସ୍.ଡି.ଓ. ସାହେବ ମୋ ହାତରେ ତିନିଟା ହରଡ଼ ଚଢ଼େଇ ଧରେଇ ଦେଇଛନ୍ତି, ମୁଁ ଦାମାକୁ ଦେଇଛି ରାନ୍ଧିବା ପାଇଁ... ତମେ କେତେବେଳୁ ଅପେକ୍ଷା କରିଛ ? (ସ୍ମିତହାସ)"

ବର୍ତ୍ତମାନ ଜଗନ୍ନାଥବାବୁ ବୁଝିଲେ। ବିଶୁ ଜଣାଇଦେବାକୁ ଚାହେଁ ଯେ ଭାଇ ଅଳସୁଆ, ଭାଇ ସୁସ୍ଥି, ସମ୍ପତ୍ତିର ଦାୟିତ୍ୱ ବହନ କରିବା ତା' ପକ୍ଷରେ ସମ୍ଭବ ନୁହେଁ। ଦେଖ, ସେ ଦିନ ଦଶଟାବେଳେ ଶୋଇ ରହିଛି; ଅଥଚ ମୁଁ ଝାଳନାଳ ହୋଇ ଆହାର ପାଇଁ ତିନିଟା ଚଢ଼େଇ ଯୋଗାଡ଼ କରିଆଣିଛି। ଅବଜ୍ଞାରେ ଜଗନ୍ନାଥବାବୁଙ୍କ ଓଠ ତଳକୁ ନେସେଡ଼ି ହୋଇଗଲା। ବୁଝିଲି। ତୁ ବାପାଙ୍କର କାମିକା ପୁଅ। ଦରକାର ପଡ଼ିଲେ ତୁ ଶାଗୁଣାକୁ ମାରି ତା'ର ମାଂସ ଆଣି ହାଜିର କରିପାରୁ।

ଦୁଇଭାଇ ଅନେକ ସମୟ ମୁହଁ ଚୁହାଁଚୁହିଁ ହୋଇ ବସି ରହିଲେ। କଣ ହେଲା ? ଭାଗବଣ୍ଟରା କଥା ପକେଇବାକୁ ଲାଜ ଲାଗୁଛି ? ନା, ବୋଧହୁଏ ବାପାଙ୍କ ପରେ ଏମିତି ଆସ୍ଥାନ ଜମେଇ ବସିବାକୁ ଲାଜ ଲାଗୁଛି। ଶୂନ୍ୟ ମନ୍ଦିରରେ ଆପଣାର ଦୈର୍ଘ୍ୟ ପ୍ରସ୍ଥ, ନବଜାତ ବ୍ୟକ୍ତିତ୍ୱ ମାଡ଼ିପଡୁଛି। ମନେ ହେଉଛି ବାପା ଏଇକ୍ଷଣି ଠେଙ୍ଗା ଠକ୍‌ଠକ୍ କରି ଆସି ପହଞ୍ଚିଯିବେ ଓ କହିବେ କିରେ କେତେବେଳେ ଆସିଲ ? ଇନ୍ଦୁ ଭଲ ଅଛି ? ମିନୁ ଭଲ ଅଛି ? ଆଜି ତମ ପାଇଁ ପୋଖରୀରୁ ମାଛଧରା ହେବ, କେଉଟକୁ କହିଛି...। ଏମିତି ଦି'ପଦ ହାଲୁକା କଥା କହି ନିଜର ଚାଷବାସ ଖାତାକାଗଜର ସଂସାରକୁ ଫେରିଯିବେ। ସତେକି ଆମେ ସାନ ପିଲା, କେବଳ ଭାତମାଛ ଖାଇବାପାଇଁ ଏଠିକି ଆସିଛୁ !

ଆମ ଗଣ୍ୟମାନ୍ୟ ଦରବୁଢ଼ା ପୁଅ। ଉତ୍ତରାଧିକାରୀ। ବାପା ନାହାନ୍ତି। ଆମେ ଭାତମାଛ ଖାଇବା ପାଇଁ ଆସିନାହୁଁ। ଆମେ ତାଙ୍କ ନିଃସଙ୍ଗ ପ୍ରାଚୁର୍ଯ୍ୟରେ କୂଳକୁ ଯାଇ, ପହେଇ ପହେଇ ପଳେଇଯିବା ପାଇଁ ଆସି ନାହୁଁ; ବାପା ନାହାନ୍ତି। ନାହାନ୍ତି। ପିତୃଶୋକରେ ଭାଙ୍ଗିପଡ଼ିଲେ ମଧ୍ୟ (ଅବଶ୍ୟ ଭାଇ କଥା ମୁଁ ଜାଣେ ନାହିଁ... ବିଶୁର ସେଣ୍ଟିମେଣ୍ଟ ନାହିଁ) କର୍ତ୍ତବ୍ୟ କରିବାକୁ ହେବ। ଏହିଭଳି ସୁସ୍ଥ ସୁନ୍ଦର ଚେତନାକୁ ଡାକିହାକି ସେମାନେ କ୍ରମଶଃ ଜାଗି ଉଠିଲେ। ବିଶ୍ୱନାଥବାବୁଙ୍କ ନାକପୁଡ଼ା ଫୁଲିଉଠିଲା। କ୍ରୋଧ ନୁହେଁ, କାମ କରିବାର ପୂର୍ବ ଲକ୍ଷଣ। ସେ ଆରମ୍ଭ କଲେ –

"ଭାଇ, କେତେବେଳେ ବାହାରିବା ?"

"ଯଦୁ ନାଏକ କହିଛି ଏଗାରଟା। ତୋର ତା' ସାଙ୍ଗରେ ଦେଖା ହୋଇ ନାହିଁ ?"

"କେତେବେଳେ ଆଉ ଦେଖା ହେଲା? କହୁଛି ପରା ମୁଁ ସିଧା.. ଆଚ୍ଛା, ଜମିବାଡ଼ି ଗହଣାଗଣ୍ଠି ସ୍ଥାବର ଅସ୍ଥାବର ସବୁ ଫଇସଲା ହୋଇଯିବ ତ? କାହିଁକିନା ମୁଁ ମୋ କାମ ଛାଡ଼ି ଏତେଥର ଆସିପାରିବି ନାହିଁ।"

"କ'ଣ ଫଇସଲା ହେବ, ମୁଁ ଜାଣେ ନାହିଁ। ତୁ ଜାଣୁ କି ତୋର ଯଦୁ ନାଏକ ଜାଣେ; କିନ୍ତୁ ମୁଁ ଦ୍ୱିତୀୟବାର ଏଠିକି ଆସିପାରିବି ନାହିଁ... ହଁ, କହି ଦେଉଛି ଏଠି ଚା' ମିଳିବାର କୌଣସି ସମ୍ଭାବନା ନାହିଁ।"

"ମୁଁ ଚା' ଖାଏ ନାହିଁ।"

ଏହି ସମୟରେ ଦୁହେଁ କୋଇଲିର କୁହୁସ୍ୱନ ଶୁଣିପାରିଲେ; କିନ୍ତୁ ସେମାନେ ତାକୁ କ'ଣ ବୋଲି ଠଉରେଇଲେ କେଜାଣି ଭାବିଲେ ଯେ ଏହିସବୁ ଶବ୍ଦରେ ବିଚଳିତ ହେବାର କାରଣ ନାହିଁ।

... ଓକିଲ ଯଦୁ ନାଏକ ଓ ଭଦ୍ରଲୋକ ନରିଆଦା' ଗ୍ରାମମଙ୍ଗଳ କେନ୍ଦ୍ରର ସିମେଣ୍ଟ ଚଟାଣ ଉପରେ ମସିଣା ପାରି ଅପେକ୍ଷା କରିଥିଲେ। ଦୁଇ ଭାଇ ପହଞ୍ଚିଗଲାରୁ କଥାବାର୍ତ୍ତା ଆରମ୍ଭ ହେଲା।

ପ୍ରଥମେ ଘରର ବିଭିନ୍ନ ଅଂଶରେ ଛେଳି ଲଣ୍ଡି, ଖଣ୍ଡିଆ ବିଡ଼ି ଏବଂ ଚିନାବାଦାମ ଚୋପା ଦେଖିବାକୁ ମିଳିଲା। ଜଗନ୍ନାଥବାବୁଙ୍କ ସୌଖୀନ ଆତ୍ମା ବିଦ୍ରୋହ କରି ଉଠିଲା ବିଶ୍ୱନାଥବାବୁଙ୍କ ପରିଚ୍ଛନ୍ନ ଆତ୍ମା ଦାନ୍ତ କଡ଼ମଡ଼ କଲା। କିନ୍ତୁ ଧୀରେ ଧୀରେ ମଳୟ ବହିଲା ପଞ୍ଚନଳାକୁ ଉଲ୍‌ସେଇ ରଙ୍ଗଣିଗାଆଁର ତୋଟା ବଗିଚା ବନସ୍ତର ଫୁଲ ବଉଳମାନଙ୍କ ସାଙ୍ଗରେ ମସ୍ତ ହୋଇ ଯେଉଁ ପବନ ଗ୍ରାମମଙ୍ଗଳ କେନ୍ଦ୍ରର ଦଲାଣ ଭିତରକୁ ପଶିଆସିଲା, ସେଥିରେ କିଛି ମାଟି ହୁଏତ କିଛି ଗୋବର ଓ ପଚାନଡ଼ାର ଗନ୍ଧ ଥିଲା; ତଥାପି ଚାରିଜଣଯାକ ତାକୁ ସେବନ କଲାପରି ମନେ ହେଲା। କାଗଜପତ୍ର ଦଲିଲ ଦସ୍ତାବିଜର ବିଷମ ଗୁରୁତ୍ୱ ଖସିଖସି ଗଲା। ଦେଖାଗଲା ଯେ ମନୁ ମାହାନ୍ତି ଯେଉଁ ସମ୍ପତ୍ତି ଛାଡ଼ିଯାଇଛନ୍ତି ତାକୁ ନେଇ କୌଣସି ରାଜମୁକୁଟ ଗଢ଼ା ହୋଇପାରିବ ନାହିଁ ତା'ର ରକ୍ଷଣାବେକ୍ଷଣ ପାଇଁ ରାତି ଅନିଦ୍ରା ହେବାକୁ ପଡ଼ିବ ନାହିଁ। ଅବଶ୍ୟ କିଛିକ୍ଷଣ ପାଇଁ ଦୁଇ ଭାଇଙ୍କୁ ନିରାଶା ଘାରିଥିଲା। ଏତେ ବଡ଼ ବାପା ଏତେ ବୟସଯାଏ ବଞ୍ଚି ମାତ୍ର କେଇମାଣ ଜମି, ଗୁଡ଼ାଏ ଗଛ ଓ ଗୋଟାଏ ପୁରୁଣା ଘର (ନଗଦ ନାରାୟଣ ନାହିଁ, ପୋତା ସୁନା ନାହିଁ କିଛି ନାହିଁ) ଛାଡ଼ି ଦେଇଗଲେ, ଏହା କ'ଣ ଉଚିତ ହେଲା ବୋଲି ସେମାନେ ଯଦୁଆକା ଓ ନରିଆଦାଙ୍କ ମୁହଁକୁ ପରାସ୍ତ ଚାହାଣିରେ ଚାହିଁଥିଲେ। ହେଲେ ଧୀରେ ଧୀରେ ସେମାନଙ୍କୁ ମୁକ୍ତ, ଆଶ୍ୱସ୍ତ ଲାଗିଲା। ସତେ କି ବାପା ମରିଗଲା ପରେ ମଧ୍ୟ କୌଣସି ଆଦେଶ ନିର୍ଦ୍ଦେଶର ଦାୟିତ୍ୱ ଛାଡ଼ି ଯାଇନାହାନ୍ତି। ପୂର୍ବପରି

ଦୁଇଦିନ ପାଇଁ ରଙ୍ଗଣିଗାଆଁରେ ପିକ୍‌ନିକ୍ କରିବା ପାଇଁ ଡାକିଛନ୍ତି। ଛାଡ଼, ମଳୟବାବୁ। ସାମାନ୍ୟ ପର୍ଯ୍ୟଟକ ପରି ଦୁଇ ଭାଇ ରଙ୍ଗଣିଗାଆଁର ଆଦିମ ସୁନ୍ଦର ମଫସଲି ବସନ୍ତର ଅନୁଧ୍ୟାନ କଲେ, ଯାହା ପୁଣି କେବେ ନୟନ ମନଗୋଚର ହେବ ବୋଲି ବିଶ୍ୱାସ ହେଉ ନାହିଁ।

ଜଗନ୍ନାଥବାବୁ ଭାବିଲେ, ଏଠିକାର ଲୋକମାନେ ପ୍ରକୃତି ସାଙ୍ଗରେ ଏମିତି କ୍ଷୀରନୀର ହୋଇ ମିଶି ଯାଇଛନ୍ତି, ଫୁଙ୍ଗୁଳା ଦେହରେ ଶୀତ ବସନ୍ତଟାକୁ ଟାଣି ନେଉଛନ୍ତି... ଯେ... ବିଚରା, ଏମାନେ ପ୍ରକୃତିକୁ କ୍ଷତି କରିବେ କେମିତି ?

ବିଶ୍ୱନାଥବାବୁ ଭାବିଲେ ଯେ ଦେଶ ଓ ଦଶର ଅନେକ ମଙ୍ଗଳ ହୁଅନ୍ତା ଯଦି ଏଠିକାର ଲୋକମାନେ ଗଛତଳେ ମୁଣ୍ଡ ନ ଗୁଞ୍ଜି ଅନ୍ୟତ୍ର ଏକ ଆଧୁନିକ ଗାଆଁ ବସାନ୍ତେ, କଲେଜ ଡାକ୍ତରଖାନା ମାର୍କେଟ ତିଆରି କରନ୍ତେ, ଆଉ ଏଇ ବନଗହନକୁ ଷ୍ଟେଟ୍ ଜିମାରେ ଛାଡ଼ି ଦିଅନ୍ତେ, ଯେଉଁଠି ଭଳିଭଳି ଗଛଲତା ପଶୁପକ୍ଷୀ ଟୁରିଷ୍ଟମାନଙ୍କୁ ଡାକିଆଣନ୍ତା। ଏମାନଙ୍କୁ ବୁଦ୍ଧି ଦେବାକୁ କଅଣ କେହି ନାହାନ୍ତି ?

.... ସେଦିନ ରାତିରେ ସେମାନେ ପୁଣି ବାପାଙ୍କ ବସିବା – ଶୋଇବା-ପଢ଼ିବା-ଲେଖିବା ଘରେ ଏକାଠି ହେଲେ। ମୁହଁ ଚୁହାଁଚୁହିଁ ହୋଇ ବସିଲେ। ସେତେବେଳକୁ ବସନ୍ତ ସମେତ ଚତୁର୍ଦ୍ଦିଗ ଅନ୍ଧାରରେ ବୁଡ଼ିଯାଇଥିଲା। ସେମାନଙ୍କ ମନ ହେଲା ଯେ ବାପାଙ୍କର ଏହି ସୁପ୍ରସିଦ୍ଧ ମେଲା ଘରେ ଅନ୍ତତଃ ତିନିଟା ଲଣ୍ଠଣ ଜଳାଇବା ଉଚିତ ଥିଲା।

ଚତୁର୍ଦ୍ଦିଗ ଅନ୍ଧାରରେ ବୁଡ଼ିଗଲା ପରେ ବାପାଙ୍କ ଚରିତ୍ରର ଗଭୀର ଅହଙ୍କାରୀ ଅନ୍ଧାର ବୋଧହୁଏ ସେମାନଙ୍କୁ ଭୟ ଦେଖାଇଲା। ଜଗନ୍ନାଥବାବୁ କହିଲେ – "ଆଜି କଅଣ ବାପାଙ୍କ ଜିନିଷପତ୍ର ଦେଖି ବସିବା ନା କାଲି ସକାଳେ !"

କଥା ହେଉଛି ଯେ ଜମିଜମା ଭାଗବଣ୍ଟୁରା ସରିଗଲେ ମଧ୍ୟ ଆଉ ଗୋଟିଏ କାମ ବାକି ଥିଲା। ଫଇସଲା ହୋଇଛି ଯେ ଆସବାବପତ୍ର ଛଡ଼ା ମନୁ ମାହାନ୍ତିଙ୍କ ବ୍ୟକ୍ତିଗତ ଜିନିଷ ଯାହା କିଛି ଅଛି, ତାକୁ ଦୁଇ ଭାଇ ରାଜିରୁଜା ହୋଇ ଆପଣା ଭିତରେ ବାଣ୍ଟି ନେଇପାରନ୍ତି। ତେଣୁ ବାପାଙ୍କ ନିଜସ୍ୱ ବସ୍ତୁଗୁଡ଼ିକ ଉପରେ ହାତ ପକାଇବାକୁ ପଡ଼ିବ... ଖୋଲି ଖେଳାଇବାକୁ ପଡ଼ିବ।

ବେଶ୍ ଦୁଇ ଭାଇ ବାଣ୍ଟି ନେବେ। ଦୁଇ ଭାଇ ପାରିବେ। ବାପା ଅତି ଉତ୍ତମ ଲୋକ ବୋଲି ହୁରି ପଡୁଛି। ବାପା ତାଙ୍କର ଉତ୍ତମପଣ ଛଡ଼ା ଆଉ କିଛି ଛାଡ଼ି ଯାଇନାହାନ୍ତି। ଦୁଃଖ ନାହିଁ। ଆମେ କ'ଣ ଅନ୍ତତଃ ସେହି ଉତ୍ତମପଣର ଉତ୍ତରାଧିକାରୀ ନୋହୁଁ ? ଆମେ କ'ଣ ଏତେ ଅଯୋଗ୍ୟ ଯେ ତାଙ୍କର ସ୍ମୃତି ଚିହ୍ନଗୁଡ଼ିକ ଗୋଟେଇ

ନେଇପାରିବୁ ନାହିଁ? ବାପାଙ୍କର ଖାତାପତ୍ର, ବହିକାଗଜ, ଛବିଫେଟା ଆଲିମାଳିକା ଏସବୁକୁ ନିରେଖି ଦେଖି ନିଜର କରିପାରିବୁ ନାହିଁ?

ମଗାଯଚା ହୋଇ ତିନୋଟି ଲଣ୍ଡଣ ଆସିଲା। ଭୟଭୀତ ପରିହାର କରି ଦୁଇଭାଇ ବାପାଙ୍କ ଆତ୍ମୀୟ ବସ୍ତୁଗୁଡ଼ିକ ଉପରେ ହାତ ପକାଇଲେ।

ବାପାଙ୍କ ସ୍ୱରଚିତ ଚାଳିଶ ପୃଷ୍ଠାବ୍ୟାପୀ ମହୁଚାଷ। କିଏ ନେବ? ଇତିହାସ ଅଧ୍ୟାପକ ଜଗନ୍ନାଥବାବୁ କହିଲେ ଯେ ତାଙ୍କର ନେବା ଉଚିତ, ରିସର୍ଚ୍ଚ ପାଇଁ କାମରେ ଆସିବ।

ବାପାଙ୍କ ହାତଲେଖା ବଂଶାନୁଭଳି। ମାହାନ୍ତି ବଂଶର ଦଶପୁରୁଷ, ଘୁମୁସରଠାରୁ ଆରମ୍ଭ କରି ରଙ୍ଗଣିଗାଆଁ ପର୍ଯ୍ୟନ୍ତ। କିଏ ନେବ। ଇତିହାସ ରିସର୍ଚ୍ଚ। ବଡ଼ ଭାଇ ଛଡ଼ା ଆଉ କିଏ ନେବ।

ଦେଖାଗଲା ଯେ ଏହିପରି ଭାବରେ ଊଣାଅଧିକେ ସବୁ ହସ୍ତଲିପି, ମୋଟାମୋଟା ଆଖିଦୁରୁଶିଆ ବହିଖାତା ବଡ଼ ଭାଇର ଭାବୁଛି। ବିଶ୍ୱନାଥବାବୁ ବିବ୍ରତ ହେଲେ। ତାହା ହେଲେ କ'ଣ ବାପାଙ୍କ ମଗଜରୁ ଗଢ଼ା ଯେତେକ ଯାହା ଅଛି ସବୁ ଭାଇ ନେବ, ଆଉ ମୁଁ ନେବି ବାପାଙ୍କର ତେଲଚିକିଟା ଗାଧୁଆ ଗାମୁଛା, ବଙ୍କୁଲି ବାଡ଼ି, ଆଉ ମାଛଧରା ଜାଲ। ଭାଇ ପ୍ରଫେସର ହୋଇଛି ବୋଲି କଅଣ ରାଜ୍ୟ କିଣିଛି।

ଖୋଲା ଥାକରେ ଥିବା ସମସ୍ତ ବହିପତ୍ର ଦେଖାସରିଲା। ଘରଦ୍ୱାର ସମ୍ପର୍କୀୟ ଦିନିକିଆ ହିସାବ କିତାବ, ସାରବିହନ ସମ୍ବଳିତ ଚିଠିପତ୍ର ଇତ୍ୟାଦି ଏଣୁତେଣୁ କାଗଜ ଅଦରକାରୀ ବୋଲି ଘୋଷଣା କରାଗଲା। ପୋଡ଼ା ହେବ ବୋଲି ସେଗୁଡ଼ିକୁ ଏକାଠି କରାହେଲା ବିଭିନ୍ନ ମାଗାଜିନ୍ ତଥା ସାମାନ୍ୟ ଚଟିବହି (ବ୍ରହ୍ମାନନ୍ଦ ଭଜନଠାରୁ ଆରମ୍ଭ କରି ଭାରତର ସମ୍ବିଧାନ ପର୍ଯ୍ୟନ୍ତ) ଅନ୍ୟତ୍ର ଠୁଳ କରାହେଲା। ସ୍ତୂପଟିକୁ ନେଇ କ'ଣ କରାଯିବ ସ୍ଥିର ହୋଇପାରିଲା ନାହିଁ। ବାପା ତଥାକଥିତ ଉଇଲ୍‌ରେ ଲେଖିଯାଇଛନ୍ତି ଯେ ତାଙ୍କର କୌଣସି ବସ୍ତୁର ମୂଲ୍ୟ ନ ଦେଇପାରିଲେ ପୁଅମାନଙ୍କୁ ଅନୁରୋଧ ତାକୁ ପୋଡ଼ିଦେବେ। ବାପାଙ୍କ ସାଇତା ଜିନିଷ ଅବଶ୍ୟ ବ୍ୟକ୍ତିଗତ ବୋଲି ଧରି ନେବାକୁ ହେବ। ବହିଗୁଡ଼ିକର ମୂଲ୍ୟ ମଧ୍ୟ ଅଜଣା ନୁହେଁ; କିନ୍ତୁ ପ୍ରଶ୍ନ ହେଉଛି ଯେ ଯାକୁ କେଉଁଠି ନେଇ ଗଦେଇବା? ପ୍ରକୃତପକ୍ଷେ ଜଗନ୍ନାଥବାବୁ ଭାବୁଥିଲେ ଯେ ତାଙ୍କ ଗବେଷଣା ପାଇଁ ଯେଉଁ ମୂଲ୍ୟବାନ୍ ବହିପତ୍ର ଉଚ୍ଚ ହୋଇଉଠିଲାଣି, ସେଥିରୁ ଅର୍ଦ୍ଧେକ ଏହି ସ୍ତୂପଟିରେ ମିଶାଇଦେଲେ ମନ୍ଦ ହେବ ନାହିଁ... ମୁଁ ଗବେଷଣା କରିବାକୁ ଚାହେଁ, ମୁଁ ବାପାଙ୍କ ସ୍ମୃତିକୁ ଅକ୍ଷୁଣ୍ଣ ରଖିବାକୁ ଚାହେଁ; କିନ୍ତୁ ସମୟ କାହିଁ! ବର୍ତ୍ତମାନ ଯୁଗରେ କ୍ଷତବିକ୍ଷତ ବୁଦ୍ଧିଜୀବୀର ସମୟ କାହିଁ? ବିଶୁ ବୁଦ୍ଧିଜୀବୀ ନୁହେଁ, ସେ ମୋଟ ଉପରେ ରକ୍ଷା ପାଇଯାଇଛି।

ପଲଙ୍କ ତଳେ ଥିବା ବାପାଙ୍କ କଳା ଟ୍ରଙ୍କ ଖୋଲାଯାଉ। ବାପାଙ୍କ ଚାବିଲେଞ୍ଜାରୁ ଉପଯୁକ୍ତ ଚାବି ବାହାର କରାହେଲା। ଏଇଠି ନିଶ୍ଚୟ ଅଛି ବାପାଙ୍କର ବିଶେଷ ଆପଣାର ବସ୍ତୁ। ସସମ୍ମାନେ ଧୀରେ ଧୀରେ ଦେଖିବାକୁ ପଡ଼ିବ। ବିଶ୍ୱନାଥବାବୁ ତା'ର ଦାୟିତ୍ୱ ନେଲେ। ଜଗନ୍ନାଥବାବୁ ପାଖରେ ଗୋଟିଏ ମୁରୁଳା ଉପରେ ବସିପଡ଼ି ସାନଭାଇର ଘୋଷଣା ଶୁଣିବାକୁ ଅପେକ୍ଷା କଲେ ଏବଂ ତା'ର ହସ୍ତଚାଳନାର ଲକ୍ଷ୍ୟ କଲେ।

ବାପାଙ୍କ ଅଚଳ ମାନ୍ଧାତା ଅମଳର ଘଡ଼ି। ବିଶ୍ୱନାଥବାବୁ ବିନା ସରାଗରେ ନେବା ପାଇଁ ରାଜି ହେଲେ।

ଗୋଟିଏ ଗାଞ୍ଜିଆରେ କେତେଗୁଡ଼ିଏ ପୁରୁଣା ମୁଦ୍ରା, କାହିଁକି ସାଇତା ହୋଇଛି ଭଗବାନ୍ ଜାଣନ୍ତି। ରିସର୍ଚ୍ଚ ଥାଉ, ସାନଭାଇ ନେଉ। ବିଶ୍ୱନାଥବାବୁ ରାଗିଲାପରି ହୋଇ ଗ୍ରହଣ କଲେ।

ହାତ ଛୁଞ୍ଚି କାମରେ ଜୀବନ୍ତ ଗୋଟିଏ ବିରାଟ ଗୋଲାପ ଫୁଲ ଚିତ୍ରିତ ରୁମାଲ୍। କିଏ କରିଛି ? ବୋଉ ନା ଅପା ? ଜଗନ୍ନାଥବାବୁ ଆଗ୍ରହ ଦେଖାଇଲେ, ତେଣୁ ବିଶ୍ୱନାଥବାବୁ ନିଜେ ନେଇଯିବା ପାଇଁ କୁଣ୍ଠିତ ହେଲେ ନାହିଁ।

କିନ୍ତୁ ଲେଖାପଢ଼ା ଜିନିଷ କଅଣ କିଛି ମୋ ଭାଗ୍ୟରେ ନାହିଁ? ମୁଁ କିରାଣି ହୋଇପାରେ, ହେଲେ ମୁଁ କଅଣ କଲେଜ ପାଠପଢ଼ି ନାହିଁ? ମୋର ପିଲାମାନେ ହଠାତ୍ ନୂତନ ଦିଗରେ ଉଜ୍ଜ୍ୱଳତା ଦେଖିଲା ପରି ବିଶ୍ୱନାଥବାବୁ ଉଜ୍ଜୀବିତ ହେଲେ। ଟ୍ରଙ୍କର ଗୋଟିଏ ପାଖରେ ସଜା ହୋଇରହିଥିବା ଖାତାକାଗଜର ସମ୍ଭାରକୁ ଆକ୍ରମଣ କଲେ।

ହାତରେ ପଡ଼ିଲା ରଙ୍ଗଲତା। ରଙ୍ଗଲତା କିଏ ? ରଙ୍ଗଲତା ପ୍ରଥମ ଖଣ୍ଡ, ଦ୍ୱିତୀୟ ଖଣ୍ଡ, ତୃତୀୟ ଖଣ୍ଡ। ବାପା କାବ୍ୟ ଲେଖିଛନ୍ତି, ତିନୋଟି ବଳିଷ୍ଠ ବନ୍ଧେଇ ଖାତା, ଗୋଲ୍ ଗୋଲ୍ ଅକ୍ଷର। ବାପା କାବ୍ୟ ଲେଖିଛନ୍ତି, ଭଗବାନ୍... ଅଧରାତିଯାଏ ବାପା ତାହାହେଲେ ଏଇଆକୁ ଚଷୁଥିଲେ ? କାହିଁକି ? କାହାପାଇଁ ?

ଦୁଇଭାଇ ଏକାଠି ପଢ଼ିବାକୁ ଆରମ୍ଭ କଲେ। ବଡ଼ଭାଇ ଜଗନ୍ନାଥବାବୁ ପ୍ରଥମେ ବୁଝିପାରିଲେ। ବୁଝିପାରିଲେ ଯେ ରଙ୍ଗଲତାର ଅନ୍ୟ ନାଁ ରଙ୍ଗଣିଗାଆଁ। ଏଇ ଗାଆଁର ବଣତୋଟା ପଶୁପକ୍ଷୀ ମାଟିକାଦୁଅକୁ ନେଇ ବାପା କାବ୍ୟ ଲେଖିଛନ୍ତି। ଆଶ୍ଚର୍ଯ୍ୟ; କିନ୍ତୁ... ପଢୁପଢୁ ତାଙ୍କର ମନେହେଲା ଯେ ମାଟ୍ରିକ୍ୟୁଲେସନ୍ ଯାଏଁ ପଢ଼ିଥିବା ବାପାଙ୍କର ଏ କାବ୍ୟ କଦାପି ସାହିତ୍ୟ ହୋଇପାରେ ନାହିଁ ଏବଂ ପଢୁପଢୁ ତାଙ୍କର ମନେହେଲା ଯେ ଏଇ ଜନ୍ମସ୍ଥାନକୁ କଦାପି ଭଲପାଇ ହେବ ନାହିଁ। ବାପାଙ୍କ ଗାଆଁ ମାଟି ମୋର ମାଆ ନୁହେଁ, ବାପାଙ୍କ ପ୍ରେୟସୀ କଦାପି ମୋର ମାଆ ହୋଇପାରେ ନାହିଁ।

ଅତିରିକ୍ତ ବିଶାଳତାକୁ ଦେଖାଗଲାପରି ଜଗନ୍ନାଥବାବୁ ପ୍ରଥମ ଖଣ୍ଡ, ଦ୍ୱିତୀୟ ଖଣ୍ଡ ଓ ତୃତୀୟ ଖଣ୍ଡକୁ ଏକାଠି ଟେକିଧରିଲେ। ତତ୍କ୍ଷଣାତ୍ ପ୍ରମାଦ ଗଣି ବିଶ୍ୱନାଥବାବୁ କହିଲେ, – "ଭାଇ ମୁଁ ତାକୁ ନେବି। ମୋ ମଝିଆ ପୁଅ ଓଡ଼ିଆ ଅନର୍ସରେ ସେକେଣ୍ଡ କ୍ଲାସ୍ ଫାଷ୍ଟ୍ ହୋଇଛି।"

କୃଷି ପ୍ରଦର୍ଶନୀରୁ ମିଳିଥିବା କେତୋଟି ପୁରସ୍କାର ପତ୍ର ସହିତ ଆହୁରି ତିନିଚାରୋଟି ଗଦ୍ୟପଦ୍ୟର ଚିଠା ଦେଖିବାକୁ ମିଳିଲା। ବିଶ୍ୱନାଥବାବୁ ବିନା ବାକ୍ୟବ୍ୟୟରେ ସେଗୁଡ଼ିକୁ ନିଜ ପାଖରେ ରଖିଲେ। ଜଗନ୍ନାଥବାବୁ ଅନ୍ୟମନସ୍କ ହୋଇପଡ଼ିଲେ। ଝରକା ମଧ୍ୟରେ ଘଞ୍ଚ ଅନ୍ଧାର ଭିତରେ ସେ ଗୋଟିଏ ସ୍ମୃତିକୁ ଖୋଜିଲେ, ସତ କି ମିଛ ବାରିହେଲା ନାହିଁ... ପିଲାଦିନେ ଥରେ ସଞ୍ଜ ବୁଡ଼ିଲାବେଳକୁ ବାପା ମୋତେ ଏଇଠି କୋଳରେ ବସେଇଥିଲେ, କେତେବେଳଯାଏଁ କଳାରେ କଳାରେ ମିଶିଯାଉଥିବା ମେଘୁଆ-ଶାଗୁଆ ଆକାଶକୁ ଚାହିଁଥିଲେ, ଚାହୁଁ ଚାହୁଁ ସେ କାହାକୁ ଦେଖି ହସିଲେ, ମୋତେ କୋଳରୁ ଓହ୍ଲେଇଦେଇ ଝରକା ପାଖକୁ ଚାଲିଗଲେ। ବାପା ମୋତେ ପୁଣିଥରେ କୋଳକୁ ନେଲେ ନାହିଁ। ସେଦିନ ମୁଁ ବାପାଙ୍କ ଉପରେ ରାଗିଲି, ଯେଉଁ କାଳଭୂତ ମୋ ପାଖରୁ ବାପାଙ୍କୁ ଛଡ଼େଇନେଲା ତାକୁ ମରି ଯା' ବୋଲି କହିଲି।

ସ୍ମୃତି ଦେଖାର ସନ୍ଧିରେ ତାଙ୍କର ସନ୍ଦେହ ହେଲା ଯେ ବିଶୁ ବର୍ତ୍ତମାନ ଯେଉଁ ବସ୍ତୁଟାକୁ ନେଇଆସି ପାଖରେ ରଖିଲା ତାହା ଗଦ୍ୟପଦ୍ୟ ନୁହେଁ, ଆଉ କିଛି। ଜାଗ୍ରତ ହୋଇ ସେ ପ୍ରଶ୍ନ କଲେ –

"ସେଇଟି କଅଣ କି ?"

ପ୍ରଶ୍ନର ଯଥାଯଥ ଉତ୍ତର ପାଇବାକୁ ସମୟ ଲାଗିଲା। ତା'ପରେ ବୁଝାଗଲା ସେ ବସ୍ତୁଟି ଗୋଟିଏ ଛବି। ଗୋଟିଏ ସାମାନ୍ୟ ସାଧାରଣ ଫଟୋ। ବଡ଼ଭାଇ ଆଉ କିଛି ପଚାରିବା ଆଗରୁ ବିଶୁବାବୁ ପରିଷ୍କାର କରି କହିଲେ – "ବୋଉର ଫଟୋ ନୁହେଁ, ଅପାର ଫଟୋ ନୁହେଁ।"

ବୋଉର ଫଟୋ ନୁହେଁ, ଅପାର ଫଟୋ ନୁହେଁ...!

ସେହି କଥା ପଦଟି ସହିତ ବିଶ୍ୱନାଥବାବୁ ଆହୁରି କେତେ କଥାର କାରୁଣ୍ୟ ବାହୁନିଲେ। ବୋଉ ମରିଯାଇଛି। ଅପା ବାହା ହୋଇଯାଇଛି। ପୁଅମାନେ ଘରଛଡ଼ା। ସେମାନଙ୍କ ସ୍ମୃତିର ନେକଡ଼ା ଖଣ୍ଡେ ଖଣ୍ଡେ ହୁଏତ ଅଳନ୍ଧୁଲଗା କେଉଁ କୋଣମାନଙ୍କରେ ଝୁଲୁଥିବ; କିନ୍ତୁ ବାପାଙ୍କ ଗହନ ଗୋପନ କଳାଟ୍ରଙ୍କ୍ ଭିତରେ ସେମାନଙ୍କର ସ୍ଥାନ ନାହିଁ। ସେଠି ଅଛି ବାପାଙ୍କର ଆଉ କିଏ...!

ବାଧହୋଇ ଫଟୋକୁ ସିଧାକରି ଆଖି ପାଖରେ ରଖି ଦେଖିବାକୁ ପଡ଼ିଲା। ଅଳ୍ପ ବୟସୀ ଅପରିଚିତା କେଉଁ ଗଛକୁ ଆଉଜି ଛିଡ଼ା ହୋଇଛି ଏବଂ ପାଇବାର ଚାହାଣିରେ ଚାହିଁରହିଛି।

ଦୁଇଭାଇ ପ୍ରକାଶ୍ୟରେ କୁହାକୁହି ହେଲେ – ବୋଧହୁଏ ଗାଆଁର କେଉଁ ମଉସା ପିଉସାଙ୍କ ଝିଅ ହୋଇଥିବ, ଆମେ କାହାକୁ ଜାଣିଛୁ ? ଝିଅର ବାହାଘର ସ୍ଥିର କରିବାପାଇଁ ବାପା ଫଟୋକୁ ଆଣି ନିଜ ପାଖରେ ରଖିଥିବେ, ବରପାତ୍ରମାନଙ୍କୁ ଦେଖାଇବାପାଇଁ... ଗାଉଁଲି ଝିଅ; କିନ୍ତୁ ମଫସଲି ବୋଲି ଲାଗୁ ନାହିଁ ତ ? ବାପା କୃଷି ସମ୍ମିଳନୀରେ ଯୋଗ ଦେବାପାଇଁ ଦିଲ୍ଲୀ ଯାଇଥିଲେ, ହୁଏତ ସମ୍ମିଳନୀର କେଉଁ ଡେଲିଗେଟ୍‌ଙ୍କ ଝିଅ କିମ୍ବା ଭଉଣୀ, କିଏ ଜାଣେ... ଦୁଇଭାଇ ମନ ମଧ୍ୟରେ କୁହାକୁହି ହେଲେ – ଏଇ ହେଉଛି ରଙ୍ଗଲତା। ବାପାଙ୍କ ରଙ୍ଗଲତା। ପିଲାଦିନର ସ୍ମୃତି ନୁହେଁ, ବୁଢ଼ାଦିନର ପ୍ରୀତି ନୁହେଁ, ଚିର ଯୌବନା ରଙ୍ଗଣିଗାଆଁର ଦେବୀ... ରାକ୍ଷସୀ... ଝିଅର ଚାହାଣିରେ ଲାଜ ସଙ୍କୋଚ କିଛି ବୋଲି କିଛି ନାହିଁ, ସତେକି ସେ ପ୍ରକୃତିର ନିୟମ ପାଳନ କରି ଫୁଟିଉଠିଛି, କେବଳ ଫୁଟିଉଠିଛି... ଧ୍ୟାତ୍, ଏଥିରୁ ଗୋଟିକ ନେଇ କୁଆଡ଼େ ଯିବି ? ଭାଇ, ତୁମେ ନେଇଯାଅ, ଭାଉଜଙ୍କ ଆଗରେ ବାପାଙ୍କର ଇତିହାସ ବଖାଣିବ... ମୁଁ ନେବି ନାହିଁ, ଇନ୍ଦିରା ନୈତିକ ଚରିତ୍ରର ସାମାନ୍ୟ ଗଫଲତି ସହ୍ୟ କରିପାରିବ ନାହିଁ। ତୁ ନେଇ ଯା' ତୋର ସାହିତ୍ୟ ପଢ଼ୁଆପୁଅ ପ୍ରେମର ଏଇ ଅଭିନବ ଓଃ ! ବାପା ଏଭଳି ଗୋଟିଏ ସମ୍ପତ୍ତି କାହିଁକି ଛାଡ଼ି ଦେଇଗଲେ ? ଏତିକି ବୁଝିଲେ ନାହିଁ ଯେ ସେ କେବଳ ମନୁ ମାହାନ୍ତି ନୁହନ୍ତି, ନିଜ ପାଇଁ ନିଜେ ନୁହନ୍ତି, ସେ ଦୁଇଜଣ ଗଣ୍ୟମାନ୍ୟ ପୁଅଙ୍କ ବାପା, ଅଧଡଜନେ ନାତିନାତୁଣୀଙ୍କ ଜେଜେ ବାପା ? ମରିବା ପୂର୍ବରୁ ନିଜ ହାତରେ ଛବିଟିକୁ କାହିଁକି ପୋଡ଼ି ଦେଇପାରିଲେ ନାହିଁ ?

କହିବା ବାହୁଲ୍ୟ ଯେ ଦୁଇଭାଇ ଅଚିରେ ପରସ୍ପର ମନକଥା ଜାଣିପାରିଲେ। ରଙ୍ଗଲତାକୁ ପୋଡ଼ି ଦେଲେ।

ଦୁଃଖର ସହିତ ପୋଡ଼ି ଦେଲେ। କିନ୍ତୁ ତାଙ୍କର ମନେ ହେଲା ଯେ ବାପାଙ୍କୁ ମୁଖାଗ୍ନି ଦେଇପାରି ନଥିବାର ଗ୍ଲାନି ସବୁଦିନ ପାଇଁ କଟିଗଲା। ଆଉ କେହି ଆମକୁ, ମନୁ ମାହାନ୍ତିଙ୍କ ପ୍ରବାସୀ ପୁଅମାନଙ୍କୁ ଦୋଷ ଦେଇପାରିବେ ନାହିଁ।

■

ଝରକା

ରାତି ଦଶ ଘଣ୍ଟା ତିରିଶ ମିନିଟ୍।

ମୁଁ ପରୀକ୍ଷା କରିନେଲି ଯେ ବୈଠକଖାନାର ସମସ୍ତ ଦରଜା ବନ୍ଦ ଅଛି, ତିନୋଟି ଝରକାରୁ ଯୋଡ଼ିଏ ଝରକା ବନ୍ଦ ଅଛି, ପିଲାଙ୍କର କଳରବ ଶୁଭୁନାହିଁ, ସ୍ତ୍ରୀଙ୍କର ଅଭିଯୋଗ ଅଭିମାନ ଅନ୍ଦର ମହଲରେ ସୁପ୍ତ, ଟେଲିଫୋନ୍ (ଆଶା କରାଯାଏ) ମୃତ, ଝରକାରୁ ଦିଶୁଥିବା ରାସ୍ତାର ବିଜୁଳିବତି ନିଶ୍ଚିତ ନୀରବତାର ବିଜୁଳିବତି, ମୋ ତକିଆ ମୋର, ମୋ ମୁଣ୍ଡ ଉପରେ ଘୂରୁଥିବା ବିଜୁଳିପଙ୍ଖା ମୋରି ଚେତନାର ସୋଦର ... ଏବଂ ମୋ ଭାବନା ମୋ ଉପରକୁ ମାଡ଼ି ଆସୁଛି।

ଉତ୍ତମ, ଆସୁ କାଗଜ, ଆସୁ କଲମ। ଯେଉଁ ଭାବନାଗଣ କର୍ମବିମୁକ୍ତ ସୁନୀଳ ଚିଦାକାଶରେ ଅଜାଡ଼ି ହୋଇ ପଡୁଛନ୍ତି, ସେମାନଙ୍କୁ ସଜାଡ଼ିବାକୁ ବେଶି ସମୟ ଲାଗିବ ନାହିଁ। ମୁଁ ପ୍ରବୀଣ ଲେଖକ। ଗତ ତିରିଶ ବର୍ଷ ହେଲା ସାହିତ୍ୟ ସାଧନ କରିଆସୁଛି। ମୋର ଆବଶ୍ୟକ କେତୋଟି ନିରୋଳା ମୁହୂର୍ତ୍ତ। ସାମାନ୍ୟ କୋଳାହଳ ଶୂନ୍ୟତା। ବନ୍ଦ ଦରଜା ଝରକା। ମାତ୍ର ଗୋଟିଏ ଝରକା ଖୋଲାଥିବ, ଯେଉଁଥିରେ ପରିପାର୍ଶ୍ୱର ହାଲୁକା ରୂପ ରସ ଗନ୍ଧ ଚେତନାକୁ ଛୁଇଁବ। ସେହିଠୁଁ ମୁଁ ଲେଖିଯିବି। ଲେଖିବି, ଲେଖିଯିବି, ଘଣ୍ଟାକରେ ଯୋଡ଼ିଏ କବିତା, ଦୁଇ ଘଣ୍ଟରେ ଚାରୋଟି କବିତା, ଘଣ୍ଟାକରେ ଗୋଟିଏ ଗଳ୍ପ।

ମୋ ତକିଆ, ମୋ ଗୋଲ୍ ତକିଆ କୁଆଡ଼େ ଗଲା ?

ଉଚ୍ଛୃଙ୍ଖଳ ପଶୁ-ବିଲୁ ନାମକ ବିଲେଇଛୁଆ। ତକିଆକୁ ଗଡ଼େଇ ତଳକୁ ପକେଇ ଦେଇଛି। ତକିଆକୁ ଜୀବନ୍ତ ମନେକରି ତାକୁ କାମୁଡୁଛି, ରାମ୍ପୁଡୁଛି, ତା'ସାଙ୍ଗରେ ଖେଳୁଛି ପୁଣି ରହି ରହି ପରମ ପଶୁତ୍ୱର ଝଣ୍ଡା ଟେକୁଛି।

ମୁଁ ତାକୁ ବିନା କ୍ରୋଧରେ ଝଣ୍ଡା ସମେତ ଟାଣି ଆଣିଲି, ଏବଂ ତା'ର ବିକଳ ମିଆଉଁ ମିଆଉଁକୁ ନ ଶୁଣି ଖୋଲା ଝରକା ବାଟେ ରାତିର ଘାସ ଉପରକୁ ଛାଡ଼ିଦେଲି।

ଯାଅ ପଶୁ ସନ୍ତାନ, ରାତ୍ରିଭରା ପ୍ରକୃତିର ଉଲ୍ ବଣ୍ଡୁଲିକୁ ଧରି ସେଥିରୁ ଖିଅ ବାହାର କରି ମନଇଚ୍ଛା ଖେଳ। କିନ୍ତୁ ମୋର ସାହିତ୍ୟ ମନ୍ଦିରକୁ ଆସ ନାହିଁ। ପଶୁ, ପ୍ରକୃତି, ନାରୀ, ତୁମର ନିର୍ମଳ ଆବେଗ ଆନନ୍ଦ ଆଣିଦିଏ, କିନ୍ତୁ ଏତେବେଳେ ନୁହେଁ ଯେତେବେଳେ ଲେଖକ ଲେଖିବାକୁ ବସିଛି। ତା'ର ସଫଳ କର୍ମମୟ ବକ୍ତୃତାମୟ ଆଲୋଚନାମୟ ଜୀବନରେ ବିଶ୍ରାମ ନାହିଁ। ତାକୁ ସମାଜ ଅଧିକାର କରିନେଇଛି। ତେଣୁ ଏମିତି କେତୋଟି ମୁହୂର୍ତ୍ତ ପାଇଲେ ସେ ତାକୁ ଆବୁରିବାକୁ ଚାହେଁ। ଚାହେଁ ନିସ୍ତରଙ୍ଗ ନୀରବତା, ବିଚ୍ୟୁତି, ବିଚ୍ଛିନ୍ନତା। କେବଳ ଗୋଟିଏ ଝରକା ଥାଉ, ସେଇବାଟେ ଆସୁ ସାମାନ୍ୟତମ ବର୍ହିପ୍ରକାଶ, ନିଆଁର ଧୂଆଁର ଛାଇ।

ମୋର ବୈଠକଖାନାର ଆରାମ ଶଯ୍ୟାରେ ଗୋଟିଏ ଗୋଲାକାର ତକିଆ। ଗମ୍ଭୀର ମାନସିକ ପ୍ରଚେଷ୍ଟା ସମୟରେ ମୁଁ ସେଇ ତକିଆକୁ ମୋ କୋଳରେ ଚାପି ଧରେ ଏବଂ ଲେଖନୀ ଅବସର ଅନୁଯାୟୀ ବିଭିନ୍ନ ଅଙ୍ଗରେ ଚାଳିତ କରେ। -ତୁମ ଦେହରେ ଚର୍ବି ଲାଗିଲାଣି ... ତୁମେ ଆଗେ ଦଉଡ଼ିଆ ଖଟ ଉପରେ ପଡ଼ି କବିତା ଲେଖୁଥିଲ, ଆଜିକାଲି ଡନ୍‌ଲପ୍ ଗଦି ପୁଣି ଗୋଟାଏ ତକିଆ ନ ହେଲେ ମୁଣ୍ଡରୁ ବୁଦ୍ଧି ବାହାରୁ ନାହିଁ। ଅଳ୍ପଦିନ ତଳେ ସ୍ତ୍ରୀ ହସହସ ବଦନରେ ଏହିପରି ଆକ୍ଷେପ କରିଥିଲେ। ସେ ମୋର ସମସ୍ତ ସାହିତ୍ୟକୁ କବିତା ବୋଲି କାହିଁକି କୁହନ୍ତି ମୁଁ ବୁଝିପାରେ ନାହିଁ। ଚଉଠି ରାତିରେ ମୁଁ ତାଙ୍କୁ ଗୋଟିଏ ରୋମାଣ୍ଟିକ୍ କବିତା ଉପହାର ଦେଇଥିଲି। ସେ ମୋତେ 'ମୋର କବି' ବୋଲି ପ୍ରଥମ ପ୍ରେମ ସମ୍ବୋଧନ କରିଥିଲେ। ବୋଧହୁଏ ସେଇ ଅଭ୍ୟାସର ଦାଗ ସହଜେ ଲିଭୁନାହିଁ। ବେଶ୍ କିନ୍ତୁ ସ୍ତ୍ରୀ ତଥା କେହି ବନ୍ଧୁ ତଥା (ମୁଁ ଅନୁମାନ କରୁଛି) କେହି କେହି ପାଠକ ଅକ୍ଷମଣୀୟ ଯଦି ସେମାନଙ୍କ ଧାରଣା ଯେ ଚର୍ବି ଓ ଚିନ୍ତା ସହବାସ କରିପାରିବେ ନାହିଁ।

ସେମାନେ ଦେଖିନାହାନ୍ତି ଯେତେବେଳେ ମୁଁ ଉଦୁଉଦିଆ ଦି'ପହରେ ପଙ୍ଖା ବିହୀନ ଘରେ, ଦଉଡ଼ିଆ ଖଟ କାହିଁକି ମସିଣାବିହୀନ ଚଟାଣ ଉପରେ ହାମୁଡ଼େଇ ସାହିତ୍ୟ ସର୍ଜନା କରୁଥିଲି, ଲେଖା ସରିଗଲା ପରେ ନିଧି ପାଇଲା ପରି ଏକୁଟିଆ ତାଳିମାରି ନାଚିଥିଲି। ସତେ କି ମୁଁ ଗୋଟିଏ ଦିବ୍ୟ ଶିଶୁ ଜନ୍ମ କରିଛି ! ଆଜି ସେଇ ଯନ୍ତ୍ରଣା, ସେଇ ଝାଳ ଓ ଖେମ୍‌ଟା ନାଚର ଆବଶ୍ୟକତା ନାହିଁ। ଆଜି ସୁଇଚ୍ ଟିପିଲେ ମୋ ପିଲାମାନେ ଜନ୍ମ ହୋଇ ପଡ଼ିବେ। ମୁଁ ପ୍ରବୀଣ। ପ୍ରମାଣିତ, ସଂଯତ, ଶାନ୍ତ।

ଚର୍ବି ଲାଗିଲାଣି। ଲାଗୁ। ମୋର କବିତା, ଗଳ୍ପ, ନାଟକ, ଉପନ୍ୟାସ ପ୍ରତ୍ୟେକରେ ସୁଗୋଲ ପେଟ ବାହାରିଲାଣି। ପ୍ରକାଶକମାନେ ଥକି ଗଲେଣି। ମୋଟା ପଇସାର ଲୋଭ ଛାଡ଼ି ପାରୁନାହାନ୍ତି; କିନ୍ତୁ କହୁଛନ୍ତି, ଆଜ୍ଞା, ଦୟା କରନ୍ତୁ, ସାମାନ୍ୟ ଫୁରୁସତ

ଦିଅନ୍ତୁ, ଏଥର ଆପଣଙ୍କ ବହି ହଜାର ପୃଷ୍ଠାରୁ ଟପିଗଲାଣି..। ମୁଁ ସସ୍ମିତ ବରାଭୟ ସହିତ ଚେତାବନୀ ଦିଏ, ମନେ ରଖନ୍ତୁ ମୋର ପରବର୍ତ୍ତୀ ବହି ଦେଢ଼ ହଜାର ପୃଷ୍ଠାରୁ କମ୍ ହେବନାହିଁ, ସାହିତ୍ୟ ସଂସଦର ହୀରକ ଜୟନ୍ତୀ ପୂର୍ବରୁ ପ୍ରକାଶିତ କରିବାକୁ ପଡ଼ିବ, ନ ହେଲେ।

ମୁଁ ପ୍ରକାଶକର ଭୀତିଗ୍ରସ୍ତ ମୁହଁକୁ ଦେଖି ହସେ। ମୋର ଚର୍ବି ମଧ୍ୟ ହସେ। କିଛି ଆପତ୍ତି ଅଛି ?

ମୁଁ ଝରକା ଆଡ଼କୁ ଥରେ ଅନାଇଲି।

ମୁଁ ଲେଖିବାକୁ ଆରମ୍ଭ କଲି।

ବିଲେଇ ଛୁଆଟା କାନ୍ଦୁଛି ନା କ'ଣ ? ଧାତ୍ ... କାନ୍ଦୁଥାଉ। ଯୌବନରେ ମୁଁ ଦରଜା ଖୋଲି ଧାଇଁ ଯାଇଥାଆନ୍ତି, ଅନୁଶୋଚନାରେ ଦଗ୍ଧ ହୋଇ ବିଲେଇଛୁଆକୁ ଖୋଜିଥାନ୍ତି, ଏବଂ ପାଇଲା ପରେ ଆଉଁସି ଦେଇ 'ଆଇ ଆମ୍ ଛଲି' ବୋଲି କହିଥାଆନ୍ତି। ଯଥା ମୁଁ ଯୌବନରେ ମୋ ସ୍ତ୍ରୀଙ୍କ ସହିତ ତୁମୁଳ ଯୁଦ୍ଧ କରୁଥିଲି, ତତ୍‌ପରେ ଲୁହ-କ୍ଷମା-କୁଣ୍ଢାକୁଣ୍ଢିରେ ପ୍ରେମ ରଚନା କରୁଥିଲି। ଆଜି ମୁଁ ବିଲେଇକୁ ବିନା କ୍ରୋଧରେ ତଳକୁ ଛାଡ଼ିଦେଇଛି, ତା'ର କାନ୍ଦିବାର କୌଣସି କାରଣ ନାହିଁ ଏବଂ ଆଜି ମୋର ପ୍ରେମ ଅନେକ ଅନେକ ଊର୍ଦ୍ଧ୍ୱକୁ ଉଠିଗଲାଣି, ସ୍ତ୍ରୀଙ୍କୁ ପଚାରନ୍ତୁ।

ଯାହାହେଉ ଏଇ କଥାକୁ ମୋର ଖିଆଲ ହେଲା ଯେ ମୁଁ ଆଜି ଗୋଟିଏ ସାଧାରଣ ସୁନ୍ଦର ପ୍ରେମଗଳ୍ପ ଲେଖିବି। ଅନେକଦିନୁ, ବୋଧହୁଏ କୋଡ଼ିଏ ବର୍ଷ ହେଲା ମୁଁ ଗୋଟିଏ ମିଠାପାଗ ରୋମାଣ୍ଟିକ୍ ଗଳ୍ପ ଲେଖିନାହିଁ। ପ୍ରେମରେ ମିଛ, ପ୍ରେମରେ କଟୁ-ତିକ୍ତ-କଷାୟର ଉପଭୋଗ ଆଣି ଦେଇଛି, ଆଧୁନିକ ବୁଦ୍ଧିବାଦୀ ମନକୁ ବିମୋହିତ କରି ପ୍ରଶଂସାରେ ପୋତି ହୋଇପଡ଼ିଛି। ଆଜି ମୁଁ ଦେଖାଇ ଦେବି ଯେ, ମୁଁ ଇଚ୍ଛା କଲେ ବିଶୁଦ୍ଧ ପ୍ରେମଗଳ୍ପ ଲେଖିପାରିବି, ଯେଉଁଥିରେ ଅନାବିଳ ଅବାରିତ ଉଚ୍ଛ୍ୱାସ, ଆହାଉହୁ ଇତ୍ୟାଦି ଇତି ନଥିବ। ତାକୁ ପଢ଼ି ବର୍ତ୍ତମାନର ରୋମାନ୍ସଧର୍ମୀ କତିପୟ ତରୁଣ ତରୁଣୀ ଉଲ୍ଲସିତ ହେବେ, ଆଶ୍ଚର୍ଯ୍ୟ ହେବେ, ବାଣୀପୁତ୍ର ବ୍ରହ୍ମେଶ୍ୱର ଏଭଳି ଗଳ୍ପ ମଧ୍ୟ ଲେଖିପାରନ୍ତି ! ହଁ, ନ ଲେଖିବେ କାହିଁକି, ବାଣୀପୁତ୍ର ଯେତେହେଲେ। ଅନ୍ୟମାନେ ବୁଦ୍ଧିବାଦୀ ପାଠକମାନେ ମଧ୍ୟ ଚକିତ ହେବେ। କିନ୍ତୁ ଶଙ୍କିତ ହେବେ ନାହିଁ, ମନେ କରିବେ ଯେ ମୁଁ ସେମାନଙ୍କୁ ଆଖିମିଟିକା ମାରୁଛି। ପରିଚ୍ଛନ୍ନ ପ୍ରେମ ପୋଷାକ ତଳେ ପୋକଟିଏ ଅଛି ଭଲ କରି ଦେଖ, ଭଲ କରି ଦେଖ ବୋଲି ଉସ୍‌କେଉଛି। ବିଚରା ହରବର ହେବେ, ମଜା ହେବ।

ମୁଁ ଝରକାକୁ ଅନେଇଲି।

ମୁଁ ଲେଖିବସିଲି। ଝିଅଟିର ନାଁ ଚନ୍ଦ୍ରିକା।

ଝରକା ବାଟେ ଜହ୍ନ ଦିଶୁ ନଥିଲା। କିନ୍ତୁ ଜହ୍ନର କ୍ଷୀଣତମ କିରଣର କାଣିଚାଏ ନିଶ୍ଚୟ ଝରକାବାଟେ ବସନ୍ତ ରଙ୍ଗର ପରଦା ମଧ୍ୟଦେଇ ମୋର ଚେତନାରେ ପହଞ୍ଚିଥିଲା। ନ ହେଲେ ଏଭଳି ମଧୁରିଆ ନାଁଟିଏ ମନେ ପଡ଼ିଥାଆନ୍ତା କାହିଁକି? ଏବଂ ମୁଁ ନିଜକୁ ଚନ୍ଦ୍ରିକାର ପ୍ରେମିକ ବୋଲି ମନେ କଲି। କୃତି ଲେଖକର କାରସାଦି। ମୁଁ ନିଜକୁ ମୋର ପ୍ରତି ଗଳ୍ପର (ଅନ୍ତତଃ) ଗୋଟିଏ ଚରିତ୍ର ସହିତ ସଂପୂର୍ଣ୍ଣ ଭାବେ ମିଶାଇପାରିଛି। ମୋର ଶିଶୁ ଚରିତ୍ର ଗଛ ଡାଳରେ ବସି ଭାଲୁକୁ ଦେଖି ଡରିଲା ବେଳେ ମୁଁ ମଧ୍ୟ ଡରିଛି, ମୋର ରୋମ ଟାଙ୍କୁରି ଉଠିଛି। ମୋର ଆଦର୍ଶପାଗଳ ଚରିତ୍ର ଆତ୍ମହତ୍ୟା କଲାବେଳେ ମୁଁ ମଧ୍ୟ ଋଷିଙ୍କ ପରି ଜଟା ଛଣ୍ଡାଇଛି, ପଳେ ପଳେ ମରିଛି। ନ ହେଲେ ବାସ୍ତବତା ଜମିବ କେମିତି? କିନ୍ତୁ ମନେରଖନ୍ତୁ, ମୁଁ ଭଗବାନଙ୍କ ପରି ନରଦେହ ବହନ କରିଛି, ମୋର ଭଗବାନତ୍ୱକୁ ଭୁଲିନାହିଁ। ଅବଶ୍ୟ ଏକଦା ମୁଁ ଗଢ଼ିସାରିଲା ପରେ ତାଳି ମାରି ନାଚୁଥିଲି ସେ କଥା ଛାଡ଼ନ୍ତୁ ସେତେବେଳେ ମୋର ଭଗବାନତ୍ୱ ଗଜୁରି ନଥିଲା।

ମୁଁ ଚନ୍ଦ୍ରିକାର ପ୍ରେମରେ ପଡ଼ିଲି। ତା'ର ଘରଦ୍ୱାର ଶିକ୍ଷାଦୀକ୍ଷା ଓ ଲୀଳାଖେଳା ପ୍ରାୟ ପନ୍ଦର ମିନିଟ୍ ମଧ୍ୟରେ ଆଙ୍କିଦେଲି। ତା'ର ବକ୍ଷର ସ୍ଫିତି, ଚାହାଣିର ଦୀପ୍ତି, ଅପରୂପ ନାକଫୁଲା, ଆନନ୍ଦିତ ଓଠ କାମୁଡ଼ା ଇତ୍ୟାଦି ପ୍ରୀତିଚିହ୍ନଗୁଡ଼ିକ ଗୋଟି ଗୋଟି କରି ଚିହ୍ନାଇ ଦେଲି। ସେହିଠୁଁ ଆସିଲା ଗଳ୍ପର ପ୍ରଥମ ଉଠାଣି। ପ୍ରେମ-ମିଳନ, ଗୋପନ ଗଭୀର, ଯାହାର ସ୍ମୃତି (ବିବାହ ହେଉ ବା ବିଚ୍ଛେଦ ହେଉ) ଜୀବନର ଅମୂଲ୍ୟଧନ ହୋଇ ରହିବ।

ଲେଖନୀକୁ ତର ସହିଲାନାହିଁ। ଅନେକ ଦିନହେଲା ଏଭଳି ଗୋଟିଏ ଅନୁଭୂତିର ବର୍ଣ୍ଣମାଳା ଲେଖି ପାରି ନଥିଲି। ସଂକେତ ଦେଇଥିଲି ଇଙ୍ଗିତରେ ଜଣାଇଥିଲି, ମୁରୁକି ମୁରୁକି ହସିଥିଲି। କିନ୍ତୁ ରୋମାଣ୍ଟିକ ଗଳ୍ପରେ ପ୍ରେମ ଦୟନୀୟ ନୁହେଁ, ଦିଲ୍ଲୀକା ଲଡ୍ଡୁ। ଅତଏବ ତାକୁ ଚାଖି ଚାଖି ପ୍ରକାଶ୍ୟରେ ଭୁଲିବାକୁ ହେବ।

ମୁଁ ମୋର ଗୋଲ୍ ତକିଆକୁ କୋଳରୁ ଛାଡିଯାଏ ଗଡ଼ାଇ ନେଲି।

ମୁଁ ଝରକାକୁ ଅନାଇଲି। ଅନୁମାନ କଲି ଯେ, ଚନ୍ଦ୍ରିକା ଝରକା ସେ ପାଖରେ ଅଛି। ମୋରି ପାଇଁ ଅପେକ୍ଷା କରିଛି। ଚନ୍ଦ୍ରିକା କାନ୍ଦୁଛି। ଉଁଃ, ଚନ୍ଦ୍ରିକା ବିଲେଇଛୁଆ ନା କ'ଣ? ମିଳନର ଆରମ୍ଭରେ କନ୍ଦାକଟା କାହିଁକି? ମୁଁ ଚନ୍ଦ୍ରିକାର ଅଦ୍‌ଭୁତ ମନୋବୃତ୍ତିକୁ ବୁଝିପାରିଲି ନାହିଁ, ମୋ ଲେଖନୀର ଅହେତୁକ ଭ୍ରାନ୍ତିରେ ଲଜ୍ଜିତ ହେଲି। ଯିଏ ହେଲେ ଭାବିବ ଯେ, ବାଣୀପୁତ୍ର ବ୍ରହ୍ମେଶ୍ୱର ପ୍ରେମର କ, ଖ, ଗ, ଜାଣିନାହାନ୍ତି। ଘୋଡ଼ା

ଆଗରେ ଗାଡ଼ି ନା ଗାଡ଼ି ଆଗରେ ଘୋଡ଼ା, କେଉଁଠି ଚୁମ୍ବନ, କେଉଁଠି କ୍ରନ୍ଦନ, କେଉଁଠି ଜ୍ୱଳନ ଏବଂ କେଉଁଠି ନିର୍ବାଣ ତା'ର ମାମୁଲି ମୂଳକଥା ଜାଣି ନାହାନ୍ତି। କିମ୍ବା ବ୍ରହ୍ମେଶ୍ୱର ଜାଣିଥିଲେ ଭୁଲି ଗଲେଣି, ଆହୁରି ଅସହ୍ୟ!!

ସମସ୍ତ ଦରଜା ଝରକା ବନ୍ଦ ହୋଇନାହିଁ। ଆବଶ୍ୟକ ଝରକାଟି ସଂପୂର୍ଣ୍ଣଭାବେ ଖୋଲା ଅଛି। ଝରକାର ପରଦାଟି ନିର୍ଦ୍ୱନ୍ଦ୍ୱରେ ଫରଫର ହେଉଛି। ଲନ୍‌ର କୋଣରେ ଥିବା ଗଙ୍ଗଶିଉଳି ଗଛରେ ଫୁଲ ଫୁଟିଛି, ମୁଁ ଅଫିସରୁ ଫେରିଲାବେଳେ ନିଜ ଆଖିରେ ଦେଖିଛି। ଜହ୍ନର ଜ୍ୟୋତ୍ସ୍ନା ଅବଶ୍ୟ ଅଛି, ଝିଲିମିଲି ପରଦା ଭିତରେ ବାରିହୋଇ ଯାଉଛି। ଝିଙ୍କାରିର ଶବ୍ଦ ଶୁଭୁଛି। ଅନାମଧେୟ ରାତି ଚଢ଼େଇର ବକ୍ତବ୍ୟ ରହି ରହି ଶୁଣାଯାଉଛି। ରୂପରସଗନ୍ଧର ଦାତବ୍ୟ, କ୍ଷୀଣରୁ କ୍ଷୀଣତମ ହେଉ ପଛେ, ଏଇ ଝରକା ବାଟେ ଆସିବା କଥା, ଆସୁଛି। ଅତୀତର ଅର୍ଘ୍ୟ ତା'ରି ସାଥିରେ ଆସୁଛି ... ଆସୁଛି ... ଆସିବାରେ କୌଣସି ବାଧା ନାହିଁ ... ନିୟମରେ କୌଣସି ତ୍ରୁଟି ନାହିଁ। କିଓ, ମୋର ପ୍ରେମ ଇତିହାସ କ'ଣ ଅଚ୍ଛସ୍ୱଚ୍ଛ, ଏମିତି ସେମିତି? ଆଜି ଚନ୍ଦ୍ରିକା ମୋତେ ପାଠ ପଢ଼ାଇବ?

କହିବାକୁ ପଡ଼ିଲେ କହୁଛି, ଗଡ଼ିସାରି ନାଚିଲାବେଳେ ମୁଁ ମାନସୀକୁ ଭଲ ପାଉଥିଲି। ଆପଣମାନେ ସମସ୍ତେ ନିଶ୍ଚୟ ଭଲ ପାଇଥିବେ, କିନ୍ତୁ ମୋପରି ତାକୁ ମୂର୍ତ୍ତିମନ୍ତ କରିବାର ଆନନ୍ଦରେ ଆତ୍ମହରାହୋଇ ନାଚି ଉଠି ନଥିବେ। ହେଲେ ଜୀଅନ୍ତା ଯୌବନର ତାତିରେ ମାନସୀ ମହମ ତରଳିଯାଏ। ମୋର ମଧ୍ୟ ତରିଳଗଲା। ସେଇଠୁଁ ବୟସ ଯୌବନର ଧାରା ବହିବାକୁ ଲାଗିଲା। ମୁଁ ପ୍ରେମକଲି। ପ୍ରତିବେଶିନୀ ଗୋଲମୁହଁ ରଙ୍ଗଲତାକୁ ପ୍ରାୟ ବର୍ଷକ ପର୍ଯ୍ୟନ୍ତ ପ୍ରେମ କଲି। ତା'ର ମଫସଲି ମହୁଆ ଗନ୍ଧରେ ଆକୁଳିତ ହୋଇ ମୁଁ ବହୁବିଧ ନିର୍ବୋଧ କାମ କରିଛି। ମିଳିତ ହୋଇନାହିଁ ସିନା, କଚ୍ଛିତ ଅନ୍ତରଙ୍ଗତାରେ ନିଜକୁ ସମର୍ପି ଦେଇଛି, ବିଶ୍ୱାସ କରନ୍ତୁ। ରଙ୍ଗଲତା ଯଥାସମୟରେ ଦୂରେଇଗଲା ପରେ ମୁଁ ଚିତ୍ରପଟର ସୁନ୍ଦରୀମାନଙ୍କ ପ୍ରତି ଧାବିତ ହେଲି। ମୁଁ ହରିଣୀ ନୟନା ଅମ୍ବିକା ଦେବୀଙ୍କୁ ଛ'ମାସ ଯାଏଁ ପ୍ରେମକଲି, କଲେଜରେ ନାଁ ଲେଖାଇବା ଦିନଠାରୁ ଆରମ୍ଭ କରି ଅଧାବର୍ଷିଆ ପରୀକ୍ଷା ପର୍ଯ୍ୟନ୍ତ। ତା'ପରେ ଅନୁଗତିର ବନ୍ଧନରୁ ମୁଁ ଘନ ଘନ ଓ ସମାନ୍ତରାଳ ପ୍ରେମ କଲି। ଏକା ସାଙ୍ଗରେ ଚିତ୍ରତାରକା କୋକିଳକଣ୍ଠୀ କୃଷ୍ଣା ଚୌଧୁରୀ ଏବଂ ସହପାଠିନୀ ସୁକେଶିନୀ ସୁନନ୍ଦାକୁ ପ୍ରେମକଲି। ମୁଁ କୃଷ୍ଣା ଚୌଧୁରୀ ଉଦ୍ଦେଶ୍ୟରେ ଅନ୍ତତଃ ଯୋଡ଼ିଏ କବିତା ଲେଖିଛି, ସୁନନ୍ଦାକୁ ଆଶ୍ରୟ କରି ଗୋଟିଏ ଗଳ୍ପ ଲେଖିଛି। କ୍ରମଶଃ ଚିତ୍ରତାରକାମାନେ ପ୍ରେମର ପର୍ଯ୍ୟାୟରୁ ଅପସରି ଗଲେ, ଯେହେତୁ ରକ୍ତମାଂସଗଢ଼ା ପ୍ରେମାସ୍ୱାଦାଗଣ ଜଣକ ପରେ ଜଣେ ମୋ ବାଟରେ

ଚଲାବୁଲା କଲେ। ମୁଁ ସୁନନ୍ଦାର କୋମଳ ହାତକୁ (ନୋଟ୍ ବହି ଦେଲାବେଳେ) ଛୁଇଁଛି। ତା'ପରେ ଅପରେକ ସହପାଠିନୀ ହାସ୍ୟମୟୀ ରଞ୍ଜନା ସହିତ ସାହିତ୍ୟ ଆଲୋଚନା କଲାବେଳେ ମୁଁ କଥାର ହସରେ ତା'ଉପରକୁ ଝୁଙ୍କିପଡ଼ି ତାକୁ ଗୋପନ ଏବଂ ଉଡ଼ନ୍ତା ଚୁମା ଦେଇଛି, ଧରାପଡ଼ି ଯାଇଛି, ସେ ମୋତେ ପଶୁ ବୋଲି ନ କହି ଦୁଷ୍ଟ କହିଛି। ଉତ୍ତେଜିତ କରିଛି ... କିନ୍ତୁ ସେ ଶୀଘ୍ର ସାହିତ୍ୟ କ୍ଷେତ୍ରରୁ ପଳାୟନ କରିଛି ଏବଂ ମୁଁ ତା'ପାଇଁ ଗୋଟିଏ ଗୀତିକାବ୍ୟ ଛାଡ଼ିଦେଇଛି। ମୋର ଯେତେଦୂର ମନେପଡୁଛି ସୁନନ୍ଦା ତିନିମାସ, ରଞ୍ଜନା ଛଅମାସ। ଅପେକ୍ଷା କରନ୍ତୁ, ଭାବିବେ ନାହିଁ ଯେ ମୋର ପ୍ରେମ କେବଳ ଲିପ୍‌ସାରେ ପର୍ଯ୍ୟବସିତ ହୋଇଛି। ରଞ୍ଜନାକୁ ଉଡ଼ନ୍ତା ଚୁମା ଦେଲା ପରେ ମୋର ସାହସ ବଢ଼ିଗଲା। ମୁଁ ଏକ ସୁଲକ୍ଷଣରେ ଆମ ଘର ଗ୍ୟାରେଜରେ ସାବି ନାମକ ଯୁବତୀକୁ ସେ ମୋଠାରୁ ଦୁଇ ତିନିବର୍ଷ ବଡ଼ହେବ – ଦେହଦିଆ ପ୍ରେମକଲି। ସାବିର କୁଳଶୀଳ ଜାଣି ଲାଭନାହିଁ, ପ୍ରେମରେ ସେସବୁ ଅବାନ୍ତର ପ୍ରଶ୍ନ ଉଠାଇବା ଅନୁଚିତ। ସାବି ପାଇଁ ଯେଉଁ କବିତାଟି ଲେଖିଥିଲି, ସେଥିରେ ଆଧୁନିକତାର ନୂତନତମ ଚିନ୍ତା ଏବଂ ଚିତ୍ରକଳ୍ପ ସୃଷ୍ଟି କରିଥିଲି, ସାହିତ୍ୟିକ ମହଲରେ ଚହଳ ପକାଇଥିଲି, ଇଣ୍ଟରମିଡ଼ିଏଟ୍ ପରୀକ୍ଷା ନ ହେଉଣୁ ଏକ ବିଶିଷ୍ଟ ତରୁଣ ଲେଖକ ରୂପେ ଗଣା ହୋଇଥିଲି। ତା'ପରେ ବି.ଏ., ଏମ୍.ଏ., ପି.ଏଚ୍.ଡ଼ି। ଦେଶ ବିଦେଶ। ରାନୁ ଦାସ, ମୀନା ଘୋଷ, ଡୋରା, ମିସେସ୍ ଲାଲ୍, ଲଳିତା ରାଓ ଓଗେର। କାୟାଗତ, ମନୋଗତ, ବାକ୍ୟଗତ, ରୂପମୟ, ଗୁଣମୟ, ପାର୍ଟିମିଶା, ପିକ୍‌ନିକ୍‌ମିଶା ବିଭିନ୍ନ ଧରଣର ପ୍ରେମ ଏବଂ ପ୍ରେମୋତ୍ତର ଚେତନାର ଉତ୍‌ଥାନ ସୋପାନ ନିରୀକ୍ଷଣ... ଆରେ କେଉଁଠୁ କେଉଁଯାଏ ଆସିଗଲିଣି, ଯଥାକ୍ରମେ ସ୍ୱପତ୍ନୀ। ଦିନିକିଆ, ମାସିକିଆ, ବର୍ଷିକିଆ ପ୍ରେମ ପରିବର୍ତ୍ତେ ଦୈନନ୍ଦିନ ଖରାବର୍ଷାର ଆନନ୍ଦ ... ଅଭ୍ୟାସ। ଅବଶ୍ୟ ନିୟମିତ ଖାଦ୍ୟ ସହିତ କେବେ କେମିତି ଅବୈଧ ପ୍ରେମର ଚଟଣି, ଥରେ ଦୁଇଥରରୁ ବେଶି ନୁହେଁ। ସ୍ତ୍ରୀଙ୍କର ଅଜଣା ନୁହେଁ। ଶେଷକୁ ପ୍ରେମୋତ୍ତର ଚେତନାର ଶିଖରି କ୍ରୀଡ଼ା। ଆଉ ତଳକୁ ଅନାଇଲେ ଆଶ୍ଚର୍ଯ୍ୟ ଲାଗିଲା ନାହିଁ। ମୁଣ୍ଡ ଘୂରାଇଲା ନାହିଁ, ମଣିଷମାନେ କଣ୍ଢେଇ ପରି ଦେଖାଗଲେ। ଷୋଳଅଣା ଭଗବାନତ୍ୱ ଆସିଗଲା। ସାହିତ୍ୟରେ ବିଶ୍ୱରସ ଟୁଲୁଟୁଲୁ ହେଲା। ସାହିତ୍ୟ ସଂପଦ ଘୋଷିତ ବାଣୀପୁତ୍ର ହୋଇ ଉପଲବ୍ଧିର ହୁକାଟାଣିଲି। ବିନା କ୍ରୋଧରେ ଜୀବଜଗତର ଭେଳିକି ଦେଖାଇଲି।

ଆଜି ପ୍ରେମ ସମେତ ଅସୀମ ଅଭିଜ୍ଞତାର ଗୋଲ୍ ତକିଆକୁ ଦେହରେ ମୁଣ୍ଡରେ ଗଡ଼େଇ ମୁଁ ଯାହା ଇଚ୍ଛା ତାହା ଲେଖିପାରିବି ... ରୋମାଣ୍ଟିକ୍ ବନି ପାରିବି ... ଚନ୍ଦ୍ରିକାକୁ ଅଲବତ୍ ପ୍ରେମ କରିପାରିବି।

ଯଦି କେହି ଭାବୁଥାଏ ଯେ ମୁଁ ସମସ୍ତ ଦରଜା ଝରକା ଖୋଲି ଦେଇ ସାରା ଆକାଶ ତଳେ ମୋର ନିଜତ୍ୱକୁ ଭ୍ରଷ୍ଟ କରିଦେବି, ଚନ୍ଦ୍ରିକାକୁ ପାଖକୁଆଣି କାହିଁକି କାନ୍ଦୁଛି ବୋଲି ପଚାରିବି, ତାହାହେଲେ ବୁଝିବାକୁ ହେବ ଯେ ସେ ବାଣୀପୁତ୍ରର ପ୍ରତିଭାକୁ ଚିହ୍ନି ପାରିନାହିଁ।

ନା, ସମୟ ହୋଇଯାଉଛି। ଘଣ୍ଟାକ ଭିତରେ ସାରିବାକୁ ପଡ଼ିବ।

ଚନ୍ଦ୍ରିକା ସେଇ ଝରକାବାଟେ ଆସିବ, ଯେମିତି ହେଲେ ଆସିବ। ମୁଁ ମିଳନର ସଂପୂର୍ଣ୍ଣ ଆବେଗ ଓ ଉପଭୋଗର ଟିକିନିଖି ଆଙ୍କିଦେଇ ପ୍ରେମ ଉଠାଣିକୁ ଅତିକ୍ରମ କରିବି। ଅଚିରେ ମୋର ମନୋରଥ ପୂର୍ଣ୍ଣ ହେଲା। ତା'ପରେ ଦ୍ୱିତୀୟ ଉଠାଣି ପାରିହେବାକୁ ବେଶୀ ସମୟ ଲାଗିଲା ନାହିଁ। ସମାଜର ତାଡ଼ନାରେ ଚନ୍ଦ୍ରିକା ବିଦାୟ ନେଲା, ତା'ର ନୟନରୁ ଖାଣ୍ଟି ଶାସ୍ତ୍ରସମ୍ମତ ଅଶ୍ରୁ ଝରଝର ଝରିଲା। ମୁଁ ମଧ୍ୟ ବିଧି ମୁତାବକ କାନ୍ଦିଲି, ତା'ର ଲୁହ ପୋଛିଦେଲି, କହିଲି ଆମ ପ୍ରେମ ମରିବ ନାହିଁ। କହିଲି ଯେ ମୁଁ ଆଜିଯାଏଁ ବାହା ହୋଇନାହିଁ, ତା'ପାଇଁ ଅପେକ୍ଷା କରିଛି। ତା'ର ହାତକୁ ମୁଠାଇ କହିଲି ଯେ ଆମ ପ୍ରେମ ଘୋଷଣାରେ ସ୍ତମ୍ଭିତ ହେଲା। ଅନୁନୟ ବିନୟ କରି କହିଲା ଆପଣ ଏଇଠି ରୁହନ୍ତୁ, ମୋରି ପାଖରେ ରୁହନ୍ତୁ। ମୁଁ ଶୁଣିଲି ଆପଣ ଚାକିରି ଖୋଜୁଛନ୍ତି, ମୁଁ ଆପଣଙ୍କୁ ମୋ ଫ୍ୟାକ୍ଟରୀର ମ୍ୟାନେଜର କରିଦେବି, ଆପଣ ମୋ ବାଳୁତ ପିଲା ତିନୋଟିଙ୍କ ମାଆକୁ ବଞ୍ଚାଇ ଦିଅନ୍ତୁ। ସେଇଠୁଁ ମୁଁ ହସିଲି, ଏକ ବିରାଟ ଅଟ୍ଟହାସ୍ୟରେ ସେଇ ପାର୍ଥିବ ପରିବାରକୁ ପ୍ଲାବିତ କରିଦେଲି। ଗଳ୍ପ ସରିଲା, ରୋମାଣ୍ଟିକ୍ ମତରେ ମୁଁ ସେଇ ଅଟ୍ଟହାସ୍ୟ ଦ୍ୱାରା ପ୍ରସ୍ତାବର ମୂର୍ଖତାକୁ ଚିହ୍ନାଇଦେଲି। ଜଣାଇଦେଲି ଯେ ଆମର ପ୍ରେମ ଅମର, ଆମେ ସ୍ୱର୍ଗରେ ଭେଟାଭେଟି ହେବା, ତେଣୁ ଚନ୍ଦ୍ରିକା ବଞ୍ଚି ରହିବାର ପ୍ରଶ୍ନ ଉଠୁନାହିଁ। କିନ୍ତୁ ଯେହେତୁ ଅଟ୍ଟହାସ୍ୟ ଏକ ଅସମାପିକା ମୁଁ ମୋର ବୁଦ୍ଧିବାଦୀ ପାଠକମାନଙ୍କୁ ଆଖିମିଟିକା ମାରିଲି ... ଇଙ୍ଗିତରେ ଜଣାଇଦେଲି ଯେ ...

ଏଗାରଟା ପଇଁଚାଳିଶ, ଗଳ୍ପଟି ସାରିବା ପାଇଁ ସାମାନ୍ୟ ବିଳମ୍ବ ହେଲା; କିନ୍ତୁ ସାରିଦେଲି ନା ନାହିଁ? ଯଦ୍ୟପି ମୂଳରୁ ଶେଷଯାଏଁ, ଲେଖନୀର ପ୍ରତିପଦରେ ଝରକା ସେ ପାଖରୁ କାନ୍ଦଣା ଶୁଭୁଥିଲା। ବିଲେଇଛୁଆ ନୁହେଁ, ଚନ୍ଦ୍ରିକା ନୁହେଁ, ମୋର ସମସ୍ତ ପ୍ରେମଭୁକ୍ତା ପ୍ରେମଗ୍ରସ୍ତା ନାରୀ–ରଙ୍ଗଲତା, ସୁନନ୍ଦା, ରଞ୍ଜନା, ସାବି, ରାନୁଦାସ, ମୀନା ଘୋଷ, ଡୋରା, ମିସେସ୍ ଲାଲ, ଲଳିତା ରାଓ, ମୋର ସହଧର୍ମିଣୀ ଏବଂ ଅନ୍ୟମାନେ। ଯେଉଁମାନଙ୍କୁ ମୁଁ ବିନା କ୍ରୋଧରେ ତଳକୁ ଛାଡ଼ି ଦେଇଛି, ସାହିତ୍ୟ ଲେଖିବି ବୋଲି। ବିରକ୍ତିକର ବ୍ୟାପାର ହେଉଛି ଯେ ସେମାନେ ନିଜ ପାଇଁ କାନ୍ଦୁ ନଥିଲେ, ମୋର

ଦୁରବସ୍ଥା ଦେଖି କାନ୍ଦୁଥିଲେ, ସତେ କି ମୁଁ ଡରିଗଲି ... ମୁଁ ମଣିଷ ହୋଇପାରିଲି ନାହିଁ।

କିଛି ସମୟ ପରେ ମୋର ମନେହେଲା ଯେ ମୋର ସ୍ୱର୍ଗୀୟା ବୋଉ ମଧ୍ୟ ତା'ର ଦଦରା କଣ୍ଠରେ କାନ୍ଦି କାନ୍ଦି କହୁଛି – ହଇରେ, ତୁ ସତରେ ମଣିଷ ହୋଇପାରିଲୁ ନାହିଁ! ମୁଁ ତୋତେ ଏଇଥିପାଇଁ ଦଶମାସ ଦଶଦିନ ... ଇତ୍ୟାଦି ଇତ୍ୟାଦି (ଅଶିକ୍ଷିତା ମାଆମାନେ କେମିତି କଟାସମ୍ପା କରନ୍ତି, ଆପଣ ଜାଣନ୍ତି) ...

ମୁଁ ବାଧ୍ୟ ହୋଇ ଅବଶିଷ୍ଟ ଝରକାଟିକୁ ବନ୍ଦ କରିଦେଲି।

ମୁଁ ପରୀକ୍ଷା କରିନେଲି ଯେ ଘରର ସମସ୍ତ ଦରଜା ଝରକା ବନ୍ଦ ଅଛି। ସେଇଠୁ ମୁଁ ମୋର ବହିଥାକ ପଛରେ ଗୋପନରେ ରଖା ହୋଇଥିବା ଗୋଟିଏ ଇଂରେଜୀ ପେପର ବ୍ୟାକ୍ ବହି କାଢ଼ି ଆଣିଲି, ଯାହାର ରଙ୍ଗରଙ୍ଗିଆ ମଲାଟ ଉପରେ ଗୋଟିଏ ପ୍ରେମହୀନା ରମଣୀ ତା'ର ସ୍ତନ ଜଘନ ମୁକୁଳାଇ ବସିଛି। କହୁଛି ମୋତେ ପଢ଼, ମୁଣ୍ଡ ଥଣ୍ଡା କର।

ମୁଁ ପଢ଼ି ବସିଲି। ଆପାତତଃ କାନ୍ଦଣା ଶୁଭିଲା ନାହିଁ।

■

ଗନ୍ଧ

ଶିକ୍ଷା ସଚିବ ଜୟକୃଷ୍ଣ ଏବଂ ନବକୃଷ୍ଣ କୋଳାକୋଳି ହେଲେ।

ସେମାନେ ବାଲ୍ୟବନ୍ଧୁ, କିନ୍ତୁ ଘଟଣା ଚକ୍ରରେ ପ୍ରାୟ କୋଡ଼ିଏବର୍ଷ ହେଲା ପରସ୍ପରକୁ ଭେଟିବାର ସୁଯୋଗ ମିଳି ନଥିଲା। ଇତିମଧ୍ୟରେ ଜୟକୃଷ୍ଣ ଚାକିରି ପାହାଚରେ ଉଠି ଉଠି ଶିକ୍ଷା ସଚିବ ପଦରେ ପ୍ରତିଷ୍ଠିତ ହୋଇ ଅଜା ହେବାକୁ ବସିଲେଣି। ଏଣେ ନବକୃଷ୍ଣ କିରାଣି ପଦ ତ୍ୟାଗ କରି କବିତା ପରେ କବିତା ଲେଖି ବିଶିଷ୍ଟ ସାଂସ୍କୃତିକ ଅନୁଷ୍ଠାନ 'ରସଚକ୍ର'ର ସଂପାଦକ ହେଲେଣି ଏବଂ ବୁଢ଼ା ବୟସରେ ବିବାହ କଲେଣି। କୋଳାକୋଳିର ସମୟ, ଗୋଟିଏ ରମଣୀୟ ରବିବାର ପୂର୍ବାହ୍ନ। ସ୍ଥାନ ଜୟକୃଷ୍ଣଙ୍କର ପାମ୍ ଆଭିନିଉ କ୍ୱାର୍ଟର୍ସରେ ଥିବା ଆପଣା ଅଫିସ୍‌ଘର, ପ୍ରବେଶ ଦ୍ୱାର। ଏରୁଣ୍ଡିବନ୍ଧ ନାହିଁ, କିନ୍ତୁ ପରଦା ଝୁଲୁଛି। ଜୟକୃଷ୍ଣ ପରଦା ଆଡ଼େଇ ଦେଇ କାଗଜଖଣ୍ଡେ ହାତରେ ଧରି ଦାଣ୍ଡପିଣ୍ଡାକୁ ବାହାରି ଆସୁଥିଲେ। ନବକୃଷ୍ଣ ବହିଖଣ୍ଡେ ହାତରେ ଧରି ଯିବ କି ନାହିଁ ବୋଲି ଚିନ୍ତା କରି ଭିତରକୁ ପଶି ଯାଉଥିଲେ। ତହୁଁ ସେମାନେ ଭେଟାଭେଟି ହେଲେ। କୋଳାକୋଳି ହେଲେ।

ପିଲାଦିନେ ଏପରି କେବେ ଘଟିନଥିଲା, କିନ୍ତୁ ଦୀର୍ଘକାଳ ପରେ ଏକ ଅପୂର୍ବ ବନ୍ଧୁମିଳନର ମର୍ଯ୍ୟାଦାକୁ ସହଜ ସମ୍ଭାଷଣ କିମ୍ବା ସୂକ୍ଷ୍ମ ସ୍ମିତହାସରେ ମୁଠାଇ ଧରିବା ଅସମ୍ଭବ ... ଅସମ୍ଭବ ବରଂ ଦେହରେ ଦେହ ମିଶାଇ ଦିଅ, କାହାର କିଛି କହିବାକୁ ନ ଥିବ। ତା'ଛଡା ହାତରେ ଜରୁରୀ କାଗଜ ଅଛି, ବହି ଅଛି, କାମ ପଡ଼ିଛି, ସମୟ ନାହିଁ।

ନବକୃଷ୍ଣ ଶିକ୍ଷା ସଚିବ ଜେ.କେ. ମହାନ୍ତିଙ୍କ ପାଖକୁ ଆସିଥିଲେ, ପୁରୁଣା ଜୟୀକୁ ଦେଖିବେ ବୋଲି ଆଶା କରି ନଥିଲେ। ଜୟକୃଷ୍ଣ ଓଡ଼ିଆ ସାହିତ୍ୟ ଗ୍ରାଜୁଏଟ୍ ଜନୈକ କିରାଣିର ଅପେକ୍ଷାରେ ଥିଲେ, ପୁରୁଣା ନବକୁ ଦେଖିବେ ବୋଲି ଆଶା କରି ନଥିଲେ। କିନ୍ତୁ ଏହି ଆଶାତୀତ ଲାଭର ସୂଚନା ତତ୍‌କ୍ଷଣାତ୍ ସେମାନଙ୍କର ମନକୁ ଛୁଇଁଲା ନାହିଁ। କାରଣ ଏକ ଅହେତୁକ ଅପ୍ରୀତିକର ଗନ୍ଧ ...

ଏକ ଅପ୍ରୀତିକର ବିକଟଗନ୍ଧ ସେମାନଙ୍କୁ ଆକ୍ରାନ୍ତ କରିଦେଲା।

ଯାହାହେଉ ଯଥାକ୍ରମେ ଛଡ଼ାଛଡ଼ି ହେଲେ। ଉପସ୍ଥିତ ଉଦ୍ୟତ ଚାହାଣିରେ ପରସ୍ପରକୁ ଦେଖିଲେ ଏବଂ ଖୁସି ହେଲେ।

"ବହୁତ ଦିନ ପରେ ... ନୁହେଁ?"

"ଅ-ନେ-କ ଦିନ। କୋଡ଼ିଏ କି ପଚିଶ ବର୍ଷ। ଶତାବ୍ଦୀ ସରିବାକୁ ବସିଲାଣି।"

"ଆହା, ସେଇ କବିତ୍ୱ। ଚମତ୍କାର। ... ଚା' ଆଣିବି ନା କଫି?"

"ନା, ନା, ଥାଉ। ମୁଁ ଏଇକ୍ଷଣି ଚା'ଖାଇ ଆସିଛି। ତା'ଛଡ଼ା ମୋର ଦେହ ଆଜିକାଲି ଭଲ ରହୁନାହିଁ।"

"କ'ଣ ହୋଇଛି?"

'ହେବ ଆଉ କ'ଣ? ଆସି ବୁଢ଼ା ହେଲେଣି। ଦେଖୁନୁ ଯେତେକ ମୁଣ୍ଡବାଳ ଝୋଟ ହୋଇଗଲାଣି।'

ଜୟକୃଷ୍ଣ ବାଲ୍ୟବନ୍ଧୁର ପାଚିଲା ବାଳକୁ ଦେଖିଲେ। ପ୍ରକୃତରେ ଧଳା ନୁହେଁ, ଝୋଟ। ମଳିନତା। ବରଫ ଓ ପଙ୍କ ମିଶାମିଶି। ବିଦେଶରେ ଯାହାକୁ କହନ୍ତି ସ୍ଲଶ୍। ପୂର୍ବରୁ ସେମିତି ଥିଲା, କଳାବାଳରେ ଧୂଳିମାଟି ଲାଗିଥିଲା, ଗନ୍ଧଉଥିଲା ...

"ଆରେ ମୁଁ ଆଉ କ'ଣ ଟୋକା ହୋଇଅଛି? ଝୋଟ ହେଉ, ଯାହା ହେଉ, ତୋ ମୁଣ୍ଡରେ ବାଳଭର୍ତ୍ତି ହୋଇରହିଛି। ମୋ ମୁଣ୍ଡ ଦେଖ୍, ଏକଦମ୍ ପରିଷ୍କାର, ନିର୍ମଳ।"

କହିସାରିଲା ପରେ ସେହି ପଦଟି ନବକୃଷ୍ଣଙ୍କ ମନରେ ଗୁଞ୍ଜରିଲା। ନିର୍ମଳ, ନିର୍ଗୁଣ, ନାସ୍ତି, ନିଶ ନାହିଁ, ଦାଢ଼ିନାହିଁ, ମାଖୁନା। ନବକୃଷ୍ଣ ବାଲ୍ୟବନ୍ଧୁର ଯୌବନକୁ ମନେ ପକାଇଲେ। ପାଲିସ୍-କରା ଟେରିକଟା ମୁଣ୍ଡରୁ ଗୋଟିଏ ହେଲେ ବାଳ ଅବାଟରେ ମାଡ଼ିଯାଇନାହିଁ। ଫୁରୁଫୁରୁ ହୋଇ ଉଡୁନାହିଁ। ସମାନ ଦୁଇଧାଡ଼ି ଦାନ୍ତରେ କେଉଁଠି ହେଲେ ହଳଦିଆ ରଙ୍ଗ କିମ୍ବା ଖଇରିଆ ରଙ୍ଗ ଟିକିଏ ଲାଗିଯାଇ ନାହିଁ। ଆଖିରେ ରଙ୍ଗ ନାହିଁ, କୁହୁଡ଼ି ନାହିଁ, କିଛି ନାହିଁ ଏବଂ ଦେହରୁ ସର୍ବଦା ସଜଗାଧୁଆ ବାସ୍ନା ଆସୁଛି ... ସାମାନ୍ୟ ତା'ର ବାସ୍ନା ...

"ଠିକ୍ କହିଛୁ। ନିର୍ମଳ। ନିର୍ମଳ ହୃଦୟ। ନିର୍ମଳ ଶାସନ ... କାଲି ଆମ ମନ୍ତ୍ରୀ କ'ଣ କହିଲେ ଶୁଣିଛୁ ନା?"

'ନା'

"କହିଲେ ... ଭଲକଥା କହିଲେ, ଛାଡ଼, ତୋର ଖବର ଅନ୍ତର କ'ଣ ଶୁଣିବା। କେତୋଟି ପିଲାପିଲି? ବାହାସାହା ହେଲେଣି ନା ପାଠ ପଢୁଛନ୍ତି?"

"ମୋର ପିଲାପିଲି ନାହାନ୍ତି, ମୁଁ ବର୍ଷେ ହେଲା ବାହା ହୋଇଛି। ଯାହାକୁ ବାହା ହୋଇଛି, ସେ ମୋଠାରୁ କୋଡ଼ିଏ ବର୍ଷ ସାନ।"

'ଓ –'

ଜୟକୃଷ୍ଣ ଥମିଗଲେ। ଅନିୟମିତ ଅପରିଚ୍ଛନ୍ନ ପ୍ରବୃତ୍ତି, କିନ୍ତୁ ସେମାନେ ଭିନ୍ନ। ସେମାନେ ଅବାଗିଆ, ସେମାନେ ମଧ୍ୟ ବେଳେବେଳେ କୁତ୍ସିତ। ନବା ଦିନରେ ପାଠ ପଢୁ ନଥିଲା, ରାତି ଅଧରେ ହଷ୍ଟେଲ ଛାତ ଉପରେ ଉଠି ଗୀତ ବୋଲୁଥିଲା। ଭଲ କଥା। ସେ ଯେତେବେଳେ କହିଲା ଯେ ସେ ରାତିରେ ମେହେନ୍ତରାଣୀ ଝିଅ ମଲ୍ଲୀ ପାଖରେ ଶୋଇବାକୁ ଯାଇଥିଲା ... ଆଃ ... ମୋର ମନେ ଅଛି ତା'ଲୋଚାକୋଚା ଜାମାରେ ସେକ୍‌ସର କ୍ଲେଦ ଲେସି ହୋଇଯାଇଥିଲା ମୁଁ ସାଂଗେ ସାଂଗେ ବାଥ୍‌ରୁମ୍‌କୁ ଯାଇ ଗୋଡ଼ରୁ ମୁଣ୍ଡଯାଏ ଗାଧୋଇ ପଡ଼ିଥିଲି। କେତେଦିନ ପରେ ସେ କହିଲା ଯେ ସେ ରାଜୁଦାସ ଇନ୍‌ସପେକ୍ଟରଙ୍କ ଝିଅ ନମିତାକୁ ଭଲପାଏ। ସେଇଠୁ ଯାଇ ମୁଁ ଆଶ୍ୱସ୍ତ ହେଲି। ଭାବିଲି ଯେ ହଷ୍ଟେଲରେ ପାଖାପାଖି ରହିହେବ, ରୁମ୍ ବଦଳାଇବାକୁ ପଡ଼ିବ ନାହିଁ ... ଆଜି ଦମ୍ଭରେ କହୁଛି କ'ଣ ନା ସେ କୋଡ଼ିଏ ବର୍ଷ ସାନ ଝିଅକୁ ବାହା ହୋଇଛି ... ହେଉ, ହେଉ, ସେମାନେ ଭିନ୍ନ, ସେମାନେ ଅବାଗିଆ। ଜାଣିଶୁଣି ସେମାନେ ପାମ୍ ଆଭିନିଉ ଫୁଟ୍‌ପାଥରେ ଲଙ୍ଗଳା ଭିଖାରୀ ପିଲାଙ୍କୁ ଛାଡ଼ିଦିଅନ୍ତି, ଚମଛଡ଼ା କୁତ୍‌ତୀକୁ ଡ୍ରଇଂରୁମ୍ ମଝିରେ ଛିଡ଼ା କରେଇ ପିଠି ଆଉଁସନ୍ତି, ହପ୍ତାଏ ନ ଯାଉଣୁ ମନ୍ତ୍ରୀମଣ୍ଡଳ ଭାଙ୍ଗିଯିବ, ଗଣତନ୍ତ୍ର ବୁଡ଼ିଯିବ, ମ୍ଳେଚ୍ଛ କମ୍ୟୁନିଜ୍‌ମ ଦାନ୍ତ ଗଜିଡ଼ିବ ବୋଲି ଭୟ ଦେଖାନ୍ତି।

ହେଉ, ହେଉ, କବି ନବା ସାଙ୍ଗରେ ମୋର କାମ ଅଛି। ଜୟକୃଷ୍ଣ ଶୁଣିବାରେ ମନ ଦେଲେ।

"ମୁଁ ତାକୁ ଭଲପାଏ। ମୋର ପୂର୍ଣ୍ଣ ବିଶ୍ୱାସ ଯେ, ଏଇ ବୁଢ଼ା ବୟସର ଭଲ ପାଇବା ଶୀଘ୍ର ବଦଳାଇବାକୁ ପଡ଼ିବ ନାହିଁ ... (ହାବୁକା ହସ)"

"ବାବୁ ଆମେ ଚାକିରିଆ ଲୋକ, ଆମେ ସେସବୁ ଭଲ ପାଇବା। ଭଲ ପାଇବା ବୁଝୁନା।"

"ଆଉ ତୋ ଖବର କ'ଣ ?"

"ଏଇ ମାସକ ଭିତରେ ମୋର ଗୋଟିଏ ନାତି କିମ୍ୱା ନାତୁଣୀ ଆସିବ। ଦ୍ୱିତୀୟ ଝିଅର ବାହାଘର ଲାଗିଛି। ପୁଅ ଖଡ଼ଗପୁର ଆଇ.ଆଇ.ଟିରେ ପଢୁଛି। ଏମିତି ଚାଲିଛି ସଂସାର। ଭଗବାନଙ୍କ ଆଶୀର୍ବାଦ।"

"ସ୍ତ୍ରୀ ଭଲ ଅଛନ୍ତି ?"

"ସ୍ତ୍ରୀ– ହଁ କମଳା ଭଲଅଛି। ମାନେ ଅବଶ୍ୟ କ'ଣ ଭିଟାମିନ୍ ଡିଫିସିଏନ୍‌ସି

ହୋଇ ମଝିରେ ମଝିରେ ମୁଣ୍ଡ ଘୂରାଉଛି, ହପ୍ତାକୁ ହପ୍ତା ଇଞ୍ଜେକ୍‌ସନ୍ ନେଉଛି, କିନ୍ତୁ ମୋଟାମୋଟି ଭଲ ଅଛି ... ହାତରେ ସେ ବହି କ'ଣ କି? ନୂଆ କବିତା ବହି?"

"ହଁ ତୋତେ ଉପହାର ଦେବାପାଇଁ ଆଣିଥିଲି।"

ନବକୃଷ୍ଣ ତରୁଣୀ ସ୍ତ୍ରୀ ପ୍ରୀତିକୁ ମନେ ପକାଇଲେ। ସେ ହସୁଥିବ। ତା'ର କୁରୁ କୁରୁ ହସରେ ଅଛି - ଅଛି ସଂପୂର୍ଣ୍ଣ ସରଳତା, ଯାହା ସତମିଛ ଚିହ୍ନାଇଦିଏ, କିନ୍ତୁ ଭଲମନ୍ଦ ବାରେ ନାହିଁ। ଅବଜ୍ଞାରେ ହାଣିଦିଏ, କିନ୍ତୁ ଜନ୍ତୁଟିକୁ ଭଲପାଏ ... ପୃଥିବୀକୁ ଭଲପାଏ। ସେ ପାଖରେ ଥିଲେ ହସି ଉଠନ୍ତା। ଜଣାଇଦିଅନ୍ତା ଯେ ଏଇ ହେଉଛି ସତକଥା। ନବକୃଷ୍ଣ ପ୍ରକୃତରେ ଜେ.କେ. ମହାନ୍ତିଙ୍କ ପାଖକୁ ଆସି ନଥିଲେ, ଟେଲିଫୋନ୍ ଡାଇରେକ୍ଟରିରେ ଶିକ୍ଷା ସଚିବଙ୍କ ନାମ ଗ୍ରାମ ଠିକଣା ଖୋଜି ନେଇ ମୁଖସ୍ଥ କରିଥିଲେ ମଧ୍ୟ ମନ ଗହନରେ ଜାଣିଥିଲେ ଯେ ସେଇ ହେଉଛି ଜୟୀ। ମୋର ନୂଆ କବିତା ବହି ବିଜୁଳିମାଳିକା ଜୟୀ ପାଇଁ, ସେହି ଜୟୀ ପାଇଁ ଯେ ବାରମ୍ବାର ଗାଧୋଉଥିଲା, ନିର୍ମଳ ଗୁଣହୀନତାରେ ବାସୁଥିଲା, ଭାବହୀନ କ୍ଳେଶହୀନ ନିଜ ଦେହକୁ ସୁଙ୍ଘୁଥିଲା ...

ବୁଢ଼ା ପ୍ରେମିକ ବେପରୁଆ କବି ନବକୃଷ୍ଣ ଶେଷକୁ ଜୟୀକୁ ତା'ର ନିଜସ୍ୱ ଉପହାର ଦେବାକୁ ଚାହିଁଲା ...

ପ୍ରୀତି ହସୁଛି, ହସୁ। ମୁଁ ସତକହୁଛି ମୋର ଖିଆଲ୍ ନଥିଲା ଯେ, ଜେ.କେ. ମହାନ୍ତି ଜୟୀ ହୋଇଥିବ। ଇଏ ବିଦୁର-ଶ୍ରୀକୃଷ୍ଣ ଉପାଖ୍ୟାନ ନୁହେଁ ବିଶ୍ୱାସ କର।

ପ୍ରୀତି ଜୟୀର କାରବାର ଦେଖି ହସୁଥାଆନ୍ତି, କେମିତି ଜୟୀ ମନ୍ତ୍ରୀଙ୍କୁ ସମାଲୋଚନା କରିବାପାଇଁ ପଛେଇଗଲା, ମୋର ପ୍ରଣୟ ସମ୍ବାଦ ଶୁଣିଲା ପରେ ଆଉ ଶୁଣିବାକୁ ଚାହିଁଲା ନାହିଁ, ନିଜ ସ୍ତ୍ରୀର ରୋଗ ବଇରାଗକୁ 'ମୋଟାମୋଟି' ଭଲ କରିଦେଲା। ତା'ର ସୁସ୍ଥ ହୋଇ ରହିବାର ପ୍ରୟାସକୁ ଦେଖି ହସୁଥାଆନ୍ତା।

ପ୍ରୀତି କଥା କାହିଁକି ପଚାରୁଛ!

ଦେଖ, ଜୟୀ ମୋର କବିତା ବହିକୁ ଅତି ମନ ଦେଇ ପଢୁଛି ... ଶିକ୍ଷାସଚିବ ହେଲା ଦିନଠାରୁ ସାହିତ୍ୟରୁ କିଛି ବୁଝିଲାଣି ନା କ'ଣ? କିନ୍ତୁ ଏହିକ୍ଷଣି ପଢ଼ି ବସିଲେ ହେବନାହିଁ, ମୋର ତୋ ପାଖରେ କାମ ଅଛି। ନବକୃଷ୍ଣ ବନ୍ଧୁର ଦୃଷ୍ଟି ଆକର୍ଷଣ କଲେ।

"ପରେ ପଢ଼ିବୁ, ଇଏ ମୋର ପଞ୍ଚମ ବହି। ଆମ ସାହିତ୍ୟରେ ଗୋଟିଏ ନୂତନ ପଦକ୍ଷେପ। ମଣିଷର ସମସ୍ତ ସାମାଜିକତାକୁ ମୁଁ ତା'ର ଦୈନନ୍ଦିନ ଭୋଜନ ଶୟନ ଶୌଚ କର୍ମ ମଧ୍ୟରେ ନେଇ ଆସିଛି।"

"ଆଚ୍ଛା, ଏଥିରେ ଆମ ଉପେନ୍ଦ୍ର ଭଞ୍ଜ କବିସୂର୍ଯ୍ୟ ରାଧାନାଥଙ୍କର ଇନ୍‌ଫ୍ଲୁଏନ୍‌ସ ନାହିଁ ?"

"ଥିବ, ମୁଁ ଜାଣେ ନାହିଁ। ମୁଁ ଭଗବାନଙ୍କୁ ମଧ୍ୟ ପ୍ରତ୍ୟହର କ୍ରିୟାକର୍ମରେ ଜଣାଇ ଦେଇଛି ?"

"ଉପେନ୍ଦ୍ର ଭଞ୍ଜ –"

"ମୁଁ ପ୍ରେମକୁ ସେକ୍‌ସଭାଟିରେ ଚଢ଼ାଇ ପୁଣି ମୁକୁଳାଇ ଆଣିଛି, ଥଣ୍ଡାକରି ଭଗବାନଙ୍କ ଜିମା କରି ଦେଇଛି।"

"ଭଲ, ମୁଁ କ'ଣ କହୁଥିଲି କି ଉପେନ୍ଦ୍ର ଭଞ୍ଜଙ୍କର ମଧ୍ୟ ବୋଧହୁଏ ଏହି ଥିଓରି, ମାନେ ପ୍ରେମରେ ଭଗବାନ ଅଛନ୍ତି।"

ନବକୃଷ୍ଣ ପରାସ୍ତ ହେଲେ। ଲୋକଟା କିଛି ବୁଝୁନାହିଁ, ବୁଝି ପାରୁନାହିଁ। କିନ୍ତୁ ବିଜୁଳିମାଳିକାର ଅସାଧାରଣତ୍ୱ ବୁଝିବାକୁ ପଡ଼ିବ, ମୁଁ ସହଜେ ଛାଡ଼ିବି ନାହିଁ। ନବକୃଷ୍ଣ ପୁଣି ମାଡ଼ିଗଲେ,-

"ହଁ, କିନ୍ତୁ ଉପେନ୍ଦ୍ର ଭଞ୍ଜ ଏବଂ ତାଙ୍କର ପରବର୍ତ୍ତୀ କବିମାନେ ନିତ୍ୟ ନୈମିତ୍ତିକ ଜୀବନର ମଳିନତାରେ ଦୂଷିତ ହୋଇନାହାନ୍ତି। ଅନ୍ତତଃ କାବ୍ୟ ରଚନା କଲାବେଳେ ମଳିନତାକୁ ଭୁଲି ଯାଇଛନ୍ତି। ମୁଁ ନିଜର ବଡ଼େଇ କରୁନାହିଁ, କିନ୍ତୁ ମୁଁ ଭାରତବର୍ଷର ପ୍ରଥମ କବି ଯେ ପଦ୍ମକୁ ପୁଣି ତା'ର ପରମଭୋଗ୍ୟ ପଙ୍କରେ ପୋତି ଦେଇଛି, ତାକୁ ଜୀବନ୍ତ କରି ଗଢ଼ିଛି ... ବୁଝୁଛୁ ନା ମୁଁ କ'ଣ କହିଲି ?

ମଳିନତା ମଳିନତା। ଏଇ ଉପେନ୍ଦ୍ର ଭଞ୍ଜଙ୍କ କଥା କିଛି ଜାଣେ ନାହିଁ ନା କ'ଣ ? ଏଣେ ସେହି ସାହିତ୍ୟ ଗ୍ରାଜୁଏଟ୍ କିରାଣି ଆସିଲା ଭଳି ଦିଶୁନାହିଁ, କହୁଥିଲା ଯେ ତା'ର ମାଆ ଶକ୍ତ ବେମାର, ହୁଏତ ନ ଆସିପାରେ।

କିନ୍ତୁ ନବା କବି ହୋଇ ଉପେନ୍ଦ୍ର ଭଞ୍ଜଙ୍କ କଥା ଜାଣି ନଥିବ କେମିତି ? ନା, ମୋତେ ଆହୁରି ଚେଷ୍ଟା କରିବାକୁ ହେବ। ମୁଁ ତା'ର ବାଲ୍ୟବନ୍ଧୁ। ଏକାଠି ସ୍କୁଲ କଲେଜ, କଲେଜ ହଷ୍ଟେଲ। ମୁଁ ଅଳ୍ପ ବହୁତ କଠୋର ହେଲେ ଯାଏ ଆସେ ନାହିଁ। ତା'ର ମଳିନପଣକୁ ବାହାବାହା ନ କଲେ ସେ ଉଠି ପଳେଇଯିବ ନାହିଁ। ତେଣୁ ଜୟକୃଷ୍ଣ ଅଣ୍ଟା ଭିଡ଼ିଲେ –

"ବୁଝୁଛି, ବୁଝୁଛି କିନ୍ତୁ ମୁଁ କ'ଣ କହୁଛି ଶୁଣ। ଉପେନ୍ଦ୍ର ଭଞ୍ଜଙ୍କଠାରେ ଏଇ ଆଧୁନିକତା, ମାନେ ତୋର ଏଇ ନିଜସ୍ୱ ଆଧୁନିକତା- ମୋଟେ ନାହିଁ ବୋଲି ତୁ କହି ପାରିବୁ ?"

"କାହିଁକି ?"

"ମାନେ- ?

"କାହିଁକି ଉପେନ୍ଦ୍ର ଭଞ୍ଜ ?"

"କାହିଁକି ନା ଉପେନ୍ଦ୍ର ଭଞ୍ଜ ଆମ ଦେଶର ସର୍ବଶ୍ରେଷ୍ଠ କବି।"

"ତୋତେ ଏ କଥା କିଏ କହିଲା – ହେ ଭଗବାନ୍!"

"ମୁଁ କହୁଛି -"

ନବକୃଷ୍ଣ ପ୍ରମାଦ ଗଣିଲେ। ଯେଉଁ ଜୟୀ ସର୍ବଦା ତର୍କ ବିତର୍କରୁ ଦୂରେଇଯାଏ, ଧୂଳି ଧୂସର ଚଟିହଳକୁ ଦୁଆର ମୁହଁରେ ଛାଡ଼ିଦେଇ ଘର ଭିତରକୁ ପଶିଯାଏ, ତା'ର ଏଇ ଅହେତୁକ ଉପେନ୍ଦ୍ର ଭଞ୍ଜମାନିଆ କାହିଁକି ? ଅବଶ୍ୟ ସେ ଥରେ ଅଧେ ଯୁକ୍ତି କରିବା ମନେ ପଡୁଛି। କିନ୍ତୁ ଉପେନ୍ଦ୍ର ଭଞ୍ଜ କ'ଣ ହଷ୍ଟେଲ ସୁପରିଣ୍ଟେଣ୍ଡେଣ୍ଟ ନା ମେସ ପୁଝାରି ଯେ ତାଙ୍କ ସପକ୍ଷରେ ଅଡ଼ି ବସିଲେ –

ନବକୃଷ୍ଣଙ୍କର ମୁଣ୍ଡ ଘୂରାଇଗଲା। ଜୀବନର ଅପରାହ୍ଣରେ ବାଲ୍ୟବନ୍ଧୁର ଆତ୍ମା ସତେ ପାଲଟିଯାଇଛି ? ସୁନୀଳ ଫମ୍ପା ଆକାଶରେ ମୁନ ଗଜୁରିଛି ? ତାହାହେଲେ ଉପାୟ କ'ଣ ? ମୋର ବିଜୁଳିମାଳିକାଟିକୁ କେମିତି ଜରଦ୍‌ଗବ ଉପେନ୍ଦ୍ର ଭଞ୍ଜର କବଳରୁ ମୁକ୍ତ କରିବି ? ?

ନବକୃଷ୍ଣ ପ୍ରୀତିକୁ ମନେ ପକାଇଲେ। ପ୍ରୀତି ହସୁଛି। ପ୍ରୀତି କଥା କାହିଁକି ପଚାରୁଛ !

ନବକୃଷ୍ଣ ଦିଲ୍ଲୀର ଛବି ଆଙ୍କିଲେ। ସମ୍ମୁଖରେ ସିଂହାସନ। ଏ ପାଖରେ ପ୍ରୀତି, ସେ ପାଖରେ କୀର୍ତ୍ତି। ଏଇ ମୂର୍ଖ ଶିକ୍ଷାସଚିବ ହାତରେ ଗୋଟିଏ ଚାବି ଅଛି, ତାକୁ ହାସଲ କରିବାକୁ ହେବ। ଅଧୀର ହେଲେ ଚଳିବ ନାହିଁ। ନବକୃଷ୍ଣ ନିଜକୁ ସମ୍ଭାଳି ନେଲେ। କହିଲେ –

"ସରି, ତୁ ଠିକ୍ କହିଛୁ। ଉପେନ୍ଦ୍ରଭଞ୍ଜ ଆମର ଚିରସ୍ମରଣୀୟ। ସେଇ ଆମର ଭାଷାରେ ଭାରୀପଣ ଦେଇଛନ୍ତି। ତାକୁ ଘଷିମାଜି କେତେଭରି ଗହଣା ପିନ୍ଧାଇ ଓଜନିଆ କରି ସଂସ୍କୃତ ପଣ୍ଡିତଙ୍କର ନାକ କାଟି ଦେଇଛନ୍ତି। ପୁଣି ଭାଷାକୁ ଟାଣି ଓଟାରି କେତେ କୋଟିକମକରା ଛବି ଆଙ୍କି ଦେଇଛନ୍ତି, ଯାହାକୁ ଦେଖିବାକୁ ହେଲେ ଉନ୍ନତ ପାୱାର ଚଷମା ଦରକାର।

(ଜୟକୃଷ୍ଣଙ୍କର ମୁଖମଣ୍ଡଳ ଉଦ୍ଭାସିତ ହେଲା)

"କିନ୍ତୁ ଭାଇ ଗୋଟାଏ କଥା। ଉପେନ୍ଦ୍ର ଭଞ୍ଜ ବିଗତ, ଲୁପ୍ତ। ଆଧୁନିକ ନୁହନ୍ତି। ଆଧୁନିକ ସାହିତ୍ୟର ପିଣ୍ଡ ହେଲା ମଣିଷ ଏବଂ ମଣିଷର ମାନସ। ଭାଷା ଚୁଲିକୁ ଯାଉ। ମୁଁ ମୋର ବିଜୁଳିମାଳିକାରେ ସେଇ ମଣିଷକୁ ଦୈନନ୍ଦିନ-"

ବେଶ୍ ବେଶ୍, ଟିକିଏ ଅପେକ୍ଷା କର। ତୋର ବକ୍ତବ୍ୟ ମୁଁ ବୁଝିପାରିଲି। କିନ୍ତୁ... ଉପେନ୍ଦ୍ରଭଞ୍ଜଙ୍କ ବିଷୟରେ ଯାହା କହିଲୁ ସତରେ ଭାରି ବଢ଼ିଆ ଲାଗିଲା। ଆଉ ଥରେ କହିଲୁ ଦେଖି ?" ଜୟକୃଷ୍ଣ ଅଳି କଲା ପରି ଦିଶିଲେ।

ନବକୃଷ୍ଣଙ୍କର ପିତ୍ତ ଚଢ଼ିଗଲା। ଆଉ ରକ୍ଷା ନାହିଁ। ତପେ ବର କି କୋପେ ବର। ତେଣୁ ସେ ଉଦ୍‌ଗାରିଲେ –

"ଜୟି, ମୁଁ ଉପେନ୍ଦ୍ରଭଞ୍ଜଙ୍କ ଉପରେ ବକ୍ତୃତା ଦେବାକୁ ଆସି ନାହିଁ। ମୁଁ ଆମର ଜୀବନ୍ତ ବର୍ତ୍ତମାନ ସାହିତ୍ୟର ସମ୍ମାନ ରକ୍ଷା କରିବାକୁ ଆସିଛି। ତୁ ଆମର ଶିକ୍ଷା-ସଚିବ ବୋଲି ତୋ ପାଖକୁ ଆସିଛି। ତୁ ଦେଖୁଛୁ ତୋ'ରି ଆଖି ଆଗରେ ବିଭିନ୍ନ ପ୍ରଦେଶର ଅଗାବଗା ଖଗାମାନେ ମହାକବି ବୋଲାଉଛନ୍ତି। ପ୍ରତିବର୍ଷ ରାଷ୍ଟ୍ରପତିଙ୍କ ହାତରୁ ସ୍ୱର୍ଣ୍ଣପଦକଟିଏ ହାସଲ କରି ଦେଶ ଓ ଦଶର ମାନ ବଢ଼ାଉଛନ୍ତି। କାହିଁ ଓଡ଼ିଆ ଭାଷା ? କାହିଁ ଓଡ଼ିଆ କବି ? ଓଡ଼ିଶାର ଶିକ୍ଷାସଚିବ କ'ଣ କେବଳ ଜଳକା ହୋଇ ଚାହିଁ ରହିଥିବ, ପ୍ରାଇମେରୀ ସ୍କୁଲ ଖୋଲି ହାଇ ମାରୁଥିବ ?

"ଜୟି ! ତୁ ମୋର ପିଲାଦିନର ସାଙ୍ଗ। କିନ୍ତୁ ସେ କଥା ଭିନ୍ନ। ତୁ ଓଡ଼ିଶାର ସୁଯୋଗ୍ୟ ଶିକ୍ଷାସଚିବ। ମୁଁ ତୋ ହାତରେ ଯେଉଁ ବହିଖଣ୍ଡକ ଦେଲି ସେଇ ହେଉଛି ଆମର ଅନ୍ତିମ ଆଶା ଭରସା। ଆଗାମୀ ଅଗଷ୍ଟରେ ସର୍ବଭାରତୀୟ କବି-ସମ୍ମିଳନୀ। ସେଇଠି ମହାକବି ବଛା ହେବେ।

"ସମ୍ମିଳନୀର ସନ୍ଧିରେ କେତେ ଖିଆପିଆ ଭାବନାବ ଚାଲିବ। ଟି'ପାର୍ଟିରେ ବିଭିନ୍ନ କବି ଓ ଶିକ୍ଷାମନ୍ତ୍ରୀ ଟୁପୁରୁ ଟୁପୁର ହେବେ। ଡିନର୍ ଟେବୁଲ୍‌ରେ ବିଭିନ୍ନ ଶିକ୍ଷାମନ୍ତ୍ରୀ ଓ ଶିକ୍ଷା ସଚିବ ଫୁସୁର ଫାସୁର ହେବେ।

"ସକାଳୁ ସକାଳୁ ଫଇସଲା ହୋଇଯିବ। ବାକି ସବୁ ଲୋକ ଦେଖାଣିଆ। ଆମ ଶିକ୍ଷାମନ୍ତ୍ରୀ ଦୁଇ ଚାରିଖଣ୍ଡ ବହି ଛପାଇଛନ୍ତି, ଏଣେ ଶାସକ ଦଳର ବଡ଼ପଣ୍ଡା। ତାଙ୍କ କରାମତି କିଛି କମ୍ ନୁହେଁ। ତୁ ତାଙ୍କ କାନରେ ମନ୍ତ୍ର ପଢ଼ି ପାରିବୁ। କହି ପାରିବୁ ଯେ ଓଡ଼ିଶାର ଜଣେ କବି ଅଛି, ଯେ ଅତ୍ୟାଶ୍ଚର୍ଯ୍ୟ କବିତା ଲେଖୁଛି, ତା'ର ବିଜୁଳିମାଳିକାରେ ମଣିଷ ମନର ଅନ୍ଦିକନ୍ଦି ଆଲୋକିତ କରି ଦେଇଛି।

"ଜୟି, ଓଡ଼ିଆ ସାହିତ୍ୟର ଭବିଷ୍ୟତ ତୋରି ହାତରେ-"

ଜୟକୃଷ୍ଣ ମନ୍ତ୍ରମୁଗ୍ଧ ହୋଇ ଚାହିଁଥିଲେ। ଅର୍ଥାତ୍ ଫଣା ଟେକିଥିଲେ। ନବକୃଷ୍ଣ ବିଶ୍ରାମ ନେଲାମାତ୍ରେ ସେ ଚୋଟ ମାରିଲେ। ଉତ୍ତେଜିତ ନ ହୋଇ ଶିକ୍ଷାସଚିବ ପଣିଆକୁ ନିକ୍ଷେପିଲେ। ଜବାବ୍ ଦେଲେ।

"ମୁଁ କହିବି। ମୁଁ ମୋର ଭାଷା ପାଇଁ କହିବି। ଆମ ଶିକ୍ଷାମନ୍ତ୍ରୀ କାହିଁକି ଡଜନେ

ଶିକ୍ଷାମନ୍ତ୍ରୀଙ୍କୁ କହିବି। କିନ୍ତୁ ସେମାନେ ପଚାରିବେ, ବାବୁ, ଆମେ ଆସିବା ଆଗରୁ ତୁମର କେଉଁ କବିଟି ଫୁଲମାଳା ପିନ୍ଧିଛି କହିଲ? ତୁମ ପୂର୍ବପୁରୁଷଙ୍କର ନାଁ କ'ଣ କହିଲ? କିଏ, ଉପେନ୍ଦ୍ର ଭଞ୍ଜ? ସେ କିଏ – ତାଙ୍କ ସାହିତ୍ୟ କେଉଁ ପ୍ରକାର?

"ନବ, ଏ ବର୍ଷ ଉପେନ୍ଦ୍ର ସ୍ମୃତିରେ ଡାକଟିକଟ ଛପା ହେବାର ସମ୍ଭାବନା ଅଛି। ଶିକ୍ଷାମନ୍ତ୍ରୀ ପ୍ରାଣପଣେ ଲାଗିଛନ୍ତି। କିନ୍ତୁ ସେଥିପାଇଁ ଆବଶ୍ୟକ ପ୍ରଥମତଃ ଗୋଟିଏ ଭାଷଣ। ଭାଷଣର ଚିଠା ଆଜି ସୁଦ୍ଧା ପ୍ରସ୍ତୁତ କରିବାକୁ ପଡ଼ିବ, ମନ୍ତ୍ରୀ ଚାହାନ୍ତି। ସେଇଠୁ ମନ୍ତ୍ରୀ ତାକୁ ଧରି ଦିଲ୍ଲୀ ଯିବେ। ଆମର ସାହିତ୍ୟ ସ୍ମୃତି ଦିବସରେ ପ୍ରଧାନମନ୍ତ୍ରୀ ଓ ବଡ଼ ବଡ଼ ସାହିତ୍ୟିକମାନଙ୍କ ଗହଣରେ ଭାଷଣଟିକୁ ପଢ଼ିବେ। ମୁଁ ସକାଳୁ ସେଇଥିରେ ଲାଗିଛି। କିନ୍ତୁ ତୁ ଜାଣୁ ମୁଁ କବି ନୁହେଁ। ସୌଭାଗ୍ୟ, ତୁ ଆସି ପହୁଞ୍ଚିଯାଇଛୁ। ତେଣୁ ଚିଠାଟିକୁ ତୋରି ହାତରେ ଦେଉଛି। ପାଞ୍ଚଲାଇନ୍ ଲେଖିଛି, ବାକି ପଚାଶ ଶହେ ଲାଇନ୍ ତୋତେ ଲେଖିବାକୁ ପଡ଼ିବ। ପାରିବୁ ନାହିଁ?

"ଦେଶର ଇତିହାସକୁ ଉଜ୍ଜ୍ୱଳ କରି ଗଢ଼ିପାରିବୁ ନାହିଁ?"

ଜୟକୃଷ୍ଣ ନବକୃଷ୍ଣଙ୍କୁ ଚାହିଁଲେ। ନବକୃଷ୍ଣ ଜୟକୃଷ୍ଣଙ୍କୁ ଚାହିଁଲେ। ଦୁହିଁଙ୍କୁ ଦୁହେଁ ବୁଝିଲେ ଯେ ପ୍ରସ୍ତାବ ନାମଞ୍ଜୁର କରିବାର ଉପାୟ ନାହିଁ। ହୁଏତ ଜୟକୃଷ୍ଣ ଉଜନେ ଶିକ୍ଷାମନ୍ତ୍ରୀକୁ ଭେଟି ନପାରନ୍ତି, ବିଜୁଳିମାଳିକାର ଉଚ୍ଛ୍ୱସିତ ପ୍ରଶଂସା କରିବାର ସାହସ ବାନ୍ଧି ନ ପାରନ୍ତି। ହୁଏତ ନବକୃଷ୍ଣ ଉପେନ୍ଦ୍ର ଭଞ୍ଜଙ୍କ ବିଷୟରେ ଯାହା ଲେଖିବେ, ସେଥିରେ ବିଦ୍ରୂପର ବିଷୟ ଛବି ରହିଥିବ, କିନ୍ତୁ ସଫଳତାକୁ ଛୁଇଁବାକୁ ହେଲେ ଏଭଳି ବିପଦର ଆଶ୍ରା ନେବାକୁ ପଡ଼ିବ। ହେଲେ ହବ ନ ହେଲେ ଦେଖାଯିବ। ଆପାତତଃ ଧରି ନିଅ ଯେ, ସେ ମୋର ବାଲ୍ୟବନ୍ଧୁ ... ସେ ମୋତେ ଚିତା କାଟିବ ନାହିଁ।

ସେ ମୋର ବାଲ୍ୟବନ୍ଧୁ। ଏଇ ଦ୍ୟୋତନାଟି ମଝିରେ ଥରେ ଫୁଟି ଉଠିଲା ପରିତ୍ୟକ୍ତ କାଠଗଣ୍ଡରୁ ଛତୁ ଫୁଟିଲା ପରି। ମନେ ପଡ଼ିଲା କଲେଜ - ହଷ୍ଟେଲ – ଯୌବନ ପୂର୍ବର କଥା, ଯେତେବେଳେ ଦୁହେଁ ମେଳରେ ଏକାଠି ଥିଲେ, ଏକାପରି ଥିଲେ, ବାନର ସଦୃଶ ଖେଳୁଥିଲେ, ଡେଇଁ ବୁଲୁଥିଲେ, ଖେଁ ଖେଁ ହସୁଥିଲେ ଏବଂ ମାଡ଼ଗୋଳ ହେଉଥିଲେ ଏବଂ ଏକାଠି ହୋଇ ବାପାମାଆ ମାଷ୍ଟର ସନ୍ନିବେଶିତ ସଂସାର, ଅନିର୍ଦ୍ଦିଷ୍ଟ ଅପର ପ୍ରକୃତି, ବିଶାଳ ପିଠି ଦେଖାଇ ପଡ଼ିଥିବା ସେଇ ଏଷ୍ଟାବ୍ଲିଶ୍‌ମେଣ୍ଟକୁ ଚିତାକାଟି... ଆହା, କେତେ ପାଚିଲା ଆମ୍ବ, କେତେ ଅଣିଦୋଅଣି ତୋଳିପାରୁଥିଲେ। ଇଚ୍ଛା ହେଲା କହିବାକୁ - ଆ'ରେ ନବ, ଉପେନ୍ଦ୍ରଭଞ୍ଜ ପ୍ରଧାନମନ୍ତ୍ରୀ, ଶିକ୍ଷାମନ୍ତ୍ରୀ ଓଗେରଙ୍କୁ ଚିତାକଟି ବକ୍ତୃତାର ବାହାଦୂରୀ ନେବା, ସାହିତ୍ୟିକ-ଶିକ୍ଷାସଚିବ ବୋଲାଇ ଯଥାକ୍ରମେ

ଭାଇସ୍‌ଚାନସେଲର ବନିଯିବା ... ଆ'ରେ ଜୟି, କବିକୁଳଙ୍କୁ ଭୂତେଇ ବିଜୁଳିମାଳିକାର ବାନା ଟେକି ଧରିବା, ମହାକବି ବନିଯିବା ... ତୁ ହେବୁ ରାଜା, ମୁଁ ହେବି ମନ୍ତ୍ରୀ ନା, ନା, ମୁଁ ହେବି ରାଜା, ତୁ ହେବୁ ମନ୍ତ୍ରୀ।

ତେବେ ମୁହୂର୍ତ୍ତଟି ବଞ୍ଚିପାରିଲା ନାହିଁ। କାରଣ ସଯତ୍ନରେ ବଢ଼ି ଉଠିଥିବା ଗଢ଼ି ଉଠିଥିବା ବ୍ୟକ୍ତିତ୍ୱ ବାଟ ଓଗାଳିଲା। ପୁଣି ଏକ ଅପ୍ରୀତିକର ବିକଟଗନ୍ଧ -

ଦୁହେଁ ଉଠିପଡ଼ି ହାତ ମିଳାଇଲେ। ଚୁକ୍ତି ସ୍ୱାକ୍ଷରିତ ହେଲା।

■

ଆପେଲ୍

ଆପେଲ୍ ଗୋଟିଏ ପ୍ରେମାସ୍ପଦ ଫଳ। ଉଚ୍ଚାରଣରେ ଭୁଲ୍ ଥାଇପାରେ, ହେଲେ ସେଥିରେ ତା'ର ନାଲି ଚକଚକ ଚିକ୍‌କଣ ଦେହରେ ଆଞ୍ଚ ଲାଗିବ ନାହିଁ, କିମ୍ବା ତା'ର ରସପ୍ରବଣ ମନଟି ଶୁଖିଯିବ ନାହିଁ। ସ୍ମରଣ କରନ୍ତୁ ସେକ୍‌ସପିଅର ଗୋଲାପଫୁଲ ବିଷୟରେ ଯାହା କହିଥିଲେ।

ତେବେ ମୋର ମନେହୁଏ ଯେ, ବେଳେବେଳେ ଉଚ୍ଚାରଣ ବ୍ୟାକରଣରେ ଭୁଲ୍ ହେଲେ କମନୀୟର କମନୀୟତା ଆହୁରି ଲୋଭନୀୟ ହୋଇଉଠେ। ଅଞ୍ଜୁ ପରି ଗୋଟିଏ ଝିଅର ଓଠରେ ଯେତେବେଳେ ଶବ୍ଦଟି ପ୍ରସ୍ଫୁଟିତ ହୁଏ।

ଅଞ୍ଜୁ ଜାଣିଶୁଣି ସେମିତି କୁହେ। ଅଞ୍ଜୁ ଗୋଟିଏ ଫୁଲେଇ ଝିଅ। ଅଞ୍ଜୁ ଉଚ୍ଛୃଙ୍ଖଳ ଉଦ୍‌ଭଟ ଭାବଗୁଡ଼ିକ ଯା'ଇଚ୍ଛା ତା'ଶବ୍ଦର ଖୋଳରେ ପୂରେଇ ଫିଙ୍ଗିଦିଏ। ତା'ପରେ ଖିଲି ଖିଲି ହୋଇ ହସେ। ପ୍ରଥମେ ମୁଁ ନିଜ କଥା କହୁଛି – ମୋର ସୁସ୍ଥ ଗମ୍ଭୀରପଣରେ ଆଘାତ ଲାଗେ, ସେହିଠୁଁ ମୋର ରକ୍ତ ଚଞ୍ଚଳ ହୁଏ, ମୋର ଇଚ୍ଛାହୁଏ ତାକୁ ଟାଣି ଆଣି...

ଅଞ୍ଜୁକୁ ମୁଁ ଭଲପାଏ ନାହିଁ। ମୋ ପରି ଜଣେ ପ୍ରଗତିଶୀଳ ବ୍ୟକ୍ତିର ହୃଦୟରେ ତା'ପାଇଁ ସ୍ଥାନ ନାହିଁ। ଯେଉଁ ଲୋକ ସମାଜର ଦଳିତ ନିଷ୍ପେଷିତ ପ୍ରାଣୀମାନଙ୍କୁ ଦୁଇ ଆଖିରେ ଦେଖିପାରେ ନାହିଁ, ପାଖରେ ପାଇଲେ ଘୁଞ୍ଚିଯାଇ ଶାଢ଼ୀ ଟେକି ଟେକି ଚାଲେ, ଭାରତର ପ୍ରେସିଡେଣ୍ଟ ହୋଇଥିଲେ ମୁଁ ଏମାନଙ୍କୁ ଖୁଆଡ଼ରେ ପୂରେଇ ମନ୍ଦିଏ ମନ୍ଦିଏ ତୋରାଣି ପିଇବାକୁ ଦିଅନ୍ତି ବୋଲି କୁହେ (ପୁଣି ହସେ), ତା'ପ୍ରତି ପ୍ରେମ ...ଥାଉ, ଧନ୍ୟବାଦ। ମୋର କଳ୍ପନା ଚିତ୍ରମାନଙ୍କ ମଧ୍ୟରେ ଗୋଟିଏ ଇପ୍‌ସିତ ଚିତ୍ର ହେଉଛି ଯେ, ଘଟଣା ଚକ୍ରରେ ଅଞ୍ଜୁରାଣୀ ଏଇମାନଙ୍କ ମଝିରେ ପଡ଼ିଯାଇଛନ୍ତି, ମୁକୁଳି ଆସିବାକୁ ବାଟ ନାହିଁ, ଅଞ୍ଜୁରାଣୀ କାନ୍ଦୁଛନ୍ତି, ଅଞ୍ଜୁରାଣୀ ଛଟପଟ ହେଉଛନ୍ତି ଏବଂ ମୁଁ ହଠାତ୍ ପହଞ୍ଚିଯାଇ ଦୁର୍ବିନୀତା ନାରୀକୁ ଟେକି ଆଣି କହୁଛି – ହେଇଛି ! ଟେଙ୍କେ ପାଇଛି !

ମୁଁ ତାକୁ ଟାଣିଆଣି ଅଥବା ଟେକି ଆଣି ଶିକ୍ଷା ଦେବାକୁ ଚାହେଁ।

ଦିନେ ସେ ମୋତେ କହିଲା, ଗୁରୁ ଭାଇନା, ମୋ ପାଇଁ କିଛି ମିଠା ଟଗଡ଼ା ଆପେଲ୍ ଆଣି ଦେବ? ମୁଁ ତାକୁ ମୂଷାମାନଙ୍କ ପରି କୁଟୁରୁ କୁଟୁରୁ କରି ଖାଇବି।

ଗୋଟିଏ ସାଧାରଣ ବାଳିକାର ଏହିପରି ଅଦ୍‌ଭୁତ ଲାଳସା, ମିଠା ଟଗଡ଼ା ଆପ୍‌ଲମାନଙ୍କୁ କୁଟୁରୁ କୁଟୁରୁ କରି ଖାଇବାର ପ୍ରବୃତ୍ତିକୁ ଚରିତାର୍ଥ କରିବାପାଇଁ ମୁଁ ଜନ୍ମ ହୋଇନାହିଁ। କିନ୍ତୁ ଏହା ମଧ୍ୟ ସତ ଯେ ସେ ଯେତେବେଳେ ଆପ୍‌ଲ୍ ନ କହି ଆପେଲ କହିଲା, ତା'ର ପୂର୍ଣ୍ଣପୁଷ୍ଟ ଓଷ୍ଠପଲ୍ଲବକୁ ବୁଜି ଆଣି ଖୋଲି ଦେଲା, ଜିଭର ସୁଆଦରେ ଭରା ଦେଇ ଅଟକେଇ ରଖିଲା, ସେତେବେଳେ ମୋର ମନେ ହେଲା ଯେ ଫଳଟି ଅତ୍ୟନ୍ତ ଲୋଭନୀୟ, କଳାବଜାର ମାଲ, ନିଭୃତ, ନିଷିଦ୍ଧ...

ସେ କହିଲା ମାତ୍ରେ ହିଁ ଯେତେବେଳେ ମୁଁ କାଗଜରେ ପଢ଼ିଲି ଯେ ଏବର୍ଷ କାଶ୍ମୀରରେ ଆପଲ୍‌ର ଆମଦାନୀ ଏତେ ବେଶୀ ହୋଇଛି ଯେ, କଲିକତାରେ ବଡ଼ ନାଲି ଆପଲ୍ କିଲେ ଅଢ଼େଇଟଙ୍କା ହିସାବରେ ମିଳିଲାଣି। ଭାବିଲି ଖୋଲା ବଜାରରେ ପୋଟଳ ବାଇଗଣ ସାଙ୍ଗରେ ଆପ୍‌ଲ୍ ଦି'ଟା କିଣି ଆଣିବି ମନ୍ଦ କ'ଣ? ମୁଁ ଖାଇବି, ମୋ ସ୍ତ୍ରୀ ଖାଇବ, ମୋ ପୁଅ ଖାଇବ, ମୋ ଠେକୁଆ ଖାଇବ, ଅଞ୍ଜୁ ଖାଇଲେ ଖାଉ, ଯେମିତି ଭାବରେ ଖାଉଛି ଖାଉ, ମୋର ଯାଏ କେତେ ଆସେ କେତେ।

ମୁଁ ଏଇଠି କହି ରଖେ ଯେ, ଅଞ୍ଜୁ ଗତ ଦୁଇମାସ ହେଲା, ମୋ ପରିବାରର ଜଣେ ହୋଇ ବସି ରହିଛି; କିନ୍ତୁ ସେ ମୋ ପରିବାରର କେହି ନୁହେଁ। ମୋତେ ଭାଇନା ଡାକିଲେ ମଧ୍ୟ ମୋର ଭଉଣୀ ନୁହେଁ ମୋର ଶାଳୀ ନୁହେଁ। ଭାଉଜ ନୁହେଁ। ଅମୁକ ଲେଖାରେ ସମୁକ ନୁହେଁ। ମୋଟ ଉପରେ ସେ ମୋ ପାଇଁ ଗୋଟିଏ ବିରାଟ ନୁହେଁ ... ନୀଳ ଗଗନ ଯାହାକୁ ସମ୍ପର୍କର କୌଣସି ଦ୍ୱାହି ଦେଇ ଛୁଇଁ ହେବନାହିଁ, ଟାଣି ଆଣିବା ଅଥବା ଟେକି ଆଣିବା ଦୂରର କଥା। ସେ ମୋର ଜଣେ ସାଙ୍ଗର ମାମୁଁଙ୍କ ଝିଅ। ବାହା ହୋଇଛି, ସ୍ୱାମୀ ଏଇଠି କଲିକତାରେ ଚାକିରି କରୁଥିଲେ, କିନ୍ତୁ ଗତ ଦୁଇମାସ ହେଲା ଆସାମର ଏକ ଅନୁନ୍ନତ ଅଞ୍ଚଳକୁ ବଦଳି ହୋଇଯାଇ ଘର ଖୋଜୁଛନ୍ତି। ଅଗତ୍ୟା ଅଞ୍ଜୁ ଆମ ଘରେ ଅଛି। ବିଚାରୀ ଆଉ କ'ଣ କରନ୍ତା? କଲିକତା ଛାଡ଼ି ସୁଦୂର ମଫସଲରେ ଥିବା ବାପଘରେ ଶ୍ୱଶୁର ଘରେ ଆଶ୍ରା ନିଅନ୍ତା? ମୋର ସାଙ୍ଗ ନରେଶ କଲିକତାରେ ଥିଲେ ସେ କ'ଣ ସେଇଠି ଯାଇ ରହନ୍ତା ନାହିଁ? ଅବଶ୍ୟ ମୋ ସ୍ତ୍ରୀଙ୍କର ଭିନ୍ନମତ। କିନ୍ତୁ ସେ ମଧ୍ୟ ଅଞ୍ଜୁର ରହଣିକୁ ମାନି ନେଇଛନ୍ତି।

ଯେତେହେଲେ ଅଞ୍ଜୁ କାଲିକାର ଚିହ୍ନା ନୁହେଁ। ମୁଁ ତାକୁ ତା'ର ପିଲାଦିନୁ ଜାଣିଛି, ମାନେ ଯେତେବେଳେ ସେ ଅଣଓସାର ଅଶୋଭନୀୟ ଫ୍ରକ୍ ଛାଡ଼ିବାକୁ ବାଧ୍ୟ ହୋଇ ଶାଢ଼ୀ ପିନ୍ଧିବାକୁ ବସିଥିଲା। ସେ ମୋତେ ସେଇଦିନୁ ଜାଣିଛି ଯେତେବେଳେ

ମୁଁ ଓ ନରେଶ କ୍ୟାଲେଣ୍ଡରେ ରମଣୀମାନଙ୍କ ପ୍ରତି ଦୃଷ୍ଟିପାତ ନ କରି ଏକାଠି ଅଙ୍କ କଷୁଥିଲୁ। କଥା ହେଉଛି ଯେ, ଅଞ୍ଜୁର ରହଣି ବିଷୟରେ ସ୍ୱାମୀଙ୍କର ଭିନ୍ନମତ ଥିଲେ ମଧ୍ୟ ଅଞ୍ଜୁ ଓ ସେ ଦେହକୁ ଦେହ ଲଗାଇ ଗେଲ ନକଲ ହୋଇପାରୁଛନ୍ତି, ପରସ୍ପର ଛାତିରେ ଆଉଜି ପରସ୍ପର ମୁକ୍ତ କେଶରେ ଆଙ୍ଗୁଳି ଚଳାଇ ପାରୁଛନ୍ତି... ଅଥଚ ମୋ ପାଇଁ ସେ ଦୂରବର୍ତ୍ତିନୀ ଅଶରିରୀ କହିଲେ ଚଳେ। ମୁଁ ତାକୁ ଶିକ୍ଷା ଦେବାକୁ ଚାହେଁ, ଧରି ନେଉଛି, ସେ ମୋଠାରୁ ଶିକ୍ଷା ପାଇବାକୁ ଚାହେଁ; କିନ୍ତୁ ଦାନ-ଗ୍ରହଣର ଉପାୟ ନାହିଁ।

ଯାହାହେଉ ଗୋଟିଏ ରବିବାର ସୁନେଲି ସକାଳର ଆରମ୍ଭରେ ମୁଁ ଖିଦିରପୁର ମାର୍କେଟ୍‌ରେ ସୁଲଭ ମୂଲ୍ୟରେ ଆପ୍‌ଲ ଏବଂ ତତ୍‌ସହ ଧରାବନ୍ଧା ପନିପରିବା କିଣିବାକୁ ଗଲି। ଖଣ୍ଡେ ଦୂରରେ କାର୍ ରଖି ଚାଲି ଚାଲି ଗଲି। କାର୍‌କୁ ଜଗିବା ପାଇଁ ମୋର ଚାକର ସେଇଠି ବସି ରହିଲା।

ପ୍ରାଚୀନ ଐତିହାସିକ ଖିଦିରପୁର ମାର୍କେଟ ଜୀର୍ଣ୍ଣଶୀର୍ଣ୍ଣ ନୁହେଁ। ଜୀଅନ୍ତା ପ୍ରବେଶ ପଥ ଅନେକ ଜୀବଜନ୍ତୁ ଯାନବାହନରେ ହାଉଯାଉ। ବାଟ କାଟି କାଟି ଯିବାକୁ ପଡ଼ିବ। ପୁଣି ଡେଇଁ ଡେଇଁ ଯିବାକୁ ପଡ଼ିବ। କାରଣ ବିଭିନ୍ନ ଧରଣର ପାଣି, ବର୍ଷାପାଣି, ଗାଧୁଆ ପାଣି, ଟ୍ରକ୍‌ଧୁଆ ପାଣି ଏବଂ ଦେହରୁ ଗଳିଥିବା ପାଣିରେ ସମୃଦ୍ଧ ବିବିଧ ରଙ୍ଗର କାଦୁଅମାନଙ୍କୁ ଜଗିରଖି ଚାଲିବାକୁ ପଡ଼ିବ; ସେମାନେ ସଦ୍ୟ, ଚକଚକିଆ ଏବଂ ଗନ୍ଧମୟ। କିନ୍ତୁ ନାକ ଟେକିବାର ବାହାଦୂରୀ ନ କରି ଧୀରେ ଧୀରେ ଚାଲ। ଦୁଇ ପାଖରେ ଗାଆଁଗଣ୍ଡାରୁ ମାଡ଼ିଆସିଥିବା ଖୁଚୁରା ବେପାରିମାନେ ବସିଛନ୍ତି, ବାରି ଶାଗ, ଭେଣ୍ଡି, ବାଇଗଣ, କଇଁନାଡ଼ ଇତ୍ୟାଦିର ବେପାର ଚାଲିଛି। ଆଗକୁ ଚାଲ, ମାର୍କେଟ୍ ମୁଣ୍ଡରେ ଯେଉଠିଁ ପୁଲିସ୍ ଛିଡ଼ା ହୋଇପାରିଥାଆନ୍ତା, ସେଇଠି ଗୋଟିଏ ବିଶିଷ୍ଟ ବିକାଳି ଛିଡ଼ା ହୋଇ ରହିଛି। ଅବିଚଳିତ ଗାରିମାରେ ସ୍ୱର ମେଲିଛି। ଯାଦୁ, କୁଣ୍ଡିଆ, ମଚଳା, ପୋଡ଼ା ଘା, କଟା ଘା'... ଶୁଣିଯାଅ, ଆଗକୁ ଚାଲ। ବେଶି ଦୂରନାହିଁ। ଆଜି ମୁଁ ଆଇଁଷ ପାଣିରେ ଚବରଚବର ହୋଇ ମାଛ ଖୋଜିବାକୁ ଆସି ନାହିଁ କିମ୍ବା ଛିଟିକି ଉଠୁଥିବା ରକ୍ତକୁ ପରୁଆ ନ କରି ମାଂସ ଚିପିବାକୁ ଆସିନାହିଁ। ତାକୁ ସବୁ ମୋ ଚାକର କିଣିବ। ପରିବାପତ୍ର ମଧ୍ୟ ସେ ନେଇଯିବ। ମୋର ଡିଉଟି ହେଉଛି ଆପଲ୍ ... ନାଲି, ତାଜା, ଡଗଡ଼ା।

ଅତଏବ ମାର୍କେଟ୍ ଭିତରକୁ ଯିବାକୁ ପଡ଼ିଲା ନାହିଁ। ଫଳବାଲାମାନେ ଧାଡ଼ି ଧାଡ଼ି ହୋଇ ଦ୍ୱାରଦେଶରେ ବସିଛନ୍ତି। ଗୋଟି ଗୋଟି କରି ଦେଖି ଚାହିଁ କିଣିବି। ଧୀରେ ସୁସ୍ଥେ ଦେଖିବି କଣା ଅଛି କି ନାହିଁ, ପୋକ ଅଛି କି ନାହିଁ, ବିକାଳିର ସାଳୁଲା କଥାରେ ଭଳି ଯିବିନାହିଁ, ଦରକାର ହେଲେ ଚିରୁଡ଼ାଏ ଚାଖିବି, ଖଟା ମିଠା ଗୁଣିବି ...

ଅଞ୍ଜୁ ଚାହିଁ ବସିଛି ... ଅଞ୍ଜୁକୁ ମୁଁ ଜଣାଇନାହିଁ, ତଥାପି ସେ ନିଶ୍ଚୟ ଭାବିଥିବ ଯେ ହୁଏତ ମୁଁ ତା'ପାଇଁ ଆପଲ୍ କିଣି ଆଣିବି।

ଆପ୍‌ଲ୍ ପାଇବା ମାତ୍ରେ ଅଞ୍ଜୁ ପିଲାଙ୍କ ପରି ନାଚି ଉଠିବ। ଗୋଟିକୁ ହାତରେ ଆଉଁସିବ, ଖେଳେଇବ, ଚୁମା ଦେବ। ମୁଁ ତାକୁ ଜାଣେ। ସେ ମସ୍ତବଡ଼ ଫୁଲେଇ। କିନ୍ତୁ ମୁଁ ତାକୁ ଭଲ ନ ପାଇଲେ ମଧ୍ୟ ତା'ର ଗୋଟିଏ ସାଧ ମେଣ୍ଟାଇବାକୁ ଚାହିଁବାରେ କିଛି ଭୁଲ ଅଛି ? କଲିକତାକୁ ଆସିବା ପୂର୍ବରୁ ସେ ସ୍ୱାମୀ ସାଙ୍ଗରେ ମଧ୍ୟପ୍ରଦେଶର କେଉଁ ଜଙ୍ଗଲ ଭିତରେ ଥିଲା, ସେଠି ଆପଲ୍ ଯାହା ପାଇଥିବ ଭଗବାନଙ୍କୁ ଜଣା। କଲିକତାରେ ଥଇଥାନ ହେବା ପରେ ପରେ ସ୍ୱାମୀଙ୍କ ବଦଳି ହେଲା। ତେଣୁ ଦିନେ ଗୁରୁଭାଇନା ପାଖରେ ତା'ର ଭୋକିଲା ମନ ଜାଗି ଉଠିଲା, ସାମାନ୍ୟ ଆପଲ୍, ଆଉ କିଛି ନୁହେଁ ... ମୁଁ ସେଥିରେ କାନ ଦେଲି ନାହିଁ, କିନ୍ତୁ ଆକସ୍ମିକ ସୁଲଭ ମୂଲ୍ୟର ସୁଯୋଗ ନେଇ ଆପଲ୍ କିଣିବାକୁ ଗଲି, ସେ ଖୁସି ହେବ ଭାବି ଖୁସି ହେଲି, କ'ଣ ହେଲା ସେଇଠୁଁ ? ସେ ଗେହ୍ଲେଇ ଫୁଲେଇ ହୋଇ ଏମିତି କେତେ ଆବ୍‌ଦାର କରିଛି। ଗୁରୁଭାଇନା ମୋ ପାଇଁ ଗୋଟିଏ ବୁଲ୍‌ବୁଲ୍ ଚଢ଼େଇ ଆଣି ଦେବ। ମୋ ପାଇଁ ଦାର୍ଜିଲିଙ୍ଗ୍‌ରୁ ଗୋଟିଏ ଭୁଟାନ ପୋଷାକ ମଗେଇ ଦେବ। ମୋ ପାଇଁ ବାଙ୍କୁଡ଼ା ଘୋଡ଼ା ଆଣିଦେବ। ମୁଁ କେଉଁଥିରେ ଢଳିଯାଇ ନାହିଁ। ତା'ର ଗଣ ବିଦ୍ୱେଶୀ ବିଳାସପାତ୍ର ଭରିବା ପାଇଁ ମୁଁ ପ୍ରସ୍ତୁତ ନୁହେଁ, କଦାପି ନୁହେଁ। କିନ୍ତୁ ସାମାନ୍ୟ କେଇଟା ଆପଲ୍ ତାକୁ ଜାଣୁଶୁଣି ଦେବି ନାହିଁ। ତାକୁ କୁଟୁରୁ କୁଟୁରୁ କରି ଖାଇବାକୁ ଦେବିନାହିଁ, ତାକୁ ଖୁସି ହେବାର ଦେଖିବି ନାହିଁ। ଭାବିବି ନାହିଁ ... ଛିଃ ! ମୋର ମାନବିକତା କ'ଣ ମରି ହଜିଗଲାଣି !

ନା, ମୁଁ ଆନନ୍ଦରେ ଆ-ପେ-ଲ୍ କିଣିବି। ବଢ଼ିଆ ବଢ଼ିଆ ବାଛି କରିନେବି।

ମୁଁ ଫଳବାଲାରୁ ଫଳବାଲା ଯାଏଁ ପଚାରି ପଚାରି ଗଲି। ଅନେକ ବେରଙ୍ଗ ବେଢଙ୍ଗ ଆପଲ୍‌ମାନଙ୍କୁ ବଜେଇମୂଲେଇ ପ୍ରତ୍ୟାଖ୍ୟାନ କଲି। ମନେ ହେଲା ମୁଁ ଆଉ କେଉଁ ଗଳିରେ ଆଉ କେଉଁ ବିପଣୀରେ ଆନନ୍ଦ ମୂଲଉଛି, ଚିଜମାନଙ୍କୁ ଗୋଡ଼ରୁ ମୁଣ୍ଡଯାଏଁ ପରୀକ୍ଷା କରି ଫେରାଇ ଦେଉଛି, ଅପମାନ ଦେଉଛି। କିନ୍ତୁ କ'ଣ କରାଯିବ ? ମୁଁ ଆଜି ସାଧାରଣ ସଉଦା କରିବାକୁ ଆସିନାହିଁ। ମୁଁ ଦି'ପଇସା ଶସ୍ତା ଦେଖି ମାମୁଲି ଆପଲ୍ ନେଇଯିବି ନାହିଁ, ଖବର କାଗଜରେ ଲେଖା ହୋଇଥିବା ସୁଲଭ ମୂଲ୍ୟକୁ ବେଦରଗାର ବୋଲି ମାନିନେଇ ଅଞ୍ଜୁକୁ (ଏବଂ ସେମାନଙ୍କୁ) ନିରାଶ କରିବି ନାହିଁ।

ଶେଷକୁ ମୁଁ କିଲୋ ତିନିଟଙ୍କା ଚାରିଅଣା ହିସାବରେ ତିନିକିଲୋ ଉତ୍ତମ କାଶ୍ମୀର ଆପଲ୍ କିଣିଲି। ପରିବା ଥଳିରେ ପୂରେଇ ଓଜନକୁ ଟେକି ଧରିଲି। ଭଲ ଲାଗିଲା।

ଆରେ, ଘଣ୍ଟାଏ ବିତିଗଲାଣି ! ଆଉ ସବୁ ଜିନିଷ କିଣା ହେବ କେତେବେଳେ ? ଫଳମାନଙ୍କୁ କାଦୁଅରୁ ବଞ୍ଚେଇ ମୁଁ ଫେରନ୍ତା ବାଟରେ ଚାଲିଲି। ମୁଁ କାର୍‌ରେ ଫଳମାନଙ୍କୁ ନେଇ ବସିବି ଏବଂ ଚାକରକୁ ଅନ୍ୟାନ୍ୟ ଜିନିଷ କିଣିବା ପାଇଁ ପଠାଇବି। ଏହି ବ୍ୟବସ୍ଥାର ତାତ୍ପର୍ଯ୍ୟ ମୁଁ ଟିକିଏ ବୁଝାଇ ଦିଏ। କଲିକତାରେ କାର୍ ଚୋରି ହୁଏ। କାର୍ ଭିତରୁ ଷ୍ଟେପିନ୍ ଚୋରି ହୁଏ, ଝାଡୁ ଓ ପୋଛା କନା ମଧ୍ୟ ଚୋରି ହୁଏ। ଅଳ୍ପଦିନ ହେଲା ପ୍ରତିବେଶୀ ରାଜୁ ମିତ୍ରଙ୍କ ଇମ୍ପୋର୍ଟେଡ୍ କାର୍ ଭିତରୁ ମୂଲ୍ୟବାନ୍ ଯନ୍ତ୍ରପାତି ଚୋରି ହୋଇଗଲା, ତାଙ୍କର ବିଶ୍ୱାସ ଏଇ ଖିଦିରପୁର ମାର୍କେଟରୁ ଯାଇଛି। ମୁଁ ସରକାରୀ ଚାକିରିଆ, ବଡ଼ଲୋକ ନୁହେଁ। ମୋର ଗୋଟିଏ ପୁରୁଣା କାର୍‌କୁ ମୁଁ କେମିତି ଚୋର ମୁହଁରେ ଛାଡ଼ିଦେଇ ଆସିବି ? ତେଣୁ ଚାକର ମାଲିକ ଆମେ ଦୁଇଜଣ ପାଳିକରି କାର୍ ଜଗିବୁ ଓ ଜିନିଷପତ୍ର କିଣାକିଣି କରିବୁ ବୋଲି ସ୍ଥିର କରିଛୁ। ମୁଁ ଆଣିଲି ବ୍ୟକ୍ତିଗତ ବିଶିଷ୍ଟ ଆପଲ୍, ସେ ଆଣୁ ବାକି ସବୁ ଜିନିଷ।

କ୍ଷୀପ୍ରଗତି ଭଦ୍ରଲୋକମାନଙ୍କ ପରିବା ଥଳିରୁ ଉଠିଥିବା ମାଛଲାଞ୍ଜ, ଖଡ଼ାଡାଙ୍ଗ ଇତ୍ୟାଦି କେତେଥର ମୋ ଦେହରେ ଘଷି ହୋଇଗଲା। ମୁଁ ପ୍ରତିବାଦ କରିବାକୁ ଚାହିଁଲି ନାହିଁ। ଆଜି ନୁହେଁ।

ପହଞ୍ଚିସାରି ପ୍ରଥମେ ମୁଁ ମୋର ଥଳିଟିକୁ କାର୍ ଭିତରକୁ ନେଲି। ନେଲାବେଳକୁ କ'ଣ ହେଲା କେଜାଣି ତିନିଚାରୋଟି ଆପଲ୍ ଥଳିରୁ ବାହାରି ଫୁଟ୍‌ପାଥ୍‌ରେ ଗଡ଼ିଗଲେ। ଆମେ ଦୁଇଜଣ ଅବିଳମ୍ବେ ସେଗୁଡ଼ିକୁ ଗୋଟେଇ ଆଣି ଯଥାସ୍ଥାନରେ ରଖିଦେଲୁ।

ସେହି ସମୟରେ ମୁଁ ଆବିଷ୍କାର କଲି ଯେ, ଫୁଟ୍‌ପାଥ୍‌ରେ, ଦରଜାବନ୍ଦ ଦୋକାନ ପିଣ୍ଡାରେ ଏବଂ ପାଣିକଳ ପାଖରେ କେତେଜଣ ଅନାମଧେୟ ଲୋକ ବିଭିନ୍ନ ଅବସ୍ଥାରେ ଅଛନ୍ତି। ସେମାନେ ଚେଇଁଛନ୍ତି।

ମୁଁ କାର୍‌ରେ ଆପଲଗୁଡ଼ିକୁ ପାଖରେ ରଖି ବସି ରହିଲି। ଚାକର ମାଛମାଂସ ପନିପରିବା ନେଇ ଫେରିବା ପର୍ଯ୍ୟନ୍ତ ବସି ରହିବାକୁ ପଡ଼ିବ। ଅଳସ ମୁହୂର୍ତ୍ତଗୁଡ଼ିକ ଭରିବାପାଇଁ ମୁଁ ସିଗାରେଟ୍ ଲଗାଇଲି ଓ ତପ୍ତ ହାସ୍ୟବନ୍ତ ଭୋଦୁଅ ସୂର୍ଯ୍ୟ ଆଡକୁ ଧୂଆଁ ଛାଡ଼ିଲି। କହିଲି, ଏଇ ଭୋଦୁଅ ସକାଳରେ ତୁମେ ବଞ୍ଚିଛ ମୁଁ ବଞ୍ଚିଛି। ତୁମେ କେଉଁ ଆରମ୍ଭରୁ କେଉଁ ଶେଷଯାଏଁ ବଞ୍ଚିବ ଭଗବାନ ଜାଣନ୍ତି। କିନ୍ତୁ ମୁଁ ଖଣ୍ଡେ ବାଟ, ଧରିନିଅ ଏଇ ଦିନଟା, ଏଇ ସକାଳଟା ତୁମ ସାଙ୍ଗରେ ବଞ୍ଚିବି। ଅନବଦ୍ୟ ଆପଲମାନଙ୍କୁ ରୁଣ୍ଡେଇ ପୁଣ୍ଡେଇ ତୁମରି ସାଙ୍ଗରେ ହସିବି। ମୁଁ ଅଛି, ମୋର ଅଛି ବୋଲି କହିବି ? କିଛି ଆପତ୍ତି ଅଛି ?

ମୋର ମନେ ହେଲା ଯେ ମୋର ଏଇ ନ୍ୟସ୍ତସ୍ୱାର୍ଥ ଚେତନାକୁ ଦୋଷ ଦେବାର

ନୁହେଁ। ମୁଁ ସୂର୍ଯ୍ୟର ଅନୁକରଣ କରୁଛି, ତା'ର ଷୋଳଅଣାରୁ ମାତ୍ର ଅଧଲାଏ ପାହୁଲାଏ ମାଗୁଛି।

ଆତ୍ମସନ୍ତୋଷର ଆବେଗରେ ମୁଁ ଅଞ୍ଜୁକୁ ମନେ ପକାଇଲି, ଦେଖିଲି ସେ ନରମ ଭେଲ୍‌ଭେଟ୍ ଶେଜରେ ଶୋଇ ରହି ଆପେଲ୍ ଖାଉଛି। ସେ କୃତଜ୍ଞ ହୋଇ ମୋତେ ମନେ ପକାଉ ନାହିଁ। ସେ ମୋ କଥା ଭାବୁ ନାହିଁ, କାହାରି କଥା ଭାବୁନାହିଁ। ସେ କେବଳ ନିଜର ନାଭିସ୍ଥଳକୁ ଦେଖୁଛି।

ଆଃ, ମୁଁ ସିନା ତାକୁ ଶିକ୍ଷା ଦେଇପାରିଲି ନାହିଁ, ତା'ର ବାପାମାଆ, ଭାଇଭଉଣୀ, ତା'ର ସ୍ୱାମୀ କେହି କ'ଣ ତାକୁ ଶିକ୍ଷା ଦେଇ ପାରିନାହାନ୍ତି ?

ଆପଲ୍ ଖାଇଲାବେଳେ ଝିଅଟା ବାଧ୍ୟ ହୋଇ ଛାତକୁ ଚାହିଁଛି। ଛାତ କୋଣରେ ବୁଢ଼ିଆଣୀ ଜାଲରେ ପୋକଟିଏ କେମିତି କଲବଲ ହେଉଛି, ଅନ୍ତତଃ ସେତିକି ତା'ର ମନକୁ ଛୁଉଁ ନାହିଁ ?

ସେ କ'ଣ କେବଳ ଖାଉଛି, ଖାଉଥିବ ? ପାଉଛି ପାଉଥିବ ?

ଶାଲା, ବହେନ୍‌ଚୋଦ୍, ଶୂଅରକା ବଚ୍ଚା ...

ମୁଁ ଚମକି ପଡ଼ିଲି। ଏହି ସ୍ଥଳରେ ଏପରି ଶବ୍ଦ ଶୁଣିବା ବିଚିତ୍ର ନୁହେଁ। କିନ୍ତୁ ମୁଁ ଏପରି ସରୁ ନାରୀକଣ୍ଠ ଶୁଣିବାକୁ ପ୍ରସ୍ତୁତ ନଥିଲି। ଆଖି ପକେଇ ଦେଖିଲି ଯେ ଗୋଟିଏ ପାଞ୍ଚ ଛଅ ବର୍ଷିଆ ପିଲାର କୋମଳ କଣ୍ଠରୁ ଏଭଳି ଶବ୍ଦ ବାହାରୁଛି। ସେ ତା'ରି ପରି ଆଉ କେତୋଟି ପିଲାଙ୍କ ସାଙ୍ଗରେ ଫୁଟ୍‌ପାଥ୍‌ରେ ବସିଛି। କେଇଟା ମାଟିଗୋଡ଼ିକୁ ମୁଠେଇ ଧରି କାନ୍ଦୁଛି ଓ ବିଡ଼ିବିଡ଼ି ହେଉଛି। ଜଣେ ସାଙ୍ଗ ହଳଦିଆ ଦାନ୍ତ ଦେଖାଇ ହସୁଛି, ଜଣେ ମାଉନ୍ଦା ମୁହଁରୁ ସିଙ୍ଗାଣି ପୋଛି ଗୋଡ଼ରେ ବୋଳୁଛି। ଆଉ ଜଣେ ହସୁଛି କି କାନ୍ଦୁଛି ବୁଝାପଡୁନାହିଁ, କେବଳ ତା'ର ଲଙ୍ଗଳା ଦେହକୁ ରାମ୍ପି ଲାଗିଛି।

ପାଖ ଦୋକାନ ପିଣ୍ଡାରେ ଯେଉଁ କାଳିଆ ଲମ୍ବାମୁହାଁ ଲୋକଟି ଆଣ୍ଠୁ ଟେକି ବସିଛି ଓ କାନ ଭିତରେ କ'ଣ ପୂରେଇଛି, ମଇଳା କାଢୁଛି ବୋଧହୁଏ। ସେ ତା' କାମରେ ଲାଗିଛି।

ପାଣିକଳ ପାଖରେ ତିନି ଚାରିଜଣ ମାଇପେ ଛିଡ଼ା ହୋଇ ତାଙ୍କ କାମରେ ଲାଗିଛନ୍ତି। ହାତ ମୁହଁ ହଲେଇ ଗପୁଛନ୍ତି।

କେହି ମୋ ସାଙ୍ଗରେ ଚମକି ପଡ଼ିନାହାନ୍ତି। ପିଲାର କାନ୍ଦୁରା ଅଶ୍ଳୀଳତାକୁ ସୂର୍ଯ୍ୟର ଆଲୁଅ ପରି ମାନି ନେଇଛନ୍ତି। ନିଜର ଅଳସ ଅକାମରେ ଲାଗି ରହିଛନ୍ତି।

(ଅଞ୍ଜୁ ଆରାମରେ ଆପଲ୍ ଖାଉଛି)

କିନ୍ତୁ ମୋର ସହାନୁଭୂତି ପ୍ରବଣ ମନ ସେଇଠି ଲାଖି ରହିଲା। ଏଇ ତଳିଆ ପ୍ରାଣୀମାନଙ୍କର ଅବସର ଦୃଶ୍ୟ ସହଜରେ ଦେଖିବାକୁ ମିଳେ ନାହିଁ। ମୁଁ ସେମାନଙ୍କର ଅକାମକୁ ବେକାମ ବୋଲି କହିପାରିବି ନାହିଁ। ଯେଉଁମାନେ ଦିନରାତି ମୁଣ୍ଡଝାଳ ତୁଣ୍ଡରେ ମାରି –

ଦେଖିଲି ପିଲାମାନେ ପୁଣି ଖେଳିବାକୁ ଆରମ୍ଭ କଲେଣି। ମାଟିଗୋଡ଼ିକୁ ହାତରେ ଲେଉଟେଇ ପେଉଟେଇ କ'ଣ ଖେଳୁଛନ୍ତି ବୁଝିପାରିଲି ନାହିଁ, ହେଲେ ମୋର ଧାରଣା ହେଲା ଯେ ଗାଁଗଣ୍ଡାରେ ଆମ ପିଲାମାନେ ଏମିତିକା ଖେଳନ୍ତି। ହୁଏତ ତାଙ୍କ ଭିତରୁ କାହା ନାକରୁ ସିଙ୍ଗାଣି ବହୁଥିବ, କିଏ ତା'ର କାଛୁ ଦେହକୁ ରାମ୍ପି ଚାଲିଥିବ।

(ଅଞ୍ଜୁ ଆରାମରେ ଆପଲ୍ ଖାଉଛି, ତଗଡ଼ା ଦେହରୁ ରସ ଚୋଷି ଚୋଷି ଖାଉଛି ... କହୁଛି ମିଛ, ମିଛ ମୁଁ ଏମିତିକା ଖେଳ ଖେଳୁ ନଥିଲି, ମୁଁ ଏମିତି ରୋଗିଣା ଅସୁନ୍ଦର ନଥିଲି)

ଦେଖିଲି କାନରୁ ମଇଳା କାଢୁଥିବା କାଳିଆ ଲୋକଟି ହାଇ ମାରୁଛି। କିନ୍ତୁ ତା'ର ଦୁଇ ଆଖି ଗୃଧ୍ର ପରି ମୋ ଆଡ଼କୁ ଚାହିଁଛି। ସତେକି ସେ ମୋତେ ଚିହ୍ନିଛି, ମୁଁ ତା'ଆଗରେ ଚିହ୍ନା ପଡ଼ିଯାଇଛି।

(ଅଞ୍ଜୁ ଆରାମରେ ଆପଲ୍ ଖାଉଛି, ତଗଡ଼ା ଦେହକୁ କୁଟୁରୁ କୁଟୁରୁ କରି ଖାଉଛି ... କହୁଛି ଗୁରୁଭାଇନା ପଳେଇ ଆସ ସେଠୁ, ପଳେଇ ଆସ, କୁତ୍ସିତର ଚାହାଣିକୁ ବିଶ୍ୱାସ ନାହିଁ। ମୋର ସୁନ୍ଦର ଚାହାଣି ପାହାନ୍ତାରେ ବସିରୁହ)

ଛଅ ହାତିଆ କରିଆ ପିନ୍ଧିଥିବା ଦରବୁଢ଼ୀମାନେ ହାତହଲା ମୁଣ୍ଡହଲା ଛାଡ଼ିଦେଇ ଫୁସ୍‌ଫୁସ୍ ହେଉଛନ୍ତି। ମୋରି ସାମନାରେ ଫୁସ୍‌ଫୁସ୍ ହେଉଛନ୍ତି କାହିଁକି? ମୁଁ କ'ଣ ଗୋଟାଏ ମାର୍କାମରା ଜାନୁଆର? ଲମ୍ବା କାଳିଆ ଲୋକ ଆଣ୍ଠୁରୁ ଜଙ୍ଘଯାଏଁ ଲୁଗା କାଢ଼ି ସାରିଲାଣି, ସତେକି ସେ ମୋର ଚରମ ଅମାନ୍ୟ କରିବାକୁ ଚାହେଁ। ଖେଳନ୍ତା ପିଲାମାନେ ଖେଳ ମଝିରେ ଗୋଟାଏ କଳେଇଛଡ଼ା ଥାଳିଆକୁ ଧରି ଛଡ଼ାଛଡ଼ି ହେଉଛନ୍ତି, ସିଙ୍ଗାଣିନାକା ପିଲା ଛଡ଼େଇ ନ ପାରି ଉବୁଙ୍କିପଡ଼ି ଥାଳିଆକୁ ଚାଟୁଛି। ମୋର ଧାରଣା ହେଲା ଯେ ଚାହୁଁ ଚାହୁଁ ଆଉ ଦଫାଏ ବଛାବଛା ଶବ୍ଦର ଗାଳି ଢାଳି ହୋଇଯିବ। ଭୋଦୁଅ ସକାଳର ମୁହଁରେ ଢାଳି ହୋଇଯିବ ...

(ଅଞ୍ଜୁ ହସୁଛି)

କାର୍ ଭିତରେ ସ୍ଥାଣୁ ହୋଇ ବସି ରହି ମୁଁ ଛଟପଟ ହେଲି। ମନେ ହେଲା ମୁଁ ଗୋଟିଏ ଅବାଞ୍ଛନୀୟ ଗତିହୀନ ଅବସ୍ଥାରେ ଅଟକିଯାଇଛି, ମୋର ଦରିଦ୍ରବନ୍ଧୁମାନେ ମୋତେ ବୁଝି ପାରୁନାହାନ୍ତି, ମୋର ଅନେକ ଦିନୁ ଲମ୍ବିଆସିଥିବା ସହାନୁଭୂତିର ହାତକୁ

ଛୁଇଁ ପାରୁନାହାନ୍ତି ... ଆଉ ଅଞ୍ଜୁ, ତା'ର ଅସ୍ପୃଶ୍ୟ ଇତର ଓଠରେ ହସ ଅସହ୍ୟ ହୋଇଉଠୁଛି। ଦୈନନ୍ଦିନ ଜୀବନରେ କ୍ୱଚିତ ଏପରି ଅବସ୍ଥାର ସମ୍ମୁଖୀନ ହେବାକୁ ପଡ଼େ। କାରଣ ମୋର ଗାଡ଼ି ଚାଲିଥାଏ। ଅଧଘଣ୍ଟାକ ଉପରେ ଏମିତି ଅଟକିଯିବାକୁ ପଡ଼େନାହିଁ, କାର୍ ସମେତ ଗଦାଏ ଆପଲ୍‌କୁ ପହରା ଦେବାକୁ ପଡ଼େନାହିଁ। ହ୍ୟାପ ଭଗିଆ କୁଆଡ଼େ ଗଲା ଏତେବେଳ ଯାଏଁ ? ସାମାନ୍ୟ ମାଛମାଂସ ପନିପରିବା କିଣିବାକୁ ଏତେ ସମୟ ଲାଗୁଛି ?

ହଠାତ୍ ମୁଁ ନେପଥ୍ୟ କୋଳାହଳ ଶୁଣିବାକୁ ପାଇଲି। ମୁଁ ମୋର କ୍ଲିଷ୍ଟ ଭାବନା କଳ୍ପନାକୁ ଠେଲି ଦେଇ ସିଧା ହୋଇଗଲି।

ଗୁଡ଼ାଏ ଲୋକ ଏଆଡ଼କୁ ମାଡ଼ି ଆସୁଛନ୍ତି। ଦୌଡ଼ୁଛନ୍ତି। ଚିତ୍କାର କରୁଛନ୍ତି। କ'ଣ ହେଲା ? ମୁଁ ମୋର କାର୍ ଦରଜା ଖୋଲି ବାହାରେ ଛିଡ଼ା ହେଲି।

ସେମାନେ ଜଣକ ପଛରେ ଗୋଡ଼େଇଛନ୍ତି। ପକ୍‌ଡ଼ୋ, ଧର୍ ଶାଲାକୋ, ମାର୍ ଶାଲାକୋ ବୋଲି ପାଟି କରୁଛନ୍ତି।

ମୁଁ ନିଃସନ୍ଦେହ ହେଲି ଯେ ଯେଉଁ ଲୋକ ପଳାଉଛି, ଜନତାର କ୍ରୋଧରୁ ଆପଣାକୁ ବଞ୍ଚେଇବାକୁ ଚାହୁଁଛି, ସେ ଗୋଟିଏ ସମାଜଦ୍ରୋହୀ ପଶୁ। ସେ ଏପରି ଘୃଣ୍ୟ କାମ କରିଛି ଯେ, ନାଗରିକମାନେ ସମ୍ଭାଳି ପାରିନାହାନ୍ତି। ସରକାରୀ କଳକୁ ଯଥାବିଧି ଘୂରିବାକୁ ନ ଦେଇ ଦେଖିଲା କାମ କରିବାକୁ ବସିଛନ୍ତି। ଭଲ। ବେଳେବେଳେ ଅପେକ୍ଷା କରିବା ବସି ରହିବା ପାପ। ପବିତ୍ର ଅଗ୍ନିକୁ ଜଳିବାକୁ ଦେବା ଉଚିତ। ସେଇଠୁଁ ମୁଁ ଭାବିଲି ଯେ ମୁଁ ମଧ୍ୟ ଯିବି ତାଙ୍କ ସାଙ୍ଗରେ ଦୌଡ଼ିବି। ସମବେତ ଶକ୍ତିରେ ନିଜକୁ ନିୟୋଜିତ କରି ମୋର ସମାଜ ଚେତନାକୁ ପ୍ରଜ୍ୱଳିତ କରିବି। ଦୌଡ଼ିବି !

ମୁଁ ଧାଇଁଗଲି। ଖଣ୍ଡେ ଦୂରଗଲାରୁ ମୋ ଦେଖାଦେଖି ଆଉ ଜଣେ ଭଦ୍ରବ୍ୟକ୍ତି ପରିବାଥଳିକୁ ଝୁଲେଇ ମୋ ସାଙ୍ଗରେ ଧାଇଁଲେ। ଦାଦା କ'ଣ ହେଲା ବୋଲି ପଚାରି ପଚାରି ସେ ମୋ'ଠାରୁ କିଛି ଉତ୍ତର ପାଇଲେ ନାହିଁ। ପଚରାଉଚରାର ପ୍ରୟୋଜନ ନାହିଁ। ଆମେ ସମସ୍ତେ ଯାହା ପଛରେ ଧାଇଁଛୁ, ସେ ଧରା ପଡୁ ସେତିକି ଆମର କାମ୍ୟ। ହୁଏତ ସେ ଗୋଟିଏ ମଦୁଆ ଟ୍ରକ ଡ୍ରାଇଭର, ନିରୀହ ରିକ୍‌ସାବାଲା ଉପରେ ଗାଡ଼ି ମଡ଼େଇ ଦେଇଛି, ହୁଏତ ସେ ନିଷ୍ପାପ ଶିଶୁକୁ ଅପହରଣ କରିଛି, କିମ୍ବା ହୁଏତ ଅବଳା ବାଳିକା ଉପରେ ଅତ୍ୟାଚାର କରିଛି ... କେଉଁ ନିର୍ଦ୍ଦିଷ୍ଟ ଅଧର୍ମର ସଜା ଭୋଗିବାକୁ ଯାଉଛି ପଚାରିବା ଦରକାର କ'ଣ ? ନିଜର ବିବେକକୁ ପଚାର, ଅନେକର ସହିତ ମିଳିତ ହୋଇ ଜଣକୁ ଧର ଯେ ଖସିଯିବାକୁ ଚାହୁଁଛି।

ମୁଁ ପଛରେ ପଡ଼ିଗଲି । ଧଇଁସଇଁ ହେଲି । ଦେଖିଲି ଆଉପାରି ହେବ ନାହିଁ । ଅମିତ ଆବେଗ ସତ୍ତ୍ୱେ ବୟସର ସୀମା ଟପିଯାଇ ହେବ ନାହିଁ ।

କିନ୍ତୁ ମୁଁ ଦେଖିବାକୁ ପାଇଲି ଯେ ସେଣ୍ଟ ଥୋମାସ୍ ସ୍କୁଲ ସାମ୍‌ନାରେ ସେମାନେ କ୍ରମଶଃ ଏକ ଗହୀରିଆ ଗୋଲେଇ ସୃଷ୍ଟି କରୁଛନ୍ତି ।

ଆଶ୍ୱସ୍ତ ହେଲି । କେନ୍ଦ୍ରବିନ୍ଦୁରେ ନିଶ୍ଚୟ ଥିବ ସେଇ ନରାଧମ ପାଷାଣ୍ଡ । ଆଉ ତା'ର ରକ୍ଷାନାହିଁ । ମୋର ମନେ ହେଲା ଯେ, ମୁଁ ମଧ୍ୟ ତା'ର ବେକରେ ହାତ ପକେଇଛି, ସେତୁବନ୍ଧ ବାନ୍ଧିଛି ।

ଫେରି ଆସିଲାବେଳକୁ ମନେ ପଡ଼ିଲା ମୋର କାର୍ ! ମୋର ଆପଲ୍ ! ମୁଁ ଦରଜା ଖୋଲା ଛାଡ଼ି ଦେଇ ଆସିଛି । ଖିଦିରପୁର ବଜାରର ସ୍ୱନାମଧନ୍ୟ ମୋଡ଼ରେ ମୋର ନବନିର୍ବାଚିତ ବନ୍ଧୁମାନଙ୍କ ପାଖରେ, ଉଜ୍ଜୀବିତ ବଳାବୃଦ୍ଧ ବନିତାଙ୍କ ପାଖରେ ମୋର ବହୁମୂଲ୍ୟ ...

ଶରୀର କଷ୍ଟ ଭୁଲିଯାଇ ଦ୍ୱିଗୁଣ ବେଗରେ ଧାଇଁବାକୁ ପଡ଼ିବ । ହେଲେ ମୋର ଗୋଡ଼ ଚଳିଲା ନାହିଁ । ମୁଁ ଭବିତବ୍ୟତାକୁ ମାନିନେଲି ।

ମୁଁ ପହଞ୍ଚି ଦେଖିଲି ଯେ ଆଶଙ୍କା ଅନୁଯାୟୀ ଯାହା ଘଟିବାର ଘଟିଛି । ଥଳି ନାହିଁ, ଆପଲ୍ ନାହିଁ । ମୁଁ ଥକା ହୋଇ ବସିପଡ଼ିଲି ।

ଆପଣମାନେ କହିପାରନ୍ତି ଯେ, ମୁଁ ଜାଣିଶୁଣି ଦରଜା ଖୋଲା ଛାଡ଼ି ଦେଇ ଆସିଲି, ଫେରନ୍ତା ବାଟରେ ଧିମେଇ ଗଲି, ଆପଲ୍ ଗୁଡ଼ିକ ଚୋର ହାତରେ ଦେଲି । ସୁକୁମାରୀ ଅଞ୍ଜୁର ସାଧ ଦଳିଦେଲି, ଅଯୋଗ୍ୟ ଭାଇମାନଙ୍କ ମୁହଁରେ ଆହାର ମାଡ଼ି ଦେଲି ... ଇତ୍ୟାଦି ।

ହେଲେ ହୋଇଥିବ । ଆପଣଙ୍କ କଥାରେ ପଡ଼ି ମୁଁ ଅଞ୍ଜୁକୁ ଭଲପାଇ ପାରିବି ନାହିଁ ।

■

ଜଣେ ମାଉସୀ ଥିଲେ

ସକାଳ କଞ୍ଚା ଥିଲା ଆଖିରେ ନିଦ ଥିଲା, ପୂର୍ଣ୍ଣ ଅକ୍ଷତ ଚା'କପ୍‌ରୁ ଧୂଆଁ ଉଠୁଥିଲା, ଏହି ସମୟରେ ବେଲ୍ ବାଜିଲା। ପିଲାମାନେ ଉଠି ନାହାନ୍ତି, ତେଣୁ ଶ୍ରୀମତୀ ରେବା ମହାନ୍ତି ବାଧ୍ୟ ହୋଇ କବାଟ ଖୋଲିବାକୁ ଗଲେ। ଚା'କପରୁ ଧୂଆଁ ଉଠୁଥିଲା ଏବଂ ବସନ୍ତ ସକାଳର ପବନକୁ ଛୁଇଁ ନ ଛୁଇଁଲା ପରି ଗେହ୍ଲେଇ ହେଉଥିଲା।

ଶ୍ରୀମତୀ ରେବା ମହାନ୍ତିଙ୍କ ବ୍ଲାଉଜ ତଳ ଓ କଟି ଉପର ମଧ୍ୟମାଂଶରେ ରାତ୍ରି ଶୟନର ରେଖା (ହୁଏତ ବ୍ଲାଉଜ୍ ଚିପି ହୋଇଯାଇଛି, ହୁଏତ ମୋଟା ତଉଲିଆର ଚିହ୍ନ ରହିଯାଇଛି ...) ଜଳ ଜଳ ହୋଇ ଦିଶୁଥିଲା। ବୟସ ଚାଳିଶରୁ ଊର୍ଦ୍ଧ୍ୱ।

ଆଗନ୍ତୁକ ତାଙ୍କର ଚା'ପାନ ରହିତ ସକାଳୁଆ ମୁହଁକୁ ଦେଖି ଶଙ୍କିଗଲା ନାହିଁ। ତତ୍‌କ୍ଷଣାତ୍ ତାଙ୍କର ପାଦ ଛୁଇଁ ପ୍ରଣାମ କଲା ଏବଂ କଳା ମୁହଁରେ ଚିକ୍ ଚିକ୍ ହସ ହସିଦେଲା।

"ମୁଁ – ମୁଁ ଆସିଛି ଭାଉଜବୋହୂ। ମୋତେ ଚିହ୍ନିପାରୁ ନାହଁ?"

କେବଳ କଳା ମୁହଁ ନୁହେଁ। ସରୁ ନିଶ। ଶାଗୁଆ ଚିପା ପ୍ୟାଣ୍ଟ। ନାରଙ୍ଗୀ ବୁସ୍ ସାର୍ଟ। ମଣି ବନ୍ଧନରେ ରୁମାଲ ବନ୍ଧା ହୋଇଛି। ବାଁ ଆଖି କୁଞ୍ଚେଇ ହେଉଛି।

ବାଁ ଆଖି କୁଞ୍ଚୁକୁଞ୍ଚୁ। ପିଳେହି ପେଟ। ଭୀମ ରଡ଼ି କାନ୍ଦଣା। ବାଁ ଆଖି କୁଞ୍ଚୁକୁଞ୍ଚୁ। ସତେ କି ସେଇ ହେଉଛି ଦୁର୍ଭାଗ୍ୟର ସ୍ୱାକ୍ଷର ଓ ଦାବି। ମୋତେ କାହିଁକି ସଂସାରକୁ ଡାକି ଆଣିଛ ଉତ୍ତର ଦିଅ। ନହେଲେ ମୁଁ ଦୁଧ ପିଇବି ନାହିଁ।

ସ୍ଥୂଳ ଯୌବନ ସରୁ ନିଶତଳେ ଲୁଚି ରହିଥିବା ଏକ ଅପ୍ରିୟ ବାଳକର ଚେହେରା ମନେ ପଡ଼ିଲା। କୋଡ଼ିଏ ବର୍ଷ ତଳର ସ୍ମୃତି ସହିତ ମୁହାଁମୁହିଁ ହେବାକୁ ପଡ଼ିଲା। ରେବା ମହାନ୍ତି ହଠାତ୍ ପଛକୁ ଓଟାରି ହୋଇଗଲେ। କିନ୍ତୁ ସେ ନିଜକୁ ସମ୍ଭାଳି ନେଲେ, ପ୍ରଖର ପତନକୁ ସାମାନ୍ୟ ଦୃଷ୍ଟିରେ ଦେଖିଲେ। ସତେକି ସେ ଆପଣା ଜେଟ୍ ବିମାନ ମଧ୍ୟରେ ସର୍ବଥା ସୁରକ୍ଷିତ ହୋଇରହିଛନ୍ତି। ତିରିଶ ହଜାର ଫୁଟରୁ ହଠାତ୍ ଦଶହଜାର ଫୁଟକୁ ଖସି ଆସିଲେ ପାଣି ପବନରେ କୌଣସି ପରିବର୍ତ୍ତନ ହେବାର କାରଣ ନାହିଁ।

ଝରକାର ମୋଟା କାଚକୁ ଭାଙ୍ଗି କଳା ମେଘର ସୀମାକୁ ଛୁଇଁବାର ପ୍ରଶ୍ନ ଉଠୁନାହିଁ। ଏଇ ଟୋକା ଆସିଛି ମାଣ୍ଡି ମାଉସୀ ମନେ ପଡୁଛନ୍ତି ଆଉ କିଛି ମନେ ପଡୁନାହିଁ। ଏଣେ ଚା' କପ୍‌ଟା ଥଣ୍ଡା ହୋଇଗଲାଣି।

ରେବା ମହାନ୍ତି ପାଟି ମେଲାଇଲେ। ଉନ୍ମୋଚିତ ଓଠ ଏବଂ ବିସ୍ଫାରିତ ଚକ୍ଷୁର ବିବିଧ ପ୍ରକ୍ରିୟାରେ ଚିହ୍ନିଲି ଚିହ୍ନିଲି, ଖୁସି ହେଲି, କାବା ହୋଇଗଲି କିନ୍ତୁ ଚିହ୍ନିଲି ଚିହ୍ନିଲି, ଖୁସିହେଲି ବୋଲି ଜଣାଇଲେ। କେତେବେଳକେ ବସେଇ ବସେଇ କହିଲେ,- 'କି...ରେ ...ତୁ!'

ଏଥର ଆଗନ୍ତୁକ ଓଠ ଚାପି ସ୍ଥିର ସ୍ମିତହାସର ନମୁନା ଦେଖାଇଲା। ହଁ, ମୁଁ ଆସିଛି, ଭଲ କରି ଦେଖିନିଅ।

ରେବା ମହାନ୍ତି ତା'ର ଚରିତ୍ରକୁ ବୁଝିନେଲେ। ମାଣ୍ଡିମାଉସୀଙ୍କ ପୁଅ ଅସଲ ଦୁଷ୍ଟ ଥିଲା, ବର୍ତ୍ତମାନ ଅସଲ ଛତରା। ମୁଁ ଶୁଣିଛି ସେ ପାଠପଢ଼ା ଛାଡ଼ି ଦେଇଛି। ମୁଁ ଶୁଣିଛି ସେ ଚାକିରି ପାଇଁ ବାରଦୁଆର ବୁଲୁଛି, ଯେଉଁଠି ଚାକିରି କରୁଛି ମାସକରେ କଳିକଜିଆ କରି ପଳାଇ ଆସୁଛି। ମୁଁ ଶୁଣିଛି ସେ କେଉଁ ମାଗିଖାଇକୁ ବାହା ହୋଇଛି, ଯୋଡ଼ାଏ ପିଲା ହେଲେଣି। ମୁଁ ତା'ର ସବୁ ଖବର ରଖିଛି। ତାକୁ କେବେ କେଉଁ ଯୁଗରେ ଦେଖିଲି; କିନ୍ତୁ ମନେ ମନେ ଏଇ ଚେହେରା ଧରିନେଇଛି। ଏଇ ଛତରା ବେଶ, ସରୁନିଶ, ଚିପା ପ୍ୟାଣ୍ଟ ... ମୋତେ ସେ ଭୁଲାଇ ପାରିବ ନାହିଁ, ଏଣୁ ତେଣୁ କହି ମୋଠାରୁ ଦଶପଚାଶ ମାରିନେଇ ପାରିବ ନାହିଁ। ମାଉସୀ କହୁଥିଲେ,- ରେବା ତାକୁ ଗୋଟାଏ ଚଟକଣି ମାର୍, ମାରିଲୁ, ଖଚଡ଼ା ଟେକା, ମୋ ବଳ ଦେଖିଛି, ଭାବିଛି ମୁଁ କିଛି କହିବି ନାହିଁ। ଅବଶ୍ୟ ମୁଁ ଚଟକଣି ମାରି ପାରିଲି ନାହିଁ। ତା' ବୋଲି କ'ଣ ସେ ଏଇକ୍ଷଣି ମୋ ଉପରେ ହାକିମି କରିବ ?

ରେବା ମହାନ୍ତି ତାକୁ ଡାଇନିଙ୍ଗ ଟେବୁଲ୍‌ରେ ଚା' ଖାଇବାକୁ କହିଲେ (ମୁଁ ମାଣ୍ଡିମାଉସୀଙ୍କ ପୁଅକୁ ହତାଦର କରିବି ନାହିଁ), ବଡ଼ ବାଥ୍‌ରୁମ୍‌ରେ ଶୌଚକର୍ମାଦି ସାରିବାପାଇଁ ନିର୍ଦ୍ଦେଶ ଦେଲେ ଏବଂ ମୁହଁର ସ୍ୱାଗତପଣକୁ ବଞ୍ଚାଇ ରଖିଲେ।

ମାଣ୍ଡିମାଉସୀଙ୍କ ପୁଅ ବ୍ରଜ ଓରଫ ବାବୁଆ ବିଶେଷ ବାକ୍ୟ ବ୍ୟୟ ନ କରି ସକାଳର କାର୍ଯ୍ୟକର୍ମ ଶେଷ କଲା।

ରେବା ମହାନ୍ତିଙ୍କ ଦୁଇ ଝିଅ ଜୟନ୍ତୀ ଓ ବୈଜୟନ୍ତୀ ଇତର ବେଶଭୂଷାବିଶିଷ୍ଟ ଭିନ୍ନ ଜାତୀୟ ଏକ ପ୍ରାଣୀକୁ ଘର ମଧ୍ୟରେ ଚଳପ୍ରଚଳ ହେବାର ଦେଖିଲେ, ଭୃରୁ ଟେକିଲେ – ଏଇଟି କିଏ ? ମାଆଙ୍କଠାରୁ ନୀରବ ଉତ୍ତର ମିଳିଲା- ତୁମର ଜାଣିବା ଦରକାର ନାହିଁ, ତୁମେ ପାଟିତୁଣ୍ଡ ନ କରି ନିଜ ବାଟରେ ଯାଅ। ବୁଦ୍ଧିମତୀ ଝିଅମାନେ

ବୁଝିନେଲେ ଯେ ଏଇ ଲୋକଟି ସେମାନଙ୍କ ମଧ୍ୟରୁ ଜଣେ। ସେମାନେ ଥୋକେ ଅଛନ୍ତି। ଡ୍ୟାଡି ଓ ମମ୍‌ମୀ ଯେଉଁ ଅନ୍ଧାରି ଗୁହାରୁ ଖସି ଆସିଛନ୍ତି, ସେମାନେ ସେଇ ଗୁହା ଅଥବା ଜଙ୍ଗଲ ଅଥବା ମଫସଲରେ ଏ ପର୍ଯ୍ୟନ୍ତ ଅଛନ୍ତି ଏବଂ ମଝିରେ ମଝିରେ ଦେଖା କରିବାକୁ ଆସନ୍ତି। ସେମାନେ ବନ୍ଧୁବାନ୍ଧବ। ଏଣୁ ତେଣୁ ଦାଦା, ମାମୁଁ, ମଉସା, ପିଉସା ଇତ୍ୟାଦି। ମୁହାଁମୁହିଁ ହେଲେ ନମସ୍କାର କରିଦିଅ ଏବଂ ଅପସରି ଯାଅ। କିନ୍ତୁ ଏପରି ଅଳ୍ପବୟସ୍କ ବନ୍ଧୁବାନ୍ଧବ ଇଏ କ'ଣ ଜଣେ ଭାଇ? ନମସ୍କାର କରେ ଭୁଲ୍ ହେବ ନାହିଁ ତ?

ଆଶ୍ଚର୍ଯ୍ୟ କଥା, ତା'ର ମୁହଁର ଚେହେରା କିଭଳି କେହି ଜାଣିପାରିଲେ ନାହିଁ। କେବଳ କଳାରଙ୍ଗ, କେବଳ ସରୁ ନିଶ, ଗୋଟାଏ ବଜାରଘାଟ-ସୁଲଭ ଗୁଣବିହୀନ ଛାଞ୍ଚ। କୌଣସି କାରଣରୁ ଆମ ଘରକୁ ଚାଲି ଆସିଛି। ଫାଟକ ପାରି ହୋଇଗଲେ ରାସ୍ତାର ଦୃଶ୍ୟରେ ମିଶିଯିବ, ବାରି ହେବ ନାହିଁ।

ରେବା ମହାନ୍ତି ମଧ୍ୟ ତା'ମୁହଁର ଚେହେରା ଦେଖିଲେ ନାହିଁ, ଦେଖିବାକୁ ଚାହିଁଲେ ନାହିଁ। ମାଣ୍ଡିମାଉସୀଙ୍କ ପୁଅ ... ଏଇ ପୁନରାବିଷ୍କାର, ଏଇ ସଘାତ କ'ଣ ଯଥେଷ୍ଟ ନୁହେଁ?

ସଂଘାତ। ରୀତି ମୁତାବକ ଚର୍ଚ୍ଚା କଲେ ମଧ୍ୟ, କୁଶଳ ପ୍ରଶ୍ନ ପଚାରିଲେ ମଧ୍ୟ ଜେଟ୍ ବିମାନର ମୋଟା କାଚ ତରଳିବାକୁ ଲାଗିଲା। ଦ୍ୱିତୀୟବାର ପ୍ରସ୍ତୁତ ହୋଇଥିବା ଗରମ ଚା' ବିଶେଷ ଗରମ ବୋଲି ମନେ ହେଲା ନାହିଁ, ଅଥଚ ବଢ଼ି ଉଠୁଥିବା ସାମାନ୍ୟ ସକାଳୁଆ ଖରା ଅସହ୍ୟବୋଧ ହେଲା। ସତେକି ଗୋଟାଏ ଅପ୍ରତ୍ୟାଶିତ ବହିର୍ତାପ ପୀଡ଼ା ଦେଉଛି, ତା'ର ମୁକାବିଲା କରିବାପାଇଁ ବଳ ଅଣ୍ଟୁ ନାହିଁ। ପୂର୍ବରୁ ପ୍ରସ୍ତୁତ ହେବାର ସମୟ ମିଳିଲା ନାହିଁ, ଘରୋଇ ସଙ୍ଗୀସଙ୍ଗିନୀ ମେଳରେ ଜନୈକ ଭି.ଆଇ.ପି ଆସି ପହଞ୍ଚି ଯାଇ ଠୋ ଠୋ ହସିଲେ, ଜହ୍ନବୋଲା ଅନ୍ଧାରରେ କାମୋଦ୍ଦୀପ୍ତ ଉଲଗ୍ନ ସ୍ୱାମୀ ଦିଗମ୍ବର ଋଷିଙ୍କ ପରି ଦେଖାଗଲେ, ରୁଟୁ ରୁଟୁ କରି ଆଙ୍ଗୁଳିକୁ କାମୁଡୁଥିବା ପୁଷି ବିଲେଇ ବ୍ୟାଘ୍ରରୂପ ଧାରଣ କଲା। କମ୍ପାନୀ ମ୍ୟାନେଜର ଗୃହିଣୀ ଦୁଇକନ୍ୟା-ଗରବିଣୀର ପ୍ରିୟ ପରିଚିତ ସକାଳ ମଝିରେ ମାଣ୍ଡି ମାଉସୀଙ୍କ ଭୂତ କେଉଁଠୁ ଆସି କହିଲା, -ମୁଁ ଆସିଛି ଭାଉଜବୋହୂ ...

ମାଣ୍ଡି ମାଉସୀଙ୍କ ଭୂତ, ପୁଅ ନୁହେଁ। ତାଙ୍କର ପୁଅ ନଥିଲେ, କେହି ନ ଥିଲେ। ମାଣ୍ଡି ମାଉସୀ ମୋତେ ଅତ୍ୟନ୍ତ ଭଲ ପାଉଥିଲେ। ନା, ମିଛ। ସେ ମୋତେ ନୁହେଁ ମୋର ବଡ଼ଝିଅ, ମୋର ପହିଲି ଝିଅକୁ ଭଲ ପାଉଥିଲେ।

ଏଇ ଟୋକା ଏମିତି ମଉନମୁହାଁ ହୋଇ ବସିଛି କାହିଁକି? ଯାହା ପ୍ରଶ୍ନ ପଚାରୁଛି

ସେତିକିର ଉତ୍ତର ଦେଉଛି, ପାଉଁରୁଟିକୁ ଛିଣ୍ଡେଇ ଖାଉଛି, ଧରା ନ ପଡ଼ିଲା ପରି ମୋ ମୁହଁକୁ ଚାହୁଁଚି, ବୋଧହୁଏ ସେ ମୋର ମତିଗତି ଜାଣିବାକୁ ଚାହୁଁଛି - ଏଇ କ'ଣ ସେଇ ଭାଉଜବୋହୂ ଯାହାଙ୍କ କଥା ବୋଉ ମୋତେ କହୁଥିଲା? କ'ଣ କହୁଥିଲା? ତୁ କ'ଣ ଜାଣିଛୁ? ତୁ ବକଟେନାକୁରୁ ପିଲା, ନାକ-କାନ୍ଦୁରା, ପିଳେହି-ପେଟା...ତୁ ଗୋଟାଏ ସାଉଣ୍ଡା ପୁଅ ... ତୁ ଗୋଟାଏ...

ମୁଁ କାହିଁକି ରାଗୁଛି?? ରେବା ମହାନ୍ତି ନିଜକୁ ତିଆରିଲେ। ମୋର ରାଗିବାର କୌଣସି କାରଣ ନାହିଁ, ଡରିବାର ପ୍ରଶ୍ନ ଉଠୁନାହିଁ। ହେଲା ଏବେ ସେ ମିଛସତ କହି, ତା'ର ସ୍ୱର୍ଗତ ବୋଉ କଥା ମନେ ପକାଇ ମୋତେ କିଛି ଟଙ୍କା ମାଗିବ। ମାଗିଲେ ମାଗିବ, ମୁଁ ଦେଇଦେବି। ମୁଁ ସେଥିରେ କାଙ୍ଗାଳ ହୋଇଯିବି ନାହିଁ। କିନ୍ତୁ ... କଥା ହେଉଛି ... ସେ ମୋ ସାଙ୍ଗରେ ଭଲ ଭାବରେ କଥା କହୁନାହିଁ କାହିଁକି?

ମାଣ୍ଡିମାଉସୀ ମରିଗଲା ପରେ ମୁଁ ତାକୁ ଥରେ ଅଧେ ଦେଖିଛି, କିନ୍ତୁ ସେତେବେଳେ ସେ ଏତେବଡ଼, ଏତେ କୁତ୍ସିତ ଦେଖାଯାଉ ନଥିଲା। ସେତେବେଳେ ସେ କେବଳ ଅତୀତ ବୋଲି ମନେ ହେଉଥିଲା, ଯାହାକୁ ମୁଁ ଜାଣିଶୁଣି ତ୍ୟାଗ କରିଛି। ଆଜି ସେ ଅତୀତର ଜଗୁଆଳି ପରି ଦେଖାଯାଉଛି, ତା'ର ଅଧିକାରୀ ଠେଙ୍ଗାକୁ ଭୂଇଁରେ କଚାଡ଼ି କହୁଛି- ସାବଧାନ। ଯେତିକି ସମୟ ଗଡ଼ିଯିବ ମୁଁ ସେତିକି ବଡ଼ ସେତିକି କୁତ୍ସିତ ଦେଖାଯିବି। ଅତୀତ ଛିଣ୍ଡି ଛିଣ୍ଡି ଯିବନାହିଁ, ଲମ୍ବି ଲମ୍ବି ଯିବ।

ରେବା ମହାନ୍ତି ତାଙ୍କ ସ୍ୱାମୀ ସୁଧୀରବାବୁଙ୍କୁ ଦୋଷ ଦେଲେ। ସେ ଏତିକିବେଳକୁ ଗସ୍ତରେ ପଳେଇଛନ୍ତି। ସେ ଥିଲେ ଏ ଟୋକା ଏଭଳି ଢଙ୍ଗ କରୁ ନଥାଆନ୍ତା, ଯାହା କହିବାର କହିଦିଅନ୍ତା, ଯାହା ମାଗିବାର ମାଗିନିଅନ୍ତା। କିନ୍ତୁ ସେ ସବୁଥର ଏମିତି ମୋତେ ଛାଡ଼ିଦେଇ ପଳାନ୍ତି ... ସେଦିନ ସେ ନଥିଲେ। ମାଣ୍ଡିମାଉସୀ ଥିଲେ, ଅନ୍ଧାରିଆ ମାଟିଘର ଝରକା ଭିତରୁ ପୃଥିବୀର ଅମଣିଷ ଗଣ୍ଡି ଦେଖାଯାଉଥିଲା, ଗଣ୍ଡିର ଦେହରୁ ଅନବରତ ପାଣି ଝରୁଥିଲା। ଗଣ୍ଡିର ଦେହରୁ ପାଣି ଝରିଲେ କ'ଣ କାନ୍ଦ କୁହାଯାଏ? ନା, କେହି କାନ୍ଦୁ ନ ଥିଲେ। କେବଳ ମାଣ୍ଡି ମାଉସୀ ... ରୋଗିଣୀ ଝିଅର ଖଟ ଖୁରାରେ ଲଦି ହୋଇ ଢୁଳାଉଥିଲେ ଓ ସୁଁ ସୁଁ ହେଉଥିଲେ ...

ସ୍ୱର ଉଞ୍ଚାଇ ରେବା ମହାନ୍ତି ପଚାରିଲେ –"ବାବୁଆ, ତୋର ଯୋଡ଼ିଏ ପିଲା, ନା?"

ଉତ୍ତର ମିଳିଲା, "ତିନୋଟି ପିଲା ଥିଲେ। ଜଣେ ଦୁଇମାସ ହେଲା ମରିଯାଇଛି।" ଉତ୍ତର ନୁହେଁ ଜବାବ୍।

କିଛି ସମୟ ପରେ ରେବା ମହାନ୍ତି ପୁଣି ପଚାରିଲେ –"ତୁ କ'ଣ ଚାକିରି ଖୋଜିବା ପାଇଁ ଆସିଛୁ ?"

"ନା, ମୋର ଗୋଟାଏ କାମ ଅଛି। ଆଜି ଚାଲିଯିବି।"

ରେବା ମହାନ୍ତି ବିରକ୍ତ ହେଲେ। ପାଖରୁ ଉଠି ଚାଲିଗଲେ। ଏଇ ଅସଭ୍ୟ, ଅଭଦ୍ର, ଅଶିକ୍ଷିତ ଟୋକା ସାଙ୍ଗରେ କଥା କହିବା ଅନୁଚିତ। ସେ ଯେଉଁଥିପାଇଁ ଆସିଛି, ଆସୁଥାଉ ମୋର ଗରଜ ପଡ଼ିଛି ! ସେ ରୋଷେଇ ଘରକୁ ଗଲେ, ବାରିଆଡ଼କୁ ଗଲେ, ଫେରିଆସି ଝିଅମାନଙ୍କୁ ଅକାରଣରେ ପଚାରିଲେ ଆଜି ସ୍କୁଲ କଲେଜ ଅଛି କି ନାହିଁ, କେତେବେଳକୁ ଫେରିବ, ଇତ୍ୟାଦି।

ଜୟନ୍ତୀ ମାଆଙ୍କ ଅଶାନ୍ତଭାବର ସନ୍ଧାନ ପାଇଲା। କ'ଣ ଭାବିଲା କେଜାଣି ପ୍ରସ୍ତାବ କଲା –"ମମ୍ମୀ, ତୁମେ ଟିକିଏ ବିଶ୍ରାମ ନିଅ। ପ୍ରକୃତରେ ମୋର ଆଜି କଲେଜରେ ବିଶେଷ ପଢ଼ାପଢ଼ି ନାହିଁ। ମୁଁ ଯାଉଛି ସେଇ ଲୋକ ସାଙ୍ଗରେ କଥାବାର୍ତ୍ତା କରିବି, ତା'ର ଖବର ବୁଝିବି।"

ରେବା ମହାନ୍ତି ଚମକି ପଡ଼ିଲା ପରି କହିଲେ, ନା ତୋର ମୁଣ୍ଡ ଖରାପ ନା କ'ଣ। ତୁ ଯା- କଲେଜ ଯାଆ। ତୁ ତାକୁ ଜାଣିନାହୁଁ? ସେ ପରା ଆମ ମାଣ୍ଡି ମାଉସୀଙ୍କ ପୁଅ !

ମାଣ୍ଡିମାଉସୀଙ୍କ ନାଁ ପୂର୍ବରୁ କେବେ ଶୁଣିଛି ବୋଲି ଜୟନ୍ତୀର ମନେପଡ଼ିଲା ନାହିଁ। ସେ ସଂପୂର୍ଣ୍ଣ ଆଶ୍ୱସ୍ତ ହୋଇପାରିଲା ନାହିଁ, କିନ୍ତୁ ଅଗତ୍ୟା ମାଆର କଥା ମାନି କଲେଜ ଗଲା। ଅଳ୍ପ ସମୟ ମଧ୍ୟରେ ସାନଭଉଣୀ ବୈଜୟନ୍ତୀ ସଙ୍ଗିନୀମାନଙ୍କ ସହିତ କୋଳାହଳ ପୂର୍ବକ ସ୍କୁଲ ବସ୍‌ରେ ପ୍ରସ୍ଥାନ କଲା।

ଏକାକିନୀ ରେବା ମହାନ୍ତି କିଛି କରିବାର ଉଦ୍ଦେଶ୍ୟ ନେଇ ଘରର ଝରକାମାନ ବନ୍ଦ କରିଦେଲେ। ଖୋଲା ଜାଲିଝରକା ଦେହରେ ଲମ୍ବା ପରଦା ଟାଣିଆଣିଲେ। ପ୍ରକାରାନ୍ତରେ ଫାଲଗୁନ ସୂର୍ଯ୍ୟର ଆଲୁଅକୁ ବାରଣ କଲେ - ଥାଉ।

ଏକାକିନୀ ରେବା ମହାନ୍ତି ସମୟ ହୋଇଥିଲେ ମଧ୍ୟ ସ୍ନାନ କରିବାକୁ ଗଲେ ନାହିଁ। ପ୍ରକାରାନ୍ତରେ ଜଳର ଶୀତଳଶାନ୍ତିକୁ ବାରଣ କଲେ – ଥାଉ।

ଯେପରିକି ସ୍ୱର୍ଗାରୂଢ଼ା ଦେବୀ ପତନକୁ ରୋଧି ନ ପାରିବାରୁ ନିଜର ଅସୀମ ପତନଶକ୍ତି ଦର୍ଶାଇଲେ – ହେଇ ଦେଖ ମୁଁ ଖସିଲି ମୁଁ ଭୂମିସାତ୍ ହୋଇ ଜଳିଯିବି ନାହିଁ, ମୁଁ ଆହୁରି ତଳକୁ ଖସିଯିବି, ଅନାୟାସରେ ଖସିଯିବି ଅତଳତଳକୁ, ବିଲୁପ୍ତ ବିସ୍ମୃତ ଜନ୍ମ ମୃତ୍ୟୁର ସଂସାରକୁ ଛୁଇଁଦେଇ ପୁଣି ଉଠିଆସିବି, ମୋର କିଛି ହେବନାହିଁ। କାହାରି ସାହାଯ୍ୟ ଲୋଡ଼ା ନାହିଁ, ସ୍ୱାମୀ କନ୍ୟା ଉତାପ-ଉଦକ କାହାରି ପ୍ରୟୋଜନ

ନାହିଁ... ସେମାନେ କେହି ନଥିଲେ ଯେତେବେଳେ ମୋର ନିଭୃତ ଶିରାରେ ଶିରାରେ ମାତୃରକ୍ତ ବିନ୍ଧିଉଠିଲା, ସତେକି ସେଗୁଡ଼ାକ ରକ୍ତ ନୁହେଁ ବିଷ, ସେତେବେଳେ କେହି ନଥିଲେ, କେବଳ ମୁଁ ଓ ମାଣ୍ଡିମାଉସୀ ...

ରେବା ମହାନ୍ତି ବାବୁଆର ଅସ୍ତିତ୍ୱ ଭୁଲିଗଲେ। ସେ ନିଜ ଶୋଇବାଘରକୁ ଯାଇ ଲମ୍ବିଗଲେ ଓ ସ୍ମୃତିକୁ ଆହ୍ୱାନ କଲେ। ବାବୁଆ ଥରକୁ ଥର ଆସି ଦୁଆରବନ୍ଧରେ ଛିଡ଼ା ହୋଇ ଭାଉଜବୋହୂ ଶୋଇପଡ଼ିଲେଣି କ'ଣ କହିବି କି ନାହିଁ କି ବୋଲି ବିଚାରୁଥିଲା, ତାହା ଲକ୍ଷ୍ୟ କରିବାର ପ୍ରବୃତ୍ତି ତାଙ୍କର ନଥିଲା।

ସେ କୋଡ଼ିଏ ବର୍ଷ ତଳର ଆନନ୍ଦ କୁଟୀରକୁ ଫେରିଯାଇଥିଲେ। ଯେତେବେଳେ ସେ ନବବଧୂ ହୋଇ ମାଟିଗୋବର ଓ ନିକଟ ଦେହର ବାସ୍ନାକୁ ପ୍ରଥମ ପ୍ରଣୟର ବାସ୍ନା ବୋଲି ଆଦରି ଥିଲେ। ଭାବିଥିଲେ ଏଇ ହେଉଛି ମୋର ଅପରିବର୍ତ୍ତନୀୟ ସଂସାର, ଯାହାରି ମଧ୍ୟରୁ ଫୁଲ ଫୁଟିବ, ଫଳ ଫଳିବ, ଏଇ ହେଉଛି ମୋର ସୀମିତ ସିକ୍ତ ଦେଉଳ ଯାହାର ମଧ୍ୟରୁ ଶୀଘ୍ର (ବର୍ଷେ ନ ପୂରୁଣୁ ବୋଲି ଜ୍ୟୋତିଷ କହିଥିଲେ) କୁଆଁ କୁଆଁ ହୋଇ ଦିଅଁଟିଏ ମୁଣ୍ଡ ଟେକିବ। ବାପା ନିଘୋଡ଼ ମଫସଲରେ ବାହା ଦେଇଥିଲେ, କାରଣ ପାତ୍ର ଷୋଳଅଣା ଯୋଗ୍ୟ କିନ୍ତୁ ଯୋଗ୍ୟତାର ମୂଲ୍ୟ ମିଳି ନଥିଲା, ସୁଧୀରବାବୁ ଅଥୟ ହୋଇ ଗାଆଁରୁ ସହର, ସହରରୁ କଲିକତା ବମ୍ବେ ଇତ୍ୟାଦି ଘୂରି ବୁଲୁଥିଲେ। ହେଉ, ସେ ଯେତେଦିନ ଘରେ ରହୁଥିଲେ ସେତେଦିନ କଞ୍ଚା-ଧାନ ପାଚିଲା ଧାନକୁ ନ ପଚାରି ରେବାକୁ ଗୋଡ଼ରୁ ମୁଣ୍ଡଯାଏଁ ପଚାରୁଥିଲେ। ଦିନ ଓ ରାତି ମଧ୍ୟରେ ପାର୍ଥକ୍ୟ ନ ଥିଲା, ଉତ୍କଟ ବେପରୁଆ ପ୍ରେମରେ ବୁଢ଼ୀ ଶାଶୁ ସାନ ନଣନ୍ଦ ଲାଜେଇ ଯାଉଥିଲେ। ସୁଧୀରବାବୁଙ୍କୁ ଚାକିରି ମିଳିବାରେ ବିଳମ୍ବ ହୋଇପାରେ; କିନ୍ତୁ କୁଆଁ କୁଆଁକୁ ତର ସହିବ କେମିତି ?

ଅନ୍ତଃସତ୍ତ୍ୱାକୁ ପ୍ରଥମେ ଚିହ୍ନିଲେ ମାଣ୍ଡିମାଉସୀ। ରେବା ଟିକିଏ ଶୁଣିଲୁ ଇଆଡ଼େ ... ମୋର ସନ୍ଦେହ ହେଉଛି –

କାହିଁକି, କାହିଁକି ଆଉ କେହି ଚିହ୍ନିପାରିଲେ ନାହିଁ ? ଶାଶୁନଣନ୍ଦ ସାହିର ଅମୁକ ଖୁଡ଼ୀ ସମୁକ ପିଉସୀ, ସେମାନେ କ'ଣ ମାଆ ହୋଇ ନଥିଲେ, ତାଙ୍କର ଆଖି ନଥିଲା ?

ରେବା ମହାନ୍ତି କ୍ରୋଧରେ ଓଠ କାମୁଡ଼ିଲେ। ଏଇ ପ୍ରଶ୍ନ ମୁଁ କେତେଥର ବିଧାତାକୁ ପଚାରିଛି ଏବଂ ଗୁହାରି କରିଛି। ମାଣ୍ଡିମାଉସୀ ପ୍ରଥମେ ଗୋଡ଼ଭଙ୍ଗା ଚଢ଼େଇକୁ ଚିହ୍ନିଲେ, ଭଲପାଇଲେ, ଅନ୍ଧୁଣୀ କୁତୀକୁ ଚିହ୍ନିଲେ, ଭଲପାଇଲେ, ବାପ-ମା-ଛେଉଣ୍ଡ ବାବୁଆକୁ ଚିହ୍ନିଲେ, ଭଲପାଇଲେ, ପୁଅ କଲେ; କିନ୍ତୁ ମୋର ପହିଲି ଝିଅର ସତ୍ତାକୁ ପ୍ରଥମେ

ଉଙ୍କିମାରି ଦେଖି ନଥିଲେ କିଛି କ୍ଷତି ହୋଇଥାଆନ୍ତା ? ତାଙ୍କର କରୁଣାଧାରା ଶୁଖିଯାଇଥାଆନ୍ତା ?

ଦୂର ସମ୍ପର୍କୀୟା ମାଣ୍ଡିମାଉସୀ ଯାଙ୍କ ଘରେ କେବେଠୁଁ ଆସି ରହିଲେଣି ତା'ର ହିସାବ ମୁଁ ମାଗିନାହିଁ। ସେ କେତେବର୍ଷ ଘର କରିଥିଲେ, ତାଙ୍କ ସ୍ୱାମୀ ପାଗଳ ହୋଇ ମଲେ ନା ହଇଜାରେ ମଲେ, ତାଙ୍କ ସ୍ୱାମୀ ପତ୍ନୀର କୁରୂପ ଯୌବନକୁ କେଉଁ ଭାବରେ ଗ୍ରହଣ କଲେ, ଭୋଗ କଲେ, କଷ୍ଟ ଦେଲେ ଏବଂ ଜୀବନ୍ତ ଯନ୍ତ୍ରଣାରେ ମଳ୍ଳି ହୋଇ ମରିଗଲେ, ମୁଁ ସେସବୁ ଗଳ୍ପଗୁଜବ-କଳ୍ପନାର ପାଖ ମାଡୁନଥିଲି। ମାଟି କାଦୁଅ, ବୁଢ଼ୀ ଶାଶୁ ମାଣ୍ଡିମାଉସୀ ନଖିଅପା ସଖୀଦେଇ ମଫସଲ ମଧ୍ୟରେ ମୋ ନିଜ ଠଣାରେ ମୋର ନିଜ ସ୍ୱାମୀ, ମୋର ସୁହାଗ, ମୋର ସନ୍ତାନ, ମୋର ଭବିଷ୍ୟତ ... ସୁନ୍ଦର !

ଅକାରଣରେ ଜଣେ ପୃଷ୍ଠଭୂମିରୁ ବାହାରି ଆସିଲେ, ମୁଁ ଅଛି ଲୋ ମୁଁ ଅଛି ବୋଲି କହି ମୋତେ, ମୋ ପିଲାକୁ ଭଲ ପାଇଲେ – ସେଇଥିରୁ ମୁଁ ଜାଣିପାରିଲି ନାହିଁ କାହିଁକି ? ଜାଣିଥିଲେ ମୁଁ ଘରୁ ପଳାଇଯାଇଥାଆନ୍ତି, ଲୋକଲଜ୍ଜା ନମାନି ଦୂରରୁ ଦୂରକୁ ଚାଲିଯାଇଥାଆନ୍ତି ଯେଉଁଠି ମାଣ୍ଡିମାଉସୀ ନ ଥାଆନ୍ତେ ନ ହେଲେ ମୋ ପେଟରୁ ମୋ ପିଲାକୁ ଆସିବାକୁ ଦେଇ ନଥାଆନ୍ତି।

ସେ ଯେତେବେଳେ ଜନ୍ମ ହେଲା ମାଣ୍ଡିମାଉସୀ ସମସ୍ତଙ୍କଠାରୁ ଅଧିକ ଖୁସି ହେଲେ। ତାଙ୍କ ହାଣ୍ଡିପରି ବଡ଼ ମୁହଁରେ ଟେବୁଲ୍ ନାକ ଥରି ଉଠିଲା, ଛଉଛଉକା ମୋଟା ଓଠ ମଝିରେ ଥିବା ସ୍ୱଚ୍ଛଦାନ୍ତ (ସେ ସ୍ୱାମୀଙ୍କ ମୃତ୍ୟୁପରେ ବ୍ୟକ୍ତିଗତ ବୈଧବ୍ୟର ଚିହ୍ନ ସ୍ୱରୂପ ପାନ ଛାଡ଼ି ଦେଇଥିଲେ) ନାହିଁ ନଥିବା ଆନନ୍ଦରେ ବିକଶି ଉଠିଲା। କହିବାକୁ ଗଲେ ସେ ନାଚି ଉଠିଲେ। ମୁଁ ସେଇ ଅପୂର୍ବ ଅପାର ସ୍ନେହର ଝଲକ ଦେଖି ମୁଗ୍ଧ ହୋଇଥିଲି।

କିଛିଦିନ ପୂର୍ବରୁ ରଥିଆ ଚାକରଠାରୁ ନିର୍ଘାତ ମାଡ଼ ମାଇଥିବା ପରିତ୍ୟକ୍ତା କୁକୁରୀକୁ ଅନ୍ଧୁଣୀ ବୋଲି ଆବିଷ୍କାର କରି ତା'ପାଟିରେ ହାଡ଼ ଗେଞ୍ଜିଲାବେଳେ ମୁଁ ତାଙ୍କ ମୁହଁକୁ ଦେଖିଥିଲି। ତହିଁର ରାଶି ରାଶି ଦୁଃଖ ଉପରେ ଆଉ ପରସ୍ତେ ଦୁଃଖ ଅବଶ୍ୟ ଲେସି ହୋଇ ଯାଇଥିଲା, ମୁଁ ମନା କରୁନାହିଁ। ହୁଏତ ସେଭଳି ଦିଃଖପିଷ୍ଟ ବିଶାଳ ମୁହଁରେ କାରୁଣ୍ୟର ଲବଙ୍ଗଲତାକୁ ଦେଖିବାର ସାମର୍ଥ୍ୟ ମୋର ନଥିଲା। ତେବେ ମୁଁ ସତ କହୁଛି, ମୁଁ ତାଙ୍କ ମୁହଁରେ ଦେଖିଥିଲି ଏଇ-ପାଇଛିର ବିଜୟ ଉଲ୍ଲାସ ! ଶିଶୁ କଣ୍ଢେଇକୁ ପାଇଲେ ଯେମିତି ହୁଏ, ଯାହାର ନିର୍ଜୀବ ଜୀବନ ତା'ର ଛୋଟପଣରୁ ଆହୁରି ହିନିମାନୀ ...

ତଥାପି ମୁଁ ବୁଝିଲି ନାହିଁ କାହିଁକି, ଯେତେବେଳେ ସେ ମୋରି ପହିଲି ପିଲାକୁ ଦେଖି ନାଚି ଉଠିଲେ ?

ମୋର ନୂଆ ଝିଅ ହସୁଥିଲା ।

ନିର୍ବୋଧ ଗର୍ବରେ ମୁଁ ତା'ର ବାପକୁ କହିଥିଲି ଦେଖ ମୁଁ ଝିଅଟିଏ ଚାହିଁଥିଲି, ଭଗବାନ୍ ମୋ ପାଇଁ ଝିଅଟିଏ ଆଣିଦେଲେ । ଦେଖ ସେ କେମିତି ହସୁଛି, ତୁମ ପରି ନୁହେଁ , ମୋ ପରି ।

ଯେଉଁଦିନଠାରୁ ତା'ର ହସ ବନ୍ଦ ହୋଇଗଲା ସେ ହସିଲା ନାହିଁ କି କାନ୍ଦିଲା ନାହିଁ, କେବଳ ଜୁଳୁଜୁଳୁ ହୋଇ ଚାହିଁଲା । ମନେହେଲା ସେ ମୋତେ ଦୋଷ ଦେଉଛି, କହୁଛି ମୁଁ କାହିଁକି ହସିବି, କାହିଁକି କାନ୍ଦିବି, ଯଦି ତୁମର ଉଦ୍ଦେଶ୍ୟ ହେଉଛି ମୋତେ ରହିବାକୁ ଦେବନାହିଁ ... ମୋତେ ମାରିଦେବ ...

ନନ୍‌ସେନ୍‌ସ ! ରବିସ୍ ! ସେ ମାଣ୍ଡି ମାଉସୀଙ୍କ ଆଡ଼କୁ ସେମିତି ଚାହୁଁଥିଲା, ତାଙ୍କର ଅତ୍ୟନ୍ତ ଅଭୁଲା ଭଲପାଇବାକୁ ଠଉରେଇବାକୁ ବସିଥିଲା । ମୋ ପାଖରେ ସେ କାନ୍ଦିଛି, ମୋର ସ୍ପଷ୍ଟ ମନେଅଛି । ରାତିଅଧରେ ମୋ ଛାତି ଉପରେ କାନ୍ଦିଛି, ମୁଁ ତାକୁ ଆପୁଡ଼େଇଛି, ବଞ୍ଚିବାର ଭରସା ଦେଇଛି ।

ମାସେ ନ ଯାଉଣୁ ସେ ମୋ ଝିଅ ଭଳି ଦିଶିଲା ନାହିଁ । ତା'ର ମୁହଁ ପେଣ୍ଡୁପରି ଗୋଲ୍ ଆଉ ହଳଦିଆ ଦେଖାଗଲା, ନାକ ଦବିଗଲା, ଓଠ ମୋଟା ହୋଇ ଓହଳି ପଡ଼ିଲା ସତେ କି ସେ ମାଣ୍ଡି ମାଉସୀଙ୍କ ଝିଅ, ଜନ୍ମକଲା ଝିଅ !

ସେ ମୋ ଝିଅପରି ଦିଶିଲା ନାହିଁ, ମୋତେ ଦିଶିଲା ନାହିଁ ।

ମୁଁ ତା'ପାଇଁ ମୁଣ୍ଡ ବାଡ଼େଇଲି । ସେ ବଞ୍ଚିଯାଉ, ଠାକୁରଙ୍କ ପାଖରେ କାକୁତି ମିନତି କଲି । କିଛି ଲାଭହେଲା ନାହିଁ । ଠାକୁରେ ଶୁଣିଲେ ନାହିଁ । ଝିଅ ବୁଝିଲା ନାହିଁ କି ଶୁଣିଲା ନାହିଁ, ଆହୁରି ଆହୁରି ବିକୃତ ହୋଇଗଲା ।

ସ୍ୱାମୀ ଦୂରେଇ ଗଲେ । ଚାକିରିପାଇଁ ଅମୁକ ସାଙ୍ଗରେ ଦେଖା କରିବାକୁ ହେବ, ସମୁକ ସାଙ୍ଗରେ ଜମେଇବାକୁ ହେବ ଏମିତି କେତେ ବାହାନା କରି ବାରବୁଲା ହେଲେ । କେବେ କେମିତି ଘରକୁ ଫେରି ଝିଅକୁ ଦେଖିବା ମାତ୍ରେ ସ୍ଥିର ଦୃଷ୍ଟିରେ ମୋ ଆଡ଼କୁ ଚାହାନ୍ତି । ସତେ କି ମୁଁ ଉତ୍ତର ଦେବି । ତାଙ୍କର ଯୌବନ କାହିଁକି ପ୍ରଣବ ଅଶୁଦ୍ଧ ହୋଇଗଲା, ତାଙ୍କ ସୁନାର ଫସଲ କାହିଁକି ଉଜୁଡ଼ିଗଲା ମୁଇଁ ତା'ର କୈଫିୟତ୍ ଦେବି !

ମାସ ପରେ ମାସ ବିତିଗଲା । ଝିଅର ଅବସ୍ଥା ତଳେଇଗଲା । ତା'ର ଜୁଳୁ ଜୁଳୁ ଆଖି ଘୁଷୁରି ଆଖିପରି ଦିଶିଲା । ବଡ଼ମୁଣ୍ଡ ସାଙ୍ଗକୁ ହାତଗୋଡ଼ କାଠି ପରି ନଡ଼ନଡ଼ ହେଲା । ଡାକ୍ତରମାନେ କହିଲେ (ସହରରୁ ନାମଜାଦା ଡାକ୍ତର ଆସି ନିଧି ପାଇଲା

ପରି ପୁଲପିତ ହେଲେ) ଯେ ଏ ବିଚିତ୍ର ରୋଗ ବଞ୍ଚି ରହିବ। ଝିଅ ମରି ନପାରେ, କିନ୍ତୁ ବିଛଣାରେ ପଡ଼ି ରହିବ, କଥା ନ କହିପାରେ, କିନ୍ତୁ ମଳମୂତ୍ର ତ୍ୟାଗ କରିବ, ହସି ନପାରେ, କିନ୍ତୁ ଓଠ ମେଲାଇ ପାରିବ ଏବଂ ସାବଧାନ କରିଗଲେ ଯେ ଏହି ଅବସ୍ଥାରେ ଜରବ୍ୟାଧିକି ହେଲେ ହେଳା କରିବାର ନୁହେଁ ... ନ ହେଲେ କ'ଣ ଘଟିବ କହି ହେଉନାହିଁ।

ଡାକ୍ତରଙ୍କ ନିର୍ଦ୍ଦେଶ ଅନୁଯାୟୀ ମୁଁ ରୀତିମତ ଔଷଧ ଦେଲି, ବିଧିମୁତାବକ ଭଗବାନଙ୍କୁ ଡାକିଲି। ମାଣ୍ଡିମାଉସୀ ମୋତେ ସକାଳ ସଞ୍ଜେ ମନେ ପକାଇ ଦେଲେ। ଦିନେ ମୁଁ ତୁଳସୀ ଚଉରା ପାଖରେ ଗଳବସ୍ତ୍ର ହୋଇ ପ୍ରଣାମ କରିବାକୁ ସମୟ ପାଇ ନଥିଲି। ସଞ୍ଜବତୀ ଦେଇ ମନେ ମନେ ପ୍ରାର୍ଥନା କରିଥିଲି। ମାଣ୍ଡିମାଉସୀ କେଉଁଠି ଥିଲେ କେଜାଣି ମୋର ଦୃଷ୍ଟତା ମାର୍ଜନା କରିବାପାଇଁ ଧାଇଁ ଆସିଲେ। ମୋର ମୁଣ୍ଡ ଆଉଁସି ଦେଇ କହିଲେ – ଛି ସୁନାଟି ପରା, ଠାକୁରଙ୍କୁ ଭୁଲିଯାଉଛୁ! ଠାକୁରେ ତୋ ଗୁହାରି ଶୁଣିବେ। ମୁଁ ସିନା ପାପ କରିଛି, ତୋଠି କିଛି ପାପ ଲାଗିନାହିଁ ଲୋ ...

ସେହିଦିନ ପ୍ରଥମେ ମୁଁ ତାଙ୍କ ସ୍ନେହଫାଶରୁ ମୁକୁଳିବାକୁ ଚାହିଁଲି, ବିଦ୍ରୋହ କରି ଉଠିଲି। ତୁମେ ମୋ ଝିଅର କିଏ? ତୁମେ କ'ଣ ମୋଠାରୁ ମୋ ଝିଅକୁ ଅଧିକ ଭଲ ପାଅ? ତୁମେ କ'ଣ ମୋଠାରୁ ଅଧିକ ଚାହଁ ଯେ ସେ ବଞ୍ଚିରହୁ, ଏମିତି ବଞ୍ଚି ରହୁ?

ବିଧବା ଶାଶୁ, ସାନନଣନ୍ଦ ଏବଂ ସାହିପଡ଼ିଶାର ଶୁଭାକାଙ୍କ୍ଷୀବୃନ୍ଦ ତାଙ୍କ ସ୍ନେହର ତେଜରେ ମଉଳିଗଲେ। ଶାଶୁ କହୁଲେ, ମାଣ୍ଡି ଯାହା କହୁଛି ସେଇୟା କର। ତାକୁ ଭଗବାନ୍ ଦୁଃଖ ଦେଇଛନ୍ତି, ସେ ତୋର ଦୁଃଖ ଆଦରି ନେବ।

ମାଣ୍ଡିମାଉସୀ ମୋତେ କେଜାଣି କେତେ ପାଦୁକ ପିଇବାକୁ ଦେଲେ। କେତେ ସାଧୁସନ୍ଥଙ୍କୁ ଖୋଜି ଆଣି ମନ୍ତ୍ର ପଢ଼ାଇଲେ, ଲୁହାମୁଦି ତମ୍ବା ତେଉଁରିଆ ଇତ୍ୟାଦି ପିନ୍ଧିବାକୁ ଦେଲେ। ସର୍ବଶେଷରେ ଦିନେ ରାତି ଅଧରେ ମୋତେ ନିଦରୁ ଉଠାଇଲେ ଏବଂ ଓଜନିଆ ସୁନା ତେଉଁରିଆଟିଏ ଝିଅ ମୁଣ୍ଡରେ ଛୁଆଇଁ ମୋ ହାତରେ ବାନ୍ଧି ଦେଲେ। କହିଲେ ଏଇ ହେଉଛି ମୋର ସର୍ବସ୍ୱ, ଅମ୍ବିକା ଠାକୁରାଣୀଙ୍କ ପ୍ରସାଦ, ଯାକୁ ଯତ୍ନରେ ରଖିବୁ, ହଜେଇବୁ ନାହିଁ, କାହାକୁ ଦେବୁ ନାହିଁ ...। କହିସାରି ସେ ଏଭଳି ଏକ ସଂପୂର୍ଣ୍ଣ ସନ୍ତୋଷର ଶବ୍ଦ କଲେ (ଓଠ ଚାଟିଲେ କି ଚୁମା ଦେଲେ କହିପାରୁ ନାହିଁ) ଯେ, ମୋର କ୍ରୋଧ ଘୃଣା ପାଲଟିଗଲା। ମାଣ୍ଡିମାଉସୀ ଏବଂ ମୋର ଝିଅ ମଧ୍ୟରେ କୌଣସି ପ୍ରଭେଦ ଅଛି, ଦୁହିଁଙ୍କ ବଞ୍ଚିବା ମରିବାରେ କୌଣସି ବିଭେଦ ଅଛି ବୋଲି ମୋର ମନେ ହେଲା ନାହିଁ।

ତା'ପରେ ମୋର ମନେ ପଡୁଛି ସେଇ ଶ୍ରାବଣର ଆଲୁଅ ଛାଇ। ନିସ୍ତବ୍ଧ ଅନ୍ତଃପୁର। ଝିଅ ଶୋଇଛି, ଚାଲିଯାଉଛି। ଅନ୍ୟମାନେ ବସିଛନ୍ତି, ଶୋଇଛନ୍ତି, ଅପେକ୍ଷା କରିଛନ୍ତି। ହଁ, ମୁଁ ଜାଣେ ସମସ୍ତେ ଅପେକ୍ଷା କରିଥିଲେ କେତେବେଳେ ତା'ର ନିଃଶ୍ୱାସ ଚାଲିଯିବ। କାମ ସରିଯିବ। ମାଣ୍ଡିମାଉସୀ ଖଟଖୁରାରେ ଲଦି ହୋଇ ଢୁଳାଇଲେ ଓ ସୁଁ ସୁଁ ହେଉଥିଲେ। ସେ ଅପେକ୍ଷା କରି ନଥିଲେ, ମୁହୂର୍ତ୍ତ ଗଣୁଥିଲେ।

ମୁଁ କହୁଛି ପରା – ସେଇ ମୋ ଝିଅକୁ ମାରିଦେଲେ !

ମୋତେ ବିଶ୍ୱାସ କର, ମୁଁ ଜାଣିଶୁଣି ତାକୁ ଔଷଧ ଦେବାରେ ହେଳା କରିନାହିଁ। ତା'ର ଦେହରେ ତାତି ଆସିବା ମାତ୍ରେ ମୁଁ ଡାକ୍ତରଙ୍କୁ ଡକାଇ ପଠାଇଛି। କାନ ପାତି ଡାକ୍ତରଙ୍କ ସାନ୍ତ୍ୱନାବାଣୀ ଶୁଣିଛି। ନୂତନତମ ଔଷଧ ପୁଡ଼ିଆକୁ କାନିରେ ବାନ୍ଧି ଗଣ୍ଠି ପକାଇ ରଖିଛି।

କିନ୍ତୁ... ମୋର ସ୍ୱାମୀ ଶାଶୁ ନଣନ୍ଦ କେହି ମୋତେ ପଚାରିଲେ ନାହିଁ। ସେଇ ମାଣ୍ଡିମାଉସୀ ମୋତେ ଜଗି ବସିଲେ। ସେଇ ମୋତେ ବାରମ୍ବାର ଚେତାଇ ଦେଲେ, ଡେଉଁରିଆ ପାଣି ପିଇବାକୁ ଦେଲେ। ବାରମ୍ବାର କହିଲେ, ତୁ ବଞ୍ଚିଥା – ବଞ୍ଚିଥା – ବଞ୍ଚିଥା, ତୋ ଝିଅ ତୋ ଦୁଃଖ ତୋର ଅସରନ୍ତି ଦିନରାତି ବଞ୍ଚି ରହୁ, ତୋ ଆଖି ଆଗରେ ଏଇ କୀଟଦଂଷ୍ଟ ଆପଣା ଫଳଟିଏ ଝୁଲୁଥାଉ ଲୋ ଝୁଲୁଥାଉ।

ମୁଁ କହିଲି, ନା-ନା-ନା, ମୁଁ ଏଇ ଅଯାଚିତ ଦାନ, ଏଇ ଦୁଃଖିନୀପଣ, ମାଣ୍ଡିମାଉସୀ ପଣ ସହି ପାରିବି ନାହିଁ। ମୁଁ ଏଇ ସନ୍ତସନ୍ତିଆ ଅନ୍ଧାରକୁ ଚିରି ପଳେଇଯିବି ... ମୁଁ ମୋ ସ୍ୱାମୀ ସାଙ୍ଗରେ ହସିବି, ଖେଳିବି, ଘର କରିବି ...

ମୁଁ ଔଷଧ ଦେବାକୁ ଭୁଲିଗଲି। ଯେଉଁଦିନଠାରୁ ତା'ର ନିଃଶ୍ୱାସ ନେବାରେ କଷ୍ଟ ହେଲା, ମାଣ୍ଡିମାଉସୀ ନିଜେ ଔଷଧ ଖୋଇବାର ଦାୟିତ୍ୱ ନେଲେ। ନିଅନ୍ତୁ। ମୁଁ ଜାଣିଥିଲି ଯେ ଯାହା ହେବାର ହୋଇଗଲାଣି। ମାଣ୍ଡିମାଉସୀ ହାରିଯିବେ।

ଶେଷଦିନ ସେଇ ଶ୍ରାବଣ ଉପରବେଳାରେ ମୋ'ଘର ଭିତରେ ଆଉ କେହି ନଥିଲେ, ସ୍ୱାମୀ ନଥିଲେ, ସଙ୍ଗୀ ନଥିଲେ, କେହି ନଥିଲେ। କେବଳ ମୁଁ, ମୋ ଝିଅ ଓ ମାଣ୍ଡିମାଉସୀ।

ଶେଷଦିନ ମୁଁ ତା'ପାଇଁ କାନ୍ଦିଥାଆନ୍ତି। ମୋର ମାତୃରକ୍ତ ବିନ୍ଧି ଉଠୁଥିଲା। ମୋର ଇଚ୍ଛା ହେଉଥିଲା ମୁଁ ନାହିଁ ନଥିବା ଲୁହରେ ନିଜକୁ ପ୍ଳାବିତ କରି ମୋର ସବୁ ଦୋଷ ତ୍ରୁଟି ଧୋଇ ପୋଛି ଦେଇଥାଆନ୍ତି। ଡାକ୍ତର ବଇଦ ଯାହା କହନ୍ତୁ ପଛେ ମୋ ଝିଅକୁ ଫେରାଇ ଆଣିଥାଆନ୍ତି। ମାଆ ହୋଇ ଏତିକି ପାରି ନଥାଆନ୍ତି ? କିନ୍ତୁ ମୁଁ

କାନ୍ଦିଲି ନାହିଁ କିଛି କଲିନାହିଁ। ମାଣ୍ଡିମାଉସୀ ମୋତେ ଏକୁଟିଆ ରହିବାକୁ ଦେଲେ ନାହିଁ।

ଝିଅର ଜୀବନ ଛାଡ଼ିଲା ପରେ ମାଣ୍ଡିମାଉସୀଙ୍କର ବିକଟାଳ ହାଉ ହାଉ ଭାଉ ଭାଉ ଯିଏ ଦେଖିଛି ସେ ମୋତେ କେମିତି ଦୋଷ ଦେଇପାରିବ ? କେମିତି କିଏ କହିବ ଯେ, ମୁଁ ମୋର ବଡ଼ଝିଅ, ମୋର ପହିଲି ଝିଅକୁ ନିଜ ହାତରେ –

ସ୍ମୃତିର କବଳରୁ ମୁକ୍ତ ହୋଇ ରେବା ମହାନ୍ତି ଶୁଷ୍କ-ସୁନ୍ଦର ଦେଖାଯାଉଥିଲେ। ମୁଁ ଅନ୍ତିମକୁ ଛୁଇଁଛି। ମୁଁ ମୂଳରୁ ଶେଷଯାଏଁ ସବୁ କଥା କହିଦେଇଛି, କିଛି ଲୁଚାଇ ନାହିଁ। ସ୍ୱାମୀ ଶୁଣନ୍ତୁ, ପିଲାଏ ଶୁଣନ୍ତୁ, ବିଧାତା ଶୁଣନ୍ତୁ ମୁଁ ପରୁଆ କରେ ନାହିଁ। କିନ୍ତୁ ସେ ଆଖି ଖୋଲିଲା ବେଳକୁ ନିଜଲୋକ କେହି ପାଖରେ ନଥିଲେ। ବାବୁଆ ଥିଲା।

ରେବା ମହାନ୍ତି ଦେଖିଲେ ସେ ଧୀରେ ଧୀରେ ଅଗ୍ରସର ହେଉଛି।

ବାବୁଆ କାହିଁକି ଆସୁଛି, କାହିଁକି ମୁଁ ତା'ର କ'ଣ କରିଛି କି ... ରେବା ମହାନ୍ତି ଉଠି ବସିଲେ। ଆତ୍ମରକ୍ଷାର ପ୍ରବୃତ୍ତିରେ ଖଟକୋଣରେ ଗୋଟାଏ ହୁଗୁଳା ମୁଣ୍ଡକୁ ମୁଠେଇ ଧରିଲେ, ଅଥଚ କିଛି ପଚାରିପାରିଲେ ନାହିଁ।

ବାବୁଆ ଅତି ନିକଟରେ ଖଟପାଖରେ ଆସି ଛିଡ଼ା ହେଲା। ସେଇଠୁଁ ଅସମ୍ଭାଳ ଆବେଗର ସୁଅ ଛାଡ଼ିଦେଲା।

– ଭାଉଜବୋହୂ, ବୋଉ ମୋତେ ତୁମକୁ ସଁପି ଦେଇଥିଲା, ବୋଉ ତୁମକୁ କେତେ ଭଲପାଉଥିଲା। ବୋଉ କହିଥିଲା ମୋର କିଛି ଅଭାବ ଅସୁବିଧା ହେଲେ ତୁମେ ବୁଝିବ, ତୁମେ ମୋତେ ସବୁ ଦୁଃଖରୁ ଉଦ୍ଧାର କରିବ। ନୁହେଁ ?

– ହୁଁ (ମିଛ, ସବୁ ମିଛ। ମୁଁ ଝିଅ ମଲାପରେ ଛାଟିପିଟି ହୋଇ ପଳାଇ ଆସିଛି, କିଏ କ'ଣ କହିଲେ କିଛି ଶୁଣିନାହିଁ।)

– ଭାଉଜବୋହୂ, ମୁଁ କେବେହେଲେ ତୁମକୁ କିଛି ମାଗି ନାହିଁ ନିଜ ଗୋଡ଼ରେ ନିଜେ ଛିଡ଼ା ହୋଇଛି।

– ହୁଁ (ଜାଣିଥିଲି, ତୋର ମତଲବ କ'ଣ ମୁଁ ଜାଣିଥିଲି, କେତେ କହି ଦେ', ପଚାଶ, ଶହେ ନା ଦୁଇଶହ ...)

– କିନ୍ତୁ ମୁଁ ଆଜି ଗୋଟିଏ ଜିନିଷ ମାଗିବାକୁ ଆସିଛି, କିଛି ଖରାପ ଭାବିବ ନାହିଁ।

– ହୁଁ ।

– ବୋଉ ମରିବା ପୂର୍ବରୁ କହିଯାଇଛି ଯେ ତା'ର ଗୋଟିଏ ସୁନା ଡେଉଁରିଆ ତୁମ ପାଖରେ ଅଛି। ତୁମକୁ ସେ ତା'ର ଶେଷ ସମ୍ବଳ ଦେଇଯାଇଛି।

– ସୁନା ଡେଉଁରିଆ ? କେଉଁ ସୁନା ଡେଉଁରିଆ ? (କେଡ଼େ ସାହସ ଦେଖ, ତୋ ବୋଉ ମୋତେ ଯାହା ଦେଇଛି ତୋର ସେଥିରେ କ'ଣ ଅଛି ... ତୁ ତାକୁ ବିକି ଭାଙ୍ଗି ଖାଇବୁ ନା, ?)

ବାବୁଆ ଡବ ଡବ କରି ରେବା ମହାନ୍ତିଙ୍କ ଆଡ଼କୁ ଚାହିଁଲା । ସତେ କି ତା'ର ତରୁଣ ମନ ଏଇ ପ୍ରବୀଣ ମିଥ୍ୟାର ବଡ଼େଇକୁ କଳିପାରୁ ନାହିଁ ।

ରେବା ମହାନ୍ତି ମଧ୍ୟ ବାବୁଆର ଆଖିରେ ଆଖି ରଖିଲେ । ପ୍ରତାପୀ ଚାହାଣିରେ ତା'ର ଆସ୍ପର୍ଦ୍ଧାକୁ ଜାଳିବାକୁ ବସିଲେ । ମୋତେ ସେ କ'ଣ ବୋଲି ଭାବିଛି କି ? ମୁଁ କ'ଣ ସାଧାରଣ ଗାଉଁଲି ସ୍ତ୍ରୀ ହୋଇଛି ଯେ ମୋତେ ସେ ଧମକେଇବ, ମୋର ନିଜସ୍ୱକୁ ଓଟାରି ନେବ ? ଯେତେ ଟଙ୍କା ମାଗିଲେ ମୁଁ ଦେଇଥାଆନ୍ତି ...

ଦେଖୁ ଦେଖୁ ରେବା ମହାନ୍ତି ଏକ ପ୍ରୀତିକର ମାଗଣା ପ୍ରାଣୀର ସଂସ୍ପର୍ଶ ଅନୁଭବ କଲେ । ବିଶେଷ ଶନିବାର ଦିନ ଶାଶୁ ଗୋଟିଏ କୃଷ୍ଣବର୍ଣ୍ଣ ବ୍ରାହ୍ମଣ ହାତରେ ଦାନ ଟେକି ଦିଅନ୍ତି । ପେଟ ପାଇଁ ସେଇ ଲୋକ ଶନିଙ୍କ ଅଭିଶାପ ମାଗିନିଏ ... ହ୍ୟାପ ହଜମ କରିଦେବ, ନ ହେଲେ ମରିବ, ଆମର କ'ଣ ଯାଉଛି । ଏଇ କାଳିଆ ଟୋକା, ଉଦାର କୃଷ୍ଣ ଯୁବକ ମାଣ୍ଡିମାଉସୀଙ୍କ ଶେଷସନ୍ତକ ସୁନା ଡେଉଁରିଆଟି ନେବାକୁ ଆସିଛି । ଉତ୍ତମ ନେଉ, ନେଇଯାଉ, ତାଙ୍କ ବରଦାନ, ତାଙ୍କ ଶନି ଦୃଷ୍ଟିର ଅବଶିଷ୍ଟ ନେଇଯାଉ ... ମୋର ଲୋଡ଼ା ନାହିଁ, ମୋର ସୁନାର ସଂସାରରେ ଅତୀତର ସେଇ ଜହର ସୁନା ଭସ୍ମ ହୋଇଯାଉ ! !

ଓଃ, ବୁଝିଲି, କହି ରେବା ମହାନ୍ତି ଖଟରୁ ଓହ୍ଲାଇପଡ଼ିଲେ ଓ ଗହଣା ବାକ୍ସର ଚାବି ଖୋଜିଲେ । ବାବୁଆର ମନସ୍କାମନା ପୂର୍ଣ୍ଣହେଲା । ସେ ସୁନା ଡେଉଁରିଆ ସହିତ ସନ୍ଧ୍ୟା ପୂର୍ବରୁ ବିଦାୟ ନେଲା ।

-- ରାତିରେ ଡିନର ଟେବୁଲ୍‌ରେ ଜୟନ୍ତୀ ପଚାରିଲା- ମମ୍‌ମୀ ମାଣ୍ଡି ମାଉସୀ କିଏ ?

ରେବା ମହାନ୍ତି ପ୍ରଶାନ୍ତ ମଧୁର ଠାଣିରେ ଧୀରେ ସୁସ୍ପଷ୍ଟେ ବଖାଣିଲେ ... ସେ ଅନେକ ଦିନ ତଳର କଥା, ତୁମେ ସବୁ ଜନ୍ମ ହୋଇ ନଥିଲ ... ମୋର ଜଣେ ମାଉସୀ ଥିଲେ, ମୋତେ ଭାରି ଭଲପାଉଥିଲେ ...

■

BLACK EAGLE BOOKS

www.blackeaglebooks.org
info@blackeaglebooks.org

Black Eagle Books, an independent publisher, was founded as
a nonprofit organization in April, 2019. It is our mission to
connect and engage the Indian diaspora and the world at large
with the best of works of world literature published on a
collaborative platform, with special emphasis on
foregrounding Contemporary Classics and New Writing.